dtv

Aus dem amerikanischen Exil zieht es die Puppenspielerin Zaira zurück nach Rumänien. Dort hofft sie, Traian wiederzusehen, ihre erste große Liebe. Während sie in einem Café gegenüber von Traians Wohnung Mut sammelt, um auf die Klingel zu drücken, hält sie Rückschau auf ihr höchst ungewöhnliches Leben: Aufgewachsen in den dreißiger Jahren bei ihrer Großmutter auf einem herrschaftlichen Gutshof, entdeckt sie schon früh ihre Begabung für das Marionettenspiel. Im grauen kommunistischen Alltag wird die Welt der Puppen zu ihrem persönlichen Rückzugsgebiet, erst recht nach dem Scheitern ihrer Liebesbeziehung mit Traian. Als sie jedoch den Puppen immer gewagtere Äußerungen in die hölzernen Münder legt, bekommt sie die ganze Härte des kommunistischen Systems zu spüren und muss fliehen.
Leidenschaftlich, mitreißend und mit viel Feingefühl erzählt Florescu von einer starken und mutigen Frau, die gegen alle Widerstände ihrer inneren Stimme folgt – und von einer Liebe, die Jahrzehnte überdauert.

Catalin Dorian Florescu wurde 1967 in Timişoara, Rumänien, geboren. Im Sommer 1982 floh er mit seinen Eltern in die Schweiz. Nach einem Studium der Psychologie und Psychopathologie arbeitete er von 1995 bis 2001 als Psychotherapeut in einem Rehazentrum für Drogenabhängige. Sein erster Roman, ‹Wunderzeit›, erschien 2001. Es folgten die Romane ‹Der kurze Weg nach Hause› (2002) und ‹Der blinde Masseur› (2006). ‹Zaira› wurde bereits in mehrere Sprachen übersetzt. Catalin Dorian Florescu lebt als freier Schriftsteller in Zürich.

Catalin Dorian Florescu

Zaira

Roman

Deutscher Taschenbuch Verlag

**Ausführliche Informationen über
unsere Autoren und Bücher
finden Sie auf unserer Website
www.dtv.de**

Dezember 2009
Deutscher Taschenbuch Verlag GmbH & Co. KG,
München
© 2008 Verlag C. H. Beck oHG, München
Umschlagkonzept: Balk & Brumshagen
Umschlagfotos: gettyimages
Druck und Bindung: Druckerei C. H. Beck, Nördlingen
Gedruckt auf säurefreiem, chlorfrei gebleichtem Papier
Printed in Germany · ISBN 978-3-423-13829-1

Widmung

....

> du streust
> licht wie
> sand in meine augen
>
> SVENJA HERRMANN

> für die wölfin,
> geflüstert.

Erster Teil

Die schwindelerregende Reise beginnt

1. Kapitel

Die erste schwindelerregende Reise meines Lebens war jene durch Mutter. Als sie mich schleimig und mit spitzem Kopf in den Armen der Tante sah, rief sie aus: «Aber das Mädchen ist potthässlich!» Die Tante beschwichtigte sie, legte die Hände auf meinen Schädel und modellierte ihn vorsichtig. Sie traf es gut. Ich verdanke es ihr, dass mich später alle Männer, die ich kennenlernte, bald heiraten wollten. Vielleicht wäre mit einem Eierkopf einiges unkomplizierter gewesen. Ich wäre jetzt ein altes Mädchen und ganz zufrieden damit. Oder unzufrieden, aber das würde ich nie zugeben.

Ich hätte niemals einen Schritt über die Grenze unseres Landgutes getan, Großmutter tat es nicht und die Tante nur einmal, als sie in Deutschland studierte. Ich wäre bei der Tante gealtert, bis zu ihrem Tod, und danach ganz allein. Großmutter starb, als ich noch klein war. Ich hätte nicht hier gesessen und auf jene Haustür gegenüber gestarrt, an der ich nicht klingle.

Es ist alles verfallen in dieser Stadt, seitdem ich sie verlassen habe. Vom Haus nebenan fällt ein Ziegelstein auf die Motorhaube eines Autos, es hört sich wie ein Schuss an. Der Fahrer schaut ungläubig hinauf, kratzt sich im Nacken und flucht. So gründlich habe ich das seit dreißig Jahren nicht mehr gehört. In Washington wird weniger geschimpft, dort wird immer gründlich gegrinst. Wenn aber in Washington ein Ziegelstein vom Dach des *Chez-Odette*-Restaurants, das ich lange geleitet habe, auf das Auto eines der Anwälte des Weißen Hauses gefallen wäre, hätte auch der zerknittert ausgesehen. Den Fluchsegen meiner ersten Landsleute hätte er nicht gekannt.

Die Worte des Fahrers wuchern, ich aber bin glücklich. Ich bin zu Hause. Sogar das ist ein Zuhause, wie jene schmutzigen

Wörter, die Großmutter verbannt hatte, zuerst aus dem Landhaus, dann von unserem ganzen Gut. Sie ließ die Kutsche mitten im Dorf anhalten und redete auf einen unserer Bauern ein. Er solle so etwas Schmutziges nicht am helllichten Tag sagen, sondern den Träumen überlassen. Wenn man träume, würde sogar Gott ein Auge zudrücken. Man könne nichts dafür, wenn der Teufel sich in den Schlaf einschleiche. Am Tag aber müsse auch ein Bauer schauen, dass er ein ganzer Mensch sei und nicht nur ein halber. Wir flüsterten uns zu: «Sie fegt wieder im heiligen Auftrag.»

Als ich sie einmal fragte, ob Gott nachts nicht beide Augen zudrücke, knallte es wie eben mit dem Ziegel. Einmal kurz und heftig, eine kräftige Ohrfeige. Großmutters Sinn für Humor hörte dort auf, wo Gott begann. Weil Gott überall begann, war ihr Sinn für Humor nicht der Rede wert. Manche sagten, das sei so, weil sie an Großvater verkauft worden sei. Sie habe kein einziges Mal mehr gelacht, nachdem er sie ins Haus geholt hätte.

Einige Kaffeehausgäste, die mich bestimmt merkwürdig finden, weil ich seit einer Woche hier sitze – mit meinem breitkrempigen Hut und Turnschuhen, wie sie nur Amerikanerinnen im Urlaub tragen –, sind aufgestanden und beteiligen sich. Es ist jetzt ein mehrstimmiges Fluchen wie in der Oper. Mir wachsen viele Ohren, weil es so schön klingt. Der Lärm steigt die Hauswände hinauf und strömt die Straßenzüge entlang. Fußgänger gesellen sich dazu, aus anderen Autos strecken Menschen die Köpfe heraus, andere aus ebenso schäbigen Häusern wie jenem, das beschlossen hat auseinanderzufallen.

Wenn es noch lauter wird, öffnet vielleicht auch *er* das Fenster, schaut hinunter und erkennt mich. Oder er sieht nur eine alte, exzentrische Frau, den Hut und die Schuhspitzen. Dann schließt er das Fenster und denkt: *Eine alte Amerikanerin, die im Urlaub ist. Was hat sie nur hier verloren?*

Dass sie *ihn* verloren haben könnte, darauf würde er nicht kommen.

Von oben sehe ich sicher lustig aus, ein großer Kreis – das ist der Hut – und zwei kleine Halbkreise – das sind die Schuhe. Washington, Robert und meine Tochter sind weit weg, das ist gut so. Nah sind jene Tür, auf die ich gestern und vorgestern und an jedem Tag der letzten Woche geschaut habe, und *er*.

Solch talentiertes Schimpfen habe ich selten gehört. Dabei improvisiert man hier genauso gut wie im Leben. Frauen legen die Einkaufstaschen ab, die sie mit dem gefüllt haben, was die dünne Geldbörse hergibt. Hier lebt man dünn, aber man lebt. Fleißig lernen Schulkinder die Flüche für später, es fehlt nur, dass sie sie aufschreiben. Alle stehen um das Auto herum und schütteln die Köpfe, weil bald Ziegelsteine aus heiterem Himmel auf uns fallen werden.

Sie trösten den Fahrer damit, dass er Glück hatte, die Delle nur im Auto und nicht auch im Schädel zu haben. Sie ermutigen ihn, gegen *die* vorzugehen, aber sie lassen offen, gegen wen. Es ist schlimmer als auf dem Jahrmarkt, aber es beruhigt mich und lenkt von dem ab, was ich seit Tagen nicht tue, obwohl ich es mir jeden Morgen vornehme.

Ich mustere mich täglich im Hotel im Spiegel, obwohl ich wegen des müden Fleisches lieber wegschaute. Ich sage mir: «Heute gehst du hin und klingelst an seiner Tür. Er soll aufmachen und dich sehen. Es wird sich schon zeigen, was dann kommt. Du warst noch nie feige, also fange jetzt nicht damit an.» Ich frühstücke und bin zufrieden, weil heute der Tag ist, an dem ich handeln werde. Ich gehe auf die Straße, aber von Schritt zu Schritt werden meine Knie weicher. So weich, dass ich es gerade noch zu diesem Stuhl hier schaffe, wo ich bis zum Abend sitze.

Und er geht immer noch nicht ans Fenster, er kommt immer noch nicht hinunter, um sich die Amerikanerin anzuschauen. Also warte ich hier bis in alle Ewigkeit oder bis auch mir ein Ziegelstein auf den Kopf fällt. Als ob Gott meine Gedanken gehört hätte – die er sowieso hört, wie Großmutter sagte, denn er schläft immer nur halb –, beschließt er, den Lärm zu beenden. Ein zweiter Stein fällt mit einem lauten *Päng* aufs Auto, anstatt einer Delle gibt es jetzt zwei. Die Menge verstummt verblüfft, sodass man die Sätze zweier Liebhaber hört: «Mein Ehemann weiß es nicht.» «Meine Ehefrau will es nicht wissen.» Dann ziehen sie weiter, und zurück bleibt nur die Stille.

· · · · ·

Die Mutter war laut, als ich geboren wurde. Sie hat geschrien: «Verdammt, das ist nicht mein Kind!» Für eine Tochter meiner Großmutter war das schon zu gottlos. «Du hast doch gesehen, wo ich es herausgezogen habe», sagte die Tante. «Ich habe nichts gesehen, so etwas will ich nicht sehen.» «Dann hast du es gespürt.» Das war 1928, und der Zug fuhr gerade in Dampf gehüllt in den kleinen Provinzbahnhof ein.

Meine Mutter war immer eine schöne Frau, auch nachdem sie nur noch manchmal meine Mutter war, vielmehr eine mehr oder weniger fremde Frau, die sich ein-, zweimal im Jahr auf dem Gut zeigte. Sie war so klein, dass Vater sie auf seiner Handfläche tragen konnte, erzählte er später. Sie war so schmal, dass er sie bald durch den Ehering zog. Vater übertrieb gelegentlich. Das Übertreiben gehört zu meinen ersten Landsleuten wie das Fluchen. Am besten sind sie, wenn sie fluchend übertreiben.

Vater sagte es auch dann noch, als Mutter bloß noch klein, aber nicht mehr schmal war. Mutter saß meistens neben ihm und hielt ihn am Arm fest, als ob er nach über dreißig Ehejahren noch immer davonlaufen könnte.

Wenn er sich weigerte und schmunzelte, drückte sie seinen Arm oder zwickte ihn in die Hüfte. «Sag es bitte, ich will es hören.» «Deine Mutter war so dünn, dass sie als Weihnachtsmann durch den Schornstein schlüpfen konnte.» «Das wollte ich nicht hören», lachte sie und trommelte mit ihren Fäusten auf seinen Rücken. Vater, ein hochgewachsener Kavallerieoffizier, dessen Säbel Mutter bis unter die Brust reichte, gab sich geschlagen: «Deine Mutter war so schmal, dass sie durch meinen Ehering gepasst hat.» «Schon besser.» Ich habe den Verdacht, dass Vater und Mutter sich wirklich geliebt haben.

Tante Sofia aber war der Mann davongelaufen. Danach war sie nur noch die Hebamme für alle, auch für meine Mutter. Was nicht wenig ist, da man Spuren hinterlassen kann, wie jene an meinem Schädel. Manchmal presse ich die Finger auf die Kopfhaut und glaube, die Stellen zu spüren, wo sie meinen Kopf rund geformt hat. Als sie damals als junge Anwältin aus Deutschland zurückgekehrt war und sich von ihrem Mann schwängern ließ, blühte sie auf. Der Mann aber hatte nur deshalb auf sie gewartet, weil Großmutter in heiligem Auftrag regelmäßig bei ihm gefegt hatte.

Kurz bevor Zizi, ihr Sohn, auf die Welt kam, konnte auch Gott den Mann nicht mehr zurückhalten. Man sah ihn nie wieder. Abends hatte die Tante sich neben ihn schlafen gelegt, am Morgen war sie neben niemandem mehr aufgewacht. Seitdem sprach sie nur noch wenig, ohne eigentlich traurig zu sein. Sie hatte ganz einfach nichts mehr zu sagen.

Und so sagte die Tante am Tag meiner Geburt auch nichts, als Mutter sie zu sich rief, um das Korsett zuzuschnüren, wodurch sie auf der Zugfahrt eine gute Figur machen wollte. So gut es eben ging, für eine Schwangere. Meine Tante blieb auf der Türschwelle stehen, wischte sich die Hände an der Schürze ab, ging zu Mutter, packte die Schnüre, stemmte einen Fuß gegen die Wand, wie Vater es auch immer machte, und zog. Ich, die in Mutter steckte, wurde nicht gefragt, ob ich daran etwas auszusetzen hatte.

Mutter war die neueste Pariser Mode egal, sie trug weiterhin ein Korsett, auch als sie schwanger war. Während die

Tante zog und keuchte, keuchte auch Mutter und kommentierte: «Wer schön sein will, muss leiden. Fester!» So wurden wir beide eingeschnürt, Mutter und ich. Aber ich beschloss, mich zu rächen.

Die Schwestern standen am Ende erschöpft da – eine vom Ziehen und die andere vom Einziehen –, sie schauten sich an, und unterschiedlicher hätten sie nicht sein können. Mutter – der Liebling aller Männer –, jung und frisch, aber runder als sonst, und Tante Sofia – die viel Ältere –, drahtig, die Haare immer nach hinten gebunden, mit zwei Kratern statt Augen und dreckigen Fingernägeln vom Umtopfen. Nur nachts, wenn sie sich später über mich beugte, waren ihre Haare offen. Ein Meer von Haaren fiel dann über mich. Als uns die Kommunisten viele Jahre danach alles nahmen, Ochsen, Pferde, Land und Bauern, meinte Zizi, dass Tante Sofia unsere Kutsche mit ihren Haaren ziehen könnte.

Als meine Mutter endlich fest eingeschnürt war, forderte sie ihre Schwester auf, sich zu waschen und sich anzuziehen. Sie wollte nicht, dass Mişa, der Kutscher, nach ihrer Abfahrt alleine am Bahnhof blieb. Denn er winkte einem lange mit dem Hut nach, dann aber winkte ihm die Flasche zu. Danach würden die Pferde von einem Dorf zum anderen irren und die Felder niedertrampeln. Mişa würde in der Kutsche friedlich schlafen, wenn nicht gar irgendwo dort, wo er gerade hingefallen war.

Für Wochen wäre er unausstehlich und würde klagen, weil Gott ihm die Flasche in die Hand gegeben und er sie zum Mund geführt hätte. Großmutter würde wieder fegen: «Das war nicht Gott, das war der Andere.» Sie weigerte sich, den Namen des Anderen auszusprechen.

Großmutter wartete auf die beiden Schwestern unten, im großen, kühlen Wohnzimmer mit den Perserteppichen, den italienischen Möbeln und den Bildern. Dort standen die Bücher von Hugo, Balzac und von vielen anderen. Es gab böhmisches Glas und ein französisches Porzellanservice für zwanzig Personen, eine englische Truhe, auf der *Mayflower* stand, eine Kuckucksuhr ohne Kuckuck. Eines Tages hatte seine Stunde geschlagen, als Mutter – ein Kind noch – beschloss, ihn zu befreien. Als sich der Kuckuck zur vollen Stunde nichts ahnend zeigte, riss Mutter ihn heraus. Niemand merkte es, so sehr war man es gewöhnt, dass der Kuckuck über die Köpfe hinweg die genaue Zeit angab.

Es hing ein Velázquez an der Wand, den Großmutter von ihrem Vater bekommen hatte, nachdem sie Großvater verkauft worden war. «Der will jetzt meine Liebe zurückkaufen», hatte sie gemurmelt. Bedankt hat sie sich nie, das Gemälde aber hat sie aufgehängt.

Großvater Nicolae war immer auf großem Fuß gereist, wenn er in ganz Europa sein Vieh und seine Ware verkaufte. Er fuhr in seinem eigenen Zug, saß im vordersten Waggon aus Mahagoniholz und rauchte seine Zigarre. In den anderen Waggons warteten geduldig die Tiere, türmte sich der Weizen hoch, war der Wein kühl gelagert. Der Zug fuhr die Alpen hinauf und die Poebene hinunter, in den Schwarzwald hinein und nach Frankreich wieder hinaus. Großvater streichelte zufrieden seinen Bart, und die Kühe muhten. Wenn er später mit leerem Zug nach Hause fuhr, streichelte er den Bart noch heftiger, wegen der Scheine, die seinen Tresor füllten. Burgund, Basel, Innsbruck, München, Ravenna, Bologna zogen an seinem Fenster vorbei, die Vogesen, die Pyrenäen, Barcelona und ebenso Felder voll Korn und Tiere, denen er schnell ansah, ob sie für sein Korn und seine Tiere eine Konkurrenz waren.

Von jedem Ort, wo er länger blieb – Orte mit Vieh- und Kornmärkten –, oder wo seine Geschäftspartner lebten, brachte er etwas mit. Von einer seiner ersten Reisen hatte er auch Großmutter mit ins Haus gebracht. Das war, als sein Vater ihn – damals noch ein junger Mann –, nach Katalonien mitnahm. Sie fuhren durch Europa rauf und runter, bei Belgrad schon musste sein Vater die Geldbörse zücken, um die kaiserlichen Beamten zu beruhigen. Die Italiener wollten die Tiere einzeln zählen, also musste man sie alle ausladen. Die Franzosen schenkten ihnen Brot und Käse vom Tisch der Zollstation, wo sie sich mit aufgeknöpften Hemden und Hosen von der Hitze ausruhten. Sie hielten überall an, wo sie Wasser und Futter für die Tiere fanden.

Sie kamen müde in Katalonien an, sie ließen alles am Bahnhof über Nacht bewacht zurück und fuhren aus der Stadt heraus zum Haus des katalanischen Freundes. Dort wuschen sie sich, aßen und schliefen. Am nächsten Tag aßen und schliefen sie weiter, halb Europa steckte ihnen in den Knochen. Erst am dritten Tag merkte Großvater, dass es dort etwas Interessantes gab. Etwas, wofür es sich lohnte, richtig aufzuwachen. Das war Großmutter.

Jedes Mal, wenn er das Zimmer verließ, sah er sie. Mal half sie in der Küche aus, mal im Garten, mal im Stall. Eine kleine Katalanin, quirlig und dunkel, mit Augen, die vor Neugierde, und Mundwinkeln, die vor Lachen nicht zur Ruhe kamen. Für ein Bauernmädchen war sie zu sauber. Für ein Hausmädchen zu laut und frech. Als er endlich wach war, fiel ihm noch mehr auf: der feine, fleischige Mund, die runden Schultern, die leicht füllige Taille, die dünnen Fußknöchel. Es war alles nach seinem Geschmack.

Als sein Vater und er mit dem Katalanen verhandelten, setzte sich das Mädchen zu ihnen. «Meine Tochter», sagte der Mann. «Die möchte ich haben», murmelte Großvater seinem Vater ins Ohr. Es verging einige Zeit, bis dieser sich fassen konnte. Er war ein schlechter Feilscher an jenem Tag, und doch streichelte er sich später auf dem Rückweg den Bart ebenso häufig wie immer. Nicht wegen des halb leeren Tresors, sondern weil sein Sohn einen guten Fang gemacht hatte. Was da den Kopf ans Zugfenster lehnte, war vielversprechend.

Der Katalane hatte leuchtende Augen gehabt, als er sich seinen Gewinn ausrechnete. Noch nie hatte er den rumänischen Freund so ungeschickt und zerstreut erlebt. So nachgiebig. Dessen Blick war ständig von ihm zu seiner Tochter geschweift. Am Abend erfuhr er auch den Grund dafür. «Mein Sohn möchte deine Tochter heiraten», kündigte mein Urgroßvater an, als sie beim Cognac waren. «Es ist mein einziges Kind. Es geht nicht.» «Du kriegst so viel Geld von mir, wie du möchtest.» «Sie ist erst fünfzehn.» «Dagegen habe ich nichts.» «Sie weiß nichts über die Welt.» «Höchste Zeit, dass sie etwas darüber erfährt.» «Sie ist mir teuer.» «Stell sie auf die Waage. Ich gebe dir so viel Gold, wie sie wiegt.»

Das Abendessen verlief schweigsam, der Katalane musterte abwechselnd die beiden Rumänen. Bis spät in die Nacht hörte Großvater im Zimmer nebenan Schritte. Am nächsten Tag wurde gewogen.

Im Zug dann war Großmutter von Kilometer zu Kilometer mehr und mehr in sich zusammengefallen. Wie eine Frucht, die verfaulte und verfiel. Als sie im Haus waren, sagte Großvater: «Das ist jetzt dein Haus. Hier bist du zu Hause. Hier gehörst du hin.» Später hatte er über alle möglichen Dinge gesagt: «Das gehört dorthin, das hierhin.» Über die englische Truhe, die Kuckucksuhr, den Velázquez. Aber das war nun lange her.

Großmutter blätterte ungeduldig in einem Buch, bis Mutter und Tante Sofia endlich hinunterkamen. Die Tante setzte sich hin, aber Mutter blieb stehen, weil man leiden müsse, wenn man schön sein wolle, wie sie immer sagte. Im Falle meiner Mutter reichte das Leiden bis knapp unter die Brust, war ledern und voller Schnüre, die auf jeder Seite zwanzigmal durch die Ösen gezogen werden mussten. Sie spürte ein Ziehen in der Gebärmutter, aber noch unbedeutend. Eine Magd ging Mişa suchen.

«Noch zwei Monate», flüsterte Großmutter mit katalanischem Akzent. Die Schwestern nickten, sie kannten Großmutters Flüstern. Wenn sie geschrien hätte, hätten sie es nicht deutlicher gehört. «Du musst dich in der Stadt schonen. Ich weiß, dass du die Ballabende kaum erwarten kannst. Ich hoffe nur, dein Mann ist vernünftiger, sonst haben wir bald eine Frühgeburt.» Die Schwestern nickten. «Man könnte meinen, dass nur Frauen beim Gebären sterben, nicht aber ihre Männer. Kaum warst du da, starb euer Vater», sagte sie und schaute Mutter an. «Er ist einfach vom Pferd gefallen, beim Umladen der Weinfässer. Hat man so was schon einmal gesehen?» Mutter nickte betrübt.

Cousin Zizi kam herein, gerade erst gestiefelt, gekämmt und gewaschen. «Mişa ist besoffen, mit ihm landet ihr irgendwo, aber nicht am Bahnhof. Ich fahre euch hin», sagte er. «Du fährst nicht. Du fährst zu schnell, du hetzt die Pferde», sagte die Tante. «Ich fahre. Wie viele Pferde?» «Wir sind verspätet. Vier!», rief Mutter aus. «Zwei», befahl Großmutter. «Eine Schwangere setzt man nicht in eine Kutsche mit vier Pferden.» Großmutter glaubte Mutter so in Sicherheit, aber sie rechnete nicht mit mir.

Die Kutsche fuhr auf die Platanenallee, vorbei am Fischteich und am Obsthain. Sie bog auf den holprigen, steinigen Weg, der hinunter ins Dorf führte und an der weniger holprigen Hauptstraße endete, die das weite Landgut teilte und erst beim Provinzbahnhof in Turnu Severin aufhörte, der sich nur einmal am Tag belebte: wenn der Zug in die Hauptstadt dort anhielt.

Großmutter blieb zurück auf der Veranda ihres weißen Hauses im Schatten der drei Linden, die schon dort gewesen waren, als sie fast vertrocknet an der Hand des Großvaters hierhergebracht worden war. Sie würden auch noch dort sein, wenn sie ganz vertrocknet und mit den Füßen voran das Haus verlassen würde. Im Hof rupften Mädchen Hühner, Zsuzsa, die Köchin, brachte Abfälle in den Stall. Mişa kam mit dem zerknitterten Hut in der Hand, um zu klagen, dass Gott ihm die Flasche in die Hand gegeben habe. Großmutter vergaß zu fegen, sie war sorgenvoll wegen ihrer Jüngsten.

An dieser Stelle kam ich ins Spiel. Ich stampfte gegen Mutters Bauchdecke, von weit her hörte ich ein dumpfes «Au!». Dumpf wurde gefragt: «Was ist?», und dumpf geantwortet: «Ich habe Schmerzen.» Dumpf wurde befohlen: «Fahr langsamer, deine Tante hat Schmerzen», und Zizi fragte: «Wehen?» Mir gefiel die Wirkung, die ich auf die Welt hatte, ich stampfte wieder, damit sie sich entscheiden konnten, was es war. «Wehen», wurde dumpf gesagt. «Schneller, sonst kommt das Kind in der Kutsche auf die Welt.» «Ich sagte doch, dass wir vier Pferde brauchen», hörte ich Mutter klagen.

Wir wurden schneller und das Rucken heftiger. Weil mir das nicht gefiel, stampfte ich weiter. Weil es Mutter nicht gefiel, jammerte sie lauter. Die Tante rief: «Durch die Nase atmen!», und Mutter antwortete: «Ich kann nicht einmal durch den Mund atmen. Dieses Korsett bringt mich um.» Zizi schrie: «Wie steht es? Immer noch nichts?», die Tante erwiderte: «Sei froh darum, wir sind ja gleich beim Bahnhof.» «Und wo soll ich im Bahnhof gebären?», fragte die Mutter. Einen Augenblick lang war nichts zu hören, nur das Rattern der Räder. «Im Wartesaal!», rief Zizi vom Kutschbock herunter.

Bis zum Bahnhof husteten alle drei abwechselnd vom dicken Staub, der aufgewirbelt wurde. Dann kam alles zum Stillstand, ich hielt inne und horchte. Mutter und ich wurden hochgehoben, Zizi rief: «Platz da», eine andere männliche Stimme befahl: «Räumt den Wartesaal!» Ein Gemurmel begann. Einer sagte zu einer Frau: «Heb den Kartoffelsack auf meinen Rücken. Wir müssen der jungen Herrin Platz machen.» Sie antwortete: «Dass die Herrschaften nicht zu Hause gebären können. Nicht einmal hier ist Platz für uns.»

Ein Junge fragte seine Mutter, wieso diese Dame auf den Wartesaaltisch gelegt werde. «Weil sie ein Kind kriegt.» «Muss man dafür liegen?» «Man muss liegen, wenn man es macht, und auch, wenn man es kriegt», erwiderte eine Männerstimme und lachte. «Du bist unmöglich, vor dem Jungen so zu reden.» Ich hörte den Namen des Jungen: Paul. «Paul muss doch wissen, dass man flachlegen muss, was man liebt.» Die Frau erwiderte etwas, aber die Stimmen verloren sich im allgemeinen Lärm.

Eine Stimme, die *Bahnhofsvorsteher* genannt wurde, mahnte alle zur Eile. Dann verlangte Tante Sofia nach sauberen Tüchern, und einer lief davon, um sie in der Nachbarschaft zu suchen. Nach und nach wurde es leiser, und als Wasser und Tücher gebracht worden waren, blieben wir vier im Saal alleine zurück.

«Was machen wir jetzt?», fragte die Tante.

«Du hilfst mir, das Kind auf die Welt zu bringen.»

«Ich bin doch Anwältin.»

«Du hast Zizi geboren, du wirst schon wissen, wie.»

Sie waren still, die Tante meinte, sie würde sterben. Mutter meinte auch, sie würde sterben. Nur Zizi war noch unentschlossen, was mit ihm geschehen würde, und schaute verwirrt die eine, dann die andere an.

«Zizi, hilf mir, sie auf die Seite zu drehen. Ich öffne dann das Korsett.»

Mutter und ich wurden gedreht, dann sprang etwas auf, quoll auf, vor Überraschung hielt ich wieder inne. Mutters Bauch wurde weit.

«Zizi, jetzt gehst du raus zu den anderen.»

«Aber Mutter.»

«Zizi!»

Ich hörte Zizis Lederstiefel, und weil ich wahrscheinlich schon damals meinen Cousin liebte und Tantes Befehl nicht mochte, strampelte ich wieder.

«Schwester, jetzt drückst du, so fest du kannst.»
«Wie bei einer Verstopfung?»
«Noch fester.»

Ich drehte mich und rutschte unaufhörlich Kopf voran nach vorne. So begann die erste schwindelerregende Reise meines Lebens.

Als mich Tante Sofia am Kopf fasste und herauszog, fuhr gerade der Zug in den Bahnhof ein. Als sie mich hob, mich meinem ersten Publikum hinter den Fenstern zeigte und der Lokomotivführer erfuhr, dass es ein Mädchen war, zog er einmal den Hebel. Einmal lang und kräftig. Wäre ich ein Junge gewesen, hätte er dreimal gezogen, aber auch so war der erste Auftritt gelungen. Als die Tante mir einen Klaps gab, war ich lauter als die Lokomotive, erzählte man später.

Jene, die uns den Saal überlassen hatten, drückten jetzt die Gesichter an die Fensterscheiben. Andere waren aus der Stadt geeilt, weil sie die neue Art anzukommen sehen wollten, ganz ohne Rauch und Gepäck. Vom Alkohol gerötete Gesichter, vom vielen Essen gerundete, vom sündigen Leben gealterte. Großmutter hatte gesagt: «Wenn man sündigt, altert man doppelt so schnell, weil sich einem die Sünden ins Gesicht eingraben.»

Es gab Kinder, die das Kinn auf den Fenstersims stützten. Es gab Bauern, die matt geruht hatten, bevor sie in ihr Dorf zurückkehrten. Es gab Soldaten – noch halbe Kinder –, die in die Kasernen mussten und schauen wollten, wie dort etwas herauskam, wo sie etwas reinzustecken hatten.

Es gab Schüler, die in der Nähe gespielt hatten, und Beamte, die mit dem Hut in der Hand näher ans Fenster rückten. Es gab Fußvolk und solche, die nicht einmal wussten, zu wem sie gehörten. Man kann sich kaum vorstellen, wie viel Neugierde sich in der Provinz ansammelt. Es gab den schwitzenden Bahnhofsvorsteher, der die Mütze in den Nacken geschoben hatte und sich ausmalte, was mit ihm geschehen würde, wenn die junge Herrin, die zur reichsten Familie der Gegend gehörte, in seinem Wartesaal starb. Und es gab Zizi, der solch einen Zauber noch nie gesehen hatte.

Mutter, Tante Sofia und ich waren umzingelt – Gesichter über Gesichter –, die Fenster waren überfüllt, die Großen drückten auf die Kleinen, alle liefen rot an, so wie Mutter. Ihre Kommentare blieben uns verborgen, hinter den Fensterscheiben öffneten sich ihre Lippen und schlossen sich wieder wie Fische. Sie alle starrten auf das rosige, schleimige Etwas, das unter den Röcken der gnädigen Dame aufgetaucht war.

Mutter nahm sich vor, nie wieder ihr Korsett gegen eine Schwangerschaft einzutauschen.

Die Tante nahm sich vor, für immer Hebamme zu bleiben.

Ich nahm mir vor, nie mehr mit dem Schreien aufzuhören.

· · · · ·

Großmutter wusste Bescheid. Der junge Dumitru war neben der Kutsche hergelaufen, hatte hineingeschaut, war erschrocken, und dann war er durch die Felder zum Landhaus hochgelaufen, während wir in einem weiten Bogen fuhren. Als wir vor dem Haus ankamen, war ich schon berühmt. Die Mägde, die Stallburschen, Mişa, Zsuzsa und Dumitru waren laut und drängten sich an die Kutschentür. Großmutter klatschte nur ein einziges Mal und so leise, wie sie auch sprach, aber wer bei ihr gelebt hatte, kannte ihr Klatschen so gut wie ihr Flüstern. Sofort waren alle still.

Zizi sprang vom Bock hinunter, nahm mich aus den Armen der Tante, stieg die Treppe zur Veranda hoch und streckte mich Großmutter entgegen. Ihr Gesicht tauchte vor meinem auf, und sie öffnete das Tuch, in das ich eingewickelt war. «Ein Mädchen», murmelte sie enttäuscht und zog ihr Gesicht zurück. «Stell sie im Salon ab.» Da waren also zuerst Großmutter, dann die englische Truhe, die Kuckucksuhr, der Velázquez im Salon abgestellt worden und jetzt auch ich. Das kam davon, dass man zu große Räume hatte, die gefüllt werden mussten.

Zizi wusste nicht, was er mit mir anfangen sollte, er drehte mich mal hierhin, mal dahin, und ich bekam einen ersten Eindruck von meinem Zuhause. Ich mochte Großvaters Geschmack nicht. Wo der Zug gerade anhielt, hatte er irgendetwas zusammengetragen. Auf der Türschwelle standen die drei Frauen, Mutter war geschwächt, die Tante aufgeregt, Großmutter aber dachte schon weiter. Sie rief den jungen Dumitru zu sich und schickte ihn nach seinem Vater, der meine Geburt allen verkünden sollte. Zizi trennte sich für Stunden nicht mehr von mir, Mutter ging schlafen und die Tante umtopfen.

Großmutter setzte sich kurz hin und murmelte: «Ein weiteres Mädchen hat uns gerade noch gefehlt. Eine Leichtsinnige mehr.» Dann ging sie in die Küche, um der Köchin Anweisungen zu geben. Denn ganz gleich, ob Mädchen oder Junge, man musste die Mägen aller füllen, die zu meinem ersten Empfang kommen würden. Zizi blieb allein mit mir und tat, was er glaubte, tun zu müssen. Er schaukelte mich. Ich schwieg, und wir schauten uns an.

Er war bereits ein Mann von zwanzig Jahren, der jeden Morgen um fünf auf seinem Pferd nach seinen Bauern und Feldern schaute, der das Schwein schlachtete, jagte, befahl, wenn es etwas zu befehlen gab, und der auch gut wiegen konnte. Sein Gesicht tauchte immer wieder über meinem auf, seine Stimme ging sanft ins Ohr, seine Hände fassten vorsichtig an. Ich glaube, dort haben wir uns ineinander vernarrt, Zizi und ich.

Von der Anhöhe aus konnte man das ganze Landgut sehen. Von dort aus, wo jeden Morgen Zizi stand und Flüsse, Wälder, Vieh und Dörfer überblickte, kam diesmal gedämpft die Stimme des alten Dumitru, der vorher das Horn geblasen hatte:

Hört, hört, Bauern, geboren ist ein Mädchen. Gott ist ihm wohlgesinnt, denn sowohl die Hochwohlgeborene junge Herrin Maria als auch ihre Tochter sind wohlauf. Jetzt ruhen sie beide, aber morgen kann kommen, wer will, und Mutter und Tochter sehen. Die Herrschaften empfangen zwischen Mittag und fünf Uhr abends. Aber bis Mittag wird gearbeitet. Später könnt ihr ruhen und auf das neue Leben anstoßen. Dann blies er wieder das Horn.

Seine Stimme war Hügel auf und ab gerollt, die Bauern gingen vors Haus oder richteten sich im Feld auf, die Hand im Kreuz. «Da ist ein Mädchen geboren worden», bemerkte einer. «Und dafür so ein Zirkus. Als ich geboren wurde, hat sich Vater bloß besoffen. Er hat schneller als ich in die Hose gemacht.» Sie lachten, dann bückten sie sich wieder. So stellte ich es mir später vor.

Ich empfing sie alle in einer Wiege, die Josef, der Zimmermann, in der Nacht gebaut hatte. Josef kam aus Österreich, die Köchin aus Ungarn, und wenn der schmächtige Josef mit Zsuzsa auf der Dorfstraße spazierte, sagte man: «Österreichungarn ist unterwegs.» Sie war ein Berg von einer Frau, die ihn vollständig verdeckte, wenn sie sich vor ihn stellte. Gar nicht daran zu denken, was wäre, wenn sie sich mit ihrem bebenden, gelatineartigen Körper auf ihn legte. Während also in Wirklichkeit Ungarn ein Anhängsel Österreichs war, so war es hier umgekehrt.

Die beiden hatten hierhergefunden, als es schon lange kein Österreichungarn mehr gab. Großvater kaufte sie nicht, wie er Großmutter gekauft hatte. Er hatte sehr gut auf einer seiner Reisen gegessen, die er nach dem Tod seines Vaters alleine unternahm, im Bahnhofsrestaurant einer winzigen ungarischen Stadt. Er wollte die Köchin sehen und versprach ihr ein kleines Haus, wenn sie mitkäme. Das beeindruckte sie nicht. Er versprach ihr ein bisschen Land, aber das beeindruckte sie ebenso wenig. «Was wollen Sie denn?» «Ich will meinen Josef bei mir haben.» So kam Österreichungarn in unser altes rumänisches Dorf, Strehaia, von dem ich am Anfang nur *Aia* sagen konnte.

Am Tag darauf empfing ich meine Bauern in der Wiege. Großmutter stand am Treppenende, die Tante stand neben ihr, Mutter aber saß gut eingehüllt auf einem Sofa auf der Veranda. Die Wiege stand mitten im Hof und Zizi daneben. Wenn sich ein Bauer zu sehr näherte, ermahnte er ihn. Wenn er vom Alkohol wankte, stützte er ihn. Wenn er nach Alkohol und Dreck roch, meinte er schmunzelnd: «Willst du, dass mir das Kind an deinem Geruch stirbt?» Die Bauern – den Hut in der Hand – legten Geschenke vor die Wiege, Dinge, die sie für ihre eigenen Kinder im Haus hatten, und das war selten viel. Wenn sie nichts gefunden hatten, reichten auch ein Käselaib, Honig oder Kuchen.

Am Abend kamen die anderen, die Besseren, und ich empfing sie im Salon. Der Arzt, der Pfarrer, der Leiter der Gendarmerie, der Lehrer und viele Gutsbesitzer, manche mit ihren Frauen und Kindern. Zsuzsa hatte in aller Eile gekocht – rumänisch, österreich-ungarisch, türkisch, griechisch –, sogar die Tante war aufgeblieben, um ihr zu helfen, bis sie ihre Klagen nicht mehr aushielt. «Man kann doch nicht verlangen, dass das Kind herauskommt, und schon ist das Essen da. Ich bin keine Zauberin. Das alles ist zu kurzfristig, viel zu kurzfristig. Nicht einmal die Hälfte wird bereit sein.» Ihr Körper bebte, unter dem Körper bebte die Küche und mit der Küche das ganze Haus.

Manchmal weinte sie, weil sie sich an Österreichungarn erinnerte, dann murmelte sie: «Nirgendwo ist es wie zu Hause», und ihre Tränen fielen in den Teig, in die Suppe, in die Sauce. Weil ich in einem Märchen gelesen hatte, dass sich Tränen in Perlen verwandeln, suchte ich meine ganze Kindheit lang nach Zsuzsas Perlen im Essen.

Wenn Zsuzsa tagelang nicht weinte, half ich nach: «Österreichungarn ist aber weit. Fühlst du dich nicht einsam hier?»

Oder: «Nirgends ist es besser als zu Hause, nicht wahr, Zsuzsa?» Oder: «Dein Josef betrügt dich mit einer Jüngeren und Schmaleren.» Das war die stärkste Waffe, da blieb kein Auge trocken, weder ihres noch meines, denn nach ihrer Ohrfeige weinten wir beide. Wunderbare runde, durchsichtige Tränen fielen in die Suppe, und Zsuzsa brauchte kein Salz mehr. Dafür hatte sie den Tränenstreuer. Zizi und ich fragten uns immer wieder: «Hat Zsuzsa wieder die Suppe versalzen?», und das sollte heißen: «Hat sie wieder geweint?»

Zizi versteckte sogar Glasperlen im Essen. Wie viele davon ich geschluckt habe, weiß ich nicht, aber bestimmt waren Großmutter, Tante Sofia und ich wahre Perlensammlungen. Wenn ich eine im Mund fand, nahm ich sie heraus, und Zizi strahlte: «Das ist also Zsuzsas Träne.» Ich wollte ihm den Spaß nicht verderben, also fand auch ich, dass es Zsuzsas Träne war. «Sie ist winzig klein. Zsuzsa aber ist groß und fett», meinte ich. «In den Tränen unterscheiden sich die Menschen nicht. Eher in den Gründen für ihr Weinen», erklärte Zizi. «Die einen weinen schon, wenn ihnen ein kleines Missgeschick passiert, die anderen aber erst kurz vor ihrem Tod.»

Da war Zizi aber älter, dreißig Jahre oder so, und ich war zehn oder elf. Da wussten wir beide mehr von der Welt als bei meiner Geburt. Noch aber war es nicht so weit. An jenem Abend meines ersten Auftritts hatten alle Augen nur für mich, ich hingegen nur für Zizi. Nicht einmal Paul, der kleine Sohn des Lehrers, den ich schon aus Mutters Bauch heraus gehört hatte und der sich auf die Zehen streckte, um in die Wiege hineinzuschauen, zählte etwas. Er würde viel später der Grund für eine weitere schwindelerregende Reise in meinem Leben sein.

Am dritten Tag verließ mich Mutter. Sie setzte die Reise fort, die sie abgebrochen hatte, sie folgte Vater als Offiziersbraut. Sie schaute mich an und legte eine Stoffpuppe neben mich, die mich die nächsten Jahre überallhin begleiten sollte. Die

Ecke eines Kartoffelsacks, ein Kreis mit zwei Augen und einem Mund, alles mit Kohle gezeichnet. «Wenn ich wieder zu Besuch komme, kriegst du die schönsten Puppen», flüsterte sie.

Zizi hatte die Stoffpuppe in aller Eile gebastelt, so wie Josef in aller Eile die Wiege gezimmert und Zsuzsa in aller Eile gekocht hatte. Auch Mutter war in Eile, und beiläufig war ich auf die Welt gekommen. Das nächste Mal, als ich sie sah, war ich ein Jahr alt.

Als Mutter aus dem Haus lief und der diesmal nüchterne Mişa die Kutschentür öffnete, warteten Großmutter, Tante Sofia und Zizi auf der Veranda. Als sie einsteigen wollte, rief Großmutter:

«Und?»

«Und was, Mutter?», fragte sie zurück.

«Wie willst du es nennen?»

«Wen?»

«Das Kind.»

«Ach.» Mutter setzte den Fuß wieder auf die Erde, und es wurde still.

«Maria!», rief Zizi aus.

«So heißt schon ihre Mutter», erwiderte die Tante.

«Antoinetta!», rief er wieder.

«Zu steif.»

Nach einer Weile leuchtete Tantes Gesicht auf.

«Zaira!», rief sie aus, so ganz gegen ihre Art, unscheinbar zu bleiben.

«Den Namen kenne ich gar nicht», meinte Großmutter.

«Ist das überhaupt ein Name?», fragte Mutter.

«In Persien schon. Als ich in Deutschland war, habe ich im Zug eine persische Familie kennengelernt, und ihr Mädchen hat so geheißen. Ich habe mir den Namen gemerkt, falls ich auch einmal ein Mädchen bekommen hätte. Wir können aber gern dein Mädchen so nennen. Wir haben doch schon die halbe Welt hier. Zsuzsa und Josef, Bulgaren, Serben, Zigeuner,

Juden, unser Nachbar hat ein französisches Kindermädchen, und es wird getratscht, dass seine Ehefrau einen italienischen Liebhaber hat. Also wieso nicht Persien?»

«Zaira klingt gut für unser Kind», mischte sich auch Zizi ein.

«Meinetwegen soll es Zaira heißen», entschied Mutter und sprang in die Kutsche. Mişa stieg auf den Bock, und bald hörte man nur noch das Rattern der Räder auf der Allee, bis auch das verebbte. Ich horchte lange, bis ich wieder tat, was ich am besten konnte: schreien.

Großmutter schickte den jungen Dumitru, um Mioara zu holen, die junge Bäuerin, die immer Milch für zwei hatte, weil sie so fruchtbar war. Sie war sehr großzügig mit ihren vollen Brüsten, ganz gleich, ob das Kind daran saugte, der eigene Mann oder Männer, die nicht ihr Mann waren.

Als Mioara vor der Veranda auftauchte, sagte Großmutter: «Du bleibst bei uns im Haus. Du sollst auch unser Kind füttern, aber du musst dir jedes Mal die Brüste waschen.» Neben der Küche packte Mioara sie aus, Zsuzsa brachte warmes Wasser und leerte es in ein kleines Becken. «Du hast wirklich pralle Brüste, Mädchen. Du kannst stolz darauf sein, damit fütterst du die ganze Königsarmee.» «Gott hat es so gewollt, nicht ich», erwiderte sie. Sie beugte sich über das Becken und seifte sich bis zu den Achselhöhlen ein. Die beiden anderen Frauen schauten schweigend zu, dann wurde ich hereingebracht.

2. Kapitel

Ich wurde *unser Kind*. Später, in Timişoara – wo ich jetzt zum ersten Mal nach dreißig Jahren wieder bin –, hätte ich mir gewünscht, dass auch Ioana, meine Tochter, von so vielen Händen getragen worden wäre wie ich. Dass viele Augen sie angeschaut hätten, als sie klein war und strampelte. Dass sie viele gefragt hätten: «Was willst du einmal werden?» Ioana wollte immer dasselbe sein: eine Bäuerin aus Strehaia. Obwohl es Strehaia schon lange nicht mehr gab, so wie es Österreichungarn nicht mehr gab, als Zsuzsa sich gerne dorthin zurück wünschte. Noch später, von Washington aus gesehen, war Strehaia am Arsch der Welt. Eigentlich noch weiter darüber hinaus. Roberts und meine amerikanischen Freunde konnten *Strehaia* nicht einmal aussprechen, geschweige denn es sich vorstellen.

Ich wurde *unser Kind*. Tantes offene Haare fielen über mich, wenn sie mich nachts tröstete. Großmutter streifte mit dem Handrücken über mein Gesicht, wenn niemand da war, und sie steckte mir ihren kleinen Finger in den Mund. Zizi war ein vollkommener Gutsherr – unser einziger Mann außer den Bauern. Morgens um vier kamen Schritte aus seinem Zimmer herüber, der Boden knarrte, und wir alle horchten: die Tante mit ihren offenen Haaren. Großmutter, die nach Großvaters Tod nächtelang wach blieb, obwohl sie nie sagte, dass sie ihn geliebt, sondern nur *angenommen* hatte. «Ich habe immer angenommen, dass er weggegangen ist, und angenommen, dass er zurückkam.» Ich, weil Zizi der Erste war, der mir in die Augen geschaut hatte.

Zizi wusch sich über dem Becken, das Dumitru, der Vater, hineintrug. Er zog die frisch gebügelte Hose, die gewichsten Stiefel und das gewaschene und gestärkte Hemd an. Er bedankte sich bei Dumitru und kam in mein Zimmer. Wir sprachen miteinander, jeder auf seine Art. «Wie geht es meinem Mädchen?» Ich war schon damals begeistert sein Mädchen. Zizi ritt dann hinauf auf die Anhöhe, von wo aus er sah, wie die Bauern aufs Feld gingen. Wie in den Fenstern der Verspäteten noch Petroleumlampen leuchteten, während der Tag anbrach. Die ersten Hähne des Tages sprachen ein mächtiges Wort. Dann ritt er hinunter in die Ebene, hinter den Bauern her.

Kaum war ich wenige Monate alt, tauchte er in meinem Zimmer mit einem Korb auf. «Ich nehme Zaira mit aufs Feld», sagte er zu seiner Mutter, die in jener Nacht bei mir schlief, damit Mioaras Mann nicht immer ohne Mioaras Brüste auskommen musste. «Wozu?», fragte sie. «Damit sie das Landgut kennenlernt.» «Du kannst nicht mit einem Säugling umgehen.» «Zaira kommt mit.» «Du lässt sie fallen. Sie wird zertrampelt, zerstochen, von der Hitze erdrückt, von der Sonne verbrannt, sie wird sich das Genick brechen, wird von streunenden Hunden gebissen, von Kriminellen entführt.» Das war der leidenschaftlichste Satz, den Tante Sofia je sagen sollte.

«Unser Kind kommt mit.» «Zizi», sagte auch Großmutter draußen im Hof, «das Feld ist kein Ort für einen Säugling.» Sogar Dumitru versuchte es, als Zizi schon fest im Sattel saß – mit dem Korb vor sich und über dem Korb einen Sonnenschirm aufgespannt. «Dumitru, was tun eure Frauen, wenn sie ein Kleinkind haben, aber trotzdem ernten müssen?» «Sie nehmen es mit und stellen es unter einen Baum.» «Na, siehst du? Zaira muss nicht einmal vom Pferd runter. Josef hat all das gezimmert, in aller Eile. Das hat ihm natürlich nicht gepasst, aber es ist stabil, und einen Sonnenschirm hat es auch.»

So fing meine nächste schwindelerregende Reise auf dem Rücken von Albu an, dem sanften, gehorsamen Hengst von Zizi. Am frühen Morgen holte mich Zizi aus dem Zimmer, die Tante und Großmutter widersetzten sich nicht mehr. Manchmal schlief ich erst recht ein, manchmal erwachte ich, aber kein einziges Mal hätte ich geweint, erzählte Zizi später. Ich lag da, und in meinen Augen hatte ein großer Himmel Platz. Im Spätherbst war der Himmel noch dunkel, als ob ich Mutters Bauch noch nicht verlassen hätte. Zuoberst flackerten Lichter, wie Sterne, die über mir an ihrer Bauchdecke leuchteten. Und wenn der Himmel bedeckt und schwarz war, dann weil Mutter die Lichter in ihr ausgeschaltet hatte, um zu schlafen.

Im Frühjahr gab es einen Streifen Licht, ich hörte die Nachtvögel flattern, wenn das Pferd sie erschreckte. Äste brachen unter den Hufen, Albu schnaubte, und Zizi redete mit ihm: «Bist du alt geworden, dass du so zitterst?» Ich hörte Zizi die ersten Bauern grüßen, die ihm über den Weg liefen, und dann die nächsten und die übernächsten. Manchmal grüßte er auch den Arzt oder den Pfarrer oder den Lehrer, und dieser hatte Paul, seinen Sohn, dabei. Paul wurde von Zizi hochgehoben und durfte in den Korb hineinschauen.

In der Nase hatte ich Albus Viehgeruch, den herben Geruch des Waldes oder den süßlichen Geruch der Blumen. Am Anfang der Geruchsreise aber war immer der Stallgeruch. Wir gingen an den Pferden, den Kühen und den Schweinen vorbei, und es roch nach Pferd, Kuh oder Schwein. Dann kamen rechts der Teich voller Fische und links Pflaumen-, Birnen- und Apfelbäume.

Es gab eine unsichtbare Grenze, wo der Viehgeruch aufhörte – bis auf Albus Geruch – und der Baumgeruch anfing, oder vielleicht gingen sie ineinander über. Irgendwo hörte auch der Geruch der Obstbäume auf, und jener der Allee mit den Nussbäumen und den Platanen begann, weiter hinten auch der Geruch des Waldes. Aber stärker als alles andere roch Zizis Eau de Cologne aus Paris.

«Zizi», fragte ich ihn einige Jahre später, «wieso hast du mich aufs Feld mitgenommen?» «Ich wollte, dass du dein Landgut siehst.» «Ist nicht wahr.» «Ich wollte, dass du an der frischen Luft bist.» «Ist nicht wahr.» «Ich war eifersüchtig, weil Großmutter und Mutter dich öfter sahen als ich.» «Das ist wahr.»

Tag für Tag standen wir beide auf der Anhöhe. Während Zizi in die Weite schaute, schaute ich in den Himmel, vorbei an Zizis Kinn und Wangen und Nasenspitze und Stirn. Obwohl ich nicht wuchs wie andere Kinder, sondern klein blieb wie alle in unserer Familie, schrumpfte der Korb. Zizi ersetzte ihn durch einen Kinderstuhl für Albus Rücken, den Josef wieder in Eile bastelte, aber erst nachdem er sich gewehrt hatte: «Das Kind wächst so langsam, Herr, da hätten wir jede Menge Zeit gehabt, wenn wir früher daran gedacht hätten.» «Zaira passt erst seit gestern nicht mehr rein, Josef. Lass dir was einfallen und klage nicht wie dein Weib.» «Und wenn Sie es ein paar Tage lang nicht mitnehmen würden?» «Morgen werden die Weinfässer versiegelt. Wie soll ich es da nicht mitnehmen?»

Am nächsten Tag wurden die Trauben mit den Füßen zermanscht. Das war die größte Freude der Kinder, die ungestraft schmutzige Füße bekommen durften. Zizi hob die Bauernkinder und setzte sie in das große Becken, dann sagte er: «Ihr stampft so, wie ich klatsche.» Er klatschte los, zuerst langsam, dann schneller, manchmal zog er die Stiefel aus, krempelte die Hosenbeine hoch und stieg hinein. Die zerdrückten Trauben fielen in ein anderes Gefäß, die Haut und die Kerne stiegen nach einigen Tagen Gärung hoch, der Saft blieb unten, dann wurden die Hähne geöffnet und die Fässer gefüllt. Die Fässer blieben wochenlang offen, je nachdem, wie hochprozentig man sich später betrinken wollte.

An solch einem Tag geschah es, dass Albus Knie nachgaben. Ein volles Fass fiel auf den Bauern Dumitru, der immer verkündet hatte, wer geboren und wer gestorben war. Der auch verkündet hatte, dass Mutter und Zizi und ich auf die Welt gekommen waren, dass Großvater gestorben war, dass der Erste Weltkrieg angefangen und aufgehört hatte, und nur eine einzige Sache nicht mehr verkünden konnte: den eigenen Tod.

Am Morgen noch war er durch den Wald hinaufgelaufen und hatte von oben gerufen, dass heute die Fässer versiegelt und der große Keller gefüllt werden würden.

Als der Keller zum Bersten voll war, brachte Mişa den Ochsenkarren, und er wurde beladen, um die übrigen Fässer in die Hügel zu bringen. Dort lagerte in kleinen Kellern, was für die

Mägen und die Kehlen der Bauern bestimmt war, Wein und Schinken, Obst und Mehl, Zwiebeln und Käse. Sie durften nehmen, was sie brauchten, und in den kühlen Räumen sitzen und essen.

Bei einem der letzten Fässer stolperte Dumitru, die anderen versuchten das Fass zu halten, aber es ließ sich nicht halten. Es wollte Dumitru kriegen. Seine Zeit war gekommen, und ob man vom Blitz erschlagen wurde, von Dieben oder vom Ehemann, das wurde anderswo entschieden. Dumitru sollte von einem Weinfass zerquetscht werden, so wie die Kinder die Trauben zerquetschten. Vielleicht rächte sich der Wein an dem Menschen, der ihn am Anfang mit den Füßen tritt, nur um sich später an ihm zu berauschen. Zizi wollte zu Hilfe eilen. Er stieß die Sporen in Albus Fleisch, zog kräftig an den Zügeln, sodass Albu sich vor Schmerz aufbäumte. Das Tier machte einige Schritte und fiel hin. Unter dem Fass rief Dumitru immer schwächer, Zizi und ich unter dem Pferd immer lauter.

Am nächsten Tag lagen wir beide im gleichen Zimmer – Zizi mit Beinbrüchen, ich mit Quetschungen. Großmutter kam herein: «Unser Kind könnte tot sein.» Er schwieg. «Du könntest tot sein.» Er schwieg wieder. «Du setzt das Kind nicht mehr aufs Pferd.» Großmutters Flüstern blieb unwidersprochen.

Um mich zu trösten, verlangte Zizi nach leeren Kartoffelsäcken, Kreide und Kohle. Er bastelte Fingerpuppen, die er Pagliaccio, Dottore, Pantalone oder Capitan Spavento nannte. Er malte Nasen und Augen und rote Wangen und Lippen und Haare und Hände und Füße. Er führte sie mir vor, sie waren bloß etwas Stoff mit Augen und Mund, aber ich lächelte sie alle an. Zu jeder Puppe erfand Zizi Geschichten. Es war egal, dass ich sie nicht begreifen konnte, denn ich war nur ein Knäuel Mensch ohne Sprache und Vernunft. Mit den Augen hingegen verstanden wir uns blendend.

Der erste Geruch war nicht Mutters Geruch, sondern Eau de Cologne.

Von Weitem kam die Stimme vom jungen Dumitru, der rief: *Ich verkünde den Tod des rechtschaffenen Dumitru, meines Vaters, der euch bisher alles verkündet hat, was es zu verkünden gab. Er wurde gestern von einem Weinfass zerquetscht, das war Gottes Wille, und dagegen kann man sich nicht stellen. Ab heute bin ich euer Verkünder. Ich, Dumitru, der Sohn des Dumitru, der gestern gestorben ist.*

Das sollte so bis in den Vierzigern bleiben, als Dumitru verschwand und Zizi seine Rolle übernahm. Als die Kommunisten nach dem Krieg das letzte Wort hatten, war es vorbei. Ihr letztes Wort nahm uns das Hab und Gut weg, unser gewohntes Leben, alles.

· · · · ·

Mutter war tot. Sie war nicht so tot, wie jene tot waren, die man zum Friedhof brachte, um sicher zu sein, dass sie es sich nicht anders überlegten. Mutter war toter, weil ich es so beschlossen hatte. Sie kam dann und wann, nur um alles durcheinanderzubringen. Sie blieb einige Tage lang und reiste weiter nach Paris oder Wien oder zurück zu Vater. Er aber war anders tot als Mutter. Er kam noch seltener und blieb noch kürzer, aber das machte mir nichts aus, denn ich wünschte ihn nicht herbei. Er war ein Vater mit Säbel und in Uniform, der den König und das Vaterland verteidigte.

Vater ließ ich dort sein, wo er war: anderswo. Mutter ließ ich sein, wie sie war: eine Eil-eil-Mutter. Wenn man bei uns fragte: «Was macht Mutter?», antwortete man: «Sie eilt.» Oder: «Sie ruht, sie ist ja immer so in Eile.»

Manchmal ruhte sie in meinem Zimmer, und sie bestand darauf, dass ich mitruhte. Ich war damals neun oder zehn Jahre alt. «Ich bin für dich da, auch wenn es nicht so aussieht», flüsterte sie mir ins Ohr, dann drückte sie mich fest.

Ich ließ es geschehen. «Liebst du deine Mutter ein bisschen?» Weil ich mittlerweile verstehen und sprechen konnte, hätte sie es nicht hingenommen, wenn ich stumm geblieben wäre. Also sagte ich: «Hm, hm», das beruhigte sie. «Später holen wir nach.» «Hm, hm.» «Später kommst du zu mir in die Hauptstadt, und wir werden Freundinnen.» «Hm, hm.» «Glaube nicht, dass ich nicht weiß, dass es schlecht ist, was ich tue. Aber es muss sein.» «Hm, hm.» «Ich bin zu jung, mein Gott, ich bin so jung.» Sie drückte meine Hand. «Mein Gott, *du* bist so jung. Heirate nie so jung wie ich. Obwohl ich meinen Mann liebe. Deinen Vater. Der dich grüßt. Das Vaterland kommt aber zuerst, das hat er sich so ausgesucht, das habe ich gewusst. Jetzt ist bald Krieg, spätestens nächstes Jahr, und wir halten zu den Deutschen, das sind die Stärksten in Europa. An die glauben viele, furchtbar viele. Wir haben nichts zu befürchten. Trotzdem ist Vater bei der Truppe und bereitet sich vor.» Mutters Augen waren halb geschlossen, bald würde sie gründlich ruhen und schlafen.

Es war die Mittagsstunde, warm und schwer, man hörte nur Zsuzsa in der Küche singen, österreichischungarische Lieder. Die ungarischen kannte sie selbst, die anderen hatte Josef ihr beigebracht. Neben dem Haus, im Stall, hörte man eines unserer Tiere wühlen, und die Hühner konnten sich nicht entscheiden, ob sie weiter gelangweilt gackern oder wie Mutter einschlafen sollten. Sie entschieden sich fürs Erste.

Ich hätte Mutter gerne gefragt, was das war, *die Deutschen*. Ob sie stärker waren als der junge Dumitru, der mit einem Arm die schwerste Frau des Dorfes, Zsuzsa, heben konnte. Und mit beiden Armen einen Karren voller junger Frauen.

Oder so stark wie Zizi, der, immer bevor Mutter kam oder nachdem sie wieder weggeeilt war, Capitan Spavento spielte, bekannt auch als Matamoro, Sangre e Fuego, Escarabom-Baradon di Papirotanda, Horribilicribifax, Capitain Daradiridatumtarides. Ich lag dann im Bett und starrte auf meine Zehen.

Je mehr ich starrte, desto mehr drehte er auf, und ich verkniff mir das Schmunzeln.

Capitan Spavento hatte einen Körper wie eine Festung, die Brust wie ein Schutzwall, Hände wie Kanonen und eine Stimme wie der Donner. Er war grausam zu seinen Feinden, zu denen sogar der türkische Sultan zählte, der Mogul von irgendwo und vielleicht auch der deutsche Kaiser. Bestimmt hätte der Capitan auch die Deutschen eins, zwei erledigt, und Vater hätte mit seiner Hilfe das Vaterland besser verteidigt.

Ich wollte Mutter fragen, was *das Vaterland* war und ob Vater nicht auch bei uns Land zum Verteidigen hatte. Er hätte auch hier wunderbare Truppenübungen abhalten können, im Hof exerzieren, die Waffe links, die Waffe rechts, zielen, schießen, auf dem Bauch liegen, kriechen und alles noch mal von vorne. Wir wären eine prima Truppe gewesen, Spavento zuvorderst, dann Großmutter, Tante Sofia, Mutter, Zsuzsa, Josef, Dumitru, Mişa, Mioara und ich. Wir hätten es den Deutschen gezeigt, wenn sie nicht mehr unsere Freunde gewesen wären.

Ich schüttelte Mutter jedes Mal leicht, sie zuckte und erwachte. Ich sah mich klein in ihren großen Augen. Sie wirkte erschrocken, als ob irgendein Gedanke sie verwirrt hätte. «Aber wenn Krieg herrscht, ist Paris noch weiter weg, als es so oder so ist. Vielleicht kann man nie wieder nach Paris.» Als sie sah, wie verwirrt ich war, weil es so schrecklich war, dass Paris weiterrückte, flüsterte sie ganz nah an meinem Gesicht, sodass mich ihr Atem kitzelte: «Vater wird schon dafür sorgen und unser König sowieso. Keine Angst. Was erzähle ich dir da, du bist so jung! Bald hast du Geburtstag, nicht wahr? Oder ist er schon vorbei?»

Wenn Mutter kam, wurde alles auf den Kopf gestellt. Die Tante wusch den Staub von den Pflanzen ab und machte das Zimmer ihrer Schwester bereit, die Mägde und Mioara das Haus. Zsuzsa klagte, weil Mutters Besuch so spät angekündigt worden war und das Essen nicht fertig werden würde. Mişa holte die Kutsche, mit der er sie am Bahnhof abholte. Er erzählte mir später, dass die gnädige Frau jedes Mal in den Wartesaal ging, wo ich geboren worden war. Wenn sie dann herauskam, war sie nicht mehr sie selbst. Zsuzsa klagte, weil sie alles in Eile kochen musste, Knödel und Gulasch, Braten und Kuchen. Die Küche bebte von ihrem Körper, und der Hof bebte, wenn sie in den Gemüsegarten ging, zum Fischteich oder zum Obstbaumhain. Dumitru, der Sohn, ging verkünden, dass die gnädige Dame eintreffen würde. Er begann immer mit dem Satz: *Ich bin Dumitru, der Sohn des Dumitru, der euer Verkünder war.* Als ob er sich versichern wollte, dass er das auch war. Als ob er seinen Vater nur kurz ersetzte und nicht selber seit Langem schon verkündete.

Wenn ich wusste, dass Mutter kam, ging ich aufs Zimmer und legte mich hin. Vom Moment an, als Dumitru es verkündete, starrte ich auf meine Zehen. Als die Kutsche auf die Allee fuhr, vor dem Haus hielt, Mutter ausstieg, sich ausruhte, mit Großmutter und der Tante besprach, was es zu besprechen gab, und mich dann zu sehen wünschte, starrte ich immer noch. Ich zählte meine Zehen vom ersten bis zum letzten und dann wieder von vorn, als ob ich Angst hätte, dass mir einer verloren gehen könnte. Aber ich wollte nicht wirklich meine Zehen anschauen, sondern alles andere rundherum nicht mehr sehen.

Am wenigsten wollte ich Capitan Spavento sehen, in dem Zizi steckte. Ein kleiner, schöner, einsamer Mann, wie Großmutter einmal zu meiner Tante gesagt hatte. Tante Sofia hatte ihre Augen nicht von ihrer Handarbeit gehoben, als ob es die Bemerkung nicht gegeben hätte. «Was ist er so versessen auf unser Kind? Man könnte meinen, er mache sich gerne zum Narren», meinte Großmutter. Tante Sofia hob nicht die Augen von ihrem Schoß. «Wieso heiratet er eigentlich nicht? Jede ledige Frau aus der Gegend würde ihn wollen.» «Vielleicht will er später niemanden verlassen müssen», erwiderte die Tante, hörte auf zu stricken, aber nicht zu starren. «Das passiert nicht jeder Frau. Das ist dir passiert. Wenn du hiergeblieben wärst, anstatt in Deutschland zu studieren, wäre es auch dir nicht passiert. Das hast du davon. Und einen Sohn, der nicht heiratet.»

Spavento kam also in mein Zimmer, er war da, als ich einschlief und auch als ich erwachte, aus dem Schlaf, aber nicht aus dem Kummer. Er saß in der dunkelsten Ecke des Zimmers und schien sich gar nicht bewegt, sondern nur zugeschaut zu haben. Wenn er sah, dass ich wach war und wieder auf die Zehen starren wollte, sprang er auf. Ich erschrak, weil es womöglich doch der wahre, grausame Capitan war. Aber es war Zizi in einem schlecht genähten Anzug – «in Eile, in Eile», hatte Zsuzsa gesagt, «immer alles in Eile» – mit roten, kniehohen Hosen, gelben Strümpfen, falschem Schnurrbart, einem Hut mit Federn, die unser Pfau nicht freiwillig hergegeben hatte, und einem Holzschwert. Er hob am Bettende das Schwert und legte los:

«Dieses Mädchen liegt immer noch im Bett, dabei hat es die Welt noch gar nicht gesehen. Es wird gar nichts sehen, wenn es nicht aufsteht, so wahr ich Capitan Spavento heiße und schon alle Kontinente bereist habe, von Monsunia nach Bedunia, von Bedunia nach China, von China nach Nina. Nein, das war kein Land, das war eine, die mich liebte. Das war ein Kontinent für sich, also bin ich von China nach..., kannst du mir sagen, wohin?» «Nach Medina», antwortete ich, obwohl ich nicht wollte. «Genau, nach Medina, und ich habe viele Armeen geschlagen, die China-Armee, die Persien-Armee, sie liefen alle davon, schon wenn sie mich sahen, und ich wurde ruhmreich. So ruhmreich kann man gar nicht sein, wie ich es bin. Jetzt bin ich hier vorbeigekommen, und man erzählte mir von einem Mädchen, das nicht mehr aufstehen will. Es will auch seine Mutter nicht sehen. Ein Mädchen mit einem wunderschönen Namen, als ob er aus einem Land wäre, das ich erobert habe. Aus Persien. Wie heißt es denn?» «Zaira», sagte ich, obwohl ich nicht reden wollte. «Das ist ein Name, wie es keinen zweiten gibt.» «Doch, in Persien, du hast es selber gesagt.»

«Unterbrich mich nicht», sagte Spavento mit tiefer, heiserer Stimme und musste sich räuspern. Er lief umher und fuchtelte mit dem Schwert herum. «Wenn du mich immer unterbrichst, werde ich nur grausamer. Dieser Kontinent, wo du liegst, das Bett, was ist das wohl für ein Ort? Haben sich dort Armeen versteckt, die ich schlagen könnte? Oder sind da Schätze zu finden? Ich glaube, ich möchte diesen Kontinent erobern.»

Spavento war so laut, dass er im ganzen Haus zu hören war. Zizi glaubte so sehr an den Capitan, dass seine Blicke wie Blitze wirkten. Ich aber gab mir weiterhin Mühe, auf meine Zehen zu schauen. Spavento sprang aufs Bett, trampelte herum und wollte mich an den Rand drängen.

«Ich nehme diesen Kontinent in Besitz. Ich, Spavento der Größte, der Stärkste, der Einmaligste, der die Armeen des Schahs von irgendwo geschlagen hat und die Armeen des Kaisers von irgendwo. Ich bin jetzt Besitzer dieses Bettes, und niemand hat hier zu liegen, zu faulenzen, auf Zehen zu starren, zu schlafen und zu träumen. Denn ich bin Capitan Spavento, und ich kann sehr grausam werden.»

In dem Augenblick, als er auf dem Bett stand, den Säbel in der Luft hielt und ich beinahe aus dem Bett fiel, öffnete Großmutter die Tür: «Aber, Zizi, du bist zu laut und machst dich nur lächerlich.» «Aber, Onkel», sagte auch ich, aber nicht etwa, weil er lächerlich war. Denn er war der beste Capitan Spavento, den ich kannte. Ich hätte gerne geklatscht, aber ich hatte mich für die Zehen entschieden.

Wofür man sich entscheidet, dabei muss man auch bleiben, hatte mir Zizi beigebracht. «Was man verspricht, das hält man auch», sagte er immer. Auf die Zehen zu starren war mein Versprechen an mich selber. Ein Versprechen, dass ich nicht an Mutter dachte, während ich an sie dachte. Dass ich nicht neben ihr im Zug saß, während der Zug sich immer mehr der Stadt näherte. Dass ich in Gedanken nicht gemeinsam mit ihr am Bahnhof wartete, weil Mişa wieder einmal zu spät abgefahren war. Dass ich nicht in der Kutsche war, eng an sie gepresst, während diese durchs Dorf fuhr. Dass das Herz nicht pochte, wie es pochte, schon bald nachdem Dumitru Mutters Ankunft verkündet hatte. Dass ich nicht verwirrt war, wenn Mutter aus dem Halbschlaf erwachte und fand, dass Paris immer weiter wegrückte und dass mein Geburtstag schon gewesen war oder erst kommen würde. Dass Mutter gar nicht so tot war, wie sie war.

Zizi setzte sich außer Atem auf den Bettrand, während ich meinen Kontinent zurückeroberte. «Zu laut? Vielleicht. Lächerlich? Niemals. Probieren wir etwas anderes.» Ich wusste, was geschehen würde, ich hatte es schon oft erlebt und wurde jedes Mal unruhig, wenn es länger als die üblichen zehn Minuten dauerte, bis Pantalone hereinkam. Er ging gekrümmt und stöhnend, von Schmerzen geplagt. Von oben bis unten war er in einen roten Anzug gekleidet, den Zizi seit seiner Armeezeit im Schrank gehalten hatte. Darüber trug Pantalone einen schwarzen Mantel und auf dem Kopf eine rote Schlafmütze.

«Ach, ach», keuchte er, «ich habe Spavento herauskommen sehen. Er sagte, dass er einen neuen Kontinent entdeckt hat. Ihn besitze ein stures Mädchen mit einem Namen aus Persien. Ach, mein Kreuz, wenn ich heute nicht sterbe, dann lebe ich ewig. Diese Schmerzen plagen mich, sonst hätte ich diesem Maulhelden, diesem Angeber, diesem aufgeblasenen Herculino die Meinung gesagt. Dass er wieder nur Geschichten erfindet. Dass es solch einen Kontinent gar nicht gibt, der wie ein Bett aussieht. Wie soll es solch einen Kontinent geben, wo genau ein Mensch Platz hat, nicht einmal ein ganzer Mensch, sondern nur ein halber, ein kleines Mädchen? Wo sollen da noch Berge und Flüsse hin und Wiesen und Menschen und der Obsthain und der Fischteich und die Allee und das Dorf mit Josef und Zsuzsa und Dumitru und Mioara und Großmutter und der Tante? Mit diesem Zizi, der immer laut ist und sich lächerlich macht? Ei, ei, diese Schmerzen. Wie ich nur humple! Und wo soll da mein Geld versteckt werden, in einer einzigen Matratze? Denn ich habe viel Geld, und dafür braucht es viele Matratzen, alle Matratzen der Welt. Denn alle sind hinter meinem Geld her. Wenn sie es finden, bleibt nichts mehr übrig für den Dottore, den ich brauche, obwohl er ein Schwindler ist, ein Farceur, ein Mörder, schlimmer noch als Spavento, der niemandem wehtut mit seinen Erfindungen. Was der Dottore erfindet, geht einem an die Nieren oder, besser gesagt, ins Blut. Das heißt, wenn er noch genug davon übrig lässt. Der zapft mir Blut ab, egal, was ich habe, Kopfschmerzen, Gallensteine oder Gicht. Ich frage mich, wieso Gott uns so was Übles gab, wenn man es wieder abfließen lassen muss.»

Dann drehte Pantalone sich um und tat so, als würde er mich das erste Mal sehen.

«Ei, da ist wirklich ein kleines Mädchen, und da ist wirklich ein Bett. Spavento hat diesmal nicht gelogen. Und das Mädchen liegt da, als ob es wirklich krank wäre, so wie ich. Aber ich bin alt, und es ist jung, es kann gar nicht so viele Krankheiten haben wie ich. Die haben gar keinen Platz in so einem kleinen Körper. Verzeihen Sie, wer sind Sie?» «Zaira.» «Der Name aus Persien. Dann sind Sie das Mädchen, von dem Spavento sprach. Ich bin Pantalone.» «Das weiß ich.» «Wie können Sie das wissen? Hat Spavento etwas erzählt? Alles nur Lügen. Hat er gesagt, dass ich steinreich bin? Alles erfunden. Ich bin doch nur reich genug, um mir täglich Brot zu kaufen.» «Haben Sie selber gesagt.» «Aber nur, weil ich alleine war. Man sagt zu sich selbst allerlei.»

Pantalone ging nicht anders als Spavento vor dem Bett hin und her, aber ohne Säbel. Aus einer Tasche holte er einen Geldbeutel oder das, was Zizi für einen guten Ersatz gehalten hatte. Er hielt den Beutel ans Ohr, schüttelte ihn und war zufrieden, als er das Metall klimpern hörte. Ich war sicher, dass Tante Sofia, Zsuzsa oder Josef ihm dafür Münzen gegeben hatten. Denn Zizi hatte kein Geld, auf seinem eigenen Boden brauchte er nie etwas zu bezahlen.

Mişa und er waren immer bargeldlos. Er, weil er der Herr war, und Mişa, weil die Flasche ihm zu oft zuzwinkerte.

Pantalone beugte sich über das Bett und stützte sich auf die Matratze. «Vielleicht habe ich mich geirrt. Vielleicht ist diese Matratze wirklich groß genug für mein Geld. Und wenn nur wir beide es wissen, dann ist das so, als ob niemand es wüsste. Nicht wahr, Fräulein Zaira?» Pantalone packte die Matratze an ihrem Rand und hob sie hoch. «Jetzt will ich aber schauen, ob sie groß genug ist für meine Reichtümer.» Obwohl er sie so kräftig schüttelte, bis ihm der Atem ausging, fiel ich nicht hinunter. «Pantalone, sei still. Pantalone, begrab das Geld unter der Hundehütte», sagte ich. «Geht nicht, der Hund findet es und bringt es zurück.» «Dann versenk es im Fischteich.» «Geht auch nicht, sonst schlucken es die Fische, und wir schlucken die Fische und sterben an meinem Geld.» «Dann begrab es unter einem Baum.» «Es gibt so viele Bäume hier, dass ich den einen nicht mehr finden würde.» «Pantalone, geh weg.» Ebenso außer Atem wie kurz zuvor Spavento, setzte sich Pantalone auf den Bettrand und schnappte nach Luft, bevor auch er wieder hinausging. Nachdem Pantalone verschwunden war, kam der Dottore rein.

«Ich habe Pantalone herauskommen sehen, bestimmt hat er geklagt und mich einen schlechten Arzt genannt. Er tut es tagaus, tagein, dann ruft er mich: ‹Dottore, tun Sie was, lassen Sie mich nicht so leiden.› Der Wucherer, der Geizhals! Kaum ist er gesund, ist er schon wieder so krank, damit er nichts zahlen muss. Ich bin kein schlechter Arzt. Die Patienten eines schlechten Arztes sind tot, Pantalone aber läuft lebendig herum. Glauben Sie nicht, was er gesagt hat. Wenn ich Sie behandeln darf, können Sie sicher sein, dass Sie in den Händen eines der besten Ärzte sind von hier bis nach Paris und zurück, und das ist nicht wenig. Ich habe gehört, dass hier ein Mädchen lebt, das eine seltene Krankheit hat. Ich wollte meine Dienste anbieten. Kennen Sie das Mädchen? Es hat einen Namen, den man hier vorher noch nie gehört hat. Sind Sie Zaira?» «Kann schon sein.» «Dann sind Sie ja von dieser Krankheit bedroht, die so ekelhaft eklig ist, so absurdisch absurd, so unbeschreiblich unbeschreibbar, dass man sie schon hat, wenn man nur ihren Namen ausspricht. Haben Sie sie? Diese unaussprechbare Krankheit, die einen ans eigene Bett fesselt? Die macht, dass man gar nicht mehr aufstehen kann, sondern nur noch seine Zehen anstarrt, bis man die Zehenstarre kriegt oder die Nackenstarre oder die Augenstarre?»

«Nein, die habe ich nicht.» «Aber Sie schauen schon verdächtig lange auf Ihre Zehen. Man kann es nie ausschließen. Ich empfehle deshalb allen einmal im Jahr einen Aderlass», sagte der Dottore und holte aus einer Tasche ein Messer. Er prüfte seine Schärfe, dann nahm er ein Stück Leder heraus, stülpte ein Ende über einen Nagel in der Wand, hielt das andere Ende fest und fing an, das Messer zu schleifen.

«Habe ich Ihnen schon erzählt, dass Paris die Hauptstadt von Frankreich ist und dort viele Pariser leben, die sich mindestens einmal im Jahr das Blut abzapfen lassen? Weil sie dann leichter sind, stecken sie Steine in die Taschen und in die Schuhe. Sie sprechen immer schwergewichtig, nie leichtsinnig, damit sie nicht abheben. Und wer doch leichtsinnig ist oder handelt, bereut es schwer. Denn er muss sich augenblicklich an Straßenlaternen, an Zäunen, an anderen Menschen festhalten, sonst steigt er in die Luft auf, und man sieht ihn nie wieder. In Paris könnten Sie nicht so herumliegen, da hätten Sie längst schon abgehoben. In Paris sind alle schwergewichtig, schwer verbrecherisch, schwer von Begriff, schwer reich oder schwer verliebt, damit sie am Boden bleiben. Paris ist der einzige Ort, der an allen vier Ecken fest verankert ist, mit Ankern, die dicker und schwerer sind als die größten Schiffsanker. Und sie bauen immer mehr Häuser und Paläste und Monumente, damit sie gewichtig bleiben. Darum bauten sie den Eiffelturm und den Triumphbogen und füllten das Louvre-Museum mit Bildern auf, die schwere Rahmen haben. Jetzt komme ich zu Ihnen, jetzt ist das Messer scharf genug. Wenn Sie mich nicht schnell überzeugen, liebes Fräulein, dass Sie nicht an dieser unerträglichen Krankheit leiden, werde ich Sie jetzt anzapfen.»

Der Schatten des Dottore wurde immer länger, als er sich mir näherte, der Schatten des Messers an der Wand ebenfalls. In den schwarzen Kleidern, genäht aus den alten Gewändern von Großvater, war er selber wie ein Schatten. Bis Mutter kam, waren es nur noch wenige Stunden, manchmal nur Minuten. Manchmal stieg sie gerade aus der Kutsche und stand bald im Haus. Sie verlangte nach mir, mich verlangte es nach ihr, aber ich gab nicht nach. Ich wollte niemals nachgeben, nicht einmal als Zizi seine letzte Trumpfkarte aus dem Ärmel zog. Zizis letzter Trumpf war Pagliaccio.

Pagliaccio kam ganz lautlos herein. Die Tür öffnete sich einen Spaltbreit, er streckte den Kopf rein, zog eine Grimasse, dann folgten ein Fuß, eine Hand und so weiter, bis er ganz drinnen war. Pagliaccios Kleider waren zu groß geraten, die Ärmel überdeckten die Hände, das Hemd reichte bis zu den Knien. Pagliaccio kam immer in Weiß, weißer wäre es nicht gegangen, sogar sein Gesicht war mit Mehl bestäubt. Pagliaccio lehnte zuerst an der Wand, und eine Fußspitze zeichnete einen Halbkreis auf den Boden. Er war ernst, aber als er mich sah, grinste er breit und winkte mir zu. Er machte einen Schritt auf das Bett zu und stolperte. Er ärgerte sich. Pagliaccio fragte wortlos, ob ich traurig sei oder krank. Ich starrte weiter auf die Zehen.

Pagliaccio spielte Großmutter und wie sie in heiligem Auftrag herumfegte. «Gott ist überall, sogar in deiner Hose, in deiner Ohrmuschel, in deinen Zahnlöchern. Glaube nicht, dass Gott es nicht weiß, wenn du etwas tust, was du nicht tun sollst.»

Pagliaccio blähte sich auf, breitete die Arme aus und spreizte die Beine, wollte den ganzen Raum einnehmen, und das war Zsuzsa. Der Boden bebte unter ihm.

Pagliaccio war dann auch Dumitru. «Hört, hört, was ich zu verkünden habe. Ich, Dumitru, der Sohn des alten Dumitru, der euer Verkünder war.»

Dann kam Mişa dran, und Mişa war einfach nachzumachen, denn einen Säufer kann jeder nachmachen: den Säufergang, das Säuferreden. Gott hat dafür gesorgt, dass wir uns in die Säufer gut einfühlen. Damit wir uns nicht zu sehr einfühlen, mögen wir sie nicht, aber wir beneiden sie um ihren Rausch.

Ich lächelte und wollte es doch nicht tun.

Pagliaccio war dann Mutter: «Ich bin so jung. Ich muss alles sehen und erleben. Mein Gott, es gibt so viel auf der Erde, was ich noch sehen muss. Es ist so schade, dass man nicht alles, was es gibt, mindestens einmal in seinem Leben erleben kann. Das ist gar nicht möglich, dafür liegen die Dinge schon zu weit auseinander, und immer neue Dinge entstehen in jeder Minute, das eine ist in Paris, das andere in Wien, das Dritte bei uns in Bukarest. Da müsste man dreifach sein und vierfach und fünffach. Zsuzsa, hier ist ein Geschenk für dich.» Pagliaccio spielte Mutter, wie sie Geschenke verteilte, an Zsuzsa eine Schürze, an die Tante feine Strümpfe, an Zizi eine Krawatte, an Großmutter Wolle.

Da hörte ich auf zu schmunzeln, und Pagliaccio stockte. Er grübelte nach, was er noch tun konnte, aber ihm waren die

Ideen ausgegangen, also fragte er: «Du bist traurig?» «Hm, hm.» «Wenn du mir für jeden deiner Zehen eine Art von Traurigkeit sagst, kannst du im Bett bleiben.» Pagliaccio war überzeugt, dass ich es nicht schaffte. Dass man mit neun, zehn oder elf Jahren so viel Traurigkeit gar nicht kennt, aber er täuschte sich.

«Die Traurigkeit von Zsuzsa, die nie wieder Österreichungarn gesehen hat.»

«Die Traurigkeit von Dumitru, weil sein Vater vom Weinfass erschlagen worden ist.»

«Die Traurigkeit von Großmutter, weil ihr Vater sie verkauft hat.»

«Die Traurigkeit von Tante Sofia, weil ihr Mann sie verlassen hat.»

«Die Traurigkeit des Schweins, kurz bevor du ihm die Kehle durchschneidest, Zizi.»

«Die Traurigkeit von Mişa, weil Gott oder der Teufel ihm die Flasche in die Hand legt und die Flasche ihm danach an den Mund springt.»

«Die Traurigkeit von Vater, weil er das Vaterland verteidigen muss und nicht uns.»

«Die Traurigkeit von Albu, kurz bevor du ihn erschossen hast, weil er nicht mehr hochgekommen ist. Ich habe seine Augen gesehen.»

«Die Traurigkeit von Mutter, weil Paris weit weggerückt und weil sie bald nicht mehr so jung ist. Und weil sie deswegen nicht hier sein kann. Das sind schon zwei oder drei Traurigkeiten auf einmal.»

«Die Traurigkeit von Zizi, weil er ein schöner Mann ist, der keine Frau haben möchte, um keine verlassen zu müssen.»

Jetzt zog Pagliaccio sich langsam aus, bis wieder Zizi in seiner Kleidung dastand. Er ließ sich neben mich aufs Bett fallen, legte die Beine auf die Bettkante, stöhnte ganz hoffnungslos, lag da mit zerzausten Haaren von all den Rollen, in die er geschlüpft war, und sagte: «Das ist mehr als genug.» «Versprochen ist versprochen. Ich muss nicht aufstehen.» Aber ich war bereit nachzugeben. Es gab bestimmt kleine und große Versprechen, so wie es kleine und große Vergehen gab. Bei den kleinen drückte Gott sogar beide Augen zu.

Deshalb wurde man nicht gleich ein schlechter Mensch, höchstens ein weniger guter. Aber wenn man schon sehr gut war, war das Stück, das am Schluss fehlte, nicht der Rede wert. Es war vielleicht wie beim Zeitunglesen. Die meisten Leser lasen die Artikel nicht zu Ende, das hatte mir Zizi mal erklärt. Vielleicht las Gott auch nicht zu Ende, wenn es darauf ankam. Also war ich bereit zu vergessen, was Zizi versprochen hatte und was ich mir versprochen hatte.

«Ich habe es versprochen, nicht wahr, Zaira?»

«Du hast es versprochen.»

«Können wir diesmal nicht so tun, als ob...»

«So wie beim Schachspielen, wenn man eine Figur schon gezogen hat und sie zurückstellen möchte, weil man sonst einen Fehler machen würde?»

«Ja.»

«Zizi, wieso muss man überhaupt Versprechen halten?»

«Damit man weiß, wer man ist.»

«Aber ich weiß immer, wer ich bin, auch wenn ich Paul verspreche, ihn nicht zu schlagen, und ihn schlage. Auch wenn ich ihn nicht küsse, aber es anders fühle.»

«Das ist nur Spielen, Zaira. Das Leben ist kein Spiel. Wenn du nicht tust, was du sagst, wird niemand mehr wissen, wer du bist. Am wenigsten du selbst. Am Schluss bist du dann ein Nichts.»

«Das verstehe ich nicht. Ich bin doch immer etwas. Ich bin die Fee, wenn Paul der schöne Knabe aus dem Märchen ist. Ich bin deine Cousine und Großmutters Enkelin. Ich bin Vaters Tochter, obwohl er viel lieber das Vaterland verteidigt. Ich bin Mutters Tochter, obwohl sie noch so jung ist.»

«Man kann nicht den Bauern soundsoviel Land versprechen, soundsoviel Anteil an der Ernte oder am Wein, und es dann nicht einhalten. Wir leben von den Bauern. Man kann nicht einer Frau ein Kind machen und ein Eheversprechen und es nicht einhalten.»
«Zizi?»
«Ja?»
«Darf ich mein Versprechen brechen, dass ich Mutter nicht sehen möchte?»
Dann kam Mutter an.
Dann kam der Krieg.

3. Kapitel

Es ist 1998. Ich bin vor einer Woche in Timişoara gelandet, auf einem Flughafen, der von grasenden Kühen eingeschlossen war. Sie haben nicht einmal die Köpfe gehoben, als wir über sie hinweggeflogen sind. Das Land schien nach allen Seiten unendlich flach zu sein.

Ich habe nur einen Tag gebraucht, um mich zu entscheiden, mich in dieses Kaffeehaus zu setzen, gegenüber von seiner Wohnung. Wo alle darüber reden, wie sie viel Geld machen wollen. Drei Männern, die am Tisch nebenan sitzen, läuft der Schweiß ins offene Hemd von den vielen Vermutungen, wie sie ihr Geld vermehren könnten. Sie haben aufgehört, über die Ziegelsteine zu fluchen, die vom Himmel fallen, auf eine Stadt, die sich auflöst. Sie tätigen lieber Gedankengeschäfte. «Ich habe Freunde, die viel Geld haben», sagt der eine. «Ich habe einen Onkel, der viel Geld hat», trumpft der Zweite auf. «Ich habe selber bald viel Geld», fügt der Letzte hinzu. Der Fahrer des zerbeulten Autos ist weggefahren, er wollte einen dritten Stein aus heiterem Himmel nicht mehr riskieren.

Es ist wieder ruhig, die Fußgänger gehen ahnungslos am Haus vorbei, das altersschwach geworden ist und nichts mehr bei sich halten kann. Bald wird es auch seine Möbel, Fernseher, Schränke, Teppiche, Betten, sein Geschirr, seine Buchregale, seine Klaviere, Fußböden, Badewannen, Spiegel, Türen, seine Bilder und seine Einwohner verlieren. Es wird in die Knie gehen wie der alte Albu, erzittern und nicht mehr hochkommen.

Es wird Kleider regnen, Vorhänge, Manuskripte, Liebesbriefe, Mäntel und Familienfotos aus allen Lebensphasen – ein rundes Gesicht, klein und zahnlos zuerst, im Kinderwagen; später größer und dünn wie ein Zahnstocher; noch später etwas rundlicher und glücklich wegen der Heirat oder der Beförderung und ganz am Schluss wieder zahnlos und dürr. Es wird Teppiche und Tischdecken mit Spitzen regnen, so wie auch Robert und ich welche in Washington hatten. Wir hatten dort schneller Tischdecken als einen eigenen Tisch, denn Mutter schickte uns gerne welche nach, gleich nach unserer Ankunft.

Es wird auch Gebisse regnen, aber nur wenige, weil nur wenige sich hier künstliche Gebisse leisten können. Sie bleiben lieber bei den Zahnlücken, nachdem sie ein Leben lang auf Granit gebissen haben. Manche haben so viele Lücken, dass sie sich kaum noch an die Zeit erinnern, als die Zungenspitze gegen etwas Hartes stieß. Es wird auch Hüte regnen und Krawatten und geflickte Anzüge, die lange genug die Zahnlosigkeit bekleidet haben. Es wird Alte regnen und Säuglinge. Liebespaare werden aus ihren Betten fliegen, Ehepaare von ihren Esstischen, wo sie zu lange gesessen und sich zu wenig gesagt haben. Oder zu viel, aber nur in Gedanken und nicht das Beste. Da kenne ich mich aus, in meinem Leben hat es einige solcher Tische gegeben.

Dieses Haus wird das erste sein, danach werden jenes und jenes und jenes folgen. Es wird sich durch die ganze Stadt ausbreiten, das Häusereinknicken. Wenn ich nicht bald aufstehe und auf die Klingel drücke, dann wird auch *sein* Haus einstürzen. Denn es sieht aus, als ob es schon kollabiert wäre. *Er* wird wie alle anderen Mieter herausfliegen, umgeben von seinen Papieren, seinen Bildern, seiner Wäsche, seinen Flaschen. Er wird mir direkt auf den Schoß fallen oder auf den Stuhl neben mir. Dann werde ich nicht mehr aufstehen müssen, um zu läuten. Oft wollte ich es tun, aber ich fürchtete seine Reaktion. «Alte Frau, wer bist du? Ich kann mich an dich nicht mehr erinnern», würde er vielleicht sagen. «Alte Frau, was willst du hier? Du warst mir recht, als du jung warst, jetzt kommst du ungelegen.» «Alte Frau, kehr nach Amerika zurück. Seit dreißig Jahren schon gehörst du zu Washington und nicht mehr hierher.»

Ich bin oft um das Haus geschlichen, kenne jeden Riss, kenne seinen Verfall, so gut wie meinen eigenen. Ich bin in den Hof gegangen, wo es nach Urin stinkt und nach Abfällen, und ich habe zu seinem Küchenfenster hochgeschaut. Ich habe diesem Haus den Hof gemacht, mehr als ein Mann einer Frau den Hof macht. Ich weiß, wie es riecht, wie es von den Wänden tropft, wo Schimmelpilz wächst. In welchen Ecken es hell ist, und das sind wenige. Vor allem aber, wo es dunkel ist, denn dort versteckte ich mich, wenn jemand vorbeikam.

Ich habe dem Haus den Hof gemacht am frühen Morgen, wenn es sich leerte und alle zur Arbeit gingen, und abends, wenn es sich wieder füllte. Nachts, wenn das Hotelpersonal sich Sorgen um mich machte, weil das keine Zeit für Spaziergänge sei. Schon gar nicht für eine Frau, die wie eine Amerikanerin auf Urlaub aussieht. *Das ist doch meine Stadt, ich kenne sie, sie war immer gut zu mir,* dachte ich.

Einmal ist er sogar ganz dicht an mir vorbeigegangen. Ich glaubte, er würde mich entdecken, aber er redete viel lieber mit den Flaschen in der Tasche. Seine Haare sind dünn geworden, und sein Fleisch ist eingesunken. Er wankt beim Gehen und sieht schlecht aus, aber Hut trägt er noch und Krawatte und Anzug. Im Anzug säuft es sich vielleicht anders als in Lumpen. Er hat sich so sehr ans Wanken gewöhnt, dass er bestimmt auch dann noch wankt, wenn er nüchtern ist und sich trotzdem für betrunken hält.

Ich saß für Stunden am selben Ort, den kalten Kaffee vor mir, und der Kellner fragte auf Englisch, ob ich noch etwas wolle. Der erste Kellner des Tages, dann jener, der dem ersten folgte. Für sie bin ich eine Amerikanerin, obwohl ich ihnen erklärt habe, dass ich gar keine bin. Oder schon, aber gleichzeitig eine von hier.

Abends zog *er* seinen Hausmantel an, schaute auf die Straße, ohne mich im Dunkeln zu sehen, schloss das Fenster und löschte bald das Licht. Wie lange er so im Dunkeln wach blieb, wusste ich nicht. Früher war er manchmal noch auf und starrte die Decke an, wenn ich gegen Morgen erwachte. Ich drehte mich zu ihm, umarmte ihn und fragte: «Was tust du?» «Ich zähle Schafe, aber es gibt zu viele davon, an Schafen bin ich reich. Vielleicht wenn du mir hilfst...» Und wir zählten gemeinsam Schafe, eins, zwei, drei, «das dort habe ich schon gezählt», fünf, sechs, «wer kümmert sich um das schwarze Schaf?» Der Tag brach an, und wir hatten unsere Schafe noch nicht alle zusammen, aber inzwischen konnten sie wieder verloren gehen, denn wir waren zu Wichtigerem übergegangen.

Wenn ich mich endlich zu gehen entschloss, rief mir der Kellner *till tomorrow* hinterher. Wie alle anderen nahm bestimmt auch er an, dass sich nun alles täglich wiederholen würde. Dass ich dort aus irgendeinem Grund, der sich ihnen nicht erschloss, mit Hut und Halbschuhen sitzen würde. Auch die verspäteten Kunden grüßten verschmitzt, eine Amerikanerin in Paris wäre ihnen vertrauter gewesen als eine hier.

Dorthin hatten sich immer schon Amerikaner verirrt, seitdem Gene Kelly es vorgemacht hatte. *I got rhythm, I got music,*

I got my girl, who can ask for anything more, sang er. Auf seinen Spuren waren nach dem Krieg Tausende nach Paris gekommen und auch sonst wohin. Europa blähte sich auf wie ein Ballon, der mit amerikanischer Luft gefüllt war. Sie hatten uns doch befreit. Es stand ihnen zu, nun gut, Paris stand ihnen zu, denn bei uns hatten die Russen vorbeigeschaut. Obwohl wir noch lange warteten, dass der Amerikaner kam, kam er nicht. Schade, dass Gene Kelly nicht auch hier tanzte. Er hätte viele Frauenhüften gefunden, die bereit waren, zu schwingen und zu vibrieren für ihn. Viele lange Frauenbeine, viele Arme, die sich gerne um seinen Hals gelegt hätten. Viele Hände, die ihn angefasst hätten, seinen kräftigen amerikanischen Körper, viel Raffiniertheit, Parfüm, Koketterie und Lust.

Da die Russen schon mal da waren, kamen weder er noch Fred Astaire, um uns zu drehen, bis uns schwindlig wurde, aber nicht übel. Zumindest nicht vom Tanzen, höchstens vom Leben, das wir führten. Weil Gene und Fred nicht auftauchten, wollten viele von uns zu ihnen. Robert, Ioana, unser Kater und ich kamen sogar bis nach Washington. Als wir am Dulles Airport gelandet waren, hatten wir bereits ein Jahr Lagerleben bei Wien hinter uns, was hinreichend war, um unsere Augen an das westliche Maß zu gewöhnen. Das amerikanische Maß aber sprengte alles, was wir kannten. Der Beamte war höflich, er hieß uns willkommen in Amerika, dann bat er uns in sein Büro, in dem ein Tisch, vier Stühle und eine Schreibmaschine standen. Ein Teil in uns war hoffnungsvoll, ein anderer prüfte, ob dieser Beamte anders war als unsere Beamten zu Hause, die auch hinter Schreibmaschinen saßen.

Die gingen immer wieder kaputt, als ob sie die falschen Texte, die erfundenen, erpressten, erzwungenen Texte, die sie zu tippen hatten, nicht mehr tippen wollten. Die russischen Schreibmaschinen waren die Mutigsten und jahrzehntelang die Einzigen, die dem Kommunismus ein Bein stellten. Sogar mitten in meinem einzigen Verhör hatte solch eine Maschine gestreikt, und der Geheimdienstoffizier hatte die Befragung abgebrochen.

Robert antwortete dem amerikanischen Beamten, dem ersten Amerikaner, den wir trafen. Der uns einiges voraushatte, weil er Fred und Gene seit seiner Kindheit näher war als wir. Weil er als Kind dieselben Lieder gesungen, dieselben Bücher gelesen hatte, durch dieselben Landschaften gefahren war, auch wenn man nicht behaupten kann, dass Ost- und Westküste, Kalifornien und Maryland sich ähneln. Er hatte dem ersten Mädchen seines Lebens und allen anderen, die folgten, *I love you* gesagt, in dieser großartigsten aller Sprachen, die man sprechen konnte, ohne angewidert zu sein. Denn man hatte auf Englisch die Welt befreit.

Eine Frau brachte uns Saft zum Trinken, und Ioana sagte zum ersten Mal in ihrem Leben: *Thanks*. «So akzentfrei kann ich nicht einmal Rumänisch reden», versuchte ich lustig zu sein, aber sie hatte nie einen Sinn für Humor gehabt. Wie Großmutter, deren Humor an Gott kaputtgegangen war, war auch Ioanas Humor kaputtgegangen, aber ganz und gar ohne Glauben. Sie war nie anders gewesen: ein kleines, ernsthaftes, verträumtes Mädchen, das sich plötzlich in eine junge, ebenso verschwiegene Frau verpuppt hatte.

Obwohl sie Gründe für Leichtigkeit gehabt hätte, denn in ihrer Welt hatte noch keiner um Brot gebettelt.

Noch keiner hatte vor einem dicken Mann mit Offiziersgraden auf der Schulter gezittert.

Noch keine Schreibmaschine hatte geklemmt.

Noch niemand hatte vor ihr ausgespuckt.

Sie hatte noch nie auf ihre Zehen schauen müssen, um die Welt nicht mehr zu sehen, weil ihr sonst schwindlig wurde.

Wenn Zizi sie gebeten hätte, zehn Traurigkeiten zu nennen, eine für jeden Zeh, wäre sie niemals bis zehn gekommen. Das dachte ich damals, und ich hätte mir nicht vorstellen können, dass es jemals anders kommen könnte. Aber noch ist es nicht so weit. Noch hatten wir den Gene-Kelly-Ersatz vor uns, den Beamten, der, so schwerfällig und erloschen er auch aussah, bestimmt der beste Tänzer der Welt war. Nur weil er Amerikaner war.

Robert hielt mich bei der Hand und übersetzte, was man uns fragte über uns und unseren Kater Mişa. Weil wir aber bereits von Amerika aufgenommen worden waren, von Marilyn und Rockefeller, von Lincoln und Hollywood, von Elvis, von Ava Gardner, Bogard und Big Apple, von Hemingway und Faulkner, von der Prärie, dem Mississippi, von Disney und Sinatra, sah der Mann schnell ein, dass es nichts mehr hinzuzufügen gab.

Ioana fragte: «Kann der Mann uns wieder aus Amerika wegschicken?», aber keiner von uns beiden, weder Robert noch ich, wollte das Schweigen brechen und eine Antwort wagen. Mişa miaute auf meinem Schoß antiamerikanisch, weil er sich viel weniger aus Amerika machte als aus seinem knurrenden Magen. Als wir in Wien die Papiere für Amerika bekommen hatten, hatte uns einer in einem ähnlichen Büro gesagt: «Die Papiere sind nur für euch drei, der Kater kann nicht mit.» «Der Kater ist das Antikommunistischste, was es gibt», widersetzte ich mich. «Mişa hat nicht den Weg bis hierher geschafft, um nicht nach Amerika zu kommen. Der Kater kommt mit, strengen Sie sich an!» Mişa bekam ein amerikanisches Leben bewilligt, so wie wir Menschen.

«Der Kater muss in Quarantäne», meinte der amerikanische Beamte. «Solange mein Mann nicht muss», erwiderte ich. Dann klemmte die Schreibmaschine, Robert meinte, man müsse vielleicht Ersatzteile aus Moskau schicken. Das fand der Mann nicht lustig, und es hätte uns beinahe in Bedrängnis gebracht, wenn Mişa nicht noch heftiger wegen seines Hungers protestiert hätte. Bald standen wir vor dem Flughafen, zwei Erwachsene, ein neunzehnjähriges Mädchen und ein Kater, alle in einer Reihe, bereit für Amerika, für Elvis oder

Sinatra oder was auch immer Amerika war. Wir schauten nach Amerika hinein, und Robert sagte: «Hier werden wir glücklich werden.» Ich schaute ihn verwundert an, dass er sich so sicher sein konnte.

· · · · ·

Der Krieg kam nicht plötzlich nach Strehaia, sondern nach und nach. Man redete darüber, war besorgt, rechnete die Wahrscheinlichkeit aus, dass es keinen Krieg gäbe oder doch, aber dass wir verschont blieben. Es war eine Lieblingsbeschäftigung der Erwachsenen, dieses Krieg-oder-nicht-Krieg-Spiel. «Wir bleiben verschont, wenn wir für die Deutschen sind», sagte Tante Sofia. «Die heizen doch das Ganze an. Wir bleiben verschont, wenn wir gegen die Deutschen und für die Franzosen sind», meinte Großmutter. «Wir bleiben verschont, wenn wir für niemanden sind, wenn wir gar nicht sind. Wenn wir uns ganz klein machen und uns unter die Erde verkriechen.» Es blieb in der Schwebe, wie man am besten durchkam, keiner konnte sich wirklich durchsetzen, am ehesten Mişa, der Kutscher: «Krieg ist Krieg, davon wird keiner glücklich. Dann sind die Männer fort, und es gibt keinen mehr zum Ernten. Und saufen muss man auch alleine.»

Der Krieg kam langsam. So langsam, dass man meinte, er würde sich nicht nähern, er würde nur auf der Stelle treten. Aber jedes Mal, wenn er auf der Stelle trat, verschätzte er sich ein bisschen und verschob sich einen, zwei Zentimeter nach vorne. So wurden daraus eine ganze Menge Zentimeter, bis der Krieg vor der Tür stand und sogar anklopfte.

An einem Morgen war das Klopfen so laut, dass man es nicht überhören konnte. Die Radionachrichten aus Holland, Dänemark und Frankreich waren klar und deutlich. Zsuzsa rang jedes Mal die Hände, weil der Krieg es plötzlich so eilig hatte. «Ein Blitzkrieg wird das werden», sagte sie, und dass der andere, der Erste Große Krieg, doch viel träger gewesen sei.

Zsuzsa wusste nicht, dass sie damit den *Blitzkrieg* erfunden hatte, bevor irgendjemand anders ihn so nannte.

«Der letzte Krieg war dreckig», sagte Zizi, «aber dieser Krieg wird noch dreckiger werden.» «Wieso denn das?», fragte sie und hörte auf, Gemüse zu rösten. «Weil sie jetzt viel mehr können. Und dieser Herr Hitler ist unheimlich. Die BBC sagt, dass er unheimlich ist.» «Unsere Regierung sagt aber nicht, dass er unheimlich ist.» «Unsere Regierung ist selber unheimlich. Sosehr ich für die Monarchie bin, ist das, was der König macht, nur noch Wahnsinn.» «Wieso ist Herr Hitler unheimlich?», wollte Zsuzsa wissen. «Man hört es an seiner Stimme. Ich verstehe nicht, was er sagt, aber er sagt es so, dass man sich fürchten muss. Wenn alle in Deutschland so schreien, dann schläft dort keiner mehr. Und die wollen beschäftigt werden», keuchte Zizi, der Josef half, einen Schrank hinaufzutragen.

«Herr Hitler ist Österreicher wie ich», bemerkte Josef stolz. «Endlich nimmt uns die Welt wieder ernst. Denn nachdem das Kaiserreich weg war, waren wir kaum noch was wert.» «Ich bin auch für diesen Herrn Hitler», fand Zsuzsa, die es den Franzosen und Engländern nicht verziehen hatte, sie vor zwanzig Jahren um Österreichungarn gebracht zu haben. Wenn man sie fragte, woher sie stammte, sagte sie weiterhin: «Aus dem Kaiserreich, mein Herz.»

«Ist dieser Herr Hitler eine Art Capitan Spavento?», wollte ich wissen. Zizi legte den Schrank ab, kam hinunter, wo wir unter den Linden am Tisch saßen – nur Zsuzsa lehnte aus dem Küchenfenster –, er legte mir die Hand auf den Kopf und sagte: «Ich glaube, Zaira, dass dieser Spavento hält, was er verspricht. Vor ihm müssen wir uns wirklich fürchten.»

So war das Erste, was uns der Krieg brachte, die Herkunft. Wir entdeckten sie, nachdem wir schon so lange, wie wir zurückdenken konnten, auf jenem Flecken Land gewohnt hatten. Nur Großmutters Katalonien war ihrem Gedächtnis entfallen und hinter dem Horizont geblieben. Sie schien sich gar nichts mehr daraus zu machen, und daran änderte auch der Krieg nichts. Fragte man sie, welches ihre Heimat sei, antwortete sie: «Ich bin aus Strehaia, und alles Weitere braucht euch nicht zu kümmern.» In Rumänien war Großmutter aus Strehaia, so wie sie in Spanien aus Katalonien gewesen war.

An jenem Tag fragte mich Zizi, als er seine Hände in einem Eimer wusch, den ihm der junge Dumitru hinhielt: «Und du, Zaira, was bist du?» «Ich bin aus Strehaia, und das Weitere braucht euch nicht zu kümmern.» Sie mussten so lachen, dass keiner nachfragte, was ich eigentlich damit meinte. Ich wäre bestimmt nicht so standfest wie Großmutter gewesen. Denn seit einiger Zeit fragte ich mich, ob dieser Krieg nicht nur Wien, Paris und alle anderen Hauptstädte dieser Welt von Mutter wegschob, sondern auch Strehaia.

Es war ein friedlicher Abend, alles machte sich für die Nacht bereit. In den Dörfern des Landgutes wurde das erste Glas Schnaps probiert. Die Bäuerinnen holten Wasser vom Brunnen, um den Maisbrei zu kochen. Manchen aber musste der Maisbrei von vorgestern genügen. Sie rissen dann gierig vertrocknete Stücke heraus und tauchten sie in die Soße, die vom Sonntagsessen übrig geblieben war. Andere tauchten ihn in Milch und zerdrückten ihn. Verspätete Bauern brachten auf ihren Karren Heu ein. Die Ochsen verdrehten die Augen, stemmten sich gegen die Schwerkraft, zitterten vor Anstrengung, wenn sie die steile, ungepflasterte, lehmige Dorfstraße hinaufkamen. Das Heu wurde im Hof gestapelt, manchmal auch gleich neben der Straße.

Wenn auch die Kühe nach Hause kamen und die Schweine freigelassen wurden, wenn die Hühner und Gänse unter dem Zaun hindurchschlüpften, wenn die Alten sich vor dem Zaun hinsetzten, um zu tratschen, und die jungen Männer, ebenfalls um zu tratschen – wobei ihre Blicke den jungen Frauen folgten –, dann schien gar kein Krieg möglich. Aber er war möglich, und der Erste, der es aussprach, war Dumitru.

Als wir durch das offene Fenster im Radio hörten, dass in Europa der Krieg begonnen hatte, rief Großmutter Dumitru zurück. Er eilte bereits die schattige Allee hinunter, in Gedanken bei den Frauen, die er in der Nacht trösten würde. Denn Dumitru tröstete Jungfrauen, weil sie noch Jungfrauen waren, und Witwen, weil sie niemanden mehr hatten. Er tröstete verheiratete Frauen, weil der Mann in der Armee war oder bloß in der Kneipe. Wenn er zu gründlich tröstete, kam er zu Großmutter und wollte Geld.

Einmal sagte er ihr: «Mein Vater ist für euch gestorben, seien Sie bitte nicht geizig, gnädige Frau.» Er schaute Großmutter nicht in die Augen, aber als sie ihn ohrfeigte, hob er den Kopf und starrte sie lange an, mit zusammengekniffenen Augen und roter Wange. Keiner von beiden sagte ein Wort. Großmutter gab ihm später das Geld, um seine neueste Tröstung wegzumachen. Er brachte die Frauen in die Stadt, aber am liebsten hätten sie es selber und zu Hause getan, oder ihre Mütter oder irgendeine andere alte Frau hätten es mit ihnen getan. Doch die Tante hatte es ihnen verboten: «Ich helfe euch, eure Kinder auf die Welt zu bringen, nicht, sie zu töten.» In dieser Beziehung war die Tante standfester als Großmutter.

Großmutter also rief Dumitru zurück, schrieb ihm auf, was er sagen sollte, und schickte ihn weg. Dumitru stieg auf die Anhöhe, und während Zsuzsa uns das Essen brachte und es langsam kühler wurde, während die Mücken sich über das viele Menschenfleisch freuten, hörten wir ihn durch sein Horn rufen: *Ich bin Dumitru, der Sohn des Dumitru, der euer Verkünder gewesen ist. Der Krieg ist ausgebrochen, der Deutsche ist in Polen einmarschiert. Die polnische Kavallerie kämpft, und England und Frankreich haben Deutschland den Krieg erklärt. Wir aber sind sicher, die Deutschen sind unsere Freunde, also werden wir so weiterleben wie bisher. Morgens werden wir auf die Felder gehen und sonntags in die Kirche. Wir werden alle beten, damit der Krieg wieder schnell vorbei ist. Denn Gott schaut zu.*

Das Zweite, was der Krieg brachte, war Blut. In diesem Krieg war ich die Erste, die blutete. Kein Soldat, der Köpfe spaltet, Bäuche aufschlitzt, Leute aufspießt, der Gefahr läuft, an einem winzigen Kugelloch zu sterben, wäre erschrockener gewesen als ich. Am Tag, als der Krieg ausbrach, wurde ich zur Frau oder zu etwas Ähnlichem.

Ich wurde nach dem Essen aufs Zimmer geschickt, zog mich aus und blieb lange vor dem Spiegel stehen. Ich wollte sehen, ob mir Brüste wuchsen, wie Paul es behauptete. Ich ging ans Fenster und sah, wie die Leute – in den Mückenkrieg vertieft – am Tisch um sich schlugen.

Auf dem Bett ausgestreckt, las ich *Der kleine Lord*. Ich hatte schon lange den Verdacht, dass Zizi mir zu lesen gab, was auch er gerne lesen würde und nicht ein Mädchen in meinem Alter. Als am Anfang des Buches Cedrics Vater stirbt, der als junger Mann aus England gekommen war, weil ihn der eigene Vater verstoßen hatte, als dann Cedrics Mutter bitterlich weint und schluchzend sagt: «Wir haben jetzt niemanden mehr auf der Welt. Nur noch uns», war ich noch ein Mädchen. Ich dachte, wie schlimm es für Mutter sein musste, weil Amerika auch ohne Krieg außerhalb ihrer Reichweite war.

Als das Hausmädchen mit bleichem Gesicht Cedric nach Hause bringt, wo er Mr. Havisham trifft, der ihn nach England zu seinem Großvater nehmen soll, als er jetzt nicht mehr der kleine Junge Cedric ist, sondern der kleine Lord Fauntleroy, Enkelsohn von John Arthur Molyneux Errol, Earl of Dorincourt, war ich immer noch ein Mädchen. Als der kleine Lord zusammen mit seiner Mutter auf dem Überseedampfer ist, als das Schiff ablegt, seine Freunde am Kai zurückbleiben, als er dann auf hoher See erfährt, dass die Mutter nicht mit ihm zusammenwohnen würde, weil der Großvater Amerikaner hasst, da begann sich in mir etwas zu verändern. Mit mir. An mir. Überraschend.

Mir wurde vor Aufregung so schwindlig, wie es Cedric auf See schwindlig werden musste. Ich war schon lange nicht mehr bei der Reise von Amerika nach Europa, sondern zwischen meinen Beinen. Lord hin oder her, Mutter hin oder her, der Atlantik war jetzt dort unten. Ich hatte mich hundertfach angeschaut und gewundert, dass es so etwas wie mich gab. Ich fragte mich, ob Großmutter und Tante Sofia, ob Mutter auch den ganzen Atlantik zwischen den Beinen gehabt hatten.

Die Paar Tropfen waren für mich bereits ein Ozean. Ich sollte bald lernen, dass es nur die Vorboten des Ozeans waren. Ich wusste, dass aus diesem Ozean die Kinder ans Land gingen, die sich dann über das ganze Festland verteilten, von Haus zu Haus zogen und nachfragten, ob man eines brauchen konnte. So kamen die Eltern zu ihren Kindern, hatte es mir Tante Sofia erklärt. Unsere Tiere hatten es anders vorgemacht.

So hatte mich auch Mutter auf die Welt gebracht. Sieben Monate lang hatte sie über ihrem Plan gebrütet. Sie hatte meine Augen, meine Haarfarbe, die Länge meiner Nase und Ohren, mein Becken, meine Brust und Schultern, meine Beine und Zehen zusammengesetzt, bis alles passte. Meine Größe aber hatte sie nicht verändern können, die war bei uns allen durch Großmutters katalanische Herkunft vorgegeben. Als ihr alles gelungen schien, schickte mich Mutter auf die Reise durch sie hindurch.

Nur Vaters Anteil war mir ein Rätsel. Denn so gründlich er das Vaterland verteidigte, so wenig Zeit hatte er für mein Aussehen gehabt. Vielleicht wäre ich sonst als Soldat geschlüpft. Oder als Capitan Spavento, wenn Zizi geholfen hätte. Oder als Pfarrer, wenn Großmutter mitbestimmt hätte, oder nach Tante Sofias Wunsch als Geburtshelferin. Als ich endlich da war, entschied sich Mutter, mich nicht haben zu wollen.

Ich prüfte mit dem Finger, was das zwischen den Schenkeln war, und als ich ihn zurückzog, war die Fingerkuppe rot gefärbt. Dann waren da mehrere rote Tropfen, dann viele, die

Bettwäsche färbte sich rot, das ganze Zimmer, die Wände, der Fußboden, alles nahm die Farbe Rot an. Es tropfte langsam, wie bei einem faulen Sommerregen, die ganze Nacht hindurch. Ich prüfte alle paar Minuten nach, und alle paar Minuten gab es die Bestätigung, dass mein Fleisch zum Leben erweckt war. Dass dieser Regen nicht aufhören würde wie jeder anständige Regen, sondern alles überfluten würde. Dass dies der Anfang war oder das Ende oder der Anfang und das Ende. Denn ich würde sterben. Ich, die noch nicht gesündigt hatte, eigentlich kaum, ein paar Lügen nur, obwohl ich die gläubigste Großmutter hatte, mit dem größten Himmelsbesen. Die ganze Nacht sprach ich vor mich hin: «Lieber Gott, mach heute Nacht nicht etwa beide Augen zu.»

Am nächsten Morgen war Großmutter im Stall und die Tante bei einer Bauerngeburt. Sie wurde oft mitten in der Nacht geweckt. Sie wies niemanden ab und ließ Mişa holen. Wenn der nicht zu wecken war, weil er getrunken hatte, spannte sie alleine die Pferde an und kehrte manchmal erst nach einem oder zwei Tagen zurück. Je nachdem, wie schwindelerregend die Bäuerin die Reise ihres Kindes plante. Zizi machte große Augen und schnitt sich beim Rasieren im Gesicht, als ich mich auf den Bettrand setzte und sagte: «Ich werde sterben.» «Zaira, hier stirbt keiner, nur weil in Polen Krieg herrscht.» «Aber mir wachsen Brüste, und ich blute.» Da schnitt er sich ein zweites Mal, bevor er sich zu mir umdrehte und mit all dem Schaum im Gesicht zu lachen anfing.

«Lach nicht, es ist auch so schlimm genug.»

«Genau das würde Pantalone sagen: ‹Es ist schlimm genug.› Das ist die einzige Krankheit, die er nie hatte. Er würde gleich den Dottore holen.»

«Und was würde der Dottore sagen?»

«Der Dottore würde sagen: ‹Ich weiß gar nicht, was Sie haben, das ist doch eine prima Sache, sonst müsste ich Ihnen ja das Blut abzapfen. Jetzt geht es von selbst. Sie waren nie gesünder, Fräulein, nur her mit dem Blut.› Er würde sich die Hände reiben.»

«Und was stimmt?»

«Es stimmt, dass du jetzt eine Frau bist oder wirst oder was weiß ich.»

«Ist das schlimm?»

«In diesen Zeiten ist es schlimm, ein Mann zu werden.»

«Wieso denn das?»

«Kaum ist man einer, schon ist man Soldat. Kaum ist man Soldat, schon ist man tot.»

Unten in der Küche goss sich Zizi Schnaps ein, Schnaps aus eigener Produktion, und trank ihn in einem Zug aus. «Ich trinke, damit alle nur in deinem Sinne bluten müssen.» Er wischte sich den Mund mit dem Ärmel ab, an dem Schaum haften blieb. Großmutter und Tante erfuhren es am Abend. Zum Glück fiel es keinem ein, dass Dumitru es verkünden sollte.

Es war ein friedlicher Abend unter den Lindenbäumen, Zsuzsa brachte das Essen, der Wind weckte die Bäume. Die Münder erwachten von selbst bei Zsuzsas feinen Speisen. Doch zwischen gestern und heute waren mehr Dinge geschehen, als ich fassen konnte. Wegen eines Herrn Hitler musste Dumitru den Krieg in einem fernen Land namens Polen ankündigen, von dem ich nur gehört hatte, weil uns hin und wieder polnische Kaufleute besuchten. Gestern war ich weniger und heute mehr oder umgekehrt oder ganz anders. Gestern war ich ich und heute eine andere oder immer noch ich. Dazwischen lag ein warmer Sommerregen, der lange brauchen würde, um aufzuhören.

Mutter schickten wir am nächsten Tag ein Telegramm: Unser Kind blutet. Stop. Hatte Angst, das Ärmste. Stop. Aber Capitan Spavento hat sich gut geschlagen. Stop. Alles wieder im Lot. Stop. Du hast kein Mädchen mehr, sondern ein Fräulein. Stop. Kommst du? Stop. Spürt man den Krieg schon in der Hauptstadt? Stop. Zizi. Stop. Und Zaira. Stop.

Am selben Tag kam die Antwort: Das ist wunderschön. Stop. Aber wer ist Capitan Spavento? Stop. Wieso überlässt man das Mädchen Fremden? Stop. Man redet viel vom Krieg. Stop. Mobilisierung. Stop. Vater ist im Dauereinsatz. Stop. Züge werden für Truppenbewegungen gebraucht. Stop. Ich kann nicht kommen. Stop. Sehr viel zu tun hier. Stop. Ein Fest in zwei Tagen bei der Fürstenfamilie Cantacuzino. Stop. Außerdem kann hier das Chaos jederzeit losgehen. Stop. Mein Mädchen, Mama freut sich. Stop. Wir holen das nach. Stop. Gruß an Mutter und Schwester. Stop.

. . . . .

Der Krieg brachte uns auch Mutters Briefe. Sie begann, uns oft und viel zu schreiben. Bisher hatten wir nur Telegramme erhalten, wenn sie mehr Geld wollte oder ihren Besuch ankündigte. Jetzt, am Anfang des Krieges, hatte uns Mutter entdeckt. Ich lief jedes Mal atemlos in den Salon, als Großmutter uns zusammenrief. Mutters Briefe waren eine Attraktion, wie es die Kuckucksuhr gewesen sein muss, als Großvater sie von einer seiner Reisen mitgebracht hatte.

Die Tante begann zu lesen, ganz für sich allein, bis sie sich an uns erinnerte und laut vorlas: *Liebe Mutter, liebe Schwester, lieber Zizi, mein liebes Mädchen.* Jedes Mal kam ich erst am Schluss dran, ich wusste inzwischen Bescheid und sprach leise Mutters Begrüßung vor mich hin. Ich kam nicht auf der ersten, nicht auf der zweiten Seite, manchmal erst am Schluss vor. Dafür tauchten Männer mit Namen Armand Călinescu auf und andere Männer, die Mutter *Schweine* nannte.

Man hat Călinescu ermordet, schrieb sie einmal. *Aber das habt ihr vielleicht im Radio gehört. Die Schweine haben feige hinter einem Fuhrwerk gewartet und geschossen. Ich war bei meiner Schneiderin, als jemand vor dem Geschäft gerufen hat, dass man den Ministerpräsidenten umgebracht habe. Die Stadt war friedlich, alle wollten diesen schönen Septembertag genießen. Aber jeder hatte nicht nur ein Paar Augen, sondern zehn und ebenfalls zehn Paar Ohren. Überall waren plötzlich mehr Gendarmen, aber sonst deutete nichts auf unsere gefährliche Lage hin. Die Kaffeehäuser waren voll, die Geschäfte auch, doch alle waren angespannt. Aber es ist gar nicht das, was ich schreiben wollte. Ich bin so durcheinander, denn es war das erste Zeichen, dass der Krieg auch uns einholt.*

Diese Stadt ist so bezaubernd, ich kann mir gar nicht vorstellen, dass hier ein Putsch stattfinden könnte. Aber solange die Deutschen an allen Fronten Siege feiern, werden wir nie sicher sein, dass die Eiserne Garde nicht weiter tötet. Auch wenn der König sie ausmerzen möchte. Sie lieben die deutsche Macht, diese Gardisten. Sie sagen, dass der Mann unbezwingbar ist, ein Genie, dieser Hitler. Sie tragen alle das grüne Abzeichen an ihren Anzügen, sie wirken wie Verschworene und Eingeweihte. Tausende sind es, und es werden immer mehr, wenn der König es zulässt.

Die Gardisten aber, die Călinescu getötet haben, hat man schon hingerichtet. Das ist es, was ich euch schreiben wollte: Ich habe ihre Leichen gesehen. Man hat sie an der Elefterie-Brücke wie Vieh liegen gelassen.

Ich bin gestern dort gewesen. Ich konnte mich nicht der Neugierde entziehen, ich werfe es mir heute noch vor. Als Baron Soroc mit seinem feinen Ford neben mir angehalten und angeboten hat, mich hinzufahren, bin ich eingestiegen. Tausende waren dort, ein Auto hinter dem anderen, viele sind zu Fuß oder mit der Straßenbahn gekommen. Man hätte eher gedacht, dass es ein Fußballspiel war oder ein Boxkampf. Junge Soldaten haben für Ordnung gesorgt. Man konnte nichts sehen, man hat sich nur gegenseitig die Ellenbogen in die Rippen gestoßen und geflucht. Gerade ich, die ich so klein bin, habe nur die Mützen und die Hüte der Vorderen gesehen. Der Baron hat mich zu einer Holzleiter geführt, die ein kräftiger und geschäftstüchtiger Mann festhielt.

Für zwei Lei konnte ich mir die Leichen von oben anschauen. Ich bin vorsichtig hinaufgestiegen, damit die Männer unter mir nicht unter den Rock schauten. Ich fand diesen Gedanken dumm, weil da Leute gestorben waren. Einer hat mir zugerufen: «Es ist verschenktes Geld, man sieht gar nichts.» Tatsächlich habe ich von den Toten nur ein Paar Beine gesehen. Als ich hinuntergestiegen bin, hat er noch hinzugefügt: «Aber hübsche Beine haben Sie, gnädige Frau.» Ich wäre fast gestürzt und bestimmt erdrückt worden, wenn mich der Baron nicht festgehalten hätte. Den ganzen Weg zurück ekelte ich mich, und der Baron hat mich mit seinem Parfüm und dem Geruch der Brillantine auch angeekelt. Heute wollte er mich wieder treffen, aber ich werde ihn nie wieder sehen können. Sein Geruch wird immer ein Leichengeruch sein, da kann er sich mit so viel Parfüm besprühen, wie er will.

Ein anderes Mal schrieb Mutter: *Ich habe hier einige Verehrer. Das ist doch kein Verbrechen für eine so einsame Frau wie mich. Sei beruhigt, Mutter, ich halte sie auf Distanz. Was auf uns zukommt, weiß ich nicht. Die Hinrichtung der Gardisten wird den Hass der anderen steigern. Sie sind Bekehrte, da ist nichts mehr zu machen. In vielen Städten gab es Hinrichtungen, man hat sie alle erschossen wie räudige Hunde. Um einige von ihnen, die ich gut kenne, mache ich mir Sorgen. Es ist ganz einfach mit ihnen: Ich lasse sie reden, und sie erwarten nicht, dass ich als Frau auch eine Meinung dazu habe. Es wäre unklug, auf sie zu verzichten, vielleicht brauche ich mal ihren Schutz. Ich bin eine Frau, die so gut wie alleine lebt, obwohl sie verheiratet ist. Victor sehe ich nur selten, jetzt gerade ist er wieder bei den Truppen. Weder die Deutschen noch die Russen sind weit entfernt. Niemand weiß, zu wem wir eigentlich gehören, da wir uns selbst nicht gehören können.*

Die Russen jedenfalls sind etwas weiter weg, die Deutschen aber leben unter uns in der Stadt. Man sieht so viele davon, auf den Boulevards, bei Konzerten und Empfängen, im Theater. Die Deutschen brauchen nicht einmal einzumarschieren, sie sind schon da. Handelsbeauftragte, Botschaftsleute, Geschäftsleute, Journalisten. Es wird praktisch über jeden von ihnen gesagt, dass er Spezialaufträge aus Berlin habe, dass er für die Gestapo arbeite. Manche von ihnen kenne ich. Wenn ich nicht gehört hätte, wie sie über Hitler oder die Juden reden, würde ich sie für bezaubernde Leute halten. Sie sind kultiviert, intelligent, raffiniert, sie greifen uns mit einer Charmeoffensive an. Man kann sich nicht vorstellen, dass sie töten könnten. Es gibt aber auch Amerikaner, Engländer, Franzosen – Bukarest ist das wahre Babel. Mittendrin stehe ich, eine Frau ohne Schutz, deren Mann besser das Vaterland verteidigt als seine Ehefrau. Die sich Deutsche, Gardisten und Königstreue ohne Unterschied als Freunde halten muss, weil man nie weiß, wer genau das Sagen hat.

Ich grüße und umarme euch fest aus dieser übervollen und doch so leeren Stadt. Gebt bitte Zaira einen dicken Kuss von mir! Eure Tochter, Schwester, Tante und Mutter.

Ich kam also wieder erst ganz am Schluss dran, nach dem König, nach Hitler und den Schweinen, nach dem Baron mit der Brillantine, nach den Leichen, nach der Charmeoffensive der Deutschen. Mit Mutter war wirklich nicht zu rechnen, nicht einmal im Krieg.

4. Kapitel

Der Krieg brachte noch mehr mit sich als nur mein Blut, unsere Herkunft und Mutters Briefe. Er veränderte auch Paul, oder er veränderte sich nicht und wurde doch anders, oder ich wurde anders und er gar nicht oder er für mich. Paul fing an, mir nicht nur als Mitstreiter zu gefallen, der mit mir oben auf der Anhöhe saß, um das ganze Landgut zu sehen oder den

Zug, der aus der Hauptstadt kam. Nicht nur als Mitspieler, der mit mir den Wald durchstreifte und sich jedes Mal eine neue Geschichte über unsere englische Truhe ausdenken musste. Paul, der sich auf die Zehenspitzen stellen musste, um in die Wiege hineinzuschauen, in der ich verrunzelt schlief – mit sieben Monaten musste man nicht hübsch sein, hatte die Tante bemerkt, sondern am Leben –, dieser Paul war plötzlich ein Paul mit Zusatz geworden.

Paul trug Weiß, immer Weiß. «Weiß von den Zehen bis zum Scheitel», sagte die Tante, «wenn der schmutzig wird, ist er immer noch weiß.» Deshalb durfte er nicht spielen wie wir anderen Kinder. Wenn wir beide irgendwo saßen, dann nie auf dem Gras, sondern auf einer Decke. Dann und wann lieh ihm Zizi Hosen aus, denn Paul war fast so groß wie Zizi. Paul zog seine makellose Hose aus und Zizis Arbeitshose an, streifte durch Wälder und Wiesen, war General, Schiffskapitän, Bandit – und ich Soldat, Matrose, Banditenbraut –, und kehrte am Abend genauso makellos zu sich nach Hause zurück.

Paul war feingliedrig wie ein Mädchen.

Paul hatte schwarze, schulterlange Haare, man hätte gut darin wühlen können.

Paul roch nicht nach Kind, er roch nach etwas anderem.

Pauls Adamsapfel.

Paul hatte ein bisschen Oberlippenbart, auf seinem Körper tauchten Haare auf.

Pauls Stimme hatte Risse. Das war der Stimmbruch. Wenn die Stimme brach, was würde von Pauls Stimme übrig bleiben?

Paul widersetzte sich mehr und mehr meinen Launen, das gefiel mir nicht.

Paul konnte Nüsse in der Hand knacken.

Paul konnte alle Länder Europas aufsagen und die dazu passenden Hauptstädte. Er wusste sogar, dass Polens Hauptstadt Warschau war und dass Warschau von den Deutschen eingenommen worden war. Als Zizi ein Jahr nach Kriegsanfang uns den Blitzkrieg der Deutschen beschreiben sollte, fügte Paul zu jedem eroberten Land die Hauptstädte hinzu, Kopenhagen, Den Haag, Oslo, Brüssel, Luxemburg, Paris.

Ich hörte von Zizi auch das erste Mal etwas über Dünkirchen, wo die Deutschen die Engländer und die Franzosen ins Meer geworfen hatten. Zu Zehntausenden hatten sie auf Rettung gewartet, gefangen zwischen dem Meer und den deutschen Panzern. In letzter Minute waren die Schiffe gekommen, eigentlich in der Minute nach der letzten Minute. Alles, was schwimmen konnte, wurde hingeschickt, Postdampfer, Torpedoboote, Frachtdampfer, Radbagger, Schlepper, Fischerboote. Sie hatten gerettet, was die Deutschen und das Meer übrig gelassen hatten. Einige Tausend der besten Kämpfer, die den Weg zum Strand zu spät gefunden hatten, blieben zurück.

Wenn man die BBC hörte, sprach man vom Sieg, weil man so viele gerettet hatte. Wenn man Radio Berlin hörte, sprach man vom Sieg, weil man so viele getötet hatte. Aber Paul kannte Dünkirchen nicht.

Ganz Frankreich, ganz Europa gehörte den Deutschen. Sie hatten es geknackt, wie Paul Nüsse in seiner Hand knackte. Kaum hatten wir drei-, viermal gegessen, kaum war Großmutter einige Male in der Kirche, kaum hatte Tante Sofia einige Kinder in die Welt gezogen, kaum war die Flasche einige Male an Mişas Mund gesprungen, kaum war der erste Kriegssommer vorbei, kaum wurde Zsuzsa ungeduldig, weil der Krieg sich nicht beeilte aufzuhören, schon waren die Deutschen überall.

Bei uns waren sie auch, aber sie hatten vorläufig nur eine Charmeoffensive gestartet. «Was ist Charme?», hatte ich Paul gefragt. «Das ist etwas, was Männer haben müssen, um Frauen zu verführen.» «Kann man denn damit nicht nur Frauen, sondern ganze Länder erobern?» Er wusste nicht, was er antworten sollte, er hatte Mutters Briefe nicht gelesen. Dann fragte mich Paul in meinem Zimmer, der sich meine kleinen Brüste unter dem Hemd anschaute: «Bist du jetzt eine Frau?» «Und du? Bist du ein Mann? Blutest du?» Er schaute mich verwirrt an, dann war das Thema für eine Weile begraben.

Im Dezember zog sich Paul in unserer Küche um, nahm das Messer, das Zizi ihm anbot, und schnitt im Hof dem Schwein die Kehle durch. Das Schwein wurde von Josef und dem jungen Dumitru festgehalten. Paul half den Männern, das Schwein aufzuhängen, damit das Blut herausfloss. Paul verbrannte die Schweinehaut, entfernte die borstenartigen Haare wie Schuppen, dann zog er die Haut ab. Die Haut wurde zum Trocknen aufgehängt. Paul brach die Wirbelsäule, nahm das Fett, die Muskeln heraus, den Darm, den Magen, die Leber und das Herz. Die Frauen zerhackten die Lungen, die Leber, das Herz, vermischten alles mit Knoblauch und Zwiebeln, bevor sie damit den Magen und die Innereien füllen würden. Sie würden alles aufkochen, trocknen und es dann räuchern.

Paul wusch sich die Hände im Blut und dann mit Wasser, die Männer lobten ihn und brachten Schnaps. Er kippte das Glas in einem Zug, wischte sich den Mund mit dem Ärmel ab, dann schaute er mich strahlend an. Ihm schoss das Blut ins Gesicht. Paul sagte: «Das machen Männer eben.» Er ging makellos nach Hause. Dann hatten wir Weihnachten.

Die zweiten Kriegsweihnachten brachten uns auch Lupu. Zsuzsa war damit beschäftigt, die dreihundert Brote zu bakken, die wir an Weihnachten unseren Bauern schuldeten. «Man weiß doch immer seit einem Jahr, dass die Weihnachtstage kommen, und dann hat man trotzdem keine Zeit, die Dinge in Ruhe zu machen.» Mioara, die ihr half und inzwischen ein paar Kinder mehr hatte, stimmte zu. Tante Sofia rupfte die Hühner, zerhackte das Rindfleisch, legte Gemüse in kochendes Wasser. Außer Zsuzsas Seufzen, dem Dampf und dem Küchengeruch tat sich nur wenig.

«Wenn ich jetzt nur zu Hause sein könnte», jammerte Zsuzsa nach einer Weile. «Wie lange bist du schon bei uns?», fragte sie die Tante. «Viele Jahre schon, da gab es Österreichungarn erst seit wenigen Jahren nicht mehr.» «Behandeln wir dich so schlecht, dass du immer zurückdenken musst?» «Auch wenn Sie mich mit Gold bezahlen würden, gnädige Frau, würde ich zurückdenken. Auch wenn ich Oberstoberköchin wäre und fünfzig Mägde hätte und nichts anderes zu tun, als die Beine hochzulegen und zu befehlen, würde ich zurückdenken.» «Aber was hat dir deine Puszta, deine Tiefebene, gegeben, dass du immer daran denkst? Es ist doch nur öde und staubig und heiß dort.» «Für Sie ist es nur öde und staubig.» Sie hielt kurz inne. «Aber auch wenn es der schlimmste Ort der Welt wäre, würde ich mich danach sehnen.» «Aber was hat er dir gegeben?» «Er braucht mir nichts zu geben, gnädige Frau. Er braucht nur dort zu sein.»

Mioara fing an, ein Lied zu summen. «Als ich klein war, sang Mutter dieses Lied für mich. Und ich habe es früher für dich gesungen, damit du einschläfst. Bist du nicht müde?», sagte sie zu mir. «Nicht bevor Zizi zurückkommt», erwiderte ich. «Der Wintersturm ist schlimm, die Männer sind seit Langem weg. Hoffentlich ist ihnen nichts passiert, Dumitru ist dabei und mein Mann ebenfalls.»

Der Schnee legte sich in dicken Schichten auf die Erde, der Wind verwehte ihn nach allen Seiten. Es gab so viel davon, dass alles zugedeckt wurde: die Wege und die Allee, der Stall mit den hinhorchenden Tieren, der Teich mit den hinhorchenden Fischen und das Haus mit den hinhorchenden Menschen. Im Wald fielen Bäume um, von der Schneelast oder vom Wind. «Sei still, Mioara!», befahl die Tante, öffnete das Fenster einen Spalt weit und lehnte sich nach außen. «Sie werden schon kommen.»

Ihr Haar färbte sich weiß, auf ihr Gesicht und ihre Schultern fiel Schnee. Sie streckte die Hände hinaus und fing darin

Schnee auf, dann vermischte sie es mit dem Schnee vom Fenstersims. Sie legte den Schneeball in meine Hände. «Das ist alles, was du vom Schnee hast, Mädchen. Solange der Sturm tobt, gehst du nicht aus dem Haus. Sie werden kommen.» Sie sagte den letzten Satz so unvermittelt, dass ich nicht gleich verstand. «Sie sind immer zurückgekommen.» «Wer geht schon bei solchem Wetter jagen?», fragte Zsuzsa. «Heute Morgen war es ein wunderbarer Tag, niemand konnte so etwas erwarten», wurde ihr geantwortet.

Der Wind wurde stärker, er drang durch alle Rillen und Ritzen. Er drang in den Keller und unters Dach, peitschte das Haus aus, kitzelte es, schlug es. Mişa ging schräg über den Hof, aber diesmal nicht vom Alkohol, er drückte seine Fellmütze fest ins Gesicht. Großmutter kam von den Stallungen her, sie hielt mit der einen Hand ein Tuch vors Gesicht und mit der anderen das Kopftuch fest, sie versank im Schnee. Mişa lief hin, um ihr zu helfen. «Mioara, wen würdest du mehr betrauern, Dumitru oder deinen Mann?», fragte Zsuzsa. «Ich würde beide betrauern, aber an Dumitru denken», antwortete diese.

Über die Jahre hinweg hatten sich Tantes Augen immer tiefer eingegraben. Zwei Krater hatte sie jetzt auch in den Wangen, obwohl sie erst knapp über fünfzig war. Deshalb dachte ich, dass man ab fünfzig alt sei. Weil man immer weniger wurde und immer stiller. Die Tante hatte sich beeilt, ihrer Mutter zu gleichen. Großmutter einzuholen. Es war eine lange Aufholjagd, aber sie hatte es geschafft. Wenn Großmutter und sie nebeneinanderstanden, hielt man sie für Schwestern. Die Tante hatte auch ihre Leberflecken übernommen, ihre Hände waren voll davon, dazu die grauen Haare, die schlaffe Haut.

«Das kommt davon, weil du dich nicht wie die anderen Frauen pflegst», hatte Mutter gemeint und ihr jedes Mal aus der Stadt weitere Cremes gebracht. Am nächsten Tag würde es nicht anders sein. Unmengen von Cremes und Frauensachen würde es auf uns regnen. Mutter würde atemlos, aber zufrieden auf ihre *kleine Familie*, wie sie uns nannte, schauen. Zizi würde gleich eine der geschenkten Zigarren rauchen wie die Gentlemen in den englischen Klubs. Nur spucken durfte er nicht wie jene, Spucknäpfe hatten wir nicht aufgestellt.

Großmutter hatte Zizi verboten, ein ganzer englischer Gentleman zu sein, immer nur zur Hälfte. Die rauchende Hälfte, die spuckende Hälfte nicht. Auch nicht, um *unser Kind* zu unterhalten, denn die Geschichte mit den Näpfen war uralt, vielleicht gab es schon lange keine mehr in England. Jetzt spuckte man immer Richtung Deutschland und hoffte, dass es ankam.

Großmutter würde ihre Wolle auspacken, die Tante würde ihre Frauensachen aufs Zimmer bringen. Aber nur ich wusste, dass sie bald von dort verschwanden und bei den Bäuerinnen auftauchten, die sie für jedes neue Kind beschenkte. Cremes, Parfüms, Ohrringe, Röcke, Strümpfe. Die Bäuerinnen wären damit herrschaftlicher als die Tante gewesen, wenn sie sich getraut hätten, sie auch anzurühren. Wenn sie sich doch einmal trauten, sorgten ihre Männer dafür, dass damit schnell wieder Schluss war. «Das Dorf lacht uns aus, so wie du aussiehst.» Oder: «Bald bin ich dir nicht mehr gut genug, und du verlangst, dass ich parfümiert ins Bett komme.» Oder: «Bald cremst du auch unsere Kuh ein, bevor du sie melkst.» «Bald wachsen dir Hörner, wenn du so weiterredest», hatte Mioara ihrem Mann gesagt, und dafür kassierte sie ein blaues Auge. Ihr Mann wusste, dass *das Bald* schon lange zurücklag.

Sie hatte es mir erzählt, als ich – noch ein Kind – sie nach der Tinte an ihrem Körper fragte. «Lass solche Tinte nie an deinen Körper ran, Kleines», hatte sie geantwortet. Mioara war nicht dumm, auch wenn sie jedem die Liebe gab, die er nicht verdiente.

Morgen würde alles so sein wie immer, wenn uns der Sturm nur nicht von Mutter wegrückte. Wenn er nicht alle Bahnhöfe auf dem Weg zu uns unter Schnee begrub, alle Wege zudeckte, alle unsere Spuren verwischte und Mutter bis zum Frühling, bis zum Kriegsende herumirren und uns suchen würde.

Großmutter wurde vom Wind hineingestoßen, sie bekam kaum die Tür zu, und die Tante musste ihr helfen und sich gegen diese stemmen. Sie schüttelte sich vom Schnee frei, klopfte ihren Rock ab, und Mioara brachte ihr ein Tuch, damit sie sich abtrocknete. «Es ist schlimmer als neunzehnhundertfünfunfzwanzig. Sind sie zurück?» «Ich habe vorhin was gesehen», sagte die Tante. «Das war Mişa, der den Schlitten bereitgemacht hat, um morgen Maria am Bahnhof abzuholen.»

Vier Frauen und eine werdende Frau warteten in der Küche, umgeben von all dem, was man für den Magen brauchte. Von Würsten, Kartoffeln, Knoblauch, Zwiebeln, von Eiern, Mehl, Mais, von getrocknetem Paprika, Karotten, von Sauerkraut, von Honig und Zucker und Zimt und Mandelcreme. Die eine seufzte, die andere schaute auf, die Dritte hüstelte, und die Vierte fragte: «Was sagst du?» Die eine schaute auf ihre Hände, als ob sie sie nicht schon ein Leben lang gekannt hätte, und die andere summte ein Lied. Die eine sprach leise mit Gott, und der anderen fielen die Augenlider zu. Das war ich.

Plötzlich wurde die Tür aufgeschlagen, ich dachte, das sei der Wind, aber es war Mişa. «Sie kommen! Man kann die Fackeln schon sehen.» Wir sprangen auf und liefen hinaus. Der Wind blies uns fast um, nur Zsuzsa hatte einen Pakt mit ihm geschlossen. Es war, als ob der Wind vor ihrem dicken Körper einen Bogen machte. Wir hielten uns aneinander fest, und dann klammerte sich jede auch noch mal an Zsuzsa. In der Ferne, noch im Wald, sahen wir Lichter, die umherzuirren schienen, doch es waren keine Irrlichter. Diese hier kannten den Weg nach Hause ganz gut.

Als die Fackeln klarer zu sehen waren, wussten wir, dass die Männer es nur noch den Hang hinunter schaffen und den Schlitten bremsen mussten. Als die Lichter bei den ersten Häusern waren, ging Zsuzsa hinein, um den Herd anzuheizen.

Als die Lichter schon im Dorf waren, ging Großmutter hinein, um die Suppe aufs Feuer zu setzen. Als sie durchs Tor kamen und die Männer wild schrien, wussten wir, dass etwas geschehen war.

Auf einem der Schlitten – neben den erlegten Rehen und Wildschweinen – lag ein Schatten. Ein Körper, der sich krümmte und lauter schrie als alle anderen zusammen. Wir liefen hin, Mioara, weil sie dachte, es sei Dumitru, Tante Sofia und ich, weil wir Angst um Zizi hatten. Dumitru kam uns keuchend entgegen. «Wer liegt dort?», fragte die Tante. «Mioaras Mann.» Mioara fasste Dumitru an, betastete ihn, als ob sie sich vergewissern wollte, dass er ganz war. «Mir fehlt nichts, aber ihm fehlt jetzt fast ein Bein», sagte er und schob sie von sich weg. Er zeigte mit dem Kopf auf den Schatten. «Wie ist das passiert?», rief Mioara und lief zum Schlitten hin, ohne auf die Antwort zu warten. «Wir sind von Wölfen angegriffen worden.» «Und Zizi?», fragte die Tante und suchte mit den Blicken überall nach ihm.

Zizi kam als Letzter, hoch zu Pferde, und unter seinem dicken Mantel hielt er etwas fest. Er sprang herunter, schaute nach dem Verletzten, befahl, dass man ihn ins Haus der Dienstboten brachte. Die Tante und Mioara folgten den Männern. Zizi schickte Dumitru nach dem Arzt und alle anderen zu Zsuzsa, damit sie sich bei einer Suppe aufwärmten. Auch wir gingen ins Haus, und Zizi hatte immer mehr Mühe, das, was unter dem Mantel war, im Griff zu behalten. Die Männer rissen schweigend große Brotstücke ab und steckten sie in die Teller. Sie waren so hungrig, dass sie die Suppe gerne direkt vom Teller geschlürft hätten. Bei ihren eigenen Frauen zu Hause hätten sie das tun dürfen, hier aber nicht. Als Großmutter hineinkam, standen sie auf, zogen die Mützen ab und grüßten. «Esst nur, Männer, das war ein langer Tag für euch», sagte sie und dann: «Bist du an der Hand verletzt, Zizi?»

«Wir sind von Wölfen angegriffen worden.»

«Ist die Verletzung schlimm?»

«Wir waren fast fertig und zufrieden mit unserer Beute, drei Rehe, zwei Wildschweine, wir wollten uns beeilen, um vor der Dämmerung zurück zu sein, als wir Mugur schreien hörten. Er hatte sich etwas entfernt, hatte die Tiere zu uns hingetrieben und die Wölfe nicht bemerkt. Sie haben sich auf ihn gestürzt, wir sind zu ihm gelaufen, aber sie wollten Mugur nicht wieder hergeben. Sie haben an ihm herumgezerrt, an seinem Bein. Ich habe geschossen, andere auch, einmal, zweimal, zehnmal. Ich habe auch zwei oder drei getroffen, viele Patronen hatten wir aber nicht mehr, das meiste hatten wir für die Jagd gebraucht. Es waren noch sieben oder acht Wölfe am Leben. Sei still, du Teufel...»

«Mit wem hast du gerade gesprochen, Zizi?», fragte ich.

«Sie waren hungrig und wollten nicht von ihm ablassen. Als wir keine Patronen mehr hatten, haben wir Holzscheite geholt und auf die Tiere eingeschlagen. Oder mit den Gewehrkolben. Wir haben uns bis zu ihm durchgeschlagen, dann haben wir einen Kreis um ihn gebildet. Er blutete und schrie furchtbar, ein Bein war zerfetzt, sie hatten ihn auch in den Rücken und ins Becken gebissen. Sie hatten versucht, ihm an die Gurgel zu gehen. Ich versuchte die Blutung zu stillen, während die anderen uns schützten. Ein Wolf packte Dumitru am Arm, aber Dumitru ist ein Berg von einem Mann, er hat ihm das Genick gebrochen. Er ließ die Wölfe näher kommen, dann haute er ihnen eins mit dem Gewehrkolben über den Schädel. Wir wurden müde und versanken im Schnee, aber wir durften nicht umfallen, sonst hätten sie leichtes Spiel mit uns gehabt. Ich presste die Hand auf Mugurs Wunden, aber die Hände wurden rot. Ich dachte schon, dass wir ihn erschießen müssten, als ich die Schüsse gehört habe. Dumitru hatte endlich Mugurs Gewehr gefunden. Es war zugeschneit worden. Er hat noch einen Wolf erschossen, die letzten zwei oder drei sind geflüchtet, aber nicht weit. Sie haben uns aus sicherer Entfernung beobachtet.»

«Und deine Verletzung? Du bist voller Blut», bemerkte Großmutter.

«Das ist nicht mein Blut, das ist Mugurs Blut. Dumitru hat ihn auf den Rücken genommen, wir wollten zu unseren Schlitten zurück, als wir ein leises Winseln gehört haben. Wir haben nachgeschaut und gesehen, wieso die Wölfe eigentlich angegriffen hatten. Ich fand den da zusammen mit sechs oder sieben anderen in einer Höhle.»

Zizi zog die Hand heraus, und wir sahen zuerst eine Schnauze, dann zwei Ohren, dann ein ganzes Wolfsjunges auftauchen. Es biss an Zizis Finger herum, der ihn auf den Boden stellte, bevor er seinen Mantel, seinen Pullover, sein Hemd auszog und sich von der Mutter mit einem Tuch warm reiben ließ.

«Was machen wir damit?», fragte Zsuzsa.

«Dumitru wollte sie alle töten. Er sagte, man könne so ein Tier nicht mitnehmen, es würde sich irgendwann erinnern, dass wir seine ganze Sippe ausgelöscht hätten. Aber wir brauchen doch einen guten Hund. Seitdem der letzte Tollwut bekommen hat und wir ihn erschießen mussten, haben wir ja keinen mehr.»

«Der hat doch früher den Kuckuck von der Kuckucksuhr gefunden, den Mutter herausgerissen und unter seiner Hundehütte begraben hat», sagte ich.

«Ja, aber viel mehr als das konnte der nicht finden», sagte Zizi. «Dieser hier hat einen Wolfsinstinkt. Dumitru hat die Welpen erschossen. Wenn man sie nicht jetzt erschießen würde, hat er gesagt, würden sie uns in wenigen Jahren jagen, der Wolf kennt keine Dankbarkeit. Er hat sechsmal oder siebenmal geschossen. Als er bei diesem hier war, hat der so jämmerlich zu winseln begonnen, dass ich Dumitru befohlen habe zu warten. Doch Dumitru wollte nicht warten, er hatte

Blut gerochen, er wollte nur noch töten. Ich war einen Augenblick lang froh, dass er nicht darauf gekommen ist, auch Menschen zu töten. Er hat wieder gezielt, ich habe ihn angeschrien, dann hat er die Waffe gesenkt. Er hat ein zweites Mal gezielt, ich habe das Gewehr gepackt, um es ihm zu entreißen. Er hat es auf mich gerichtet und gesagt: ‹Gnädiger Herr, Sie sind schwach, der Wolf ist eine Bestie, man muss ihn töten, solange man kann, sonst tötet er einen.› Ich habe ihn geohrfeigt und ihm zugerufen, dass er ein dummer Bauer ist. Dass er mir zu gehorchen hat. Dass er nie wieder ein Gewehr auf mich richten soll, sonst würde ich ihn persönlich der Gendarmerie übergeben. Er war knapp davor abzudrücken. Ich weiß, ich habe das Ganze nur noch angeheizt, ich hätte schweigen sollen. Er schaute nicht anders als ein Wolf aus, aber er konnte sich noch beherrschen. Er hat die Waffe gesenkt und geantwortet: ‹Wenn Sie mich noch mal vor allen Leuten ohrfeigen, bringe ich Sie um. Als Ihre Großmutter es getan hat, habe ich nur deshalb nichts getan, weil die Kleine dabei war.› Ich glaube, vor Dumitru müssen wir uns in Acht nehmen», beendete Zizi seine Erzählung und ging, um ein heißes Bad zu nehmen.

Ich starrte den jungen Wolf lange an, und er rollte sich verschüchtert in einer Ecke zusammen, uns alle im Blickfeld. Wie ich ihn so anschaute, dachte ich, dass ich bald meine Traurigkeitsliste um eine Traurigkeit mehr ergänzen musste. «Wie sollen wir ihn nennen, Zaira?», rief Zizi aus dem Bad. «Wir nennen ihn Lupu.» Das hieß nichts anderes als *der Wolf*, aber damit waren alle zufrieden. Lupu kam also ins Haus, Dumitru hingegen verschwand und sollte für die nächsten Jahre unauffindbar bleiben.

· · · · ·

Am nächsten Tag holte Mişa Mutter vom Bahnhof ab. Sie umarmte uns aufgeregt, aber irgendetwas stimmte nicht. Mutters Blicke wirkten anders und nicht nur wegen der vielen kleinen Fältchen, die immer mehr den Krieg gegen ihre Cremes gewannen. Mutter wirkte gealtert, sie hatte seit Jahren verzichtet, ein Korsett zu tragen. Da blieb genug Platz für die Polster an den Hüften. Die Haut wurde an den Schenkeln und den Armen schlaffer, in den Haaren hatte sie weiße Strähnen.

Sie war nicht zuerst ins Wohnzimmer gelaufen, hatte nicht alle aufgesucht, hatte keine Geschenke an unsere Bauern verteilt oder die für uns bis zum Abend versteckt, sondern hatte als Erstes gerufen: «Wo ist Zaira? Ich möchte bei meiner Tochter sein.»

SpaventoPantaloneDottorePagliaccio hatte lange versucht, mich zum Aufstehen zu bringen. Sogar Lupu wurde geholt, aber geholfen hatte es nicht. «Du liegst im Bett?», fragte Mutter, als sie hereinkam. «Du ziehst dich nicht an? Bist du krank?» «Nicht kränker als sonst.» «Ich dachte, dir sei etwas passiert.» «Wieso hast du das gedacht? Wir haben dir doch kein Telegramm geschickt.» «Jede Mutter sorgt sich um ihr Kind. Und ich sorge mich um dich.»

Sie drückte meinen Kopf an ihre Brust, dann mich ganz. Ich konnte kaum noch atmen, ich wollte sagen: «Lass los, geh weg!» Ich wollte Spavento rufen und Pantalone und alle anderen, aber ich ließ es geschehen. Sie prüfte, ob mir nichts fehlte, so wie am Tag zuvor Mioara Dumitru geprüft hatte. Ich wusste, dass Mioara es aus Liebe getan hatte, also musste auch Mutters Prüfen eine Art Liebe sein.

Ich wollte hart sein, hart wie Stein, hart wie Dumitrus Muskeln, wenn er sie anspannte. Hart wie das Holz, aus dem Josef alles zimmerte, was wir brauchten. Hart wie Spavento und die Deutschen zusammen. Aber ich wurde weich und löste mich auf. Als Mutter meine Tränen sah, fing auch sie an zu weinen. Ich wollte sagen: «Fang jetzt nicht auch du damit an, wir haben noch nie etwas zusammen gemacht, also müssen wir jetzt auch nicht zusammen weinen.»

Aber eins nimmt man sich vor, und das andere tut man, und das ergibt selten zwei. Das gibt nicht eins plus eins, das gibt oft genug eins neben eins. Ich weinte neben meinen Gedanken her, und Mutter weinte in ihre Gedanken versunken. Als Großmutter, Tante Sofia und Zizi hereinkamen und sich hinsetzten, wischte sie sich die Tränen weg und begann zu reden:

«Ich bin sofort zu euch gekommen. Ich habe Angst um euch gehabt, obwohl ihr hier am sichersten seid. Ich wollte nicht wieder ein Telegramm schicken, sondern euch sehen. Mein Mädchen sehen. Paris ist gefallen, aber das wisst ihr längst. Nicht das wollte ich erzählen, aber ich bin so durcheinander. Es ist etwas Schlimmes passiert. Ich war mit László im *Cina*-Restaurant, gleich im Zentrum von Bukarest. Plötzlich begann im ganzen Lokal ein lautes Gemurmel. Niemand wollte es glauben. Wenn uns überhaupt jemand hätte beschützen können, dann die Franzosen.»

«Die Russen haben uns den Norden und den Osten genommen, die Ungarn den Westen, die Bulgaren den Südosten, und die Franzosen haben die ganze Zeit nichts tun können, nicht einmal ihre eigene Haut retten», meinte Zizi.

«Aber doch nicht Frankreich, nicht Paris, wo ich mein halbes Leben lang gelebt habe», sprach Mutter wie zu sich selbst. «Wir sind alle direkt ins *Athénée-Palace-Hotel* gelaufen, dort trifft man immer auf informierte Leute. Dort geben sich die Deutschen und die Engländer und die Amerikaner die Klinke in die Hand. In diesem Hotel habe ich die Hälfte meines Lebens zugebracht. Das Palace ist mehr als ein Hotel, es ist wie ein Klub. Ein Ort, wo Gerüchte lanciert werden, wo man alle findet, die irgendwie zählen: deutsche Nazis und Adlige, französische Diplomaten, amerikanische Journalisten, englische Spione und viele rumänische Minister, Industrielle, Gardisten, Huren. In den Nischen des großen Salons war es immer schon still und diskret gewesen, aber an jenem Tag war es totenstill. Hier und dort saßen Engländer und Franzosen, ihr hättet sehen sollen, wie bleich die waren, bleich und verloren. Anderswo prosteten sich Deutsche zu. Dazwischen jede Menge Rumänen, freudig oder niedergeschlagen, je nachdem, mit wem sie es gehalten hatten. Im Garten wurden die Tische fürs Abendessen gedeckt, mein Gott, wie sinnlos mir alles vorkam. Ich habe László alleine gelassen und bin zu einem Deutschen gegangen, den ich kannte. Er schaute sich gerade eine Zeitschrift aus Deutschland an, eine mit einer Blondine auf der Titelseite. Er ist aufgestanden, hat meine Hand geküsst und gesagt, dass die blonde Frau nach Dachau gehören würde, weil alle wüssten, dass sie Hitler nicht mochte. Alle gehörten nach Dachau, die Hitler nicht mochten, seiner Meinung nach. Er war nicht wählerisch darin, egal, ob Juden, Kommunisten oder deutsche Blondinen. Dabei hatte er mir vor einigen Monaten noch gut gefallen, beim Empfang von Frau Schulz. Jeder weiß, dass sie Hitlers oberste Charmegeneralin ist. Dass sie nur deshalb hier ist, um uns für Deutschland einzunehmen, ganz ohne Waffen. Ihre Empfänge sind immer etwas Besonderes, sie versteht es gut, uns einzulullen. Es tut mir leid, ich merke, dass ich abschweife, ich bin so durcheinander. Als ich ihn also gefragt habe, ob Paris wirklich gefallen ist, hat er mich lange angeschaut, bevor er in Lachen ausgebrochen ist.

‹Meine Dame›, hat er gesagt, ‹Sie sehen aus, als ob man Ihnen Ihr Spielzeug weggenommen hat. Für Sie bedeutet Paris eine Laune. Die Möglichkeit, bei Chanel oder Molyneux einzukaufen. Für uns bedeutet es einen weiteren Schritt auf dem Weg zu einer neuen Weltordnung. Also seien Sie nicht so kindisch und trauern Sie nicht einer Laune nach.›

Ich habe László bei der Hand genommen und bin hinausgelaufen. Vor dem Königspalast standen viele Menschen und starrten hinauf. Wir sahen, dass im Büro des Königs noch Licht brannte. Das war gut, er würde schon wissen, was zu tun sei, hätte ich noch vor Kurzem gedacht. Der Krieg ist schlimm, Zaira», sagte sie und wandte sich zu mir, «ich fürchte, es wird schlimm enden. Noch ist er nicht bei uns, aber ich sehe die Bilder in der Wochenschau. Obwohl sie die Schlimmsten nicht zeigen, sind sie schlimm genug, sodass ich mich dauernd fragen muss, wie die ganz schlimmen sind. Ich habe im Kino die vielen Soldaten gesehen, die an die Front fahren. Die Deutschen haben lachende Gesichter, das ist gut so. Solange die Deutschen lachen, weinen wir nicht. Die Deutschen sind Freunde, auch wenn mir das Blut in den Adern gefriert, wenn ich sie sehe und singen höre. Junge, blonde Gesichter, die man überall in Bukarest sieht. Sie sehen alle so gesund und kräftig aus. ‹Wieso bleiben sie nicht alle zu Hause, wo sie hingehören, und zeugen Kinder und singen dort ihre Lieder?›, hat sich einmal dein Vater gefragt. Er sagt es aber nur zu Hause und leise. Er verteidigt ja den König, und der kann inzwischen nicht anders, als so zu winseln, wie man es von ihm verlangt. Entschuldige, Mutter, aber so ist das nun mal. Bald hat der König nicht mehr viel zu sagen. Wir sind zu klein. Was kümmert die Deutschen, wenn hier ein bisschen gewinselt wird? Sie bellen so laut, dass ganz Europa nicht schlafen kann. Sie haben die gesamte polnische Armee geschlagen, die stolze Kavallerie. Die Polen waren auf Pferden gegen die Panzer marschiert. Als ich die Bilder im Kino gesehen habe, musste ich an Victor denken. Hoffentlich haben wir Glück, und diese blonden Engel in ihren Maschinen wenden sich nicht gegen uns. Sonst muss vielleicht auch er gegen Panzer reiten. Was helfen da schon Säbel oder Pistolen oder die Ehre? Dein Vater redet immer von der Ehre, und ich sage ihm, wenn er mal auf Urlaub ist: ‹Du redest wie Hitler, auch der redet immer davon. An Ehre werden wir alle untergehen, die Kugel entehrt jeden.› Victor lacht mich aus, ich bin ja nur eine dumme Frau, die man nach Paris schickt. Er streichelt mir immer über die Haare, wie man es mit einem Kind tut.»

Mutter streichelte mich fiebrig, drückte mich an sich, lehnte sich nach hinten, um mich besser sehen und erneut drücken zu können.

«Was hat denn Victor gegen die Deutschen? Die haben so viel Gutes geschaffen, ohne sie wäre unsere Bibliothek zur Hälfte leer. Vater hat von seinen Reisen ganze Kisten voller Bücher mitgebracht», meinte die Tante.

«Ich fürchte, da wird der Deutsche jetzt so viel Schlimmes hervorbringen, dass kein Friedhof mehr leer bleibt», antwortete Zizi. «Ich möchte so bald keinen hier im Haus haben.»

«Ich glaube, Zizi», sagte Mutter, «wenn die sich entscheiden, hier ins Haus zu kommen, kommen sie. Was der Deutsche kann, kann kein anderer. Gut, dass sie unsere Freunde sind.»

«Bald werden sie den Preis für ihre Freundschaft einfordern», erwiderte Zizi.

«Was ist das für ein Preis, Zizi?», fragte ich.

«Sie werden unser Erdöl wollen, unser Korn, unser Vieh. Dafür, dass so viele von ihnen durch Europa unterwegs sind, brauchen sie genug Futter. Wenn sie das alles haben, werden sie unsere Männer nehmen. Je länger der Krieg dauern wird, desto mehr Soldaten brauchen sie. Uniformen haben sie genug.»

Mutter drückte mich immer noch an sich.

«Mutter, du tust mir weh!»

«Was wolltest du denn erzählen?», fragte Großmutter.

«Bukarest ist gewachsen und schöner geworden in den letzten Jahren. Man hat Straßen gepflastert und erweitert, die schönen Fords und Chevrolets verdrängen bald die Kutschen. Wenn die Nacht hereinbricht, füllt sich die Stadt mit bunten Lichtern. Die Männer sind fein und elegant angezogen, manche tragen Monokel und schauen uns Frauen auf die Beine. Natürlich ist es ein Gewimmel aus Handlangern und Bauern, die ihr Gemüse anbieten, und Laufburschen, die mit aller Art Post unterwegs sind. Als László mir den ersten Liebesbrief geschickt hat, oh, entschuldigt, das wollte ich nicht sagen. Ich gehe oft ins *National*-Theater und ins *Bulandra*-Theater, aber jetzt macht das Kino dem Theater Konkurrenz. Sie tauchen überall auf, die Kinos. Ein Film wie *Lady Chatterleys Lover* würde heute keinen mehr vom Stuhl reißen, aber damals im Ritz war es eine Sensation. Ich erinnere mich an die Stille im Saal und an die Pfiffe danach und an die Zeitungsartikel. Wenn es heute Männer gibt, die ihre Geliebten am Abend durch den *Cişmigiu*-Park führen, und wenn Frauen einen speziellen Koffer haben – den sogenannten Koffer des Geliebten –, der immer für das nächste Rendezvous gepackt ist, dann wegen dieses Films.»

Mutter hörte auf zu reden, außer Atem.

«Ist es das, was du uns sagen wolltest?», fragte die Tante.

«Deshalb bist du doch nicht hergekommen? Um uns das alles zu erzählen?», meinte Großmutter.

«Nein, deshalb nicht. Der König ist gestürzt worden, und General Antonescu hat die Macht übernommen, jetzt führt uns die Eiserne Garde...»

«Das wissen wir auch, Schwester.»

«Mutter, wer ist László?»

«László?», wiederholte sie gedankenverloren. «Schlimm ist, dass wir alle mehr und mehr Deutsch denken. Es gibt immer mehr Aufwiegler in der Stadt, und sie finden immer mehr Zuhörer. Studenten, Beamte, Hausfrauen, Künstler, sie alle lieben die Eiserne Garde. Sie stehen ihr so nah, dass sie auf demselben Stuhl mit ihr Platz hätten. Sie reden immer lauter, immer unverschämter, sie sagen offen, dass die Zigeuner... und die Juden..., ich traue mich gar nicht zu wiederholen, was man mit ihnen tun will. Die Straße gehört ihnen, sie demonstrieren in der Stadt. Noch vor einer Woche habe ich mit László im Kaffeehaus gesessen. Ich streichelte seine Hand und seinen Arm, und auf dem Platz haben sie alle laut geschrien. Sie wurden immer mehr, der ganze Platz war voll mit ihnen. Einer hielt eine Rede. Er sagte: ‹Schaut euch um, wir sind viele›, und sie haben herumgeschaut und waren viele. Er sagte weiter: ‹Wir sind ein großes Volk, und wir wollen rein sein›. László, der als Ungar und als Jude unrein ist, konnte sich kaum zurückhalten. Ich habe seine Hand fest gedrückt. Ich habe sein Gesicht gestreichelt und ihm zugeflüstert: ‹Denk an mich, denk nur an mich. Vergiss, was sie sagen, und denk an mich.› Aber er wollte nicht so denken, wie ich wollte. Er hat sich eingemischt, er hat irgendetwas gerufen, die Besucher im Café haben gelacht, aber das hat ihm nichts genützt. Zwei oder drei von denen sind von der Straße hereingekommen und haben auf ihn eingeschlagen. Er, der so zart ist, hat versucht sich zu wehren, aber das war absurd, er schlug immer nur in die Luft. Ich musste an Victor denken, der sie erledigt hätte. Seltsam, dass ich in jenem Augenblick an Victor denken musste, aber bei ihm hätte ich mich sicher gefühlt.

Sie ohrfeigten László, und er hat sich geschämt. Er hatte feuchte Augen, er versuchte sie vor mir zu verstecken, aber ich habe sie gesehen. Er hat sich vor mir geschämt, weil er weder sich selbst noch mich schützen konnte. Sie haben auch mich angepöbelt. Ich werde nicht sagen, wie sie mich genannt haben. Sie haben mich auch geohrfeigt, und er konnte mich nicht schützen mit seinen kleinen Musikerhänden. Alle haben die Köpfe eingezogen. Manche haben sich zurückgelehnt wie bei einem Spektakel. Ihre Augen haben vor Vergnügen geleuchtet, einer schmatzte sogar wie bei einem feinen Essen. Eine Frau meinte sogar, man solle nicht das Maul aufreißen, wenn man nachher wie ein Kind weine. László hat meinen Blick gemieden. Der eine Gardist spielte noch mit seinem Hut, er hat ihn gegen die Wand geworfen und darauf gespuckt. Ich wollte László in die Augen schauen. Ich wollte ihm sagen, dass das alles nichts mit uns zu tun hatte. Meine Hand war schon nah bei der seinen, als der eine Gardist sich vor uns hingestellt und mich gefragt hat: ‹Bist du seine

Hure?› ‹Ich bin nicht seine Hure.› ‹Wie heißt er? Ihn frage ich lieber nicht, sonst bricht er noch in Tränen aus.› ‹László.› ‹László wie? Hat er auch einen Nachnamen?›, fragte der Mann weiter. ‹László Goldmann›, habe ich gesagt. Ich hätte jeden anderen Namen dieser Welt sagen können, aber ich habe den richtigen gesagt. ‹Ein ungarischer Jude, schlimmer geht es nicht›, sagte der. ‹Du bist also die Hure eines ungarischen Juden.› ‹Ich bin die Hure von niemandem. Außerdem ist er Rumäne ungarischer Abstammung.› ‹Es hat aber ganz so ausgesehen, als ob du es wärst. Wenn du nicht die Hure eines ungarischen Juden bist, dann hast du auch kein Problem damit, hier in den Hut zu spucken.› Ich habe mich widersetzt. ‹Du musst, sonst muss ich glauben, dass du die Hure eines ungarischen Juden bist.› ‹Ich tue es nicht.› Er ist noch näher gekommen, ich konnte seinen Atem im Gesicht spüren, und dann habe ich es getan. Ich habe gespuckt. Der Mann war noch nicht zufrieden. ‹Wenn du nicht die Hure eines ungarischen Juden bist, dann musst du das jetzt auch sagen›, hat er gesagt. ‹Ich bin nicht…›, habe ich angefangen. ‹Nicht zu mir, zu ihm.› Ich habe mich zu László gedreht und ihm ins Gesicht gesagt: ‹Ich bin nicht die Hure eines ungarischen Juden.› ‹Wenn du wirklich nicht die Hure eines ungarischen Juden bist, dann musst du jetzt aufstehen und gehen.› Ich bin aufgestanden und weggegangen, aber nur bis zur nächsten Hausecke.»

«Mutter, du tust mir weh.»

Im Raum war die Luft so dick, als ob sie mit Mutters Worten gemästet worden wäre.

«Danach wollte ich wieder zurück zu ihm. Ich wusste nicht, wohin, nur dass ich zu ihm zurückwollte, aber der Weg war versperrt durch das, was ich getan hatte. Ich bin die Straße rauf und runter gegangen, erst spät bin ich zurückgekehrt und habe mich neben ihn gesetzt. Keiner hat ein Wort gesagt. Wir haben beide geweint. Als wir nicht mehr geweint haben,

haben wir einfach dagesessen und weggeschaut. Der Wirt hat uns Getränke auf Kosten des Hauses gebracht. Wir haben sie nicht getrunken, sind aufgestanden, und jeder ist seiner Wege gegangen. Das ist vor einer Woche gewesen. Er ist zu Hause nicht angekommen, es ist unmöglich, dass er eine Woche bis nach Hause braucht. Er wird nirgends als verletzt oder tot aufgeführt, ich habe alle Krankenhäuser aufgesucht, dazu hatte ich die Kraft.»

«Das hast du davon, wenn du dir in diesen Zeiten einen Juden zum Liebhaber nimmst», meinte Großmutter.

«Sei still, Mutter!» Es war das erste Mal, dass Tante Sofia ihre Mutter zurechtwies. Das einzige Mal, dass sie das Wort gegen sie erhob. Erst Zsuzsa weckte uns aus unseren Gedanken, als sie die Treppe hochkam, die Tür öffnete und verblüfft auf der Türschwelle stehen blieb, weil wir alle schwiegen.

«Ist etwas passiert? Dem gnädigen Herrn vielleicht?», fragte sie erschrocken.

«Nein, Zsuzsa, ihm ist nichts passiert», beruhigte die Tante sie.

«Gott sei Dank, dann können wir mal angenehme Weihnachten feiern. Die Bauern sind da, um die Brote zu holen. Sie warten draußen und frieren.»

«Lass sie in die Küche rein», befahl Großmutter.

«Wie Sie wollen, aber sie werden alles verdrecken.»

«Das spielt doch jetzt keine Rolle.»

«Du hast unser Kind erschreckt», fuhr Großmutter fort, als sie mich mit Tränen in den Augen sah.

«Oh, was erzähle ich da für dummes Zeug? Wir haben Weihnachten, und ich rede über so was. Ich bin endlich einmal bei meinem Mädchen und bringe es zum Weinen. Weine nicht, das war nicht die Welt der Kinder, das war die Welt der Erwachsenen.»

«Ich bin kein Kind mehr. Schon lange nicht mehr. Schon seit einem Jahr.»

«Oh, ich vergesse immer wieder, du bist jetzt eine junge Frau. Mein Mädchen blutet. Mein Mädchen meint, es würde sterben. Aber ich glaube, jede Frau hat am Anfang Angst, dass sie stirbt. Zuerst hat man Angst, dass man stirbt, und später, dass man schwanger wird. Du bist eine junge Frau jetzt, aber Mutters Mädchen bist du immer noch.»

Sanfter als vorher zog sie mich an sich. Wir gingen alle in die Küche hinunter. Als die Bauern uns sahen, nahmen sie die Mützen vom Kopf. Zizi füllte Schnaps ein, zehn, zwanzig, dreißig Gläser, und stieß mit jedem Einzelnen an. Die Bauern hatten ihre schönste Kleidung angezogen: Schuhwerk aus Schweinefell, darunter und bis unter die Knie – um die Waden herumgewickelt – ein breites Band aus Wolle, ein fein geschmückter Gurt, ein schwerer Mantel aus Schafsfell. Nachdem das letzte der dreihundert Brote verteilt war, zogen sie los, um im ganzen Dorf und den Dörfern rundum die Ankunft des Herrn zu verkünden.

Als der Lärm der Menge nachließ, trank Zizi sein Glas aus, ging in die Küche, beugte sich, streckte den Arm unter den Ofen – dort, wo er wusste, dass Lupu sich gerne verkroch –, nahm ihn in die Arme und ging mit ihm in den Salon. Er setzte sich unter die Wanduhr ohne Kuckuck und direkt vor Velázquez hin. Ich setzte mich auf die englische Truhe, Großmutter ging Zsuzsa helfen, das Festessen zuzubereiten. Zizi ließ den Blick durch den Raum schweifen.

«Heute würde Großvater nicht mehr herumreisen können wie früher. Wie er fluchen würde!», sprach Zizi leise, ganz für sich alleine.

Das waren also unsere zweiten Kriegsweihnachten.

Der Krieg brachte mir eine gealterte Mutter. Die Dinge rückten nicht weiter weg von ihr, sondern näher an sie heran. So nah, dass sie kaum noch Luft bekam.

Zum zweiten Mal brachte der Krieg die Herkunft ins Spiel.

Der Krieg brachte Mutter einen Liebhaber, dann nahm er ihn ihr wieder weg.

Wir feierten Weihnachten neunzehnhundertvierzig, Jesus kam wie jedes Jahr auf die Welt, mit jeder Stunde ein bisschen mehr, nicht auf einmal, nicht übereilt, um Zsuzsa nicht zu ärgern.

5. Kapitel

Es war ein warmer Frühlingstag, wie ich ihn liebte, an dem Zizi sich zurückzog, um zu lesen, Großmutter in ihrem Zimmer einnickte und Tante Sofia in einem unserer Dörfer war, weil eine Frau, eine Kuh oder eine Stute gebar. Die Tante hatte ihre Beschäftigung erweitert, als die Bäuerinnen für ihren Geschmack nicht fleißig genug Kinder in die Welt setzten. Sie war besessen davon, möglichst vielen zu helfen, ins Leben zu kommen. Als ob ohne sie diese weiterhin gewartet hätten, irgendwo zwischen hier und dem Himmel.

Viele der Kinder, mit denen ich spielte, waren direkt in ihre Hände geflutscht. Vielen von uns hatte sie den Kopf geformt und uns mit einem einzigen kräftigen Schlag zum ersten Weinen unseres Lebens gebracht. Sie hatte uns allen die Nabelschnur durchgeschnitten, uns den Schleim abgewaschen und auf unsere Mütter gelegt. Wir waren alle irgendwie Tantes Kinder.

Durch die offenen Fenster hörte man manchmal jemanden im Dorf rufen oder die Hühner neben dem Haus scharren. Manchmal hörte man auch die Blätter der Lindenbäume, die träge vom Wind bewegt wurden, oder Mioaras Singen, irgendwo im Hof. Ihr Mann saß nutzlos zu Hause, Zizi hatte ihm einen Anteil an der Ernte und das Haus zugesichert, auch wenn er nicht mehr arbeiten konnte. Wenn Mugur nicht stumpf dasaß, hatte Mișa gute Begleitung beim Trinken.

Die Zeit stand still. Sie war wohlig erstarrt, einzig einige Fliegen hielten sich nicht daran. Zwischen den Tick-tack-Schlägen der Kuckucksuhr ohne Kuckuck sammelte sich Stille an, sie türmte sich auf. Als ob Gott gefegt hätte, so wie die Dienstboten täglich den Hof fegten. Als ob er mit seinem Besen Ruhe und Unruhe voneinander getrennt und die Unruhe weggetragen hätte.

«Wieso hat eure Kuckucksuhr keinen Kuckuck?», fragte Paul, der mit mir alleine im Salon war.

«Mutter wollte ihn befreien, als sie klein war, und da hat sie ihn einfach herausgerissen.»

«Vater sagt, dass deine Mutter schlecht ist, weil sie sich nicht um dich kümmert.»

«Ich habe mehrere davon.»

«Ist all dieses Zeug alt?»

«Manches ist sehr alt.»

«Wie ist es denn zu euch gekommen?»

«Großvater ist früher durch Europa gefahren und hat es mit nach Hause gebracht.»

«Was ist das Älteste?»

«Das ist der Velázquez, dort an der Wand.»

«Und das Jüngste?»

«Großmutter.»

«Darf ich deine Brüste berühren?»

«Das da ist zum Beispiel eine uralte Seemannstruhe, sagt Zizi, die auch schon auf der *Mayflower* war.»

«Wo war die?»

«Auf der *Mayflower*. Die hat Engländer nach Amerika gebracht, die keine Engländer mehr sein wollten, weil man in England nicht lieb zu ihnen war. Das ist vor langer Zeit gewesen, als Amerika noch gar nicht das Amerika war, wie wir es jetzt kennen, sagt Zizi.»

«Darf ich jetzt, Zaira?»

«Zizi meint, dass ein amerikanischer Kaufmann eines Tages

diese Truhe am Strand von Amerika gefunden hat, und es war der Brief von einem drinnen, der mit der *Mayflower* gekommen und schon im ersten Winter gestorben ist. Zizi sagt, fast die Hälfte der Leute ist im ersten Winter gestorben. Solche Dinge weiß er, da kannst du dich nur wundern. Als dieser Kaufmann den Brief gefunden hat, hat er ihn auch gelesen. Es war ein Brief an die Frau des Mannes, die in England geblieben war. Im Brief stand: *Ich werde bald sterben, aber ich denke ewig an dich. Ich bin dir ein schlechter Ehemann gewesen, ich war ständig unterwegs, und du hast immer auf mich gewartet. Du warst immer in meinen Gedanken, das sollst du wissen. In den langen Nächten auf dem Schiff, ob der Ozean ruhig oder stürmisch war, bist du immer bei mir gewesen. Ich weiß nicht, was ich noch schreiben soll, also schreibe ich lieber nichts und lege den Brief in die Truhe, in der deine Mitgift war und die ich mit mir genommen habe, um etwas von dir zu haben. Ich habe die Truhe Mayflower getauft und schicke sie zu dir zurück. Es ist leichtes Holz, vielleicht kommt es bis nach England. Wenn du dann deine Mitgifttruhe hast, kannst du wieder heiraten.* Und in der Truhe war noch ein kleines Porträt der Frau, und sie war so schön, dass der Kaufmann ohnmächtig geworden ist.»

«Das ist doch gar nicht wahr, so eine Truhe kommt nirgends hin. Und das mit der Ohnmacht hat doch dein Cousin aus irgendeinem Märchen.»

«Was weißt du schon? Das ist kein Märchen, das ist die Wahrheit. Schließlich gibt es ja auch Amerika. Also, nachdem dieser Kaufmann Tage und Wochen lang überlegt hatte, hat er alles in die Truhe eingepackt, was er besaß, und hat sich nach England eingeschifft.»

«Ich möchte deine Brüste berühren.»

«Er hat einen Brief an seine Frau hinterlassen: *Ich fahre nach England, um der armen Frau den Brief und die Truhe zu bringen. Ich komme bald zurück.* Sie hat einen Brief nachgeschickt: *Und was wird mit deiner eigenen armen Frau?* Er hat nach einigen Monaten zurückgeschrieben: *Ich bin in England. Es wird länger dauern. Ich stehe der armen Frau bei.* Sie hat geantwortet: *Und was wird aus deinem armen Kind?* Er hat nach einigen Jahren geschrieben: *Warte nicht, ich komme nicht mehr zurück.* Sie dann: *Ich werde warten.* Willst du wissen, was geschehen ist, als der Kaufmann in England angekommen ist? Er ist zum Haus der Witwe gegangen, und als sie die Tür geöffnet hat, war sie noch schöner als auf der Zeichnung, und der Kaufmann ist zum zweiten Mal ohnmächtig geworden.»

«Wieso werden Männer immer ohnmächtig, wenn sie Frauen sehen, die ihnen gefallen? Ich werde doch auch nicht ohnmächtig, weil ich dich anschaue.»

«Du bist auch noch kein ganzer Mann. Deshalb. Also, da die Frau jetzt auch die Mitgifttruhe hatte, durfte sie wieder heiraten. Die zwei haben geheiratet, und sie hat ihm einen Sohn geboren. Aber leider hat ihre Liebe nicht lange gedauert, denn schon bald musste die Frau sterben.»

«An was denn?»

«An was man so stirbt. Was weiß ich schon. Aber es stimmt, weil Zizi es gesagt hat. Nach Jahren hat der Kaufmann erfahren, dass er nicht mehr lange leben würde. Er hat sich immer Vorwürfe gemacht, weil er seine amerikanische Frau alleine gelassen hat. Er hat die Truhe mit kostbaren Stoffen, Juwelen und Gold aufgefüllt, denn inzwischen war er ein sehr reicher Kaufmann geworden. Er hat einen Brief hinzugelegt und seinen Sohn zurück nach Amerika geschickt. Im Brief stand: *Ich habe jeden Tag daran gedacht, dass du wartest, und es hat mich beinahe in Stücke gerissen. Verzeih mir.* In Amerika hat der Sohn an die Tür der amerikanischen Frau seines Vaters geklopft. Zuerst ist eine junge Frau aufgetaucht und danach eine ältere Frau. Sie hat die Truhe geöffnet, hat den Brief gelesen, hat alle Geschenke herausgenommen und sie verbrannt. Sie hat die Asche hineingelegt und geschrieben: *Hier ist die*

Asche deiner Geschenke. Sie hat dann den jungen Mann weggeschickt. Kaum war er zurück in England, musste er wieder nach Amerika mit einem neuen Brief und mit neuen Geschenken. Vor der Tür der alten Frau hat sich das Ganze wiederholt. Sie hat alles verbrannt und mit einer Menge alter Asche vermischt, die sie aus dem Keller geholt hat. Sie hat geschrieben: *Hier ist die Asche deiner Geschenke, deiner Kleider, deiner Bücher, der Bettwäsche, in der wir uns geliebt haben, und deines Hauses, das ich niedergebrannt und neu erbaut habe.* Die Truhe ist ganz schön voll gewesen. Sie hat den jungen Mann wieder weggeschickt, aber kaum war er in England, schickte ihn der alte und kranke Vater zurück. Zum dritten Mal hat er den Ozean überquert.»

«Washington, das ist die Hauptstadt Amerikas. Vielleicht hat die Frau dort gelebt.»

«Washington klingt gut. Also gut, es war in Washington. Als der Junge wieder angeklopft hat, öffnete die Tochter der Frau, sie hat die Geschenke herausgeholt und ein Glas voller Asche hineingestellt. Sie hat dazu geschrieben: *Das ist die Asche meiner Mutter.* Als der Kaufmann das gelesen hat, hat er bitterlich geweint, hat einen letzten Brief geschrieben, seinen Sohn zurück nach Amerika geschickt und ist gestorben.»

«So plötzlich?»

«Er war doch schon lange krank. Was tust du da?»

«Ich schaue nach, ob irgendwo noch ein Brief ist oder Asche.»

«Dummer Junge, ich habe schon lange nachgeschaut. Der Sohn macht sich also wieder bereit für die nächste Fahrt, aber in der Nacht davor liest er den Brief des Vaters an seine Tochter: *Mein liebes Kind, Nacht für Nacht habe ich wach gelegen und gedacht, dass es dich gibt und dass du wartest, dass ich zurückkomme. Ich habe dich mehr geliebt als meinen eigenen Sohn, weil er alles gekriegt hat, was er brauchte, du aber nichts von mir bekommen hast. Weil du vielleicht meine Geschenke auch verbrennst, schicke ich nur die Truhe. Wenn du heiratest, soll es deine Mitgifttruhe sein.* Da ist der Sohn traurig geworden, weil er so viel für den Vater getan hat, dieser aber seine Tochter mehr geliebt hat. Er hat die Truhe in der dunkelsten Ecke des Hauses abgestellt und sie mit der Zeit vergessen. Und dort ist sie auch geblieben, bis Großvater einen seiner Freunde besucht hat, der ein Urururururenkel des amerikanischen Kaufmanns war.»

«Das ist aber eine traurige Geschichte. Kennt dein Cousin keine mit einem guten Ende?»

«Zizi sagt, dass jeder für das Ende selbst zuständig ist. Wenn der Kaufmann sein Wort gehalten hätte, dann wäre die Geschichte anders ausgegangen. Deshalb sagt er, man soll immer halten, was man verspricht, sonst verwirrt man die Leute und sich selbst, und am Schluss geht es eben so aus wie in dieser Geschichte.»

Es war weiterhin still draußen, im Haus rührte sich nichts.

«Deine Brüste?»

«Was denkst du, dass Capitan Spavento in die Truhe gelegt hätte?»

«Seinen Säbel, seine Stiefel, das ganze Gold, das er in Arabien gefunden hatte, die Bärte all seiner Feinde, die Kleider des Kaisers von China... Darf ich jetzt?»

«Und Pinocchio?»

«Eine Grille, die ihn doppelt und dreifach warnen sollte, wenn er Fehler machte. Etwas Holz, damit er neue Beine hat, wenn sie ihm abbrennen. Eine Schere, damit er den Strick abschneidet, an dem ihn die Räuber aufgehängt haben. Eine Medizin, die nicht bitter ist und die er auch einnehmen möchte, sodass er die Fee nicht belügen muss. Kerzen für Geppetto, der im Haifisch gefangen ist... Zaira?»

«Ja.»

»Ich bin fast fünfzehn und du fast dreizehn. Darf ich sie jetzt berühren?»

«Du darfst.»

Als Paul die Hand ausstrecken und meine kleine Brust berühren wollte, hörte die Stille auf. Ich dachte, dass es so sein müsse, der Boden wanke in solchen Momenten, und man höre ein leises Zischen in den Ohren. Ich dachte, dass es Zsuzsa sei, die durchs Haus ging, aber das Beben kam von draußen, vom Dorf her.

Alles wackelte immer stärker, Paul war rot angelaufen, das Geräusch wurde lauter. Paul kümmerte das nicht. Ich glaube, nicht einmal der Weltuntergang hätte ihn mehr als meine Brust gekümmert. Er sagte zögerlich: «Zaira, ich möchte dich heiraten.» «Du kannst mich nicht heiraten, ich bin zu jung und du auch.» «Wenn du achtzehn bist, dann heirate ich dich.» Die Fensterscheiben waren kurz vorm Zerbrechen, Velázquez fiel von der Wand, Porzellan fiel vom Gestell, dann sah ich Josefs Kopf am Fenster auftauchen. «Zaira, versprich es mir, dass du mich heiratest, wenn du achtzehn bist.»

Josef blieb atemlos im Hof stehen, Großmutter und Zizi liefen auf die Veranda. «Gut, wenn ich achtzehn bin, heirate ich dich.» «Aber das ist nicht ein Kaufmannsversprechen, das ist ein Zizi-Versprechen.» «Ja, das ist ein Zizi-Versprechen. Was ich verspreche, halte ich auch.» Seine Hand kam wieder näher, fast schon berührten mich seine Finger. Paul war so rot, dass ich dachte, er würde gleich explodieren. Er atmete schwer und schien gleich ohnmächtig zu werden, dann schrie Josef draußen, so laut er konnte: «Die Deutschen sind da!»

Die Deutschen fuhren in ihren wundersamen Maschinen die Allee entlang, direkt auf uns zu. Paul und ich liefen hinaus, alle versammelten sich im Hof. «Keine Angst, sie sind unsere Freunde», rief Zizi uns zu, und Großmutter antwortete: «Ich erinnere mich nicht, sie eingeladen zu haben.» «Ich glaube, darauf pfeifen sie.» Zizi stieg von der Veranda hinunter und ging quer durch den Hof bis zur Allee.

Ich lief hinter ihm her und sagte: «Das sind also die, gegen die die Polen auf Pferden gekämpft haben. Die waren vielleicht dumm, das sieht man doch schon von Weitem, dass da mit Pferden nichts zu machen ist.» «Das hat mit Dummheit nichts zu tun, Zaira, das war sehr mutig von ihnen.» Zizi zitterte, seine Stimme klang anders als sonst. Er hatte Angst, obwohl er bestimmt an der Spitze der polnischen Kavallerie geritten wäre, so ein guter Reiter war er.

Die Maschinen kamen näher, fuhren jetzt durch den Obstbaumhain, dann am Fischteich vorbei. Ich fragte: «Was sind das für Maschinen?» «Gepanzerte Wagen sind es und ganz am Schluss ein paar Panzer.» Sie hatten uns beinahe erreicht, noch fünfzig Meter, noch dreißig Meter, noch zehn Meter, ich schaute Zizi an. *Wann will er auf die Seite springen*, dachte ich, aber er stand da und zitterte, und weil Zizi da stand, blieb mir nichts anders übrig, als auch da zu stehen. Ihn alleine zu lassen und zurückzulaufen kam nicht infrage, obwohl es meinen Beinen nach Wegrennen war. Obwohl Großmutter, Zsuzsa und Mioara riefen, lauter, immer lauter. Von hinten riefen sie, und von vorne brüllten die deutschen Maschinen.

Der erste Wagen war nur wenige Meter von uns entfernt, als er anhielt. Ich dachte, *jetzt haben wir geschafft, was eine ganze polnische Kavallerie nicht geschafft hat. Den Deutschen zu stoppen, das haben wir geschafft*, aber die Deutschen nahmen es uns nicht übel. Ein Offizier kam lachend auf uns zu, streckte die Hand aus. Zizi griff zögernd nach ihr, nachdem er seine Handfläche am Hosenbein abgetrocknet hat. Der Offizier streichelte mir über die Haare, ich schaute Zizi fragend an, aber Zizi kniff nur die Augen zusammen. Dieser blonde Engel war gar nicht blond, er war eigentlich dunkel, und jung war er auch nicht. Er redete auf uns ein, aber wir verstanden nichts, bis Zizi Josef holte. Tantes Deutsch war eingerostet.

Wir erfuhren, dass sie Deutsche waren. Das war überflüssig, weil man ihnen ansah, was sie waren. So wie sie spazierte kein

Zweiter durch Europa. Der größte Teil der Kompanie war in der Stadt geblieben. Sie würden in einigen Tagen nach Ploieşti weiterfahren, zu den Erdölfeldern, und von dort aus weiter nach Russland. Er bat uns, ihn und seine Leute aufzunehmen, die hungrig und durstig und schmutzig waren. Wir erfuhren auch, dass wir beiseitegehen sollten, damit die gepanzerten Wagen in den Hof einfahren konnten, während die Panzer auf der Allee bleiben würden. Zizi fragte, ob die Allee nicht für alle Fahrzeuge reiche, aber der Offizier zog nur ganz leicht die Augenbrauen zusammen. Das genügte, damit Zizi seine Frage vergaß.

Als alles getan war, ließ der Offizier seine Männer aus dem Wagen steigen. Er tat das präzise und bestimmt, ohne ein Wort zu viel oder zu wenig. Fast hätte ich an seiner Stelle Großmutter in deutscher Uniform gesehen, aber der Deutsche schrie, Großmutter hingegen flüsterte die Befehle. Der Offizier ließ sie in zwei Reihen antreten, sprach kurz auf sie ein, dann gab er ihnen frei wie nach einem gewöhnlichen Arbeitstag. Der Mann ging mit uns auf die Veranda, streckte jetzt die Hand meiner Großmutter entgegen, die nicht wusste, was sie tun sollte. Noch nie hatte ihr jemand auf ihrem Land die Hand gegeben, sondern ihre Hand wurde immer geküsst.

«Madame», sagte der Mann plötzlich auf Französisch, der Großmutters Zögern falsch verstanden hatte. «Ich glaube, ihr Rumänen liebt Frankreich mehr als Deutschland.» «Aber, Herr Offizier, wir hören doch dauernd deutsche Musik im deutschen Radio», antwortete sie. «Meine Tochter war in Deutschland...» «Das Deutschland von früher ist nicht mehr das Deutschland von heute, Gnädigste. Meine Männer haben Hunger.»

Großmutter rief Zsuzsa und andere Mägde zusammen, kurz darauf brannten Feuer im Hof und auf der Allee, unter den Hühnern brach Panik aus, es wurde getötet, gerupft, geschnitten, gebraten, gesiedet. Unser Keller wurde geöffnet, Kartoffeln und Gemüse, Wurst und Käse wurden herausgetragen, geschält und geschnitten. Eimerweise wurde Wasser aus dem Brunnen geholt und zum Kochen aufs Feuer gestellt. Man konnte nichts verstecken, keinen Raum ungeöffnet lassen. Einer der Soldaten war immer dabei, zeigte auf eine Tür und sagte *das*, *das* und *das*. Er brauchte nicht einmal die Augenbrauen zusammenzuziehen, einmal hatte für den ganzen Aufenthalt gereicht.

Für sie war es eine Art Urlaub auf dem Bauernhof. Sie waren gesellig und freundlich. Sie hatten wahrscheinlich die Polen lachend und mit einer deutschen Zigarette im Mundwinkel geschlagen. Der Krieg hatte ihnen noch nichts weggenommen, uns auch nicht, nur Mutters Geliebter war weg, er war nie wieder aufgetaucht, und Mutter war seitdem verändert. Sie schaute oft ins Leere, und wenn sie es merkte, entschuldigte sie sich.

Man spürte aber, dass von jenen strahlenden Gesichtern eine unaussprechliche Gefahr ausging. Eine, von der die BBC mehr wusste als ich und zusammen mit der BBC auch die polnische Kavallerie, Warschau, Frankreich, die Engländer und Franzosen, die bei Dünkirchen ins Meer geworfen wurden, und seit Kurzem auch die Russen. Ich wusste, dass, wenn diese blonden Engel spazieren gingen, einem die Haare zu Berge standen. Dass sie ihre Armeemesser, mit denen sie im Fleisch unserer toten Hühner herumstocherten, auch in eine andere Art von Fleisch stecken konnten. Sie sprachen so, als ob auch durch ihre Sprache ein sauberer, klarer Schnitt ging, sogar wenn sie freundlich und entspannt waren. Es war dieselbe Sprache, die abends im Radio die Konzerte aus München oder Berlin ankündigte.

«Wer geht es jetzt den Bauern verkünden?», fragte die Großmutter, da der junge Dumitru seit nunmehr anderthalb Jahren weg war.

«Ich», sagte Zizi, nahm das Horn, stieg aufs Pferd und ritt auf die Anhöhe zu.

«Was tut er?», wollte der Offizier wissen.

«Er soll verkünden, dass Sie hier sind», erklärte Großmutter.

«Wieso braucht ihr so was? Uns hat doch das ganze Dorf schon gehört.»

«Das ist die Zeitung der Bauern, Herr Offizier, und die darf nicht ausbleiben. Und außerdem ist das hier bei uns Tradition, die nimmt uns nicht einmal der Krieg.»

Hört, hört, hier ist Zizi, euer Landherr. Die Deutschen sind jetzt im Dorf. Sie müssen ein paar Tage warten, bis sie nach Russland weiterziehen. Ihr braucht keine Angst zu haben, aber zu sehr vertrauen müsst ihr ihnen auch nicht. Arbeitet weiter und betet, denn Gott schaut zu. Sogar jetzt schaut er noch zu.

Zizis Stimme verstummte, doch plötzlich fügte er hinzu:

Und lasst eure Mädchen nicht zu nahe ran. Der Deutsche ist auch nur ein Mensch.

Am Abend wurde der Tisch auf der Veranda gedeckt, weil der Hof voller Maschinen war. Als ich geschickt wurde, um etwas aus der Küche zu holen, sah ich, wie sich drei Deutsche am Brunnen hinter dem Haus wuschen. Sie hatten schlanke, straffe Körper, auf denen nicht *deutsch* geschrieben stand. Männerkörper, Jungmännerkörper. Wenn sie den Wassereimer hochzogen, spannte sich der Hintern an. Wenn sie sich einseiften, blieb Schaum kleben, überall dort, wo Haare wuchsen. Wenn sie Wasser darübergossen, klebten Brust-, Bauch- und Beinhaare und auch das andere Haar am Körper.

Weil das Wasser kalt war, war das, was ihnen zwischen den Beinen wuchs, geschrumpft. Darunter war ein kleiner Sack. Aber sie sorgten sich nicht, dass das Ding verschwinden könnte. Es war für sie normal, dass es sein Eigenleben hatte. Sie hatten keine Angst, dass sie daran sterben würden, anders als ich, die ich vor wenigen Jahren an der Blutung zu sterben gemeint hatte. Dort unten begannen die Männer, alt zu werden, jeden Tag von Neuem. Sie wurden zuerst zwischen den Beinen runzlig, später am ganzen Körper. Aber sonst waren die Deutschen straff und kräftig, sie würden ihre Körper noch brauchen. Auf sie war Verlass.

Mioara ging an ihnen vorbei und lächelte ihnen zu. Ich wusste, dass sie in der Nacht nicht allein bleiben würde. Als sie weg waren, lief ich zum Brunnen und stahl die Seife, mit der sie sich gewaschen hatten. In meinem Zimmer drehte ich sie herum, aber der Seife war das Mannsein nicht anzusehen. Es klebten einige Haare dran, das waren nicht Zizis oder Pauls Haare, sondern Männerhaare.

«Sind Sie ein Anhänger von Hitler?», fragte Zizi den Offizier am Abend auf Französisch.

«Sind Sie ein Anhänger von General Antonescu?», fragte er zurück.

«Ich bin ein Anhänger des Königs, alle Landgutbesitzer sind das, so wurden wir erzogen.»

«Ich bin Soldat. So wurde ich erzogen.»

Der Mann gab uns Schokolade. «Soldatenschokolade», sagte er und streichelte mir über den Kopf. Jedes Mal, wenn er mich anschaute, war sein Blick weicher als sonst. Wenn aber seine Hand auf mich zukam, erstarrte ich. Ich wusste schon damals, dass er mit seiner Hand auch anderes getan hatte. Wenn sie sich auf mich legte, war sie sanft, und mit geschlossenen Augen hätte ich sie bestimmt für Zizis Hand gehalten.

«Das ist fast so gut wie Schweizer Schokolade», meinte Großmutter.

«Früher waren die Schweizer die besten Söldner, Madame. Heute ist das Beste an ihnen die Schokolade.»

«Glauben Sie, dass Sie Russland bald einnehmen können?», fragte Zizi.

«Russland ist ein riesiges Land, und Stalin ist unberechenbar. Momentan verlieren sie eine Schlacht nach der anderen und ziehen sich zurück. Wir haben Tausende von Gefangenen gemacht, aber sie haben große Reserven im Hinterland. Wenn wir Stalin Zeit lassen, seine Armee zu reorganisieren, frische

Kräfte zu mobilisieren, haben wir verloren. Entweder gewinnen wir schnell oder gar nicht. Wir wollen schnell bis nach Stalingrad kommen, denn der russische Winter ist hart. Im Gegensatz zu Hitler fürchte ich Stalin. Stalin und den Winter. Deshalb will ich auch bald weiter. Deshalb mag ich diese Pause nicht.»

Zizi und der Offizier rauchten Zigarren, Großmutter und die Tante tranken Likör, im Radio sendeten sie ein Konzert aus Stuttgart. Bach. Nicht nur die Männer im Hof machten Bach Konkurrenz, sondern auch Mioara hinter dem Haus. Großmutter murmelte: «Hoffentlich haben wir hier in neun Monaten nicht einen blonden Bastard» und stellte das Radio lauter. Bach übertönte jetzt Mioaras Lustmusik.

«Was halten Sie von uns Rumänen?», fragte die Tante, als wir uns alle Gute Nacht wünschten. Der Offizier hielt ihre Hand länger in der seinen, und die Tante errötete, so wie Großmutter vor wenigen Stunden. Nur ein einziger Mann hatte ihren Körper berührt, und der war dann davongelaufen. Sie schaute zu Boden, als ob sie noch ein junges Mädchen wäre.

«Um ehrlich zu sein, nicht viel. Ihr habt Angst vor uns, deshalb schließt ihr euch uns an. Ihr glaubt weder an die Sache Hitlers noch an die Sache der Soldaten. Ich werde aus euch nicht klug, ihr seid weder Fisch noch Fleisch. So wie eure Bauern sich bücken, damit ihr sie nicht schlagt, so bückt ihr euch vor uns. Solange wir siegen, seid ihr auf unserer Seite, aber wenn wir verlieren, macht ihr euch davon, da bin ich mir sicher. Ihr habt kein Rückgrat.»

Die Tante, die etwas Schmeichelhaftes erwartet hatte, etwas, das zum langen Händedruck gepasst hätte, zog langsam die Hand aus der seinen. Sie streifte sich verlegen durch die Haare. Aus Zizi platzte es heraus:

«Ich wäre glücklich, wenn es so wäre. Ich wäre froh, wenn wir nur zum Schein eure Verbündeten wären. Aber inzwischen haben wir in diesem Land ein Rückgrat, ein deutsches. Viele Brandstifter und Mörder, die glauben, was sie sagen. Sie haben es unter Beweis gestellt. Unseren Juden geht es schlecht, unseren Kommunisten, den Königstreuen, allen eigentlich.»

«Sie reden von Ihren Juden oder Ihren Kommunisten wie von Ihren Bauern», verschärfte der Mann den Ton. «Glauben Sie mir, wenn Sie nicht aufpassen, werden Ihre Bauern Sie eines Tages aufhängen. Ihre Zeit ist bald um.»

Am nächsten Morgen erwachte ich früh und traf auf den Offizier im Salon, angezogen und gekämmt, als ob er nicht geschlafen hätte. Oder in Uniform geschlafen hätte, denn man wusste nie, zu welchem neuen Krieg man gerufen wurde. Sie schliefen alle im Sitzen, damit sie schneller aufstehen konnten, wenn es ernst wurde. Und offenbar wurde es bei ihnen schneller ernst als bei anderen.

Auf dem Schoß hielt er eines meiner Märchenbücher, das er in der Bibliothek gefunden hatte. Als er sich nicht rührte, wollte ich weggehen, doch dann sprach er auf Französisch: «Magst du mehr die Brüder Grimm oder Andersen?»

Ich erschrak, noch nie hatte mich einer wie er so etwas gefragt, und ich hatte noch nie überlegen müssen, welche Antwort besser wäre, damit nicht auch ich als Feigling dastünde. «Nun?» «Ich mag Andersen mehr, weil er weniger grausam ist.» «Wieso denn das?» «Bei den Brüdern Grimm sterben die Kinder, werden gekocht oder von den Eltern verlassen.» «Und findest du, dass es weniger grausam ist, wenn ein Mädchen erfriert, weil es nicht genug Streichhölzer hat, um sich zu wärmen?» Ich schwieg. «Magst du denn *Das kleine Mädchen mit den Schwefelhölzern* oder *Die kleine Meerjungfrau* mehr?»

Er hatte große, gepflegte Hände und streichelte damit die Seiten des Buches wie gestern meinen Kopf. Schon wieder war in seinem Blick etwas Weiches. Seine Augen waren feucht, das hätte ich niemals von ihm erwartet, und ich erschrak wieder. «Kann ich nicht sagen. Ich weine bei beiden.» «Das hätte mein Mädchen auch gesagt. Ich habe ein Mädchen, das so alt ist wie du. Katharina. Als ich sie zuletzt gesehen habe, vor einem Dreivierteljahr, bin ich aus dem Zug gestiegen und, so schnell ich konnte, nach Hause gegangen. Ich bin ein einziges Mal stehen geblieben, vor einer Buchhandlung, wo alle Märchen der Welt zu haben sind. Ich habe ihr Andersen gekauft, aber sie kannte ihn natürlich. Ihre Mutter hatte ihr das Buch auch schon gekauft, das konnte ich nicht wissen. Katharina lag auf dem Sofa, sie konnte schon seit einiger Zeit nicht mehr gehen. Ich habe ihr daraus vorlesen wollen, aber sie kannte die Märchen auswendig. Ich habe sie gefragt, welches ihr am besten gefallen würde, aber sie konnte sich nicht entscheiden. Sie hat gesagt: ‹*Das kleine Mädchen mit den Schwefelhölzern* und *Die kleine Meerjungfrau*.› ‹Aber welches magst du mehr?›, habe ich gefragt. ‹*Das kleine Mädchen mit den Schwefelhölzern*, weil sie niemanden hat, der sie liebt, und *Die kleine Meerjungfrau*, weil sie viele hat, die sie lieben›, hat sie geantwortet. Das eine liebe sie, wenn ich zu Hause bin, das andere, wenn ich weg bin. Verstehst du, was ich sage? Verstehst du überhaupt so gut Französisch?» «Kann Ihre Tochter wieder gehen?», fragte ich in meinem besten Französisch, doch er gab keine Antwort, nur die Augen wurden feuchter. Soldatentrauer. Da erschrak ich ein drittes Mal.

Als die Deutschen weiterzogen, nahmen sie ein Drittel von allem mit: von den Würsten, dem getrockneten Fleisch, dem Käse, den Kartoffeln, den Bohnen und Tomaten, dem Mehl, den Eiern, dem Honig, den Äpfeln und dem Zucker. Den Wein und den Schnaps nahmen sie nicht mit, dafür sorgte der Offizier. Das war kein Sprit, um bis nach Stalingrad zu kommen, sondern höchstens bis in den nächsten Graben. Sie stiegen in ihre Maschinen, fuhren die Allee hinunter, der Boden erzitterte, der Lärm war ohrenbetäubend, doch er entfernte sich immer weiter von uns. Er wurde dumpfer und dünner, bis nur noch ein Sausen im Ohr zurückblieb.

Ein Drittel nahmen uns die rumänischen Soldaten, die einige Tage später vorbeischauten, zu Pferd und in schäbigen Lastwagen. Sie rüsteten sich auf und nicht nur für eine Charmeoffensive, für so was brauchte man unser Vieh nicht. Sie drehten Hühnern den Hals um und steckten sie in Kartoffelsäcke, luden Schweine und Kühe auf den Lastwagen, Wein und Schnapsfässer. Den Rumänen war der Straßengraben vielleicht lieber als Stalingrad. Mit einem Drittel kamen wir durch den Winter.

. . . . .

Der Krieg brachte auch den Hunger. Zuerst weit entfernt, in den Ländern, in denen die Deutschen schon gewesen waren, in Polen und Russland. Dann nicht ganz so weit weg in unserem Land, in den Gegenden, die noch näher am Krieg waren als wir. Wo die Soldaten noch öfter vorbeischauten als bei uns. Dann in der Hauptstadt, wo Mutter vor einem Geschäft anstehen musste und ihr Dienstmädchen vor einem anderen.

Die Menschen hungerten noch nicht wirklich, aber der Hunger war schon unterwegs. Er kam immer näher an Strehaia, bis er eines Tages vor der Tür stand und anklopfte.

Der Hunger hatte sich durchs Land gefressen, war fett und träge geworden. Er fraß den Bauern die Keller und den feinen Herrschaften die Küchen leer. Mutter stieg Tag für Tag in die Kutsche oder ging kilometerweit zu Fuß für Zucker und Mehl. Das schrieb sie uns. Durch die Hauptstadt zog ein ganzer Strom von Menschen auf der Suche nach Lebensmitteln. Beamte, Dienstmädchen, Arbeiter und Fußvolk, die Stadt war in Bewegung geraten. Sie war nicht mehr eitel, sie war bescheiden und ärmlich geworden. Man ließ sie verfallen, unmerklich zwar, aber unaufhörlich. Der Rhythmus des Lebens verlangsamte sich. Mutter schrieb, dass man noch ins Theater ging und ins Kino. Dass man sich herausputzte, dass man noch Feste feierte, aber dass man im Grunde genommen voller Angst war. Entweder ging das Geld aus oder das Essen.

Jeder hatte seinen Bauern, der ihm in die Stadt brachte, was er brauchte. Der Bauer grinste, denn wo der Magen knurrt, bleibt nicht viel Platz fürs Feilschen. Der Bauer war der Herr, das hätte er sich nie träumen lassen.

Mutter schrieb: *Es ist so entwürdigend. Heute bin ich zu Fuß auf den Markt gegangen, weil ich mir eine Kutsche nicht leisten kann und die Straßenbahn so überfüllt ist und dreckig, dass man es lieber sein lässt. Ich habe eine Stunde in einer Schlange für ein bisschen Gemüse gewartet, und als ich drangekommen bin, wude ich weggeschoben. Als ich mich gewehrt habe, bin ich hingefallen, und niemand hat mir geholfen. Man hat mich ausgelacht. Am Ende des Tages hatte ich die halbe Stadt zu Fuß durchquert und doch nur ein Kilo Kartoffeln, sechs überreife Tomaten und ein altes Brot gekauft. Schickt Essen, wenn es euch möglich ist. Es ist schlimm, wenn eine Frau ihren Mann nicht bei sich hat. Aber Victor hat Odessa eingenommen, darauf bin ich stolz.*

Heute bin ich zum ersten Mal aufs Land gefahren – ich musste das Dienstmädchen entlassen, denn das Geld geht mir langsam aus –, schrieb sie ein anderes Mal. *Mit dem Zug, inmitten von Gesindel. Ich bin bis zum Abend durch Dörfer gelaufen, ich hatte Pech, wo immer ich auch hingekommen bin, waren andere schon vor mir dort gewesen. Oder ich war nicht die Einzige, die anderen waren oft Männer, und keiner hat Rücksicht auf mich genommen. Ich habe erwischt, was die anderen übrig gelassen haben. Ich habe mein ganzes Geld ausgegeben, und das für fast gar nichts. Schickt Mişa mit Lebensmitteln in die Stadt.*

Heute wurde ich ausgeraubt, schrieb sie später. *Wenn es nicht so traurig gewesen wäre, wäre es fast lustig. Der Mann hat mir nicht das Geld genommen – ich sagte ihm, dass ich nichts hatte –, sondern die Einkäufe. Er hat im Park auf mich gewartet, wo ich immer durchmuss. Ich war so müde, so dass ich die Taschen einfach fallen gelassen habe. Er war gar nicht schlecht angezogen und hatte genauso viel Angst wie ich. Nur dass sein Anzug zu dünn war für diese Jahreszeit. Er hatte Angst oder ihm war kalt, das weiß ich nicht, aber er hat gezittert wie Espenlaub. Er hat mich gebeten – ja, gebeten –, mich umzudrehen und wegzulaufen. Ich habe mich umgedreht und bin davongelaufen. Als ich zurückgeschaut habe, war er nicht mehr da, und meine Taschen waren auch weg. Victor ist in Stalingrad eingeschlossen, aber das wisst ihr bereits. Ich kriege keine Briefe von ihm, der Letzte ist vor einem Monat gekommen. Es muss dort schlimm sein, er sagt es nicht direkt so, aber er sagt genug, um zu verstehen.*

Und ein anderes Mal: *Schickt Geld mit unserem Dorfarzt, falls er wieder mal seine Tochter in der Hauptstadt besucht. Es ist Monatsmitte, und ich habe mein ganzes Geld auf dem Schwarzmarkt ausgegeben. Ich habe nichts dazugelernt. Was für eine dumme Frau ich doch bin, weil ich in diesen Zeiten noch als vermögend angesehen werden möchte und nicht versuche zu feilschen. Schickt lieber Essen als Geld, wenn ihr jemandem vertraut, der hierherreist.*

Im Herbst des vierten Kriegsjahres war der kleine Hunger auch in Strehaia eingetroffen. Er hatte sich auf der langen Reise satt gefressen und legte sich müde über uns, als ob er ruhen und nicht mehr wegziehen wollte. Bevor aber der Hunger kam, hatten sich die Dörfer geleert. Immer mehr junge Männer wurden eingezogen, immer mehr Junge kamen tot zurück oder blieben tot in der Ferne. Immer öfter ging niemand mehr auf die Felder, immer öfter trank Mişa den Schnaps alleine, ganz so, wie er es vorausgesagt hatte. Wenn wir unsere Keller halb füllten, nahm die Armee die Hälfte. Was übrig blieb, teilten wir mit den Bauern.

Der kleine Hunger kam nicht plötzlich: Zuerst fehlte nur dies und das, dann wurde das Essen immer magerer und dünner. Er war auch nicht so stark wie in der Stadt, er spielte bloß mit uns, streichelte uns, während er in der Stadt richtig zuschlug.

Eines Tages wartete ich mit Mişa am Bahnhof auf Mutter. Mişa führte mich in den Wartesaal, wo noch der Tisch stand, und sagte: «Hier bist du geboren worden.» «Das weiß ich.» «An diesem Fenster hat der gnädige Herr Zizi gewartet, dass du endlich auf die Welt kommst.» «Mişa, das weiß ich auch. Man hat es mir hundertmal erzählt.» Er führte mich hinaus und direkt in die Bahnhofskneipe: «Und hier werde ich jetzt auf dein Wohl trinken, als ob du gerade erst geboren worden wärst.» Aber Mişa konnte seinen Plan nicht mehr umsetzen, weil der Zug in den Bahnhof einfuhr.

Mutter war gealtert, auf ihr lastete viel mehr Gewicht, als sie selber wog. Sie war abgemagert und bleich. Sie beeilte sich, ihre Schwester einzuholen. Mutter führte mich in den Saal und sagte: «Hier bist du geboren... Und dort hat Zizi gestanden...» Als sie aber zum Fenster hinausschaute, erschrak sie und wurde noch bleicher als vorher. Mişa, der gerade hineingekommen war, rief: «Was ist denn das?» Er bekreuzigte sich und stützte dann Mutter, die wankte. Als ich mich zum Fenster umdrehte, endete meine Kindheit.

Der Zug war abgefahren, und dahinter stand ein Zweiter, der erst kürzlich eingetroffen sein musste. Noch vor zehn Minuten war er nicht dort gewesen. Die Viehwaggons waren vom Rauch der Lokomotive eingehüllt, es waren mindestens zehn. Sie sahen aus wie eine Erscheinung. Auf dem Bahnsteig wurden die Menschen still, starrten hin oder wandten die Köpfe ab. Wir eilten hinaus. Eine Mutter legte ihrem Sohn die Hand über die Augen, ein alter Bauer spuckte auf den Boden und murmelte: «Der Teufel ist überall.» Mutter wollte, dass ich mich umdrehte, aber Mutter war nicht Großmutter. Sie wollte, dass Mişa mich wegführte. Sie schrie ihn an, ohrfeigte ihn, als er einfach dastand, sich nicht rührte und seine Blicke vom Viehzug nicht abwenden konnte.

Aus den Viehwaggons ragten Hände heraus, Dutzende. Ganz still war es, nur Hände, so viele Hände überall. Ein Junge lief los und rief vor dem Bahnhof, dass da Menschen in Viehwaggons seien. Weil sich das keiner entgehen lassen wollte, kamen alle auf den Bahnsteig. Der Bahnhofsvorsteher flüsterte Mutter ins Ohr: «Das ist einer der ersten Züge, sie werden alle deportiert.» Ein leises Raunen ging durch die Viehwaggons, dann wurde es immer lauter. Die Hände bewegten sich und machten Zeichen. Die unsichtbaren Stimmen sagten etwas, das wir aber nicht verstanden.

«Was sagen sie?», fragte Mutter. «Ich verstehe sie auch nicht», erwiderte Mişa. «Sprecht lauter!», rief einer. Wir lauschten alle und hörten deutlich die Stimme eines Mannes. Ein Junge verstand es. Er rief: «Die wollen Wasser!» Mutter hob ihren Rock und sprang auf die Schienen. Man rief sie zurück, von den beiden Zugenden kamen langsam Soldaten, aber sie hörte nichts, sie sah nichts außer den Händen. Mişa flehte sie an zurückzukommen. Alle anderen, die sie kannten, flehten auch, nur ich schwieg und sah alles und wollte aufwachen, aber das gelang mir nicht.

Sie lief zu einem der Waggons, die Hände streckten sich ihr entgegen, sie griff nach ihnen. Es waren große, breite Männerhände, Frauen- und Kinderhände. Die Soldaten bemerkten sie und berieten kurz. Es waren rumänische Soldaten, die gar nicht fremd wirkten, auch wenn sie wie die Deutschen in Uniformen steckten. Mutter lief jetzt von einem Waggon zum anderen, sie war außer sich. Sie ließ sich von den Händen berühren, manche zogen an ihr. Sie streckte die Arme ins Waggoninnere, als ob sie mit ihren Armen sehen wollte, was sich dort verbarg. Sie fragte dauernd: «Ist László Goldmann da?»

Dann sagte ihr offenbar eine Stimme etwas, sie hörte hin und antwortete: «Ich werde mich an dich erinnern.» Sie fragte weiter, und wieder musste sie sich an jemanden erinnern. «Ich werde mich an dich erinnern», sagte sie viele Male. «Kennt jemand László Goldmann, einen Geigenspieler aus Bukarest? Kennt ihn jemand?»

Die Soldaten waren schon bei ihr. Mişa flehte, der Offizier öffnete den Revolverhalter, der Bahnhofsvorsteher sprang auf die Gleise und lief ihm entgegen, die Männer redeten heftig miteinander. «Kennt jemand László Goldmann? Bist du da drinnen, László?», fragte Mutter unermüdlich, bis der Bahnhofsvorsteher zu ihr ging und ihr die Hand auf die Schulter legte. Aber Mutter ließ sich nicht beruhigen, sie schrie den Mann an: «Rühren Sie mich nicht an. Wie wagen Sie es? Wissen Sie, wer ich bin?» Dann drehte sie sich um und lief davon. «Das sind keine Juden, gnädige Frau. Das sind Zigeuner.» Sie blieb stehen, wie vor eine unsichtbare Wand gestellt, und senkte den Kopf. «Ich weiß es. Ich habe es gemerkt.» «Soll ich den Offizier fragen, ob wir ihnen Wasser geben können?» «Das ist mir egal», antwortete Mutter.

Es wurde ein stiller Abend bei uns zu Hause, doppelt still, weil ich mich zwang, nicht an Mutters letzten Satz zu denken.

6. Kapitel

Ein Hahn fiel aus heiterem Himmel vor Großmutter auf den Boden. Sie spuckte in den Ausschnitt und bekreuzigte sich, als ob der Hahn der Teufel wäre. Alle drei blieben einige Sekunden lang benommen: sie, der Hahn und hoch über ihnen der Falke. Drei Alte, die sich schon lange kannten.

Der Falke hatte schon immer in der Gegend gejagt. Er hatte weite Kreise am Himmel gezogen und gesehen, wie der Hahn geschlüpft war, wie er stolzer Herrscher vieler Hühner wurde, dann immer weniger Hühner, weil die Armee immer größere Säcke hatte. Die Armee drehte mehr Hühnern den Hals um, als so ein Falke jemals schlagen konnte. Die Rufe des Falken hatten meine Kindheit begleitet und an den heißen Nachmittagen die Stille zerrissen. In Pauls und meinen Spielen war er immer ein Hexer.

Der Hahn hatte von klein auf den Himmel beäugt, weil auch er die Rufe hörte und den Schatten am Boden wandern sah. Er wachte über seine Hühner und über sich selbst. Als er nicht mehr gut genug gewacht hatte, weil er alt und blind wurde, hatte ihn der Falke gepackt, obwohl er sich lieber ein zartes Huhn gewünscht hätte. Aber die gab es kaum noch, und die letzten waren von Großmutter eingesperrt worden. Sie kannten sich gut, der Falke und sie. Nicht selten hatte sie ihn mit dem Besen in die Flucht geschlagen, als er noch jung war und im Beuteschlagen unerfahren.

Der Falke hatte unbemerkt den Hahn gepackt und in die Luft gehoben. Der Hahn hatte gekämpft, der Falke nach den Augen des Hahns gepickt, aber dann gingen ihm die Kräfte aus, und er ließ ihn fallen. So begann die Reise des Hahns zurück zur Erde, er schlug mit seinen Flügelstümpfen, sah unser Landgut, schlug schneller, aber sein Fallen beschleunigte sich. Dann sah er unser Haus und seinen Hühnerstall, die immer größer wurden, sah Zsuzsa und Großmutter im Hof stehen und reden. Er schlug verzweifelter mit den Flügeln, er raste auf Großmutter zu, und wenig fehlte, dass er ihr auf den Kopf gefallen wäre.

Für einige Sekunden geschah nichts, dann stürzte sich Zsuzsa auf den benommenen Hahn und packte ihn am Hals. «Es regnet heute Hähne», sagte Großmutter. «Das gibt eine mittelmäßige Suppe, schon lange hätte ich ihn kochen sollen», meinte Zsuzsa. «Da soll einer sagen, dass ein Hahn keine Katze ist», fand die Tante, die auf die Veranda kam. «Sieben Leben hat er.» «Und jetzt willst du ihm auch das letzte Leben nehmen, Zsuzsa?», fragte Großmutter schmunzelnd. «Lass ihn leben.» So kam der Hahn davon. Seitdem schien er Großmutter zu lieben, er folgte ihr auf Schritt und Tritt. Wenn man es gewagt hätte, so hätte man gelacht, aber bei Großmutter wagte man so etwas nicht.

Großmutter wurde seltsam. Ihre Haut war von Tag zu Tag

verschrumpelter, als ob sie sie nachts zum Trocknen aufhängte, wie man es mit Tierfellen machte. Sie ertrug immer weniger Menschen um sich herum, sie flüsterte noch leiser und wünschte sich von uns auch nur Flüstern. Wenn wir die Abende im Salon verbrachten, war es wie nach einem Begräbnis. Dass es *ihr* Begräbnis sein könnte, darauf wären wir nicht gekommen. Wir sprachen leise, und die Radiomusik aus Deutschland war auch leise gestellt.

Hitler hatte leise weitere Schreianfälle, die Regierung in Bukarest hetzte leise gegen alles, was nicht rumänisch war, leise wurden weitere Maßnahmen gegen die Juden getroffen. Sanft fiel das Wort *Saujude*, sanft wurde der glorreiche Kampf unserer Armee zusammen mit der siegreichen deutschen Armee betont. Der Sieg war nicht nah, aber er war uns sicher.

Großmutter ertrug bei sich nur den Hahn. Zu zweit stiegen sie auf die Anhöhe, von wo aus nichts mehr verkündet wurde, weil die Frauen ohne ihre Männer nicht gebären konnten. Weil die Ernte oft brachlag. Weil die Besuche der Armee zur Gewohnheit wurden. Sie beide blieben für Stunden dort oben, der Hahn pickte herum, und Großmutter schaute in die Ferne. Vielleicht wollte sie Katalonien entdecken, bevor es endgültig von ihr fortrückte. Sie sprach mit sich selbst, aber wir verstanden sie nicht. Manchmal war sie vor Sonnenaufgang schon dort oben, der Hahn begrüßte krähend die Ankunft des Tages. Wenn es kalt war, brachte die Tante ihr Kleider, wenn es warm war einen Sonnenschirm oder Zizis breiten Sonnenhut.

Je leiser die Welt um Großmutter wurde, desto lauter wurde Gott. Zwei, drei Kilometer von uns entfernt, über mehrere Hügel hinweg, stand eine Kirchenruine, die so alt war, dass niemand mehr wusste, wer sie einst gebaut hatte. Das Dach war eingestürzt, vom Turm war nur die Hälfte übrig geblieben. Eines Tages ging Großmutter zur Ruine – sie ließ nicht zu, dass außer dem Hahn irgendjemand sie begleitete – und kehrte erst am Abend wieder zurück. Sie rief Zizi zu sich, sie berieten lange, am nächsten Tag kamen Arbeiter aus der Stadt und verlegten ein Stromkabel von uns bis zur Ruine.

Sonntags wurde im Radio die Messe aus der Hauptstadt gesendet. Dasselbe Radio, das Hitlers Anfälle und das Geschrei über die Verjudung ausstrahlte. Das Radio war geduldig mit dem Menschen.

Zwei Stunden vorher zog sich Großmutter sauber an, nicht anders, als wenn sie zur Dorfkirche gehen würde – vom Kopftuch bis zu den Strümpfen war sie in Schwarz gekleidet – und machte sich auf den Weg. Der Weg dauerte eine Stunde, Paul und ich waren ihr einmal gefolgt. In einem Kasten, vom Regen geschützt, hatte man für sie ein Radio installiert und im halben Turm eine Antenne verankert. Großmutter schaltete das Radio ein und setzte sich auf eine halb verfallene Bank.

Als die Messe begann und die Menschen in der Hauptstadt sich erhoben, erhob auch sie sich. Oben drehte der alte Falke Kreise, unten beobachtete der Hahn das Ganze und wartete geduldig. Als im Radio gesungen wurde, sang auch sie. Als für das Heil unseres Landes, unserer Regierung und unserer Soldaten gebetet wurde, betete sie mit.

Der Falke stieß einen schrillen Ruf aus, aber den Hahn kümmerte das nicht. Im Radio wurden die Wundertaten des Herrn gepriesen und seine unendliche Güte, sein Schmerz und sein Opfer. Die Regierung wurde gesegnet, das Land wurde gesegnet, die Armee wurde gesegnet. Der Falke begann seinen Sinkflug, seine Reise zur Erde, er wusste genau, was er wollte. Er legte die Flügel am Körper an, kurz vor dem Boden bremste er ab, streckte seine Krallen aus und steckte sie tief ins Gefieder des Hahns. Der zweite Versuch war erfolgreich. Falke und Hahn hoben gemeinsam in den Himmel, das siebte Leben des Hahns hatte genau sechs Monate gedauert. Der Gott aus dem Radio breitete sich über das ganze Tal aus.

An jenem Tag kam Großmutter alleine nach Hause. «Wenn man auf mich gehört hätte, hätten wir immerhin eine Suppe gehabt, so aber haben wir gar nichts», murmelte Zsuzsa unzufrieden. Einige Monate später kam Großmutter gar nicht mehr. Zizi fand sie tot, zusammengesackt auf der Bank, er brachte sie auf den Armen nach Hause, Hügel rauf und Hügel runter, durch Wiesen und Wälder.

Zweimal stieg Zizi jetzt auf die Anhöhe, um zu verkünden. Das erste Mal rief er:

Hört, hört, was ich, Zizi, euer Grundherr, zu sagen habe. Gestern ist eure Herrin, meine Großmutter, nach langem und erfülltem Leben gestorben. Sie war euch eine strenge, aber auch gütige Herrin. Vielen von euch hat sie geholfen, viele auf den richtigen Weg gebracht, den Weg des Herrn. Sie war in Katalonien geboren, aber sie hat so lange hier unter uns gelebt, dass sie als Rumänin gestorben ist. Betet für ihre Seele. Am Sonntag findet die Messe statt. Morgen arbeitet ihr bis am Nachmittag, dann könnt ihr kommen und euch von ihr verabschieden.

Das zweite Mal, als Zizi verkündete, einige Wochen später, hatte der deutsche Offizier recht bekommen:

Hört, hört, was ich, Zizi, euer Grundherr, euch verkünde. Vor wenigen Stunden hat man in der Hauptstadt gegen die rechte Regierung geputscht. Wir haben eine neue Regierung, die den Krieg mit Russland für beendet erklärt hat. Jetzt kämpfen wir gegen die Deutschen. Die Regierung hat auch Ungarn den Krieg erklärt, das immer noch auf deutscher Seite steht. Gott stehe uns bei, wenn der Deutsche nochmals hier vorbeifährt. So lange aber arbeitet und betet und habt keine Angst. Er schwieg kurz, dann fügte er hinzu: *Eure verstorbene Herrin hat dort oben ein gewichtiges Wort zu sagen.*

Zizis trauriges Lachen erklang über unseren Köpfen.

Die Deutschen kamen nie mehr vorbei, dafür aber die Kommunisten.

· · · · ·

Wenn Mutter weich und ruhig auf meinem Bett schlief, stützte ich mich auf den Arm und schaute sie an. Sie hatte kleine, feine Härchen auf den Armen, die Finger zuckten, wie wenn sie im Schlaf Klavier spielte. Ihre Füße, die sie sogar vor dem Nachmittagsschlaf wusch und eincremte, hätten in jeden Zwergenschuh gepasst. Sie zog auch ihren Schmuck aus, sogar den Ehering. Sie seifte ihren Finger ein, dann drehte sie am Ring, bis er herunterrutschte. Sie trug kein Korsett mehr, schon lange hatte sie das aufgegeben, so wie sie auch die Schminke aufgegeben hatte. Nur ein Tropfen Parfüm am Morgen musste noch sein.

Nach dem Aufwachen steckte sie ihr Haar hoch, seifte die Achselhöhlen ein, die Schultern, den Hals und das Gesicht, dann fuhr sie mit einem feuchten Tuch darüber, das ich die ganze Zeit bereitgehalten hatte. Dann kam das Parfüm dran. Wir waren immer still, es war eine ernste Beschäftigung, obwohl sie danach bloß in Zsuzsas Küche ging oder in den Stall zu Großmutter. Es war ihre Art, Krieg gegen die Stallgerüche und die Küche zu führen. Gegen die Erde, die ihr unter die Fingernägel kam; gegen den Schlamm, der ihre Waden bespritzte; gegen die Mücken, die ihre Haut zerstachen.

«Jetzt kommst du dran», sagte sie, wenn sie mit dem Anziehen fertig war. «Ich wasche mich nicht vor dir. Ich habe es noch vor niemandem getan.» «Dann tust du es jetzt vor deiner Mutter.» «Wo ist die?» «Wer?» «Meine Mutter.» So ging das eine Weile hin und her, bis ihr die Tränen kamen und sie aus dem Zimmer lief. Draußen beschimpfte sie Zsuzsa, Mioara, ihre Schwester oder irgendwen.

Am Tag, als die Kommunisten kamen, erwachte sie am frühen Morgen und erschrak, weil mein Gesicht so nah bei ihrem war. Wenn eine ausatmete, spürte das die andere. «Was ist?», fragte sie. «Dir wächst ein Haar aus dem Muttermal.» «Und du brauchst bald eine Brille, Fräulein.» «Du hast bald ein Doppelkinn.» «So wie die Mutter ist, wird bald die Tochter sein.» «Du bist mollig geworden.» «Und das im Krieg, stell dir vor, wie ich in Friedenszeiten wäre», lachte sie. «Liebst du Vater?» Ihr Lachen gefror auf den Lippen. «Was fragst du für Sachen in deinem Alter?» «Ich bin siebzehn, und ich liebe auch jemanden.» «Paul?» «Ich glaube schon.» «Habt ihr euch schon geküsst?» «Nein, Großmutter sagte, dass nach dem Küssen die Kinder kommen.» «Nach dem Küssen, Liebes, nicht beim Küssen.» Mutter lachte.

«Aber er hat mich fast hier berührt», sagte ich und zeigte auf meine Brust. Sie wurde ernst. «Dieser Paul weiß genau, wovon die Kinder kommen. Davon kommen die Kinder eher als vom Küssen. Bald will er dich auch weiter unten berühren.» «Paul ist kein Mann, er ist ein Junge.» «Paul ist neunzehn. Er ist ein Mann, glaube mir.» «Hat dich auch László dort unten berührt?» Mutter sprang auf. «Liebst du Vater?» «Natürlich liebe ich ihn», sagte sie, drehte mir den Rücken zu und fing an, sich auszuziehen, um sich zu waschen. «Wieso hast du ihn dann betrogen?» Sie stand auf, ging zum Waschbecken und goss Wasser ein. «Manchmal muss sogar *das* sein, Zaira. Man kann nicht darauf warten, bis der Mann, den man liebt, endlich vorbeischaut.» «Hast du László auch geliebt?» «László? Ich habe ihn...», aber sie konnte ihren Satz nicht beenden, weil man draußen das Geräusch mehrerer Autos hörte, die in den Hof fuhren und bremsten, und dann den Lärm von Gewehrsalven. Wir liefen zum Fenster.

Mehrere Gestalten sprangen aus den Autos, überquerten den Hof, stiegen auf die Veranda und klopften laut an die Tür. Einige gingen auch zum Haus unserer Bediensteten. Ein riesiger Mann ging zurück zum Auto und hupte ungeduldig. «Kommt alle heraus! Sofort!», rief der Schatten, und mir schien die Stimme bekannt zu sein. Die Tante öffnete ihnen und wurde hinausgezerrt. Sie, die bestimmt vermutet hatte, dass einmal mehr eine Bäuerin sich zu gebären beeilte. Die Leute drangen ins Haus, ich hörte Zizis Stiefel nebenan, aber weiter kam er nicht mit dem Anziehen. Sie kamen die Treppen hinauf, öffneten alle Türen und schoben uns hinunter – alle im Nachthemd – und dann weiter in den Hof.

Es gefiel ihnen, wie wir froren, sie grinsten und lachten. Die Schatten hatten sich als Männer entpuppt, ungewaschen und unrasiert, als ob sie seit einer Weile nur im Wald oder auf dem Feld geschlafen hätten. Mutter versuchte, sich mit dem Schal zuzudecken, den sie noch schnell um die Schultern gelegt hatte. Wir Frauen waren barfuß, Zizi in den Stiefeln, die Erde war kalt und feucht. Unsere Erde.

Unsere Leute, die zuschauten, waren ebenfalls barfuß. Sie schauten nicht weg, das hätten sie noch tun können, wegzuschauen, aber sie taten es nicht. Zsuzsa nicht, Josef nicht, Mioara nicht. Sie starrten hin, man wusste nicht, ob sie das gut oder schlecht fanden, was uns geschah. Keiner sagte: «Hört doch auf, die gnädige Frau Sofia bringt unsere Kinder auf die Welt.» Oder: «Der gnädige Herr gibt uns Land, wenn wir heiraten.» Keiner sagte: «Zaira hat mit unseren Kindern gespielt, solange wir uns erinnern können.» Sie froren so wie wir und doch anders.

Der Tag brach zögernd an. Im Haus zerschlugen sie Glas, kippten Möbel um, brachen Schränke und Kisten auf, es war nicht zu überhören. Aus dem Dorf waren Menschen herbeigeeilt oder hierhergetrieben worden. Sie trauten sich nicht, in den Hof zu kommen, obwohl man sie aufforderte weiterzugehen. Sehen konnten sie auch so, denn inzwischen gewann der Tag mehr und mehr die Oberhand.

Ich aber wollte, dass die Nacht nie aufhörte, dass wir alle für immer im Dunkeln blieben. Dass man uns nicht sah – verängstigt und fast nackt –, so wie man uns nie gesehen hatte. Dass man nicht sah, wie einer Zizi mit dem Gewehrkolben in den Magen traf, wie er sich krümmte, wie ihm die Luft wegblieb, auch wenn man es deutlich hörte, Zizis Stöhnen und das *Sauhund* des anderen.

Für einen Augenblick dachte ich, dass sie sich geirrt hatten. Man hatte nur Juden bisher *Sauhund* genannt, aber das waren wir nicht. Mutters Schwäche für László machte uns noch lange nicht zu Juden. Doch für so etwas wurde man eher in Deutschland bestraft, die Deutschen jedoch waren nicht mehr unsere Freunde. Längst waren die Russen da. Längst schon hatte Zizi verkündet, dass sie in unsere Hauptstadt einmarschiert waren, dass man aber ruhig bleiben und die Felder pflegen sollte, denn Gott würde nicht schlafen. Also hatte das alles gar nichts mit den Juden zu tun. Man konnte *Sauhund* zu vielen sagen, auch wenn sie keine Weltverschwörung planten.

Ich wollte Zizi helfen, sich aufzurichten, aber einer der Männer packte mich bei den Haaren und zog mich zurück. Doch mich durfte keiner berühren, höchstens mir die Hand küssen. Uns Izvoreanus durfte niemand berühren. Ich drehte mich um, sagte: «Ein schmutziger, dummer Kerl wie du darf mich nicht berühren», ich ohrfeigte ihn, aber er war stärker. Er zog ein zweites Mal, und ich fiel zu Boden. Er stellte einen Stiefel auf mich.

Inzwischen war mehr Tag als jemals zuvor, so viel Licht und doch nur das erste Tageslicht. Er putzte die Stiefelsohle an meinem Schenkel und an meinem Nachthemd ab. Meine Hände kamen gegen seine Beine nicht an, immer und immer wieder trat er auf mir herum. Mutter konnte nichts tun, Zizi und die Tante nicht. «Ich zeige dir, was schmutzig bedeutet», sagte der Mann. «Du hast bestimmt schmutzige Fantasien, du trägst bestimmt kein Höschen. Sollen wir schauen, ob du ein Höschen trägst?» Mit der Spitze seines Stiefels wollte er mein Hemd anheben, ich steckte das Hemd zwischen die Beine. Es war mehr Tag da als an jedem anderen Tag meines Lebens. Zsuzsa und Josef und Mioara schauten zu, Mişa und Paul, ja, er auch. Er hätte wegschauen können, aber er tat es nicht.

Der Mann, der gehupt hatte, klatschte einmal in die Hände, und seine Männer ließen von uns ab. Er kam auf uns zu, wir hörten seine neuen Stiefel. Er ging um uns herum, ein kräftiger Kerl, ein Büffel von einem Menschen. Die Stimme war uns bekannt, sie hatte oft verkündet, nur das eigene Auftauchen hatte sie nicht verkündet. Er war schon so lange fort gewesen, dass wir ihn fast vergessen hatten. Außer Mioara, deren Blick immer noch trüb wurde, wenn man seinen Namen aussprach. Dumitru ging vor uns auf und ab, die Hände im Rücken verschränkt. Er flüsterte, aber das machte ihn nur noch unheimlicher:

«Das habt ihr nicht erwartet, mich wiederzusehen. Ihr habt gedacht: *Den sind wir los*, aber so schnell geht das nicht. Ich sehe, dass es euch gut geht, ihr zittert ein bisschen, aber das schadet nicht. Um diese Zeit war das Volk schon immer bei der Arbeit. Diese Kälte ist dem Bauern in die Knochen eingedrungen, Tag für Tag, ein ganzes Leben lang, nur um ein bisschen Essen zu bekommen. Er hat schon immer für solche wie euch gearbeitet, nur um die Krümel von eurem Tisch zu kriegen. Mein Vater hat euch geachtet, aber er war ein dummer, ungebildeter Bauer. Er hat nichts anderes gekannt, ich aber schon. Ich habe erfahren, was es heißt, frei zu sein. Ich habe erfahren, dass wir solche wie euch vernichten müssen, um wirklich frei zu sein. Als ich von hier weglief, bin ich in den Untergrund abgetaucht und habe angefangen zu lesen. Ich wusste, dass die Zeit der Kommunisten kommen würde. Jetzt ist sie da. Wir sind die Zukunft, ihr aber seid die Vergangenheit. Ich weiß, dass eine von euch fehlt. Die Großmutter. Das ist gut, das zeigt, dass euer Aussterben schon angefangen hat. Ich habe sie gehasst, aber sie geachtet. Sie ist die Einzige von euch, die ich geachtet habe. Ich habe sie geachtet, weil ich Angst vor ihr hatte. Ich weiß also, dass ihr uns achten werdet, wenn ihr Angst vor uns habt. Sie hat mich nur einmal geohrfeigt, und ich habe gedacht: *Wenn sie das noch einmal tut, bringe ich sie um.*»

Als Dumitru das sagte, stand er vor der Tante, er schaute jedoch Zizi an. Seine Hand – seine große, schwere, bärenstarke Hand – traf Tantes Wange mit solcher Wucht, dass sie sich an Zizi festhalten musste, um nicht umzufallen. «Was tust du, Genosse, wenn ich deine Mutter ohrfeige?», fragte er Zizi. «Du kannst nichts tun, nicht wahr? Du kannst nur denken: *Den würde ich gerne umbringen. Lieber hätte ich als er das Gewehr gehabt, damals im Wald.* Nicht wahr, dass du das denkst, Genosse? Aber du kannst nichts tun.» Dumitru ohrfeigte ein zweites Mal Tante Sofia und packte ihr Gesicht mit einer Hand wie mit einer Zange. Zizi stemmte sich gegen Dumitru, aber das war, als würde er sich gegen einen Elefanten stemmen. Dumitru ließ die Tante los und ohrfeigte jetzt auch Zizi.

In diesem Augenblick sprang Lupu von irgendwoher hervor, sein Wolfsblut führte ihn oft in den Wald zurück. Einen Jagdhund hatte Zizi aus ihm nicht machen können. Manchmal verschwand er für Tage, wenn er zurückkam, war er voller Blut, und wir wussten, dass er gekämpft oder Tiere gerissen hatte. Sobald er aber wieder bei uns war, war er handzahm. Lupu war mit einigen Sprüngen bei uns, er sperrte sein Maul auf, um Dumitru zu packen. Aber es kam nicht mehr dazu, weil der Mann, der mich beschmutzt hatte, auf ihn feuerte und Lupu tödlich traf. So hatte Dumitru Lupu doch noch mit Verzögerung erlegt.

«Josef, komm her!», rief er, und Josef kam. «Du warst Diener bei diesen Leuten, jetzt spucke vor ihnen.» Josef schaute mal uns, mal Dumitru an, der ihn am Hinterkopf packte. «Spucke, Josef! Du kommst von hier nicht weg, bevor du nicht gespuckt hast.» Josef spuckte, und als ob er fürchtete, dass einmal nicht genug war, spuckte er ein zweites Mal.

Zsuzsa spuckte auch. Dieselbe Zsuzsa, die mich genährt hatte, deren Tränen sich in Perlen verwandelt hatten, deren Fleisch bebte und das Haus erbeben ließ, wenn sie herumging. Ich hätte mir dieses Haus ohne das Beben gar nicht mehr vorstellen können. Zsuzsa, die sich niemals beeilen wollte und klagte, dass sich alle zu sehr beeilten, diese Zsuzsa beeilte sich zu spucken, kaum stand sie neben Josef. Vielleicht hatte sie uns übel genommen, dass sie so weit weg von Österreichungarn leben musste, das es aber schon lange nicht mehr gab.

Mioara spuckte auch. Mioara, die ihre Brüste gewaschen hatte, um mir zu trinken zu geben. Die nachts bei mir geschlafen hatte. Mioara, die so großzügig mit ihrer Liebe war und viele Kinder in die Welt gesetzt hatte, sie spuckte. Nachdem zwei oder drei andere auch noch gespuckt hatten, schaute sich Dumitru um, zeigte auf einen, der etwas abseits stand, und befahl: «Du, komm her!» Der, der kommen sollte, war Paul. Ich habe nie verstanden, ob er ihn zufällig ausgesucht hatte oder nicht. Ob er wusste, dass ich mich Paul mit dreizehn Jahren versprochen hatte und ihn mit achtzehn heiraten sollte, weil ein aufrichtiger Mensch immer sein Wort hielt. Weil ich an Zizi glaubte, glaubte auch ich an die Aufrichtigkeit des Menschen.

Paul spuckte. Paul, der fast meine Brust berührt hatte. Der beinahe in Flammen aufgegangen oder ohnmächtig geworden wäre. Der inzwischen den Stimmbruch hinter sich hatte, ohne dass die Stimme gebrochen wäre. Der sehnig und kräftig geworden war. Er spuckte.

«Heute Nachmittag erwartet man dich im Kommissariat, Genosse», sagte Dumitru zu Zizi. «Ihr habt hier Deutsche beherbergt, da kommt ihr nicht so leicht davon. Außerdem habt ihr kein Recht mehr, Dienstleute zu halten. Es wird auch festgelegt werden, welche Abgaben ihr entrichten müsst. Bestimmt kommt bald die Landreform, alles wird kollektiviert, dann habt ihr nichts mehr. Ich jedenfalls würde mir nicht mehr viel von diesem Land versprechen. Bis dann, Genossen.»

Wir blieben alleine im Hof zurück, keiner sagte etwas, als wir uns wuschen. Den ganzen Vormittag beseitigten wir die Spuren des Wütens, ohne uns anzuschauen. Die Tante schrubbte den Boden, damit man die Stiefelabdrücke nicht mehr sah. Später zog Zizi los in die Stadt.

«Werden auch wir in einem Viehwaggon landen?», fragte ich am zweiten Abend, als Zizi nicht nach Hause kam. Die Tante ging auf der Veranda hin und her, unruhig, beim kleinsten Geräusch horchte sie auf, jedem Schatten spähte sie nach. Mutter saß in Großmutters Schaukelstuhl und versuchte zu lesen. «Sei nicht dumm, wir landen in keinem Viehwaggon, da müssen sie uns vorher Zügel anlegen. Erst mal verlassen wir unser Land nicht. Wir kennen Leute in der Hauptstadt, einflussreiche Leute.»

«Schwester, jetzt redest *du* dummes Zeug. Wenn sie wollen, legen sie uns auch Zügel an. Und die Leute, die wir kennen, sind jetzt selber in Schwierigkeiten. Ich will nur, dass Zizi freikommt, seit zwei Tagen ist er jetzt im Kommissariat», entgegnete die Tante.

Paul kam die Allee entlang. Ich glaube, ich hätte ihn unter hundert Schatten erkannt, auch wenn er jetzt ein anderer Paul war. Er schaute mich nicht an, er setzte sich auf die Treppe, atmete mehrmals durch und sagte: «Sie haben Vater und auch den Pfarrer geholt. Was man ihnen vorwirft, weiß ich nicht. Aber ich weiß, dass sie den gnädigen Herrn schlagen. Sie wollen, dass er irgendetwas unterschreibt, vielleicht dass er ein Klassenfeind ist und sein Land dem Volk abtritt. Das hat ein Cousin erzählt, der ihn bewacht. Mutter und die Frau des Pfarrers sind schon unterwegs in die Stadt. Sie wollen vor dem Kommissariat stehen, bis man sie freilässt. Und sie schicken mich, um zu fragen, ob Sie mitgehen wollen. Vor Ihnen haben sie vielleicht mehr Anstand.»

«Anstand?», rief Mutter aus. «Vor zwei Tagen hatten sie keinen Anstand. Ich rufe mal den Staatssekretär an oder doch lieber den Minister, sie waren doch alle in der alten Regierung, sie haben Einfluss.»

«Wenn sie vorher in der Regierung waren, sind sie jetzt auf der Flucht, oder sie wollen nicht auffallen», widersprach die Tante.

«Aber jemand muss doch helfen. Etwas muss geschehen.»

«Es wird nichts geschehen. Niemand wird uns helfen. Alle sind damit beschäftigt, sich selbst zu helfen. In diesem Land haben alle den Kopf eingezogen, vorher vor denen von rechts, jetzt vor denen von links. Oder man jubelt mit.»

«Kommen Sie?», fragte Paul ungeduldig.

«Ich komme.»

«Und ich?», fragte Mutter.

«Jemand muss hierbleiben.»

«Und ich?», fragte ich.

«Deine Mutter wird Hilfe brauchen, falls man auch uns verhaftet.»

Tante Sofia zog einen Pullover an, legte sich ein Tuch um den Kopf und ging los. Paul zögerte noch, dann packte er all seinen Mut zusammen und flüsterte mir zu: «Ich musste es tun.» «Niemand muss irgendetwas tun.» «Das sagst du, weil du nicht in meiner Haut warst.» «Das sage ich, weil ich in meiner Haut bin.»

Drei Tage lang brachte ich der Tante Essen. Sie stand aufrecht vor dem Kommissariat, mit dem Blick auf die Fenster gerichtet, so wie die anderen beiden Frauen. Man schickte sie weg, sie wechselten aber nur die Straßenseite. Man schubste sie bis zur nächsten Straßenecke, sie kehrten zurück. Es regnete leicht, dann heftig, das Wasser sammelte sich in kleinen Bächen und überflutete die Straße. Sie standen im Wasser. Zum Essen zogen sie sich unter ein Vordach zurück. Ich sagte: «Tante, das musst du nicht tun. Ich kann hier für Zizi stehen.» Sie sagte: «Er ist doch mein Sohn.» Ich dachte: *Er war mir doch wie eine Mutter.* «Passt ihr lieber auf das Haus auf.»

Die nassen Haare legten sich an Tantes Kopf an, die Kleider an den Körper. Aus den Fenstern schauten die Menschen zu,

Dumitru schaute auch und grinste. Tagsüber fuhren die Autos an den drei Frauen vorbei, man blieb nicht stehen, man schielte nur hinüber. Obwohl manche von der Tante auf die Welt gebracht, manche beim Lehrer in die Schule gegangen und wiederum manche vom Pfarrer verheiratet worden waren.

Die Erste, die nachgab, war die Frau des Pfarrers. Sie setzte sich hin. Die Zweite, die nachgab, war die Frau des Lehrers. Die Dritte war die Tante. Nun saßen sie da, gebrechlich und alt, hüstelnd und durchnässt. Jeder wusste, dass nach dem Sitzen das Liegen oder noch Schlimmeres kommen würde. Die Gesichter hinter den Fenstern warteten darauf. «Geht nach Hause», forderte die Tante die anderen auf, als ich ihnen einmal Suppe brachte. «Ich werde hier auch für euch bleiben.» «Wieso denn Sie?» «Ich bin die Jüngste.» Die Tante stand wieder auf und wartete, und die Straßen trockneten, und die Dächer trockneten, und der Himmel trocknete ebenfalls. Am vierten Tag öffnete sich die Tür des Kommissariats, und Zizi kam heraus. «Hast du unterschrieben, dass du das Land weggibst?», fragte ihn die Tante, noch bevor sie ihn umarmte. «Nein, aber...» «Mehr will ich nicht hören. Wir gehen jetzt nach Hause.»

Am nächsten Tag kamen Leute und nahmen uns das meiste Vieh weg. Zizi hatte unterschrieben, nicht fürs Land, aber für alles andere. Dann folgten die Milch, die Wolle, das Korn. Jedes Mal, wenn Mutter und Tante sich wehrten, hielt man ihnen das Papier vor die Nase. Tausendfünfhundert Kilogramm Fleisch, eine Tonne Milch, fünfhundert Kilogramm Wolle, jährlich, Zizi hatte unterschrieben. Wir wussten, wir hätten auch unterschrieben. Den Boden hatten wir noch, aber kaum noch etwas, um es daraufzustellen.

Nach dem Krieg kam der große Hunger. Wir saßen im Salon und machten Feuer, die Möbel, die Bücher, die Truhe, Velázquez hatten wir für einen Spottpreis verkauft. Wenn wir sprachen, hallte es im nun leeren Raum wider. Wenn wir nicht sprachen, hallte es auch wider, von den Gedanken. Zsuzsa und Josef waren ins Dorf gezogen, Mioara zeigte sich hin und wieder und gab uns Brot oder Käse. Wir teilten es, wie auch das Fleisch, die Butter, die Kartoffeln, die wir irgendwo ergattern konnten. Alles, was Großvater zusammengetragen hatte, stand jetzt in den Häusern anderer. Der Teich war leer gefischt, die Stallungen waren auch leer, die Keller ebenfalls. Wir gingen schlafen und hatten Hunger, wir standen auf und hatten Hunger.

«Gut, dass deine Großmutter das nicht mehr erlebt hat», sagte Mutter. «Die gnädige Frau würde sich im Grab umdrehen, wenn sie es wüsste», fügte Mişa hinzu, der uns einmal besuchte und das Stück altes Brot, das wir ihm gaben, mit Marmelade bestrich. «Darf ich auch etwas vom Schnaps haben, Gnädigste?», fragte er Mutter. «Du kannst so viel Schnaps haben, wie du willst. Schnaps ist das Einzige, wovon wir noch genug haben», bemerkte Mutter.

Zizi und die Tante kamen herein, sie hielt einen Korb im Arm und hatte ihre beste Kleidung angezogen. Zizi erwiderte auf irgendeine Aufforderung, die ich nicht gehört hatte: «Ich werde das nicht tun.» «Es ist Sonntag, da kriegen wir am meisten.» «Das ist zu viel verlangt.» «Es muss einfach noch ein Zweiter mit, so können wir mehr tragen.» «Was musst du tragen, Tante?», fragte ich. «Das Essen, das andere uns geben.» Keiner hat jemals das Wort Betteln benutzt. Aber jeder hat es gedacht. «Ich helfe dir, Essen zu tragen, Tante Sofia.»

Sonntags zogen die Tante und ich los, die Platanenallee entlang, ins Dorf, von Tor zu Tor, von Zsuzsa zu Mioara, von der Frau des Pfarrers, den man nie wieder sah, bis zum Lehrer, der kurz nach Zizi entlassen worden war. Man musterte uns hinter den Zäunen und flüsterte über uns. Ich wollte in den Boden versinken, aber der Boden sagte Nein. Ich wollte nirgends hinschauen, aber die Augen sagten Nein und schauten doch hin. «Zieh dein bestes Kleid an, geh aufrecht, schau ihnen in die Augen», sagte die Tante. «Müssen sie nicht Mitleid haben?», fragte ich. «Wir brauchen nicht ihr Mitleid, wir brauchen ihr Essen. Du bist eine Izvoreanu, vergiss das nie. Sie müssen dich achten, auch wenn sie dich füttern.»

Wir schritten durchs Dorf, als ob wir zu einem Fest gingen. Wenn ich mich krümmte, legte die Tante ihre Hand auf meinen Rücken. Wenn ich meinen Blick senkte, flüsterte sie: «Kopf hoch, wir werden angeschaut», dann wandte sie sich an die anderen: «Leute, wir brauchen was zu essen, falls ihr was übrig habt. Es sind ja harte Zeiten für uns alle.» Manch einer zuckte die Achseln, auch ihm reichte das Essen nicht. Manch einer legte etwas, das in ein Tuch gewickelt war, in unsere Körbe und wollte dann Tantes Hand küssen, aber das ließ sie nicht mehr zu.

Zsuzsa bat uns herein. Wir sollten sitzen bleiben, bis sie mit dem Käselaib zurückkäme, sagte sie, aber die Tante lehnte ab, wir seien in Eile. Die Welt würde an der ganzen Eile kaputtgehen, murmelte Zsuzsa. Ich hatte sie nie gefragt, wieso sie gespuckt hatte, ob es nur Angst gewesen war oder etwas anderes. Sie hatte nie darüber gesprochen, aber uns jeden zweiten Sonntag Käse und Eier gegeben.

Bei Zsuzsa waren wir um zehn. «Wir können die Uhr nach euch stellen», meinte Josef. Beim Lehrer um halb elf, bei der Frau des Pfarrers um eins, bei Mioara ganz zum Schluss, um drei. Dazwischen auch bei anderen. Die Frau des Pfarrers nützte unseren Hunger für ihren Schmerz aus, und sie hatte so viel davon, dass es für ganze Tage und Wochen gereicht hätte. Die Tante unterbrach sie nie, sie flüsterte mir zu: «Wenn du willst, geh hinaus. Ich höre ihr zu, das ist der Preis, den ich für unser Essen gern zahle.» Aber ich blieb.

Mioara hatte immer Milch gegeben, ihren Männern, den Kindern, die sie mit diesen Männern hatte, mir und jetzt uns allen. Auch wenn es diesmal nur noch Kuhmilch war. «Schlimmer wird es nicht», versuchte die Tante mir Mut zu machen. Doch es wurde schlimmer.

Zizi ging eines Tages in die Stadt, und als er zurückkam, konnte er sich kaum noch auf den Beinen halten. Er roch nach Alkohol, er kroch sabbernd ins Haus. Mutter und die Tante hoben ihn hoch, und aus seiner Tasche fiel ein Papier. Die Tante las es, dann Mutter, dann wieder die Tante, dann auch ich. Die Tante packte ihn am Kragen und rief: «Was hast du getan?» Mutter ließ sich auf einen Stuhl fallen. «Ich habe den Boden verkauft, solange wir überhaupt noch etwas dafür bekommen», erwiderte Zizi, und die Tante ohrfeigte ihn. «Wir konnten sowieso nichts mehr damit anfangen. Und wir haben noch das Haus und den Hof.» Zizi trank eine Woche lang den Schnaps, von dem wir noch einige Flaschen hatten.

Mişa erhielt Begleitung beim Saufen, und das war Zizi. Er, der früher von seinem eigenen Wein kaum mehr als ein Fingerbreit getrunken hatte. Der den Wein kostete und ausspuckte, dann noch ein bisschen schmatzte, bevor er sagte: «Ein guter Jahrgang, den verkaufen wir bestimmt auch dem König» oder «Den hätten wir uns sparen können. Den werden nur die Tagelöhner trinken». Er, der den Wein so fein behandelte, wie er noch nie eine Frau behandelt hatte, schluckte jetzt den Fusel runter, den andere übrig ließen, als ob es Quellwasser wäre. Die Wirte der Gegend wurden durch ihn nicht nur den mittelmäßigen Wein, sondern den ganz schlechten los.

Zuerst hatten sie nicht gewusst, was sie tun sollten, als Zizi bei ihnen erschienen war. Er saß schon am frühen Morgen vor der Kneipe. Noch eiliger als er hatten es nur die widerborstigen, finsteren Waldarbeiter oder die unverbesserlichen Trinker. Diese gaben zu Hause an, dass sie aufs Feld gingen, aber ihr Feld maß drei mal drei Meter. Es war stickig und dunkel, und die Ausdünstungen überlagerten und durchdrangen sich. Alkohol und Schweiß und Ungewaschensein. Auf den Feldern der Säufer wuchsen Bäume, die Flaschen austrieben, grüne und braune, und das unabhängig von den Jahreszeiten.

Die Wirte kamen zur Tante, stellten sich vor die Veranda, den Hut in der Hand, und sie zögerten. «Ich weiß, wieso ihr hier seid», sagte sie. «Ihr braucht gar nichts zu sagen.» «Und was sollen wir tun? Der Herr ist irgendwie immer noch unser Herr, auch wenn die Kommunisten es anders wollen», preschte einer vor. «Nichts sollt ihr ihm geben. Nach Hause schicken sollt ihr ihn.» Die Wirte traten von einem Bein auf das andere und drehten verlegen die Hüte vor ihren Bäuchen. «Gnädigste, ich meine, Genossin», traute sich ein weiterer. «Sie sagen das so einfach, aber er wird wütend und schreit herum, so haben wir ihn noch nie erlebt. Er droht, alles kurz und klein zu schlagen. Einem anderen würde ich die Lust zu schreien mit der Pferdepeitsche austreiben, aber bei ihm geht das nicht. Sie würden den gnädigen Herrn, ich meine den Genossen Izvoreanu, kaum wiedererkennen. Für uns ist er immer noch derselbe. Was er früher befohlen hat, wurde auch getan.»

«Und jetzt befehle ich euch, ihm nichts mehr zu geben. Ich war ja auch eure Herrin.» Ein Dritter trat vor. «Sie waren unsere Herrin, und wir haben Sie geachtet, weil Sie unsere Kinder auf die Welt gebracht haben. Er aber war unser Herr. Wenn ich ihn heute anschaue, sehe ich immer noch den jungen Herrn auf seinem Pferd, wie er auf den Feldern nach dem Rechten schaut.» Der Mann zeigte zur Anhöhe hin. Am Schluss nahmen sich die Wirte vor, bei Zizi hart zu bleiben.

«Einige Wirte waren hier», sagte Mutter zu Zizi, als dieser schwankend und dreckig durchs Tor kam. «Sie werden dir nichts mehr zu trinken geben. Hast du dich mit den Schweinen herumgesuhlt, dass du so schlimm aussiehst?» Zizi zuckte mit den Achseln. Ich wusste, dass das Zizis Art des Auf-die-Zehen-Starrens war. Ich wünschte, auch Kunststücke zu kennen. Ich wünschte, SpaventoPantaloneDottorePagliaccio wären da und könnten etwas tun. Sie waren da, aber genauso besoffen wie Zizi.

Seine Augen tränten, als ob der Alkohol keinen Platz mehr in ihm gehabt hätte und nun heraustropfte. Er machte zwei Schritte vor und drei zurück, der Tanz des Säufers. Wenn es nicht so traurig gewesen wäre, hätte es lustig ausgesehen. «Na, dann eben nicht. Ich weiß was Besseres», stammelte er und machte im selben Augenblick in die Hose. Er schaute verwundert nach unten, sah den feuchten Fleck und knöpfte mit Mühe die Hose auf. Noch bevor Mutter bei ihm sein konnte, hatte er sich schon verheddert und war ins Gras gefallen. Mutter und ich brachten ihn ins Haus, links und rechts stützten wir ihn, dann wusch die Tante ihn, und Mutter wusch seine Kleider. Aber sein Durst wurde durch das Schrubben nicht herausgewaschen.

Am nächsten Morgen war er wieder weg. In den Wald sei er gelaufen, erzählte ein Waldarbeiter. Er weigerte sich am Abend zu sagen, wie er denn im Wald zu seinem Säufergeruch gekommen war. Tag für Tag durchkämmten wir den Wald, um ihn schneller zu finden als die Bären und die Stachelschweine, die sogar Menschen töteten. Sogar dann, wenn sie immer weniger nach Mensch und immer mehr nach Hochprozentigem rochen. Erst Mişa mit seinem guten Instinkt für sprudelnde Quellen klärte uns auf. «Der gnädige Herr hat bestimmt die alten Reserven in den Hügeln angezapft. Die Keller, wo früher alles gelagert war, was die Bauern haben durften. Ein paar gute Flaschen sind bestimmt übrig geblieben.» Mit den Flaschen kam Zizi einige Monate aus.

In der Zeit vor seinem Tod soff Zizi beim einzigen Wirt, der noch nicht den Hut vor uns abgenommen hatte. Ein hochmütiger Mann, mit Blicken wie Säbel, den niemand mochte, nicht einmal die Säufer selbst, obwohl er am meisten einschenkte und am billigsten war. Man bezichtigte ihn, seinen

Wein und Schnaps zu panschen. Er aber sagte seinen Kunden: «Trinkt, Leute, bei mir könnt ihr sogar dann noch trinken, wenn ihr euch den Verstand weggetrunken habt.» Zizi war auf dem besten Weg dazu.

Mişa stand eines Tages vor unserem Haus, so wie früher die Wirte, und auch er drehte seinen Hut vor dem Bauch. «Der gnädige Herr hat die Keller leer getrunken. Jetzt sitzt er beim schlimmsten Wirt von allen, und der gibt ihm immer, so viel er will.» «Wieso bringst du ihn nicht nach Hause, Mişa? Wieso schlägst du nicht mit der Faust auf den Tisch?», fragte Mutter, die ihn empfangen hatte. «Ich, Gnädigste? Ich soll auf den Tisch hauen?», meinte er erschrocken. «Der Wirt ist vielleicht ein Scheusal, aber bei ihm bleibt keine Kehle lange trocken. Und sie kennen doch meinen Durst. Sie wissen, dass ich nicht anders kann.»

Also zogen sich Mutter und die Tante etwas über und gingen in die Kneipe von Radu. Mişa und ich folgten ihnen. Als wir vor der Kneipe standen, alle drei Frauen nebeneinander, Mişa etwas abseits, spähten alle zu uns hinüber, und es wurde still. «Radu, komm heraus, wir möchten dich sprechen!», rief die Tante. Radu kam langsam auf die Straße, trocknete sich die Hände mit einem Tuch ab. Er grinste.

Er wandte sich an die Tante: «Wenn Sie Ihren Sohn suchen, Genossin, finden Sie ihn hier drinnen. Aber ich weiß nicht, ob Ihre feine Nase den Geruch meiner Kneipe erträgt. Ich habe ihm schon gesagt, dass seine Mutter und seine Tante hier sind, aber er hört nicht mehr so gut, seitdem er sich besoffen hat, und das hat er, gleich nachdem ich geöffnet habe.» «Ich wünsche, dass ich ihn von heute an nicht mehr hier suchen muss.» Radu brach in schallendes Gelächter aus. «Sie wünschen? Genossin, Sie haben hier gar nichts mehr zu wünschen. Das war einmal, dass Ihre Wünsche Befehl waren. Hier wünschen jetzt andere, und glauben Sie mir, das sind mächtige Wünsche.» «Wie meinen Sie das?» «Wenn Sie es nicht wissen, werde nicht ich es sein, der es Ihnen sagt. Hören Sie auf mich, gehen Sie nach Hause, der Genosse Izvoreanu taucht sicher irgendwann mal wieder dort auf. Seien Sie froh, dass Sie überhaupt noch ein Dach über dem Kopf haben. Aber auch das kann sich schnell ändern.»

Mutter rief ihm zu: «Wie wagst du es, du dreckiger Bauer, so mit uns zu sprechen?» Sie wollte einen Schritt auf ihn zumachen, aber Mişa zog sie am Arm. «Kommen Sie, Gnädigste. Hier können Sie keinen mehr ohrfeigen, so wie früher.» Auf dem Weg zurück, verfolgt von Radus höhnischem Lachen, hellte sich Mişas Gesicht plötzlich auf. «Ich hab's. Ich werde tagtäglich beim gnädigen Herrn sitzen und mit ihm zusammen trinken. Ich werde dafür sorgen, dass er ganz langsam trinkt. Ich werde über sein Trinken wachen.» Mişa war begeistert, er hatte sich einen Auftrag gegeben, einen flüssigen. Jetzt hatte sein Herumsitzen in der Kneipe auf einmal einen Sinn. Aber Mişa war ein schlechter Wächter.

Zizi kippte um und starb, so wie alle Männer in unserer Familie umgekippt waren. «Der Blutdruck», würde später der Arzt sagen. «Bei euch haben es alle Männer mit dem Blutdruck.» Wir fanden ihn zusammengesackt in einer Ecke des Hofes, das eine Bein unter dem Körper verrenkt. Er hatte noch versucht, sich am Zaun aufzurichten, aber die Beine hatten nachgegeben. Sein Kopf war auf die Seite gerutscht, sein Mund stand offen, als ob ihn der Tod überrascht hätte.

Zsuzsa – die immer noch oft bei uns war – hatte ihn als Erste gesehen. Sie lief hin, jammerte, raufte sich die Haare. Bis ich bei ihnen war, hatte sie sich trotz ihrer Beine, die dick wie Baumstämme waren, hingekniet und sich über ihn gebückt. Sie begrub den toten Zizi unter sich, so wie sie es mit dem lebendigen Josef tat. Sie versuchte, die Arme unter ihn zu schieben, ihn aufzurichten oder hochzuheben. Aber Zizi war durch den Tod schwerer geworden, und Zsuzsa hatte schon ihr eigenes Gewicht zu tragen. Zsuzsa stemmte ein Bein in die

Erde, erzitterte kurz, nahm einen Anlauf, musste aber Zizi wieder ablegen.

Ich packte Zsuzsa am Rock, zog sie an den Haaren, wollte sie wegdrücken, sie umstoßen, aber leichter hätte ich es mit einem Berg gehabt. Als Dritte kam die Tante hinzu, wischte sich die Hände ab, sie hatte nur die Schreie gehört und sich nichts dabei gedacht. Höchstens, dass da ein Begräbnis war, von dem sie noch nichts wusste. Dass es das Begräbnis ihres Sohnes sein würde, kam ihr nicht in den Sinn. Des einzigen Beweises dafür, dass sie einmal etwas anderes gewesen war als Geburtshelferin.

Ich hörte sie Zizis Namen schreien, drehte mich um, sie stolperte und sackte auf halber Strecke zusammen, dann verharrte sie mitten im Hof auf den Knien. Sie streckte die Arme in unsere Richtung, sie senkte sie wieder. Kein weiteres Wort kam aus ihrem Mund, obwohl er weit offen stand. Mutter war inzwischen bei ihrer Schwester angekommen.

Ich drehte mich wieder zu Zsuzsa um, ich klatschte fest auf ihre verschwitzte Haut, ich beschwor sie beiseitezugehen. Ich nannte sie Hexe, Fettkloß, ich rief ihr zu: «Er gehört dir nicht! Er gehört mir!» Ich rüttelte an ihr, aber sie hatte sich in Zizi verkeilt. Sie war nicht mehr von dieser Welt und ließ erst dann von ihm los, als Josef sie wegzog.

Ich warf mich auf ihn, auf Capitan Spavento, auf Pantalone und Pagliaccio, auf meine erste, zweite und dritte Mutter. Ich zog an ihm, ich rief: «Du brauchst nicht zu sterben, nur weil du meinst, du musst! Du kannst auch mal eine Ausnahme machen!»

Ich schüttelte ihn und begrub mein Gesicht in seinen Kleidern, in seinem Geruch, der mir schon immer vertraut gewesen war. Sein Geruch, der früher mit Rasierwasser vermischt war, jetzt aber mit Schnaps. Sein glattes Gesicht, jetzt ungepflegt und stoppelig. Er, der es als Einziger geschafft hatte, dass ich nicht mehr auf meine Zehen starrte. Der gesagt hatte: «Du wirst nicht sterben, du wirst eine Frau oder so.» Er, der nie geblutet hatte, außer beim Rasieren, war jetzt tot.

Der mir die Geschichten von der englischen Truhe erzählt hatte. Zuerst die erfundene, die vom amerikanischen Kaufmann, der ohnmächtig geworden war, als er die englische Witwe gesehen hatte, dann aber die wirkliche. Jene von Großmutter, die nur die Truhe mitgenommen hatte, als sie an Großvater verkauft worden war. Sie hatte alles hineingestopft, was ihr teuer war, sogar Puppen und Spielzeug. Denn mit fünfzehn war man noch ein halbes Kind, erst recht, wenn man alles in Eile hinter sich lassen und aus der Kindheit hinüberretten musste, was man gerade fand. Bevor die eigene Kindheit weiter wegrücken würde, als Paris oder Wien jemals rücken konnten.

Mehrere Männer kamen aus dem Dorf, um Zizi wegzutragen, und versuchten, mich von ihm zu lösen. Ich schlug wild um mich und beschimpfte sie. «Berührt mich nicht! Niemand darf mich berühren!» Und dann: «Er ist nicht tot! Er darf nicht tot sein!» Als sie mich fester packten und ins Haus bringen wollten, wehrte ich mich, biss sie und lief bei der ersten Gelegenheit davon. Ich hörte hinter mir Mutter sagen: «Lasst sie gehen. Sie kommt schon zurück», dann war ich im Wald.

Ich stieg zur Hügelkuppe hinauf, durch Geröll und scharfkantiges Gestein, durch dorniges Gestrüpp und peitschendes Geäst. Was kümmerte es mich, dass ich Schürfungen und Prellungen hatte, ob ich hinfiel und mein Knöchel schmerzte? Was kümmerte es mich, dass meine Lungen schmerzten? Dass ich keuchte, wie nur ein Sklave gekeucht haben musste, als sie die Hunde auf ihn gehetzt hatten? In meiner Handfläche waren tiefe Schnitte. Irgendwo hatte ich in eine Glasscherbe gefasst, vielleicht war es die Flasche, die zerschlagen neben Zizi gelegen hatte.

Ich kam oben an und fiel hin. Ich leckte gierig das Blut von meiner Hand. Meine Lungen sogen den Sauerstoff ein. Mein

Herz war eine Knetmasse, und jemand zerdrückte es, zog es auseinander, verformte es, wie es ihm gerade passte. «Es ist der Andere, Mädchen. Schieb nie die Schuld auf den dort oben», hätte Großmutter gesagt.

Sobald ich leichter atmete, stand ich auf, wollte weiter, wollte nie wieder aufhören zu gehen, aber ich kam nur bis zur dem Dorf abgewandten Kante der Hügelkuppe. Der Wald war dicht, man kam dort unmöglich durch. Ich lief zu einer anderen Stelle, aber dort war der Abstieg so steil, dass ich es ebenfalls nie geschafft hätte. Ich versuchte hinunterzuklettern, doch der Boden rutschte unter meinen Füßen weg. Ich lief von einem Ort zum anderen, immer verwirrter, immer langsamer.

Dann blieb ich in der Mitte stehen, ich hätte es wissen müssen, ich kannte diesen Hügel seit meiner Geburt. Der einzige Weg, der von hier wegführte, war der Weg zurück. Der schmale Pfad, auf dem Zizi morgens aufgestiegen war, um sein Gut zu beobachten. Und nachdem der alte Dumitru vom Wein erdrückt worden und sein Sohn ein Kommunist geworden war, auch um den Bauern das Neueste anzukündigen.

Ich lag tagelang im Bett, eine Woche, vielleicht auch zwei. Wenn ich mich bewegen musste, tat ich es automatisch. Wollten sie, dass ich mich wasche, wusch ich mich. Wollten sie, dass ich esse, aß ich. Sonst aber lag ich da, starrte das Zimmer an, meine Zehen, die Türe, durch die Spavento nicht mehr kommen würde. Als sie wollten, dass ich hinter Zizis Sarg gehe, dass ich zusehe, wie man ihn in die Erde legte, schloss ich mich ein. Mişa brach die Türe auf, Mutter setzte sich auf den Bettrand, packte mein Kinn und drehte meinen Kopf zu ihr hin. Sie redete auf mich ein, aber wie von weit her. Ich sah nur, wie sich ihr Mund öffnete, ich hörte nur ein Rauschen. «Er ist nicht tot, also gibt es kein Begräbnis», flüsterte ich.

Zuerst füllten sich unser Hof und unser Haus mit Trauerstimmen. Ich dachte: *Haben diese Leute kein eigenes Zuhause?*

Dann wurde ein Karren gebracht, und der Sarg wurde aus unserem Wohnzimmer herausgetragen, wo Zizi für drei Tage aufgebahrt worden war. Ich hatte das bei anderen Toten oft gesehen. Nur diesmal sah ich es nicht. Ich wusste, dass sich der Karren in Bewegung setzen und der Pfarrer hinter ihm hergehen würde, dann die Schwestern und alle anderen. So war es immer gewesen, an Begräbnissen mangelte es in einem Dorf nie. Dann wurde es ganz still im Haus, und so blieb es, bis sie zurückkamen und sich mit verweinten Augen hinsetzten.

So muss es gewesen sein, aber sicher bin ich nicht. Denn ich war nicht dabei. Ich fiel in einen tiefen, alles auslöschenden Schlaf. Ich schlief so lange, bis ich Zizis Begräbnis verschlief. Und doch wusste ich, als Mutter und ich später unsere Koffer packten, dass etwas zu Ende gegangen war. Wie aber etwas Neues anfangen konnte, wusste ich nicht.

Einen Monat später standen Mutter und ich am Bahnhof, am selben Bahnhof, wo meine schwindelerregende Reise begonnen hatte. Wo die Zigeunerhände aus den Viehwaggons geragt hatten. Wir hatten unser ganzes Gepäck bei uns, Mişa, der uns mit dem Ochsenkarren gebracht hatte, trat von einem Bein aufs andere. Ich wusste, dass auch die Tante, die lieber auf der Veranda zurückgeblieben war, sich nicht von der Stelle bewegte. Nur Paul, der eilig durch die Felder kam, machte riesige Sprünge.

Schweine konnte er aufschneiden, aber er lief immer noch wie ein kleiner Junge. Man meinte, er würde gleich stolpern. Als er bei uns war, seine Mütze abgenommen und Mutter begrüßt hatte, zog er mich beiseite und sagte verlegen: «Verzeihst du mir?» «Was denn diesmal?» «Dasselbe.» «Nein.» «Heiratest du mich trotzdem, wenn du in einem Jahr achtzehn bist? Du hast es versprochen.» Ich dachte nach, bis der Zug abfuhr. «Ich verzeihe dir nicht, aber ich heirate dich. Das bin ich Zizi schuldig», rief ich ihm aus dem Zugfenster zu.

Das verstand er nicht, ich setzte mich neben Mutter und hoffte, dass alles nur eine Laune von ihm war. Zugegeben eine, die schon seit Jahren anhielt. Dass er mich bald vergessen würde, so wie auch ich ihn vergessen wollte.

Zweiter Teil

Tückische Männer

1. Kapitel

Mit Mutter zu wohnen, ganz allein, ohne die Tante oder Zizi dazwischen, war schwierig. Ohne den Salon, den Hof, den Wald und die Anhöhe. Alles war geschrumpft auf die drei Zimmer eines Wohnblocks für gehobene Ansprüche. Ohne Zsuzsas Beben und Tränen, ohne Mişas Alkoholgeruch, ohne den Geruch der Küche, des Misthaufens, der Tiere, der Wiesen.

Es gab vor dem Haus nur einen einzigen Baum, der bis zum dritten Stockwerk ragte und der mir beim Aus- und Anziehen zuschauen durfte. Ich nannte ihn *Paul*, obwohl Paul gespuckt hatte. Paul durfte mich betrachten, schöne Kurven waren mir gewachsen, kleine nur, wie allen Katalanen in unserer Familie, aber feine. Wenn ich mich nicht gerade im Spiegel musterte und mich wunderte, dass es so etwas wie mich gab, das man *Frau* nennen konnte, *junge Frau, Fräulein*, dann saß ich da und starrte vor mir hin.

Mutter war so nah gerückt, dass ich sie im Nebenzimmer schnarchen hörte. Uns trennte nur noch die Wand. Wir hatten manchmal noch näher geschlafen, ohne Wand dazwischen. Da war sie immer in Eile gewesen, jetzt aber war sie da, um zu bleiben. Manchmal starrte ich wieder auf meine Zehen, aber ohne die Überzeugung meiner Kindheit. Ich starrte vor mich hin, um nicht zu denken, dass Zizi und die Großmutter und auch das Land weg waren, Lupu, die Truhe und alles, was vor Kurzem noch für immer hatte bleiben sollen. Aber man rechnet dabei nicht mit dem Menschen, man rechnet mit dem Unwetter, der Dürre und der Kälte, aber nicht mit dem Menschen.

Ich flüsterte mir Spaventos Worte zu, aber Spavento hatte nie geflüstert. Also sprach ich laut und mit tiefer Stimme. Ich ahmte Spavento nach, ich ahmte Zizi nach, der Spavento spielte, ich ahmte auch Pantalone nach und all die anderen, bis Mutter von drüben fragte, ob ich jemanden bei mir hätte. Sie brauchte gar nicht zu rufen, die Wand war so dünn, dass ein Flüstern reichte. «Mehrere», erwiderte ich, und sie fügte hinzu: «Schick mir einen rüber, am besten Spavento.» In mir zog sich alles zusammen, denn wer so sehr wie ich jemandem aus dem Weg gehen möchte, der wartet umso stärker auf ihn. Und das durfte Mutter nicht wissen.

Zizi lag unter der Erde, die Erde nahm sich ihren Tribut, nachdem er von ihr gelebt hatte. Er hatte ihr Jahr für Jahr das Korn entrissen, jetzt war sie an der Reihe. Zizi lag in einem einfachen Sarg, nur das Holz und die Nägel hatten wir bezahlt, Josef hatte für seine Arbeit kein Geld angenommen. Zizi lag da und wartete, dass etwas geschehen würde. Bestimmt schlich sich Spavento zu ihm hinein. Es wurde dann eng, denn Spavento füllte allein schon den ganzen Sarg aus. Er lag auf Zizi, sein Schnurrbart kitzelte ihn am Kinn. «Ich befürchte, wir stecken in der Falle, mein Lieber», würde Spavento sagen. «Wenn ich nur an meinen Säbel herankäme, wenn ich ihn ziehen könnte, dann könnte ich uns aus der Klemme helfen, und unsere Reise würde weitergehen.» Zizi würde antworten: «Für einmal übertreibst du nicht, Capitan. Wir stecken in der Falle.» Dann würde Pantalone auftauchen: «Es hat Sie aber schlimm erwischt, schlimmer könnte es nur noch mich erwischen.» Zizi würde erwidern: «Schlimmer kann es niemanden erwischen, Pantalone.» «Glauben Sie mir, manche Krankheit ist schlimmer als das. Aber rufen Sie bloß nicht den Dottore, der zapft Ihnen sowieso nur Blut ab.» «Ich werde mich hüten.» Zizi würde dort unten dumpf lachen. Nichts würde nach außen dringen, alle würden ihn für tot halten, aber er wäre in bester Gesellschaft.

«Vermisst du Vater?», fragte Mutter von drüben.

«Ich vermisse Zizi.»

«Ich vermisse sie alle.»

Ich dachte: *Das müsste ich sagen, nicht du. Ich war die ganze Zeit dort, du nicht. Du hast uns nicht vermisst, als wir lebten, also vermisse uns jetzt nicht, wenn wir tot sind.*

«Wieso weißt du Bescheid über Spavento?», wollte ich wissen.

«Deine Großmutter hat es mir kurz vor ihrem Tod erzählt. Das war das reinste Theater mit dir, hat sie gesagt.»

«Das reinste Theater war es mit *dir*.»

Wir schwiegen, jede auf ihrer Seite der Wand.

«Meinst du, dass Vater zurückkommt?», fragte ich.

«Natürlich kommt er zurück.»

Und dann kam er.

Wir waren beide einkaufen gegangen und hatten doch nur Kartoffeln und Eier mit nach Hause gebracht. Nach dem Krieg war es wie im Krieg. Es gab fast nichts, und das Nichts war teuer. Wir saßen dann für Stunden im Wohnzimmer und hörten Radio, Musik aus Moskau, nicht mehr aus Berlin. Der Schatten, den das Licht ins Zimmer warf, wanderte die Wände entlang, eine sagte: «Nun also» und führte ihren Gedanken doch nicht aus. Die andere fragte: «Was meinst du?» und erhielt keine Antwort. Mutter schnitt Kartoffeln und Eier in Scheiben, legte alles in Schichten, gab etwas Sahne dazu, dann schob sie die Form in den Ofen. Wieder saßen wir still da. Wir aßen, legten uns hin, aus Mutters Zimmer kam gedämpfte Radiomusik, sie ging noch eine Weile umher, dann wurde es auch drüben ruhig.

Als ich aufwachte, war das ganze Essen und auch viel von unserem Proviant verschlungen worden. Große Männerstiefel, verschlammt und verbraucht, standen auf dem Flur, und ein Bündel Sachen war auf den Teppich geleert worden. «Er schläft», flüsterte Mutter. «Wer?» «Er kam letzte Nacht, ich dachte, dass du uns sprechen gehört hast. Er ist den ganzen Weg vom Bahnhof bis zu uns gegangen, aber die paar Kilometer sind ja nichts, wenn man es aus Russland zu Fuß bis nach Hause geschafft hat.» Ich fragte erstaunt: «Vater?» «Mädchen, jetzt musst du dich daran gewöhnen, dass dein Vater hier ist.»

Ich zog mich an, wir hatten einen fremden Mann im Haus, der sich *Vater* nannte. Mutter nahm die Hälfte unserer Ersparnisse und ging einkaufen, was ein Mann brauchte, der sich nur von Beeren und Äpfeln ernährt hatte und von dem, was man auf verwilderten Feldern ausgraben konnte. Ich zog die Knie hoch und wartete, dass er aufwachte. Der Schatten, den das Licht warf, wanderte wieder über die Wände, auf der Straße wurde es sehr laut, dann am frühen Abend wieder leiser. Mutter setzte sich neben mich hin, auch sie blickte nur umher, aber Vater stand erst spät in der Nacht auf.

Wir waren eingenickt, unsere Köpfe fielen uns immer wieder schwer auf die Brust, dann und wann richteten wir uns auf, schliefen jedoch wieder ein. Als wir erneut erwachten, saß er da, aß und schaute uns an. Er aß die Töpfe leer, war bleich und eingefallen. Es war keine Spur mehr vom stolzen Kavallerieoffizier zu sehen, hinter dem Mutter hergezogen war. Er drückte Brot in den Teller und wischte damit die Soße auf, leckte sich die Finger sauber und ging wieder schlafen.

Später saß er ein weiteres Mal vor uns, nur mit einer Unterhose bekleidet, aber er war hier zu Hause, ich jedoch noch nicht ganz. Er aß, als ob es kein Essen mehr geben würde. Als ob die Henkersmahlzeit erst nach dem Krieg käme, in Friedenszeiten. Ich dachte: *Zieh dich an, du bist ein fremder Mann.* Ich sagte: «Hast du genug?»

Mutter wechselte die Bettwäsche, er schwitzte stark, die ganze Wohnung roch plötzlich schlecht. Auf seiner Haut waren Odessa, Stalingrad und der ganze Rückweg. Während der Mann ein drittes Mal schlief, wusch Mutter seine Sachen, sie ging sogar in sein Zimmer und lüftete. Sie wusste, dass er nach dieser Reise nicht wegen einer solchen Störung aufwachen würde. Da brauchte es mehr als das: Panzer, Katjuscha-

Raketen, Maschinengewehrsalven. «Der Hunger genügt», würde er in den nächsten Jahren sagen. «Wenn du Hunger hast, kannst du nicht schlafen. Du krümmst dich nur zusammen.» Manchmal würde er auch sagen: «Die Kälte. Wenn du einschläfst, hast du Angst, dass du nicht mehr erwachst.»

Als er endgültig erwachte, waren seine Stiefel geputzt und gewichst, seine Kleider gebügelt, Rasierschaum und Rasiermesser, Pinsel und Rasierwasser standen im Bad bereit. Dafür hatte Mutter fast ein Vermögen ausgegeben. Er duschte und rasierte sich, manchmal ging Mutter zu ihm hinein, und ich sah durch den Türspalt, wie sie ihn abtrocknete, obwohl er murmelte: «Ein alter Soldat wie ich. Wie sieht das denn aus, wenn du mich wie ein Kind abtrocknest?» «Früher habe ich es gemacht, jetzt mache ich es eben auch», erwiderte sie und ließ nicht von ihm ab. «Geh doch mal zu ihr und sprich mit ihr, sie ist völlig erschrocken, dass du da bist.» Vater kam heraus, und er duftete, nicht so wie Zizi geduftet hatte, sondern er duftete nach einer billigen Marke, die Mutter ganz legal in einem Geschäft gefunden hatte. Denn der Schwarzmarkt war unbezahlbar für uns.

Mit noch feuchten Haaren setzte er sich mir gegenüber. Er tippte mit einem Finger auf den Tisch, seine Augen bohrten Löcher in die Tischplatte und meine in den Teppich. Er sagte: «Es tut mir leid, dass ich vor dir so hässlich gegessen habe.» Das war wirklich nicht das, was ich erwartet hatte. «Aber wenn man erfrorene Hände hat und nichts anfassen kann und wenn man nach Wurzeln gräbt, ist das so.» Vater zog den Anzug an, der jahrelang auf seinen Besitzer gewartet hatte. Mutter hatte ihn regelmäßig in die Reinigung gebracht, aber Vater war geschrumpft, oder der Anzug war vor Sehnsucht nach ihm größer geworden. Er streckte die Arme aus und war doch nur eine Vogelscheuche in einem englischen Anzug. Es war eine gute Gelegenheit zu lachen, und wir taten es gerne.

Vater ging aus und kam erst in der Nacht zurück. Ich hörte sie nebenan reden, Mutter war außer sich. Er meinte nur: «Ich brauche das», doch ich verstand nicht, was er denn brauchte. Während wir bisher gewartet hatten, dass er aus der Ferne zurückkehrte, warteten wir die nächsten Monate, dass er aus der Stadt heimkam. Morgens zog er sich an und verschwand, abends zog er sich aus und schlief. Im Schlaf war er wild und schlug um sich. Mutter hatte blaue Flecken von Vaters Träumen. Und sie war nass von seinem Schweiß. Er murmelte, brummte, flüsterte, schrie. Wenn ich dalag, hörte ich ihn und wie Mutter ihn besänftigen wollte. Es ging eine Weile gut, dann rief er wieder etwas im Schlaf, stieß Mutter aus dem Bett, die aber zurückkroch und sich an ihm festhielt. Aber so klein, wie sie war, hatte sie gegen jene Sorte Träume keine Chance.

Wenn am Morgen der Spuk vorbei war, war Vater wieder zahm. Er zog seinen Anzug an, der ihm wieder fast so gut passte wie früher, und ging weg. «Wo gehst du hin? Betrügst du mich?», rief Mutter hinterher. «Ich brauche das.» «Du wirst wohl nicht wieder verschwinden.» «Hier ist es wie in einem Käfig.»

Eines Tages sah ich ihn aus dem Haus gehen, als ich vom Einkaufen zurückkam, und folgte ihm. *Vielleicht hat er eine Frau*, dachte ich, obwohl er nie nach einer anderen Frau gerochen hatte. *Vielleicht trinkt er*, obwohl er nie nach Alkohol roch. *Vielleicht ist er schlicht verrückt*. Er ging nicht in Geschäfte, er sprach mit niemandem, ging nicht ins Kino, blieb selten stehen, er lief ganz einfach, kilometerweit, bis zum Stadtrand. Er folgte Bahnschienen, Straßen und Feldwegen. Er marschierte stundenlang durch Viertel, durch Hinterhöfe und auf den breiten Boulevards. Wenn er Durst hatte, trank er Wasser vom Brunnen, wenn er Hunger hatte, kaufte er bei einer Bäuerin Äpfel und Käse.

Ich folgte ihm an vielen anderen Tagen. Wenn Mutter sagte: «Er trinkt», erwiderte ich: «Er trinkt nicht.» Wenn sie sagte:

«Er hat doch eine andere», wusste ich, dass es nicht stimmte. «Er geht einfach», sagte ich ihr. «Aber warum tut er das? Und wieso geht er nicht mit uns zusammen? Wieso immer alleine?»

Am Rande Bukarests standen nur einfachste Häuser, manche halbe Hütten. Dort wohnten Zigeuner und die Allerärmsten; nur Schlamm, aber kaum Straßen führten dorthin. Sie liefen barfuß herum, und an ihren Sohlen klebte eine dicke Schmutzschicht. Vater ging hin. In vielen Häusern und Palästen der Adligen von früher, die sich jetzt alle *Genossen* nannten, wohnten inzwischen die Russen. Oder bessere Genossen oder einfaches Volk, das nirgends hinziehen konnte. Vater ging auch durch solche Viertel. Er lief durch verruchte Viertel und gehobene Viertel, so gehoben, wie es die Kommunisten eben zuließen. Er ging am Fluss entlang und durch Parks, wo er früher mit Mutter spazieren gegangen war. Vater fürchtete sich nicht, man konnte ihm nichts stehlen. Er hatte nichts außer dem Anzug und ein wenig Geld, das ihm Mutter gegeben hatte. Er lief schnell, ich konnte ihm kaum folgen. Er hatte Erfahrung darin, in einem solchen Tempo zu marschieren, zuerst nach Odessa, dann nach Stalingrad und schließlich wieder zurück.

Als er einmal weit genug gelaufen war, blieb er stehen. Ich war nur fünfzig Meter hinter ihm, rundum lag Brachland, und ich konnte mich nirgendwo verstecken. Er drehte sich um und erblickte mich. «Wie lange folgst du mir schon?» «Seit Langem.» «Will deine Mutter das?» «Ich wollte es.» Er kam näher, ging an mir vorbei, und wieder zogen wir los, viele Kilometer weit. Irgendwann hatte ich Seitenstechen und rief: «Bleib stehen!», aber er reagierte nicht. Ich bekam weiche Knie, rief noch einmal, aber da war nichts zu machen.

Als ich schon meinte, das würde ewig so weitergehen, so lange, bis ich oder er tot umfielen, verlangsamte er sein Tempo und blieb vor einem Brunnen stehen. «Hast du Durst?» «Ja.» «Dann trink.» Er entfernte sich, ich ging zum Brunnen, trank und folgte ihm. Er blieb vor einer alten Frau stehen, die ein Tuch auf dem Asphalt ausgebreitet hatte und Äpfel verkaufte. «Hast du Hunger?», rief er mir zu. «Ja.» Er kaufte zwei Äpfel, einen warf er mir zu, den anderen steckte er zwischen seine Zähne. In einem Laden kaufte er ein Brot, und wir teilten es. Wir setzten uns auf eine Bank und aßen.

Ein Mann kam auf uns zu, der auf seinem Rücken Fensterscheiben trug. Er rief so laut, dass man ihn schon von Weitem hören konnte: «Neue Fensterscheiben! Wer braucht neue Fensterscheiben?» Ein Zweiter kam aus einer anderen Richtung, ein Schornsteinfeger. Die beiden kannten sich, das war ihr Revier, sie durchstreiften das Viertel täglich auf der Suche nach Kunden. «Das bringt mir heute bestimmt Glück, dass ich dich treffe. Ich werde sicher viele Fensterscheiben verkaufen», meinte der eine. «Ich aber werde keine Kunden kriegen, wenn du mir nicht eine Scheibe zum Zerschlagen gibst.» Der Erste lehnte sein Bündel an eine Hauswand, holte eine Fensterscheibe heraus, gab sie dem Schornsteinfeger, der sie auf seinem Schenkel zerbrach. Dann wünschten sie sich einen schönen Tag und gingen weiter.

«Was willst du?», fragte mich Vater.

«Großmutter ist tot.»

«Gut, aber was willst du?»

«Zizi ist tot.»

«Ja, und?»

«Wir haben kein Land mehr.»

«Das ist nicht schlimm.»

«Das kannst du gar nicht sagen. Du hast nie dort gelebt.»

«Ich habe fünfzig Männer verloren. Erfroren, verhungert, erschossen. Einen habe ich in den Armen gehalten, habe ihm seine Gedärme zurück in den Bauch gedrückt, bis er gestorben ist.»

Vater blickte vor sich hin, es war, als ob er mit sich selbst spräche. Er hielt die Hände zu Fäusten geballt. Nicht so, wie wenn man dreinschlagen möchte, sondern so, als ob man keine Kraft mehr hätte, sie zu öffnen.

«Wieso läufst du herum, anstatt zu Hause zu sitzen?»

«Dort ist es eng. Ich bin es nicht mehr gewohnt, so eng. Es ist alles zu nah. Entschuldige bitte.»

«Entschuldige dich nicht immer.»

«Ich war ein schlechter Vater.»

«Du warst gar kein Vater. Aber ich hatte vier Mütter: Großmutter, Zizi, die Tante und Mutter.»

Das erste Mal, seit er zurück war, schmunzelte er. Nichts Großartiges, ein kleines Zucken der Mundwinkel, fast unmerklich.

«Ich habe oft in einer Hausruine gesessen, hinter ausgebrannten Wracks und Mauern und gedacht, dass ich ein schlechter Vater war. Bislang hatte ich für den König und das Vaterland gekämpft, Bessarabien von den Russen zurückerobert, dann Transnistrien und Odessa, und ich fror in Stalingrad für den König und das Vaterland. Ich hungerte, wir hungerten zu Tausenden. Wenn einer gestorben war, hungerte einer weniger, und wir hielten ihn für glücklich. Ich kämpfte für die Ehre, ich wäre gestorben für die Ehre, aber plötzlich wollte ich leben, um dir ein besserer Vater zu sein. Da ist neben mir ein junger Soldat gefallen. Er hatte gerade etwas gesagt, als die Kugel ihn getroffen hat. Dann war er stumm. Ich habe ihn angeschaut und gedacht: *Wie gut, dass ich ein Mädchen habe. Wenn ich einen Jungen hätte, würde ich ihn vor mir schützen. Ich würde ihm sagen, dass er abhauen soll, dass er gar nicht auf mich hören und auf keinen Fall das tun soll, was ich tue.* Ich habe dem Jungen den Mantel und die Handschuhe abgenommen, mich darüber gefreut wie über ein Weihnachtsgeschenk. Der ist in den Stiefeln gestorben, die ich jetzt trage.»

Die Straßenlampen gingen an, der Verkehr wurde langsamer. Von den Boulevards drangen immer weniger Geräusche zu uns, auch in den Wohnungen schaltete man das Licht ein. Wir standen auf, liefen nebeneinander her, Mutter machte auf, wir aßen, saßen und gingen schlafen. In jener Nacht hörte ich das erste Mal, wie Mutter und Vater sich liebten. Wie sich überhaupt jemand liebte, stumm und stoßweise, und dann ein: «Du tust mir weh» und «Entschuldige». Mutter stöhnte flüsternd, dann war es zu Ende.

Vater verließ weiterhin die Wohnung, aber seltener. Er stand plötzlich auf, drückte sich den Hut auf den Kopf und war für Stunden weg, manchmal durfte ich mit. Er zeigte mir die *Chaussee*, wo früher alle in ihren Kutschen oder Chevrolets promeniert waren, und sagte: «Das war einmal die Chaussee.» Obwohl sie dort vor uns lag, sagte er *war*, als ob sie verschwunden wäre. Hier war die Oper, hier das *National*-Theater, dort das Haus des Grafen oder des Fürsten. «Aber es steht doch alles da», meinte ich, obwohl ich wusste, dass er in eine Welt hineinblickte, zu der ich keinen Zugang hatte.

Eines Tages, als die ganze Stadt schon auf den Sommer wartete, obwohl der immer so trocken und staubig war, dass es einem die Lungen verbrannte, legte er die Zeitung weg und schaute mich lange an. «Weißt du eigentlich, was du im Leben machen möchtest?» «Du brauchst mich nicht zu fragen, nur weil Eltern normalerweise so etwas fragen.» «Weißt du es oder nicht?» Er blieb stur. «Ich weiß es nicht. Märchenerzählerin vielleicht.» «Wieso denn das?» «Zizi war ein guter Erzähler.» «So einen Beruf gibt es nicht.» «Dann Schauspielerin.» «Wieso denn das?» «Zizi war ein guter Schauspieler.» «Immer Zizi. Aber Schauspielerin klingt gut. Wie auch immer du dich entscheidest, ich will dir kein Hindernis sein.» «Was meinst du damit?» «Komm mit.»

Wir nahmen den Bus, gingen lange zu Fuß, nahmen einen zweiten Bus und marschierten dann wieder. Es sah so aus, als ob Vater sich nicht entscheiden konnte, wohin er wollte. Wir liefen ziellos in einem vornehmen Viertel herum, wo manche der Häuser von Soldaten bewacht waren, entweder unseren oder russischen. Wir gingen wie in einem überdimensionalen Käfig herum. «Vater, was hast du?» «Gar nichts.» Er machte einige Schritte auf eines der Häuser zu, blieb stehen, die Wachen rauchten und unterhielten sich gelangweilt. Sie sahen uns, er trat näher, lachte sie an und bat um Feuer. Wenn er so weitermachte, würde man uns bald verhaften.

Er ging weiter, manchmal schien er vergessen zu haben, dass ich ihm folgte. Dann aber drehte er sich plötzlich um, wartete auf mich und vergewisserte sich, dass es mir gut ging. Er grübelte, und auf seiner Stirn waren Schweißtropfen. Mir wurde schwindlig von seiner Hast. Inzwischen kannte ich jede Straße, jede Bank, jeden Hauseingang im Viertel, außer dem bewachten Haus, weil ich nie hinschaute, sondern dort immer nur den Kopf einzog. Wenn junge Männer hinter mir herpfiffen, ging ich schneller, um Vater einzuholen. «Vater, was hast du?» «Ich muss klar denken.» «Und zu Hause kannst du das nicht?»

Vater ging in eine Bäckerei, kaufte Kuchen und warf ihn weg, anderswo kaufte er Zeitungen, Knöpfe, eine Schere, Äpfel, einen Kalender, Reis. «Wozu soll das alles gut sein?», fragte ich. «Man weiß nie, was man braucht», antwortete er, aber ich wusste, dass er nichts davon brauchte. Er brauchte einen klaren Kopf, den man nirgendwo kaufen konnte. Doch solange er einkaufte, brauchte er sich nicht zu entscheiden.

Er kaufte Schulhefte, Konfitüre, Nähnadeln, Schnürsenkel, ein Buch von Lenin, und Marx' Frühe Schriften. «Man weiß nie, was man braucht», murmelte er. Alle Geschäfte lagen rund um das Gebäude, vor welchem die Wachen standen. Er umkreiste das Gebäude, wie der Falke über dem Huhn kreist, nur dass hier eher das Huhn sich an den Falken heranschlich.

Dann blieb er plötzlich stehen, gab mir die Taschen mit den Einkäufen und wog Lenin mit der einen Hand und Marx mit der anderen. «Es sieht sicher lächerlich aus, wenn ich beide bei mir habe», murmelte er. War Lenin schwerer oder doch Marx? Er entschied sich für Marx, gab mir Lenin, den ich gleich einsteckte.

Er sagte: «Du siehst, dass ich dort reingehe. Warte hier zwei Stunden, wenn ich nicht herauskomme, fragst du nicht nach, du gehst direkt nach Hause und sagst Mutter, dass ich in der Zentrale der Kommunistischen Partei bin. Ihr tut nichts, ihr wartet nur.» «Und dann?» «Ihr tut gar nichts, es würde eh nicht helfen.» Er wartete, bis ich mich hingesetzt und die Taschen auf dem Boden abgestellt hatte.

Er warf seine Zigarette auf den Boden, ging auf den Eingang zu, blieb stehen, blickte zurück und zwinkerte mir zu, wie um zu sagen: «Du wirst schon sehen, ich tanze denen auf der Nase herum.» Er kam zurück, stöberte in der Tasche, ich dachte, jetzt fängt alles wieder von vorne an, aber er wollte bloß Lenin anstelle von Marx haben. Er ging wieder auf die Wachen zu, ein junger Soldat führte ihn hinein, er winkte mir zu, dann begann das Warten.

In der ersten Stunde geschah nichts.

In der zweiten Stunde pfiffen mir junge Arbeiter nach, sonst geschah gar nichts.

In der dritten Stunde setzte sich ein Mann neben mich und wollte wissen, ob ich ihm folgen würde.

In der vierten Stunde nahm der Verkehr ab, und es wurde kühler. Ein Mann und eine Frau stritten sich, weil der Mann mich angeschaut hatte.

In der fünften Stunde klapperten meine Zähne, und ich wusste nicht, ob es von der Angst war oder der Kühle.

In der sechsten Stunde kam Vater heraus, zündete sich eine Zigarette an und war überrascht, mich dort zu sehen. «Du hast nicht getan, was ich dir gesagt habe», zischte er zwischen den

Zähnen hervor, als ich zu ihm ging. «Was ist jetzt?» «Jetzt bin ich Kommunist, also nicht gleich. Ich habe mich erst mal angemeldet, meine Vergangenheit und die deiner Mutter machen es nicht einfach, aber sie brauchen fähige Offiziere. Komm jetzt, du zitterst ja so.» «Du aber nicht mehr.»

Auf dem Weg nach Hause kamen wir am Eingang der berühmten *Caragiale*-Schauspielschule vorbei. Vater musterte die Plakate, dann zeigte er auf eines davon. Es waren Prüfungen für die neuen Schauspielklassen ausgeschrieben worden. «Vielleicht solltest du es mal versuchen», sagte er.

Am Tag der Prüfung wartete Vater vor dem Theater auf mich. Die Professoren fragten, welches klassische oder moderne Theaterstück ich spielen wolle. Ich sagte, dass ich nicht wüsste, ob es klassisch oder modern sei, aber es sei eine moderne Commedia dell'Arte. Etwas für alle Kinder, egal, wann und wo sie gelebt hätten. Etwas, das ich improvisieren müsste.

Im leeren dunklen Saal, im Licht einer einzigen Pultlampe, saßen drei Leute, zwei Männer und eine Frau. Die Frau fand, dass das nicht ausreiche. Dass sie kein Kindertheater sehen wollten, sondern eine Szene aus einem Theaterklassiker. Der jüngere Mann war derselben Meinung. «Sie machen es sich zu einfach, ganz unvorbereitet zu kommen, Fräulein», fand er. «Ihre Kollegen üben monatelang für diesen Augenblick, und Sie kommen hierher und wollen improvisieren? Sie stehlen uns nur unsere Zeit.» Vergeblich versuchte ich, die beiden zu überzeugen, mir zuzuschauen.

Sie wollten mich schon wegschicken, der nächste Kandidat drängelte schon, vergeblich rief ich ihnen zu, sie sollten mir doch eine Chance geben, ich würde schließlich viele Rollen spielen, nicht nur eine. Auch darauf fand die Frau eine Antwort. Man solle sich nur nicht einbilden, man könne schon so viel. Man solle nicht angeben, dass man dies und das spielen könne, wenn man noch nicht einen einzigen Tag Unterricht bekommen habe. «Ich sage nicht, dass ich es kann, ich sage, dass ich es versuchen möchte.»

Nur der alte Mann blieb ruhig, sagte kein Wort und beobachtete mich. Als es fast zu spät war, als ich bereits hinter der Bühne verschwunden war und der Nächste meinen Platz eingenommen hatte, hörte ich meinen Namen und ging wieder zurück. «Fräulein Izvoreanu, was Sie da vorhaben, ist wirklich unüblich, aber ich konnte meine Kollegen überzeugen, Ihnen zuzuschauen. Ich glaube nämlich, dass es auch mutig ist, so vor uns zu erscheinen, und Mut sollte man nie verachten. Wenn Sie so gut sind, wie Sie für sich kämpfen, werden wir auch für Sie einen Platz haben. Also, beschreiben Sie uns die Szene und was Sie vorhaben.»

«Es geht um dieses Mädchen, das sich nach der Mutter sehnt. Es ist ungefähr zehn Jahre alt. Seine Mutter hat immer Besseres zu tun, als vorbeizuschauen, es gibt immer etwas Interessanteres. Die Welt ist groß, so groß, dass der Verstand dieses Mädchens sie gar nicht erfassen kann. Die Mutter ist nicht wirklich eine böse Mutter, sie kümmert sich schon, aber auf ihre Art. Immer ist sie in Eile. Sie müssen sich ein großes Landhaus vorstellen, nein, das passt jetzt nicht mehr, lieber eine große Wohnung. Das Mädchen wächst nämlich bei einer Tante auf, in der Hauptstadt, hier ist ein Stuhl, dort ein kleiner Tisch, hier ist das Bett und dort die Tür. Ich werde jetzt dieses kleine Mädchen spielen, das nie wieder aus seinem Bett aufstehen möchte. Oder so lange nicht, wie die Mutter, die bald eintreffen muss, auf Besuch weilt. Das Mädchen liegt da und starrt ihre Zehen an. Ich spiele auch einen Cousin, der es sehr liebt und ihm den Kummer ersparen möchte. Der alles für sie tun möchte, nur um es ein bisschen fröhlich zu sehen. Nennen wir ihn Zizi. Zizi verkleidet sich in Capitan Spavento, der mit seinem Schwert viele glorreiche Armeen geschlagen hat, der ein Großmaul und Verführer ist. Ich spiele auch den jammervollen Pantalone, der tausend Krankheiten hat. Kaum ist eine auskuriert, hat er schon wieder eine andere. Ich spiele auch den Dottore, der für alle Krankheiten der Welt nur ein Gegenmittel kennt. Dann spiele ich Pagliaccio, der alle anderen nachahmt. Sie bekommen also sechs Rollen in einer. Ich glaube, dass Spavento und die anderen sehr klassisch sind, klassischer geht's gar nicht, denn sie sind ganz wie wir Menschen. Sie haben alle unsere klassischen menschlichen Makel.» «Dann fangen Sie mal an», sagte der ältere Herr. «Mit welcher Rolle geht es los? Mit dem Mädchen?»

«Nein, ich fange mit Zizi an, wie dieser für seine erste Rolle als Spavento übt und mit sich selbst spricht und sich Mut macht, weil er bald ins Zimmer der Kleinen gehen will und überzeugend wirken muss. Es ist ja nicht gerade das, was er den lieben langen Tag tut.»

«Was hat denn dieser Zizi für einen Beruf?», fragte der jüngere Mann.

«Nun, lassen Sie mich überlegen. Er ist Bauer, nein, Bauer kann er nicht sein, sonst wäre er nicht so gebildet, dass er etwas über Spavento wüsste. Er könnte Lehrer sein, ja, er ist Lehrer und hat eine Vorliebe für italienische Literatur. Ich sehe gerade, dass mir noch ein Raum fehlt, wo Zizi sich umziehen kann. Stellen Sie sich hier den Vorraum zum Zimmer des Mädchens vor. Ich habe...», sagte ich und leerte die Tasche aus, die ich mitgebracht hatte, «ich habe für jede Figur etwas mitgebracht: für Spavento ein Schwert, für Pantalone eine goldene Taschenuhr, weil er sehr reich ist, und für den Dottore habe ich ein Messer dabei. Es sollte schon ein Skalpell sein, aber so etwas habe ich nicht gefunden. Er schneidet nun mal gerne Menschen auf. Für Pagliaccio habe ich Mehl mitgebracht, Pagliaccio ist immer weiß, ein paar Tupfer im Gesicht werden reichen.»

«Dann fangen Sie bitte mal an.»

Und ich fing an und wurde dadurch ermuntert, dass sie meine kleine Vorstellung nicht gleich abbrachen. Ja, sogar dadurch, dass es hinter den Kulissen ruhig geworden war und mir von dort ein Dutzend Menschen zuguckten und dass keiner sagte: «Was fällt dir denn ein, hier mit so etwas reinzuplatzen?» Aber als mein Vertrauen am größten war, als ich so richtig in Fahrt war – vielleicht sogar besser als Zizi zu seiner besten Zeit war –, unterbrach mich der alte Mann, den ich plötzlich hasste, weil er mir erst die Chance gegeben hatte, um sie mir dann wieder wegzunehmen: «Ist genug, Fräulein, wir haben genug gesehen, Sie werden von uns benachrichtigt.» «Aber ich habe noch nicht einmal den Pagliaccio gespielt, ich habe nicht einmal gespielt, wie das Mädchen zehn Arten von Traurigkeit aufzählen muss, und nur wenn es das kann, darf es weiter im Bett bleiben.» «Wir haben genug gesehen, danke.» Als ich meine Sachen zusammenpackte, als ich versuchte, die ersten Tränen zurückzuhalten, hörte ich die Frau sagen: «Die erinnert mich an die junge Popescu.»

Draußen konnte ich nicht mehr an mich halten. Vater schloss mich in seine Arme, linkisch, denn das hatte er nie zuvor getan. Seine Arme hatten keine Übung darin, aber irgendwie brachte er es doch fertig. Vielleicht dachte er an den Soldaten, der in seinen Armen gestorben war. «Haben Sie nichts gesagt? Dich einfach so herausgeschickt?» «Sie haben gesagt, ich würde irgendeiner Popescu gleichen, als sie jung war.» Vater brach so laut in Gelächter aus, dass manche auf der Straße erschraken. Es war Vaters erstes Lachen seit seiner Rückkehr, so wie es seine erste Umarmung gewesen war. «Aber, Zaira, du willst Schauspielerin werden, und du weißt nicht, wer die Popescu ist? Das ist unsere größte Schauspielerin.»

Eine Woche später kam der Brief, dass ich als Jahrgangsbeste aufgenommen worden war.

· · · · ·

Es war ein heißer Augusttag – nur einige Tage vor meinem neunzehnten Geburtstag –, als Paul an der Tür läutete. Ich dachte, es sei Mutter, die einkaufen gegangen war, oder Vater, dem man eine unbedeutende Stelle in der Armee gegeben hatte. Aber es war Paul. Er hatte das Versprechen nicht vergessen, auch wenn er sich verspätet hatte. Es war ein blendend aussehender Paul, immer noch ganz in Weiß gekleidet und mit schwarzen Augen, als ob sie mit Kohle gezeichnet worden wären.

«Was willst du?», fragte ich, obwohl ich ahnte, was er wollte.

«Ich habe mich verspätet. Du wirst bald neunzehn.»

«Ich dachte, dass du nicht mehr kommst.»

«Du hast mir ein Versprechen gegeben. Ich bin gekommen, um dich zu heiraten. Wir ziehen nach Timişoara, wo ich studiere, und leben dort zusammen.»

Mir fiel die Tasse aus der Hand. Als Mutter nach Hause kam, hatte ich noch immer kein Wort gesagt. Wir hatten einfach nur dagestanden, manchmal hatte er geseufzt, manchmal ich. Als Mutter hörte, worum es ging, wollte sie ihn aus der Wohnung werfen, aber ich hielt sie zurück.

«Das kannst du nicht, Mutter, das ist Paul.»

«Und ob ich das kann!»

«Du hast es versprochen», rief Paul, während Mutter sich zwischen uns stellte.

«Sie hat gar nichts versprochen», rief Mutter zurück.

«Ich habe es versprochen.»

«Und was hat Zizi für den Fall prophezeit, dass man sein Versprechen bricht?», fragte er.

«Dann verwirrt man die Welt und sich selbst. Man weiß gar nicht mehr, wer man ist.»

«Hältst du dein Versprechen, Zaira?»

«Sie hält gar kein Versprechen», rief Mutter wieder.

«Sag du mir nicht, was ich zu tun habe!»

Vater sagte kaum etwas, als er am Abend hörte, dass Paul aufgetaucht war. Er murmelte nur: «Ich war nicht da, als du so geworden bist, wie du bist, und jetzt kann ich nichts mehr tun.»

Paul passte mich am nächsten Tag vor dem Haus ab, nahm mir meine Taschen ab und führte mich zu einer Bank. Wir sagten nichts, er streichelte mir über die Haare, ich ließ es geschehen. Er war doch immer irgendwie da gewesen, der Paul. Diese Berührung war schon immer irgendwie fällig gewesen. Wenn jemand es verdiente, mich zu berühren, dann er, der zu meiner Kindheit gehört hatte, wie alle anderen aus Strehaia. Wenn jemand es nicht verdiente, mich zu berühren, dann auch wieder er, der gespuckt hatte.

«Wieso hast du gespuckt?»

«Spielt das für dich so eine große Rolle? Kann man nicht einfach heiraten und es vergessen?»

«Ich kann es nicht vergessen. Wieso?»

«Was weiß ich, wieso? Ich hatte Angst, ja, ich hatte Angst.»

«Ich kann keinen Mann heiraten, der Angst hat. Sonst spuckst du bald wieder.»

«Aber ich war doch kein Mann, ich war nur ein Junge.»

«Und jetzt bist du einer? Es sind kaum zwei Jahre vergangen.»

«Zaira, du hast es versprochen. Man bricht kein Versprechen, das weißt du.»

Ich sagte nicht: «Ja», ich sagte: «Komm in einigen Tagen wieder.»

Er kam und setzte sich auf die Bank. Ich sah ihn vom Fenster aus, zog mir was über und ging zu ihm hinunter.

«Du bist wirklich entschlossen?»

«Ich bin entschlossen. Ich werde jeden Tag kommen und hier auf dieser Bank sitzen, bis ich voller Taubenkacke bin. Bis die Nachbarn sagen: ‹Schaut doch, wie sie den Mann behandelt, der sie anbetet. Sie überlässt ihn den Vögeln.›»

«Wieso tust du das? Du bist so hübsch, jedes Mädchen würde dich wollen.»

«Du gehörst zu mir, so wie ich zu dir gehöre. Seit vielen Jahren ist das so. Das habe ich gewusst, als wir gespielt haben, und als du mir zugeschaut hast, wie ich das Schwein tötete, habe ich es auch gewusst und auch, als ich fast deine Brust berührt habe und die Erde gebebt hat und ich gedacht habe: *Das hast du davon, wenn du etwas so Eigenartiges berühren willst. Jetzt schlottern dir so stark die Knie, als ob es ein Erdbeben wäre.* Aber es waren nicht die Knie, es waren die Deutschen mit ihren Panzern. Heiratest du mich jetzt?» Ich sagte: «Vielleicht» und: «Komm in einigen Tagen wieder.»

Ich blickte täglich durch die Vorhänge, wenn ich aufstand und wenn ich ins Bett ging. Er saß nicht immer dort, aber oft genug, sodass sich die Nachbarn fragten, ob ein so hübscher und gut angezogener junger Mann wie er es auf eines ihrer Mädchen abgesehen hatte. Erst als er das fünfte oder sechste Mal kam, sagte auch Mutter etwas: «Wenn nicht du ihn vertreiben willst, vertreibe ich ihn. Oder ich schicke Vater runter. Der Junge hat gespuckt, wie alle anderen auch. Du kannst nicht einen heiraten, der gespuckt hat.» «Sei still, Mutter», erwiderte ich. «Du kannst nicht...», fuhr sie fort. «Sei still, Maria», hörte ich auch Vater sagen. «Der Junge ist geduldig, wo kriegst du heute noch so einen geduldigen Mann her? Jeden Tag legt er die neueste Ausgabe dieser Kommunistenzeitung auf die Bank und setzt sich drauf, dass es eine Freude ist. Das allein macht ihn mir schon sympathisch.» «Wenn dich deine Kommunisten hören würden? Du bist doch jetzt einer von ihnen», neckte ihn Mutter. «Auf dem Papier bin ich es.» «Die haben dir wieder eine Stellung bei der Armee beschafft.» «Die beschaffen jedem eine Stelle, wenn der sich genug fürchtet.» «Hast du dich genug gefürchtet, dass du eines Tages Mitglied bei denen geworden bist?» Mutter warf ihm einen vernichtenden Blick zu, Vater zog den Kopf ein und zuckte mit den Schultern. Dann sah er mich an, wie um zu sagen: *Verrate nicht unser kleines Geheimnis.*

Aber Mutter liebte Vater. Sie liebte ihn jetzt, da er ständig bei uns war, wie sie ihn auch damals geliebt hatte, als er nur selten bei uns war, weil ständig das Vaterland rief. Manchmal sah ich die Blicke, die sie ihm verstohlen zuwarf, die ihn zu einer Art Beweis aufforderten, dass er wirklich da war und nicht nur der Körper.

Ein Teil von Vater aber war in Stalingrad geblieben, ich wusste es, und Mutter ahnte es. Niemals mehr würde er den Mantel auf den Treppenabsatz werfen und drei Stufen auf einmal nehmen, nur um Mutter schneller zu umarmen, so wie er es auf dem Landgut gemacht hatte, wenn er Urlaub bekam. Niemals mehr würde er zu mir, die kaum bis zu seinen Hüften reichte, hinunterschauen und flüstern: «Deine Mutter ist so schmal, dass sie durch einen Ehering passen würde.» Es sei denn, sie forderte ihn dazu auf. Trotzdem bin ich überzeugt, dass sie sich bis zum Schluss geliebt haben.

Noch aber war es nicht so weit. Noch versteckte ich mich hinter den Vorhängen und sah, wie andere Mädchen an den Fenstern kicherten. Ich fand es nicht schlecht, dass so ein Junge es auf mich und nicht auf sie abgesehen hatte. Noch sah ich, wie Paul hinaufblickte und die Hand hob und grüßte, als ob er spürte, dass ich da war. Dann legte er ein Taschentuch auf seinen Schoß, holte aus der einen Tasche ein Ei und schälte es, aus der anderen einen Salzstreuer und ein Stück Brot. Als er aufgegessen hatte, ging er zum Brunnen und trank, dann setzte er sich wieder hin. Die Sonne schien ihm auf den Kopf. Ich dachte: *Wenn der einen Sonnenstich kriegt und stirbt, dann habe ich meinen ersten Verehrer in den Tod getrieben.*

Zufrieden damit, dass ein Mann meinetwegen sterben könnte, merkte ich nicht, dass dicht hinter mir Mutter stand. «Lass es sein, Mädchen. Wenn du willst, hole ich die Miliz, die soll sich um ihn kümmern. Man wird ihm nichts tun, vielleicht ein paarmal ohrfeigen, die sind nicht zimperlich. Vielleicht lachen sie ihn auch nur aus, weil er sich wegen eines Mädchens lächerlich macht.» «Lächerlich?», rief ich. «Ich finde das nicht lächerlich, ich finde das absolut nicht lächerlich.» «Oje, jetzt bist du verloren.» «Wie meinst du das?» «Er hat dich, er braucht nur noch lange genug da zu sitzen, und er hat dich.» «Wieso?» «Weil du ihn verteidigst.» Sie wich zurück und setzte sich im abgedunkelten Zimmer aufs Sofa. «Wenn eine Frau einen Mann in Schutz nimmt, dann fehlt nicht mehr viel, das war bei deinem Vater und mir nicht anders.»

Ich zog einen Stuhl zu mir herüber und setzte mich hin, und während ich weiter die Straße beobachtete, hörte ich Mutter zu. «Deine Großmutter wollte nicht, dass ich ihn heirate. Sie wollte einen Zivilisten und nicht einen, den man heute in der Kirche heiratet und morgen zum Friedhof führt. Ich habe ihn in Schutz genommen.» «Mutter, wer sind sie, die Männer? Wie sind sie, meine ich?»

Ich drehte mich zu ihr um, sie schien erstaunt über meine Frage, dann brach sie in Gelächter aus. Ein Lachen, das beinahe so mächtig war wie die deutschen Panzer. «Die Männer, Zaira? Du willst den da unten heiraten, aber du stellst mir solche Fragen?» «Ich sagte nicht, dass ich ihn heiraten will.» «Wer so viel Zeit hinter den Vorhängen verbringt, ist dem Gedanken nicht abgeneigt.» «Sagst du mir, wie die sind?» Mutter merkte, dass es mir ernst war. «Oh, mein Mädchen, woher soll ich wissen, wie die Männer sind? Ich hatte ja nur einen.» «Zwei.»

Sie wurde für einen Augenblick still. «Zwei, du hast recht. Wie sollen die Männer schon sein? Die einen sind langweilig, aber sie bleiben dir ein Leben lang treu. Die anderen sind dir vom ersten Tag an untreu, aber du wirst dich ein Leben lang nach ihnen sehnen. Ich fürchte, das hilft dir nicht weiter.»

«Und wie ist Vater?» «Vater ist eine Ausnahme. Er ist treu, und ich habe mich immer nach ihm gesehnt.» «Wieso hast du ihn dann betrogen?»

Mutter seufzte – ein Seufzen, wie ich es noch nie von ihr gehört hatte –, dann stand sie auf und machte sich an einem Schrank zu schaffen, am liebsten wäre sie hineingestiegen und hätte die Türen zugemacht, bis der Nachhall der Frage verklungen wäre. Weil sie aber etwas sagen musste, sagte sie: «Das hat nichts mit deinem Vater zu tun, sondern mit meiner Einsamkeit.»

Einige Tage später wartete ich auf der Bank auf Paul. Als er mich von Weitem sah, blieb er stehen, zögerte, wollte sogar kehrtmachen, so sehr hatte er sich daran gewöhnt, dort allein zu sein. Allein, aber mit seinen Hoffnungen. «Was suchst du da? Du solltest doch oben hinter den Vorhängen stehen.» «Du hast mich also gesehen.» «Nein, aber dein Vater hat es mir einmal gesagt, als er nach Hause gekommen ist. Er ist Tag für Tag weggegangen, die Hände in den Manteltaschen, und einmal habe ich ihm zugerufen: ‹Wo gehen Sie denn jeden Tag hin? Sie scheinen gar kein Ziel zu haben, wieso kommen Sie nicht her und setzen sich kurz zu mir?› Aber er hat abgewunken. Als er am Abend zurückgekommen ist, hat er mir zugerufen: ‹Wichtig ist, dass Sie allein dort sitzen und ich allein weggehe. Sie werden Erfolg haben, wenn Sie geduldig sind. Schauen Sie sich mal den kleinen Spalt in unserem Wohnzimmervorhang an.› So hat er mit mir geredet, und ich habe verstanden, wieso es so wichtig war, dass ich allein hier sitze, nicht aber, dass er immer allein geht.» «Das habe ich auch bis heute nicht ganz verstanden. Das hat etwas mit dem Krieg zu tun.»

Er setzte sich ganz ans Ende der Bank, zuerst nur mit dem halben Hintern auf den Holzbrettern, dann mit dem ganzen, dann rückte er näher, bis uns nur noch ein Lufthauch trennte: «Bist du jetzt hier, um mich zu vertreiben?», fragte er. «Ich bin hier, um dich zu heiraten.» «Heiraten? Mich?», wiederholte er, als ob er mit diesem Glück gar nicht mehr gerechnet hätte. «Ich habe keinen anderen gesehen, der die letzten Wochen hier gesessen hat. Ich heirate dich, weil ich es dir versprochen habe, und was man verspricht, das hält man auch. Ich weiß nicht, ob es gut oder schlecht ist, aber ich tue es.» «Heiratest du mich nur aus Pflicht?» «Nein, auch weil du so geduldig warst. Wer weiß, wann mir ein so geduldiger Mann wieder über den Weg läuft. Zuerst hast du einige Jahre lang im Dorf gewartet und jetzt einige Wochen hier auf der Bank.» «Liebst du mich denn ein bisschen?» «Lieben? Ich bin zu jung, um das zu wissen.»

Ich stand auf, glättete mein Kleid und ging ins Haus zurück. Ich entdeckte Mutter hinter den Vorhängen und wusste, dass sie alles beobachtet hatte und dass sie jetzt vor Neugierde platzte. «Dafür, dass du ihn fortgeschickt hast, ist er dir ziemlich nah gekommen. Zwischen euch hätte kaum mehr ein Blatt Papier gepasst.» «Ich habe ihn nicht fortgeschickt.»

Mutter tobte tagelang, redete auf mich ein, und jedes Mal, wenn sie glaubte, sie habe mich überzeugt, hielt sie inne und fügte vorsichtig hinzu: «Abgemacht also? Wir wimmeln ihn ab?» «Nein, Mutter, wir wimmeln niemanden ab, ich heirate Paul und fertig.» Dann begann sie von Neuem zu toben. Eines Tages wurde sie müde. «Erkläre mir wenigstens, wieso du das tust. Liebst du ihn?» «Nein, ich glaube nicht, aber ich habe mich an ihn gewöhnt. Er ist da, seitdem ich ein Kind war.» «Wieso denn dann? Reich ist er auch nicht.» «Man hält, was man verspricht, das hat Zizi immer gesagt. Und ich will nicht schon bei der ersten Generalprobe kneifen.» «Ich höre immer nur Zizi. Zizi hier, Zizi dort. Wo immer ich mich hindrehe, ist Zizi schon da.» «Ich wünsche, ich könnte sagen, dass du mir das alles beigebracht hast, aber es ist nicht so.»

Paul und ich heirateten insgeheim in einer Kirche an der Peripherie der Stadt, damit uns die Nachbarn nicht sahen –

am Vortag hatten wir die Papiere im Rathaus unterschrieben. In der Nähe war eine Bombe gefallen und hatte die Erde aufgerissen, eine weitere hatte das Haus nebenan zerstört, und Teile davon waren aufs Kirchendach gestürzt. Hier hatten verheerende Feuer gewütet. Nur wenige hatten sich retten können, als die Bomber gekommen waren, sagte Vater und achtete darauf, wo er mit seinen neuen Schuhen hintrat. Denn die Löcher im Boden waren voller Regenwasser. Durchs Kirchendach sah man in den Himmel. Wir mussten uns beeilen, weil sich ein Gewitter zusammenbraute, dunkle, tief hängende Wolken lagen über der Ebene, und der Pfarrer wollte die Heirat nicht ins Wasser fallen lassen. «Wo ist denn die Mutter?», fragte er Vater.

Mutter hatte beschlossen, nicht dabei zu sein. Das sei doch keine Art zu heiraten für jemanden von meinem Rang, hatte sie gesagt. «Wenn die Kommunisten dich jetzt reden hörten», hatte ich geantwortet. «Unser *Rang* ist jetzt niedriger als der Pauls. Für die Kommunisten könnten wir einfach verrecken», hatte Vater hinzugefügt. Am Morgen stand Vater in seinem besten Anzug – dem Vor-Stalingrad-Anzug – und mit neuen Schuhen bereit. Er sah aus, als ob er die ganze Nacht so gewartet hätte, damit die Sachen keine Falten kriegten.

«Die ist noch in Stalingrad oder irgendwo in Russland», meinte er und zwinkerte mir zu. Der Pfarrer stockte, denn von einer Frau, die in Russland gekämpft hätte, hatte er noch nie etwas gehört. «War sie denn im Krieg? Eine Frau?» «Lieber Herr Pfarrer, wer war nicht im Krieg? Sie etwa nicht? Sind hier nicht Bomben gefallen? Hat es nicht überall gebrannt? Haben Sie nicht gehungert? Nein, Sie vielleicht weniger als die anderen. Aber für Sie wird das Schlimmste jetzt erst anfangen, glauben Sie mir. Die Neuen mögen Leute wie Sie nicht.»

Vaters Ton war jetzt ganz spöttisch. Ich wusste nicht, was er gegen den Mann hatte, da er gar kein Kommunist war, ein Kommunist auf dem Papier höchstens. Aber wenn ein Teil von ihm in Stalingrad geblieben war, dann war es vielleicht der gläubige Teil. Der Pfarrer schaute kurz auf, irgendwie verwundert und erschrocken, als ob man ihn aus einem Traum geweckt hätte. Dann aber beschloss er, die Bemerkung zu überhören.

Es regnete auf den Altar, wir rückten alle vier etwas weiter nach links, aber der Regen schien uns zu verfolgen. Es donnerte und blitzte. Nach dem Segen des Pfarrers gingen wir in eine Kneipe, wir steckten dem Geistlichen den Umschlag mit Geld zu, dann holten Paul und ich zu Hause mein Gepäck ab, während Vater wieder herumstreunte.

Im Schlafzimmer rührte Mutter sich nicht. Ich horchte an der Türe, ich wusste, dass sie dort drinnen saß, aber ich hörte nichts. Ich klopfte an die Tür, und sie räusperte sich dahinter, aber sie bat mich nicht hinein. Paul drängte zum Aufbruch, auf einmal hatte er die Geduld verloren, er packte mich am Arm und zog mich zum Eingang. Ich gab nach, wir liefen los und konnten erst ausatmen, als wir im Zug saßen. Dem Zug nach Timișoara.

2. Kapitel

Als wir kurz vor Mitternacht ankamen, wurde Paul immer aufgeregter. Er war nicht mehr der geduldige Paul. Schon im Zug hatten seine Augen seltsam gefunkelt. Sie nahmen Maß an mir, als ob er mit mir etwas vorhatte, das ich mir lieber nicht vorstellen wollte. Er führte mich durch die schlafende Stadt zu seiner Kleiner-als-klein-Wohnung, einer Einzimmerwohnung hinter dem Opernplatz. Einer Wohnung, die einem Junggesellen gut anstand, aber keinem Mann, der gerade seine Ehefrau über die Türschwelle führen wollte.

Ich war atemlos hinter Paul hergelaufen, und erst als ich mehrmals seinen Namen gerufen hatte, war er stehen geblieben. Es kam mir vertraut vor, hinter einem Mann herzulaufen, bei Vater war es nicht anders gewesen. Es schien, als müsste man hinter vielen Männern herlaufen, bis man einen vernünftigen fand.

Es war finster, kein Mensch war unterwegs, man hörte das Echo unserer Schritte. Ich hatte mich fein angezogen, Rock und Mütze und passende Stöckelschuhe, aber ich stolperte dauernd, als ob die Löcher im Asphalt mir Streiche spielten. Als ob sie es mir schwerer machen wollten, als es ohnehin schon war. Als ob die Stadt sich gegen mich sperrte. Paul aber kannte seine Stadt viel zu gut. Ich nahm die Schuhe in die Hand und lief barfuß. «Wozu die Eile, Paul?», rief ich. «Wir haben alle Zeit der Welt.» Er antwortete nicht, senkte den Kopf und beschleunigte seinen Gang. Ich verstand erst zu Hause, dass nicht er sich beeilte, sondern seine Hände unruhig geworden waren.

Als ich das Zimmer sah, atmete ich kräftig durch. Es war ein Studentenzimmer: ein Waschbecken und eine improvisierte Küche hinter einem Vorhang und ein winziges Bad, in dem gerade die Badewanne Platz hatte. Als Paul das Licht einschaltete, rannten Küchenschaben in alle Richtungen davon, aber das hatte es in Zsuzsas Küche auch gegeben, davor konnte ich mich nicht ekeln. «Man kann nicht auf dem Land leben und kein Ungeziefer haben. Das wäre wie das Paradies ohne unseren Herrn darin», hatte sie gesagt und ängstlich um sich geschaut, denn sie wusste natürlich um Großmutters Neigung, in heiligem Auftrag zu fegen. «Da würden die Seelen doch gleich kehrtmachen und sich anderswo umschauen.»

Paul schnitt Tomaten, Käse und Brot, die wir noch in Bukarest gekauft hatten, und stellte alles auf Teller. «Heute mache ich es», sagte er, «aber ab morgen kannst du es übernehmen.» Er schlug zwei Eier in die Pfanne, und als das Omelett fertig war, teilte er es in zwei Stücke. Als wir fertig waren, wischte er beide Teller mit Brot sauber und stellte sie in das Spülbecken. Er grinste, und ich verstand sein Grinsen. Er erhoffte sich einen besonderen Nachtisch.

Seine Hände suchten meine Brüste, es fiel ihm gar nicht mehr ein zu fragen, als ob dieser Teil mit der Hochzeit erledigt war. Als ob man mit dem Jawort automatisch auch das Recht auf den Körper des anderen bekam, ganz wie man wollte und wo man wollte. Seine Hände waren auch nicht mehr zögerlich, sondern sehr bestimmt. Er lief nicht mehr rot an, sein Kopf schien nicht mehr platzen zu wollen. Er wollte schlicht die Brüste seiner Frau, und die holte er sich. Ich entzog mich seinen Händen, aber weit kam ich nicht. Die Wohnung war schon für die Bedürfnisse eines Studenten zu knapp geschnitten, geschweige denn für eine solche Flucht. «Stell dich nicht so an», murmelte er. «Lass das, es ist zu früh.»

Seine Hände knöpften meinen Rock auf, und ich knöpfte ihn wieder zu. Er legte seinen Kopf an meine Schulter und küsste mich. Seine Lippen suchten meinen Mund, ich drehte den Kopf zur Seite, er drückte mich mit seinem ganzen Gewicht an die Wand. Je mehr ich widerstand, desto heftiger wurde er, bis er ungeduldig wurde und mich am Kinn packte, aber mein Mund blieb verschlossen. «Du wirst schon lernen, ihn zu öffnen, keine Angst.»

Während er mit der einen Hand meinen Kopf festhielt, knöpfte die andere Hand meinen Rock auf, bis dieser zu Boden glitt. Ich stand fast nackt vor ihm, noch nackter als damals, als er gespuckt hatte. Er trat einen Schritt zurück und musterte mich von oben bis unten. «Wie schön du bist!» Er zog sich langsam aus, ich stand wie gelähmt da, als wenn der Himmel eingestürzt wäre. Wir taten nun das, was uns vor Jahren misslungen war, weil wir noch zu jung gewesen waren und wegen der Deutschen, die ins Dorf gekommen waren.

Danach blieb er einfach auf mir liegen, schwer und dumpf, und schlief ein. Ich schob ihn von mir weg und duschte. Ich schrubbte meine Haut so lange, dass ich Angst hatte, sie würde sich ablösen. Dann legte ich mich neben ihn, aber nur an die Bettkante, um ihn nicht zu berühren. Das blieb so in der nächsten Zeit. Ich ließ zu, was ich nicht vermeiden konnte, stieß ihn von mir weg, wenn er einschlief, und dann schrubbte ich mich ab. Nur eines veränderte sich: Von nun an kochte ich. Manchmal wartete ich vor der Universität auf ihn, er drückte mich an sich und küsste mich auf die Wange, dann gingen wir durch die Stadt, und er zeigte mir das alte Zentrum mit dem Opernplatz und die Parks entlang des Flusses. Wir sprachen von Großmutter, Mişa und Zsuzsa, vom ganzen Dorf, nie wieder sprachen wir von jenem Morgen, als alle gespuckt hatten.

Wenn man uns so zusammen sah, beglückwünschte man uns, weil wir so jung und verliebt wirkten. Ich aber wünschte, dass es niemals wieder Abend werden würde und wir nach Hause gehen müssten, wo mich seine Hände wieder heimsuchten, wie einen Besitz, den man jederzeit hervorholen kann, wenn man ihn braucht. Umsonst erfand ich Gründe, damit es nicht so weit kam. Ich kochte länger, wusch länger ab, erfand immer wieder neue Pflichten, doch seine Hände waren auch dann immer noch bereit, wenn seine Augen müder wurden.

«Es gefällt dir, nicht wahr, es gefällt dir doch?», keuchte er über mir, und meine Schenkel gaben den Widerstand auf, niemals aber mein Mund. Ich brummte: «Hm. Hm», um ihn zufriedenzustellen, obwohl ich nicht wusste, was mir daran zu gefallen hatte, und was geschehen musste, damit es mir wirklich gefallen konnte.

Ich nahm lieber sein Gewicht auf mich als meine eigenen Wünsche und sagte mir, dass es für alle Zeiten so weitergehen würde. Dass Großmutter und Mutter und mindestens einmal auch die Tante das Gewicht ihrer Männer getragen hätten. Dass sie ertragen hatten, wie etwas in sie eindrang und sich an ihnen rieb, an ihren Schenkeln und Bäuchen, und anschließend schnell wieder schrumpfte. Dass mir nichts anderes übrig blieb, als die tägliche Verlängerung und Schrumpfung von Pauls Lust zum Alltag zu zählen, so wie die Omeletts in der Pfanne. Ich schlief auf dem Bettrand ein, und wenn ich aus dem Bett fiel, schlief ich auch auf dem Boden. Dann aber geschah etwas, das all das veränderte, was ich für unveränderbar gehalten hatte.

Als ich eines Tages auf Paul wartete, las ich, dass das Puppen- und Marionettentheater der Stadt neue Leute suchte. Ich zeigte Paul den Artikel, aber er zerknüllte die Zeitung und warf sie auf den Boden. «Meine Frau braucht nicht zu arbeiten.» «Aber, Paul, wir brauchen Geld. Und ich muss schließlich etwas tun.» «Kinder sollst du kriegen, da hast du zu tun für die nächsten Jahre. In einem Jahr bin ich fertig mit dem Studium, als Ingenieur finde ich Arbeit. Jetzt, nach dem Krieg, braucht man überall Ingenieure. Man wird Fabriken bauen, Straßen, Motoren, Flugzeuge, Autos, Panzer, Brücken. Wo man mich brauchen wird, dort werde ich sein. Jeder kriegt seine Chance, denn jetzt geht es los.» «Ich sehe nichts davon, wir sind arm. Alle, die ich kenne, sind arm, das ganze Land. Dieser Krieg hat uns alle arm zurückgelassen.» «Das sagst du nur, weil du keine Vision hast. Aber die Kommunisten haben eine, du wirst schon sehen.» «Paul, du wirst mir unheimlich. Schwärmst du jetzt für die Kommunisten?» Aber Paul blieb mir die Antwort schuldig, viel lieber schickte er seine Hände auf Wanderung, das war ja auch eine Art Vision.

Ich nahm die Zeitung zu mir und steckte sie in die Tasche. Am nächsten Tag zog ich mich hübsch an, verließ die Wohnung und klopfte eine Stunde später an die Tür des Direktors des Theaters. Er wollte mir gar nicht lange zuhören, brachte mich in den Saal, holte einige Kisten mit Puppen und Marionetten hervor, ließ mich damit allein auf der Bühne, setzte sich in den Saal und rief: «Bitte schön!» «Bitte schön was, Herr

Direktor?» «Spielen Sie was. Zeigen Sie, was Sie können. Erzählen Sie eine Geschichte.» «Aber, Herr Direktor, das kann ich nicht. Das habe ich noch nie gemacht.»

«Liebes Fräulein», sagte der Direktor und strich sich über den Bart, «Kinder sind das kritischste Publikum, das es gibt. Sie werden Ihnen ohne Zögern sagen: ‹Das war aber langweilig.› Die Erwachsenen verstecken ihre wahren Gedanken, sie schonen einen und schonen so sich selbst. Sie werden Ihnen ins Gesicht grinsen, auch wenn sie denken, dass Sie der größte Trottel sind. Die Erwachsenen sind oft so falsch, dass sie nicht mehr wissen, was an ihnen echt ist. Die Kinder werden auch erwachsen sein, aber noch sind sie es nicht. Natürlich werden Sie nie einfach so auf die Bühne gehen und eine Geschichte aus dem Ärmel schütteln müssen. Natürlich wird vorher alles durchdacht und geprobt werden. Aber man muss seinen Geist jung halten, wenn man vor Kindern bestehen möchte. Dann erst leuchtet das auf, was man den Kindern vorführt. Wenn Sie es mit Frische tun und so lustvoll wie die Kinder. Ich wollte nur, dass Sie hier vor einem alten Mann ein bisschen spielen, fantasieren, improvisieren, erfinden, dass Sie sich treiben lassen. Aber wie ich sehe, können Sie das nicht. Wie wollen Sie es dann vor den Kindern tun?»

Er stand auf und wollte die Bühnenlichter ausschalten, als ich rief: «Warten Sie noch! Lassen Sie mich probieren. Ich kenne eine Geschichte, die ich erzählen möchte.» Der Direktor setzte sich wieder hin, ich wühlte in den Schachteln herum, bis ich fand, was ich brauchte. Ich hatte nur ein Stück in meinem Repertoire, aber was für den Geschmack der Hauptstadt genügt hatte, würde auch in der Provinz reichen. Ich spielte dem Direktor *Das Mädchen und Capitan Spavento* vor. Ich streifte mir immer wieder neue Puppen über die Finger oder benutzte die Marionetten. Die Fäden verhedderten sich, die Puppen widerstanden meinen ungeübten Händen, aber ich gab nicht auf. Ich erfand immer neue Geschichten rund um den Capitan, immer neue Gründe, wieso die Mutter und der Vater sich nicht um das Mädchen kümmern konnten. Erst nach einer halben Stunde hörte ich auf zu spielen und sah wieder zu dem Direktor hin.

Er blickte streng, es war unmöglich herauszulesen, ob er zufrieden war oder nicht. Er schaltete die Lichter aus, führte mich zurück in sein Büro, nahm sich Zeit, zündete sich eine Zigarette an, schaute die Plakate früherer Aufführungen an, *Der gestiefelte Kater, Schneewittchen, Peter Pan, In achtzig Tagen um die Welt.*

«Wenn wir uns beeilen, können wir es noch ins übernächste Programm aufnehmen. Man muss noch viel dran feilen, Sie müssen die Technik von Grund auf erlernen. Aber in einem Jahr können Sie dann mit diesem Stück debütieren, wenn Traian Ihnen alles beibringt. Ein Jahr ist fast zu kurz, aber Sie haben Talent, Sie werden es schaffen. Haben Sie das denn wirklich alles erfunden?» Ich räusperte mich, und bald vergaß er, dass er gefragt hatte.

Auf dem Weg nach Hause kaufte ich für mein letztes Geld Fleisch, Kartoffeln, Eier, Tomaten, Zucker, Mehl und eine Flasche Wein. Ich würde mein ganzes Können als Köchin brauchen, um Paul zu besänftigen. Ich hatte nicht umsonst Zsuzsa zugeschaut, wenn sie beim Kochen klagte oder weinte und ihre Tränen in die Suppe fielen. Ich hatte sie nicht umsonst mit Österreichungarn angestachelt und mir so ihre Ohrfeigen verdient. Ich hatte nicht umsonst Tag für Tag den Duft von Zsuzsas Rezepten eingeatmet, da war auch an mir einiges hängen geblieben. Zsuzsa gegen Paul, wer würde siegen? Zsuzsa gewann aber nur nach langem Ringen.

Ich buk Brot, kochte Braten mit Äpfeln zusammen, füllte Tomaten mit Käse, steckte den Kartoffelauflauf in den Ofen und deckte den Tisch mit einem Tuch, das ich bei den Nachbarn borgte. Als Paul hineinkam, waren die Fenster vom Dampf beschlagen. Es roch so gut, dass sich bestimmt auch

Zsuzsa die Hände vor Freude gerieben hätte. «Man hat nie Zeit, man ist immer in Eile, aber mit ein bisschen Können kriegt man es perfekt hin», hatte sie immer gebrummt.

Erschöpft saß ich am Tisch, Paul atmete genüsslich ein und guckte in die Töpfe. «Es riecht bis auf die Straße. Die Nachbarin sagte vorhin: ‹Ihre Frau verwöhnt Sie. Sie sind ein Glückspilz.›» «Gib mir deinen Mantel und deine Tasche.» «Was feiern wir?» «Wasch dir die Hände und lass dich überraschen.» «Wo hast du das alles her? Es muss ein Vermögen gekostet haben.» «‹Was dem Gaumen schmeckt, ist immer eine gute Investition›, hat Zizi immer gesagt.» Paul fragte weiter, während er aß, aber ich wusste, dass er vollgestopft sein musste, wenn ich ihn zähmen wollte. «Mach einen Mann schwer, träge und duselig, wenn du willst, dass er sich nicht aufregt. Das geht mit Schnaps oder eben mit schwerem Essen», hatte Zsuzsa gesagt. Ich hatte das schwere Essen vorgezogen.

Als Paul sich zufrieden zurücklehnte, schmatzte und über seinen Bauch strich, sagte ich: «Ich hab die Stelle.» «Wovon redest du?» «Die Stelle als Puppen- und Marionettenspielerin.» Was Paul dann tat, befleckte die Tischdecke, die Wände und den Boden wie auch unsere Kleider. Aber Zsuzsa setzte sich doch durch, indem sie schlicht standhielt.

Ich bekochte Paul täglich, stopfte ihn wie eine Weihnachtsgans. Ich füllte ihn ab, bis es in ihm keinen einzigen freien Flecken mehr gab. Bis alles fast wieder aus ihm herausquoll. Er konnte meinem Essen nicht widerstehen, der Dampf und die Gerüche waren meine Verbündeten. Er war verschwitzt, als er heimkam. Er war gelaufen, nur um schneller am Tisch zu sitzen. Bestimmt schmatzte er schon im Bus und biss bereits in die Knödel. Um ihn noch mehr zu verwirren, sagte ich schon am Morgen, was er am Abend vorfinden würde: Kraut mit Speck, gefüllte Rouladen und Mohnkuchen. Das Wasser lief ihm den ganzen Tag im Mund zusammen, so viel Wasser hatte in seinem Mund gar keinen Platz.

Immer noch brauste er auf, nachdem er ruhig gestellt worden war, aber er schien immer weniger überzeugt, dass es etwas brachte. Bis er eines Tages gesättigt den Mund öffnete, ohne etwas sagen zu können, direkt vom Stuhl ins Bett fiel und einschlief. Zsuzsa hatte gesiegt.

. . . . .

Mein erster Tag am Theater bescherte mir weiche Knie, wackelig wie jene der Marionetten, die auf der Bühne lagen. Traian war ein blonder, hagerer Mann. Als der Direktor mich zu ihm führte, übte er gerade mit einer Pinocchio-Marionette auf der Bühne. Er stand im Lichtkegel leicht über Pinocchio gebeugt und hielt den Holzgriff mit den Fäden in einer Hand. Der Direktor machte *Psst*, wir setzten uns in die erste Reihe und verfolgten Traians Spiel. Die Marionette und er waren wie ein altes Ehepaar, wo sich jeder an den Rhythmus des anderen gewöhnt hatte. Oder wie ein junges, das aber schon gelernt hat, sich vorsichtig aneinanderzuschmiegen.

Er hatte die Ärmel des Pullovers hochgezogen, seine Arme waren leicht behaart, seine Finger schmal, lang und flink, und doch hatten seine Hände Kraft. Ich musste daran denken, wie Mutter László geliebt hatte, seine Musikerhände. Traian und Pinocchio erlebten ein Abenteuer nach dem anderen. Traian war Pinocchio: Marionette und Mensch, Führer und Geführter, Kind und Erwachsener in einem.

Er war bei der Hälfte der Geschichte angelangt, als der Direktor, der ungeduldig mit den Schuhspitzen wippte, ihn unterbrach. «Entschuldige, Traian!», rief er ihm aus dem Dunkeln zu. «Ich habe hier jemanden für dich. Es ist unsere neue Kollegin, Frau Zaira Izvoreanu. Genossin Zaira, meine ich. Kümmere dich gut um sie, zeig ihr alles. In einem Jahr soll sie für ihre erste Aufführung bereit sein.» «Ein Jahr? Dafür braucht man zwei Jahre, und das auch nur, wenn man sehr talentiert ist.» «Sie wird es in einem Jahr schaffen, glaube mir.» Dann flüsterte er mir zu: «Gehen Sie zu ihm.»

Ich stieg die Stufen zur Bühne hoch und trat in den Lichtkegel. Ob der Direktor noch da war, konnte ich nicht sehen, und außer ihm gab es keinen, der mir geholfen hätte, wenn meine schlotternden Knie nachgegeben hätten. «Ich heiße Traian.» «Und ich bin Zaira.» «Was hältst du von Zaira?», fragte er Pinocchio. «Ist das die, die in einem Jahr lernen will, wie sie mich führen soll? Oder Geppetto, die Fee, den Wal, die Katze, den Fuchs? Das sind listige Gesellen, da muss sie sich in Acht nehmen. Ich habe die Katze und den Fuchs schon längst durchschaut, aber ich muss mich immer noch bei jeder Aufführung dumm stellen.» «Ja, das ist sie. Was meinst du? Schafft sie es?», fragte ihn Traian.

«Klar schafft sie es, das ist so etwas von klar. Es ist doch ganz leicht, kinderleicht, man braucht nur anzufangen, und schon kann man es, ganz ohne Anstrengung, ganz ohne Schule. Wer braucht denn schon die Schule, ich nicht. Sie etwa, liebes Fräulein Zaira soundso? Waren Sie schon in der Schule?» «Natürlich war ich schon in der Schule, lieber Pinocchio, und auch du solltest bald wieder zurück. Das ist doch kein Leben für ein Kind, immer unterwegs, dabei wartet doch Geppetto auf dich.» «Der alte Geppetto, der tut mir leid, weil er seinen Mantel versetzen musste, um mir Schulbücher zu kaufen, aber ich bin doch viel lieber im Schlaraffenland.»

«Haben dich der Fuchs und die Katze nicht genug betrogen? Warst du nicht schon im Käfig eingesperrt? Hast du nicht schon gehangen? Musstest du nicht schon um dein Leben laufen? Du hast viel Glück gehabt, aber auf das Glück kann man nicht immer zählen.» «Das ist ja Fräulein Dreimalgescheit. Ich frage mich, wie alt das Fräulein denn ist? Traian, willst du nicht das Fräulein fragen, wie alt es ist?», sagte Pinocchio. «Frag du sie doch, du Feigling», meinte Traian. «Also gut. Wie alt sind Sie, Fräulein?» «Bald zwanzig.» «Zwanzig und redet schon so dreimalklug?» «Irgendwann fängt jeder mal an, Pinocchio.» «Reden Sie bitte nur über sich selbst, denn manche wollen wirklich nur spielen, das ganze Leben lang. Wollen wir spielen?»

«Du willst immer nur spielen. Nie ernst sein, nur spielen.» «Diesmal glaube ich aber, Fräulein, dass auch Traian spielen will. Er will ernst spielen, nicht wahr, Traian?» «Natürlich, Pinocchio. Ich möchte, dass Fräulein Zaira sich auch eine Marionette holt und mir hilft, die Geschichte weiterzuspinnen.» «Also, Fräulein Soundso, Traian hat soeben gesagt, dass er sechsundzwanzig ist.» «Aber Pinocchio, das habe ich nicht gesagt.» «Und Traian hat auch gesagt, dass er seit vier Jahren hier arbeitet, aber noch nie eine so schöne Puppenspielerin gesehen hat.» «Pinocchio, sei still!» «Doch, doch, das ist es, was du sagen wolltest, gib es doch zu.» «Ich gebe gar nichts zu, Pinocchio, ganz einfach, weil es nicht wahr ist. Bald wächst dir wieder eine Nase wie eine Karotte.» «Fräulein Soundso ist klein, viel zu klein finde ich, sie wird die großen Marionetten gar nicht bedienen können. Die werden sich beklagen, und ich werde mir im Schlafsaal die ganze Nacht das Geschwätz der Marionetten anhören müssen.» «Jetzt beleidigst du aber unsere neue Kollegin!», rief Traian. «Wenn sie hier arbeiten will, muss sie wissen, dass sie es mit uns Puppen nicht einfach haben wird. Wir sind sehr eigenwillig, wir Puppen.» «Jetzt ist es aber genug», sagte Traian und legte Pinocchio auf den Boden, dann gab er mir die Hand. «Sie müssen Pinocchio entschuldigen. Sie wissen doch, dass er ein ausgekochter Bengel ist.»

Wir ließen Pinocchio im Lichtkegel allein, und Traian führte mich durchs Theater. Er sperrte einen Raum nach dem anderen auf. Es gab dunkle Räume, wo die Puppen übereinandergeworfen lagen, schmutzig und vergessen, als ob man sie dorthin verbannt hätte, sobald sie nutzlos geworden waren. Der Staub lag fingerdick auf ihnen. Ihre Glieder und

Körper waren verrenkt, Hände und Füße ausgerissen, manche Köpfe ebenfalls. Sie harrten dort in der Hoffnung aus, dass man sie eines Tages wieder brauchen würde. Oder bis die Zeit ihre Arbeit erledigt hätte.

Manche wirkten müde und abgelebt, wie Schauspieler nach einem langen und mühsamen Schauspielerleben. Sie waren hier, obwohl sie sich längst den Ruhestand verdient hatten. Es gab auch schlecht geratene Wolken oder Häuser, Bäume, Burgen, Sterne, einen Kometen, einen Himmel, mehrere Sonnen und Monde, Lichtungen und Wälder mit Wegen, die sich verengten, um Tiefe vorzutäuschen. Während wir uns zwischen den Kulissen hindurchschlängelten, stieg Staub auf, und wir mussten husten. Es gab einäugige Musketiere und einbeinige Königinnen, Prinzessinnen ohne Hände und kopflose Prinzen.

Traian hatte sich an diesen Puppenfriedhof gewöhnt. Er ging umher, ohne sie zu beachten, hob hier einen Drachen auf, dort einen Zwerg, drehte und wendete sie und murmelte: «Da ist nichts mehr zu machen» oder: «Daraus könnte man noch etwas machen». Als wir wieder draußen waren, klopfte er den Staub von seinem Anzug ab. «Im nächsten Raum sind unsere Ersatzteile, Köpfe, Füße, Kleider, Schwerter, ganze Kulissen. Wenn wir für Pinocchio einen Baum brauchen, an dem er hängen soll, nehmen wir ihn vom Gestiefelten Kater. Wenn wir Stiefel für den Kater brauchen, nehmen wir sie den Musketieren ab. Wenn wir Schnauzbärte für die Musketiere brauchen, nehmen wir sie dem grausamen Piraten Captain Hook ab.»

Traian sperrte auf, fein gesäubert und in getrennten Kisten lagen da die Füße, Arme, Köpfe mancher Puppen und Marionetten aus dem ersten Raum, Schnauz- und Vollbärte, Augen und Nasen, Stöcke und Schuhe, Mützen, Knöpfe, Röcke und Hosen, Bauernkleider und edle Kleidungsstücke, Sterne und Monde.

«Und das ist unser Raum der Stars», fügte er hinzu und öffnete die dritte Tür. «So wie Hollywood seine Helden hat, haben auch wir unsere. Sie sind besonders erfolgreich, die Kinder lieben sie, und wir nehmen die Stücke immer wieder in unser Programm auf. Pinocchio gehört dazu, wenn er einmal eine Saison lang gespielt hat, kommt er für einige Jahre hierher, dann muss er wieder auf die Bühne.»

«Sie reden von ihm, als ob er leben würde.»

«Für mich lebt er auch, Zaira.»

«Das ist so, wie wenn Zizi Capitan Spavento gespielt hat.»

«Wer ist Zizi?»

«Das war jemand, der für mich sehr wichtig ist.»

«Sehen Sie, so wie Pinocchio für Geppetto nicht einfach ein Stück Holz war, ist er es auch nicht für mich. Noch bevor er zu einem lebendigen Jungen wird, am Ende des Stücks, ist er es schon für mich. Halten Sie mich bitte nicht für verrückt, höchstens für besessen.»

«Zizi war auch nicht verrückt, obwohl er sich dauernd als Capitan Spavento verkleidet hat.»

«War er auch ein Puppenspieler?»

«Zizi? Auf eine gewisse Art schon.»

«Haben Sie mal einen Klavierspieler beobachtet, der seine Finger bewegt, als ob er spielen würde, obwohl er vielleicht nur am Mittagstisch sitzt? Er hat die Musik im Kopf und übt, egal, wo er sich befindet. So wie er in seiner Musik ist, bin ich in meinen Stücken. Ich habe immer meine Puppen und Marionetten bei mir, im Kopf, meine ich. Jede Einzelne kenne ich ganz genau und alle Kniffe, die es braucht, um sie zum Leben zu erwecken.»

Die Helden und Stars lagen auf Decken am Boden aufgereiht oder an die Wand gelehnt, manche hingen an einem Haken, andere steckten in Gestellen. Zauberpferde und Feen in glitzernden langen Kleidern, Diebe in Lumpen, Könige mit funkelnden Kronen, Bauern, dicke und spindeldürre, alte

Männer und Frauen, Hexen mit Äpfeln und Merlin mit blauem Zauberhut, Schneewittchen und die sieben Zwerge, Dornröschen. Alle Figuren der Brüder Grimm oder Andersens waren da, aber auch Peter Pan in seiner grünen Hose, während Captain Hook auf dem Puppenfriedhof gelandet war.

Traian hob in einer Ecke eine winzige Puppe auf: «Das ist eine Fingerpuppe, man nennt so was auch *Bi-ba-bo*, und so etwas war in Frankreich sehr beliebt. Man kann den Kopf abnehmen und ihn auf andere Rümpfe montieren. Man steckt die Finger in den Kopf, in die Hände und die Beine. Und das sind die *Muppets*. Diese Puppen können das Gesicht bewegen. Mit dem Daumen stützt man den unteren Kiefer, mit den anderen Fingern den oberen. Das dort sind *Wayang*-Puppen oder *marionettes à gaine*. Diese Bauart kommt aus dem Orient und wird viel in Indonesien gebraucht, schon seit dem Mittelalter. Den Kopf bewegt man mit einem Halter im Inneren der Puppe, Beine und Füße mit einem anderen Halter. Man kann damit komplexe Bewegungen machen. Die Hand der *Wayang* hat drei Gelenke: Schulter, Arm und Handgelenk. Man hat sie in Indien benützt, um die großen Heldenepen zu spielen, das Ramajana und das Mahabharata.»

Traian nahm eine der Puppen und steckte die Hand hinein. «Der Halter für den Kopf ist aus Holz, die Arme sind aus Baumwolle, die mit Watte oder Schaum ausgestopft ist. Der Halter für die Arme besteht aus Draht. Die Bewegungen können fein sein, fast zärtlich», sagte er, und die Puppe streifte leicht meine Wangen, «oder gewalttätig wie bei einem wahren Krieger.» Er machte eine Pause, seine Augen funkelten, als ob sich darin Edelsteine spiegelten.

«Hier, Zaira, haben Sie alles, was man für Pinocchio braucht: Geppetto und den Wal, die Fee, den Fuchs und die Katze, den Zirkusmenschen, den Bauern. Suchen Sie sich einige heraus, und kommen Sie mit.»

«Wieso?»

«Ich brauche doch eine Partnerin beim Üben.»

Ich nahm einige Marionetten an mich, dann gingen wir auf einem anderen Weg zurück, durch die Schneiderei, wo überall bunte Stoffreste, Nähzeug und Muster herumlagen. Dann durch die Werkstatt des Zimmermanns, der gerade an einem Berg mit einem Schloss auf halbem Weg zum Gipfel bastelte. Er besprach mit dem Regisseur, ob das Schloss nicht besser am Fuß des Berges liegen sollte, weil der Mond, der vom Himmel fiel, den ganzen Hang brauchte, um bis in den Hof hineinzurollen.

Dann kamen wir zu den Puppen- und Marionettenbauern. Dort lagen halb fertige Puppen und Marionetten herum, aus Draht, Holz oder Plastilin, dazwischen lauter Skizzenbögen. «Das sind die wahren Geppettos», flüsterte er mir zu. «Sie bauen alles, was der Dramaturg bei ihnen bestellt.» Im Zimmer des Dramaturgen steckte ein halb beschriebenes Blatt in der Schreibmaschine, und am Boden lagen Figuren, die aus schwarzer Pappe herausgeschnitten worden waren, in der Reihenfolge ihrer Größe. Auf einem großen Papierbogen waren dieselben Figuren wie vorhin gezeichnet und ausgemalt.

«Wie Sie sehen können, Zaira, ist das Puppenspiel eine alte und schwierige Kunst. Hier werden Puppen entworfen. Die Hauptfigur muss sich immer deutlich von den anderen unterscheiden. Unser junges Publikum muss sie immer wieder erkennen können. Ein guter Puppenzeichner tut zwar, was der Dramaturg ihm sagt, aber er lässt auch seine eigene Fantasie walten. Er schafft ausdrucksvolle Puppen. Außerdem braucht man immer einen klaren Kontrast zwischen den Figuren, der reiche Geizhals sieht anders aus als der junge Verliebte und dieser wiederum anders als ein Landstreicher. Wenn man die Figuren skizziert hat, schneidet man sie aus schwarzer Pappe aus und legt sie nebeneinander, um dann die Unterschiede zwischen ihnen noch zu verstärken, die Größe oder die Farben zum Beispiel.»

»Und wozu dienen solche Modelle?«, fragte ich, als ich in einer Ecke das kleine Modell einer Bühne entdeckte.

«Modelle sind sehr nützlich. Man bastelt sie aus Karton und Holz, aber erst nachdem man die Kulissen der einzelnen Szenen festgelegt hat. Die Kulisse ist wie ein Bilderrahmen, sie darf nicht stören oder ablenken, der Zuschauer ist vor allem am Schicksal der Figuren interessiert. Mit den Kulissen schafft man auch Illusionen. Man kann alles tiefer und die Figuren kleiner oder größer erscheinen lassen. Ein enger Rahmen bewirkt, dass die Figuren davor größer erscheinen. Erst wenn die Kulissen für die einzelnen Szenen feststehen, baut man Modelle, um die Abfolge der Bilder zu prüfen und um zu sehen, wie man mit dem Umbau zwischen den Szenen zurechtkommen wird.»

Die Schneiderinnen und die Puppenbauer tauchten auf, das Haus belebte sich plötzlich.

«Wie Sie sehen können, wird es jetzt bald voll und lärmig sein, deshalb übe ich lieber am frühen Morgen oder spätabends, dann ist hier alles still, und niemand stört Pinocchio und mich. Gehen wir zurück in den Saal, wir haben den kleinen Bengel lange genug allein gelassen. Wer weiß, was er noch anstellt.» Traian zwinkerte mir zu. An jenem Tag spielten Traian und ich das erste Mal zusammen.

Am meisten Angst machten mir Traians Hände. Er setzte sie so fein und gekonnt ein, dass ich immer wieder darauf starrte. Ich wünschte, dass seine Finger nie aufhören würden zu spielen. Ich konnte mich dem Gedanken nicht entziehen, wie sich so sanfte Hände wohl auf meiner Haut anfühlen würden. Und an Stellen, die bisher nur Paul berührt hatte. Vielleicht hatte die Mutter von László genau das bekommen. Wenn Traian mich nach den ersten Monaten tadelte, weil meine Finger noch nicht flink genug waren, konnte ich nicht sagen: «Schuld sind doch nur deine Hände. Ich kann nichts dafür, wenn du sie bewegst, wie du sie bewegst. Wieso hast du keine groben Metzgerhände? Dann wären meine Fortschritte nicht zu übersehen!»

«Zaira, die Bewegung ist das Wesentliche an unserer Kunst», meinte er, «die Abfolge von langsamen und schnellen Bewegungen. Man muss den Rhythmus eines jeden Stücks herausfinden. Wenn ich spiele, bin ich vor allem in meinen Händen. Ich bin meine Hände. Ich bin sie, bis in die Fingerspitzen hinein. Du aber bist irgendwo, nur nicht in deinen Händen.»

Wenn Traian keine Zeit für meine Hände hatte, saß ich bei der Schneiderin, dem Zimmermann, den Puppenbauern und half ihnen. Ich nähte Puppenkleider, hämmerte, zeichnete, baute Modelle, und zusammen mit dem Dramaturgen schrieb ich an meinem Stück *Das Mädchen und Capitan Spavento*.

Traians Hände berührten mich, drei Monate nachdem Pinocchio uns bekannt gemacht hatte und zwei Monate nachdem wir uns geduzt hatten. Wir waren länger im Theater geblieben, nach und nach wurde es still im Haus und dunkel, außer im Lichtkegel auf der Bühne. Wieder tadelte er mich, wieder zuckte ich mit den Achseln, wieder fasste er mich an den Schultern und fragte: «Was ist los mit dir? Wieso konzentrierst du dich nicht? Wieso vergisst du den Text oder bewegst die Marionette nicht, während du redest? Wieso stockst du jedes Mal, wieso müssen wir dauernd von Neuem anfangen?»

«Wegen deiner Hände, deshalb!», platzte es aus mir heraus.

«Wie das, wegen meiner Hände?»

«Wenn du es jetzt nicht verstehst, verstehst du es nie.» Er verstand.

Seine Lippen näherten sich mir, aber nicht fordernd. Suchend. Seine Fingerspitzen näherten sich, aber sie packten nicht zu, sie tasteten ab. Sein Körper erdrückte mich nicht, er schmiegte sich an. Obwohl ich kurz dachte: *Da will sich wieder einer auf mich legen*, legte ich mich auf ihn, in irgendeinem Raum des Theaters, mitten unter den Puppen und Marionetten, die wir beiseiteschoben. Sie starrten uns an, aber was sie sich dabei dachten, behielten sie für sich. Zu sehr hatten sie Angst vor dem letzten Raum: dem Puppenfriedhof.

Danach legte ich mich bei ihm zu Hause auf ihn, wo leere Flaschen umkippten und herumrollten, als wir die Tür öffneten und im Dunkeln unseren seltsamen Lusttango tanzten. «Was hast du denn hier? Einen Spirituosenladen?», fragte ich. «Da hast du nicht ganz unrecht», erwiderte er. Dann gehorchten die Lippen und Hände endgültig nicht mehr den Gedanken. Dann dachte ich nicht mehr, dass Paul hungrig zu Hause wartete. Es wurde eine weitere meiner schwindelerregenden Reisen.

Nachdem ich gezuckt, gezittert, gebebt hatte, als sich die Wärme von meinem Schoß aus zum Bauch und bis hoch zu den Wangen und hinunter in die Zehen ausgebreitet hatte, nachdem er mehrmals Mühe gehabt hatte, mich festzuhalten – so sehr wand ich mich –, nachdem sein Glied unter meinen Küssen groß und klein und wieder groß und klein geworden war, nachdem ich zuerst nur feucht, dann aber so nass geworden war, dass ich Angst hatte, ein ganzes Meer würde sich aus mir ergießen, nachdem die Nachbarn lange genug zugehört und schließlich wüst geklopft hatten, wurden wir beide wieder ruhig.

«Woran denkst du?», fragte er.

«An meine Mutter.»

«Wieso das, an deine Mutter?»

«Ich denke daran, ob sie mit ihrem Liebhaber genauso viel empfunden hat wie ich mit dir.»

«Was wirst du jetzt tun?»

«Jetzt verlasse ich Paul.»

«Und ziehst bei mir ein?»

«Ich verlasse einfach Paul. Ich ziehe bei niemandem ein. Lass uns schlafen.»

«Ich kann doch nicht schlafen, weil ich nur an dich denke.»

«Dann lass uns Schafe zählen, das wirkt immer.»
«An Schafen bin ich reich.»
«An Schafen und an Flaschen», meinte ich, als ich aufstand, um mich zu waschen, und über Flaschen stolperte.

Als ich zurückkehrte, zählten wir Schafe, aber nur er schlief ein, ich dachte weiter nach. Als das erste Licht ins Zimmer fiel, richtete ich mich auf und schaute mich um. Auf seinem Pult, auf den Regalen, unterm Bett, auf dem Sofa standen und lagen leere Wodka- und Whiskeyflaschen, Cognac-, Bier- und Weinflaschen. Der Boden war übersät davon. «Du bist überhaupt nicht wählerisch», sagte ich, als er mich von hinten umfasste. «Ich bin wählerisch mit den Marken, es sind alles Spitzenmarken – das, was man bei uns noch finden kann –, aber ich bin nicht wählerisch bei der Art des Alkohols.»

«Wie kommt es, dass man im Theater noch nichts gemerkt hat?»

«Der Direktor weiß es, aber ich bin sein bester Marionettenspieler. Ich habe es meistens unter Kontrolle, und wenn nicht, merken es die Kinder nicht. Die sind so überdreht.»

Paul hatte die ganze Nacht gewartet, in der Wohnung war es so kalt, dass man unseren Atem sehen konnte. Er hielt den Kopf zwischen den Händen, die Finger zerwühlten seine Haare. «Du warst bei einem anderen.» «Ja, war ich.» «Und was hast du jetzt vor?» «Jetzt verlasse ich dich.» «Wieso?» «Weil ich heute Nacht gelernt habe, dass ich völlig normal bin.» «Ich habe nie gesagt, dass du es nicht wärst.» «Du nicht, aber ich mir schon. Ich habe nie etwas dabei empfunden oder nur Ekel.» «Gehst du zu ihm?» «Ich gehe zu niemandem. Ich gehe ins Theater.» Ich wusch mich wieder, zog frische Kleider an und zog los. Ich schloss die Tür hinter mir, er saß immer noch an derselben Stelle, die Augen zu Boden gerichtet. Ich dachte: *Wenn ich am Abend zurückkomme, sitzt er vielleicht immer noch da.* Aber ich täuschte mich.

Die Wohnungstür stand halb offen, ich ging hinein und

blieb wie erstarrt stehen. Paul war nicht nur fort, er hatte auch mitgenommen, was er besessen hatte, und das war, bis auf meine Kleider und meinen Koffer, alles. Meine Schritte hallten in der leeren Wohnung. Ich setzte mich auf einen Koffer, aß, was er übrig gelassen hatte, später legte ich mich auf den Boden und deckte mich mit meinem Mantel zu. Ich bettete den Kopf auf meinen Arm.

Paul war immer da gewesen, noch bevor ich mich überhaupt erinnern konnte; schon im Mutterleib hatte ich seine Stimme im Bahnhofssaal gehört. Noch bevor ich ganz Frau wurde – oder währenddessen –, wollte er mich schon anfassen. Gut, dass gerade da die Deutschen ins Dorf gekommen waren, sonst hätte ich schon früher erfahren, wie wenig seine Hände mir gefielen. Die Hände eines Paul, den ich nicht gern bei mir hatte. Gut oder vielleicht doch schlecht, denn hätte ich es damals erfahren, es wäre nie so weit gekommen. Ich dachte zurück an mein langes Leben mit Paul, und dass er vor meine Füße gespuckt hatte, war der einzige dunkle Fleck darauf. Das Spucken und seine Hände.

Ich brauchte in jener Nacht viele Schafe, um einzuschlafen.

So zog ich noch einmal in dieselbe Wohnung ein, diesmal aber ganz allein.

Einige Monate später waren Paul und ich geschieden.

· · · · ·

Traian suchte meine Nähe, manchmal kam er so leise von hinten, dass ich ihn gar nicht hörte. Er war so sanft, sanfter wäre er nicht einmal zu seinen Puppen gewesen. Manchmal bemerkte ich ihn erst, wenn er mir ins Ohr flüsterte: «Habe ich dir schon mal etwas vom vietnamesischen Theater erzählt?» «Hast du nicht.» «Dann komm heute Abend zu mir, wir steigen in die Badewanne, und ich zeige es dir. Für das vietnamesische Theater braucht man viel Wasser.» «Zu dir komme ich nicht, da liegen zu viele leere Flaschen herum.» «Hättest du es gerne, wenn sie voll wären?» «Ich hätte es gerne, wenn gar keine da wären. Vielleicht gelingt dir das vietnamesische Theater auch in meiner Badewanne.»

Als er dann später vor meiner Tür stand, trug er viele Taschen bei sich. Er ging ins Bad, schloss sich ein und machte alles bereit. Ich rief durch die Tür: «Du meinst es nicht ernst!» «Mit den Puppen meine ich es immer ernst.» Ich setzte mich auf einen Stuhl, ich hörte das Wasser einlaufen, ich rief wieder: «Du willst nicht einfach nur bei mir baden, weil du zu Hause kein Wasser hast, nicht wahr?» Aber schon öffnete er die Tür, stand nackt da und sagte feierlich: «Willkommen zur Vorstellung in Ihrem Bad!» Ihn so zu sehen, war für mich Vorstellung genug. Sein straffer Körper, sein fester Hintern, seine kräftigen Beine. Ich blieb sitzen und genoss das, was ich sah, bis ihm kalt wurde.

Dann zog ich mich aus und folgte ihm. Auf der Wasseroberfläche in der Badewanne schwammen Puppen herum, kaum größer als fünfzig Zentimeter. «Wir beide haben kaum noch Platz», sagte ich. «Die Puppen rücken schon zusammen.» Wir stiegen ins Wasser. «Woraus sind sie gemacht, dass sie schwimmen können?» «Aus leichtem Feigenbaumholz.» Mit meinen Füßen streifte ich über seine Brust. «Aus Feigenbaumholz also.» Meine Füße waren geschickt. «Vietnamesisches Theater wird im Wasser gespielt, das ganze Wasserbecken ist dann die Bühne. Sie werden aus drei oder gar vier Meter Distanz bedient.» Meine Fußsohlen streiften seinen Bauch. «Der Puppenspieler liegt im Wasser hinter einem Windfang, oder er schwimmt sogar unter Wasser.» Meine Füße reagierten nicht auf seine Worte.

Traian griff einen winzigen Windfang, wie für ein Puppenhaus, und stellte ihn ins Wasser vor seinen Kopf. Meine Füße waren jetzt bei seinen Schenkeln, seine Beine erwachten langsam zum Leben. Die Wirkung, die ich erzielte, gefiel mir, also verstärkte ich meine Bewegungen. «Mit dem Windfang sieht es nicht so gut aus», meinte ich. «Aber ich habe nur das da.» «Nun, da bleibt dir nichts anderes übrig, als unter Wasser zu gehen.» Kein vietnamesisches Theater hätte mir besser gefallen als Traians Tauchgang.

«Heirate mich», flüsterte er. «Ich heirate dich nicht.» «Dann versprich mir, dass du mich heiraten wirst.» «Ich verspreche gar nichts, sonst muss ich es einhalten.» «Dann zieh wenigstens bei mir ein.» «Ich bin erst mal bei mir eingezogen.» Ich dachte, seine Forderungen würden nachlassen, wenn ich ihnen standhielt. Ich dachte, dass er ermüden würde, so wie Paul vom feinen Essen ermüdet war. Aber Traian ermüdete nicht. Das war ein Stück, das er gern bis zum Schluss spielen wollte.

Einmal trafen wir uns in einem besonderen Marionettensaal. Ich erschrak, als er mich anfasste, denn er hatte im Dunkeln gewartet. «Das, Zaira, ist ein wahrer Schatz. Hier sind Marionetten aus der ganzen Welt, die hat der alte Theaterbesitzer gesammelt, bevor der Krieg ausgebrochen ist. Diese da ist aus Palermo und die aus Neapel. Dort sind welche aus Brüssel und Lüttich, und das sind tschechische, indische oder sogar uralte griechische und römische. Manche sind bis zu hundertzwanzig Zentimeter groß, fast so groß wie du. Manche haben Gelenke, andere sind unbeweglich.» «Sei still und komm her!» «Manche werden von einer Plattform hinter den Kulissen bedient, andere von der Seite der Bühne.» «Traian, sei still!» «Sie haben im Innern Halter aus Draht oder Metall und in den Gliedern Fäden.» Er redete weiter, bis ich ihn mit meinen Küssen zum Schweigen brachte.

Meine Küsse wie auch Zsuzsas Essen machten satt und ruhig. Leider hatte meine Überzeugungskraft nicht dieselbe Wirkung. Nach jeder Aufführung brachte er mich nach Hause, bei jedem Abschied erneuerte er seine Bitte. «Wenn man sich liebt, zieht man auch zusammen», sagte er. «Ich weiß nicht, ob ich dich liebe.» «Ich liebe dich aber.» «Ich liebe deine Hände und alles, was wir machen.» «Ist das nicht genug, um mich ganz zu lieben?» «Wenn Männer *heiraten* sagen, meinen sie, dass sie gerne auf einer liegen und von ihr bekocht werden wollen.» «Ich kann selber kochen.» «Das wirst du bald vergessen, wenn ich dich heirate. Außerdem löst das nicht das Problem des Draufliegens.» «Wir machen einfach ein Draufliegeverbot. Oder noch besser: Nur du darfst auf mir liegen, nicht ich auf dir. Du wiegst so viel wie ein Spatz.» «Das hat Vater auch zu Mutter gesagt, aber er ist viel lieber bei seinen Truppen gewesen als bei ihr.» Ich blieb bei meinem Nein.

Einmal lenkte er mich ab, schickte mich mit irgendeiner Aufgabe fort und streute falsche Perlen in die Suppe, beinahe wäre mir ein Zahn abgebrochen. Er saß vergnügt da und beobachtete mich. Ich prüfte mit der Zungenspitze vorsichtig die kleine Kugel im Mund und spuckte sie in die Hand. «Wenn das nicht Zsuzsas Träne ist? Wie ist sie wohl da reingekommen?», fragte ich. «Sie ist kurz hier gewesen, hat sich alles angeschaut, hat von deiner Suppe gekostet und gemeint, sie sei ganz fantastisch, fantastischer gehe es nicht. Sie sagte auch, dass du so gut kochen kannst, dass du unbedingt jemanden zum Bekochen brauchst. Der dich dann den ganzen Tag lang lobt.»

Ich blieb auch an jenem Abend bei meinem Nein, obwohl er beim Küssen und bei dem, was zwischen Küssen und Schafezählen kam, sehr überzeugend war.

• • • • •

Der Zug hielt so plötzlich auf offenem Feld, dass wir alle übereinanderfielen. Die Geschenke für den Heiligen gerieten durcheinander, so wie die Reisenden. Die Armen, die Kranken, die Unglücklichen, alle waren klassenlos, so wie es die

Kommunisten gewollt hatten. Klassenlos fürchteten sie sich vor den neuen Herren. Klassenlos hofften sie auf die Kräfte des Heiligen. Sie lagen sich für wenige Sekunden in den Armen, weil der Zug gebremst hatte. Wie ein großes, dampfspeiendes Ungeheuer war er durch eine Landschaft gezogen, die bis zum Himmel reichte.

Am Horizont hielten die Pappeln den Himmel und die Erde zusammen, wie Nähte, die in der heißen Luft flimmerten. Erst dort in der Ferne, bei den Bäumen, war auch das erste Dorf weit und breit. Bis dahin gab es nur Kornfelder, und jetzt stand da auf einmal ein Zug voller Menschen. Vielleicht horchte er, wie das Rauschen des Getreides der Stille trotzte. Einige Rinder trabten herbei und staunten über die Abwechslung des Tages: Der Zug nach Bukarest hatte außerfahrplanmäßig im Niemandsland gehalten. Nach den Rindern würden bald die Bauern folgen, die sich ebenfalls eine Abwechslung gönnten. Die aber Bescheid wussten, wie ich bald erfahren sollte.

Ein verkrüppelter Mann, der neben Traian gesessen hatte, lag nun in den Armen des lungenkranken Lehrers. Der Blinde wollte sich festhalten, doch er stürzte über die Schnapsflasche, mit der sich der Lehrer Mut machte, denn es war schon der dritte Heilige, den er besuchte, nachdem ihn die Ärzte aufgegeben hatten. Viel weiter als bis zu diesem Heiligen hier würde er es nicht mehr schaffen. Die Flasche zerbrach, der scharfe Geruch des Alkohols vermischte sich mit den Gerüchen verunstalteter, sterbender Körper. Und auf alles drückte die Hitze.

Doch keiner war ein völliger Verlierer. Das war man erst am Schluss, egal, ob Kommunist oder nicht. Der große Gleichmacher, der Tod, war parteilos. Niemand konnte ihm vorwerfen, einen anderen zu bevorzugen. Solange aber ein Auge sehen, eine Lunge atmen, ein Bein gehen konnte, würde man auch etwas gewinnen können. Und sei es auch nur einen besseren Platz im Zug.

Der Lahme war beim letzten Halt auf dem Rücken seines Vaters eingestiegen. Dieser hatte ihn auf zwei Sitze gelegt und den Kopf auf seinen Schoß genommen. Er hatte seine Stirn mit einem Taschentuch getrocknet und dann seine eigene. Die linke Hand hatte er auf den Kopf des Sohnes gelegt. Als er unsere Blicke bemerkt hatte, hatte er gesagt: «Ein Arbeitsunfall. Seit Jahren trage ich ihn herum, vom Klo zum Bett und wieder zurück.» Dann hatte er mit den Achseln gezuckt und uns vergessen.

Der Zug war voller Pechvögel und Unglücksraben. Sie hatten ruhig auf den Bahnsteigen gewartet, er hatte sie auf der Strecke eingesammelt. Als die Zugtüren geöffnet worden waren, hatten sie sich gegenseitig weggedrückt. Sie hatten sich verflucht und aneinander vorbeigeschoben. Ein Bein, ein Arm, ein Auge genügte zur Not für diese Art von Kampf. Im Zug stießen sie auf andere, die an anderen Bahnhöfen erfolgreich gekämpft hatten.

Traian und ich waren enger zusammengerückt, er hatte die Tasche, in der die Puppen und Marionetten auf ihre große Stunde warteten, auf seinen Schoß genommen. Er hatte sie wie einen Tresor voller Kostbarkeiten festgehalten. Manchmal zog er den Reißverschluss auf und schaute zärtlich hinein. «Wenn du sie noch mal so anschaust, werde ich eifersüchtig», hatte ich ihm zugeflüstert. Als ob er uns gehört hatte, hatte der Blinde gefragt: «Frisch verliebt?» «Wie kommen Sie darauf? Sie können uns gar nicht sehen», hatte Traian erwidert. «Nicht sehen, aber das Knistern in der Luft hören, das kann ich gut.» Ich drückte mich fester an Traians Arm, er strich mit seinem Handrücken über meine Wange. «Seid ihr auch unterwegs zum Heiligen? Fehlt euch was?» Traian war in Lachen ausgebrochen: «Kann dieser Heilige bewirken, dass Frauen heiraten wollen?» Ich hatte ihm den Ellbogen in den Rücken gestoßen, aber gleichzeitig so gelacht wie er.

«Dieser Heilige ist einer der mächtigsten», hatte der Lahme bemerkt, und sein Vater hatte zustimmend genickt. «Er ist erst seit drei Jahren aktiv, aber hat schon jetzt alle anderen Heiligen hinter sich gelassen. Ein Wunder nach dem anderen, wie am Fließband. Er hält für jeden etwas bereit, man muss nur daran glauben.» «Glauben und beten», hatte der Blinde ergänzt. «Ich kenne aber eine Frau, die ist vom Beten gestorben», hatte der Lehrer widersprochen und musste Blut in ein Taschentuch spucken. Wir hatten geduldig gewartet, bis er sich wieder gefasst hatte. «Ja, das erzählt man sich so. Man betet im Garten und im Haus, wo der Heilige gelebt hat, sogar auf der Straße. Wer sich bis zum Altar vordrängen kann, kann sich glücklich schätzen. Es ist alles so mit Betenden verstopft, dass kein Durchkommen mehr möglich ist. Wir sind heute spät dran, wer weiß, wo wir stecken bleiben?» «Und die Frau? Was ist mit der Frau, die gestorben ist?», hatte der Lahme gefragt. «Sie hat viele Stunden lang kniend gebetet. Sie hat sich auch nicht wegschicken lassen, als andere an die Reihe waren. Sie sagte: ‹Ich habe ihm Geschenke mitgebracht, jetzt muss er helfen.› Dann ist sie umgekippt, war mausetot. Es hat doch nicht geholfen, egal, was sie sich gewünscht hat.»

Im Abteil hatte danach gespannte Ruhe geherrscht, denn keinem hatte dieses Ende der Geschichte gefallen, doch niemand hatte einen Ausweg gewusst, bis die Augen des Lehrers aufgeleuchtet waren: «Es heißt aber, dass sie sich gewünscht hat zu sterben. Der Heilige hält doch, was man sich von ihm verspricht.» Daraufhin hatte man in der Runde erleichtert ausgeatmet. «Und was fehlt euch? Was soll der Heilige für euch tun? Habt ihr eure Arme, Augen und Beine beisammen?», hatte der Blinde nicht lockergelassen.

«Wir fahren nach Bukarest, um einen Preis in Empfang zu nehmen. Mein Freund erhält ihn als bester Künstler für Kinder- und Jugendtheater.» «Sie klingen, als ob Sie ganz schön stolz auf ihn wären. Ich spüre alles, niemand kann mir etwas vormachen. Sie sind noch nicht lange zusammen, ihre Stimmen klingen anders als bei anderen Paaren.» «Nicht lange, aber lange genug, um mir ein ganzes Leben mit ihr zu wünschen», hatte Traian erwidert. Ich hatte ihn gezwickt und mich doch fester an ihn geschmiegt. «Darauf müssen wir anstoßen», hatte der Lehrer gesagt und einen Schluck aus der Schnapsflasche genommen. Dann hat er sie Traian hingehalten.

Traian hatte gezögert, aber schnell wieder seine Fassung gefunden. Er hatte die Flasche an den Vater des Lahmen weitergegeben, der sie seinem Sohn hingehalten hatte. «Ich brauche so was nicht mehr», hatte Traian hinzugefügt, sich dann geräuspert und nach meiner Hand gegriffen. Es hatte wie ein Versprechen geklungen.

Als der Zug stand, half mir Traian, von den Sitzen hochzukommen, dann beugte er sich aus dem Fenster, um nachzusehen, was geschehen war. Ich folgte ihm. «Vielleicht haben wir ein Rind gerammt. Dort sind ja welche.» «Und die Bauern kommen schon mit ihren Karren. Wie konnte es sich nur so schnell herumsprechen?», fragte ich. «Das war nicht notwendig, Fräulein. Die wissen Bescheid, denn sie leben davon. Seit Langem bezahlen die Reisenden den Lokomotivführer, damit er hier anhält. Und sie bezahlen die Bauern, damit sie die Schwächsten ins Dorf bringen. Helfen Sie mir doch auf die Beine», sagte der Krüppel.

Die Zugtüren wurden geöffnet, und man begann auszusteigen. Manche Reisende wurden auf Tragbahren hinausbefördert, Säuglinge durchs offene Fenster gereicht. Junge, kräftige Bauern eilten herbei, kletterten in die Waggons und suchten ihre Kunden. Die Gänge waren voller Körper, gekrümmten, ausgemergelten. Im schmalen Streifen zwischen dem Kornfeld und den Schienen wimmelte es von Menschen, einige waren von den wenigen Schritten so ermüdet, dass sie sich auf die Erde legten. Andere streckten sich und atmeten kräftig durch, dann zogen sie schon los, auf das Dorf zu. Zwei Bauern hoben eine feine Dame hoch und trugen sie zu ihrem Karren. Dort öffnete sie ihre Geldbörse und holte Geldscheine hervor, die sie ihnen in die Hosentaschen steckte.

Der Zug entleerte sich vom Elend dieser Welt. Unsere Zeugen waren nur die Rinder, die geduldig ertrugen, dass der Mensch das Gras niedertrampelte, das sie fressen wollten. Sie hatten am wenigsten davon, dass einer aus ihrem Dorf nach seinem Tod zum Heiligen geworden war. Ihr Futter blieb so trocken wie immer. Mit den Narrheiten der Menschen waren sie immer nachsichtig, die Tiere.

Als der Gang leerer geworden war, half Traian dem verkrüppelten Mann auf die Beine. Weil dieser aber kaum stehen konnte, hob er ihn hoch und trug ihn hinaus. Er schleppte ihn vorsichtig zu einem Karren und stellte ihn dort ab. Dem Bauern steckte er Geld zu und kam dann zurück. Diesmal beugte er sich zu dem Lahmen, der ihm die Arme um den Hals legte. Traian nahm ihn auf den Rücken. Die Beine des Jungen schleiften am Boden, der Vater folgte ihnen, die Tasche mit den Geschenken unterm Arm. Auch den Lahmen brachte Traian zum Karren. Die Leute standen herum, wussten nicht, was sie tun sollten, nur wenige waren schon losmarschiert. Der Blinde legte mir die Hand auf die Schulter, und ich half ihm hinaus. Der Lehrer schaffte es allein. Die vielen Geschenke, die er für diesen letzten Versuch vorgesehen hatte, wogen schwer. Alle paar Meter musste er stehen bleiben und durchatmen.

Traian und ich kehrten in unser Abteil zurück, kaum standen wir wieder am Fenster, setzte sich die Menge in Bewegung. Es hatte kein Zeichen gegeben, keiner hatte gerufen: «Wir sollten uns beeilen, sonst beten heute andere wirksamer als wir!» Vielleicht war ein Karren losgefahren, vielleicht hatte einer einen Schritt nach vorn gemacht. Die Menschen standen auf, die Einbeinigen stützten sich auf ihre Krücken, die

Blinden tasteten mit ihren Stöcken die Erde ab. Es zog sie weiter, die unwiderstehliche Suche nach Erlösung von ihrem Leiden.

Ganz vorn stand der Lokomotivführer, die Arme in die Hüfte gestemmt. Er hatte viele solche Wanderungen erlebt. Seiner Brieftasche waren sie sehr nützlich. Nachdem auch die Letzten sich auf den Weg gemacht hatten, stieg er ein und zog kräftig den Hebel. Das war seine Art, den Kranken Hals- und Beinbruch zu wünschen.

Wir sahen zu, wie sie sich schweigend entfernten, sie hatten nichts gemeinsam als die Gebrechen und die Hoffnung. Vielleicht war das aber schon viel. «Wer bringt diese Menschen wieder nach Hause, wenn sie genug gebetet haben?», fragte Traian den Zugführer. «Der Abendzug. Der eine fährt um sieben Richtung Bukarest, der andere um sechs Richtung Timişoara. Manche schlafen aber auch im Dorf und beten morgen weiter.»

Traian bückte sich und hob die Schnapsflasche hoch, die unter die Sitze gerollt war. *Jetzt ist sie ihm in die Hand geschlüpft, so wie früher bei Mişa. Jetzt kann er nicht widerstehen*, dachte ich, aber er widerstand. Er hob sie hoch, roch daran, dann hielt er die Flasche aus dem Fenster und kippte sie langsam aus. Hinter dem Zug blieb eine dünne Schnapsspur, die bald in der Sonne verdünsten würde. Traian strich mit der Fingerkuppe über den Flaschenhals und steckte sie sich in den Mund. «Das ist alles, was ich mir genehmige.»

Die Flasche landete im Feld. «Das war schön, wie du ihnen geholfen hast», sagte ich. Im Durchzug blähten sich die Vorhänge auf, viele flatterten im Wind. Ein Zug mit Dutzenden kleinen Segeln. Traian lehnte sich aus dem Fenster, schloss die Augen, öffnete den Mund, denn er konnte kaum atmen. Er schaute zurück, breitete die Arme aus und rief: «Weiß denn jemand, ob der Heilige Frauen dazu bringen kann, vernünftig zu werden?»

In Bukarest wartete Vater auf uns. Ich hatte ihn seit fast zwei Jahren nicht mehr gesehen, und diese Jahre hatten ihm die letzte Jugend genommen, so wie ihm die Armee und der Krieg die erste Jugend genommen hatten. «Wie ist es in der kommunistischen Armee?», fragte ich ihn, als wir im Auto saßen. «Nicht anders als in der königlichen. Man exerziert und lässt die Partei hochleben. So wie früher den König. Und Sie sind also der Freund meiner Tochter?», fragte er Traian. «So kann man es sagen.» «Früher wäre das nicht gegangen, das man nicht verlobt ist.» «Das sage ich doch die ganze Zeit!», rief Traian freudig aus. «Wie du siehst, stößt du bei meinen Eltern auf offene Ohren», erwiderte ich.

Vater streichelte plötzlich meine Haare, das kam so schnell, dass ich seiner Hand nicht ausweichen konnte. «Wieso ist meine Tochter so wild?», fragte er. Er zog den Arm zurück und suchte meinen Blick, aber ich wollte ihn nicht ermuntern zu etwas, das er erst jetzt zu tun bereit war. Als ich ihn längst nicht mehr brauchte.

Wir fuhren durch eine jämmerliche Stadt. Der Verfall und die Zerstörung waren noch nicht so weit gediehen, so wie man es später im amerikanischen Fernsehen zeigen sollte. Aber alles wirkte vernachlässigt. Geschmack war hier die erste Mangelware, erst danach kam der Rest. Diese Stadt, in der nicht nur die hitlertreue Eiserne Garde, sondern auch die Liebe meiner Mutter zu László Goldmann möglich gewesen war, diese Stadt voller Theater, Kabaretts und Frivolität, Chevrolets und Fords, englischer und deutscher Spione, sie war nach dem Krieg freudlos und träge geworden. Sie war eine Braut, deren Flitterwochen gleich in der Hochzeitsnacht zu Ende gegangen waren. Die in den Zwanziger- und Dreißigerjahren angefangen hatte aufzublühen, aber bald schon wieder verwelkt war. Zuerst hatten die Putschisten dafür gesorgt, dann die Bomben der Alliierten und später die Kommunisten.

Mutter kochte, was sie am besten konnte, aber sie konnte es nicht gut. Sie war nie lange genug bei Zsuzsa geblieben, um das Kochen zu lernen. Sie war immer besser im Weggehen gewesen als im Dableiben. Wir aßen und redeten viel, Vater erzählte von Stalingrad, Traian vom Puppenspiel, Mutter von Strehaia. «Wisst ihr schon, dass in einem Dorf, das uns früher gehört hat, ein toter Heiliger Wunder vollbringt? Sofia hat es mir geschrieben. Hunderte pilgern täglich dorthin.» «Wir sind gerade daran vorbeigefahren!», rief Traian aus und schmatzte.

Ihm schmeckte das Essen, da er nur an sein Junggesellenessen gewohnt war. Und seit Kurzem auch an Zsuzsas Gerichte. «Viele in unserem Zug wollten dorthin. Sie haben sogar den Lokomotivführer bestochen, damit er vor dem Dorf anhält.» «Ja, man will auch einen Bahnhof bauen. Sie hoffen auf die nachhaltige Wirkung des Heiligen», sagte Vater. «Wie weit ist es von dort nach Strehaia?», wollte Traian wissen. «Nicht weit. Nur ein paar Kilometer. Wollen Sie einen Likör trinken?» «Keinen Likör. Ab heute ertränke ich meine Liebe für Zaira nur mit Wasser.»

Nach dem Essen nahmen Mutter und ich zwei Stühle und setzten uns auf den Balkon. Traian zog sich zurück, um an seiner Dankesrede zu schreiben. Vater ging spazieren. Das hatte er vom Krieg: kein Loch im Bauch, kein Glied zu wenig, bloß Unruhe in den Beinen. «Macht er das immer noch so oft?», fragte ich Mutter. «Ja, oft, aber es ist gut so. Ich ertrage ihn besser, wenn er nicht da ist, als wenn er hier drinnen wie in einem Käfig herumläuft. Ich weiß inzwischen, dass er mich nicht betrügt, denn Frauen interessieren ihn kaum noch.» Wir schwiegen.

Unter uns tauchte Vater auf der Straße auf, unentschlossen blieb er stehen, verschränkte die Arme auf dem Rücken, schaute nach links, dann nach rechts und entschied sich dann doch für links. Ich wusste, dass er nun für Stunden nicht mehr stehen bleiben würde. Nur sein Tempo war langsamer geworden. Er rannte nicht mehr so wie früher, er flanierte jetzt, schlenderte herum. Er war ein Spaziergänger geworden, aber ein besessener.

«Siehst du? Dort ist die Bank, auf der Paul gesessen hat. So einen geduldigen Mann habe ich noch nie gesehen. Und er ist zu seinem Ziel gekommen, er hat dich weichgekriegt. Vielleicht hättest du abwarten sollen, dass er sich verändert. Zu meiner Zeit haben die Frauen immer lange gewartet», fuhr Mutter fort. «Du hast nicht gewartet. Du hast dir die Zeit mit László versüßt.» «Sei ruhig, sonst hören es die Nachbarn. Willst du, dass dein Vater es erfährt?» Ich flüsterte: «Keine Angst, von mir wird er es nicht erfahren. Eure Ehe geht mich nichts an, sie ist mich nie etwas angegangen. Ich will da gar nicht so genau hinschauen.»

Später legte ich mich neben Traian und erklärte ihm, wie ich auf der einen Seite und Mutter auf der anderen Seite der Wand gelegen hatten. Wie wir gewartet hatten, dass Vater aus dem Krieg zurückkommt. *Sie* hatte gewartet. Ich hatte nur gewartet, dass der Schmerz wegen Zizi vorüberging. Wir schliefen eng aneinandergeschmiegt.

Am nächsten Tag zeigte ich ihm die Stadt und fing gleich bei der Bank an, auf der Paul gesessen hatte. Ich zeigte ihm die Straßen, auf denen ich Vater gefolgt war. Dann die zweite Bank meines Lebens, wo er mir von Stalingrad erzählt hatte. Das Haus, vor dem ich gewartet hatte, als Vater Kommunist geworden war, und die Schauspielschule *Caragiale*. Mittags aßen wir im *Cina*-Restaurant, und ich fragte mich, wo Mutter und László gesessen hatten, als Paris gefallen war. Wir nahmen denselben kurzen Weg zum Königspalast wie sie beide damals. Im *Cişmigiu*-Park ruhten wir uns erst dann vom Küssen aus, als die Leute uns ermahnten, aber wir ruhten nicht lange. Wir vergaßen die Ermahnungen, so wie Kinder vergessen, was ihnen die Eltern angedroht haben, und zu ihrem Unfug zurückfinden.

Verschwitzt und vergnügt kehrten wir verspätet nach Hause zurück, um uns die Festkleider anzuziehen, die wir auf der Fahrt neben Traians Puppen und Marionetten am besten gehütet hatten. Mutter und Vater waren bereit, das Taxi wartete ebenfalls schon. Mutter hatte mein Kleid und Traians Anzug und Hemd gebügelt und alles aufs Bett gelegt. Wir zogen uns aus, wuschen uns und zogen die knitterfreien Sachen an. Ich kämmte Traian, ich prüfte nach, ob er die Rede bei sich hatte, dann stellten wir uns nebeneinander vor den Spiegel und riefen: «Bereit!»

Der Saal des *National*-Theaters war zum Bersten voll. Es waren viele gekommen, geschwätzige, zerstreute Menschen, die sich nur ein Glas Wein wünschten und eine gelungene Ablenkung von einem sonst öden Abend. Mutter sah Leute, die früher Adelstitel geführt und viel Boden besessen hatten. Sie grüßten sie nicht und wandten die Köpfe ab. Denn meine Mutter erinnerte sie an ihren schlimmsten Albtraum, als Volksfeind erkannt und weggeschafft zu werden.

Sie hatten sich angepasst, sie trugen jetzt ärmliche Kleider. Nur wenige hatten es auch nach dem Krieg wieder weit gebracht. Sie nannten sich Genossen, aber mit den Kommunisten teilten sie nur die ersten Sitzreihen, weniger die Gesinnung. Als Mutter auf solche Gäste zugehen wollte, hielt Vater sie am Arm zurück. «Du verstehst nicht», protestierte Mutter. «Mit der Dame dort habe ich ganze Sonntage an der Chaussee verbracht. Bei den Soireen der Leute dort war ich jeden Monat.» «*Du* verstehst es nicht, Maria. Sie verleugnen dich, und das ist gut so. Du solltest es tun wie sie.» Der Druck an Mutters Arm wurde stärker, Vater zog sie an sich und schob sie zu unseren Plätzen.

Es gab unzählige Preisträger, die man auf die Bühne rief, bevor Traian an die Reihe kam. Ich hielt seine Hand und merkte, wie er schwitzte. Man verlieh Preise für die beste Filmschauspielerin, den besten Theaterschauspieler oder Regisseur. Dankesreden von einer Minute wurden gehalten, andere wollten gar nicht mehr aufhören. Von Rede zu Rede schwitzte Traian immer stärker. *Ruhig, Traian, du wirst sie alle in den Schatten stellen*, dachte ich. Mittlerweile konnte ich nicht mehr unterscheiden, ob da zwei Hände waren oder nur eine. Ob ich ebenso schwitzte wie er. Eine Art Partnerschwitzen. Schwitzen aus Solidarität. Als sein Name genannt wurde, ließ er meine Hand los, aber Mutter griff nach meiner anderen. Die kleine dickliche Hand meiner Mutter hatte nun meine gepackt. Ich hatte nur die Seiten gewechselt.

Ich überhörte das Lob des Mannes, der erklärte, wieso gerade Traian diesen Preis verdient hatte, denn das wusste ich ohnehin. Ich hatte es seit dem ersten Tag gewusst, als ich ihn im Lichtkegel zusammen mit Pinocchio auf der Bühne gesehen hatte. Spätestens seitdem ich seine Hände beobachtet hatte.

Ich war ganz in Traians Anblick vertieft. Saß sein Anzug gut? Schlug er irgendwo Falten? Sah man, dass er schwitzte? Würde er sich fangen können? Würde seine Stimme zittern? Oder würde er der unwiderstehliche Mann sein, der er auf der Bühne immer war? Doch sicher war er nur im Dunkeln, er liebte den Schatten. Eine beleuchtete Bühne war noch nie seine Domäne gewesen. Irgendetwas beruhigte mich aber, die Ruhe vielleicht, die seine Augen ausstrahlten. Er zwinkerte mir zu. Er ging ans Mikrofon, Mutter drückte meine Hand noch fester, und er fing an:

«Meine sehr verehrten Damen und Herren, liebe Genossen, ich vertrete hier eine kleine Kunst. Eine Kunst für die Kleinen. Große Schauspieler, Regisseure, Musiker haben heute Abend zu Ihnen gesprochen, die Sie schon oft verführt und bezaubert haben. Wie oft haben Sie sich mit ihrer Musik verliebt? Wie oft haben Sie verliebt ihre Filme gesehen? Wie oft waren Sie mit Ihrem Geliebten in ihren Konzerten? Das erste gemeinsame Erlebnis. Viele Lieder und Filme erinnern sie daran, und das wird für immer so bleiben. Aber ich bin mir sicher, dass in Ihnen auch noch die Erinnerung an die magischen Sonntage lebt, an denen man gewaschen wurde, obwohl man es gar nicht wollte, dann fein angezogen und an der Hand der Großmutter oder der Mutter ins Puppentheater gebracht wurde. Ich bin sicher, dass Sie die Nacht davor vor Aufregung nicht einschlafen konnten. Weil sich am nächsten Tag wieder ein Ritual vollziehen würde, ein süßer Augenblick Ihrer Kindheit. Sie waren eine kleine Verschwörergruppe: Sie, Ihre Großeltern und Eltern. Erinnern Sie sich?»

Ich sah mich um, nachdem ich einige Augenblicke lang vergessen hatte, wo ich war. Als Traian *Erinnern Sie sich* gesagt hatte, war ich wieder in Strehaia. Und ich war mir sicher, dass auch die anderen an den Orten ihrer Kindheit waren. In manchen Blicken lag ein seltsamer Glanz. Traian hatte uns alle in der Hand.

«Erinnern Sie sich noch, wie Sie zu früh erwachten und es kaum im Bett aushielten, weil Sie fürchteten, sich zu verspäten? Weil es mit dem Zauber endlich losgehen sollte? Obwohl Sie die Geschichten schon auswendig kannten, war es jedes Mal wieder wie das erste Mal. Sie waren ein Kind, Sie wussten noch nichts von der Schwere der Welt. Von der Schwere, die Ihre Eltern vielleicht bedrückte. Die Welt war gut, und das Theater hob sie für ein oder zwei Stunden aus den Angeln. Das Tolle daran ist: Alles war wahr. Fiktion kannten Sie nicht. Kunst kannten Sie nicht. Es war, wie es war, es war das Leben selbst. Erinnern Sie sich noch, dass Sie Ihren Lieblingsplatz hatten, dass Sie sofort dorthin eilten und wie Sie den Figuren dieses und jenes zuriefen? Wenn Sie aber zu schüchtern waren, um ihnen etwas zuzurufen, saßen Sie einfach nur da mit aufgerissenen Augen und Mund. Erinnern Sie sich, denn das ist meine Kunst.»

Es herrschte absolute Stille, wir hielten alle die Luft an. Ich glaubte nicht, dass es vorher so etwas gegeben hatte. Keiner, der vor Traian geredet hatte, hatte auch nur einen einzigen wahren Satz gesagt. Die Worte waren aus dem Mund gequollen, gleich danach waren sie schon wieder vergessen.

«Vielleicht erinnern Sie sich auch noch an den Namen des Theaterdirektors, an die Frau, die Ihnen Süßigkeiten gab, an den Weg ins Theater, im Winter durch frischen, weichen Schnee, im Sommer durch eine träge, warme, noch nicht erwachte Stadt. Wie der Direktor Sie empfing, jeden von Ihnen begrüßte, wie Sie in den Saal mit den roten Stühlen geführt wurden – oder waren sie doch blau?»

«Grün!», rief einer der Zuhörer. «Grün waren sie, und ich habe das Grün gehasst.» Das Publikum lachte, vielleicht erleichtert darüber, dass es Traians Bann für Sekunden entwischt war.

«Sehen Sie, wie genau sich der Genosse erinnert? Ich bin sicher, dass auch Sie das tun. Das nämlich ist die Magie, die Macht der Puppen. Sie sind nicht größer als ... oh, ich habe sie vor lauter Aufregung unten vergessen. Zaira, kannst du sie mir bitte bringen?» Ich brachte ihm die Tasche an den Bühnenrand. Er packte sie aus und zeigte dem Publikum die Puppen und Marionetten. «Manche sind nicht größer als ein Finger, andere kniehoch, selten reichen sie mir bis zum Nabel. Doch sie entwickeln einen Sog, dem ich mich seit vielen Jahren nicht mehr entziehen kann. Sie, die Kleinen, haben mich, den Großen, im Griff. Mein Glück ist, dass ich in meinem Beruf ein Kind bleiben kann und dafür bezahlt werde. Nicht gut, Genosse Kulturminister, aber ich will nicht klagen.»

Auch der Minister lachte und mit ihm sein ganzer Anhang.

«Konnten Sie sich auch erinnern, Genosse Minister?»

«Sehr gut sogar», antwortete dieser.

«Wo haben Sie als Kind gelebt?»

«In Timişoara, woher auch Sie stammen.»

Ich reckte den Kopf, um den Minister zu sehen, aber ich erblickte nur seinen Rücken.

«Ich würde heute noch gern hingehen, wenn mich die Staatsgeschäfte nicht dauernd beanspruchen würden.» Man beklatschte den Minister.

«Sie sind herzlich eingeladen, uns wieder zu besuchen», sagte Traian. «Um es kurz zu machen: Viele von Ihnen sind durch unser Theater gegangen, Arbeiter, Professoren, Politiker. Viele gute Genossen. Hätte es uns nicht gegeben, dann hätten Sie sich später vielleicht niemals mit Ihrer ersten Liebe vor einem Konzertsaal oder einem Kino verabredet. Hätten wir unsere Arbeit schlecht gemacht, so hätten Sie vielleicht niemals Ihre Liebe für die Musiker entdeckt, die vor mir auf dieser Bühne waren. Wir stehen also am Anfang der Kette. Wir sind die Ersten, und wenn wir gut sind, nicht die Letzten. Aber auch wenn wir schlecht sind, haben Sie etwas davon: Sie sind Ihre anstrengenden Sprösslinge jeden Sonntag für ein, zwei Stunden los. Vielen Dank.»

Der Applaus setzte zögerlich ein, als ob die Leute Angst hätten, die Atmosphäre zu stören, die sich im Saal gebildet hatte. Die Geister zu vertreiben, die Traian nicht an die Wand gemalt, sondern wach geküsst hatte. Die Geister der Kindheit. Als man sich endlich entschloss zu klatschen, konnte ich mich später an keinen Applaus erinnern, der entschlossener gewesen wäre. Nachdem er sich den Weg durch die Menge gebahnt hatte – die Leute wollten ihm die Hand drücken und ihm gratulieren –, flüsterte ich ihm zu: «Ich liebe dich genau so, wie du jetzt bist.» Auch der Minister kam, schüttelte ihm die Hand und küsste die meine. Er entfernte sich – ein selbstsicherer, strahlender Mann –, und ich rechnete nicht damit, ihn so schnell wiederzusehen.

Der Abendzug nach Timişoara hielt wieder im freien Feld an. Diesmal bildete ich mir ein, einiges wiederzuerkennen, vielleicht weil ich wusste, wie nahe Strehaia war. Überall lagen und saßen Menschen, erschöpft vom langen Gebet. Die Blinden hielten ihre Stöcke auf ihren Schößen, eine Mutter stillte ihren Säugling. Alles wirkte friedlich, wie bei einem alltäglichen Ausflug aufs Land.

Plötzlich stemmten sich die Einbeinigen auf ihre Krücken hoch, Lahme wurden auf den Rücken genommen und Blinde am Arm gepackt. Andere, die auf Tragen lagen, wurden hochgehoben. Sie umringten den Zug, belagerten ihn von beiden Seiten, die Türen wurden geöffnet, und das ganze Leid der Welt strömte wieder herein. Manche der Reisenden waren angewidert, rückten enger zusammen, um von all den Krankheiten und dem Unglück nicht berührt zu werden. Oder sie starrten hin, als ob sie sich dem Hässlichen nicht entziehen konnten. Traian und ich wussten nun Bescheid, es überraschte uns nicht.

· · · · ·

Einige Monate später hielt der Zug wieder an derselben Stelle. Diesmal hatten *wir* den Lokführer bestochen. Die Bauern hatten eine Rampe gebaut, aber später sollte ein richtiger Bahnhof folgen, erzählte man uns. Der Heilige lohnte sich fürs Dorf, und das Unglück der Leute war dauerhaft. Man wollte auch die Lehmstraße asphaltieren, damit man die Pilger mit dem Lastwagen abholen konnte. Weil der Mann dachte, dass auch wir Wunder suchten, zog er den Hebel, als der Zug abfuhr. Er wünschte uns so, dass uns der Heilige erhöre. «Zuletzt wurde für mich der Hebel gezogen, als ich geboren wurde.» «Für mich noch nie», sagte Traian. «Dafür wurde für dich laut geklatscht. Du kannst dich nicht beklagen.»

Außer uns stieg niemand aus, ein Bussard kreiste am Himmel, und ein leichter Regen setzte ein. Bis zum Dorf waren es noch ein paar Kilometer, wo wir bestimmt jemanden finden würden, der uns nach Strehaia bringen konnte. «Weiß die Tante, dass wir kommen?» «Sie hat kein Telefon. Früher habe ich Zsuzsa und Josef angerufen, wenn ich sie sprechen wollte. Jetzt sind beide tot.» Traian nahm unseren Koffer, ich spannte den Schirm auf, wir liefen die Rampe hinunter und schlugen den Weg ins Dorf ein, vorbei an kahlen, schwarzen, hässlichen Feldern, auf denen nur noch die Reste der Maisstauden standen, wie scharfe Messer.

Josef war erst vor wenigen Wochen gestorben, die Tante hatte gezögert, mir zu schreiben. Sie wusste, wie sehr ich an dem alten Strehaia hing, und dazu gehörten Zsuzsa und Josef. Aber Mutter hatte nicht gezögert. Wir hatten beide Sehnsucht nach Strehaia. Bei ihr hätte ich das nicht vermutet, so wie sie durch ihr Leben geeilt war. Aber, als ich sie vom Postamt aus anrief, hatte sie gesagt: «Alles geht zu Ende, und ich kann es nicht ertragen.» Vielleicht hingen wir beide sogar mehr an dem Dorf als Tante Sofia, die Strehaia nie verlassen hatte und die dort mit den Dingen und den Leuten, die es bewohnten, alterte.

Sie erlebte, wie die Zeit verging, wie Mensch und Tier gebaren – sie half tüchtig –, wie alles verfiel, wie die Jungen in die Städte und die Alten auf den Friedhof zogen. Und sie würde ihnen eines Tages folgen.

Zunächst aber war Zsuzsa begraben worden, vor nicht einmal einem Jahr. Sie war an ihrem Gewicht gestorben. Josef hatte sie gefunden. Sie war nach vorn gefallen, ihr Gesicht war halb in eine ihrer Lieblingssoßen getaucht. Danach hatte Josef Mişa beim Wettsaufen begleitet, aber irgendwann half auch der Alkohol nicht mehr. Er sagt jedem, der es hören wollte: «Wie soll ich noch schlafen, wenn so viel Platz im Bett ist?» Nicht alle verstanden das. Oder: «Ohne ihr Essen bin ich nur ein halber Mensch.» Das verstanden alle sofort, die von Zsuzsas Gerichten gekostet hatten. Dann hatte sich Josef in seinem Stall erhängt. Die Kuh war seine Zeugin, sie hielt es einen Tag lang neben dem starren Körper aus, bis man ihn entdeckte. Tante Sofias Zeilen waren ruhig und gefasst gewesen, hatte Mutter gesagt, eine knappe, nüchterne Mitteilung.

Traian hatte gesagt: «Fahren wir doch hin. Ich will endlich Strehaia sehen.» Ich widersetzte mich. «Nichts ist mehr so, wie es einmal war. Und wie es jetzt ist, will ich nicht sehen.» «Das ist immer dein Problem. Du willst nur sehen, was war. Nie, was ist. Du machst sogar Theaterstücke darüber.» Ich sah ihn scharf an. «Aber die leeren Flaschen bei dir zu Hause, die habe ich gesehen. Du brauchst mir nichts zu erzählen über das, was ist.» Aber Traian war beharrlich, und schließlich kauften wir Fahrkarten.

Im Dorf fragten uns Kinder, ob wir auch zum Heiligen wollten. Dann hätten wir Pech, denn an diesem Tag empfing er nicht. Doch als sie den Namen *Strehaia* hörten, lief ein Halbwüchsiger nach Hause und tauchte mit einem Pferdewagen wieder auf. Vor dem nun stärkeren Regen hatten wir uns unter einen Nussbaum geflüchtet. Der Dreck an den Füßen der Kinder weichte auf, sie kratzen ihn mit kleinen Ästen ab.

Tante Sofia war gebären gegangen, sagte die Nachbarin, als sie uns vom Karren steigen sah. So sehr war sie in dieser Gegend seit Langem am Gebären anderer beteiligt, dass sie jedes Mal mitgebar. Schon früher hatten unsere Bäuerinnen gesagt: «Die gnädige Frau ist am Gebären.» Dabei hatten sie keinen Unterschied zwischen einem Säugling und einem Kalb gemacht.

Über drei Jahre waren vergangen. Der Zaun stand schief, viele Holzlatten fehlten. Wie in einem fast zahnlosen Mund klafften die Lücken. Früher hatten wir keinen Zaun gebraucht, alles gehörte uns, jetzt zeigte diese löchrige Begrenzung an, was davon noch übrig geblieben war. Vom Zaun bis zur Veranda waren es kaum fünfzehn Schritte. Aber auch wenn alles verwaist war, war ich wieder zu Hause. Ich drehte mich zu Traian um, und er zog mich an sich. Die Tür stand offen, die Tante fürchtete die kleinen Diebe nicht, nachdem uns die großen alles genommen hatten.

Manche Zimmer standen leer, und die Dielen knarrten. Die Möbel, die uns geblieben waren, hatte sie in zwei Zimmer geräumt, die sie bewohnte. Das Wohnzimmer und das hinter der Küche, das man gut heizen konnte. Die Hitze drang durch die Wand und die offene Tür. «Kleider hat sie nie viele gehabt, sie hat schon immer mehr ihren Bäuerinnen geähnelt als den Gutsherrinnen.»

Ich zeigte Traian, wo das Radio, der Velázquez und die Truhe gestanden hatten. Ich zog an ihm, damit er mir folgte und endlich sah, was meine Augen gesehen hatten. In den Räumen suchte ich nach dem Ort, wo die Dinge gestanden hatten, und rief: «Hier standen Paul und ich, als die Deutschen kamen, und dort weinte der deutsche Offizier. Wenn dort das Radio stand, müssen Zizi, Großmutter, Tante Sofia und ich hier gesessen haben. Dort saß Zizi und hielt mich in den Armen. Und dort ist die Küche, wo wir im Winter auf seine Rückkehr gewartet haben. Als er und die Männer von Wölfen angegriffen wurden.»

Ich berauschte mich am Erzählen, Traian wollte mich beruhigen, aber es gelang ihm nicht. Wir gingen in den Hof, der diesen Namen kaum noch verdiente. Ich sprang über den Zaun, stand auf freiem Feld und zeigte auf lauter unsichtbare Plätze. Unsichtbar für Traian, aber nicht für mich. Dort hatte der Stall gestanden, dort hatte Mişa geschlafen, da sah man noch ein paar Obstbäume und den fast ausgetrockneten Fischteich. Man hatte vor fast drei Jahren alles zerstört, nachdem Mutter und ich nach Bukarest gezogen waren. Das Dorf brauchte Ackerland. «Ist schon gut, Zaira. Beruhige dich», sagte Traian. «Du hast gesagt, du willst alles sehen. Jetzt hast du die Gelegenheit dazu.» Er wollte mich zurückhalten, mich umarmen und besänftigen, aber ich riss mich los, stieg die Stufen zur Veranda hoch, wollte in den ersten Stock gehen, aber die Tante tauchte so plötzlich auf, dass ich erschrak und zurückwich.

Die Tante war alt geworden. Sie hatte sich immer schon beeilt, ihre Mutter einzuholen, und nun war es ihr endlich gelungen. Für einen Augenblick dachte ich sogar, da würde

Großmutter stehen. Tante Sofia war schon bei meiner Geburt eine so alte Frau gewesen, dass man Mutter und sie nicht für Schwestern, sondern für Mutter und Tochter hielt. Wenn man einmal wagte, Großmutter zu fragen, warum sie nur zwei Kinder und dann in einem solchen Zeitabstand bekommen habe, flüsterte sie: «Ich habe mich lange geweigert.»

Im Dorf hörte man dazu verschiedene Geschichten – wenn man überhaupt wagte, sie zu erzählen. Oder hinzuhören. Im Zug nach Rumänien hatte sie beschlossen, sich zu rächen, weil sie gekauft worden war. Die schlimmste Rache war, ihrem Mann einen Erben zu verweigern. Bei den beiden Malen, als sie zwar ihre Zimmertür nicht aufgesperrt, Großvater sie aber eingedrückt hatte, waren Tante Sofia und Mutter gezeugt worden. Dazwischen aber hatte er sich zwanzig Jahre lang gedulden müssen.

Andere meinten, zwischen den Geburten der beiden Töchtern habe die Großmutter nur Totgeburten gehabt. Sie sei jedes Mal geschwächt aus dem Bett gestiegen, habe sie zu sich geholt und ihrem Mann auf die Türschwelle gelegt. Wieder andere sagten, sie habe dafür gesorgt, dass sie unfruchtbar wurde. Sosehr sich Großvater auch angestrengt habe, so wenig sei es ihm gelungen, sie zu schwängern. Die einzigen beiden Male, als Großmutter unaufmerksam gewesen sei, sei er zur Stelle gewesen.

Wegen der erfolglosen Anstrengungen in Großmutters Bett soll er auch sein schwaches Herz bekommen haben. An ihrer Verweigerung sei er gestorben. Als man ihn tot ins Haus gebracht hatte, habe Großmutter gemurmelt: «Jetzt habe ich mich von ihm freigemacht.»

Die Tante umarmte mich, ihre Fingernägel waren diesmal sauber. Ihre Hände hatten schon immer von ihren Leidenschaften gezeugt: der Geburtshilfe und dem Herumwühlen in der Erde. Sie musterte Traian. «Wer ist dein Begleiter?» «Das ist mein Freund Traian.» «Dein Freund? Zu meinen Zeiten hätte man kaum mit seinem Freund herumreisen können. Nur mit dem Verlobten.» «Wovon lebst du denn jetzt?» «Von der Kuh, den Schweinen und dem Geflügel. Josef hat mir hinten einen kleinen Stall gebaut, eigentlich kaum mehr als ein paar Bretter. Ich verdiene auch was dazu, bei jeder Geburt. Ihr müsst hungrig sein, ich koche euch gleich was.»

Inzwischen gingen Traian und ich nach oben. Ich sperrte Zizis Zimmer auf, drinnen lag nur noch die Waschschüssel auf dem Boden, und ein Schrank stand an der Wand. Ich holte tief Luft. Dann kam mein Zimmer dran, der Boden schwankte unter meinen Füßen, meine Knie gaben fast nach. Keiner sagte ein Wort, und doch blieb nichts ungesagt. Wir legten uns so vorsichtig in mein Bett, als ob es eine zerbrechliche Kostbarkeit wäre. Ich zog die Knie an, Traian legte die Hand auf meine Hüfte, und wir lagen stumm irgendwo zwischen heute und gestern, bis die Tante uns rief.

In der Küche waren die Fenster vom Dampf beschlagen. Draußen regnete es nicht mehr, aber die Wolken hingen so tief, als ob sie uns auf die Teller schauen wollten. Vielleicht waren sie nun hungrig, nachdem sie sich gründlich entleert hatten. Der magere, ängstliche Hund, der bei unserer Ankunft nicht gebellt hatte, lag angekettet unter dem Hausvorsprung. Er hob manchmal den Kopf und witterte das Leben, aber das Leben hier gab nicht viel her, nicht einmal für einen Hund. Ich sah ihn verschwommen durch die Fensterscheibe.

Der Blick der Tante wanderte unruhig zwischen Traian und mir hin und her, sie schien keine Antworten auf die Fragen zu finden, die sie sich stumm stellte. «Ihr verlobt euch doch, nicht wahr?» «Wie lebt es sich hier?» Ich wechselte das Thema. «Ich habe hier alles, was ich brauche.» «Zaira sagte, dass Sie in Deutschland studiert haben», bemerkte Traian. Sie schaute durch ihn hindurch. «Es ist so lange her, dass ich gar nicht mehr sicher bin, ob es die Zeit jemals gegeben hat.» «Zeigt sich Dumitru noch? Macht er Schwierigkeiten?»

Die Tante zog die Augenbrauen zusammen, als ob sie sich anstrengte musste, um sich zu erinnern. Als ob diese Dinge jenseits der Erinnerung waren. «Dumitru hat hier sein Werk verrichtet. Warum sollte er sich noch zeigen? Ich habe gehört, dass du Paul geheiratet und dann wieder verlassen hast. Du warst schon immer sehr eigenwillig. Und jetzt wirst du also eine große Puppenspielerin.» «Vorerst einmal ist Traian groß. Vor Kurzem hat er einen bedeutenden Preis erhalten.» «Aber Zaira holt schnell auf», ergänzte er. «Mein Sohn Zizi hat ihr das alles in den Kopf gesetzt.» «Ich weiß, Zaira wird bald ein Theaterstück darüber aufführen: *Das Mädchen und Capitan Spavento*.» Tantes Gesicht verdüsterte sich. «Du hast einfach kein Glück gehabt, Mädchen.» «Ich hatte euch. Wer kann schon sagen, er hätte so viele Mütter gehabt?» Wir aßen und schwiegen.

«Wie sind Zsuzsa und Josef gestorben?»

«Zsuzsa starb an ihrem Übergewicht und Josef am Strick.»

«Das hat Mutter auch erzählt.»

«Sie sind nicht weit von Zizi und deinen Großeltern begraben. Falls ihr sie besuchen wollt, macht ihr euch die Schuhe dreckig.»

Bevor es Abend wurde, gingen wir unsere Toten besuchen. Zsuzsa hatte es auch als Tote nicht nach Hause geschafft. Sie lag hier in fremder Erde. Es bedurfte sechs kräftiger Männer, um den Sarg hochzuheben. Zwei, um Josef zu stützen. Ich biss die Zähne zusammen, damit mein Kinn nicht zitterte, aber es zitterte. Als Zizis Kreuz dran war, weigerte ich mich. Er lag in einer Ecke des Friedhofs, so wie die Großeltern. Er lag dort, man hatte es mir gesagt, ich brauchte es nicht auch noch zu sehen. «Du wolltest nie an sein Grab», bemerkte die Tante, während sie mit einer Zeitung die Schuhe vom Schlamm reinigte. «Er ist nicht mehr da. Es genügt mir, wenn ich das weiß.» Traian wollte etwas sagen, ließ es aber sein und lief davon.

«Wo wird Traian schlafen? Es gibt nur ein Bett, das in deinem Zimmer», fragte sie. Sie hatte mit der Frage lange gezögert, sie fürchtete meine Antwort. Ich sagte ihr, dass wir schon lange im gleichen Zimmer schliefen, Traian und ich. «Ach!» Das war ihr einziger Kommentar zu den neuen Sitten.

Ich wusch mich, zog mich um, stieg ins Bett, während Traian noch auf Entdeckungsreise durchs Haus ging. Ich fühlte mich wie das Mädchen, das ich einmal gewesen war. Ich glaubte das Rattern der Kutsche auf der Allee zu hören, wie die Mutter ausstieg, wie ihre Stimme nach mir rief, wie sie die Treppen hochstieg. Im Zimmer brannte eine einzige Lampe auf dem Nachttisch, und jedes Geräusch hallte im leeren Raum. Ich streckte die Füße unter der Decke hervor und bewegte meine Zehen. So hatte ich also damals dagelegen. Und dorthin hatte ich gestarrt, zur Tür, durch die Spavento immer plötzlich hereingekommen war.

Aber kaum dachte ich daran, schon sprang Spavento tatsächlich herein. Zum zweiten Mal an diesem Tag erschrak ich. Dieser Spavento trug dasselbe Kostüm, denselben Säbel, besaß dieselbe Frechheit wie jener von früher. Nur an der Stimme konnte ich Traian von Zizi unterscheiden. «Wo hast du das alles gefunden, Traian?» «Ich kenne keinen Traian! Und wenn ich einen kennen würde, der Traian heißt und Ihnen zu nahe kommt, würde ich ihn sofort einen Kopf kürzer machen. Denn ich bin Spavento, der Grausame, der Unbeugsame, der Unverbesserliche.»

Er zückte den Säbel, und ich wusste nicht, ob ich lachen oder ihn anschreien sollte. «Ich bin nicht so, wie ich scheine, aber wie ich wirklich bin, das sieht niemand. Ich töte alle, die sich mir in den Weg stellen, aber ich habe ein gutes Herz. Ich habe so viele Armeen geschlagen und sie dann beweint. Sie können sich nicht vorstellen, Fräulein, wie sehr ich sie beweint habe. Seit Langem ziehe ich allein durch die Welt – ein paar Jahrhunderte sind es schon – und denke so vor mich hin: *Gibt es da nicht auch eine Spaventa?* Eine wie mich, nur eben anders? Eine, die es mit den stärksten Winden, höchsten Wellen, den tiefsten Untiefen aufnehmen kann? Eine, die nur mit ihrer List alle Armeen schlagen kann? Oder mit ihren Blicken? Kennen Sie eine? Wissen Sie, wo man so eine findet? Sie wäre mir so teuer.»

«Lass es sein, Traian, und komm her.»

«Ist sie vielleicht dort in Ihrem Bett? Verstecken Sie sie? Gleich komme ich sie suchen. Sie haben nicht mehr viel Zeit.»

«Sei still und komm ins Bett.»

Hilflos ließ er die Arme hängen, ließ den Säbel fallen, so, wie auch Zizi es manchmal getan hatte. Er schleppte sich zum Bett und legte sich hin. «Es lag alles wild durcheinander in einem Schrank.» «Nur Zizi durfte das tun. Er hat dann immer gefragt, wie viele Arten von Traurigkeiten ich kenne», murmelte ich. «Und wie viele hast du gekannt?» «Zehn oder zwölf.» «Und wie viele kennst du heute?» «Nur noch eine. Dass er nicht mehr da ist.»

«Zizi! Wie lange willst du noch mit ihm zusammenleben, der schon so lange tot ist? Du willst nicht einmal sein Grab sehen! Wach endlich auf! Steh auf und setze einen Fuß vor den anderen! Du liegst schon zu lange in diesem Bett und starrst auf deine Zehen!» Ich wandte mich ab, ich wollte nicht gehört haben, was er da gesagt hatte. Ich hatte es nicht gehört. «Wenn du nichts unternimmst, bleibt es für immer so!» Traian lief aufgeregt im Zimmer umher, packte den Säbel und fuchtelte damit herum, glaubwürdiger als alle Spaventos der Welt. «Ich starre auf gar nichts. Nur damit du es weißt.»

· · · · ·

Bei der Premiere meines Stücks schlug Capitan Spavento, den er spielte, so sehr auf das Mädchen ein, dass ich die Marionette wegziehen musste. Das aber war nicht vorgesehen. Das

Mädchen musste bis zum Schluss im Bett bleiben, bis die Mutter ins Zimmer kam. An meinem ersten Abend musste ich also gleich improvisieren. Ich hielt den Atem an. «Aber, Zizi», sprach das Mädchen zum Capitan, «du spielst den Spavento so schlecht. Er würde nie auf Kinder einschlagen.» Das Mädchen wandte sich ans Publikum: «Nicht wahr, Kinder, Spavento darf keine Kinder schlagen? Obwohl er ein Angeber ist, ist er doch ein lieber Mensch.» Die Antwort aus hundert kleinen Kehlen kam sofort: «Jaaaa!»

«Soll ich Zizi vielleicht mal zeigen, was man mit Kindern nicht tut?», fragte wieder das Mädchen. «Jaaaa!» Traian war verunsichert, seine Marionette hing durch. «Lieber Zizi, Capitan Spavento lässt doch nicht den Kopf hängen.» Spavento hob den Kopf. «Das ist schon besser. Ich möchte dir jetzt mal zeigen, was man mit Kindern nicht tut.» Das Mädchen nahm Anlauf, hob den Fuß und traf Spavento direkt in den Magen. «Das tut man nicht. Und das auch nicht.» Jetzt traf es Spaventos Beine. «Wenn Kinder sagen, sie bleiben lieber im Bett, dann können sie so lange liegen bleiben, wie sie wollen. Nicht wahr, Kinder?» «Jaaaa!» Mit einem Sprung war das Mädchen wieder im Bett, die Geschichte gerettet und der erste Akt fast zu Ende.

Nach der Aufführung hämmerte ich hinter dem Vorhang auf Traians Brust ein, ohne dass er sich wehrte: «Was ist in dich gefahren, mir mein erstes Stück kaputt zu machen? So auf mich einzuschlagen?» «Das warst nicht du, das war das Mädchen.» «Natürlich war ich das, das weißt du genau.» Ich hielt plötzlich inne, weil ich Traians Atem spürte, der nach dem Inhalt all der vielen Flaschen roch, die bei ihm zu Hause herumrollten.

Ich hatte diesen Geruch nicht zum ersten Mal bei einem meiner Männer gerochen. Paul trank, was ich zum feinen Essen servierte, und Zizi trank am Schluss so ziemlich alles. Mişa, dem Kutscher, heftete sein Geruch an wie eine alte

Gewohnheit, die man nicht mehr loswurde, die einen aber auch nicht umbrachte.

Mişa ohne Alkoholgeruch wäre wie Zsuzsa ohne den Geruch der Speisen gewesen, wie Mioara ohne ihre ständig vollen Brüste. Wie meine Kindheit ohne Zizi, ohne Tante und Großmutter, ohne das Reiten auf Albu. Ohne den kleinen Paul, der zuerst in meine Wiege geschaut, bevor er Jahre später beinahe meine Brüste berührt hatte, wenn ihm die Deutschen nicht einen Strich durch die Rechnung gemacht hätten. Der sich noch später schwer auf mich legte.

«Bisher hat sich deine Trinkerei in Grenzen gehalten. Pass nur auf, dass du kein Säufer wirst, sonst zittern deine Hände schließlich so sehr, dass du weder vietnamesisches noch sonst irgendein Theater spielen kannst. Ganz zu schweigen, dass ich mich von solchen Säuferhänden nicht berühren lasse.» Wir erstarrten beide, am liebsten hätte ich gar nichts gesagt. Ich dachte, er würde mich jetzt beschimpfen, mich anschreien, wieder auf mich einschlagen. Er tat auch etwas, er errötete, senkte den Blick und lief weg. Ich fand ihn nicht in seiner Wohnung, nicht auf der Straße, nicht vor meinem Wohnhaus. Als wir uns einige Tage später wiedersahen, taten wir so, als ob nichts gewesen wäre, aber etwas war geschehen. Etwas hatte sich eingenistet.

Wir verbrachten das nächste Jahr damit, uns zu trennen. Manchmal sagte er es, plötzlich, beim Essen oder im Bett. Manchmal sagte auch ich es, wenn er wieder seine alten Fragen stellte. Wenn ich seine Hände sah, wurde ich weich, wenn ich ihm zuhörte, wurde ich hart. In diesem Wechsel vergingen Wochen und Monate. Immer häufiger machte sich auch sein Alkoholgeruch bemerkbar. Sein Körper, den ich so sehr liebte, aber nicht mehr riechen konnte, sonderte ihn aus. Wenn Traian meine Wohnung verließ, blieb ein leichter Duft nach den besten Whiskeymarken zurück, die man bei uns finden konnte. Nicht selten auch nach den schlechtesten Wodkas.

Einmal kam ich in den Theatersaal, die ganze Bühne war mit schwarzem Samt verkleidet, der Boden, die Seiten, der Hintergrund. Samt konnte das meiste Licht absorbieren. Traian bereitete mit den Bühnenarbeitern alles für die Abendvorstellung vor. Er schob Wolken und ein weißes Pferd neben die Stelle, an der wir Puppenspieler stehen sollten, denn Weiß betonte das Schwarz noch mehr, und so würden wir noch unsichtbarer sein. Als er sich den Scheinwerfern zuwandte, bemerkte er mich.

«Eigentlich sollten die Scheinwerfer direkt über der Bühne und ganz tief hängen, dann ist der Lichtstrahl am schwächsten. Wenn das Licht vom anderen Saalende her kommt, streut es zu sehr, und auf den Gesichtern der Puppen liegt zu viel Schatten. Wir müssten die Bühne von allen Seiten her beleuchten, damit das Licht gleichmäßiger fällt. Und für das Licht, das der Samt nicht absorbiert, nehmen wir einen Paravent, der uns bis zu den Knien reicht und noch mehr Licht verschluckt.»

«Das weiß ich doch alles, das brauchst du mir nicht mehr beizubringen.»

«Was willst du dann hier? Willst du dich wieder trennen? Im Film würde die Heldin an dieser Stelle sagen: ‹I want the divorce.› Aber wir sind nicht einmal verheiratet, also können wir uns auch nicht scheiden lassen.»

Er setzte sich neben mich, ich nahm seine Hand und streichelte sie. Er strich mit der anderen über meine Wangen, ich wusste, dass er alles in diese Bewegung hineinlegte, was er ausdrücken konnte. Er küsste mich auf die Augen, dann nahm er mich bei der Hand und führte mich zur Bühne. «Nun, was hältst du davon, jetzt, wo du eine große Dame des Puppentheaters bist, die gar keine Anweisungen mehr von einem kleinen Marionettenspieler braucht? Bist du mit unserer Arbeit zufrieden?» «Zufrieden», erwiderte ich und küsste seinen Nacken. «Und noch zufriedener wäre ich, wenn der Marionettenspieler aus der Provinz die große Dame gar nicht mehr bedrängen würde, da wäre meine Zufriedenheit wirklich vollkommen.» Aber es kam anders.

3. Kapitel

An einem Sonntagmorgen war der Saal übervoll: Kinder jeden Alters, Mütter und Väter und Mütter mit Männern, von denen man nicht wusste, ob sie ihre Männer oder ihre Geliebten waren. Die waren dann auf die Verschwiegenheit der Kleinen angewiesen. Die Stunde des Puppentheaters war immer auch die Stunde des Ehebruchs. Der Mann wusste, dass sein Kind bis zum Schluss zuschauen wollte. Dass seine Frau lieber dem Kind den Spaß nicht verderben wollte, als den heimlichen Spaß des Mannes zu stören.

Manche Männer riefen schon Tage vorher im Theater an und fragten, wie lange die Aufführung dauern würde. Sie planten ihre Seitensprünge nach der Länge der Stücke. Und weil die Stücke für Kinder nie lang waren, waren auch die Seitensprünge eigentlich nicht der Rede wert. Manche Frauen blickten unruhig auf die Uhr, sie wussten, dass sich das wirkliche Theater zu Hause abspielte.

Es gab geduldige Mütter, die ihre Kinder sanft anschauten. Die sorgfältig eingepackt hatten, was sie alles brauchen würden: Taschentücher für die Tränen, Schokolade für den Gaumen und Geld für die Kindertombola. Es gab stolze Frauen, deren Schönheit keinerlei Putz brauchte, und solche, die ihrer Schönheit nicht trauten und nachhalfen. Mütter, die wegen des fettreichen Essens nicht mehr in ihre alten Kleider passten, die sich aber in diese Kleider zwängten. Denn solange sie sie nicht endgültig weghängten, waren diese Frauen noch jung, schlank, und die Welt der Männer stand ihnen offen.

Dann saßen da auch Frauen, die sich über ihr Alter, ihre Figur oder Strafftheit keinerlei Illusionen machten. Sie setzten nur noch auf ihr Kind. Es gab auch Großmütter, die seit vielen Jahren ohne Mann lebten, aber ein Enkelkind hatten, das ihnen zu vergessen half, wie sehr sich ihre Zeit verkürzte, in der sie es noch wachsen sehen konnten. Und sie verkürzte sich weiter im Rhythmus unserer Vorstellungen.

Manche Frauen zogen sich besonders fein an, schminkten sich, parfümierten sich, denn man wusste nie, auf welchen attraktiven Vater man vielleicht stoßen würde. Ihre Lippen und Nägel waren rot bemalt, die Strümpfe von bester Qualität. Manche waren unruhig, tippten mit den Fingerspitzen auf die Sessellehnen und wippten mit den Schuhspitzen. Stöckelschuhspitzen. Über die Köpfe ihrer Kinder hinweg unterhielten sie sich mit anderen Müttern. Unser Theater war die Nachrichtenbörse der Frauen. Wo gab es frisches Gemüse? Was lief im Kino? Wie viel kostete ein Kilo Fleisch? Wo war eigentlich der Sänger geblieben, von dem man vor dem Krieg so viele Schlager gehört hatte? War er auch...?, fragten sie leise und stockten, denn was da angedeutet wurde, hätte sie womöglich auch ihre Freiheit gekostet.

Wir hatten gehört, dass Leute verhaftet worden waren, dass sie verurteilt worden waren, und man hatte angenommen, dass es ihnen recht geschah. Wir hatten gehört, dass es für solche wie sie Arbeitslager gab, und dachten, dass es richtig war. Denn sie waren gegen uns, sie waren Klassenfeinde. Sie waren die Feinde, und wir waren die Klasse dazu. Wenn man so hinter vorgehaltener Hand redete, schwieg ich, aber wenn ich reden musste, zählte ich mich zum *wir* dazu. Das sagten wir vor anderen, zu Hause redeten wir anders, Traian und ich. Zu Hause redeten womöglich alle anders.

«Wir haben Glück, dass wir nur Puppentheater machen, das ist politisch unbedenklich», beruhigte mich Traian. «Glaubst du, dass die Kommunisten wirklich ernst machen?»

«Die Kommunisten machen ernst. Man erzählt sich, dass es große Lager und Gefängnisse gibt, wo die Menschen wie die Fliegen sterben, an den Seuchen und der Unterernährung. Alle möglichen Staatsfeinde sind dort, Politiker, Offiziere der Königsarmee, Grundbesitzer, Adlige. Dein Vater hat Glück, dass er nicht dort ist.» «Mein Vater hat vorgesorgt, er ist jetzt Kommunist.» «Ja, das war sein Glück.»

An diesem Sonntagmorgen, als ich auf der Bühne stand und mit den Kindern im Saal redete, als ich für sie hüpfte und lachte und Grimassen schnitt und so ihre Sehnsucht vergrößerte, wusste ich noch nicht, wie nah ich daran war, meinen ersten echten Kommunisten kennenzulernen, abgesehen vom jungen Dumitru. Es dauerte nur noch die Länge eines Kindertheaterstücks.

Denn im Publikum saß auch, mit dem Mantel über dem Arm, Andrei Popovici in einem piekfeinen Anzug und mit Brillantine in den Haaren. Als ob es den Krieg und die Gefängnisse nicht gegeben hätte. Als ob wir hier im *Athénée-Palace-Hotel* wären und meine junge Mutter gerade überprüfen wollte, ob Paris wirklich gefallen sei. Ob die Stadt weiter in die Ferne gerückt war und mit ihr all das, was in ihrem Leben Bedeutung gehabt hatte. Als ob einer der Fürsten, der deutschen und englischen Spione, der französischen Diplomaten, einer der Gigolos, die den ganzen Tag in den Sesseln des Hotels verbrachten, plötzlich in meiner Matinee sitzen würde. Mutter hatte erzählt, wie gewählt solche Leute reden konnten. Ihr Geflüster war gerecht auf Politik und Frauen verteilt. Ihre Brust schwoll an, wenn sie in ihren Gesprächen ein neues Land oder eine neue Frau eroberten. Wenn man Glück hatte, war es eine Gräfin, wenn nicht, dann eben das Dienstmädchen der Gräfin.

Der Mann im Saal war ähnlich gekleidet und gepflegt, nur sein Gesichtsausdruck war ernster. Der Ausdruck von einem, der es immer ernst meinte. Feingliedrig und gebräunt, mit einigen grauen Haaren an den Schläfen, überragte er alle anderen, doch das war keine Kunst, bei den vielen Kindern und geschrumpften Großmüttern. Er saß aufrecht, ein Mann, bei dem nicht vorgesehen war, dass er wankte. Zwischen ihm und den verschwundenen Männern des *Athénée-Palace*-Hotels lagen nur wenige Jahre, aber es war eine ganze Welt.

Dieser Mann gehörte zu der neuen Zeit, hatte mir der Direktor zugeflüstert, als wir durch eine Öffnung im Vorhang in den Saal geschaut hatten. Ich erinnerte mich an ihn, er hatte mir die Hand geküsst, als Traian in Bukarest den Preis bekommen hatte. Als er in den Saal getreten war, war ein Raunen in den Reihen aufgekommen. Die Frauen deuteten verstohlen auf ihn und steckten die Köpfe zusammen. Ihr Flüstern wurde immer lauter, dann ebbte es wieder ab. Die Blicke der Frauen sprachen Bände. Sie sprachen davon, wie sehr sie es sich wünschten, von so einem Mann gekonnt belogen und danach noch gekonnter ausgezogen zu werden. An diesem Mann war nicht nur die Position ausgezeichnet, sondern auch sein Aussehen. Sein Name machte die Runde.

Als die Lichter erloschen, atmete ich tief durch und ging hinaus auf die Bühne. Die Kinder begrüßten mich laut, und ich grüßte zurück. Ich redete mit ihnen, machte Scherze, fragte einen nach der Schule, einen anderen, wieso er seit einer Weile nicht mehr bei uns gewesen war. Ob er oder seine Eltern faul waren? Ich kletterte in den Saal herab, bahnte mir den Weg zu einem Jungen, der zu scheu war, um laut zu sprechen, und wir flüsterten. Oder ich prüfte nach, ob ein Mädchen wirklich Fieber hatte, wie ihre Großmutter behauptet hatte. Aber man habe sie nicht daran hindern können zu kommen, hatte die alte Frau gesagt.

Ich holte hinter der Bühne ein großes Fieberthermometer hervor, doppelt so lang wie das Mädchen. «Ist das jetzt ein Thermometer oder eine Messlatte, um zu sehen, wie schnell die Kinder wachsen?» «Ein Thermometer!», wurde mir laut aus dem Saal zugerufen. «Seid ihr sicher? Habt ihr wirklich ein so großes Thermometer schon mal gesehen?» «Neeeein!» «Seht ihr? Dann ist es vielleicht auch kein Thermometer. Dann misst man vielleicht doch gar kein Fieber damit, sondern wie groß ihr seid. Wollen wir mal sehen? Wer will sich messen lassen? Du vielleicht?» Ich zeigte auf einen Jungen, der sich aber hinter seiner Mutter versteckte. Dann stand er aber doch auf und stellte sich neben mein Thermometer.

«Sechsunddreißig Komma fünf Grad ist er groß. Kann das denn sein?» «Neeeein!» «Und du dort?» Ein zweites Kind kam in den Durchgang. «Du bist siebenunddreißig Komma acht Grad groß. Das ist aber sonderbar. Wen wollen wir noch messen?», fragte ich, während ich durch die Reihen ging. «Ich bin ja auch ganz winzig, kaum größer als ihr.» Ich stellte mich neben das Fieberthermometer. «Zweiundvierzig. Ich bin zweiundvierzig Grad groß. Wer möchte noch mal? Kinder, vielleicht sollten wir einen nehmen, der schon groß ist. Wer ist hier schon groß? Da sehe ich einen. Heute haben wir unter uns, liebe Kinder, einen der ganz Großen. Einen Minister. Dieser Minister sorgt dafür, dass es dieses Theater gibt, liebe Kinder. Das ist eine sehr bedeutende Person, und wir wollen schauen, ob wir sie messen dürfen. Darf ich bitten, Herr Minister?»

Ich stellte mich neben ihn. Er, der mich bislang bewegungslos, aber lächelnd beobachtet hatte, legte den Mantel ab und stand auf. Er gab mir die Hand, verbeugte sich und sagte: «Der Genosse Minister steht bereit, Genossin.» «Grüßt den Minister, liebe Kinder. Sagt: ‹Guten Morgen, Herr Minister!›» Die Kinder grüßten, und ich lehnte das Fieberthermometer, das mich überragte, an den Minister, dem es aber nur bis zur Brust reichte. «Mein Gott, lieber Herr Minister, Sie sind größer als unser Maßstab. Ihre Brust ist zweiundvierzig Grad groß, für alles, was darüber ist, übernehme ich keine Verantwortung. Sie sollten sich untersuchen lassen, Herr Minister. Es geht nicht, dass in diesem Land die Menschen größer sind als die Maßstäbe.»

Das Lachen des Ministers fror unmerklich ein, er verbeugte sich noch einmal und setzte sich wieder hin. «Aber vielleicht ist es doch nur ein Thermometer und misst, ob Kinder tatsächlich Fieber haben oder ob sie bloß die Schule schwänzen wollen.» Ich lehnte es an die Wand. «Kinder, heute haben wir wieder etwas Schönes für euch.» Ich kletterte auf die Bühne, stellte das Stück vor, dann wurde der Vorhang aufgezogen, und es ging los.

Hinter der Bühne wartete Traian aufgeregt auf mich, mit einer Marionette in der Hand. «Wie konntest du bloß?» «Wie konnte ich was?» «So mit dem Minister reden. Wenn der das nur nicht verstanden hat.» «Was soll der denn nicht verstanden haben?» «Das weißt du genau.» «Ach, das! Wenn der sich in ein Kindertheater verirrt, dann gehe ich davon aus, dass er auch Humor hat.»

Nach der Vorstellung wartete der Minister im leeren Saal auf mich. Ich hatte die schwarzen Sachen abgelegt und trug wieder mein rotes, luftiges Sommerkleid. Die Haare hatte ich zu Zöpfen geflochten, sodass ich zum jungen Publikum meiner Vorstellungen gut gepasst hätte. In manche Kinos und Wirtshäusern ließ man mich nicht ein, und Traian musste sich anstrengen, um die Leute von meinem wahren Alter zu überzeugen. Durch meine Adern floss katalanisches Blut, Großmutters Blut, aber das beeindruckte keinen Oberkellner oder Wirt.

Der Minister berührte gerade das Fieberthermometer, als ich auf ihn zuging. «Erinnern Sie sich an mich? Wir haben uns schon mal in Bukarest getroffen», sagte er. Er nahm meine Hand und küsste sie wieder. «Ich sollte viel eher Sie fragen, ob Sie sich an mich erinnern, Herr Minister.» «Die Kinder lieben Sie, Genossin.» «Fräulein.» «Genossin Fräulein.» Wir lachten. Der Minister strich jetzt über die Wände und den Bezug der Stühle. «Ich war zuletzt vor vierunddreißig Jahren in diesem Theater. Ich habe hier gesessen, neben mir saß meine Mutter. Ich wollte heute wieder auf demselben Stuhl sitzen, aber ich habe mich verspätet. Wenn man Minister ist, hat man auch am Sonntagmorgen zu tun. Mein Fahrer ist so schnell gefahren, wie er konnte, als ob es um einen Staatsakt ginge. Was glauben Sie, wie verdutzt der war, als er nicht vor der lokalen Parteizentrale anhalten musste, sondern vor dem Kindertheater?»

«Ja, ein Minister passt nicht so gut zu uns hier.» «Sie können sich nicht vorstellen, wie enttäuscht ich war, als mein Platz besetzt war. Dieser schüchterne Junge hat dort gesessen. Ich konnte doch schlecht sagen: ‹Steh bitte auf.› Vielleicht ist es auch sein Lieblingsplatz.» «Ja, das ist er. Er sitzt immer am selben Platz, seine Mutter mag das gar nicht, denn dort sieht man ihre Beine nicht. Die eitelsten Menschen, die hierherkommen, sind die Mütter.» «Ich verstehe», sagte er und ging auf und ab, als ob ihn etwas beschäftigte.

«Wissen Sie, ich bin in dieser Stadt geboren.» «Ich weiß. Jeder weiß das.» Sein Gesicht verdüsterte sich, er schien jetzt nur noch mit sich selbst zu sprechen. «Nach einer Vorstellung haben wir zu Hause Vater mit seiner Geliebten erwischt. Ein hässliches, banales Mädchen, eine seiner Verkäuferinnen. Damals besaßen wir unweit von hier einen Stoffladen. Und wissen Sie, was Mutter ihm dann vorgeworfen hat? Zwei Dinge: Erstens, dass Vater ein so gewöhnliches Mädchen gut genug war. ‹Wenn du mich mit solchen Frauen betrügst, dann bedeute ich dir wirklich gar nichts mehr. Bei einer Schönen hätte ich es noch verstanden. Ich hätte mit allen Waffen einer Frau um dich kämpfen können. Aber jetzt weiß ich, dass dein Geschmack genauso billig ist wie die Frauen, die du magst. Und weil ich zu deinem Geschmack nicht passen will, muss ich dich verlassen.›»

«Und was war das Zweite?»

«Das Zweite war, dass Vater seine Affäre nicht geschickter vertuscht hatte. ‹Du hättest dich an die Länge des Stücks halten sollen. Wenn du so lange mit deiner Mätresse geschlafen hättest, wie das Stück dauert, hätte ich es nicht zu erfahren brauchen, und ich müsste dich jetzt nicht verlassen›, warf sie ihm vor. Darf ich Sie zum Essen einladen, Genossin Zaira? Es ist wunderschönes Wetter draußen, die Parks und Gärten sind voller Menschen. Es ist ein Tag, an dem auch ein Minister nicht allein sein darf.»

«Ich weiß nicht. Darf man einem Minister einen Korb geben?»

«Man darf, aber auf eigene Verantwortung.»

«Dann steht Ihnen mein Hunger zur Verfügung, lieber Herr Minister.»

Traian streckte den Kopf durch den Türspalt und forderte mich mit einer Geste auf, den Minister abzuwimmeln, aber ich schickte ihn weg. Als wir auf der Straße standen, trank sein Fahrer in einer Kneipe gegenüber dem Theater seinen Kaffee aus und kam zu uns. Traian versteckte sich hinter einem Baum, er wusste nicht, was er tun sollte. Ob er seiner Eifersucht nachgeben und uns folgen sollte oder sich an meine klaren Gesten halten. Traian machte kleine Zeichen, ich zuckte mit den Schultern, wie um zu sagen: «Ich weiß auch nicht, was hier vor sich geht.»

Ich wollte schon in das Auto einsteigen, der Fahrer hielt die Tür auf, als mich der Minister zurückhielt. «In der Nähe kenne ich ein gutes Restaurant mit einem schönen Sommergarten. Lassen Sie uns doch dorthin gehen.» Als wir uns entfernten, blickte ich noch einmal zu Traian rüber. Er hätte sich sofort auf den Minister gestürzt, wenn er den Mut dazu gehabt hätte. Seine Blicke sprachen eine deutliche Sprache.

Wir spazierten durch die ruhige, in weiches Licht getauchte Sommerstadt, in einigem Abstand folgte uns das Auto, Traian folgte uns und dem Auto. Wenn wir in einen Park gingen, wartete der Wagen am anderen Parkausgang. Traian aber lief auf Wegen, auf denen er uns gut im Blick hatte, hinter uns her. Ich wusste, dass er vor Eifersucht kochte, aber am Abend würde er alles in Alkohol ertränken.

«Herr Minister, ...», sagte ich, aber er unterbrach mich. «Sie mögen das Wort *Genosse* wohl nicht.» «Ich mag alles nicht, was modisch ist.» «Das verstehe ich, aber sagen Sie das nicht zu laut. Ich mache es Ihnen einfach, nennen Sie mich doch einfach Herr Popovici, und ich nenne Sie Zaira, dann brauchen wir uns nicht mehr um die Genossen zu kümmern.» «Herr Minister, Entschuldigung, Herr Popovici, erstens: Warum haben Sie mir das alles vorhin erzählt? Und zweitens: Wieso laden Sie mich zum Essen ein? Sie kennen mich doch gar nicht.» «Sollen ich Ihnen auf Erstens oder auf Zweitens antworten?»

Wir lachten, der Minister begann mir zu gefallen. Mit seinen vierzig Jahren war er nicht ganz alt, aber auch ich war nicht mehr ganz jung. Er war so, wie Vater damals gewesen sein musste, in seinem besten Alter. Wobei Vater sein bestes Alter im Krieg verbracht hatte.

«Was war das Zweitens?» fragte ich ihn.

«Sie täuschen sich, wenn Sie glauben, dass ich Sie nicht kenne. Sie müssen nur so sein wie heute im Theater, so mit den Marionetten umgehen, und schon kennt man Sie. Die Kinder kennen Sie, ihre Mütter kennen Sie und jetzt auch ich. Man sitzt im Dunkeln und schaut zu Ihnen hinauf. Man weiß, dass Sie dort sind, auch wenn man Sie nicht sieht, sondern nur hört.»

«Das ist aber schlecht, wenn man das weiß. Ein Puppenspieler muss unsichtbar sein. Er muss den Eindruck vermitteln, dass alles lebendig ist, von innen heraus.»

«Das ist es eben, bei Ihnen gehört das dazu, dass man das weiß. Man vergisst Sie nicht, wenn Sie spielen. Und man ist Ihnen nicht böse, wenn Sie kommunistischen Ministern beibringen, dass man in unserem Land nicht höher als die Maßstäbe zu sein hat.»

«Es tut mir leid, das hätte ich nicht sagen dürfen.»

«Vielleicht sollten Sie es nicht zu oft sagen und nicht vor so viel Publikum.»

Inzwischen waren wir vor dem Restaurant eingetroffen, es war das beste in der Stadt. Ich sah ihn unschlüssig an, für diesen Ort war ich nicht richtig gekleidet. Er legte mir den Arm um die Schultern und führte mich hinein, an den misstrauischen Kellnern vorbei. Denn mit meinen einundzwanzig Jahren sah ich wie siebzehn aus. Aber den Launen eines Ministers widersprach man nicht. Die Zeiten waren neu, dachten sie bestimmt, aber die Vorlieben waren die alten geblieben. Je älter die Männer, desto jünger waren ihre Leidenschaften.

Die Kellner verbeugten sich vor uns. Sie eilten herbei, als ob sie plötzlich in eine unerklärliche Unruhe geraten wären. Das galt auch für die übrige Kundschaft, die uns neugierige Blicke zuwarf. Wir wurden von allen Seiten gemustert, aus den beiden gut gefüllten Sälen, aus der Küche oder vom Garten her. Der Minister schien diese Aufmerksamkeit nicht zu suchen, aber er ließ es einfach geschehen. «Und erstens?», fragte ich ihn, als wir Platz genommen hatten. «Erstens, weil auch ein Minister von Zeit zu Zeit seine Sonntage nicht allein verbringen möchte. Sie sehen bezaubernd aus, Zaira, hat man Ihnen das schon mal gesagt?»

Am späten Nachmittag wollte mich der Minister nach Hause fahren, aber ich entdeckte Traian auf der anderen Straßenseite, völlig zerknittert, und lehnte ab. «Darf ich Sie anrufen?», fragte der Minister, als er meine Hand nahm. Ich dachte daran, wie so etwas zu Mutters Zeiten ausgesehen hatte: ein etwas älterer Mann, eine Frau, ein Versprechen. Die Frau zögerte noch, es zu geben, sie roch den Duft des Parfüms und den Geruch der Brillantine in den Haaren des Mannes. Sie zögerte noch, und er führte ihre Hand zum Mund mit einem leichten Zucken in den Mundwinkeln. Denn er wusste schon, dass er gewonnen hatte. Sie zögerte noch, aber nur für ihn. Für sich selbst hatte sie schon aufgegeben.

Der Minister aber lächelte nicht, er blieb zurückhaltend, und ich führte das auf sein Alter zurück. Wenn man einundzwanzig war, war vierzig nicht wirklich alt, nicht so alt wie Josef, als er vierzig war und ich erst zehn. Aber es war alt genug. Der Minister hatte nicht versucht, mich zu verführen, mit mir zu flirten. Oder die Einladung zum Essen war schon Verführung genug. In keinem Augenblick hatte ich jenes unbeschreibbare Gefühl gehabt, das ich immer bei den Männern verspürt hatte, die mich gerne ausgezogen hätten. Das Gefühl, das ich bei Paul und Traian gehabt hatte.

Der Minister trug einen Ring am Finger, vielleicht musste er zuerst den Ring fragen, ob er durfte oder nicht. Oder ob der Ring wegschauen könnte. «Zu Hause habe ich kein Telefon, Herr Popovici.» «Darüber machen Sie sich mal keine Sorgen.» Ich blieb ihm eine Antwort schuldig, oder ich hatte sie ihm schon gegeben, klar war mir das nicht.

Traians Eifersucht loderte auf. Ich wollte ihm Zsuzsas Essen zubereiten – jenes Essen, das jeden Mann beruhigte –, aber er trat gegen die Wand und die Möbel, als ob sie lauter Minister wären. «Jetzt betrügst du mich mit einem Minister.» «Ich habe nur mit ihm gegessen, weil er mit jemandem reden wollte.» «So fängt der Betrug immer an.» «Sei kein dummer Junge!» Ich legte den Löffel ab, streichelte ihm die Wangen, küsste ihn auf die Augen und den Mund. «Der Minister hat nicht solche Hände wie du. Der Minister hat nicht solche Augen wie du. Der Minister hat nicht so viele Schafe wie du, damit wir sie gemeinsam zählen können.»

Er wollte etwas dazu sagen, aber wieder küsste ich ihn. Jedes Mal, wenn er zum Sprechen ansetzte, küsste ich ihn. Von Kuss zu Kuss wurden seine Versuche schwächer, und die Versuchung wuchs. Er nahm meine Hand sanft in die seine und küsste sie und dann den ganzen Arm. «Vorsichtig, den Arm brauche ich noch, um zu kochen», sagte ich.

Die Tropfen fielen in die Suppe, so wie früher Zsuzsas Tränen in die Suppe gefallen waren, um sich dort in Perlen zu verwandeln. Und wenn sie es nicht taten, dann hatte Zizi nachgeholfen. Traian hatte sich leise von hinten genähert und umfasste mein Becken. Er legte den Kopf an meine Schulter und sah meine Tränen. «Du weinst. Ich habe dich zum Weinen gebracht. Was für ein schlechter Mann ich doch bin», sagte er und trocknete mir die Wangen. «Das sind keine echten Tränen, das ist Zsuzsas Rezept. Sie weinte immer genau so viel, wie wir Salz für die Suppe brauchten.» «Du musst doch verstehen, ein Minister ist mehr als ein Puppenspieler.» «Er ist zu alt.» «Du gibst also zu, dass er dir gefallen hätte, wenn er nicht so alt wäre?» «Ich gebe gar nichts zu. Du verwirrst mich. Nimm bitte die Zwiebel und hacke sie ganz fein.» «Damit wir beide weinen?» «Ja, man fühlt sich weniger elend, wenn man im Duett weint.»

Einige Minuten lang waren wir still und ins Kochen vertieft, dann aber brach es ein letztes Mal aus ihm heraus. «Wenn du mich endlich heiraten würdest, dann hätten wir das alles hinter uns.» «Oder erst recht. Weißt du überhaupt, wie viele Frauen bei unseren Aufführungen betrügen oder betrogen werden, genau in der Zeit, in der wir spielen?» «Woher weißt du das alles?» «Viele von ihnen warten nur darauf, darüber reden zu können. Weil ich für sie weder fremd noch vertraut bin, bin ich die ideale Besetzung dafür. Für eine Unbekannte hätten sie nichts übrig, und ihre Freundinnen fürchten sie, weil sie vielleicht dann darauf kämen, sich genau ihren Mann auszusuchen.»

Als er noch etwas sagen wollte, schob ich ihm Zsuzsas Essen in den Mund. «Schmeckt es? Ist es genug gesalzen, oder braucht es noch mehr?» «Nein, aber...» Und wieder fütterte ich ihn. «Wenn du dauernd darüber reden möchtest, füttere ich dich, bis du platzt, hörst du?» Eine Weile beherrschte er sich, aber dann rief er: «Es zeigt doch nur, wie sehr ich dich will.» «Und ich will dich, wenn du mich nicht so sehr willst.»

Zuerst hatte ich seine Wut mit den Küssen gezähmt, jetzt beschwichtigte ich seine Eifersucht mit Zsuzsas Essen. Ich stellte Traian ruhig, so wie ich es mit Paul getan hatte. Ich begann, Berufserfahrung zu sammeln. Zu wissen, was Männer brauchten, um nicht durchzudrehen. Neben den Küssen und dem Essen brauchten sie noch etwas Drittes. Traian und mir fiel es leicht, es in jener Nacht zu tun. Vom Weinen und Streiten gingen wir über zum Kauen und Küssen. Weil die Küsse uns berauscht hatten und weil jeder von uns seine Schuld abtragen wollte, taten wir es umso lieber.

Wir brauchten in jener Nacht wieder viele Schafe, um einzuschlafen. Als unsere Hände und Lippen müde wurden, als unser Suchen, Streicheln, Drücken und Zucken aufhörte, als er sich an mich geschmiegt hatte und mir vom Schafezählen schon die Augenlider zufielen, flüsterte er mir ins Ohr. «Will er dich wieder treffen, dein Minister?» «Nein. Schlaf jetzt.» Traian schlief friedlich ein, ich aber fügte meiner Herde neue Schafe hinzu. Ich war schwer nach Zsuzsas Essen und ganz weich nach der Lust. Etwas aber war geschehen. Ich hatte Traian das erste Mal belogen.

· · · · · ·

Zwei Wochen später läutete der Fahrer des Bürgermeisters aufgeregt an der Tür. «Kommen Sie schnell mit, Genossin, der Bürgermeister wartet auf Sie. In einer halben Stunde kriegen Sie einen Anruf.» «Ich? Einen Anruf? Beim Bürgermeister?» «Kommen Sie schnell mit, sonst muss ich mir was anhören.» Der Mann schwitzte und atmete schwer, er war die Treppen hinaufgerannt und stützte sich jetzt an den Türrahmen. «Erklären Sie mir, was passiert ist. Ist meinen Eltern etwas passiert?» «Ihren Eltern? Keine Ahnung, ich glaube nicht. Der Genosse Bürgermeister hat nichts davon gesagt, dass es etwas Trauriges ist. Im Gegenteil.»

Auf der Straße hielt der Fahrer die Tür des Wagens auf und verbeugte sich leicht, wie er es täglich unzählige Male für seinen Chef machte. «Mit dem Wagen des Bürgermeisters?» «Damit sind wir am schnellsten. Ich kann auch das Blaulicht einschalten.» Ich stieg ein, und während wir durch die Straßen der Stadt fuhren – so eilig, wie Zsuzsa es niemals gefallen hätte –, dachte ich, dass dies vielleicht eine Falle war. Denn auch das hatten die neuen Zeiten mit sich gebracht: Eines Tages wurde an die Tür geklopft, auf dem Flur stand jemand mit einem lachenden Gesicht, doch man wurde von diesem freundlichen Herrn ins Gefängnis gefahren.

Vielleicht wurde jeder so verhaftet: von einem Mann mit einem lachenden Gesicht und durch einen Telefonanruf. Vielleicht grinsten auch die Lagerwärter, bevor sie zuschlugen. Jedenfalls konnte man Personal sparen, denn die Leute stiegen freiwillig ins Auto, man brauchte nur noch einen Fahrer. Aber was konnten die neuen Zeiten gegen Puppenspieler haben?

Ich ging in Gedanken hastig die letzten Aufführungen durch und versuchte mich daran zu erinnern, ob da etwas gewesen war, ob ich etwas Riskantes gesagt hatte, aber mir fiel nichts ein. Nun ja, außer der Geschichte mit dem Minister. Wo war der jetzt? Hatte er mich schon längst vergessen? War das nur eine seiner Ministerlaunen gewesen, sich mit einer jungen Frau zu zeigen, aber dann doch die erfahreneren Damen zu bevorzugen?

Es musste etwas mit Vater zu tun haben. Vielleicht überzeugte seine kommunistische Gesinnung nicht mehr. Das war doch zu schnell gegangen, das hatte nicht einmal den verblendetsten Kommunisten täuschen können: die blitzschnelle Bekehrung meines Vaters. Eben noch Offizier des Königs in Stalingrad, dann schon Kommunist, ein Mann der neuen

Zeiten. Vielleicht war Vater schon im Arbeitslager. Aber für die Tochter eines so unbedeutenden Mannes wie Vater gleich eine schwarze Limousine schicken?

Das Auto hielt direkt vor dem Rathaus, der Fahrer sprang heraus, öffnete mir die Tür, nahm mich bei der Hand und führte mich über viele Treppen und Flure bis vors Büro des Bürgermeisters. Ich wartete dort allein, bis der Bürgermeister herauskam und – als er mich sah – sein breitestes, vom Rauchen vergilbtes Lächeln aufsetzte. Solch ein Lächeln konnte er unmöglich für seine Klassenfeinde reserviert haben. Er führte mich ins Büro und lud mich ein, mich in den bequemsten Sessel neben seinem Schreibtisch hinzusetzen.

Wie sein Fahrer lief er schwitzend auf und ab, die Hände auf dem Rücken verschränkt, und murmelte dauernd: «Ich wusste nicht, Genossin, dass Sie Freunde in so hohen Positionen haben.» Er deutete mit dem Kopf nach oben, als ob meine Kontakte bis in den Himmel reichten. Ich dachte: *Was redet der denn?* «Ich wusste nicht, dass Sie solche Verehrer haben. Wenn man Sie aber so anschaut, dann ist das auch kein Wunder.»

Die Frau des Bürgermeisters war oft mit ihren Kindern im Theater gewesen, deshalb wusste ich über die Verehrerinnen des Bürgermeisters Bescheid. Er suchte sie sich in der Stadtverwaltung aus, unter Sekretärinnen, Beamtinnen, Beraterinnen. Alle gute Genossinnen, vertikal oder horizontal. Alle mit der richtigen Gesinnung. Sein Fahrer brachte sie ihm nach Hause, immer sonntags um zehn oder manchmal auch bei den Abendvorstellungen. Zwei Stunden, das gestand seine Frau ihm zu, einmal die Woche. Sonntags um zwölf mussten sie wieder weg sein, um ein Uhr wurde gegessen. Um zwei Uhr nachmittags schwieg man sich bereits aus, und das würde dann bis zum Abendessen reichen.

Der Bürgermeister sah, dass ich Angst hatte, ich zerquetschte beinahe die Tasche auf meinem Schoß. Das Büro stand voller alter Stilmöbel, solch guten Geschmack hätte ich den Genossen nicht zugetraut. Ich fragte mich, wie viele Häuser von Klassenfeinden geräumt worden waren, um hier den Raum zu füllen. So wie der Minister mit seinem Stilempfinden den Männern früherer Zeiten glich, so glich ihnen der Bürgermeister bei seinem Einrichtungsgeschmack. Die alten Zeiten hatten die neuen Zeiten gut eingekleidet. Und möbliert.

Als das Telefon läutete, zuckte der Bürgermeister zusammen, eilte zur Tür, ging hinaus, steckte noch mal den Kopf ins Zimmer und flüsterte: «Ich lasse Sie jetzt lieber allein.»

Die Stimme des Ministers war ruhig und warm, verlegen nannte ich ihn wieder «Herr Minister». Er tadelte mich sanft, wollte, dass ich Herr Popovici zu ihm sagte, also sagte ich: «Herr Popovici, was ist passiert?» «Es ist nichts geschehen, ich wollte Sie einfach nur hören.» «Ich dachte, dass es nur eine Laune gewesen ist.» Er rief mich zwischen zwei Kabinettssitzungen an, das konnte doch keine Laune sein. Es gab keine Launen, die zwischen zwei Sitzungen unserer Regierung passten. Ich dachte: *Das muss ihm wichtig sein*, aber er flirtete nicht, er bedrängte mich nicht. Er tat nichts von dem, was ich doch von allen anderen Männern kannte. Er beachtete mich einfach, das war vielleicht seine Art von Zuneigung.

Ich versuchte, sein Verlangen herauszuhören, aber ich hörte nichts. Ich versuchte, sein Angebot herauszuhören, aber da war nichts. Er beachtete mich, und das gefiel mir nicht schlecht. Er fragte mich aufmerksam über das Theater und die Aufführungen aus, machte einen Witz über seine Körperlänge und meine Idee, ihn mit einem Fieberthermometer zu messen, und lachte, als ich ihm erzählte, was ich über den Bürgermeister wusste. «Ja, wir Kommunisten sind auch nur Menschen.» «Davon gehe ich aus, Herr Popovici, dass die Kommunisten auch Menschen sind. Wieso würde ich sonst jetzt hier sitzen?» Ich erschrak über meine Bemerkung, aber er schien sie nicht gehört oder nicht beachtet zu haben, denn auch jetzt reagierte er nicht. «Darf ich Sie wieder anrufen?», fragte er, bevor wir auflegten.

In den folgenden Wochen wurde ich regelmäßig vom Fahrer des Bürgermeisters oder von dem des Milizchefs abgeholt, vom Direktor des Stadttheaters persönlich, von Freunden des Ministers. Ich wurde unzählige Male durch Flure und Türen geführt, saß in Amts- und Wohnzimmern, mein Ruf ging mir immer voraus, man wartete auf mich am Tor oder am Empfang. Man kochte mir Kaffee oder Tee, stellte Kuchen oder Sirup bereit. Alle waren neugierig, alle bissen sich auf die Zungen, damit die Gedanken nicht laut wurden. Ich stellte mir vor, wie sie hinter den Türen lauschten, das Ohr fest ans Holz gepresst.

Nur einer war mir gegenüber völlig gleichgültig, ein schöner, blonder Mann, mit mittellangen Haaren und einer hellen, fast milchweißen Haut. Ein bekannter junger Schauspieler, einer, dem man eine glänzende Zukunft voraussagte. Er läutete an meiner Tür und wartete nicht, dass ich ihm öffnete, ich hörte, wie er die drei Stockwerke schon wieder hinunterlief. Ich sah durchs Fenster, wie er sich gerade wieder in sein Auto setzte. Während der Fahrt zu ihm nach Hause sprach er kein einziges Wort und auch nicht, als wir darauf warteten, dass das Telefon läutete.

Als der Minister anrief, packte er seine Jacke und ging für eine halbe Stunde auf die Straße. Ich hatte den Eindruck, dass er mich nicht um sich haben wollte. Er sei der beste Freund des Ministers, hatte er einmal gezischt. Wenn er wegen seiner Aufführungen nicht dauernd unterwegs wäre, könnte ich immer von seiner Wohnung aus telefonieren, aber so sei man einfach auf den Bürgermeister und die anderen angewiesen. Ich glaube aber, dass er froh war, mich nicht oft sehen zu müssen.

Irgendwann duzten wir uns, der Minister und ich. Und es entwickelte sich eine Wärme, keine Leidenschaft zwar, keine starken Gefühle, aber eine Vertrautheit, die ich so mit den Männern noch nicht erlebt hatte. Nirgends war auch nur ein Hauch von Verführung oder Bedrängnis, das war etwas völlig Neues. Anders als Paul, der mich heiraten wollte, um sich dann legal auf mich legen zu dürfen, oder als Traian, der mit einer Heirat auch seine Angst, mich zu verlieren, legalisieren wollte. Jeder andere Mann hätte es längst versucht, nur der Minister nicht.

«Andrei, was möchtest du denn wirklich von mir? Du hast bisher nicht einmal versucht, mit mir zu flirten. Obwohl ich sagen möchte, dass mir es so auch ganz gut gefällt.» «Ich bin anders, Zaira.» «Klar doch, du bist anders. Du bist Minister, du kannst dich nicht leicht gehen lassen, aber wenn es ums Eine geht, sind auch solche Männer wie du nicht viel anders.» «Ich möchte dich kennenlernen.»

Ich schwieg, denn ich hatte mir so sehr gewünscht, dass Traian das zu mir gesagt hätte. Dass er mein Gesicht mit seinen flinken Händen angefasst, seine Hände auf meine Wangen gelegt, mich angeschaut und genau das gesagt hätte, statt andauernd vom Heiraten zu reden. So sehr hatte ich es aus seinem Mund hören wollen, dass ich jetzt, als mir das ein Minister aus der Hauptstadt sagte, sprachlos war.

«Was habe ich, was die Frauen aus Bukarest nicht haben? Die sind viel raffinierter als ich, haben viel mehr erlebt.»

«Du bist geduldig und ruhig, du hast Klasse, ohne dich wirklich darum zu scheren.»

«Wieso ich?»

«Du hast etwas Besonderes, eine Art Stolz.»

«Stolz waren wir alle in unserer Familie. Daran hat es nie gemangelt.»

Es gab zwei Nebenwirkungen dieser Anrufe. Ich erwartete sie immer ungeduldiger, und sie wurden zu einem Teil meines Lebens. Ich sprach Andrei in Gedanken mit seinem Vornamen an und überlegte mir schon im Voraus, was ich mit ihm besprechen wollte. Oft wollte ich nur seinen Rat haben oder ihm von meinem Alltag erzählen. Dass er am anderen Ende der Leitung war und zuhörte, genügte mir. Wenn ich wusste, dass er anrufen wollte, blieb ich den ganzen Tag zu Hause. Ich wartete, dass mich der eine oder der andere abholte, ich konnte mich nicht konzentrieren, sah ständig auf die Straße und machte auch mit Traian nichts aus. Obwohl nichts Ungewöhnliches zwischen uns geschah, hielt ich gerade das für das Ungewöhnliche.

Ich sehnte ihn nicht herbei, so wie ich manchmal den nüchternen Traian herbeisehnte. Ich sah mich nicht in so kompromittierenden Stellungen, dass Großmutter errötet wäre. Es war Andreis Interesse, das mir gefiel. Dass er sich um mich kümmerte. Ein reifer Mann, unnahbar für viele, doch für mich nicht.

Ich genoss es, dass mir keiner auf den Leib rücken wollte, dass ich reden und dann wieder auflegen konnte. Dass mich keiner heiraten wollte, obwohl ich mich darin noch täuschen sollte.

Die zweite Nebenwirkung war, dass sich unser Theater mehr und mehr mit Erwachsenen füllte. Sogar der Bürgermeister wurde mehrmals gesehen, der Milizchef, der Stadttheaterdirektor, viele andere Berühmtheiten, Schauspielerinnen, Dichter, Fabrikdirektoren. Fast eine Saison übertrafen wir das Stadttheater bei den Zuschauerzahlen. Lange fragte ich mich, wie das möglich sein konnte. Was wir denn hätten, was die nicht hatten. Ich kam nicht auf die Idee, dass wir *mich* hatten.

Manche brachten ihre Frauen oder Geliebten mit, manche auch beide, nur dass dann die Geliebte zwei oder drei Reihen weiter hinten sitzen musste. Der Saal war jetzt immer so voll, dass sogar bekannte Leute stehen und wir viele wieder abweisen mussten. Wir machten uns Sorgen, ob die Erwachsenen nicht bald die Kinder verdrängen würden.

Wenn ich vor dem Vorhang erschien, begann das Raunen, und ich spürte, dass ich vom Scheitel bis zur Sohle gemustert wurde. Wenn ich zu sprechen ansetzte, verstummten alle sofort. Die Neugierde der Erwachsenen machte der Neugierde der Kinder Konkurrenz. Dort, wo noch vor Monaten nur ein paar Mütter und die geschrumpften Großmütter die Kinder an Größe übertroffen hatten, saßen jetzt lauter Männer und Frauen im Saal, die ich höchstens auf den Spaziergängen durch die Stadt gesehen hatte.

«Wieso schauen die mich so an?», fragte ich den Direktor einmal.

«Wie sollen sie Sie denn anschauen, wenn Sie allein auf der Bühne stehen und das Stück einführen?»

«So schauen sie nicht, sondern anders.»

«Aber, Zaira, sie sind alle Ihretwegen hier.»

«Wieso das denn, *meinetwegen*?»

«Verstehen Sie mich nicht falsch, Sie sind eine fantastische Puppenspielerin, aber das wollen sie gar nicht sehen.»

«Was wollen sie denn sehen?»

«Sie. Die Geliebte des Ministers.»

«Was? Sie wissen es?»

«Jeder weiß es. Wie konnten Sie daran zweifeln? Und jetzt gehen Sie auf die Bühne und bringen Sie sie zum Lachen. Schauen Sie doch, wie gespannt sie alle sind.»

«Liebe Kinder!», begrüßte ich sie laut, als ich auf die Bühne ging. «Merkt ihr auch, dass es hier bei uns immer unbequemer wird? Dass es hier inzwischen mehr Mütter und Väter gibt als Kinder? Es scheint, dass das Puppentheater auch Erwachsenen gefällt, wieso sollten sie sonst hier sein? Langweilen Sie sich etwa in dieser unseren schönen neuen Welt? Oder sind wir inzwischen besser als das Stadttheater, Herr Stadttheaterdirektor? Genosse, meinte ich. Oder haben Sie sich einmal freigenommen von Ihren Knastbrüdern, lieber Herr Milizchef? Genosse, Entschuldigung. Wir sehen Sie in unserem

Theater alle gerne, aber ich fürchte, dass wir Sie langweilen werden, denn was wir hier machen, ist eine kleine Kunst, eine Kunst für die Kleinen. Wir beschäftigen uns nicht mit irgendetwas Großem. Wir wollen nichts zeigen oder sagen, was ihr nicht schon mit euren Augen und Ohren gesehen und gehört habt. Denn wir machen ein Theater für Kinder, nur das ist unsere Kunst.»

Nach der Aufführung waren der alte Direktor und Traian außer sich. «Wieso reden Sie so?», fragte der Direktor. «Die Kinder verstehen Sie nicht und die Erwachsenen nur zu gut. Bald landen wir hinter Gittern.» Traian packte mich bei den Schultern und schüttelte mich kräftig durch:

«Was mit dir und den Deinen passiert ist, ist schlimm, aber das ist kein Grund, uns alle in Gefahr zu bringen.» «Was willst du damit sagen?», schrie ich ihn an. «Du weißt genau, was ich damit sagen will: die Kommunisten am frühen Morgen bei euch in Strehaia, das Betteln ums Essen, der Tod von diesem Zizi.» «Du hast kein Recht, Zizis Namen in den Mund zu nehmen. Sei still!» «Du kochst andauernd Zsuzsas Essen, du redest andauernd über Zizi, kein Wunder, dass du mich nicht heiraten willst. Du bist mit deiner Vergangenheit verheiratet!» Wieder schüttelte er mich, und ich stemmte mich gegen ihn.

«Lass los, dummer Junge! Sofort loslassen! Du hast kein Recht, darüber zu reden, du hast es nicht erlebt, du beschmutzt es nur. So wie du alles beschmutzt, was du berührst, mich, meine Wäsche, meine Wohnung! Mit deinem Säufergeruch beschmutzt du alles. Willst du wirklich wissen, wieso ich dich nicht heirate? Weil du so ein Säufer bist und ich nicht will, dass die Leute mit dem Finger auf mich zeigen und flüstern: ‹Die Frau des Säufers. Die Ärmste. Er war mal ein guter Mann, aber das ist schon lange her.›»

Traian packte mich an den Armen, seine Augen waren weit aufgerissen, er atmete schwer. Dann ließ er mich auf einmal los, seine Hände hingen hilflos herab, als ob er keine Kraft mehr hätte. Als ob es nicht dieselben Hände wären, deren Kraft und Sanftheit ich durch und durch kannte, wenn sie mich fassten, sondern die eines anderen Mannes.

«Weißt du überhaupt, wer ich bin? Wer Großmutter und Zizi und Tante Sofia sind? Wir sind die Izvoreanus. Mit einem wie dir würden wir uns niemals einlassen.» «Zaira, du redest von ihnen, als ob sie noch lebten, aber nur noch deine Tante und deine Eltern leben. Deine Großmutter ist tot, Zizi ist tot. Ihr habt alles verloren, was ihr gehabt habt und was ihr gewesen seid. Und ja, ich weiß wirklich nicht, wer du bist.»

Dann sahen wir uns an. Dann lief er weg, so schnell, dass ich ihn nicht mehr zurückhalten konnte. Dass ich ihm nicht mehr sagen konnte, wie sehr ich mir die Worte lieber zurück in den Mund gestopft hätte. Stattdessen rief ich ihm hinterher: «Ich werde den Minister heiraten, wenn er mir Gelegenheit dazu gibt. Nur damit du es weißt! Er beschmutzt mich nicht.» Die Gelegenheit kam einige Zeit später.

· · · · ·

Als nach Wochen an die Tür geklopft wurde, sprang ich auf, blickte in den Spiegel, trug Lippenstift auf, steckte eine Haarsträhne nach hinten und zog mir die Schuhe an, denn ich dachte, dass man mich für ein weiteres Telefonat abholen würde. Andrei stand strahlend vor der Tür, besser aussehend denn je. In der Hand hielt er einen Telefonapparat, und hinter ihm wartete ein Techniker. «Freust du dich nicht, mich zu sehen?» «Doch, sehr.» «Wollen wir uns nicht umarmen?» «Doch, schon.»

Ich dachte, *jetzt muss er doch versuchen, mich zu küssen*, doch er küsste mich nicht. Er hielt das Telefon hoch. «Ich habe dir gleich einen Apparat mitgebracht und den Techniker dazu. Damit du nicht dauernd von einem zum anderen gehen musst, wenn wir miteinander sprechen wollen.» «Die anderen Männer bringen Blumen, aber ein Minister bringt ein Telefon», lachte ich. Er zog nun den anderen Arm hinter seinem Rücken hervor und streckte mir einen Blumenstrauß entgegen. «Minister wissen, was sich für die berühmteste Puppenspielerin weit und breit gehört.» «Du weißt also Bescheid, dass es sich herumgesprochen hat. Aber du bist ganz allein schuld daran. Du mit deinen Anrufen.» «Ich weiß noch mehr. Ich weiß, was du bei deinen Aufführungen sagst und dass du Mühe hast mit dem Wort *Genosse*.»

«Und du lässt dich noch bei mir blicken?», fragte ich, nahm ihm seinen Hut und Mantel ab und legte sie weg. «Es ist halb so schlimm, Zaira, wenn du es im Puppentheater tust. Im *National*-Theater, das wäre eine ganz andere Geschichte.» «Man könnte doch die Kinder verderben.» «Es stimmt. Wenn du es zu oft sagst, wird man in Kürze dafür sorgen, dass du bald keine Gelegenheit mehr dazu hast.»

Andrei lockerte seine Krawatte, schaute sich meine Wohnung an, als ob er überprüfen wollte, ob ich eine gute Hausfrau sei. Dann machte er am Fenster seinem Fahrer, der ihm treu ergeben war, ein Zeichen. Er würde die ganze Nacht warten, falls der Minister sich entschloss, sie bei mir zu verbringen. Aber was würde *ich* tun, wenn mein Minister wirklich auf diesen Gedanken käme? Tatsächlich rief Andrei dem Mann unten zu, er könne jetzt wegfahren, er brauche ihn für den Tag nicht mehr. Er öffnete ein silbernes Zigarettenetui und streckte es mir entgegen. Die neuen Zeiten hatten sich bereits den alten angeglichen, wenn es um Luxus ging. Er zog seine Schuhe aus und setzte sich hin. Ich dachte: *Jetzt setzt er sich fest.*

An jenem Abend bekochte ich Andrei nach allen Regeln von Zsuzsas Kunst. Er schmatzte. Jeder, dessen Gaumen Zsuzsas Küche kennenlernte, schmatzte vor Vergnügen. Andrei vergaß sich, vergaß seine Ministermanieren, brach Brot ab und tunkte es in die Soße, schlürfte laut die Suppe vom Löffel, und das schien ihm zu gefallen. Er lehnte sich befriedigt zurück. Ich sah mir ganz genau an, wie er in meinem Leben landete.

«Du kannst dir gar nicht vorstellen, wie gut das tut, einmal nur so sein zu können, wie man sein will. Wenn du ein Restaurant eröffnen würdest, wäre ich dein erster Gast. Ein Schmatzrestaurant würde das werden. Ich wäre eifersüchtig auf alle, die bei dir essen, und würde das ganze Restaurant nur für mich allein mieten.» «Man kann in diesem Land leider kein Restaurant mehr eröffnen und Zigarrenläden, Sockenläden und Läden für englische Anzüge und Krawattenläden auch nicht. Es ist alles Volkseigentum», sagte ich spöttisch. «Das hat gesessen, aber keine Angst, ich werde es für mich behalten. Deinen Spott musst du allerdings zügeln», murmelte er.

Es wurde warm in der Wohnung, warm und gut von seinem Geruch. Vom Geruch der Zigaretten und seines Parfüms und davon, dass mich niemand an die Wand drücken wollte. Davon, dass meine Hände nicht kämpfen mussten. Es hätte ewig so weitergehen können. Jedes Mal, wenn ihm die Zigarette ausgegangen wäre, hätte ich ihm eine neue angezündet und sie ihm in den Mund gesteckt. Ich hätte mir seine Komplimente angehört und gewusst, dass darauf keine Taten folgten. Dass sich hinter seinen Komplimenten nicht mehr verbarg. Aber es kam anders. Als ich zum Waschbecken ging, um einen Apfel zu waschen, ahnte ich nicht, dass ich, als ich wieder am Tisch saß, schon fast verheiratet war.

«Zaira, wieso heiratest du mich nicht?» «Wie meinst du das: *heiraten*?» «Heiraten, wie zwei Menschen heiraten.» «Fang du mir nicht auch noch damit an.» «Bin ich dir zu alt?» «Soll ich ehrlich sein? Ein bisschen schon. Bin ich dir nicht zu jung?» «Nein, ganz und gar nicht.» «Wieso willst du mich heiraten? Du hast nicht einmal mit mir geflirtet, du hast mich nicht einmal geküsst.» «Ich könnte es jetzt tun, wenn ich dürfte.» «Das kann man so nicht sagen, Andrei. Das plant man nicht, das muss sich ergeben.» «Und was muss ich tun, damit es sich ergibt?» «Ich weiß es nicht, es gibt kein Rezept. Auf jeden Fall wollen Frauen nicht bedrängt werden, und das kannst du gut, fast zu gut, würde ich sagen. Weißt du das nicht? Du musst doch in Bukarest ein begehrter Mann sein.»

Er zuckte die Achseln.

«Ich kann dich nicht heiraten, oder besser gesagt, du kannst mich nicht heiraten. Ich bin dein Klassenfeind, ich würde dich kompromittieren.»

«Du hast recht, ich habe mich erkundigt. Entschuldige, aber es musste sein. Dein Vater war Offizier der Königsarmee, er war mit der deutschen Armee in Stalingrad und vorher in Odessa. Aber die Soldaten reden gut über ihn. Du stammst aus einer reichen Familie, ihr habt Land und Bauern besessen, über Generationen hinweg, die Bauern haben immer den allerletzten Teil bekommen von dem, was ihr hattet.» «Das ist nicht wahr! Zizi hat unseren Bauern immer großzügig Land in Pacht und einen Anteil an der Ernte gegeben. Und Tante Sofia hat die Kinder der Bauern auf die Welt gebracht. Sie hatten immer genug, um zu leben.»

«Darüber denken die Kommunisten eben anders, und das ist wirklich eine Gefahr für euch. Aber es gibt jemanden, der deine Mutter und deinen Vater schützt.» «Und ich dachte, es sei so ruhig, weil er sofort nach der Rückkehr in die Partei eingetreten ist.» «Ja, die Geschichte, als er mit Lenins Buch unter dem Arm aufgekreuzt ist. Man hat viel darüber gelacht, trotzdem hat man ihn aufgenommen. Wir Kommunisten sind vielleicht eifrig, aber nicht dumm, wir konnten schon immer die Spreu vom Weizen trennen. Trotzdem brauchen wir fähige Offiziere.»

«Wer ist denn dieser Mann, der uns beschützt?» «Sagt dir der Name László Goldmann etwas?» Ich wankte vor Überraschung und musste mich hinsetzen. Dann suchte ich lange nach Worten. Plötzlich überfielen mich die Erinnerungen an Mutters Berichte, damals in meinem Zimmer in Strehaia, als alle um uns beide versammelt waren. Mutters Geliebter, den sie verleugnet und nie wieder gesehen hatte. Der von der

Erde verschluckt worden war, ohne dass sie ihn jemals hätte um Entschuldigung bitten, seine Hände halten und sagen können: «Denk an mich, denk nicht an sie, nur an mich.»

«Ja, ich habe diesen Namen schon mal gehört», murmelte ich.

«Nach der Machtübernahme der Eisernen Garde ist er nach Russland geflüchtet und mit der Roten Armee zurückgekehrt, jetzt ist er eine ganz mächtige Person in der Partei. Er hat mir erzählt, wie sehr er deine Mutter geliebt hat.»

«Ich habe die Geschichte auch gehört. Meine Mutter hat lange nach ihm gesucht. László ist vielleicht ein guter Kommunist, du bist vielleicht ein guter Kommunist, aber ich kann dich trotzdem nicht heiraten. Die Kommunisten haben uns aus dem Haus gezerrt, haben uns alles weggenommen, was wir hatten. Sie haben Zizi geschlagen und ihn zum Trinker gemacht, bis er daran gestorben ist. Wegen der Kommunisten mussten wir betteln. Sie haben unsere Bauern gezwungen, vor uns auszuspucken.» «Ich werde nie zulassen, dass jemand vor dir ausspuckt, Zaira.»

Bis zuletzt versuchte er gar nicht, mir den Kuss zu geben, der zwischen uns seit so langer Zeit in der Luft gelegen hatte.

Stattdessen geschah etwas Sonderbares, das ich zuerst gar nicht beachtete und das sich mir erst sehr viel später erschloss. Andrei meinte, er würde gerne noch eine Weile sitzen bleiben, ich könne mich ruhig schon ausziehen und ins Bett legen. Ich dachte: *Was ist denn das schon wieder für ein Trick?* Aber es war keiner. Genau das irritierte so an ihm: dass er die Hinterlistigkeit anderer Männer nicht besaß. Dass er nicht etwas behauptete, das er dann doch nicht einhielt: seine Hände im Zaum zu halten. Er tat einfach nichts, kein Verlangen schimmerte durch, weder in seinen Worten noch in seinen Bewegungen. Er schien ein großer, schöner Mann zu sein, der sich Zeit ließ. Der gelernt hatte zu warten, bis man ihm direkt in die Arme lief.

«Du willst, dass ich mich ausziehe und ins Bett gehe, und du willst einfach dort im Sessel sitzen bleiben? Wieso denn? Entweder willst du mit mir schlafen, und dazu sage ich Nein, oder du hast dein Hotelzimmer gefunden.» «Frag nicht. Ich möchte hier in Ruhe sitzen und später vielleicht einschlafen. Du kannst dir nicht vorstellen, wie wichtig das für mich wäre.» «Wichtig? Für dich? Ich verstehe zwar nicht ganz, was du sagst, aber wenn es dir Spaß macht, morgen krumm herumzulaufen, dann bleib meinetwegen.» «Außerdem bist du selber schuld, Zaira. Nach solch einem guten, aber schweren Essen kann kein Mensch mehr zwei Schritte laufen.»

Ich zog mich hinter einem Vorhang aus, der die Küche vom Rest des Raums abtrennte. Als ich zu Bett ging und seine neugierigen Blicke befürchtete, merkte ich, wie abwesend er war – das Gesicht zum Fenster gewandt –, gedankenverloren. Er atmete genüsslich den Rauch aus und lächelte, als ob er in diesem Augenblick sehr zufrieden mit der Welt wäre, mit seinem Leben, mit dem Glück, das ihm beschert hatte, Minister geworden zu sein, Zsuzsas Essen im Bauch zu haben und beinahe auch eine junge Frau in seinem Netz.

Ich lag zusammengekauert im Bett, die Beine angezogen, und blickte misstrauisch auf das, was ich von ihm im Dunkeln sehen konnte. Die glühende Zigarettenspitze und die Umrisse seines schlanken Körpers. Ich hörte ihn manchmal seufzen. Manchmal schaute er auf die Uhr. Als meine Augenlider schwer wurden, konnte ich den Schlaf noch mehrmals abschütteln, aber irgendwann setzte er sich schwer und verführerisch auf mich und drückte mich in eine andere Welt hinein. Gegen Morgen erwachte ich vor Kälte, stand auf, sah nach ihm, aber er war verschwunden. Er hatte bestimmt das weiche Bett, in dem er allein liegen konnte, einem Zimmer vorgezogen, in dem er zwar nicht allein zu schlafen brauchte, dafür aber unbequem.

4. Kapitel

An einem feuchten und frostigen Novemberabend, als man, wenn man nach draußen musste, schnell wieder ins Haus flüchtete, warf jemand Steine gegen mein Fenster. Eine bekannte Stimme rief meinen Namen. «Zaira!» Ich stellte das Radio lauter. «Zaira!» Ich presste mir die Hände auf die Ohren. «Zaira!», zum dritten Mal. Ich öffnete das Fenster. «Was willst du, Traian?» «Ich habe gehört, dass der Minister dich jetzt schon zu Hause besucht.» «Das geht dich gar nichts an.» «Das geht mich schon was an, denn ich liebe dich, und wenn man jemanden liebt, dann geht einen alles an, was mit dem anderen zu tun hat.» «Geh nach Hause, Traian, du wirst erfrieren.» «Lieber erfriere ich, als nach Hause zu gehen.» «Hast du getrunken?» «Keinen Tropfen.»

Er zitterte am ganzen Körper, als ich ihn hereinließ. Ich wickelte ihn in eine Decke, rieb ihn ab, bis er sich entspannt hatte und ruhig wurde. Als er müde war und ihm dauernd seine Augen zufielen – gerötete, verweinte Augen –, ließ ich ihn schlafen. Seine Finger zuckten, als ob er auch im Schlaf mit seinen Marionetten spielte. Seine dicken, glänzenden Haare fielen ihm ins Gesicht, ich schob sie beiseite. Unter den Augenlidern verfolgten die Pupillen einen Film, zu dem ich keinen Zugang hatte. Spät in der Nacht schlüpfte ich neben ihm ins Bett, zog ihn zu mir, umarmte ihn und wartete. Als er mitten in der Nacht aufwachte, wollte er sich ausziehen, knöpfte seine Hose auf, wollte dann mich ausziehen, knöpfte meinen Rock auf, aber ich wehrte mich.

«Traian, du musst nach Hause gehen.» «Wieso? Ich dachte, jetzt ist alles wieder gut.» «Nichts ist gut. Du gehörst nicht hierher, du gehörst zu dir nach Hause.» «Weißt du noch, als ich Perlen in der Suppe versteckt und behauptet habe, Zsuzsa sei da gewesen? Da war ich dir gut genug.» «Ja.» «Und als wir uns täglich bei den Marionetten getroffen haben, war ich es auch. Und als wir Schafe gezählt haben, nachdem wir uns geliebt hatten, und die halbe Nacht lang versucht haben, die schwarzen von den weißen zu trennen, da wolltest du mich auch. Wieso nicht jetzt?» «Weil ich damals nur dich hatte, aber jetzt hätte ich auch noch die Flaschen dazu.» «Ich kann damit aufhören, wenn du wieder bei mir bist.» «Du bedrängst mich, Traian. Ich bin nicht bereit für solch eine Liebe. Ich will nicht noch mal einen am Alkohol sterben sehen. Ich liebe dich, aber ich kann nicht mit dir zusammenleben.»

«Merkwürdig, dass ich das erste Mal höre, dass du mich liebst, wenn du mir gleichzeitig sagst, dass du nicht mit mir zusammenleben willst. Ich werde jeden Tag Steine an dein Fenster werfen, bis du gar nicht mehr anders kannst.» «Dann ziehe ich aus der Stadt weg, und du siehst mich nie wieder.» «Einer von uns beiden muss sowieso das Theater verlassen», sagte er und knöpfte seine Hose wieder zu. Ich öffnete die Tür, strich ihm sanft über seinen Arm, sodass er es gar nicht bemerkte. Ich sah ihm lange durchs Fenster nach, bis er nur noch ein Schatten auf der Straße war.

· · · · ·

Noch in derselben Nacht, noch mit Traians Geruch in der Nase, mit der Erinnerung an das Gefühl seines Körpers an meinem, rief ich Andrei an. Seine Haushälterin ging ihn wecken, sie kannte mich. Sie hatte mich oft im Auftrag des *Genossen Ministers* angerufen, um mir seinen Anruf anzukündigen. «Du rufst mitten in der Nacht an. Was ist geschehen?» «So ist das, wenn man sich mit Frauen einlässt. Man weiß nie, was passieren wird. Erzähl mir etwas Schönes, Andrei. Wo möchtest du, dass wir heiraten?» «Du willst also?» «Ich habe nicht gesagt, dass ich will. Ich habe nur gefragt, wie du dir das alles vorstellst. Sag bitte etwas, ich muss jetzt deine Stimme hören.» «Sagt dir der Name Johannes Schultz was?» «Klingt wie ein Nazi.» Andrei lachte laut. «Ja, das ist wahr, aber wir verdanken ihm das Schloss Peleş, das Schloss des Königs. Eigentlich ist dieses ganze Schloss eine deutsche Reliquie in unserem Land. Dort werden wir heiraten.» «Du willst mich im Schloss des Königs heiraten, den deine Kommunisten aus dem Land vertrieben haben?»

Ich kannte das Schloss natürlich, Mutter hatte es oft erwähnt, jedes Mal nach einer Einladung in die Karpaten, beim König. Sie beschrieb es uns so genau – die Ehrenhalle, den Waffensaal, den türkischen Salon, den Konzertraum, den florentinischen und maurischen Saal –, dass Zizi, Großmutter, die Tante und ich sogar zu atmen vergaßen.

Andrei überhörte meinen Spott und fragte weiter, ob ich von Bernhard Ludwig gehört hätte. Das schien jetzt eine Einführung in Architektur zu werden. Ich erfuhr von ihm, dass Ludwig das Schloss ausgestaltet hatte. Da hatten sich eine Menge Deutsche und Österreicher ausgetobt, vielleicht war es deshalb so dunkel drinnen.

Die Wände der Ehrenhalle waren bis zum ersten Stock mit Nussholz getäfelt, erzählte er. Hinter großen Bögen führte die Ehrentreppe hinauf zum offenen Durchgang des ersten Stocks. Auf massiven, schweren Möbeln standen kleine Statuen aus Alabaster, keinen einzigen Fleck hatte man frei gelassen. Man fühlte sich wie in einer Schachtel gefangen. Oder in einer Art Höhle, die ein Specht mit Kunstsinn aus einem Baum herausgeschlagen hätte.

Andrei erzählte mir dann vom Waffensaal, der mit Eichenholz getäfelt war. Dort hing das Schwert eines deutschen Henkers, der damit deutsche Adlige enthauptet hatte. Wenn man genauer hinsah, sah man noch Blutspuren. Es gab ein kleines Wohnzimmer im bretonischen Stil, einen Konzertsaal im englischen Stil, aber mit einem Klavier aus Anvers, einen Theatersaal im Stil irgendeines französischen Königs und mit einer winzigen Bühne, auf der ich gut und gerne hätte Puppentheater spielen können.

Ganz zum Schluss von Andreis Erzählung landeten wir in einem Raum, in dem ein Bett aus rotem Samt stand und im Vergleich zu allem anderen unbedeutend schien, aber die Türen, die Stühle und die Decke goldverziert waren. Das nannte man Rokoko, fügte Andrei hinzu. «Werden wir dort schlafen?», fragte ich ihn. «Wir? Dort? Nein. Das ist das Gästezimmer. Wir werden im Zimmer des Königs schlafen. Dort stehen zwei Betten für uns. Was sagst du dazu, Zaira? So etwas sollte dir doch gefallen, wegen deiner Kindheit, meine ich. Ich habe mir alles genau überlegt.»

Ich konnte spüren, dass Andrei gespannt wartete. Er zündete sich eine Zigarette an. Ich konnte hören, wie schnell und verkrampft er den Zigarettenrauch ausatmete. Trotzdem konnte ich das Lachen nicht unterdrücken. Ich lachte lange, ich bebte vor Lachen, solch ein Beben kannte ich nur von Strehaia, wenn Zsuzsa durchs Haus ging. Ich presste den Arm auf meinen Bauch, zog die Knie hoch, aber ich hörte nicht auf zu lachen. «Ich wusste gar nicht, dass ich etwas so Lustiges gesagt hatte», meinte Andrei beleidigt. «Hast du aber», sagte ich und atmete mehrmals kräftig durch.

«Weißt du überhaupt, was du da sagst? Du, der Oberkommunist, willst mich, die Tochter des Klassenfeindes, im Schloss des Königs heiraten? Den ihr aus dem Land gejagt habt! Den meine Mutter verehrt und geliebt hat. Was ist denn das hier? Eine Art Klamauk, eine Art Aschenputtelgeschichte? Wie kannst du mir nur so etwas vorschlagen und mich beleidigen?»

«Ich verstehe nicht, was du hast! Das Schloss würde sonst leer stehen, wenn wir es nicht benutzen würden.»

«Wie ich sehe, benutzt du es sehr oft. Du kennst ja praktisch jedes Detail auswendig.»

«Ja, ich erhole mich dort manchmal, am Wochenende. Ich treffe Leute, Künstler, es ist das reinste Kommen und Gehen.

Aber es sind alles handverlesene Leute, das versteht sich von selbst.»

«Ja, das versteht sich von selbst. Und jetzt werde auch ich handverlesen, nicht wahr? Man hat den König des Landes verwiesen, aber an seinem Schloss finden die Genossen Gefallen. Das ist der Treffpunkt der besseren Kommunisten. Man muss sich dann und wann von der Revolution erholen.»

Ich schwieg, er schwieg, nach einer Weile fragte ich: «Andrei, bist du noch da?»

«Ich heirate eine kleine katalanische Rebellin. Wenn mir das nicht mehr Probleme einbringt, als es löst?»

«Was sagst du da, Andrei? Was für Probleme löst es, wenn du mich heiratest?»

«Habe ich das gesagt?»

«Hast du, ganz deutlich.»

«Ich bin nur müde, das ist alles. Entschuldige, aber du weckst mich mitten in der Nacht, nach einer schwierigen Kabinettssitzung, und willst dir was erzählen lassen, dann beleidigst du mich. Ich wollte es so machen, dass auch du etwas davon hast.»

«Was redest du da? Was ist mit dir los? Was soll ich davon haben? Was soll eine Frau anderes von ihrer Hochzeit haben als ihren Mann?»

«Ich bin müde, ich weiß gar nicht mehr, was ich sage. Lass uns jetzt schlafen, wir reden ein anderes Mal weiter.»

Einige Sekunden lang sagten wir gar nichts, dann wünschten wir uns Gute Nacht, doch gerade als ich auflegen wollte, fasste er sich noch mal ein Herz und fragte: «Glaubst du, dass du mich überhaupt jemals heiraten wirst? Ich meine, in nächster Zeit, innerhalb *nützlicher Frist*?»

«Du redest wieder Unsinn. Was ist das: *nützliche Frist*?»

«Sag: ja oder nein?»

«Ich weiß es nicht. Ich weiß überhaupt nichts mehr. Nein, eher nicht.»

«Wieso das?»

«Weil du mich bedrängst, wie alle vor dir. Und weil du mich nicht begehrst. Ich kann keinen Mann heiraten, der mich nicht begehrt.»

«Ist es wegen dieses jungen Mannes, des Puppenspielers, des Säufers?»

«Er ist kein Säufer, sei still, du kannst das gar nicht wissen. Du weißt nicht, wie er ist, du kennst ihn gar nicht. Man hat dich falsch informiert. Er weiß nur nicht, wie er sich helfen soll. Er ist ein wunderbarer Puppenspieler. So einen wunderbaren Puppenspieler hast du noch nie gesehen. Der gehört nach Bukarest, nicht hier zu uns, in die Provinz. Du kannst dir nicht vorstellen, wie er mit seinen Marionetten spielt, als ob sie lebendig wären. Nein, er macht sie lebendig, so ist das. Außerdem würde ihm nie einfallen, einer Frau, die er heiraten möchte, zu sagen, dass im Schlafzimmer, wo man die Hochzeitsnacht verbringen wird, zwei Betten stehen.»

Außer Atem und erstaunt darüber, dass ich Traian so in Schutz genommen hatte, schwieg ich. Ich hatte Mutters Stimme im Ohr, als Paul unten auf der Bank geduldig auf seine Beute gewartet hatte. «Ausserdem würdest du spucken, vielleicht nicht am Anfang, aber bald. Mit Kommunisten kenne ich mich aus, ich habe gesehen, was sie tun können.»

Andrei atmete laut aus, setzte zu einer Antwort an, verzichtete dann aber darauf.

«Gute Nacht, Zaira.»

· · · · ·

Manchmal stand Traian unter meinem Fenster. Ich sah seine dunklen, traurigen Augen, wir blickten uns immer wieder an, bis er – die Hände tief in den Taschen – fortging. Steine schmiss er keine mehr. Wenn er getrunken hatte, war er übermütig und warf mir Küsse zu, wenn er nüchtern war, starrte er mich einfach nur an. Seine Hände, seine schönen

Hände, packten eine Banklehne, hielten sich an einem Baum fest oder an einer Straßenlampe. Ich wusste, dass er stundenlang durch die Stadt ging. Entweder führten ihn seine Schritte in seine Lieblingsabsteige – dunkel und muffig, fernab von allen Blicken – oder unter mein Fenster. Ich wusste, dass er sich Mühe gab, nicht bei mir aufzutauchen. Dass er mit seinen eigenen Schritten im Krieg lebte, aber ihnen trotzdem folgte.

Er hatte mir einmal unterm Fenster gesagt: «Ich will nicht zu dir, aber meine Beine wollen es. Was soll ich schon machen? Die sind in der Mehrzahl.» Ich hatte gelacht, ihn hineingelassen und ihn in der Nacht gewärmt und mich an ihm gewärmt. Aber auch seine Besuche vor meinem Haus wurden weniger. Wir trafen uns nur selten im Theater, und wenn doch, senkte er den Blick. Der Direktor setzte uns nie im selben Stück ein, er ließ uns nie aus den Augen. Allmählich war das aber auch gar nicht mehr nötig, Traian schwänzte die Proben, kam betrunken zur Arbeit, war mürrisch, ertrug keinen, und keiner konnte ihn ertragen. «Wenn er so weitermacht, muss ich ihn entlassen, auch wenn es schade um seine Kunst ist», murmelte der Direktor, aber ich konnte ihn jedes Mal besänftigen.

Wenn ich Traian doch mal in einem der Räume traf, dann entglitt er mir, schlich sich davon. Ich lief einmal hinter ihm her, aus dem Heldensaal zum Marionettenfriedhof, dann zum Dramaturgen, von dort zum Puppenbauer, zur Schneiderin, zum Direktor, zurück zum Heldensaal, weiter zum Ersatzteillager und am Schluss auf die Bühne, wo er gerade ein neues Stück vorbereitete. «Du hörst mir nicht zu. Du willst gar nicht mit mir reden», rief ich. «Wozu? Du schläfst doch mit dem Minister.» «Ich schlafe nicht mit ihm, aber wenn du so weitermachst, werde ich es noch tun.» «Die ganze Stadt weiß es, wahrscheinlich das ganze Land, bis oben, ganz sicher wissen es die ganz oben auch. Ein Minister ist zu wichtig, als dass man nicht wüsste, wer seine Huren sind. Die Mätressen der Könige kannte man auch.»

Ich machte einen Schritt auf Traian zu und ohrfeigte ihn. Die Bühnenarbeiter blieben überrascht stehen, räusperten sich und warteten auf die Fortsetzung. «Was gibt es da zu glotzen?», schrie ich sie an. «Haben eure Frauen euch nie verhauen? Dann ist es höchste Zeit dazu. Und jetzt haut ab!»

Als wir allein waren, legte ich wieder die Hand an Traians Wange, aber diesmal langsam und vorsichtig. «Das war dumm von mir, das wollte ich nicht.» «Doch und zu Recht», sagte er, griff nach meiner Hand, packte sie am Gelenk, drehte die Handfläche nach oben und küsste sie. «So etwas darf kein Mann zu dir sagen, am wenigsten ich. Ich weiß nicht, warum ich das gesagt habe, ich ertrage die Vorstellung nun mal nicht, dass dieser Mann in deiner Nähe ist.» «Und ich ertrage nicht die Vorstellung, dass die Flasche in deiner Nähe ist.» «Lass uns nicht wieder davon anfangen. Wollen wir an einen flaschenfreien Ort gehen? Ich kenne einen, wo um diese Zeit niemand vorbeikommt.» «Ich auch», antwortete ich zögerlich. An jenem Nachmittag war Pinocchio unser Zeuge, er, der uns bekannt gemacht hatte. Und mit ihm alle anderen Marionetten aus dem Heldensaal. Nachher gingen wir stumm auseinander. Er hatte angesetzt, um etwas zu sagen, und ich, um etwas zu tun. Aber es war nur dabei geblieben.

Wie anders Andrei als Traian war! Wie robust er wirkte, wie sicher er seines Lebens schien! Wie gerne man sich ihm unterstellte, weil man fühlte, dass da gesorgt wurde, dass einem nichts geschehen konnte, wenn man in seiner Nähe war. Und wie wenig war sich Traian über irgendetwas sicher, außer dass in seiner Wohnung immer mehr Flaschen standen. Wie schwerfällig er wirkte, als ob er mit jedem Schritt gegen die Schwerkraft kämpfte. Nur auf der Bühne richtete er sich auf, wuchs er über sich hinaus, dehnte er sich beinahe nach allen Seiten aus, füllte den Raum aus und blieb doch unsichtbar.

Auf der Bühne konnte ihm keiner das Wasser reichen. Vorausgesetzt, Traian war trocken.

Am schlimmsten war es für ihn gewesen, wenn wir sonntags durch ein Spalier von Blicken gegangen waren. Er hatte mich in seinem neuen Anzug abgeholt, eine Weste unter dem gebügelten Jackett, mit nach hinten gekämmten, vor Pomade glänzenden Haaren. Ich hatte gewusst, dass er dem Minister Konkurrenz machen wollte. Wenn ich nicht hätte befürchten müssen, dass er besoffen in einem Graben landete, und wenn sie mich nicht beide – Minister und Puppenspieler – bedrängt hätten, wäre ich ganz zufrieden gewesen.

Traian hatte die Neugierde der Leute bemerkt, und ihr Tuscheln gehört. «Die wissen, dass du mich betrügst. Wie sie dich nur anschauen? Als ob du für jeden zu haben wärst.» «Ich bin nicht für jeden zu haben.» «Aber für den Minister bist du zu haben.» «Du hättest mich schon, wenn du nicht so verwildert wärst. Wenn ich mit dir nicht auch den Sumpf bekäme, in dem du steckst.» «Wieso lässt du dich dann auf seine Besuche ein?» «Ich gebe zu, dass sie mir schmeicheln. Aber er ist nicht gefährlich für dich. Du wirst kaum einen finden, der weniger von mir will als er.» «Ich bin sicher, auch er will dich heiraten. Ist das etwa wenig? Was zieht dich eigentlich an ihm an? Er könnte dein Vater sein.» «Vielleicht gerade das. Ich kann einfach mit ihm reden.»

Wochenlang blieben seine Anrufe aus. *Endlich hat er eine gefunden, die ihn überall heiratet,* dachte ich. Zur Not auch im Bett des Königs. Das heißt in den Betten, Andrei brauchte ja zwei. Eine kräftige, stramme Kommunistin, ganz auf Parteilinie geeicht und trotzdem mit einem Geschmack für die guten, alten Zeiten. Ich war erleichtert, weil endlich Ruhe herrschte. Weil keiner an mir zerrte, weder aus der Hauptstadt noch unter meinem Fenster.

Aber Andrei war noch nicht ganz aus meinem Leben verschwunden. Noch war er da und bereitete den nächsten Schritt vor. An dem frühen Abend, als sein Fahrer mit der Mütze in der Hand vor meiner Tür stand und mich bat, mir das schönste Kleid anzuziehen und ihn auf keinen Fall wegzuschicken, musterte ich mich im Spiegel und fragte mich zum hundertsten Mal, wieso mich die Männer haben wollten. So habgierig, so unversöhnlich und besessen haben wollten. Eine Frau, die klein und dünn war, fast wie ein Mädchen aussah, mit zwei Kohlestücken statt Augen und mit breiten Hüften.

Eine, wie man mir immer sagte, hübsche, sogar schöne Frau, aber doch nicht die Garbo oder die Hayworth! Es schmeichelte mir zwar, dass ein gut aussehender, aber grober Lehrersohn und Ingenieur, ein immer durstiger, aber feiner Puppenspieler und ein geheimnisvoller Minister mich zur Frau haben wollten. Aber lieber hätte ich sie über die Jahre verteilt gehabt: einer jetzt, der andere irgendwann später. Aber doch nicht so, alle auf einmal und jeder, wie es ihm gerade passte!

«Sie kommen mit, Fräulein. Ich meine, Genossin. Sie kommen mit, sonst bin ich dran. Der Genosse Minister versteht keinen Spaß, wenn er etwas will, dann muss das geschehen. Und jetzt will er, dass Sie kommen. Und ziehen Sie Ihr schönstes Kleid an, Genossin. Das hat der Genosse Minister gesagt. Er hat gesagt: ‹Marian, du sorgst dafür, dass Genossin Zaira in ihrem schönsten Kleid hier erscheint, verstehst du?› Und ich habe geantwortet: ‹Natürlich, Genosse Minister, ich sorge dafür, dass die Genossin hier erscheint.› ‹In ihrem schönsten Kleid, Marian.› ‹Jawohl, in ihrem schönsten Kleid. Das habe ich nicht vergessen, ich habe es nur nicht mehr gesagt.› Er hat gesagt, dass ich Sie zum besten Kleidergeschäft fahren soll, wenn Sie kein schönes Kleid haben. Ich soll persönlich dafür sorgen, dass der Laden geöffnet wird, wenn er schon zu ist, notfalls auch mit der Miliz. Das hat er gesagt. Ich kann nichts dafür, ich führe nur aus, und jetzt sorgen Sie bitte dafür, dass Sie bezaubernd aussehen. Es eilt, der Empfang ist schon seit einer halben Stunde im Gange.»

Auf der Stirn des Mannes hatte sich Schweiß gebildet, als ob er Schwerstarbeit leistete. Die Schwerstarbeit war ich. Ein einfacher Mann, der nur eines wollte: seinen Chef zufriedenzustellen, einen Augenblick lang ohne Angst zu sein. Durchatmen zu können. Ein Mann, der Andrei dienen wollte, so wie er jedem anderen Herrn gedient hätte, auch meinem Großvater oder auch Zizi. Rot oder nicht rot, die Grausamkeit der Herren war für ihn immer dieselbe.

Wenn im Land jemand Neues das Ruder übernahm, würde er für ihn hinter dem Steuerrad sitzen. Die Schweißtropfen und der furchtsame Blick sprachen eine deutliche Sprache: *Ich werde im Schweiße meines Angesichts dienen*, sagten sie. *Was der Kommunismus ist, weiß ich nicht, aber es muss eine tolle Sache sein, wenn ich am Steuerrad eines solchen Autos sitzen kann. Wenn mein Auto solche Nummernschilder trägt, dass alle Platz machen, dann ist es so, als ob sie mir persönlich Platz machten. Als ob der Glanz des Autos auf mich abstrahlen würde. Die Minister werden kommen und gehen, ich aber werde ihr Fahrer bleiben. Alle Fahrer dieser Welt mögen gleich sein, ich aber steche hervor. In der Welt der Fahrer bin ich der Minister. Vorausgesetzt, ich diene gut.*

Er knetete die Mütze, die er sich vor den Bauch hielt, denn die Geliebte des Ministers stand im Glanz des Ministers selbst. So wie er selber, wenn er sich an den Dienstwagen lehnte, unten auf der Straße.

Ich knallte die Tür zu und setzte mich hin, die Hände zwischen die Schenkel geklemmt. In der Stadt oder bei den Aufführungen gab es viele, die mich musterten. Sie zogen mich mit ihren Blicken fast aus, sie wollten wissen, wie eine Frau beschaffen war, die sie als Marionettenspielerin kannten und die jetzt dabei war, im Eiltempo eine erstaunliche Karriere zu machen. Sie sahen prüfend auf meine Waden, meine Brüste, meine Hüften. Diesmal stand ich im Scheinwerferlicht und nicht meine Marionetten. Schlimm waren nicht die Männer, die blickten bloß spöttisch. Das musste wohl so sein, damit sie weiterhin ruhig neben ihren alternden Frauen einschlafen konnten.

Schlimm waren die Frauen, die so gern mit mir getauscht hätten. Ihre aufgequollenen, geröteten, einfältigen Männer gegen meinen, der sprühend vor Leben war, vor guter Laune und so makellos. Noch hatten sie mich kaum mit Andrei zusammen zu Gesicht bekommen. Noch hatten sie nur die Gerüchte um die Telefonanrufe aus Bukarest vernommen, und schon waren sie sich sicher, dass ich eine war, die genau wusste, wie sie sich die neuen Zeiten zunutze machen konnte.

Bestimmt würde Andrei auch an diesem Abend alle für sich einnehmen. Ihm wären zu jeder Zeit feine Damentaschentücher und Schlüpfer zugeflogen. Er wäre immer obenauf geschwommen. Er wäre der Liebling von Prinzen und Baronen, von Fürsten und Industriellen gewesen.

Und er war der Liebling der neuen Mächtigen, es sei denn, sie waren inzwischen im Arbeitslager gelandet. An Andrei hätte bestimmt auch meine junge Mutter ein paar Gedanken verschwendet. Er war nicht vorlaut, sprach leise und bedacht, als ob er sich alles vorher gut überlegen wollte. Und er hatte ein Geheimnis, da war ich mir ganz sicher. Etwas, das manchmal durchschimmerte und das ich nicht verstand.

Ich hörte, dass der Fahrer Marian vor der Tür auf und ab ging, hörte den Klang seiner neuen Schuhe – ich hatte sie gleich bemerkt, bestimmt stammten sie aus einem der Läden, zu denen nur Fahrer wie er Zugang hatten. Er musste sie noch einlaufen. Das Dienen hatte sich für seine Füße schon gelohnt. Marian räusperte sich ständig und murmelte etwas vor sich hin. Er machte sich Mut, um nochmals bei mir zu läuten.

«Wessen Empfang ist es eigentlich?», rief ich durch die Tür.
«Es ist der Empfang des Herrn Minister. Er hat ihn organisiert und alle wichtigen Leute eingeladen.»

Ich stand auf, öffnete die Tür und wollte dem Mann sagen, er solle Andrei ausrichten, dass man nicht über mein Leben verfügen könne, wie man wolle. Dass man mich nicht wie ein Schoßhündchen vorführen könne. Aber als ich das kummervolle, faltige Gesicht des Fahrers sah, brach ich in Gelächter aus. «Was ist denn, Genosse? Hast du den Teufel gesehen? Hab keine Angst, niemand zieht dir die Haut ab, am wenigsten dein Chef. Der braucht dich noch als Fahrer.» «Seien Sie sich da mal nicht so sicher. Ich wäre bereit..., ich wäre bereit...» Er schwieg und wirkte noch bedrückter. «Wozu wärst du bereit, Genosse? Mich zu entführen?» «Oh nein, wie können Sie nur so etwas sagen? Ich wäre bereit, Ihnen feinsten Bohnenkaffee zu besorgen. Man kriegt ihn ja nicht ohne Beziehungen. Oder Wurst oder Seidenstrümpfe.»

Plötzlich blickte er zu Boden und schwieg verlegen. «Aus demselben Geschäft, aus dem deine Schuhe stammen?» Er grinste mich an. «Ja, so ist es. Ich habe sie vor einer Woche gekauft, aber wenn man so viel im Auto sitzt, kommt man gar nicht dazu, sie einzulaufen. Kommen Sie also mit, Genossin?» «Ich komme mit. Wie könnte ich einen Genossen wie Sie im Stich lassen?» Sein Seufzer der Erleichterung war im ganzen Haus zu hören, vom Keller bis unters Dach.

Andrei wartete ungeduldig vor dem Rathaus, er hatte eine Zigarette nach der anderen geraucht, auf dem Asphalt hatte sich vor ihm ein Haufen Stummel angesammelt. Er warf seinem Fahrer einen vernichtenden Blick zu und sagte: «Wo wart ihr denn? Ich sagte doch *schnell*.» «Lass den Mann in Ruhe, Andrei, es ist meine Schuld. Du kannst nicht einfach über mich verfügen. Ich wollte nicht kommen!» «Wieso denn das?» «Ich bin nicht dein Schoßhündchen.» «Natürlich bist du das nicht», sagte er gedankenverloren, dann musterte er mich, wie man ein soeben erworbenes Stück Vieh mustert. «Zufrieden mit dem, was du siehst?», fragte ich spöttisch. «Sehr. Ich verzeihe dir die Verspätung», flüsterte er mir zu und war wieder der alte, selbstsichere Mann. «Jetzt gehen wir aber hinein. Es wird Zeit, dass uns die Leute zusammen sehen.»

Er packte mich sanft am Arm, doch ich riss mich los. «Wir sind nicht zusammen, Andrei. Wir reden regelmäßig am Telefon, und du verbringst hin und wieder die Nacht bei mir, oder besser gesagt, du verbringst nicht die Nacht bei mir. Kaum bist du da, gehst du auch schon wieder weg. Was weiß ich, wo du deine Nächte verbringst?»

Er drückte mir den Arm und schaute sich um, ob fremde Ohren lauschten. Er wirkte wieder verloren, verschreckt, auf sonderbare Art seiner Ruhe und Sicherheit beraubt. So viel Veränderung auf einmal hatte ich bei ihm noch nie gesehen. Er musste wirklich in der Klemme stecken.

Er fuhr sich mit der Hand durch die pomadigen Haare. «Rede nicht so mit mir! Und erst recht nicht über mich, hörst du?» Seine Stimme klang bedrohlich, sodass ich zurückwich, aber er ließ mich nicht los. Er roch immer noch gut, seine Haut war glatt und gebräunt, seine Haare perfekt gekämmt, aber er rang um Fassung.

Als wir die Treppe zum Empfangssaal hochstiegen, flüsterte er mir zu: «Kannst du mir nicht versprechen, dass wir bald zusammenziehen? Dass du diesen Säufer verlässt? Dass du zumindest darüber nachdenken wirst?» «Rede nicht so über Traian. Nein, das kann ich dir nicht versprechen, weil ich das, was ich verspreche, auch einhalten muss.» «Das würde aber einiges lösen», murmelte er. «Andrei, manchmal sprichst du für mich in Rätseln.» Als wir vor der großen Tür standen, die in den Saal führte, in dem ich schon so oft gewesen war – immer wenn man hier die Künstler des Volkes ehrte –, musterte er mich ein letztes Mal. Wie eine strenge Mutter zupfte er noch etwas an meinem Kleid zurecht, zog seinen Krawattenknopf fester und mich näher zu sich heran und flüsterte: «Zaira, spiel jetzt die Rolle deines Lebens. Tu es für mich, auch wenn du nichts verstehst.» Als sich die Tür zum Saal öffnete, strahlte Andrei wie immer.

Sie waren alle da, die mir auf der Straße mit ihren Blicken gefolgt waren. Die ins Theater gekommen waren, nicht um Pinocchio, sondern um mich zu sehen. Die die Gerüchte über Andrei und mich weitergetragen hatten. Da gab es die Männer, die ihre Frauen während der Sonntagsmatinee betrogen, und da gab es auch die Geliebten dieser Männer. Da gab es die Männer, die betrogen wurden, und die, die gerne betrogen hätten, wenn sie nur eine Gelegenheit dazu bekommen hätten. Es gab die Ehefrauen, die den Männern in nichts nachstanden. *Was für ein großes Reservoir für Seitensprünge*, dachte ich.

Jeder Seitensprung war eine Frage der richtigen Einschätzung. Man durfte nur so weit springen, wie man auch sicher landen konnte. Wenn man übermütig wurde, stürzte man ab. Ich hatte lauter Experten vor mir, darin, sicher zu landen.

Auf den langen, schön dekorierten Tischen stand alles, was in der Stadt nur schwer zu finden war, wenn nicht unmöglich: Wein und Champagner, Wurst, Käse, Gemüse, Kuchen und sogar Coca-Cola. Wer weiß, woher das alles kam! Es gab vor allem alles im Überfluss. Nach und nach verstummten alle, als wir an ihnen vorbeigingen. Andrei nahm zwei volle Gläser, gab mir eines und steuerte auf einige Leute zu. In der Luft lag eine zufriedene, sanfte Stimmung.

Man hatte es weit gebracht, zumindest bis zu diesem Saal, bis zu diesem Büfett. Das Leben, das noch kommen würde, sah wie eine endlose Abfolge von Büfetts aus. Wenn man richtig diente. Oder dienen ließ. Ein bisschen Angst aber musste man immer noch haben, denn es drangen andere, Geschicktere vielleicht, nach vorn. Es wuchs Hunger nach.

Andrei sorgte dafür, dass uns alle beachteten. Er hatte die Unsicherheit, die Angst von vorhin, wie einen schlecht sitzenden Anzug abgelegt. Das hier war seine Bühne, so wie

Traians Bühne das Puppentheater war. Aber Traian wuchs im Dunkeln über sich hinaus, Andrei hingegen im Scheinwerferlicht. Er klopfte dem einen auf die Schulter, schüttelte dem anderen die Hand, streute hier einen Witz ein, dort eine Anekdote, er flüsterte einem etwas ins Ohr, einem anderen rief er etwas zu. Seine Augen funkelten, seine Stimme war warm, man hielt ihn bald für einen Vertrauten, man bekam Lust, diesen Mann zum besten Freund zu haben.

Wenn Andrei die Aufmerksamkeit einer ganzen Gruppe erlangt hatte, schob er mich nach vorn. «Das ist Zaira», stellte er mich vor. Seine Stimme hatte etwas Zärtliches. Es war unmöglich, dass die anderen nichts davon merkten. Dann warf er mir einen liebevollen Blick zu, und auch das blieb nicht unbemerkt. «Aber ich brauche Ihnen Zaira kaum noch vorzustellen. Sie ist eine stadtbekannte Persönlichkeit, zumindest für alle, die Kinder haben.» «Nicht nur deshalb ist sie stadtbekannt», murmelte eine Frau hinter mir.

Ich drehte mich blitzschnell um und warf ihr einen solchen Blick zu, dass sie auf der Stelle erbleichte und die Augen niederschlug. Andrei nahm mich am Arm und führte mich weiter in den Saal hinein, und bei jeder Gruppe wiederholte sich dasselbe Spiel: die Sätze, die Berührungen, die Blicke. Es war alles Teil einer Inszenierung, die er sich allein ausgedacht hatte, wer weiß, wozu. Dass er es gern hatte, wenn die anderen uns als Paar sahen, war mir inzwischen klar. Aber was für einen Vorteil hatte er davon? Ich sollte es bald erfahren.

Nur einer war nicht froh, mich zu sehen, und griff nicht nach meiner Hand, als ich sie ihm entgegenstreckte: der junge, blonde Mann, der immer seine Wohnung verlassen hatte, wenn ich mit Andrei telefonierte. Er begrüßte mich genauso widerwillig wie damals, als er mich von zu Hause abgeholt hatte. Andrei musste ihn geradezu stupsen, damit er überhaupt ein leises *Hallo* murmelte. Andreis Hand streifte sanft über den Rücken des jungen Mannes.

Nachdem ich zum hundertsten Mal erklärt hatte, wie eine Marionette gebaut oder ein Bühnenbild errichtet wurde, nachdem ich hundert Tricks beschrieben hatte, die man braucht, damit ein Stück funktionierte, nachdem ich weitere hundert Fragen beantwortet und Andrei längst aus den Augen verloren hatte, fiel mir ein Mann auf, etwa in Mutters Alter, der mich die ganze Zeit beobachtete. Sein Blick war mild und wohlwollend, er lächelte, als er auf mich zukam, und ich verlor den Faden.

Er war genauso gepflegt wie Andrei, so langsam und genau, in allem, was er tat, aber nicht bedrohlich, nicht raubtierhaft, sondern fein, beinahe zerbrechlich. «Ich weiß, wer Sie sind, liebe Genossin.» «Das erstaunt mich nicht. In diesem Saal sind nur Leute, die über das Leben anderer Menschen Bescheid wissen.» «Sie sollten nicht so scharfzüngig sein, das schadet Ihnen irgendwann einmal. Das hat Ihnen auch Andrei schon gesagt.» «Sind Sie ein Freund von Andrei?» «Ich war vor allem einmal ein Freund Ihrer Mutter und bin es auch heute noch. Sagt Ihnen der Name László Goldmann etwas?»

Beinahe ließ ich mein Glas fallen. Ich stellte es so heftig auf den Tisch, dass sich der Wein auf das weiße Tischtuch ergoss. «Der Geiger aus Bukarest», murmelte ich zu mir selbst, dann sagte ich lauter: «Sie sind der Geiger aus Bukarest, der Mann mit den Zauberhänden. Der Mann, in den sich meine Mutter verliebt hat.» «Das hat nur ein Jahr lang gedauert.» «Aber Sie hat ihr ganzes Leben an Sie gedacht. Wieso haben Sie ihr nicht gesagt, dass Sie noch leben?» Er holte tief Luft und schien mit sich zu kämpfen, mir seinen Wunsch zu erzählen. Zuerst sprach er ganz leise, ich konnte ihn kaum verstehen, doch dann räusperte er sich und wurde lauter.

«Ich habe oft vor ihrer Haustür in Bukarest gestanden und wollte läuten, aber ich habe es nie getan. Ich habe oft an der Straßenecke gestanden und sie beobachtet und wollte ihr hinterherlaufen und sie am Arm fassen.» «Und warum haben

Sie es dann nicht gemacht?» «Es hätte alles nur noch schwieriger gemacht. Es hätte sie verwirrt und mich ebenfalls. Alles wäre wie ein Luftballon geplatzt, nachdem es so lange gedauert hatte, bis es sich beruhigt hatte. Für mich und bestimmt auch für sie. Außerdem war Ihr Vater aus dem Krieg zurückgekehrt, ihr wart wieder eine Familie. Manchmal stand ich so dicht hinter ihr, dass ich sie hätte berühren können. Ich habe immer darauf geachtet, dass sie mich nicht sieht. Ich hätte nur den Arm auszustrecken brauchen, in der Straßenbahn zum Beispiel. Auch Sie habe ich oft gesehen, Sie und Ihren Vater. Ich habe gesehen, wie er regelmäßig das Haus verlassen hat, als ob er besessen wäre, und wie Sie ihm kurz danach gefolgt sind. Ich bin euch beiden manchmal nachgefahren, mein Fahrer hat dauernd geflucht, weil wir den Verkehr behinderten und man ihn beschimpfte, spezielle Nummernschilder hin oder her. Ich habe auch den jungen Mann gesehen, diesen Paul, der Tag und Nacht auf der Bank auf Sie gewartet hat. Zuerst habe ich gedacht, dass er verrückt ist. Dann habe ich gemerkt, dass ich genauso gewartet habe wie er. Er hat auf die Tochter und ich auf die Mutter gewartet.»

«Aber wenn meine Mutter Ihnen so viel bedeutet hat, dann verstehe ich nicht, warum Sie es nicht versucht haben! Warum Sie ihr nicht geschrieben haben, um ihr zu erklären, was mit Ihnen geschehen war. Sie hat sie überall gesucht! Sie hat sogar gedacht, dass man Sie deportiert und umgebracht hat. Sie war eine Zeit lang wie von Sinnen. Sie hätten sie beruhigen können, sie trösten können!» «Trösten? Genossin, ich weiß ja nicht, was Ihnen Ihre Mutter erzählt hat. Ob sie Ihnen erzählt hat, wie sie an jenem Nachmittag...» «Sie hat.» «Ich wollte sie nicht trösten, ich war untröstlich. Ich habe mich bodenlos geschämt. Ich habe es ihr lange nicht verzeihen können. Ich kann es ihr bis heute nicht verzeihen. Ich sehe die Bilder vor mir, ich sehe, wie sie ausspuckt, und ich höre, wie sie sagt:

‹Ich bin nicht die Hure eines ungarischen Juden.› Trösten? Nein, das geht nicht.»

Wir tranken aus, jeder für sich allein. Wir wussten beide, dass es nichts mehr zu sagen gab. «Kann ich ihr nicht wenigstens sagen, dass Sie noch leben?» Er nahm meine Hand und küsste sie. «Sind Sie sicher, dass sie es ertragen würde? Es ist doch besser, wenn sie mich für tot hält. Ich muss wieder ins Hotel zurück, morgen habe ich eine lange Fahrt vor mir zurück nach Bukarest. Aber seien Sie sicher, dass ich alles tue, was ich kann, damit man sie nicht belangt. Sie haben mächtige Feinde.» «Feinde? Wer ist denn unser Feind?» Er winkte ab. «Sie müssen es mir nur glauben. Sie brauchen nicht zu wissen, wer es ist. Aber Sie sollten wissen, dass nicht Lenins Buch gewirkt hat, als Ihr Vater sich für die Aufnahme in die Partei beworben hat. Das war nicht Lenin, das war mein Wort. Auf Wiedersehen, Zaira.»

Ich blieb benommen stehen, schüttelte Hände von Leuten, die mir fremd waren, hörte Stimmen, die auf mich einredeten und die ich nicht kannte. Ich sah in Gesichter, die wie hinter milchigem Glas verschwammen. Das war also der Mann, den Mutter feige verstoßen hatte. Den sie so herbeigewünscht und im Zug der Deportierten gesucht hatte. Von dem sie irgendwann einfach angenommen hatte, dass er tot sei, ohne je wieder seinen Namen zu erwähnen.

Als der Theaterdirektor auftauchte, erzählte er, dass er gerade von einer Vorstellung komme, bei der auch Traian hätte mitwirken müssen, aber nicht erschienen sei. Also hatte er mit seinen arthritischen Fingern die Marionetten führen müssen. Dann stockte er und kam näher. «Was ist mit Ihnen?», fragte er. «Sie sind kreideweiß.» Ich wimmelte ihn ab und machte mich auf die Suche nach Andrei, um ihm über meine Begegnung zu erzählen. Er war nicht im Saal. Auf dem Weg zur Tür wurde ich immer wieder aufgehalten, aber ich arbeitete mich langsam vor, bis ich endlich allein auf dem langen und stillen Korridor stand, von dem links und rechts unzählige Türen abgingen, die alle verschlossen waren.

Schließlich fand ich Andrei und den jungen Mann. Besser gesagt, hörte ich ihr Geflüster, weit weg vom Rummel, in einem entlegenen Winkel des Hauses. Als ich an einer halb geöffneten Balkontür vorbeiging, hörte ich Stimmen. Ein sanftes, manchmal heftiges, gepresstes Flüstern, als ob zwei sich stritten, die sich liebten. Zuerst erkannte ich Andreis Stimme nicht und dachte, dass sich da zwei Ehebrecher verabredet hätten. Das war bei dieser Versammlung potenzieller Ehebrecher nicht ungewöhnlich.

Dann aber erkannte ich ein mir vertrautes Lachen, eine Art zu hüsteln, und ich blieb stehen. Das war Andrei, und er stritt sich mit jemandem. Dann wurde das Flüstern zu einer Art Gurgeln, einer Art Stöhnen, nur von schwerem Atmen unterbrochen. Ich dachte: *Welche Frau hat er sich jetzt geangelt?* An Möglichkeiten herrschte hier kein Mangel. Ich horchte und erkannte bald darauf die dünne, knabenhafte Stimme des Schauspielers.

Ich war ein zweites Mal schwer benommen, blieb wie angewurzelt da und hörte dem lauten Küssen, dem Flüstern, dem Stöhnen zu, bis ich davonlief, verblüfft und gleichermaßen angewidert.

«Sie sind immer noch kreideweiß», sagte der Direktor, als ich in den Saal zurückkehrte. «Haben Sie es gewusst?» Ich atmete kräftig durch und packte ihn am Arm. «Haben Sie gewusst, dass Andrei Männer mag?» «Reden Sie nicht so laut. Kommen Sie mit.» Erst als er mich in einen Nebenraum brachte, wo unsere Mäntel herumlagen, und erst als er sich versichert hatte, dass wir wirklich allein waren, fuhr er fort: «Natürlich habe ich es gewusst. Alle hier wissen es. Der Minister ist ihm verfallen, das kann jeder sehen. Er versucht es zu verbergen, aber seine Gefühle sind stärker. Er klatscht am lautesten, wenn der Junge im Theater auftritt. Er macht ihm Geschenke über

Geschenke. Das hat sich schnell herumgesprochen. Wieso er auf die Idee gekommen ist, sich an Sie ranzumachen, weiß ich nicht.» «Weiß Traian es auch?» «Nein, er ist so blind wie Sie. Er glaubt wirklich, dass der Minister Ihnen nachstellt.» «Und wieso haben Sie mir nichts gesagt? Wieso haben Sie mich nicht gewarnt?» Der Direktor schwieg und errötete. Ich hatte noch nie einen so alten Mann rot werden sehen.

«Ich? Ich bin ein kleiner Direktor aus der Provinz. Was soll ich tun, wenn man mich feuert?» Auf dem Gesicht dieses Mannes, den ich so lange bewundert hatte, tauchten derselbe Ausdruck von Furcht und dieselben Schweißtropfen auf wie bei Andreis Fahrer. Das Dienen und Sich-Bücken waren hier die Regel. Und wann würde ich mich bücken? Wie weit konnte sich meine Wirbelsäule krümmen? Bestimmt weit genug, um den Boden mit der Stirn zu berühren. Der Kommunismus hatte uns, was das Bücken anbelangte, alle gleich gemacht.

Ich holte ein Taschentuch hervor und trocknete dem Direktor die Stirn. Dabei sah ich ihm ins Gesicht und erblickte etwas unendlich Altes und Totes darin. Eine Müdigkeit, die ihn schon vor Jahrzehnten gepackt haben musste. Etwas, das nicht mit den Kommunisten zu tun hatte, sondern mit dem Leben selbst. Aber es gab auch etwas ganz Junges. Etwas, das sich mit jedem Atemzug erneuerte und verjüngte: seine Angst.

Ich brach zum zweiten Mal an jenem Tag in Gelächter aus, in ein nervöses, schluchzendes Lachen. Ich lachte, als ich mich von den anderen verabschiedete, als ich ins Auto des Direktors einstieg, und ich lachte immer noch, als er mich vor meinem Haus absetzte. «Was ist los mit Ihnen? Lachen Sie mich aus?», fragte er, als ich die Tür zuschlagen wollte. Ich blickte ins Auto, konnte nur die Umrisse des leicht buckligen, ausgetrockneten Mannes sehen, nahm seine Hand und sagte: «Herr Direktor, ich lache doch über uns alle.»

Als Erstes riss ich in meiner Wohnung das Telefonkabel aus der Wand. Als Zweites wusch ich mir das Gesicht, entfernte die Schminke, zog die Schuhe aus und setzte mich mit dem Apparat im Schoß auf einen Stuhl. Als Drittes wartete ich auf Andrei.

Es dauerte nicht lange, und unten wurde quietschend gebremst. Eine Tür wurde zugeschlagen, dann kam jemand eilig die Treppe hinauf. Man klopfte an die Tür, stieß mit dem Fuß dagegen. «Herein!», rief ich trocken. Wir waren zusammen im dunklen Raum, wir waren beide nur Silhouetten, das Straßenlicht fiel auf ihn, auf seine Hände, die er zu Fäusten geballt hatte. «Wo bist du?», fragte er mit zitternder Stimme, entdeckte mich aber in der Ecke und machte einen Schritt auf mich zu. «Was fällt dir ein, einfach so zu verschwinden? Was sollen die Leute über uns denken?» «Die Leute denken schon lange etwas über uns», flüsterte ich. «Wieso flüsterst du?» «Du hast auf dem Balkon geflüstert, und ich flüstere eben hier.»

Er schwankte, ich konnte es deutlich sehen, er trat einen Schritt zurück und lehnte sich an den Tisch. Als ihn die Beine nicht mehr trugen, ließ er sich wie ein Kartoffelsack auf einen Stuhl fallen. Ich wusste, dass er die Fassung verloren hatte. «Ich kann es erklären», stammelte er.

«Es ist doch alles ganz klar. So klar, dass mir übel wird. Ich könnte mich übergeben. Ich würde mich gern über deine blank polierten Ministerschuhe, über dein Telefon, dein Auto, dein feines Ministerleben übergeben, über all das, was du bedeutest.» «Zaira, bitte...» «Du hast mich benutzt, von Anfang an. Du hast ein junges, naives Mädchen gebraucht. Du hast gut gespielt, nicht zu viel und nicht zu wenig. Gerade genug, um mich neugierig, aber nicht, um mich leidenschaftlich zu machen. Die richtige Betriebstemperatur. Du hast nicht gezögert, mich lächerlich zu machen.» «Lächerlich? Aber es weiß doch niemand.» «Wach auf, Andrei! Ich habe schlechte Nachrichten für dich. Alle wissen es. Nur du weißt es nicht, dass sie es wissen. Und bis vor Kurzem auch ich. Und der arme Traian. Wie sehr er gelitten hat!»

Er sackte noch mehr in sich zusammen, begann zu weinen. «Vielleicht wenn wir heiraten ... vielleicht lässt es sich noch abwenden.» «Sei still, sonst machst du dich nur noch lächerlicher. Ich soll dich heiraten? Jetzt?» Er fasste neuen Mut, richtete sich auf, streifte sich die Haare aus dem Gesicht. «Was ist daran so schlecht? Eine Ehe für die Augen der Welt. Du könntest so leben, wie du willst, und ich, so wie ich will. Du könntest dich mit diesem Traian treffen.» «Und deine Liebschaften decken und dir als Alibi dienen. Und die gute Ehefrau abgeben, über die alle lachen. Sei still!» Jetzt wurde er von einer verzweifelten Ruhe erfasst. Er hielt die Hände im Schoß, war innerhalb von Minuten genauso bucklig geworden wie der Direktor nach Jahren. Ich hörte sein Seufzen. «Ich will nur noch eines wissen. Wieso ich? Wie bist du ausgerechnet auf mich gekommen?» Er war weit weg, tief in Gedanken, seiner Angst verfallen. Ich musste ihn zweimal fragen, bis er zusammenzuckte, als ob ich ihn geweckt hätte. Er rang lange mit sich selbst.

«Diese Lust verzehrt mich. Ich kann nichts dagegen tun, es ist wie eine Krankheit, die mich befallen hat, die ich nicht loswerde. Diese Lust nach ihm», meinte er und schwieg wieder. Nach einiger Zeit setzte er wieder an: «Bis zum Krieg und noch während des Krieges war es einfach, andere Männer zu finden, die dasselbe wollten wie ich. Ich wusste es ziemlich bald, so mit achtzehn. Ich sah mir Männer auf der Straße, im Strandbad, im Kino an, und mir wurde schwindlig, so wie anderen schwindlig wird, wenn sie Mädchen ansehen. Ich bin später durch Bukarest gewandert, bin in Bars gegangen, und meine Blicke waren so eindeutig, dass sich mir die Männer von allein näherten. Ein Blick da, eine Berührung dort, dann ging ich zu ihnen nach Hause. Es gab viele Parks, viele Nachtlokale, viele dunkle Ecken in der Hauptstadt. Als ich vor zwei Jahren Remus im *Bulandra*-Theater spielen gesehen habe, war ich längst jemand geworden, der sich die Jungs nach Hause holte. Aber ich war viel vorsichtiger als früher, denn inzwischen war ich in der Partei. Ich hatte gute Aussichten, du weißt schon, was ich meine: Reputation, Karriere. Remus hatte seine erste wichtige Rolle, der Junge war gut, aber noch nicht auf der Höhe seiner Möglichkeiten. Mir aber war die Höhe seiner Möglichkeiten egal. Ich wollte den Jungen haben. Ich habe ihm zuerst einen Blumenstrauß geschickt, dann eine Einladung, um mit ihm über seine Karriere zu reden. Schon an jenem Abend ist es geschehen. Nach einigen Monaten war sein Vertrag ausgelaufen, und er ist wegen einer neuen Rolle hierhergezogen. Ich konnte ihn nicht regelmäßig sehen, aber meine Sehnsucht hat nicht nachgelassen. Als ich damals auf deiner Matinee gewesen bin, hatte ich gerade die Nacht mit ihm verbracht. Wir hatten uns gestritten, diese ewigen, dummen Streitigkeiten, die jedes Paar kennt. Ich fühlte mich schlecht und wollte den Saal sehen, in den mich Mutter so oft gebracht hatte. Eine Art Nostalgie, wenn du so willst. Dich auf der Bühne zu sehen war etwas Besonderes, aber ich hatte noch gar nicht daran gedacht.»

«Sondern wann? Wann hast du zum ersten Mal daran gedacht?» «Am Ende unseres Essens. Auf dem Rückweg in die Hauptstadt. Wenn ich eine Frau hätte, wie jeder andere, dann müsste ich nicht ständig in Angst leben. Die Angst, Zaira, die Angst frisst alles auf. Sie frisst die Freude und die Hoffnung, schlicht alles. Eines Tages stehst du auf, und es ist nichts mehr da. Nur noch ein großes, dunkles Loch. Ich weiß, was ich sage, ich habe das Loch oft gesehen.»

Er schien sich wieder gefasst zu haben, atmete kräftig durch und stand auf. Er ging ans Fenster und blickte auf die Straße. Ich wusste, dass dort unten der Fahrer mit den neuen Schuhen und der alten Angst wartete. Einer anderen Angst als die Andreis, aber genauso vernichtend.

Er holte aus der Innentasche einen Kamm, kämmte sich die Haare durch, zupfte hier und dort am Anzug, rückte die

Krawatte zurecht und fügte hinzu: «Ich habe es dir schon lange sagen wollen, aber auch davor hatte ich Angst. Ich habe es immer wieder aufgeschoben.» Als er auf die Tür zuging, blieb er noch einmal stehen und drehte sich um: «Gibt es noch eine Chance?» «Geh jetzt», murmelte ich.

Als seine Schritte im Treppenhaus verklungen waren, als ich durchs offene Fenster hörte, wie er dem Fahrer etwas zurief, merkte ich, dass ich das Telefon noch immer fest umklammert hielt. Ich sprang auf, lief zum Fenster, und ohne hinzusehen, schleuderte ich es hinaus. Ich hörte, wie es auf dem Asphalt aufschlug und zerbrach, dann schloss ich das Fenster. Ich setzte mich an den Tisch, dachte lange nach, nahm Papier und Füllfeder und begann, an Mutter zu schreiben. Mehrmals setzte ich an, aber die Sätze wollten nicht kommen. Ich musste sie regelrecht aufs Papier zwingen. Die halbe Nacht lang schrieb ich darüber, dass László Goldmann wieder aufgetaucht war. Dass er untröstlich gewesen war und Mutter durch Bukarest verfolgt hatte. Dass er, genau so wie Paul, vor unserem Wohnblock ausgeharrt hatte. Dass er uns beschützte.

Am Schluss klebte ich den Umschlag zu, legte den Brief auf den Tisch, zog mich aus und kauerte mich aufs Bett. Ich schaute ihn im Dunkeln an und fragte mich, ob er noch notwendig war. Mutter und Vater waren auf ihre Art glücklich geworden. Sie würden den Schmerz nicht ertragen. War es gut, alles zu wissen, wenn sich nichts verändern ließ? Manchmal war es vielleicht sogar besser wegzuschauen, um nicht die Last des Lebens zu spüren. Sich tot zu stellen.

Ich legte den Brief in eine Schublade, wo er die nächste Zeit blieb. Später warf ich ihn fort.

«Na dann, gute Nacht, Mädchen», sagte ich zu mir selbst. Das war viel, sehr viel für einen einzigen Abend gewesen. Ich hatte den Liebhaber meiner Mutter kennengelernt, und eine weitere schwindelerregende Reise meines Lebens war zu Ende gegangen.

5. Kapitel

Oh, das Leben! Ich war zweiundzwanzig Jahre alt, hatte drei Männer gehabt, aber keinen von ihnen ganz. Einer quälte mich mit seiner Grobheit, ein anderer betrog mich mit der Flasche und der dritte mit anderen Männern. Und alle drei hätten mich gern geheiratet und geschwängert, mich *Ehefrau* und *Mutter ihrer Kinder* genannt und wären dann zur Quälerei und zum Betrug zurückgekehrt.

Doch während Paul nur noch eine blasse Erinnerung war und Andrei auf dem besten Weg dazu, blieb Traian in mir lebendig, auch Wochen nachdem er gekündigt hatte. Nein, nachdem er sich im Theater nicht mehr gezeigt und eine neue Stelle als Buchhändler angenommen hatte. Ganz gleich, wie viele Flaschen auf dem Fußboden seines Zimmers herumgerollt waren, da waren auch sein vietnamesisches Theater in meiner Badewanne, die Perlen in der Suppe, das Schafezählen. Ganz gleich, wie viele Flaschen seine Hände angefasst hatten, sie hatten auch meine Hüften angefasst.

Wenn man von Traians Augen den Alkoholschleier wegzog, der sie manchmal milchig und feucht werden ließ, blieb immer noch ein Schatten zurück, eine Art Verlorenheit. Eine andere Verlorenheit als die Andreis. Traian verbarg nichts, da gab es nichts, wovor er flüchtete, was ans Licht gehoben werden sollte. Er hatte ganz einfach Durst.

Es dauerte Wochen, bis ich den ersten Stein an sein Fenster warf. «Wer ist da?», rief er. «Was sind das für Spiele?» «Ich bin es. Mach auf.» «Du? Ich dachte, ich bin derjenige von uns beiden, der Steine wirft, und du bist die, die am Fenster steht.» «In letzter Zeit habe ich deine Steine vermisst. Und jetzt mach auf!» Ich nahm zwei Stufen auf einmal, als ich die Treppe hochlief. Ich hörte, wie das Schloss aufging, wie er auf die Türschwelle trat, aber als ich einen Stock tiefer war, direkt unter ihm, blieb ich plötzlich stehen.

Auch jetzt, gerade jetzt, würde ich die Haltung nicht verlieren. Selten hatte eine Izvoreanu die Haltung verloren, bei keinem Mann der Welt, ob nun Kommunist oder nicht. Mutter war es bei László passiert, das schon, sonst aber nicht. Ich atmete mehrmals durch, holte einen kleinen Spiegel hervor, zupfte meine Haare zurecht, trug Lippenstift auf, und als er ungeduldig meinen Namen rief, ging ich langsam weiter. Aber auf meine Haltung war doch kein Verlass.

In seiner Wohnung nestelte ich an meiner Tasche herum, dann an einem Knopf meines Blazers, dann an einem Zipfel. Ich trat von einem Bein aufs andere, wie ein Mädchen, das bei einem Streich erwischt worden war. «Wie ich sehe, hast du keine Flaschen mehr im Haus, weder volle noch leere.» «Ich bin trocken. Am Abend, als du mit dem Minister beim Empfang warst, stand ich vor der Wahl, mich bis zur Besinnungslosigkeit zu betrinken oder alles wegzuschütten. Ich habe mich fürs Zweite entschieden, dann fürs Erste, dann wieder fürs Zweite. Stundenlang habe ich Gläser aufgefüllt, die ich austrinken wollte und doch nur im Waschbecken ausgeleert habe. Ich habe gedacht: *Mensch, das ist ein kleines Vermögen, dass da die Rohre hinabfließt*. Am Schluss hatte ich alle Flaschen im Haus in Gläser geleert und die Gläser ins Waschbecken. Seit Wochen schon bin ich trocken.» «Du siehst gut aus. Du riechst gut.» «Wieso bist du hier, Zaira?»

Ich nestelte jetzt wieder an irgendetwas herum, schlimmer als vorher. «Willst du nicht zurück ans Theater? Wir könnten dich gut brauchen. Deine Hände zittern nicht mehr.» «Du und ich am selben Theater? Nein, Zaira, kaum sehe ich dich zweimal hintereinander, schon will ich dich wieder. Das geht nicht.» Ich schaukelte hin und her, meine Hände versuchten ein Taschentuch säuberlich zusammenzufalten, aber in meinen Gedanken war ich woanders. Traian schaute mich aufmerksam an. «Was ist los mit dir? Hast du etwas getrunken?»

«Ich? Eine Izvoreanu hat noch nie getrunken, das sage ich dir. Und noch nie ist eine Izvoreanu einem Mann hinterhergelaufen. Ich bin hinter Vater und Paul hergelaufen, aber das war auch etwas anderes. Also ist es jetzt das erste und einzige Mal, dass ich es tue.»

Als ich nicht mehr wusste, was ich sagen sollte, sondern nur mit geballten Fäusten dort stand, als ob ich benommen wäre, meinte Traian: «Was tust du zum ersten und einzigen Mal?» «Dich zu fragen, ob du nicht wenigstens zu mir zurückwillst, wenn du schon nicht mehr ins Theater willst?»

Mit allen möglichen Reaktionen hatte ich gerechnet: dass er fluchte, schwieg, weinte. Dass er mir in die Arme fiel und mich vor Freude abküsste, auch, dass er mich vor die Tür stellte. Aber ich hatte nicht damit gerechnet, dass er alles auf einmal tun würde: fluchen, schweigen, unruhig auf und ab gehen, mich vor die Tür stellen, mich wieder in die Wohnung ziehen und küssen, nur um erschrocken zurückzuspringen und sich schließlich etwas überzuziehen und die Wohnung zu verlassen, wie von Sinnen.

Nachdem ich Paul in der ersten Nacht in dieser Stadt barfuß nachgelaufen war, nachdem ich Vater in Bukarest hungrig hinterhergegangen und eigentlich auch Andrei, von einem Telefonanschluss zum nächsten, gefolgt war, folgte ich jetzt Traian.

Großmutter hätte das alles missbilligt, denn die Männer hatten zu gehorchen, sie hatten sich zu verzehren. Sie war Großvater gefolgt, und das reichte für ein ganzes Leben. Nachdem sie von ihrem katalanischen Vater verraten worden war, nachdem man sie im hintersten, dunkelsten Zimmer ihres katalanischen Hauses gefunden und sie zum Zug gebracht hatte, nachdem sie aus ihrer katalanischen Kindheit verstoßen worden war, wurde sie hart. Doch um sich wirklich auf jemanden einzulassen, muss man weich werden können. Blind vor Weichheit. Sich zum anderen hintasten, auch wenn der andere jeden Augenblick weglaufen kann.

Traian saß in einer ruhigeren Ecke des Wirtshauses, einer rauchigen, übel riechenden und überfüllten Kneipe. Er hatte sich ein Glas Schnaps bestellt, und als ich mich neben ihn setzte, wollte er es gerade austrinken. Ich legte ihm die Hand auf den Arm, aber er schob sie sanft weg, trank langsam aus und wischte sich den Mund mit dem Ärmel ab. «Ein einziges Mal nur, damit ich einen klareren Kopf kriege. Und ab jetzt nur noch Limonade. Wirt, bring mir ein Glas Limonade. Und für die Dame ebenfalls.» «Wieso bist du so verwildert, Traian? Wieso hast du so viel Durst?» Er trank die Limonade gierig aus, schmatzte mehrmals und schaute auf seine Fingernägel.

«Es gibt kein Warum und keine großartige Erklärung. Mein Vater war ein böser Mann, so böse, dass meine Mutter hinter einem anderen hergelaufen ist. Das hat ihn nur noch böser gemacht. Er fand immer einen Grund, um mich tagelang auszusperren. Ich war hungrig und müde, aber ich konnte nicht nach Hause. Es war besser, mit knurrendem Magen herumzulaufen, als wieder eine Tracht Prügel einzustecken. Auf meinen Streifzügen durch die Stadt, auf der Suche nach etwas zu essen und nach einem Ort zum Schlafen, bin ich einmal am Stadtrand – fast schon draußen im Feld – auf einen Mann gestoßen, der anderen Kindern auf einer Bühne ein Puppenspiel zeigte. Ich habe zugeschaut, und vom Zuschauen wurde ich müde und bin eingeschlafen. Ich muss lange geschlafen haben, denn als ich aufwachte, saß der Mann neben mir, und ich war in eine Decke gehüllt. Weil es draußen kalt war, hat er Fusel getrunken und auch mir was angeboten. Es wird einem ganz warm davon. Danach bin ich oft zu ihm gegangen, ich trank und schlief, und nebenbei lernte ich auch etwas über das Puppentheater. Der Mann war ein ungebildeter Bauer, er konnte kaum lesen und schreiben. Er erfand alle Stücke selbst oder entwickelte sie aus seinen Kindheitserinnerungen. Er hatte keinen eigenen Hof, seine zwei älteren Brüder hatten alles untereinander aufgeteilt, für ihn war nur noch der

Himmel geblieben, wie er manchmal gesagt hat. Und weil der Himmel groß genug war, brauchte er nicht an einem Ort zu bleiben. So ist er umhergezogen und hat oft unter dem geschlafen, was ja ihm gehörte. Der Hunger hat ihn in die Stadt getrieben, dort sammelte er Müll, schleppte Eisenbahnschienen oder Mehlsäcke. Bis er herausfand, dass er ein Talent hatte. Etwas, womit er sein Geld angenehmer verdienen konnte. Er konnte Kindern so Geschichten erzählen, dass sie sich vor Aufregung nicht mehr von der Stelle rührten. Das war vielleicht nicht viel, aber er machte etwas daraus. Er schickte die Kinder nach Hause, damit sie von ihren Eltern etwas Eintrittsgeld holten, dann wartete er. Es hat tatsächlich funktioniert, manche sind mit Geld zurückgekommen. So hatte alles angefangen. Er sagte immer: ‹Man soll niemals betteln, nicht einmal vor Hunger. Es gibt immer etwas, das man vorher noch tun kann, um den Hunger zu betäuben. Und sei es auch nur, den Fusel zu trinken, den andere in den Gläsern stehen gelassen haben.›» Traian hielt inne. «Nein, Zaira, ich will nicht mehr, ich kann nicht mehr. Ich habe genug bei dir gebettelt, und Fusel will ich nicht mehr trinken. Schauen wir mal, wie lange ich es durchhalte.»

So plötzlich, wie er aus seiner Wohnung gestürmt war, stand er jetzt auf, sein Stuhl kippte nach hinten, er warf Geld auf den Tisch, zog den Mantel fest um sich und lief hinaus.

Traian war nun nicht mehr da, oder er war es, aber auf eine seltsame Weise. Die Stadt war voll von ihm, er füllte sie aus, wie er vorher die Bühne ausgefüllt hatte, obwohl er unsichtbar blieb. Traian, der mich durch die Theaterräume geführt hatte – und in manchen dieser Räume hatten wir uns auch eingeschlossen, umgeben von Puppen und Marionetten. Traian, dessen Hände mir die Geheimnisse des Marionettenspiels verraten hatten, bevor sie mich berührten. Und dann zu den anderen Geheimnissen übergingen, die ebenfalls mit der Geschicklichkeit der Hände, aber auch der Lippen, zu tun hatten.

Nach und nach blieb das Publikum aus, das Zaira, die Geliebte des Ministers, sehen wollte. Zuerst fehlte der Bürgermeister, dann die mittleren Funktionäre, die Schauspieler, die Maler und Schriftsteller, der Parteichef der Region, die Fabrikdirektoren und jede Menge Frauen, die zu diesen Männern gehörten. Als Letzter der Milizchef. Sonst war er immer in Uniform in den Saal gekommen, alles war erstarrt, aber er hatte freundlich gegrinst und sich das Gesicht mit einem Taschentuch abgerieben. Wenn er in der ersten Reihe gesessen war, konnte ich noch auf der Bühne seinen schweren Atem hören.

Der Direktor hatte ihn einmal gefragt, wieso er uns immer wieder mit seinem Besuch beehre. Er, der keine Kinder hatte. Und dann war der Mann, der – wie man sich flüsternd erzählte – viele beim Verhör persönlich verprügelt hatte, weich geworden, hatte fast kindlich gewirkt, und seine Augen hatten gestrahlt. «Ich habe keine Kinder, lieber Genosse Direktor, aber eine Frau habe ich. Und Sie können sich nicht vorstellen, wie anstrengend es ist, eine Frau wie die meine zu haben. Also komme ich hierher, das ist eine Art Ruheraum für mich. Eine Stunde pro Woche, das muss sich auch ein Milizchef gönnen dürfen. Genosse, jeder hat sein Kreuz zu tragen, nur ich habe meine Frau.»

Er erschrak bei seinen eigenen Worten, erzählte mir später der Direktor, denn ein Kreuz zu tragen, das war keine Sache für einen Kommunisten. Das Kapitalistenkreuz loswerden, ja, aber das Christenkreuz tragen, das auf keinen Fall. Die Kommunisten entschieden viel lieber darüber, wer sonst ein Kreuz zu tragen hatte. Und darin kannte sich der Milizchef sehr gut aus.

Manchmal spazierte ich allein durch das leere Theater und berührte die Puppen, die uns zugeschaut hatten. Wir hatten zusammen mit ihnen ein Geheimnis, und die Puppen hatten sich bislang daran gehalten. Ich setzte mich lustlos zu dem Dramaturgen, der Schneiderin oder den Zimmerleuten. Paul war eine ferne Erinnerung, Andrei ebenfalls, und gerne hätte ich auch Traian dazugezählt. Ich hätte ihn gern für verschollen erklärt, so wie László für Mutter verschollen war.

Immer wieder nahm ich Wege, die an Traians Buchhandlung vorbeiführten. Wenn ich an ihn dachte, gab es beides: seine Hände und seinen Säufergeruch, zwei in einem. Er war beides für mich, unmöglich, es voneinander zu trennen.

Das erste Mal schlich ich, einen Monat nachdem er aus der Kneipe weggelaufen war, um Traians Haus herum. Es war dasselbe Haus wie heute, er ist in all den Jahrzehnten am selben Ort geblieben, während ich bis nach Washington gekommen bin. Wenn ich so durch sein Viertel ging, hielt man mich für ein leichtes Mädchen, Männer machten mir Zeichen, flüsterten Angebote. Das war in den neuen Zeiten verboten, aber auch Kommunisten waren Männer. Vielleicht hatten sie sogar noch größere Bedürfnisse, weil sie sich stärker von der permanenten Revolution erholen mussten. Den Trieb konnte niemand unter Kontrolle halten, nicht einmal unser Geheimdienst.

Vor Traians Buchhandlung lag eine Kneipe, ein Loch mit schmutzigen Fenstern, in die ich mich manchmal, von gierigen Männerblicken verfolgt, setzte. Männer, die neben der Flasche noch eine weitere Leidenschaft hatten: die fremden Frauen. Immer die fremden, niemals die eigene.

Mişa hätte gut hierher gepasst, er hätte sich geborgen gefühlt, und die Stute hätte noch länger auf ihn warten müssen, als sie es ohnehin schon tat. Wenn Mişa früher getrunken und sich verspätet hatte, hatte er der alten Stute die Schuld gegeben. Er habe warten müssen, bis sie endlich die Gleise überquerte, denn sie habe schon als Fohlen gelernt, davor stehen zu bleiben. «Sie guckt nach links und rechts ganz wie ein Mensch, obwohl dort schon lange kein Zug mehr fährt. Ich kann es ihr aber nicht ausreden, also setze ich mich ins Gras und warte auf sie.» Jeder wusste aber, dass die Stute wartete, bis Mişa ausgetrunken hatte.

Aber inzwischen war Mişa gestorben, Zsuzsa und Josef ebenfalls. Zwanzig Jahre später starb auch die Tante, noch später starben Vater und Mutter, aber da war ich längst in Washington, und der Weg zurück war verbaut, auch wenn ich inzwischen den richtigen Pass hatte. Den Stars-and-Stripes-Pass, den Statue-of-Liberty-Pass, den George-Washington-und-Bob-Hope-Pass, aber auch den Chez-Odette-in-Georgetown-Pass. Da hatte sich bereits so viel Amerika angesammelt, dass vorerst kein Platz mehr für Rückkehr übrig geblieben war. Die Vergangenheit war nur noch phantomhaft vorhanden. Ich flog nicht zum Begräbnis meiner Eltern, ich sagte mir: *Die haben in meinem Leben gefehlt, jetzt fehle ich an ihrem Grab.*

Ich sah durch die fettigen Fensterscheiben der Kneipe, wie Traian die Kunden bediente, und verfluchte jede Kundin, die sich ihm zu sehr näherte. Sah, wie zart er mit seinen Händen über die Buchdeckel fuhr, so wie noch vor Monaten über die Gesichter und die Kleider der Marionetten, über mein Gesicht und meinen Körper.

Es fehlte nur wenig, und er hätte die Bücher an Fäden aufhängen und mit ihnen auftreten können. Dostojewski wäre der kluge, alte Bauer, Proust ein scheuer, kleiner Junge und Kafka ein verwirrter, trauriger Mann. Traian sah gesund aus, er schwankte nie, als täte ihm der Abstand zu mir gut. Vielleicht wünschte er sich inzwischen nichts mehr als meine Abwesenheit.

«Können Sie nicht mal die Fenster richtig putzen?», fragte ich den Wirt, aber der antwortete nicht. «Gnädigste gnädige Dame», stammelte einer der Männer, «hier will doch keiner rausschauen. Uns ist es wurscht, ob die Fenster dreckig sind, solange die Flaschen leer sind.» «Du meinst die Gläser», korrigierte ihn der Wirt. «Nein, nicht die Gläser. Die müssen dreckig sein, sonst hat doch keiner daraus getrunken. Aber die Flaschen müssen leer sein. Und jetzt trinken wir auf die Beine der Gnädigsten, die nicht lang sind, das muss man allerdings sagen, aber so schön, dass einer wie ich sie gern nüchtern betrachten will. Und das ist nicht wenig.»

Als Traian die Buchhandlung schloss, überquerte er die Straße und kam direkt auf die Kneipe zu. Jetzt war es mir recht, dass die Scheiben schmutzig waren. Ich drückte mich immer tiefer in meinen Stuhl und dachte: *So ist es also, er bleibt immer nur trocken bis zum Arbeitsschluss.* Er ging nur wenige Zentimeter an mir vorbei, er jenseits, ich diesseits der Scheibe. Ich musste an László Goldmann denken, der so dicht neben meiner Mutter gestanden hatte, dass er sie hätte berühren können, und es doch nicht getan hatte. Traian hatte etwas zum Essen eingekauft und war in die Straßenbahn gestiegen, die ihn zurück in sein Viertel gebracht hatte. Noch in jener Nacht schlich ich mich wieder zu seinem Haus und warf die Einladung ins Puppentheater – persönlich und nicht übertragbar – in seinen Briefkasten.

Ich sah ihn von Weitem kommen, ich hatte hinter dem Vorhang im Büro des Direktors gewartet. Von dort aus hatte ich die ganze Straße im Blick. Vor dem Theater, das so lange auch sein Theater gewesen war, blieb er stehen, schaute sich um, schien verunsichert, weil er keine anderen Besucher sah, und ging doch hinein. Ich hörte, wie er in der Eingangshalle nach der Garderobenfrau rief, die aber nicht erschien, so wie überhaupt niemand erscheinen würde, weil ich dieses Stück nur für ihn aufführte, an einem Tag, an dem das Theater geschlossen war.

Durch einen Spalt im Bühnenvorhang sah ich, wie er in den dunklen Saal kam und gleich wieder kehrtmachen wollte. Ich lief ans Mikrofon und sagte: «Nehmen Sie doch Platz, mein Herr. Sie sind heute der erste, letzte und einzige Gast. Aber Sie sind unser Lieblingsgast.» Dann stülpte ich eine große, ausgehöhlte Puppe über mich, schaltete einen Scheinwerfer ein, zog den Vorhang auf und sprang auf die Bühne, als hätte mich jemand von hinten geschubst.

«Guten Tag, mein Herr, das ist schön, dass Sie kommen konnten. Wie Sie sehen, ist uns das Publikum ausgegangen. Wir sind schon froh, wenn heute ein einziger Zuschauer im Saal sitzt, nämlich Sie. Weil der Direktor keine Einnahmen mehr hatte, musste er alle Puppenspieler entlassen. Ein guter Mensch, unser Direktor, aber was soll er tun, frage ich Sie. Heute Morgen sind alle Puppen und Marionetten erwacht, und keiner war mehr da. Die Schneiderin ist nicht zur Arbeit gekommen, die Zimmerleute und der Dramaturg nicht. Und der Direktor ebenfalls nicht, denn zuletzt hat er sich selbst entlassen. Kurzum, wir waren ganz allein. Wir haben eine Versammlung im Saal der Helden einberufen, und manche Puppen ohne Beine oder Kopf haben es kaum bis dorthin geschafft. Aber wer konnte, der ist hingekrochen, das müssen Sie sich mal vorstellen, Puppen ohne Arme oder Augen, dreckige Puppen, Puppen in Fetzen. Es herrschte ein solcher Lärm, und er hat erst aufgehört, als eine der ältesten Puppen, fast haarlos und nackt, eine vom Friedhof der Puppen, die Führung übernommen hat. Einige waren dafür, die Vorstellung abzublasen, andere, das Theater ganz zu schließen. Aber die Alte hat gesagt, dass das Theater weitergehen muss. Dass es keine Entschuldigung sei, wenn die Menschen desertiert sind. Schließlich gebe es noch uns Puppen, um die Stellung zu halten. Solange ein einziger Zuschauer komme, würden wir weitermachen, hat er gesagt. Wir waren damit einverstanden, aber keiner von uns hat sich auf die Bühne getraut, weil es schwieriger ist, vor einem einzigen Menschen aufzutreten als vor hundert. Den Grund habe ich vergessen. Also wurde ich auf die Bühne geschickt, weil ich die Jüngste und Unerfahrenste bin, und obwohl ich mich dagegen gesträubt habe, haben sie mich nach vorn geschoben. Ich weiß nicht, was ich Ihnen erzählen soll. Wir haben keinen Direktor, keinen Regisseur, kein Stück mehr, vieles haben wir erlebt, aber so etwas nicht. Einen Brand haben wir erlebt, die Ältesten von uns können sich erinnern, sie wären fast verbrannt. Wir haben auch zwei, drei Direktoren erlebt und jede Menge Puppenspieler, die gekommen und gegangen sind. Deshalb haben wir Puppen ein Sprichwort: *Der Mensch kommt und geht, nur die Puppe bleibt.* Wir hatten sogar zwei Puppenspieler hier, die sich mitten unter uns geliebt haben. Sie können sich vorstellen, was das für einen Skandal gegeben hat. Vor allem für die Älteren, die geschworen haben, so etwas noch nie erlebt zu haben. Die Jungen haben aber genau hingeschaut. Wissen Sie, wenn wir so allein sind, reden wir viel, aber sobald ein Mensch auftaucht, verstummen wir. So war es auch bei den beiden. Kaum hatten sie sich zu uns hereingeschlichen, ist auch der Hinterletzte verstummt. Gott sei Dank hatten sie nur Augen und Ohren füreinander, sonst hätten sie bestimmt gemerkt, dass etwas nicht stimmte. Wir lagen alle stumm da und guckten ihnen zu, nur die Alten nicht, die die Augen geschlossen hielten. Wir waren erstaunt, was Menschen miteinander so alles tun. Wir Puppen tun so etwas nicht. So haben wir auch gelernt, wie die Menschen entstehen und dass es zwei von ihnen braucht, damit ein neuer Mensch auf die Welt kommt. Wenn die beiden ruhig dalagen, da konnte es schon geschehen, dass der eine, der mit der tieferen Stimme, zum anderen sagte: ‹Ich will ein Kind von dir.› Der andere antwortete: ‹Ich bin zu jung dafür.› ‹Versprich mir, dass wir ein Kind haben werden, wenn du nicht mehr zu jung dafür bist.› ‹Ich verspreche gar nichts mehr, sonst muss ich es einhalten. Das hat mir Zizi beigebracht.› ‹Dann heirate mich, und wir denken später ans Kinderkriegen.› Aber auch darauf entgegnete die dünnere Stimme immer dasselbe. Und es konnte sein, dass dieser zweite Mensch weinte und von diesem Zizi und der Großmutter und all den anderen erzählte, die in einem fernen Land namens Strehaia gelebt hatten. Wir sind dumm, wir Puppen, wir kennen diese Gegend nicht. Wir kennen nur unsere Räume hier und was uns die Puppenspieler beibringen.

Früher, als die belgischen, die tschechischen oder die griechischen Marionetten noch mit uns wohnten, erzählten sie von den Ländern, aus denen sie kamen. Aber zurück zur Geschichte. Dieser Puppenspieler, der mit der dünneren Stimme, konnte so schön weinen, dass der andere ihn nur noch mehr küssen wollte. Dann sagte der Erste: ‹Das ist etwas ganz Besonderes, dass ich vor dir weine. In unserer Familie sind die Frauen sehr stolz.› Der Zweite antwortete: ‹Das ist etwas ganz Besonderes, dass ich einer Frau so viele Tränen wegküsse. Jetzt bleibt bestimmt mein ganzes Leben versalzen.›

So lernten wir, dass es zwei Sorten von Menschen gab. Das hatten wir nicht einmal geahnt, für uns waren die Menschen immer nur Puppenspieler gewesen. Jetzt wussten wir auf einmal mehr über die Menschen als über uns, denn niemand konnte genau sagen, ob es von uns auch zwei Sorten gab und wie wir wirklich auf die Welt kamen. Manchmal, wenn wir morgens aufwachten, fehlte einem ein Arm, einem anderen ein Bein oder das Kleid. Später wurde eine neue Puppe zu uns hereingebracht, die die Arme, Augen und Kleider besaß, die man uns gestohlen hatte.»

«Genug, Zaira!», rief mir Traian aus dem Saal zu. «Ich bin nicht Zaira!», rief ich. «Ich würde deine Stimme noch vom Mond aus erkennen. Außerdem habe ich deine Schrift erkannt. Du hast doch früher immer die Einladungen für die Kinder geschrieben. Zieh doch die Puppe aus. Du musst darunter furchtbar schwitzen.» An jenem Abend liebkosten mich wieder Traians Hände.

· · · · ·

Das Bluten setzte so plötzlich aus, wie es damals im Krieg eingesetzt hatte, als ich meinte, ich würde sterben, und Zizi sich vor Überraschung in die Wange geschnitten hatte. Das Blut, das mich zur Frau gemacht hatte, machte mich jetzt zur Mutter.

Viele Male hatten Traian und ich in den letzten Monaten Schafe gezählt, und die Rechnung hatte nie aufgehen wollen, und das war der Grund gewesen, um noch einmal von vorn zu zählen. Während unsere Augen vor Müdigkeit zufallen wollten, führten die Münder, die Hüften und die Hände ein Eigenleben. Ich holte ihn in der Buchhandlung ab, und wenn er mit der Arbeit noch nicht fertig war, setzte ich mich hin und las in den Büchern. Er kam ins Theater, wenn wir probten, und manchmal hörten wir aus dem Dunkel des Saals seine Stimme, die uns tadelte oder lobte. Kein einziges Mal fragte er, ob ich ihn heiraten wolle, manchmal dachte ich: *Wann fragt er endlich?* Aber statt dass seine Frage käme, kamen wieder die Flaschen.

Die Erste stieß ich um, als ich eines Morgen aus seinem Bett stieg. Ich dachte, das sei eine von früher, eine, die sich bislang gut versteckt hatte. Bei der Zweiten dachte ich, dass sie zu seinem Nur-dann-und-wann-noch-Trinken gehörte. Bei der Dritten, einige Tage später, wusste ich Bescheid. Er blieb immer länger weg, und wenn er sich zu mir legte, hatte er nicht den Geruch einer anderen Frau am Körper – nicht damit betrog er mich –, sondern den von Hochprozentigem.

Als das Bluten aussetzte, lief ich zu Traian, aber nur die Flaschen empfingen mich. Sie standen wieder überall, auf Regalen, Tischen und auf dem Boden, in der Abstellkammer, im Bad, auf dem Balkon. Sie lagen unterm Bett. Sie schienen zu sagen: «Was suchst du in unserem Leben? Was platzt du so rein? Wir werden ihn nicht wieder hergeben. Wir haben ihn umschmeichelt, versorgt, erobert, nicht einmal Zsuzsas Essen kommt dagegen an.»

Ich wartete lange, bis tief in die Nacht hinein, aber er kam nicht. Ich schrieb auf einen Zettel: *Ich war bei dir. Überall nur Flaschen. Habe eine schöne Nachricht für dich.* Ich schloss die Tür hinter mir ab, ging nach Hause, wusch mich, musterte prüfend meinen Bauch, der noch kein richtiger Bauch war, aber bald einer sein würde. In meinen Sachen schlief ich ein, nachdem ich lange gelauscht hatte, ob er vielleicht doch noch einen Stein an mein Fenster werfen würde.

Der frühe Morgennebel lag noch in der Luft, als ich Traian im Graben vor seinem Haus fand – verschmutzt, benommen, stinkend, die Hausschlüssel noch in der Hand. Aus seinem Mund floss Speichel, und er hatte in die Hose gemacht. Ich zog an ihm, schüttelte ihn, rief seinen Namen, bis er zu sich kam, dann half ich ihm auf die Beine. Er fiel zweimal hin, lallte, stemmte sich wie ein kleines Kind gegen den Boden, die Hose rutschte ihm über den Hintern, dann stand er endlich aufrecht, aber schwankend. Ich dachte: *Das habe ich alles schon einmal erlebt. Ein weiteres Mal ertrage ich es nicht.*

«Zu Befehl, Gnädigste», murmelte er und bekam einen Schluckauf. «Soldat Traian meldet... ah... meldet, dass er ins Haus wollte, dieses verdammte Haus dort, aber das Haus wollte nicht. Es war wider... ah... widerspenstig, Gnädigste. Ich wollte den Schlüssel ins Schlüsselloch stecken, aber das Schlüsselloch sprang immer zur Seite... ah... es spielte mit mir... ah... also, da konnte ich den Schlüssel nicht ins Schlüsselloch stecken und fiel in den Graben hier... wer weiß, wie der da hingekommen ist, denn gestern war weit und breit noch kein Graben da, ich kann drauf schwören.» «Sie bauen seit einem Jahr an dieser Straße. Wenn du nüchtern bist, weißt du immer genau Bescheid.» «Seit einem Jahr?», fragte er nachdenklich und fasste sich an den Kopf. «Aber dieser Graben war vorher nicht da. Ich könnte darauf schw...» «Komm jetzt, ich erwische sicher das Schlüsselloch», sagte ich.

Ich säuberte Traian gründlich, schrubbte seinen mageren Körper ab, zog ihm frische Sachen an, legte seine Säuferkleider in die Badewanne und wusch sie, während er seinen Rausch ausschlief. Dann dachte ich nach – allein neben dem Körper des Mannes, der in mir etwas zum Wachsen gebracht hatte –, unter dem misstrauischen, kalten Blick der Flaschen.

Als er erwachte, kochte ich viel Kaffee, zwang ihn, alles auszutrinken, steckte seinen Kopf unter kaltes Wasser, schüttelte ihn durch, bis er endgültig aufgewacht war. «Hörst du mich? Verstehst du, was ich sage? Ich will nicht, dass du später sagst, du hättest es nicht verstanden. Ich möchte keinen Mann haben, den ich auf der Straße aufsammeln muss. Den ich wie ein Kind waschen und anziehen muss. Ich möchte mich nicht schämen müssen, für mich und für dich und für uns. Ich möchte dich nicht bald auf den Friedhof bringen müssen. Du musst dich entscheiden, was du willst, mich oder die Flaschen. Ich werde auf deine Antwort warten, bis ich nicht mehr warten werde.»

Eine Woche später rief er mich an, er hatte am Boden einen Zettel gefunden, der ihm eine schöne Nachricht ankündigte. «Was ist das für eine Nachricht?» «Hast du dich entschieden?» «Nein, noch nicht, das geht nicht von heute auf morgen. Es ist eine harte Entscheidung. Aber was ist es für eine Nachricht?» Ich schwieg lange, hörte seinen alkoholgeschwängerten Atem. «Nichts. Die Nachricht ist nichts. Ignoriere sie.»

Er würde sich nie entscheiden können, jede Flasche wäre ihm lieber als eine klare Antwort. Ich wollte ihn so nicht bei mir und auch nicht bei meinem Kind haben. Eine Izvoreanu schaffte das allein, bei der Großmutter war es so gewesen und auch bei der Tante. Bei ihnen hatte es geklappt, und es gab keinen Grund, wieso es nicht auch mir gelingen sollte.

Traians Entscheidung blieb in der Schwebe, eigentlich bis heute. In der ersten Zeit dachte ich: *Wenn er anrufen wird, werde ich es ihm sagen. Es wird einfach so aus mir herausplatzen, es soll ihn wie ein Blitz treffen.* Oft setzte ich mich hin, holte Papier hervor, aber jedes Mal ließ es mein Strehaia-Blut, das Blut aller Izvoreanu-Frauen, nicht zu. Später dachte ich nur noch: *Hoffentlich sieht er mich nicht mit Ioana auf der Straße und fragt: ‹Wer ist denn das Mädchen?›*

Ioanas schwindelerregende Reise begann im Zug nach Timişoara, am Ende einer langen Tournee. Man machte mir im Bus, der all unsere Requisiten transportierte, zwischen den Marionetten, den Kulissen, den Stoffen und den vielen hundert kleinen Sachen, die sich angesammelt hatten, Platz. Aber ich wollte nicht für Stunden im stickigen, engen Raum sitzen und auf holprigen, gefährlichen Straßen fahren, also verteilten wir uns alle auf die zwei Züge, die an jenem Abend nach Timişoara fuhren. Der Direktor und ich hier, die anderen dort. Als die Krämpfe einsetzten, als einer schon die Notbremse ziehen wollte, von den anderen aber daran gehindert wurde, weil man nicht eine Geburt im Feld, sondern in einem ordentlichen Krankenhaus wollte, als alle berieten, was zu tun war, sagte ich: «Dieses Kind will wie seine Mutter auf einem Bahnhof zur Welt kommen.»

Im Zug, im Taxi und dann im Krankenhaus war der Direktor bei mir. Ein winziger, ernster Mann, der nach so vielen Jahren unter seinen Puppen diesen immer ähnlicher geworden war. Immer dürrer, immer wächserner war er geworden. Als Ioana dann da war, saß er im Wartesaal, und man überbrachte ihm die freudige Nachricht. Als er endlich zu mir durfte, stand er wie ein verlegener Junge da. Er, der es in seinem Leben weder zu einer eigenen Frau noch zu einem eigenen Kind gebracht hatte. «Wie möchten Sie Ihr Mädchen denn nennen, Zaira?» «Kennen Sie einen persischen Namen, Herr Direktor?» «Ich fürchte nicht.» «Dann nennen wir sie ganz einfach Ioana. Ioana hätte wunderbar gepasst zu uns Frauen aus Strehaia.»

Dritter Teil

Flucht mit Katze

1. Kapitel

So wie alle anderen Frauen in unserer Familie seit Großmutter wollte Ioana nicht wachsen. Sie war mit ihren siebzehn Jahren immer noch ein kleines, dunkelhäutiges Mädchen mit pechschwarzen Haaren. Was sie aber nicht mit uns teilte, war ihre Verschlossenheit, denn nicht einmal die Tante – der zuerst der Mann und dann die Worte weggeblieben waren – war so schweigsam wie sie.

Während Großmutter und Mutter von Zeiten erzählt hatten, in denen Tantes Gesang und nicht Zsuzsas schwerer Gang das Haus erschüttert hatte, war Ioana immer nur ernsthaft und still gewesen. Sie hatte sich zugeschnürt und versiegelt, lange bevor ein Mann sie täuschen konnte. Bevor das Leben wie ein Felssturz hineinbrechen konnte. Sie lebte ein Leben fern von mir, das wusste ich. Sie hauste in Welten, die mir verschlossen blieben.

Als sie – noch ein Kind – wissen wollte, wer ihr Vater war, sagte ich: «Buchhändler.» Sie erwiderte: «Ich will nicht wissen, was er tut, sondern wer er ist.» Da nahm ich sie mit ins Puppentheater, führte sie durch alle Räume, durch den «Friedhof der Puppen», durch den Heldensaal, vorbei an der alten Schneiderin und dem Direktor. Ich hielt die Puppen hoch und erklärte sie ihr, so wie Traian es für mich getan hatte. «Aber wo ist mein Vater in dem allen?» «Dein Vater *ist* das alles. Durch ihn habe ich es kennengelernt. Er ist in all diesen Dingen.» Sie meinte: «Das interessiert mich nicht. Wieso will er nichts über mich wissen?» Als Letztes brachte ich sie auf die Bühne: «Und von hier aus hat er die Kinder verzaubert. Willst du mehr darüber wissen, wie er das getan hat? Soll ich dir mehr über das Puppenspielen erzählen?»

«Deine Puppen sind mir egal», rief sie aus und lief auf die Straße. Ich holte sie ein, schüttelte sie durch, dann zog ich sie an mich und umarmte sie fest. «Dein Vater lebt weit weg, das muss dir genügen. Ich habe um ihn gekämpft, aber er hat mich verlassen. Er hat sich nicht gekümmert. Ich war ihm egal. Aber du brauchst ja nicht unbedingt einen Vater. Du hast ja mich.» Ich wischte mit dem Handrücken ihre Tränen weg. Ich schwieg, sie schwieg, und so blieb das für Jahre.

Abends hörten wir gemeinsam Radio, irgendein Konzert aus Bukarest, und ich blickte mehrmals zu ihr rüber, bis ich sie endlich fragte: «Denkst du oft an ihn?» Ohne erklären zu müssen, wen ich meinte – denn *er*, *ihn*, *ihm*, das war immer Traian gewesen –, hob sie die Augen von ihrem Buch und zuckte mit den Achseln. Dann tauchte sie wieder in ihre Welt ab, ihr Gesicht wirkte wieder unbeteiligt, leer, als ob innerhalb von Sekunden alles gelöscht worden wäre, abgelegt in der hintersten Kammer.

Niemals hatte sie nachgefragt, ob Traian es überhaupt wusste. Sie hatte es bestimmt angenommen und glaubte sicher, dass nicht ich sie im Stich ließ, sondern er. Niemals hatte ich ihr erzählt, dass Traian gar nicht zu ihr kommen konnte. Dass ich ihn von seinem Glück ferngehalten hatte, so wie er mich von dem meinen. Bis heute habe ich es ihm nicht erzählt. Aber wenn ich mir genug Mut zugeredet und angetrunken habe, wenn mir der Hintern vom Sitzen genug schmerzen wird und ich endlich aufstehen und die Straße überqueren werde, wird er es endlich wissen.

Einem alten Mann zu sagen, dass er soeben Vater geworden ist, seit achtundvierzig Jahren, ist starker Tobak. Es einem alten Säufer zu sagen, könnte fahrlässig sein. Ich will ihn nicht verlieren, da ich dabei bin, ihn wiederzufinden. Ich will nicht, dass er an seinem alten Säuferherzen stirbt oder tiefer ins Trinken abrutscht. Damit ihm irgendwann mal der Alkohol den Rest gibt. Ich will nicht, dass er mich vor die Tür stellt.

Auch nach so vielen Jahren soll er diese Gelegenheit nicht bekommen. Keine Izvoreanu wird vor die Tür gesetzt, auch wenn ich schuldig bin.

Sonst würde sich Großmutter im Grabe umdrehen, und weil Großmutter, die Tante, Zizi und alle anderen eng beieinanderliegen, würde ihnen nichts übrig bleiben, als sich ebenfalls umzudrehen. Auf dem Friedhof in Strehaia würde Unruhe herrschen. Eine letzte Unruhe, denn viel mehr konnte gar nicht kommen. Viel würde mir nicht mehr zu tun übrig bleiben, bevor ich mich zu ihnen legte, sollte mir dieser Teil der Geschichte nicht gelingen. Wenn ich mit ihm keinen guten Schluss oder guten Anfang fände. Seltsam, dass ich mit siebzig Jahren noch an einen Anfang denken kann.

Aber noch ist es nicht so weit, noch kommt Ioana eines Tages von der Schule nach Hause, schmeißt die Schultasche in eine Ecke, holt sich Brot und Käse und geht eilig ans Fenster. Sie beobachtet die Straße, so wie ich es bei Paul gemacht hatte, durch die Vorhänge.

«Hast du einen Verehrer?», fragte ich sie lächelnd. «Hm?» Sie schluckte den letzten Bissen hinunter, dann kratzte sie sich die Nagelfarbe vom Finger ab. «Kennst du unseren Nachbarn, der malt? Er sitzt immer dort unten und malt und malt, er malt alles, was er vor die Pinsel kriegt. Ist irgendwie ulkig, der Mann.» Ich stellte mich hinter sie ans Fenster, roch den Duft meiner Tochter, sah die Härchen in ihrem Nacken, die feinen, kleinen Ohren, den schlanken Hals, dann blickte ich auf die Straße und kicherte.

«Wieso kicherst du? Der Mann ist kein Dummkopf.» «Ich habe nicht deshalb gekichert, sondern weil ich mich daran erinnert habe, wie ich früher hinter den Vorhängen gestanden und auf einen Mann auf der Straße geguckt habe, der mich heiraten wollte.» «Mich hat er schon gezeichnet», fuhr Ioana fort. «Ich glaube, du bist die Letzte im Viertel, die er noch nicht gemalt hat. Jedenfalls möchte er es noch tun, das hat er mir gesagt. Ich soll dich fragen, hat er mir gesagt. Robert heißt er. Hat er mir auch gesagt.»

Erst jetzt sah ich mir den Mann genauer an, so genau, wie es auf fünfzig Meter Entfernung ging. Ich musste ihn unzählige Male mit meinen Blicken gestreift, ohne ihn wirklich bemerkt zu haben. Einen Mann, der Schönheit in unsere Plattenbausiedlung brachte, auch wenn ihm nur listige, grinsende Zigeuner, fette Hausfrauen und Männer mit vom Alkohol geröteten Gesichtern Modell standen.

Er wirkte zwar hübsch von Weitem, aber er war klein. So klein, wie ich mir meine Männer nicht wünschte. Ich, die Männer wie Vater oder Traian liebte, Männer, die so groß waren, dass es einer Frau wie mir schwindlig wurde, wenn sie zu ihnen hinaufschaute. Wenn ich mich auf die Zehenspitzen stellte und auf die Reise nach Traians Lippen machte. Robert war vielleicht der Hübscheste von allen, hübscher sogar als Paul. Wobei Paul die Schönheit eines Kindes und Halbwüchsigen gehabt hatte, er aber die reifen Züge eines Erwachsenen besaß, und das ließ sich eigentlich nicht vergleichen. Robert war klein, trotzdem ließ ich ihn in mein Leben.

· · · · ·

Ich beobachtete ihn regelmäßig durch die Vorhänge. Er nahm sehr ernst, was er da tat, trug seine Bleistifte, Pinsel, Farben und Blätter in einem speziellen Koffer herum. Zu seinen Füßen lagen Dutzende von unfertigen Porträts, wenn wieder einmal eines seiner Modelle vorbeikam, malte er das Bild zu Ende.

Er malte alle, die sich darauf einließen: Marktfrauen, Beamte, Rentner mit ihren Enkeln, Mütter mit ihren Kindern, Liebespaare. Er sprach sie an und bat sie, sich hinzusetzen. Er war inzwischen so bekannt, dass manche extra in unsere Straße kamen und vor ihm auf und ab gingen, damit er sie drannahm. Es gab welche, die sich lange bitten ließen, bevor sie Platz nahmen, andere, die sagten: «Ich dachte schon, Sie würden gar nicht mehr fragen.» So erzählte er es mir später.

Die Zigeunerinnen klemmten sich den Rock zwischen die Schenkel und schlüpften mit den Füßen aus den Sandalen, wenn sie nicht ohnehin barfuß waren. Die jungen Männer – aber auch manche der alten – befeuchteten ihren Zeigefinger und strichen sich damit über die Augenbrauen. Die jungen Frauen wollten erst nach Hause, um sich zu schminken, er konnte sie kaum davon abbringen.

An einem kühlen Oktoberabend kehrte ich mit Ioana vom Markt zurück, müde und mit Einkäufen beladen. Ioana eilte mir voraus, sah ihn vorm Haus sitzen, sagte etwas zu ihm, und sie blickten beide in meine Richtung. Er war wirklich ein sehr gut aussehender Mann, die Schläfen schon ergraut. Er stand von seinem Stuhl auf, grinsend, und streckte mir die Hand entgegen.

Ich dachte: *Was grinst der denn so? So schlecht sehe ich noch nicht aus, dass man grinsen müsste.* Er sagte: «So, wie Sie jetzt aussehen, möchte ich Sie malen.» «Dann holen Sie sich mal lieber ein paar Jüngere und Ausgeschlafenere.» Ich wollte schon weggehen, als er hinzufügte: «Ich bitte Sie, ich wollte Sie nicht beleidigen. Ich finde, Sie sehen wunderbar aus.» «Dann brauchen Sie eine gute Brille.» «Ich kenne Ihr Bild aus den Zeitungen, aber das ist alles gestellt. Ich denke, so sehen Sie am schönsten aus.» «Ein anderes Mal vielleicht. Ioana, bleibst du noch hier?» «Hm, hm.»

Ich wies Robert das zweite Mal ab, als jemand, dem Mutter vertraute, mir einen Brief von ihr überbrachte. Ich ging damit zum Fenster und atmete die kalte Luft ein, die einen frühen und langen Winter versprach. Ich las die Zeilen und sah mich um, ohne etwas erkennen zu können.

Man hatte Vater verhaftet und wieder freigelassen. Man hatte ihm nichts Konkretes vorwerfen können, nur die alten

Geschichten. Dass er blaues Blut habe, dass er Bauern unterdrückt habe – er und seine Ahnen seit fünf Generationen. Dass er für den König und die Deutschen gekämpft, ja fleißig gekämpft habe und in Odessa und Stalingrad Russen umgebracht habe. Alles gute Kommunisten, Söhne des Volkes, des russischen Brudervolkes, während er der Sohn von Blutsaugern sei. Dass man ihn in den Fünfzigern vor einem Prozess bewahrt habe. Man hatte offengelassen, wer dieser *man* gewesen war, aber man gab ihm zu verstehen, dass dieser *man* nicht ewig über ihn und seine Familie wachen könne.

Dass andere Zeiten kommen würden, wo ihn die vielen Jahre, in denen er unbehelligt hatte leben können, nicht mehr schützen würden. Weder ihn noch seine Frau, die schlimmer war als er. Die sich früher alle Wünsche erfüllen konnte – ein verträumtes, verzogenes Mädchen –, während die Bauernkinder kaum genug zum Essen hatten und mit zehn Jahren schon schwer neben ihren Eltern arbeiten mussten, mit knurrendem Magen, ohne Schuhe, ohne Bildung, von Pfaffen und Lehrern mit dem falschen Glauben vergiftet.

Und ich war genauso schlimm. Es gab niemanden, der nicht ersetzt werden konnte, auch eine berühmte Puppenspielerin nicht. «Sie mag Puppenspielerin sein, aber am Ende ziehen wir die Fäden», hatte man gesagt. Man brauchte gerade dort, wo man mit Kindern, mit den späteren Patrioten, zu tun hatte, zuverlässige Genossen. In die Partei war ich noch nicht eingetreten, das sagte doch schon alles. Man erwäge meine Entlassung, sobald die schützende Hand nicht mehr schützte. Sehr bald, da war man sich sicher. Mutter beendete ihr Schreiben mit der Feststellung, dass sie und Vater sicher seien, dass das Dumitrus Werk war.

Vater hatte einen Mann im Nebenraum gesehen, der ihm ähnlich sah. Die Tür habe offen gestanden, und der Mann von nebenan habe das Tempo der Befragung vorgegeben. Wenn der gezischt habe, hatten alle gezuckt, und sein Verhörer sei sofort rübergegangen, um sich neue Instruktionen zu holen. Man habe Vater mit der Bemerkung nach Hause geschickt, man werde ihn beobachten. Er solle sich nie sicher fühlen. Er und die Seinen, in Bukarest und anderswo. Dieses *Anderswo* war ein Wink für mich, da war Mutter sich sicher. Die Vorwürfe seien lächerlich, fand Mutter, das sei längst kalter Kaffee. Damals in den Fünfzigern, bei den Schauprozessen, da war es wirklich gefährlich gewesen, doch Dumitru wolle uns nur einschüchtern. Ob er mehr als das könne und tun würde, war unklar, aber ich solle mich in Acht nehmen.

Erst nach einiger Zeit sah ich, dass Ioana auf der Straße stand und mir Zeichen machte, und neben ihr stand Robert, den sie offenbar mit zu uns bringen wollte. Ich schüttelte den Kopf und winkte überdeutlich ab, aber die beiden hatten sich schon in Bewegung gesetzt und gingen auf unseren Block zu. In dem Augenblick – Brief und Dumitru hin oder her – wünschte ich mir einen Spiegel. Panisch fasste ich mir in die Haare. Ich lief ins Bad, wollte mich betrachten und mich vergewissern, dass mein Aussehen trotz meiner bald vierzig Jahre noch Neugierde und Begierde erwecken konnte. Denn die junge Frau wollte man, die alte ehrte man, und die mittleren Alters übersah man.

Alles ging sehr schnell. Sie waren noch zehn Meter vom Block entfernt, ich sah sie durchs Fenster und dachte daran, dass ich ungeschminkt war. Sie standen vor dem Eingang, und ich sah mit meinem abgetragenen Hausmantel bestimmt wie eine zermürbte, lächerliche Hausfrau aus. Eine, die man gern übersah. Ungeschminkt und schlecht angezogen, jedes für sich war schon schlimm genug, aber beides auf einmal ein Desaster. Ich stand wie gelähmt im Wohnzimmer: Sollte ich erst ins Bad oder an den Kleiderschrank gehen? Was hätte Mutter empfohlen? Sie hätte gesagt: «Gott weiß, was Männer wirklich mögen, aber geh ins Bad, Mädchen. Wenn du gut aussiehst, verzeiht dir jeder Mann das schlechte Kleid.» Also ging ich ins Bad.

Sie waren bestimmt schon im ersten Stock, und ich schminkte meine Augenlider. Sie waren bestimmt schon im zweiten Stock, Ioana steckte ihre Hand in die Tasche, um den Schlüssel herauszuholen – das tat sie immer im zweiten –, und ich tupfte ein bisschen Rot auf die Wangen. Sie stiegen langsam zum vierten hoch, und Ioana hielt wie immer den Schlüssel in der Hand, als ich meine Lippen rot bemalte und dann auf ein Stück Papier biss. Da musste das Licht im Flur erloschen sein. Es erlosch immer, wenn man zwischen dem dritten und dem vierten Stock war. Sie verspäteten sich. Ioanas Hände suchten bestimmt den Lichtschalter, aber das konnte nicht lange dauern. Ihre Hände waren geübt, denn wir wohnten schon einige Jahre hier, fernab von meiner ersten Wohnung voller Gerüche. Männergerüche.

Der Wohnung, die ich auf die eine oder andere Art mit Paul, Andrei und Traian geteilt hatte, immer wieder mit Traian, der mal hungrig nach Zsuzsas Essen war, mal durstig nach mir. Ich hatte dort schon lange nicht mehr gut geschlafen, bei all den Geistern, die jene Wohnung bevölkerten. Ich wollte – eingesperrt in jenem kleinen Raum wie in eine persönliche Pandora-Büchse – endlich alles zurücklassen. Die Erinnerung an Pauls Hände, die mich bezwungen hatten, und an zwei andere Männer, die mich nicht mehr bezwingen konnten. Oder es getan hatten, jeder auf seine Art, denn ganz sicher kann man sich über diese Dinge nie sein.

Sobald diese neuen Wohnblocks gebaut worden waren, in denen Ioana und ich jetzt wohnten – eigentlich schon einige Monate vorher –, saß ich beim Bürgermeister im Büro. «Wird Sie wieder jemand aus der Hauptstadt anrufen?», sagte er grinsend. «Nein, aber ich brauche eine neue Wohnung.» «Wie soll ich das verstehen?» «Verstehen Sie es, wie Sie wollen, aber setzen Sie alles in Bewegung.» «Und deshalb kommen Sie zum

Bürgermeister? Glauben Sie, weil Sie mal den Minister gekannt haben, diesen..., Sie wissen schon, was ich meine, der schon vor einer Weile irgendwo an den Arsch der Welt verbannt worden ist, deshalb soll ich jetzt irgendwas für Sie tun? Ich habe Sie höchstens zwei-, dreimal gesehen, Genossin.» «Ich habe mit Ihrer Geliebten auch höchstens zwei-, dreimal gesprochen», antwortete ich trocken.

Er stockte, und seine im Fett eingesunkenen Augen prüften mich vorsichtig. Er atmete schwer, schob den Stuhl nach hinten, fasste mit seinen dicken Fingern die Armlehnen und stand auf. «Aber das ist doch eine Unverschämtheit, mir zu drohen!» «Unverschämt ist es, diese ganzen Möbel hier um sich zu sammeln, die mal irgendwelchen netten Leuten gehört haben. Wie es bei Ihnen zu Hause aussieht, will ich gar nicht wissen. Ich will einfach zu einer Wohnung kommen, und weil ich Sie von früher her kenne, wollte ich mir die Zwischenstationen ersparen.» Zwei Monate später hatte ich, was ich wollte.

Ich hielt schon längst die Türklinke in der Hand, als ich draußen Schritte hörte, Flüstern und Lachen und Ioana dann den Schlüssel ins Schloss steckte. Sie wollte die Tür öffnen, aber ich hielt dagegen, sodass sie nur einen Spalt weit aufging. In unserem Flur gab es nur trübes Licht, dafür hatte ich gesorgt, außerdem schien im Treppenhaus die Beleuchtung wieder erloschen zu sein, denn als ich den Kopf durch den Spalt streckte, war es dunkel. So konnte Robert mich wenigstens nicht sehen. Er konnte nicht sehen, was die Zeit mit meiner Haut angerichtet hatte, auch wenn es vorläufig nur einige Schatten waren. «Ioana, du bringst Besuch mit? Nehmen Sie es mir nicht übel, lieber Robert, aber bei uns herrscht große Unordnung, und außerdem habe ich gerade einen Brief erhalten, der mich durcheinandergebracht hat. Kommen Sie bitte ein anderes Mal, ich werde Sie wunderbar bekochen, als Dankeschön dafür, dass Sie mir nicht böse sind. Wie wäre es mit nächstem Samstagabend? Ach nein, ich habe am Sonntag Matinee, da muss ich früh schlafen gehen. Wie wär's mit Sonntagabend? Bitte sagen Sie zu.»

Er sagte zu, ich streckte meine Hand durch den Türspalt, und er ergriff sie. Der Druck seiner Hand war fest, aber nicht grob, doch sie war feucht, als ob er gerade geschwitzt hätte. Ich zog Ioana hinein, horchte seinen Schritten nach, dritter, zweiter, erster Stock, dann lief ich zum Fenster und sah, wie er die Straße überquerte, kurz hochschaute und winkte. Ich zog mich zurück. Als er in seiner Wohnung war, schaltete er das Licht ein, zog Mantel und Schuhe aus, legte irgendwas aufs Feuer und setzte sich in einen Sessel. Er blickte lange ins Leere. Ich zog den Vorhang zu und sah mich nach Ioana um.

Sie hatte den Brief vom Boden aufgelesen und war in ihr Zimmer gegangen, aus dem jetzt Musik zu hören war. Musik aus dem Ausland, die sie sich irgendwie beschafft hatte, unter der Hand natürlich. Ich klopfte an die Türe, und als sie nicht antwortete, ging ich hinein. Sie lag auf dem Bauch, die Füße hingen in der Luft, den Kopf hatte sie auf den Arm gelegt. «Kannst du den Plattenspieler nicht leiser stellen?», rief ich zweimal, aber sie schien mich nicht zu hören.

Der andere Arm hing wie leblos über den Bettrand, die Hand war schlaff. Die Augen waren halb geschlossen, Ioana schwebte zwischen Traum und Wachsein, zwischen der Welt Amerikas oder Englands und ihrer eigenen, in einem Plattenbau in Timişoara. Erst jetzt merkte ich, dass der Brief ihrer Großmutter am Boden lag und Ioana von einer Art Schluchzen geschüttelt wurde. Ich setzte mich neben sie und streichelte ihr übers Haar. Sie begrub das Gesicht in der Matratze, ließ sich trösten und entzog sich mir nicht. «Das ist nicht weiter schlimm. Diese Leute sind Angeber, sie werden uns nichts tun. Hunde, die bellen, beißen nicht, deshalb brauchst du nicht zu weinen.»

In diesem Augenblick hörte sie auf zu zucken und wandte mir den Kopf zu. Anstatt dass sie feuchte Augen und ein rotes Gesicht gehabt hätte, lag das breiteste Lachen darauf, zu dem sie fähig war. Noch nie hatte ich sie so verzückt erlebt. Ich erschrak beinahe. «Wer sagt denn, dass ich weine? Ich lache, da kann man doch nur lachen.» «Ich bin froh, dass du es so siehst», meinte ich und zog meine Hand zurück.

«Von wem ist die Musik?», fragte ich nach einer Weile. Wieder sah sie mich an, aber jetzt auf die alte Art und Weise, mit trübem, schlaffem Blick. Als ob sie mich zum ersten Mal sähe. Als ob die Musik ihre Erinnerung ausgelöscht und durch den eigenen Rhythmus ersetzt hätte. «Das sind die Rolling Stones, Mutter. Ist doch fantastisch, nicht wahr?» «Möchtest du nichts mehr über den Brief wissen?» Ich war schon unterwegs zur Tür, überzeugt, dass ich an jenem Abend nichts mehr aus ihr herausbringen würde. Sie stellte das Radio leiser.

«Wer ist Dumitru? Wieso hast du mir nie von ihm erzählt?», hörte ich sie in meinem Rücken fragen. «Weil ich ihn fast vergessen hatte, auch wenn er uns Schlimmes angetan hat. Seinetwegen ist Zizi... Aber lassen wir das. Offenbar gibt es ihn noch, und er ist hinter uns her. Vielleicht auch nur hinter deinen Großeltern, ich weiß es nicht. Er hat uns nie verziehen, dass sein Vater für uns gestorben ist. Ioana?» Aber Ioana hatte mir wieder den Rücken zugekehrt, war wieder zu ihren Rolling Stones zurückgekehrt, und das blieb so den ganzen Abend lang. Wir beide, die Rolling Stones und das Schweigen zwischen uns.

Ioana und ich konnten uns hervorragend anschweigen. Das konnte Tage dauern. Irgendwann hatte ich aufgehört zu fragen, aber nicht, mich um sie zu kümmern. Irgendwann waren wir im Schweigen gelandet. Gerade noch war sie klein gewesen, hatte gequengelt und geschrien, fleißig geredet und erzählt, was ihr durch den Kopf ging, hatte alle im Theater mit ihren Geschichten unterhalten, und schon wurde sie still.

Schien das Interesse an allem zu verlieren. Sie redete, aber sie war nirgends in ihren Worten zu finden. Sie redete, aber sie meinte selten etwas. Sie war auf eine eigentümliche Art verstummt. Sie redete stumm.

Eben war sie noch zehn oder elf gewesen und hatte im Viertel Freunde gefunden, schon hatte sie sie wieder verloren. «Wer keinen Vater hat, kann nicht spielen», hatten die gesagt. «Such dir einen, dann komm wieder.» Sie hatte den Vorlautesten von ihnen geschlagen, aber sie konnte nicht alle schlagen, die es wiederholten, Jungen, Mädchen und nicht selten auch deren Eltern. Sie hatte wild um sich geschlagen, bis sie müde geworden war und der Vater eines Freundes sie mir nach Hause brachte, verdreckt und mit getrockneten Tränen im Gesicht.

«Hier haben Sie Ihre kleine Bestie zurück. Sie hat überall Blut an den Kleidern, aber es ist leider nicht ihr eigenes, sondern das von meinem Sohn.» «Sie hat wohl gewusst, warum sie ihn geschlagen hat», gab ich trotzig zurück, packte Ioana am Arm und zog sie ins Haus. Alles, was sich an ihr zusammenziehen konnte, zog sich zusammen, Lippen, Augenbrauen, Stirn und bestimmt auch der Magen. «Wie die Mutter, so die Tochter», giftete der Mann. «Gehen Sie!», schrie ich ihn an. «Ich habe noch viele Kleider, auf denen ein paar Tropfen Blut fehlen.» An jenem Tag geschah es zum ersten Mal, dass sie in ihrem Zimmer herumlag und ausharrte, zwischen einem Hier und einem Dort, zu dem ich keinen Zugang mehr hatte. Sie war nur halb so groß wie jetzt, und besonders groß ist sie immer noch nicht.

«Warum tust du das?» hatte ich sie zuerst leise gefragt. Sie hatte keine Antwort gegeben. «Hörst du mich? Antworte!» Ich hatte sie durchgeschüttelt. Sie hatte mir den Kopf zugewandt, aber durch mich hindurchgesehen. «Wo ist das: *Weit weg?*» «Wie meinst du das, weit weg?» «Du hast gesagt, er sei weit weg. Wo ist das?» Ich hatte tief eingeatmet, sie am Arm gepackt, sie hinter mir her zu ihrem Schrank gezogen, ihr befohlen, sich anzuziehen – ich tat dasselbe –, dann hatte ich sie aus der Wohnung geschoben und zugesperrt und sie zur Straßenbahn gebracht. «Ich zeige dir, wo *weit weg* ist. Du gibst ja sowieso keine Ruhe. Früher oder später würdest du es sowieso herausfinden.» «Was würde ich herausfinden?» «Dass er hier in der Stadt lebt. Er arbeitet im Zentrum in der Buchhandlung, aber es ist für mich, als wenn er weit weg wäre. Als wenn er gar nicht da wäre. Und für dich müsste es auch so sein. Erwarte nicht, dass er sich freut. Wir sind ihm einerlei. So sieht es aus.»

Ich hatte an der Haltestelle auf der Bank gesessen, und sie hatte danebengestanden. Ich hielt ihre Arme fest umklammert. Sie hatte die Augen aufgerissen. «Er lebt hier? Und er wollte mich nie sehen?» «Nein, aber jetzt fahren wir zu ihm hin.» «Er hat nie gefragt?» Ich zögerte, schaute zu Boden, doch ich sagte: «Nein.» Sie war in Tränen ausgebrochen, ich hatte sie gedrückt und sie trösten wollen. «Dann will ich auch nichts von ihm wissen! Nie wieder!» Sie war zurück ins Haus gelaufen. Ich blieb lange dort sitzen und dachte darüber nach, was ich gerade gesagt hatte. Aber er hatte es so gewollt. Die Flaschen waren ihm wichtiger gewesen als ich. Die Flaschen und das Schweigen über seine Entscheidung. Dabei hatte ich so um ihn gekämpft. So wie eine Izvoreanu nie hätte kämpfen dürfen.

Ich wusste, dass sie nach der Schule allein durch Viertel und über Märkte irrte, wo sich nur Gesindel herumtrieb. Dass sie in Parks auf Bänken saß, wo Männer sie ansprachen. Ich hatte sie einmal vom Bus aus gesehen und war ihr gefolgt, so wie ich schon manchem meiner Männer gefolgt war. Sie zog ihre Kreise um Traians Buchhandlung. Zuerst waren es weite Kreise, dann immer engere, bis Ioana sich wie zufällig an der Straßenecke gegenüber der Buchhandlung wiederfand und lange in den Laden starrte.

Am Sonntagabend zog sich Robert fein an, ich sah ihn wieder durch seine Wohnung gehen, Hosen und Hemd anziehen, seine Schuhe polieren, dann doch ein anderes Hemd anprobieren und auch noch andere Hosen. So wie ich blickte auch er sich prüfend im Spiegel an, dann fuhr er sich mit dem feuchten Finger über die Augenbrauen. Er steckte irgendetwas unter den Arm, das nach Schokolade aussah, schaltete das Licht aus und verschwand im Dunkel des Hauses. Kurz darauf tauchte er auf der Straße wieder auf und kam hinüber. Diesmal hatte ich für alles vorgesorgt: für die Schminke, das Kleid und den Braten im Ofen.

«Sind Sie Ommunist, lieber Robert? Denn wenn Sie es sind, dann habe ich eine schlechte Nachricht für Sie», sagte ich zu ihm, als wir am Tisch saßen. Er hatte sich inzwischen als Maler, Grafiker und Biologe in beliebiger Reihenfolge vorgestellt, und Ioana war aus ihrem Zimmer gekommen. «Was ist denn das, Zaira? Der Ommunismus?» «So hat Ioana, als sie klein war, den Kommunismus genannt.» «Mutter, muss das sein?», verdrehte sie die Augen. «Sie fragte immer: ‹Ist der Ommunismus jetzt gut oder schlecht?›» «Und was haben Sie geantwortet?», wollte Robert wissen. «Dass der Ommunismus ganz prima ist, wenn andere zuhören. Aber wenn man ganz für sich allein ist, darf man ruhig denken, dass er eine miserable Sache ist. Und jetzt sagen Sie uns, Robert, haben Sie keine Angst vor uns? Immerhin stamme ich nicht aus einer respektablen Kommunistenfamilie.»

«Liebe Zaira», sagte er und schmatzte vergnügt, «es kann mir egal sein, aus welcher Familie Sie stammen, solange Sie so herrlich kochen. Wenn man dieses Essen isst, beginnt man wirklich an Gott zu glauben.» «Zsuzsas Essen», murmelte ich. Später, in Amerika, würde er oft sagen: «Zsuzsas Essen macht Lust, dick zu werden.» Ich glaube, alle meine Männer hatten nur eines gemeinsam: die Liebe zu Zsuzsas Gerichten, von meinen Händen zubereitet. Nein, zweierlei hatten sie gemeinsam: außerdem noch die Vorliebe, mich dauernd ehelichen zu wollen.

Aber noch sind wir nicht so weit, noch verbringen wir erst den ersten Abend miteinander, noch schenke ich Robert zwei-, dreimal ein, um seine Hände zu sehen. Kleine, kräftige Hände, keine Traian-Hände, aber nicht unschön anzuschauen. Ich erwartete, dass etwas geschah, Magie womöglich, wie sie auch damals geschehen war, als Traian und Pinocchio auf der Bühne gestanden hatten. Aber das geschah nicht.

«Und was wolltest du werden, als du klein warst?», wandte er sich direkt an Ioana. «Ich weiß es nicht mehr.» «Als sie ganz klein war, wollte sie Puppenspielerin werden, genau wie ich. Ich nahm sie mit ins Theater, sie kannte alle Leute dort, sie saß beim Direktor auf dem Schoß, und bei den Proben saß sie im Saal, wo sonst hätte ich sie lassen sollen? Sie konnte mit Marionetten umgehen und kleine Puppen bauen, sie erfand bereits kleine Geschichten, die sie später unbedingt auf die Bühne bringen wollte. Später aber wollte sie überhaupt nichts mehr damit zu tun haben. Kannst du dich wirklich nicht mehr daran erinnern, Ioana?» Sie winkte ab und warf mir einen vernichtenden Blick zu. «Ja, junge Leute mögen es nicht, wenn ihre Eltern sie daran erinnern, dass sie einmal Kinder waren. Insbesondere wenn sie schon erwachsen sein wollen», bemerkte Robert. «Genau», fügte sie hinzu und hüllte sich anschließend ganz in Schweigen.

Robert erzählte von den Seen in Polen, den Auen in Russland und natürlich von unseren Flüssen und dem Donaudelta, wo er überall schon geforscht hatte. Ich wurde mit der Zeit ganz müde, ich kämpfte dagegen an, dass meine Augen zufielen, doch Ioana schien es zu gefallen, denn sie hörte schweigsam, aber gebannt zu. Als er merkte, dass er schon seit Stunden redete, meinte Robert: «Ach, Zaira, Sie haben den ganzen Abend nichts gesagt.» «Dafür kenne ich jetzt das Donaudelta ganz gut. Ich verspreche Ihnen, dass Sie das nächste

Mal mir zuhören werden.» «Sie wollen mich wieder einladen, obwohl ich so ungeschickt gewesen bin und dauernd geredet habe?» «Wissen Sie, in diesem Haus wird viel geschwiegen. Deshalb kann ein bisschen Reden gar nicht schaden.»

Im nächsten Monat, als es schon auf Neujahr zuging, trafen wir uns mehrmals auf der Straße. Die Stadt lag unter einer dicken, weißen Schneedecke, tagsüber wurde sie entfernt, jeder schaufelte vor seinem Haus. Nachts schneite es wieder und verwandelte alles in eine stille, ruhige Landschaft. Wir hatten uns gegrüßt, ein bisschen geredet und waren weitergegangen.

Am Silvestermorgen des Jahres neunzehnhundertsiebenundsechzig rief er mich an. «Wo werden Sie feiern, Zaira?» «Bei mir zu Hause.» «Werden Sie allein sein?» «Ja, Ioana ist mit ihrer Klasse irgendwo in den Bergen.» «Ach so, dann wünsche ich Ihnen ein gutes neues Jahr! Das wollte ich sagen, ähm, ja, genau das.» «Robert?» «Ja, Zaira?» «Sie dürfen kommen, wenn Sie wollen. Eigentlich würde es mich wirklich freuen. Und dann müssen Sie jetzt auch was tun.» «Was denn?» «Sich meine Geschichte anhören. Hatte ich Ihnen doch angekündigt.»

Um halb acht ging er ins Bad, um Viertel vor acht zog er wieder Hose, Hemd und Schuhe an, er probierte zwei, drei Krawatten aus, um acht steckte er sich wie das letzte Mal eine Schachtel Schokolade unter den Arm und hob etwas vom Boden auf, das mich erstaunte, denn ich hatte es noch nie gesehen. Eine Katze. Um zehn nach acht stand er mit dem Tier vor meiner Tür. «Ich wollte Mişa an Silvester nicht allein lassen. Das würde er mir nie verzeihen. Wieso lachen Sie?» «Nur so. Wir hatten früher einen Kutscher, der Mişa hieß und ein Säufer war. Trinkt Ihr Kater vielleicht? Nicht, dass unser Mişa als Ihr Mişa wiedergeboren worden ist.»

Um neun Uhr betrachtete ich wieder Roberts Hände, in die ich mich nicht verliebte. Aber an die Stelle der Hände, an die Stelle der Magie rückte Roberts Klugheit, seine Art zu formulieren und Dinge zu sehen. Das war nicht wenig, manchmal war es mehr, als eine Frau in meinem Alter kriegen konnte. Ein Mann, der sprechen konnte.

Er erzählte von Asien und Amerika, das rief in mir Bilder wach, als ob ich ihn auf jenen Reisen begleitet hätte. Weil er Meeresbiologe war, waren wir auf allen Meeren der Welt unterwegs, aber auch auf Flüssen, wir verirrten uns auf dem Amazonas und badeten mit den Hindus im Ganges. Als ob die Welt für ihn keine Geheimnisse berge, so redete er.

Vom Fluss kam er aufs Volk, das an den Ufern lebte, und vom Volk auf dessen jahrhundertealte Geschichte, und hin und her und her und hin, und irgendwann dachte ich: *Dieser Mann fasziniert und ermüdet mich zugleich. Ich werde ins neue Jahr auf Roberts Worterutschbahn rutschen. Wenn es zwölf schlagen wird, werden wir irgendwo zwischen dem Toten Meer und den Masurischen Seen sein.* Das war gar nicht schlecht; schlecht war nur, niemals anzukommen. Nie zu wissen, wo man hingehörte. Immer von einer Geschichte zur anderen zu geraten und in keiner zu verharren. Dass wir doch bald landen würden, zuerst in meinem Bett und zwei Jahre später in Washington, konnte ich noch nicht wissen.

«So, und jetzt bist du dran», sagte er um halb elf. «Wir können uns doch duzen, wenn wir schon mal gemeinsam rutschen, nicht wahr?» Ich nahm Mişa in die Arme, er widersetzte sich nicht, er war ein träger Kater, der alles mit sich geschehen ließ. Mişa wusste nichts davon, dass er bald eine amerikanische Katze sein würde und dass er in Amerika alt werden und begraben werden würde. Das Futter, das er sich erträumte, war weder links noch rechts, weder kapitalistisch noch kommunistisch. Auf welcher Seite des Atlantiks oder des Eisernen Vorhanges er gefüttert wurde, war ihm egal. Hauptsache, viel, sein Fettpolster war beträchtlich.

Ich erzählte in jener Nacht meine ganze Geschichte. Ich ließ nichts aus, weder, wie man uns halb nackt aus dem Haus geholt und wie dann die Bauern vor uns ausgespuckt hatten, noch wie Zizi gestorben war. Dass einer jener Bauern bis heute hinter uns her war. Ich redete über Pauls Hände und auch über Traians Hände. Dass ich schon lange keinen Mann mehr gehabt hatte, aber Männern nicht abgeneigt war.

Am Schluss dachte ich: *Wenn er das alles geschluckt hat und noch nicht weg ist, dann ist das kein schlechtes Zeichen.* Draußen war es fast schon Morgen, die Straßen waren still, nachdem in der Nacht gefeiert worden war, beim Übergang ins neue Jahr. Wir legten uns vorsichtig aufs Bett, angezogen. «Wieso bist du allein, Robert? Du bist doch ein guter Mann.» «Ich habe keine Frau gefunden, die bereit war, lange alleine zu bleiben, wegen meiner Reisen. Ich habe aber auch nie richtig gesucht.» «Und jetzt suchst du? Bist du hier bei mir auf der Suche?» Er schwieg, nahm meine Hand in die seinen.

«Ich weiß nicht, ob ich dich lieben kann, Robert. Aber ich kann dich sehr schätzen, und glaube mir, das ist nicht wenig. Außerdem braucht Ioana einen Vater. Ich glaube, dass du ihr guttust.» «Schlaf jetzt, Zaira, wir haben das neue Jahr zusammen angefangen, das ist schon mal was.»

Das war der Beginn einer neuen schwindelerregenden Reise, die mich bis nach Amerika bringen sollte, bis in die Arme von Lincoln und von Fred Astaire und dann nach dreißig Jahren wieder zurück, auf diesen Stuhl hier, wo ich bald Wurzeln schlagen werde, wenn nicht bald etwas geschieht.

2. Kapitel

Am Tag der Hochzeit warteten wir zu Hause, bis es fast zu spät wurde, aber Ioana tauchte nicht auf. Ich trug ein weißes Kleid und passende Schuhe und Robert seinen besten Anzug. «Kein Gramm zugenommen», sagte er, als er so vor mir stand. «Siehst du? Du kannst mich ordentlich mit Zsuzsas Essen füttern, und ich bleibe doch schlank wie in der Jugend. Ich habe diesen Anzug bestimmt zuletzt vor zehn Jahren getragen.» Er hob die Arme und vollführte eine Drehung. «Na, was sagst du? Hast du nicht einen hübschen Bräutigam?»

«Ioana ist seit gestern weg. Sie ist in der Nacht nicht nach Hause gekommen», erwiderte ich. Sein Blick verdüsterte sich, und hilflos ließ er die Arme hängen. Er seufzte. Dann begann das Warten, Robert ging in meinem winzigen Wohnzimmer hin und her, und ich saß am Tisch und trommelte mit den Fingern. Die Zeiger der Uhr rückten unaufhörlich auf den Zeitpunkt zu, an dem ich wieder verheiratet werden sollte. Ich wollte sie nicht bremsen, aber die Zeit auch nicht beschleunigen. Ich sehnte mich nicht nach dem neuen Zustand, aber genauso wenig lag mir daran, im alten zu verharren.

Am besten sollten wir ewig so bleiben, ich in meinem Kleid – das mache jede Braut glücklich, hatte die Verkäuferin gesagt – und er in seinem Anzug. Am besten sollte ich gar nicht entscheiden und alles in der Schwebe bleiben. Stillleben mit künftigen Brautleuten. Bis wir umfallen und vergehen würden. Bis auch die Möbel, die Bilder, die Kleider in den Schränken, das ganze Haus, die Straße und alles rundherum zu Staub würde. Vom Wind fortgetragen würde.

Ich war weit entfernt von dem Zustand der Ekstase, des warmen Vibrierens. Ich wusste, dass nichts ewig hielt: nicht die Liebe, nicht die Zuneigung, nicht die Treue. Am wenigsten irgendwelche Versprechen, die man sich vor einem kommunistischen Beamten gab. Aber wenn Robert schon mal da war, wenn er sich schon mal anbot, würde ich ihn nehmen. Ganz ohne Leidenschaft, aber nicht ohne Überzeugung. Wir brauchten einen Mann im Haus. Ich für die vielen stillen Abendstunden und Ioana als Vater. Oder als etwas, was dem nahekam. Deshalb hatte ich mich entschieden, seinem Wunsch nachzugeben und ihn nur wenige Monate nach unserem ersten gemeinsamen Silvester zu heiraten.

Mit Robert Zeit zu verbringen war, wie kostenlos auf Reisen zu gehen. Ihm zuzuhören, wie er von der Welt erzählte, war, als ob man selbst mitten in dieser Welt stünde. Nicht abseits, wie ich es oft meinte. Man war von der Welt umgeben, man kannte ihre Geheimnisse und war ihnen dicht auf der Spur. Am meisten gefielen seine Geschichten Ioana, die oft ihre Verabredungen verschob, ihre wenigen Freunde wieder wegschickte, wenn Robert bei uns läutete, sich hinsetzte und mit dem Erzählen begann.

Einen unterhaltsamen, klugen Mann zu haben war nicht wenig. Oft war es mehr, als man sonst bekam. Denn die Liebe verlor sich schneller, als man bis drei zählte. Dreimal unbefriedigt und verschwitzt nebeneinander eingeschlafen. Dreimal die Bosheit des anderen erlebt. Bosheit, für die man blind war, solange man verliebt war. Dreimal Trost bei ihm gesucht und nicht gefunden.

Ioana tauchte auch dann nicht auf, als Mutter und Vater endlich an der Tür läuteten, sich entschuldigten, weil der Zug aus Bukarest so viel Verspätung gehabt hatte, und Robert von oben bis unten musterten. Vater war zwei Köpfe größer als er, Mutter genauso groß wie er. Sie waren schlecht gealtert. Mutter war dick geworden, ihre Haut war fleckig und schlaff.

Sie hatte ihr Strahlen verloren, ihre Überzeugung, dass sie der Mittelpunkt der Welt war. Dass wie früher ihre Jugend und ihr Reichtum sie schützen würden. Dass eher die Welt als sie selbst untergehen würde. Dass Paris niemals in die Ferne rücken würde und damit auch die Möglichkeit, glücklich zu sein. Die Möglichkeit war schon lange dahin, Paris war schon im Krieg in die Ferne gerückt und erst recht danach. Weil Mutter nichts gelernt hatte, als reich zu sein, war sie Hausfrau geworden.

Vater war hinten gekrümmt und vorne ausgehöhlt. Das war der Preis, den er für seine Größe zahlte. Für die Größe, die Mutter so gut gefallen hatte. Die Schwerkraft holte sich zurück, was ihr früher fast entkommen war. Sie krümmte Vater wie einen alten Baum, zwang ihn nach unten, bezwang ihn. Ihn, der einst aufrecht auf seinem Pferd sitzend die Russen hatte bezwingen wollen.

«Du hast eine seltsame Tochter!», rief Mutter aus dem Bad. «Sie ist auch deine Enkelin», erwiderte ich, «auch wenn du sie so gut wie nie nach Bukarest einlädst.» »Was sollte sie denn mit zwei alten Leuten wie uns tun?» «Früher warst du zu jung für mich. Jetzt bist du zu alt für sie.» Im Bad wurde es still.

«Das Mädchen ist nicht seltsam. Sie ist sensibel und in einem schwierigen Alter», fügte Robert hinzu. «Wenn man weiß, wie man sie nehmen soll...» «Du meinst, ich weiß das nicht?», schnitt ich ihm das Wort ab. «Leute, ihr seid nicht hier, um euch zu streiten, sondern um zu heiraten», unterbrach Vater, der auf dem Balkon stand. «Außerdem braucht das Mädchen einen Vater, auch wenn sie so alt ist, dass sie bald einen Mann brauchen wird.» Er drückte die Zigarette aus und trat wieder in die Wohnung. «Bevor sie gestern davongelaufen ist, hat sie gesagt: ‹Ich brauche keinen neuen Vater›», meinte ich.

Wir verließen die Wohnung, warteten noch kurz auf der Straße, aber Ioana kam nicht. Wir nahmen die Straßenbahn, kauften *einen Blumenstrauß für die glückliche Braut*, gleich neben dem Stadthaus. Man hatte sich hier auf glückliche Bräute spezialisiert. Die Frage war nur, ob die Paare, die sich im selben Haus scheiden ließen, dort ihre verwelkten Sträuße wieder abgeben konnten.

Während wir die Treppe zum Standesamt hochstiegen, flüsterte mir Mutter zu: «Deine Tante wollte kommen, aber sie ist zu alt und gebrechlich. Außerdem wird bald eine Kuh im Dorf ein Kalb werfen.» Ich brach in Gelächter aus. Die Tante hatte es zu unzähligen Geburten gebracht, aber nie zu einer Hochzeit.

Ioana kam auch dann nicht, als der Beamte fragte, ob Genosse Robert Suciu wolle... und ob Genossin Zaira Izvoreanu auch wolle..., und wir wollten natürlich. Nach einer halber Stunde standen wir schon wieder draußen. Mutter weinte. Ich sagte: «Du brauchst nicht zu weinen, Mutter. Ich bin nicht mehr in dem Alter, in dem man noch um mich weinen müsste.»

Das *Cina*-Restaurant hieß genauso wie jenes Lokal in Bukarest, das Mutter und László aufgenommen hatte und mit ihnen die gute, alte Welt, die zerstört war, als die Deutschen Paris besetzten. Mutter ließ sich nichts anmerken, als ob sie alles vergessen hätte. Doch nichts war vergessen, denn nichts erlischt, es verkriecht sich nur in die hinterste Ecke der Gedanken. Es verblasst, aber es vergeht nicht. Es ist immer da, bereit, sich im ungünstigsten Augenblick zu melden. Bereit, uns klarzumachen, wie wenig wir eben dieses Leben genutzt haben. Und dass sich nichts dagegen tun lässt, nicht einmal abstumpfen. Denn wenn wir nicht von selbst darauf kommen, kommen andere darauf und werfen es uns dann vor.

«Hat sich Dumitru wieder gemeldet?», fragte ich.

«Dumitru nicht, aber seine Leute. Er lässt uns immer wissen, dass er da ist. Er sorgt dafür, dass wir es nicht vergessen», murmelte Vater.

«Was tun seine Leute denn?», fragte Robert.

«Sie läuten bei uns, manchmal sogar morgens um sechs, dann manchmal nach Mitternacht. Sie setzen sich hin, fragen, was wir so machen und was Zaira so macht. Sie grinsen immer und scheinen ganz unbeteiligt, ganz gleichgültig zu sein. Aber sie sind hellwach.»

«Und wenn ihr einfach nicht die Tür öffnet?»

«Einmal haben wir das gemacht, aber gleich am nächsten Tag standen mehrere Milizmänner da und sagten, man würde uns ins Kommissariat bringen, wenn wir das noch einmal täten. Man würde annehmen, dass wir etwas zu verstecken hätten.»

Mutter und Vater fuhren am selben Abend zurück. Sie meinten, sie könnten nicht in fremden Betten schlafen. Ihre alten Rücken hätten sich zu sehr mit den alten Matratzen zu Hause angefreundet. Als die Lokomotive zischte und sich der Zug in Rauch auflöste, wusste ich nicht, dass ich sie zum letzten Mal gesehen hatte. Dass zwischen uns bald ein ganzer Ozean liegen würde.

Ich fragte Ioana am nächsten Tag, wo sie gewesen sei, ohne eine Antwort zu bekommen. Ich lehnte an ihrer Tür, hinter der sie die Musik aufdrehte, und atmete laut ein und aus. Ein und aus.

. . . . .

Wir nahmen nach langer Zeit wieder *Pinocchio* ins Programm auf. Ein dicker Mann saß bei der Generalprobe im Saal, er sah wie ein großer Schinken aus. Oder wie der Händler aus dem Pinocchio-Stück, der vorgab, Kinder ins Schlaraffenland zu bringen. Er hatte in seinem Leben viele Innereien, Mägen, Brüste, Hälse und Beine von Tieren gegessen. Da war so viel fremdes Fleisch zu seinem eigenen Fleisch geworden, dass er sich allmählich in einen Fleischberg verwandelt hatte.

Sein Anzug, sein Hemd, seine Schuhe platzten nur deshalb nicht aus den Nähten, weil sie geduldig mit ihm waren. Weil sie gelernt hatten, die Masse, die sich an ihnen rieb, die gegen den Stoff und das Leder drückte, zu ertragen. «Machen Sie weiter, Genossen», rief er uns zu, als er bemerkte, dass wir ihn anstarrten. «Sie dürfen nicht hier sein. Niemand darf dabei sein, wenn wir proben!», rief ich ihm zu. «Ich darf, Genossin. Glauben Sie mir, ich darf das.»

«Genossin Zaira», sagte er, als er mich später beiseitenahm. «Man hat uns gemeldet.» Er sagte nur so viel, dann machte er, um die Wirkung seiner Worte abzuwarten, eine Pause. «Was hat man Ihnen gemeldet, Herr...?» «Man hat uns gemeldet, dass an Ihrem Theater keine richtige politische Erziehung stattfindet.» Wieder schwieg er. «Politische Erziehung, Herr...? Wie, sagten Sie, heißen Sie?» «Rotaru.» «Politische Erziehung,

Herr Rotaru? In einem Puppentheater? Wir haben es hier mit Drei- bis Achtjährigen zu tun.»

«Man kann nicht früh genug damit anfangen. Wenn wir wollen, dass unsere Revolution eine Zukunft hat, dann können wir uns keinen Raum leisten, in dem der Kommunismus nicht existiert. Nichts, was die Moral des Volkes zersetzt.» «Und Sie denken, dass Pinocchio oder Hänsel und Gretel die Moral des Volkes zersetzen?» «Nehmen wir mal Hänsel und Gretel. Wieso soll die Hexe, die sie fressen will, nicht eine kapitalistische Hexe sein?» «Weil die Kinder das gar nicht verstehen. Meine Tochter konnte in dem Alter nur Ommunismus sagen.» «Sie werden verstehen, was wir ihnen zu verstehen geben. Wieso sollen die Großeltern, die sie suchen, nicht als die Mutter-Partei bezeichnet werden? Oder der Mann, der Pinocchio ins Schlaraffenland bringen soll, als ein kapitalistischer Verführer?» «Oder als Ommunist?», lächelte ich spöttisch, weil er einen großartigen Verführer abgegeben hätte. Seine winzigen, in Fett gebetteten Augen waren nicht träge. Sie spähten, sie prüften, sie beobachteten ganz genau.

«Das will ich nicht gehört haben, Genossin. Wir wissen, dass Sie hier dieses Commedia-dell'Arte-Zeug spielen, wo man über dumme Bauern und kleine Leute lachen kann.» «Aber man lacht auch über Pantalone, der vielleicht der erste geizige Kapitalist ist.» «Schluss jetzt! Entweder Sie tun, was wir von Ihnen erwarten, oder wir werden handeln. Und versuchen Sie, öfter das Wort *Genosse* zu benutzen.» «Genosse Rotaru, grüßen Sie Dumitru meinerseits. Sagen Sie ihm, dass dumme Menschen im Allgemeinen nicht lächerlich sind, nur solche, die es zu weit treiben. Und grüßen Sie ihn von meinem Cousin Zizi, der mir dieses Commedia-dell'Arte-Zeug beigebracht hat.»

Bei der Premiere des Stücks war der Saal voll, Eltern, Kinder, Großeltern, Robert war da, und in einer Ecke saß auch Genosse Rotaru. Er hatte sogar seinen Sohn mitgebracht, der ähnliche kleine Fuchsaugen hatte. Das war Beruf und Freizeit in einem. Da ging das Füchsige vom Vater auf den Sohn über.

In der Szene, als Pinocchio, ohne zu ahnen, dass er dort zum Esel würde, auf den fetten, listigen Mann wartete, der ihn ins Schlaraffenland mitnehmen sollte, drehte ich Pinocchios Marionette dem Publikum zu und führte sie an den Bühnenrand.

«Liebe Kinder, ihr wisst, was jetzt kommt. Jetzt kommt der fette Mann, ich steige auf seinen Karren, und er bringt mich ins Schlaraffenland. Dann werde ich zu einem Esel. Soll ich diesem Mann wirklich folgen? Soll ich ein Esel werden?» «Neeein!», riefen sie alle. «Gibt es also doch kein Schlaraffenland? Sind das alles Lügner, die so etwas erzählen?» «Jaaa!» «Soll ich den Mann bestrafen, der mir so etwas Dummes verspricht?» «Jaaa!» «Wisst ihr, wie dieser Mann heißt? Er hat einen russischen Namen, sagen wir, er heißt Igor. So ein Russe, dieser Igor. Schaut euch seinen Schnauzbart an. Ruft doch mal alle zusammen: ‹Igor, du Lügner!›» «Igor, du Lügner!» «Und jetzt seid ruhig, Kinder, ich sehe Igor, der mit seinem Wagen näher kommt. Er darf uns nicht entdecken.»

Als Igor hereinkam, sprang Pinocchio hinter einem Baum hervor und verpasste ihm quer über die ganze Bühne Fußtritte in den Hintern. «Igor, du alter Lügner, du darfst aus Kindern nicht mehr Esel machen!», rief Pinocchio dabei.

Genosse Rotaru war aus dem Saal verschwunden, die anderen Puppenspieler waren verdutzt. Nachdem er den ganzen Weg geschwiegen hatte, wandte sich Robert zu Hause an mich. «Wenn du jetzt schon so redest, müssen wir auch bald handeln.» «Wir müssen raus aus dem Ommunismus. Bald gehe ich auf den Friedhof», sagte ich. «Wieso willst du auf den Friedhof? Wir müssen doch nicht gleich mit dem Schlimmsten rechnen.» «Ich rechne mit dem Besten, wenn ich auf den Friedhof gehe. Sag mir nur, wohin wir müssen.» «Wohin? In den Westen. Am besten über die Tschechoslowakei. Du hörst doch, was da los ist. Dass die für Reformen demonstrieren. Dort ist etwas in Bewegung geraten. Von dort kommen wir vielleicht nach Wien.»

Am nächsten Tag standen zwei Männer vor unserer Tür und forderten uns auf, ihnen zu folgen. Wir stiegen in ein Auto, das uns zum Kommissariat brachte. Ich dachte: *Wie dumm ich früher war, als ich mich fürchtete, weil man mich wegen Andreis Anrufen von zu Hause abholte. Jetzt aber ist es wirklich ernst.* Der Kommissar schnäuzte sich gerade, als wir hineingeführt wurden. «Immer erwischt sie mich, die Erkältung. Nie einen anderen, immer mich.» Er nahm sich Zeit und sah uns lange an. Er wusste, dass unsere Nervosität mit jedem Augenblick zunahm. Und er wartete. Und wartete.

«Ich muss schon sagen, Genossin, Sie haben viel Fantasie und Humor. Aber mit solchen Sachen lässt sich nicht spaßen...», begann er, als Robert ihn hastig unterbrach. «Genosse, Sie müssen verstehen, meine Frau hat ein kindliches Gemüt. Sie ist selbst so kindlich wie die Kinder, für die sie spielt. Anders würde es gar nicht gehen.» Ich blickte ihn giftig an. «Ich bin nicht kindlich.»

«Wer sind Sie?», fragte der Kommissar, als ob er es nicht wüsste. «Ihr Ehemann.» «Reden Sie nur, wenn ich Sie frage. Ihre Frau ist nicht kindlich, sie weiß genau, was sie tut. Und wenn sie es doch ist, dann hat sie dort nichts zu suchen, wir brauchen reife Genossen.» Robert konnte sich nicht bremsen. «Zaira ist die Beste ihres Faches. Man liebt sie im ganzen Land.» Der Kommissar wandte sich wieder mir zu. «Ja, die hilft Ihnen noch, Ihre Berühmtheit. Und der Freund ganz oben, der Sie schützt. Aber auch Berühmtheiten können weggesperrt werden, und nach kurzer Zeit erinnert sich keiner mehr an sie.» «Weggesperrt? Wie können Sie ihr nur drohen?», fragte Robert entsetzt. «Ich kann, und ich kann noch viel mehr. Schluss jetzt! Ich stelle hier die Fragen!», sagte er und spannte einen Papierbogen in die Schreibmaschine. «Also, ich möchte Ihnen einige Fragen stellen. Haben Sie schon mal kontrarevolutionäre Literatur gelesen?»

So ging das einige Stunden, bis die russische Schreibmaschine stockte. Man suchte im ganzen Haus nach einem Ersatz, aber überall waren die Schreibmaschinen im Einsatz. Man hatte hier viel vor, mit den Menschen und den Schreibmaschinen. Weder die einen noch die anderen kamen zur Ruhe, jeder kannte seinen Platz, der eine vor dem Pult, die andere darauf. Jeder musste seinen Dienst versehen, um den Befrager nicht zu ärgern. Von Zeit zu Zeit aber versagten dem einen die Nerven und der anderen die Tasten. Die einen landeten im Keller des Kommissariats, die anderen auf dem Müll. Uns aber schickte man nach Hause. Man würde uns bei Bedarf wieder holen. Wir sollten nicht meinen, dass man uns nicht noch mal holen würde.

Ich fand Gabor Ferencz' Grab erst nach einigen Stunden Suche, an einem düsteren, feuchten Frühlingstag des Jahres 1968. Ich war auf dem Friedhof herumgegangen, den Spaten in der einen und die Schere in der anderen Hand, aber kein Grab hatte mich überzeugt. Keines war so verfallen und verwildert, dass ich es für meine Zwecke gebrauchen konnte. *Das verfallenste Grab musst du pflegen, Mädchen, damit dein Wunsch in Erfüllung geht*, hatten die Bäuerinnen in Strehaia gesagt. Und das verfallenste Grab war das von Gabor, das in einer weit entfernten Ecke lag, in die sich kaum jemand verirrte. Das Kreuz war umgestürzt, der Grabstein zersprungen, die Erde rundherum voller Unkraut.

«Ich habe dich gefunden», murmelte ich. «Ich weiß nicht, ob du Katholik, Jude, Protestant oder Atheist warst, aber ich werde dein Grab so pflegen, dass du es nicht mehr wiedererkennst. Es wird so schön sein, dass deine Nachbarn vor Neid erblassen werden. Du brauchst nur eines zu tun: uns Pässe für Prag zu beschaffen. Für Robert, Ioana und mich. Nur eine Kleinigkeit. Den Ommunisten, die für Visa zuständig sind, musst du ins Ohr flüstern, dass wir vertrauenswürdig sind. Du weißt schon, was ich meine. Und jetzt, mein Lieber, spucke ich lieber mal in die Hände und mache mich an die Arbeit. Denn vom Schwatzen allein hast du nichts und ich auch nicht.»

Gabor Ferencz war Maler gewesen – so stand es auf dem Grabstein –, aber offenbar ein erfolgloser, denn nicht nur sein Grab, sondern auch sein Name waren vergessen. In keinem Museum der Stadt und in keinem Kunstbuch konnte ich etwas über ihn finden.

Da wir jetzt unser Grab gefunden hatten, gingen Robert und ich am nächsten Tag zum Passamt und beantragten Urlaub in Prag. Eine Woche nur, im August.

· · · · ·

Schon Anfang des Jahres hatten wir gehört, dass die Tschechoslowaken einiges gewagt, dass sie aufbegehrt hatten. Wir hatten den ganzen Winter hindurch gespannt Radio gehört, es erinnerte mich an die Strehaia-Abende und die Radiokonzerte aus Berlin. Ich roch beinahe wieder Zsuzsas Essen und hörte das Holz im Kamin. Obwohl damals Schuberts oder Brahms' Musik durchs ganze Haus gezogen war, aber die Musik aus Prag im deutschen oder englischen Radio geflüstert wurde, weil wir das Gerät leise stellten, hatte ich das Gefühl, als wäre Robert Zizi, Ioana meine Tante und Mişa, der unpolitisch schnurrte, die Großmutter.

Für mich hätte es lange so weitergehen können. Die Tschechoslowaken hätten ruhig das ganze Jahr über für Reformen demonstrieren können, sie hätten jeden Monat Dubček als Ersten Parteisekretär wählen und mehr Freiheit beschließen können. Die Strehaia-Wirkung hätte lange angehalten. Aber es kam anders und so schnell, dass nicht nur einem ganzen Volk schwindlig wurde, sondern auch uns, die nur aus der Ferne und ungefährdet teilnahmen.

«Wer ist Dubček?», hatten wir uns gefragt, als wir seinen Namen zum ersten Mal hörten. Niemand wusste es, aber jeder meinte es zu wissen. Einer, der so blass war, dass er bald die Farbe Rot annehmen würde; dunkelrot, sowjetrot. Einer, von dem man nur erwarten konnte, dass er dort weiter abwirtschaftete, wo Nowotny aufgehört hatte.

Die Russen waren mit seiner Wahl einverstanden, das konnte doch nur schlecht sein, hatte Robert gebrummt. Breschnew würde sich doch kein Kuckucksei ins Nest legen lassen. Bald würde es wieder still werden, dort drüben. Der Januar war vorbeigezogen und der Februar ebenfalls, und plötzlich hatte das Kuckucksei angefangen sich zu regen. Plötzlich war alles elektrisierend, was drüben geschah.

Dubček war vielleicht ein größeres Ei, als Breschnew tragen konnte, hofften wir jedenfalls. Er sagte Dinge, die wir noch nie gehört hatten, und er sagte sie so, dass man Lust auf mehr bekam. *Wir* sollten Bürgerrechte haben? *Wir* sollten sagen, was wir dachten? *Wir* sollten öffentlich diskutieren, was wir gut und was wir schlecht fanden? Denn Dubček sagte es zu seinem Volk, aber plötzlich waren wir alle sein Volk.

«Das ist schlecht, wenn der zu viel will», meinte Robert. «Die Russen hören es doch auch, und das wird ihnen nicht gefallen.» «Das ist gut», meinte Ioana. «Er soll nur noch schneller voranmachen, damit die Russen nichts mehr daran ändern können.» Als das Aktionsprogramm der Kommunistischen Partei herauskam, bemerkte Robert dazu: «Das ist noch schlechter. Jetzt wollen sie mit einem neuen Ommunismus experimentieren. Sie wollen freie Wahlen und demokratischen Ommunismus. Man soll an Gott glauben dürfen und sagen dürfen, was man will. Die Partei soll nicht mehr alleine führen. Da soll noch einer verstehen, wieso die Russen das zulassen. Ich sage, sie lassen das nicht mehr lange zu. Wo gehst du hin?», fragte er mich, die aufgestanden war. «Auf den Friedhof. Gabor soll sich beeilen.»

Aber Gabor ließ sich Zeit, er hatte sein eigenes Tempo. Und wären auch Breschnews Panzer über alle Friedhöfe des Ostens gerollt, hätten sie die vergessenen und die gepflegten Gräber platt gewalzt, er würde sich nicht rühren. Er würde in der Erde liegen und warten, dass alles zu Staub zerfiele, die Panzer, Breschnew, Dubček, ganze Scharen von Kommunisten.

Inzwischen war sein Grab wieder ganz ansehnlich, es wuchsen Blumen, und auch der Rosenstock war gepflanzt. Ich hatte den Totengräbern Geld zugesteckt, damit sie die Grabplatte und das Kreuz flickten und eine neue Bank anstelle der alten hinstellten. Ich kroch vor dem toten Gabor, wie ich nie vor einem lebenden Mann gekrochen wäre. Meine Knie schmerzten, mein Rücken, meine Gelenke. Meine Hände und Fingernägel waren schwarz, meine Haut abgeschürft und rissig, und ich schwitzte, wie eine Dame laut Großmutter niemals schwitzen durfte. Gabor beeilte sich nicht. Was war, wenn Breschnew sich mehr beeilte als er?

Als die Zensur abgeschafft wurde und das ‹Manifest der zweitausend Worte› erschien, in dem noch mehr Reformen verlangt wurden, war Robert ganz schlechter Laune. «Ich sage euch», sprach er zu Ioana und mir, «es kann nicht mehr lange dauern, und die Russen stehen in Prag. Breschnew wäre ein Idiot, wenn er das durchgehen ließe. Und immer noch haben wir keine Antwort vom Passamt. Dabei heißt es: jetzt oder nie. Wir haben nur noch wenige Monate Zeit, glaubt es mir.» Als aber im Juni die russischen Militärmanöver in der Tschechoslowakei anfingen, als man bekannt gab, die Amerikaner und die Deutschen stünden praktisch mit einem Fuß in Prag, man hätte Waffenlager und Pläne gefunden, kürzte Robert seine Prognose auf nur noch wenige Wochen.

Und immer noch ließ uns Gabor nicht wissen, ob er über uns wachte, ob er zufrieden war mit seinem Grab und ob er für die Einzigen sorgen wollte, die sich noch an ihn erinnerten: für drei Menschen und einen Kater.

Die Sender aus dem Westen fragten sich, wann jetzt die Russen kommen würden, aber Robert schrie das Radio an, sodass wir die Hände auf seinen Mund halten mussten: «Die Russen sind schon da, Dummköpfe! Und an der Grenze sind sie auch! Russen, Ostdeutsche, Polen. Da kann sich so ein Manöver schnell in eine Besatzung verwandeln. Die haben so viele Truppen zusammengezogen, dass die Tschechoslowakei bald aus allen Nähten platzen wird. Ich glaube, Zaira, du lässt deinen Gabor in Ruhe. Wir werden es nicht mehr schaffen.»

Doch am dritten August wurden wir zuversichtlicher. In Bratislava hatte man einen Kompromiss gefunden. Jetzt seien alle gleich und souverän, hieß es, und alles sprach dafür, dass sich die Lage entspannen würde. Dass die Russen zu Hause bleiben würden. Oder in den Kasernen, wenn sie schon unterwegs durch Europa waren.

Auch Robert ließ sich täuschen, Ioana und ich sowieso, jetzt hatte Gabor wieder Zeit, um zu wirken. Aber bald würde es anders kommen, der Countdown hatte schon begonnen, unaufhaltsam tickten die Uhren, flossen die Sekunden, Minuten und Stunden vorbei. Unaufhaltsam nahm die Geschichte ihren Lauf, putzten junge Burschen Panzerrohre und Gewehrläufe, überprüften Offiziere ihre Landkarten, wurden Befehle verfasst.

Es war ein heißer Tag, als Gabor sich rührte, ein alles mit seiner Hitze versengender Sommertag. Die Stadt war leer, und wer unterwegs war, war träge und müde. Die Hitze drückte auf die Menschen und die Erde, sie presste sich an die Körper. Ich kam gerade vom Friedhof, schmutzig und verschwitzt, und betrachtete eine rote, kecke Damentasche in einem Schaufenster, die mir zugezwinkert hatte. Ich sah in der Fensterscheibe, wie sich mir ein älterer Mann näherte und seine Hand auf meine Schulter legte.

«Guten Tag, Zaira.» «Ach, Sie sind es! Sind Sie mir mit dem Dienstwagen gefolgt, wie Sie früher Mutter gefolgt sind?» «Ich wollte vom Bahnhof ins Hotel gehen und kam hier zufällig vorbei.» «Sie reisen nicht mehr mit dem Dienstwagen?» «Sagen wir es so: Ich habe nicht mehr unter allen Umständen einen Dienstwagen. Ich hoffe, dass mir der Bürgermeister einen gibt, sonst nehme ich den Bus wie jeder andere. Ein bisschen Bewegung schadet nicht in meinem Alter.»

Er lachte, aber sein Lachen war schief und bitter, sein Gesicht ausdruckslos oder erschöpft von den vielen Kämpfen, die er geführt hatte, um sich oben zu behaupten. «Sind Sie nicht mehr...», meinte ich und zeigte mit dem Kopf nach oben. «Sie meinen, ob ich noch ganz oben bin? Nein, bin ich nicht. Ich bin auf dem Weg nach unten, irgendwo in der Mitte.» «Wie kann das sein?» «Zuerst einmal ist es nicht schlecht, auf dem Weg nach unten zu sein, wenn man alt wird. Was hat man schon noch zu gewinnen? Auf was soll man noch hinschaffen? Was soll man erreichen, was wesentlicher wäre als Ruhe? Aber ich möchte Sie nicht täuschen, denn das ist nicht der Grund. Der Grund ist, dass ich einen mächtigen Feind habe. Denselben, den auch Sie und Ihre Eltern haben.»

«Wie ist das möglich? Wie konnten Sie sich Dumitru zum Feind machen?» «Indem ich der Freund Ihrer Mutter geblieben bin. Dumitru hasst Ihre Mutter und alle, die mit ihr zu tun haben. Es hat ihn provoziert, dass ich sie beschützt habe, und das hat sich so auch gegen mich gekehrt. Aber reden wir lieber von etwas anderem. Wie geht es Ihrer Mutter eigentlich?» «Womit wir wieder beim selben Thema wären.»

Es gibt Menschen, die mit dem Alter aufgehen, sie blähen sich auf, lassen sich gehen, die früher klaren Konturen werden vom Fett überlagert, bis man zu einem Klumpen wird, plump und schwerfällig. Aber es gibt auch Leute, die mit der Zeit eingehen, kürzer und dünner werden, wie Kleider nach dutzendfachem Waschen. Die austrocknen, wie ein Fisch, den man in der Sonne liegen gelassen hat, bevor man ihn salzt und für den Winter einlagert. Ledern, als ob im Körper kein

Wasser mehr wäre, als hätte die Last des langen Lebens alles ausgewrungen. Vater gehörte dazu und László Goldmann ebenfalls.

Als ich seine skelettartigen Hände musterte, die Mutter früher so gefallen hatten, merkte ich, dass er auch meine Hände ansah. «Ihre Finger sind schwarz und voller Erde. Ihr Rock ist fleckig. Sind Sie nicht mehr Puppenspielerin, Zaira, oder haben Sie einen Garten, wo Sie Gemüse anpflanzen?» «Ich habe einen Toten, um den ich mich kümmere.» «Das tut mir aber leid.» «Es braucht Ihnen nicht leid zu tun, es ist nicht wirklich mein Toter, aber die, deren Toter er ist, haben ihn vergessen. Also kümmere ich mich ein bisschen um ihn.»

Ich atmete kräftig ein und schaute ihm lange in die Augen. Er schien irritiert. Ich musste mich nur noch entscheiden. Wenn ich noch länger zögerte, war vielleicht die einzige und letzte Möglichkeit dahin.

«Ich frage Sie jetzt ganz direkt, seien Sie mir deshalb nicht böse. Sehen Sie, mein Mann und ich wollten schon lange zusammen mit meiner Tochter Urlaub in Prag machen. Wir haben einen Antrag gestellt, aber bis heute nichts davon gehört. Vielleicht könnten Sie...»

Er trat zwei Schritte zurück, ich sah, dass er mich noch genauer musterte und versuchte, schlau aus mir zu werden. Wir sahen uns lange an, keiner senkte den Blick. «Sie wissen, was in Prag los ist.» «Ich weiß es.» «Und Sie wollen trotzdem?» Aber als ob er in jenem Moment etwas verstanden hätte, nickte er fast unmerklich mit dem Kopf: «Oder gerade deswegen...»

Wir schwiegen minutenlang, und als das Schweigen unerträglich wurde, lenkte ich ab: «Haben Sie von Andrei gehört?» «Andrei ist schon lange in die Provinz verbannt. Ein kleiner Parteimensch.» «Lebt er noch mit dem Schauspieler zusammen?» «Schauspieler? Ach ja, der schöne, junge Engel. Sie haben sich seit jenem Empfang im Rathaus nicht mehr wiedergesehen. Sie sollen sich dort sehr gestritten haben. Aber ehrlich gesagt, ich habe von Andrei seit Jahren nichts mehr gehört, er könnte ebenso gut auch tot sein.» Er verschränkte die Arme im Rücken und schien mit sich selbst zu ringen. Zuletzt sagte er: «Ich werde sehen, was sich machen lässt.»

Ich kaufte die rote Tasche, die ich mir ordentlich verdient hatte.

Vier Tage später hatten wir die Pässe. Wenn ihm solche Wunder gelangen, dann war László wohl noch nicht ganz unten angekommen. Oder war es doch Gabor?

· · · · ·

Robert und Ioana waren dafür, Mişa mitzunehmen. Sogar Mişa war dafür, denn er stieg in die rote Tasche, ohne zu protestieren. Die Tasche, in die Robert Löcher geschnitten und mehrere Schichten Saugpapier gelegt hatte. Mişa wollte sich Amerika nicht entgehen lassen, nur das kam für ihn infrage. Er wollte ein müder, fauler amerikanischer Kater werden, nachdem er schon ein müder, fauler rumänischer Kater gewesen war. Wir gewöhnten ihn an die Tasche, jeden Tag ein bisschen mehr, er zeigte sich willig.

Im Zug zur Grenze leuchteten die Lichter schwach, die meisten Abteile waren leer und die Fenster offen. Durch sie strömten der Wind und die Nacht herein. Wir zogen die Vorhänge zum Gang zu, ich legte eine Beruhigungspille auf den schmalen Tisch, viertelte sie, goss Wasser in einen Becher, dann warteten wir. Kurz vor der ungarischen Grenze schluckte jeder seine Viertelpille, Mişa inklusive. Dann musste er wieder in die Tasche. Die nächste Pille verteilte ich kurz vor der tschechoslowakischen Grenze. Eigentlich hätte sogar eine ganze für jeden von uns nicht genügt. Zu groß war unsere Unruhe, seitdem wir auf den Landstraßen Panzer, Militärfahrzeuge, Soldaten gesehen hatten.

Es waren unschuldige, unreife Gesichter junger Männer. Ja, man hätte sie gerne für unschuldig gehalten und für sie gesorgt, sie geliebt, wenn sie nicht in Uniformen gesteckt hätten. Ganze Kompanien lagen im Gras, die Soldaten aßen aus der Dose, steckten die Messerklinge hinein und fischten die Fleischstücke heraus. Ihre Hemden waren aufgeknöpft, die Mützen und die Gewehre lagen am Boden. Sie ruhten alle, Menschen und Gewehre.

Es war ein Picknick in Uniformen, aber immerhin ein Augenblick der Ruhe, bevor der Sturm ausbrechen würde. Bevor sie die Unschuld verlieren würden, die Jugend, den Glauben, auch wenn sie keine einzige Kugel verschossen. Allein schon, weil sie dabei gewesen waren. Sie wirkten nicht, als ob sie wüssten, was ihnen geschah. Alle anderen Reisenden schauten sich die Landschaft mit Panzern an. Ich dachte: *So sehen also Manöver aus, man sitzt im Feld und isst und wartet auf Befehle.* Das waren bereits keine Manöver mehr, doch wir wussten es nicht.

«Was ist hier los?», fragte Robert auf Englisch einen jungen Mann, der sich nach der Grenze zu uns setzte. Er hieß František. «Was hier los ist? Habt ihr letzte Nacht das Dröhnen am Himmel gehört? Die russischen Antonow-Maschinen?» «Haben wir. Wir haben lange in einem kleinen Bahnhof gestanden. Wir haben Dröhnen von oben und von der Straße her gehört. Ich habe gedacht, das seien Manöver.» «Das waren einmal Manöver. Jetzt ist es der Einmarsch. Letzte Nacht ist die Tschechoslowakei besetzt worden. Ich habe gerade Freunde in einem Dorf weit im Osten besucht, als meine Mutter so gegen zwei Uhr morgens angerufen und den Hörer aus dem Fenster gehalten hat. Ob wir das Dröhnen hören könnten, hat sie gefragt.»

Er habe gesagt, dass er es gar nicht am Telefon hören müsse, denn das Dröhnen sei schon über ihren Köpfen. Sie sagte, dass es in Prag von Russen wimmelte. Die Menschen gingen aus den Häusern, um dann ratlos dazustehen. Viel lasse sich nicht machen, beinahe nichts. Höchstens fluchen. Die Panzer würden die wichtigen Kreuzungen der Stadt besetzen. Sie sagte auch, dass Františeks Vater auf der Straße sei. Sie habe ihn nicht zurückhalten können, er habe nur gesagt: «Die verdammten Hunde sollen nur schießen. Besser man stirbt durch die Russen, als dass man unter ihrer Knechtschaft lebt.» František riet seiner Mutter, Vater ins Haus zu holen, kein Licht einzuschalten und auf ihn zu warten.

Bis zum ersten Zug war es noch genug Zeit gewesen. František und seine Freunde hatten mitten auf der Dorfstraße gestanden, immer wieder waren Maschinen über sie hinweggeflogen. Um vier Uhr morgens hatte man im Radio eine Regierungserklärung gesendet, der Warschauer Pakt sei einmarschiert, man sollte protestieren, aber friedlich. Dann sei er noch im Dunkeln durch Felder losmarschiert, um den Weg abzukürzen. Am Bahnhof warteten schon andere, die auch schnell nach Hause wollten. «Was tun?», hatten sie sich im Dunkeln gefragt.

«Wo wollt *ihr* denn hin?» fragte er uns. «Urlaub kann man jetzt in Prag nicht mehr machen. Jetzt machen die Russen Urlaub bei uns. Ich gebe euch einen Rat: Fahrt zurück.» Der Zug fuhr auf Prag zu, die Panzerkolonnen ebenfalls, die einzigen Fixpunkte waren die Bauern, die in ihren Dörfern unbeweglich dastanden und alles beobachteten. Sie sahen, wie die Welt in Bewegung geraten war, zum ersten Mal nach dem letzten Krieg. Wie jene, die sie damals befreit hatten, sie jetzt besetzten. Wie die Ruhe der Toten und Lebenden gestört wurde. Und dachten vielleicht, dass sich wohl bald neue Tote zu den alten legen würden.

František und andere Reisende streckten die Fäuste durchs Fenster, die Bauern ballten die Faust höchstens im Sack. Keiner im Zug sprach, keiner auf den Straßen sprach. Fäuste ragten aus den Fenstern, aber das beeindruckte niemanden. Am wenigsten jene, die in der Panzerluke oder zusammengepfercht auf den Transportfahrzeugen standen, immer ein Ziel vor Augen: Prag. Der Zug fuhr durch Landschaften und Dörfer, die wie bei uns zu Hause aussahen. Die Bäuerinnen trugen farbige Überröcke, die Kuh war im Hof, der Heuhaufen daneben.

«Wie lange wird es dauern, bis die auch bei uns einmarschieren?», fragte Ioana. «Die Russen nehmen uns bestimmt übel, dass unsere Panzer nicht neben den ihren stehen, so wie die Panzer der anderen Warschauer-Pakt-Länder.» «Die Russen können mich mal», sagte Robert auf Englisch. František und er blickten sich an und lachten, dann streckte auch Robert seine Faust hinaus, dann Ioana. Es war ein Zug voller geballter Fäuste, so wie es in meiner Kindheit einen Zug voller ausgestreckter Hände gegeben hatte. Voller Stimmen, die nach Wasser verlangten.

«František, wir brauchen deine Hilfe», sagte Robert, nachdem er ihn lange gemustert hatte. František war ein unauffälliger, blasser Mann mit dünnen, blonden, zusammengebundenen Haaren. Mişa ließ sich schon lange nicht mehr beruhigen, die Wirkung der Viertelpille hatte nachgelassen, er miaute und fauchte. Es war ihm unerträglich heiß, wie uns allen. Ioana nahm ihn auf den Schoß und warf die oberste Saugpapierschicht weg.

František fand es seltsam, dass wir mit einer Katze in den Urlaub fuhren, als ob man sie nicht bei Bekannten abgeben könnte. «Deshalb brauchen wir dich, weil wir nicht in Urlaub fahren.» «Ihr wollt rüber nach Österreich, habe ich recht?» «Ja, wir wollen rüber, aber vielleicht ist es schon zu spät. Vielleicht sind die Grenzen dicht und unter russischer Kontrolle.» «Und trotzdem wollt ihr es versuchen?» «Es ist unsere einzige Chance. Sonst werden wir im Kommunismus alt, und das ist keine gute Aussicht.» «Und wie soll ich euch helfen?» «Wir brauchen jemanden, der erfahren kann, wie die Lage an der Grenze ist und wie wir hinkommen.»

Františeks weiches Gesicht wurde ernst, er zog den Mund zusammen und die Augenbrauen, er schwieg die restliche Zeit bis Prag. Erst auf dem Gleis, erst als wir ihm verlegen die Hand schütteln wollten, strahlte er plötzlich und murmelte: «Ihr seid nicht einmarschiert. Alle anderen schon, aber nicht ihr. Kommt! Wir gehen zu meinen Eltern, sie wissen bestimmt, wie die Lage ist. Bleibt dicht hinter mir.»

Er nahm Ioanas Koffer und Mişas rote Tasche an sich, und wir setzten uns in Bewegung. Von Zeit zu Zeit blieben wir stehen, um durchzuatmen, dann zogen wir weiter. Die Geschäfte waren geschlossen, auf den Straßen lagen Steine, die man in der Nacht auf die Panzer geworfen hatte. Menschen kamen uns entgegen, still, als ob sie spazieren gingen, aber sie schienen eher schlafzuwandeln. Sie wollten nicht erwachen, nicht hinsehen und verstehen.

Andere waren aufgewühlt, entsetzt. Sie redeten viel, sie versuchten zu begreifen, was geschehen war. Doch es war klar, dass es noch lange unbegreiflich sein würde. Ein paar Arbeiter mit verbogenen Eisenstangen in den Händen – «Wir haben auf die Panzer eingeschlagen, bis die Arme wehtaten», sagten sie – rieten uns, einen anderen Weg zu nehmen. Richtung Wenzelsplatz sei es gefährlich, dort führen immer wieder Panzerkolonnen vorbei, und die Menge sei wutentbrannt.

Wir schlichen uns an Häusern vorbei, und wenn Armeefahrzeuge vorüberfuhren, versteckten wir uns in einem Hinterhof oder in einem Hauseingang. Ein junges Paar hörte an einer Straßenecke Radio. Die beiden hielten das Gerät auf Ohrhöhe. František fragte, wieso der Rundfunk noch funktionierte, und sie sagten abwesend, dass der Rundfunk und das Fernsehen besetzt worden seien und der Fernsehdirektor untergetaucht sei. Aber dass es über vierzig versteckte Studios gebe, in unauffälligen Häusern.

Sie waren aufgeregt, es war die erste große Aufregung ihrer Jugend, vielleicht die zweite, nachdem sie sich das erste Mal verliebt hatten. Sie hatten so etwas nicht gekannt: gleichzeitig von Aufregung und von Todesangst durchflutet zu werden. Vom starken, pulsierenden Leben, aber auch von der Empörung über die erste große Niederlage, die sich auf sie niedersenkte.

Das würde ihre Liebe stärken, dieser Zusammenhalt an der Straßenkreuzung, wo sie schon als Kinder gespielt und wo sie sich später verabredet hatten. Wo sie jeden Geruch, jeden Stein, jeden Säufer kannten und ebenso den Lauf der Dinge, Geburt, Hochzeit und Tod. Sie würden sagen: «Wir haben an unserer Kreuzung gegen die Russen zusammengestanden. Die Kreuzung gaben wir nicht her. Dann merkten wir, dass wir heiraten müssten, wenn wir das gemeinsam überstanden hätten.» Oder sie würden sich bald trennen, weil ihm oder ihr herausrutschte: «Wenn die Russen schon mal da sind, dann muss man sich mit ihnen arrangieren.» Sie oder er würde antworten: «Von jemandem, der sich arrangieren möchte, lasse ich mich nicht anfassen.» Die Straßenecke würde unbesetzt bleiben, ein gebrochenes Glücksversprechen.

Als alte Menschen noch würden sie sich jedes Mal erinnern, wenn sie an der Ecke vorbeiführen. Oder es längst vergessen haben, während die Empörung wegen der Russen nie vergehen würde. Aber so war es wohl: Die Liebe hatte den schwächsten Stand, nur der Hass hatte Bestand.

• • • • •

In einer Seitenstraße sahen wir Panzer, die in einer Reihe standen und von Leuten umlagert und bestaunt wurden. Die Soldaten wussten, dass sie die besseren Karten hatten. Dass keine Funken entstanden, wenn der Mensch sich am Panzer rieb, sondern Gehorsam. Ein Offizier rief einem Alten zu, er verstehe die Aufregung nicht, sie seien nur für Übungen da und bald schon wieder weg. Die Russen blickten von ihren

Maschinen auf die Frauen, die Alten und die Halbwüchsigen hinunter. Sie hatten keine Antwort auf die Frage: «Was sucht ihr hier?»

Junge Soldatengesichter, wie wir sie schon auf der Landstraße gesehen hatten; bei manchen lag der erste Bartwuchs nicht weit zurück. Männer, die Briefe an ihre Mütter schrieben. Aber keiner würde über die Gesichter der Menschen schreiben, die sie umzingelten. Denn auf solch einen Satz musste ein zweiter folgen und ein dritter. Es gab so viele Sätze für die eigene Ratlosigkeit. Und das waren sie alle, die auf den Panzern und die, die um sie herum standen. Ratlos. Die Soldaten würden nach Hause schreiben, aber zwischen zwei Briefen würden sie schießen.

Als immer mehr Leute nach vorne drängten und manche die Benzinkanister und Zeltplanen von den Panzern abmontierten, kroch aus einer der Luken ein Offizier heraus, zog die Pistole aus dem Halfter und schoss in die Luft. Dann richtete er sie auf uns. Er war nicht jung, er zögerte nicht, sein Blick war scharf, er fühlte sich im Recht. Er war der, der die Jungen antrieb. Der vielleicht die Briefe an die Mütter mitlas.

Als weiter hinten ein Benzinkanister explodierte und ein Panzer Feuer fing, als die Lage unkontrollierbar wurde, drängte uns František weiterzugehen. Plötzlich nahm der Lärm zu. Was wir als Geräuschkulisse von Weitem gehört hatten, löste sich plötzlich in einzelne Buh-Rufe, Pfiffe und Schreie auf. František hatte sich geirrt und uns doch auf den Wenzelsplatz geführt. Wir mussten ihn nur irgendwie überqueren, der Umweg wäre sonst zu groß geworden. Wir standen zwischen Menschen, die nicht fliehen, sondern dableiben wollten. «Wir sind so feige», flüsterte Ioana. Ich nahm sie am Arm: «Nicht jetzt. Wir können so etwas nicht brauchen.» In diesem Moment fuhren Panzer vorbei, sie fuhren durch einen Korridor von Menschen, die ihnen die Faust entgegenreckten, Frauen wie Männer. Oben standen die Panzerfahrer, die Lederkappe über den Kopf gezogen, sie blickten weder nach links noch nach rechts. Man konnte in ihren Gesichtern nicht lesen, was sie von dem Ganzen hielten.

Frantíšeks Eltern umarmten und küssten ihn. Als sie hörten, dass wir Rumänen waren, umarmten und küssten sie auch uns. Wir waren ja nicht einmarschiert. Wir wollten uns bloß davonstehlen. Wir wuschen uns, die Mutter wärmte Suppe auf, und der Vater verließ die Wohnung, um in Erfahrung zu bringen, ob noch Züge oder Busse zur Grenze fuhren. Frantíšeks Mutter erzählte, dass sie Todesangst gehabt habe, nicht um sich, sondern um ihren Mann. Wenn man so lange das Leben teile, teile man auch die Todesangst.

Sie habe ihn bei Freunden und im Krankenhaus gesucht. Manchmal sei ihr Mann wie ein Junge, er könne sich einfach nicht beherrschen. So auch, als Panzer in die Stadt rollten. Dabei wisse jeder, dass diese Panzer schießen konnten. Sie dachte schon, sie habe auf ihre alten Tagen den Mann verloren. Es gebe immer Vermisste, wenn Panzer unterwegs seien. Vermisste, die nie wieder auftauchten.

Aber er tauchte auf. Während sie vor Sorge fast wahnsinnig geworden war, stand er plötzlich strahlend da. Sie habe in ihm kaum noch den alten Mann erkannt, der er war. Er strotzte vor Kraft, er wollte es den Russen zeigen. Er wollte die Deutschen, die Amerikaner, die ganze Welt zu Hilfe rufen, etwas Großes vollbringen. Sie tischte ihm Suppe und Fleischrouladen auf. Seine Besessenheit nahm ab, seine Lider fielen zu, und er konnte sich gerade noch bis ins Bett schleppen. Ihr Essen sei besser als eine Packung Schlaftabletten. Ich dachte an Zsuzsas Rezepte, mit denen auch ich einige Männer in Schach gehalten hatte.

Da kehrte ihr Mann aufgeregt zurück, jetzt hatte er endlich Gelegenheit, etwas zu bewirken: uns zu helfen. Seine Frau bot ihm Suppe und Rouladen an. Aber er kannte sie gut, er lehnte ihre Zauberei ab. Am Morgen würde ein Bus losfahren, er hatte schon Fahrkarten gekauft. Der Bus würde überfüllt sein, immer mehr Leute wollten weg. «Sind die Russen oder die Ostdeutschen schon an der Grenze?», fragte Robert. «Keiner weiß es so genau», antwortete František, nachdem er seinem Vater zugehört hatte. «Aber wenn Sie morgen nicht fahren, ist es nicht sicher, ob Sie überhaupt irgendwohin fahren werden.»

Wir waren sechs Menschen in einer kleinen Wohnung. Das war eindeutig zu wenig Raum für all die Unruhe. Wir versuchten uns abzulenken, indem sie uns vom roten Alltag bei ihnen erzählten und wir ihnen vom roten Alltag bei uns. Aber die Alltage glichen sich so sehr, dass uns bald der Gesprächsstoff ausging. Wir wussten alle, wie es war, in einem Käfig voller Narren zu leben, ohne aufzufallen. Das ging am besten, wenn man selber ein Narr war. Aber man durfte nie vergessen, dass man zu mehr taugte.

Der Vater von František versuchte uns tschechoslowakische Geschichte beizubringen und zu erklären, wieso sich die Russen gerade an seinem Volk die Zähne ausbeißen würden. Es gab viele Missverständnisse, denn zuerst musste František ins Englische und dann Robert ins Rumänische übersetzen. Auch dieses Gespräch ebbte ab. Von Zeit zu Zeit versuchten sie die Radiostationen, die noch sendeten, oder die BBC zu empfangen. Doch die Verwirrung wurde noch größer, denn niemand wusste genau, was eigentlich passierte, man hatte den Überblick verloren. Aber solange man irgendetwas redete, verstummte man nicht.

Wenn man verstummt wäre, hätte man den Russen recht gegeben. Manchmal warf einer ein Wort in die Runde, wenn uns Stille drohte. Die Worte *Amerika* oder *der Westen* waren am nachhaltigsten. Wir überboten uns mit Vorstellungen darüber. Wir trugen alles auf, was wir wussten, und auch, was wir nicht wussten, aber uns wünschten. Wir sprachen über amerikanische Filmstars, Musik und Lebensart. Es war unwichtig, dass wir all das nur irgendwo aufgeschnappt hatten, dass wir so überzeugt und radikal wie Halbwüchsige über Dinge redeten, die wir nicht kannten.

Wichtig war, dass unsere Augen leuchteten und wir in der Fantasie den Weg gemeinsam gingen. Unsere Hemmungen waren von uns gefallen, hier konnten, durften, mussten wir reden. Hier spionierte keiner den anderen aus. Die Russen waren schon auf der Straße und nicht mehr in der Abhörzentrale. Bestimmt saßen in allen Wohnungen die Leute fest und redeten ähnlich wie wir.

Wir zogen die Vorhänge beiseite und blickten vorsichtig hinaus. Auch an anderen Fenstern sah man Leute, die Mutigsten trauten sich bis vor die Haustür. In der Ferne wurde geschossen, irgendwo bei der Moldau oder im alten Viertel brannte es. Man konnte den Rauch gut sehen. Als das Telefon läutete, zuckten wir alle zusammen und starrten das Gerät bloß an. Schließlich sprang František auf und nahm den Hörer ab. Es waren seine Freunde, die sich nicht den letzten Tropfen Mut nehmen ließen. Den letzten Nerv. Sie hielten es ebenso wenig in ihren Wohnungen aus wie wir. Ihre Nerven würde reißen, wenn sie nichts unternähmen. Sie hatten einen Musikabend in einem Kellerklub geplant. Die Russen sollten wissen, dass hier noch eine andere Musik gespielt wurde als ihre.

Die amerikanische Musik sollte unter der Erde gespielt werden, wenn schon oberhalb alles verstummte. Für tschechoslowakischen Schnaps war gesorgt worden. Sie wollten sich bis zur Bewusstlosigkeit betrinken, denn wenn man schon sterben musste, dann lieber am hauseigenen Schnaps als am russischen Schießpulver.

František zögerte, er wollte uns nicht mit seinen Eltern allein lassen, die uns nicht verstanden. Robert und Ioana flüsterten sich etwas zu, dann meinte er: «Ich weiß nicht, wie du es siehst, Zaira, aber wir würden gern hingehen. Hier ist es zum Verrücktwerden.» «Und auf der Straße ist es zum

Sterben», bemerkte ich. «Wann kriegen wir schon eine Chance, so etwas zu erleben?», fügte Ioana hinzu. «Ich habe gedacht, dass unsere Chance Amerika ist und nicht ein Prager Keller.» «Du verstehst es nicht», wimmelte sie mich ab und machte sich bereit. «Auf der Straße wird geschossen, überall sind russische Patrouillen», versuchte ich es ein letztes Mal. František meinte, dass wir nur ein kurzes Stück auf der Straße herumlaufen würden, es gebe andere Möglichkeiten. Als sie schon im Flur standen, sagte ich: «Ich komme mit. Wie soll ich wissen, was aus euch wird, wenn man euch verhaftet?»

Der Weg führte uns zunächst in den Keller. Františeks Vater schloss eine rostige, quietschende Türe auf, schüttelte uns die Hände und wünschte uns alles Gute. Es war dunkel und feucht, Wasser tröpfelte von den Röhren und hatte sich am Boden zu Pfützen angesammelt. František knipste seine Taschenlampe an, und wir gingen los. Nachdem wir mehrere Räume, in denen Abfall, kaputte Möbelstücke, Zement und Ziegelsteine lagen, passiert hatten, öffnete er eine weitere Türe und murmelte: «Jetzt sind wir unter unserem Nachbarhaus.»

Auch dort herrschten Gestank und Feuchtigkeit. Ratten flüchteten vor dem schwachen Licht. Durch kleine Fenster sah man ein Stück der Straße, wir hörten Leute reden oder Autos beschleunigen, wir sahen die Beine Vorbeigehender, aber meistens war es still. Als wir wieder von einem Keller in den eines anderen Hauses wechselten, hörten wir Schritte und Stimmen, sahen Laternenlicht. Wir erschraken, aber es waren nur Leute wie wir, unterwegs zu ihrer eigenen Form von Protest.

Ein Paar war auf dem Weg zu den Schwiegereltern, ein anderes wusste nicht, wohin, aber dass man etwas tun musste, das wussten sie. Junge Männer mit Knüppeln unter den Jacken wollten Russen verprügeln.

Wir liefen nicht lange durch Prags Untergrund, aber lange genug, um jede Orientierung zu verlieren. Irgendwann stiegen wir wieder an die Oberfläche, klopften unsere Kleider ab und fragten den Erstbesten nach, ob die Gegend sicher sei. «So sicher, wie etwas in diesen Tagen überhaupt sein kann», wurde uns geantwortet. Wir überquerten die Straßen, wir lauschten auf jedes ungewöhnliche Geräusch, passierten einige Hinterhöfe, sprangen über niedrige Mauern, dann kam ein kleiner Park, und dahinter, versteckt hinter einigen Autos, lag der Eingang zum Klub.

Nachdem man František erkannt und uns eingelassen hatte, tauchten wir in ein Gewirr aus Stimmen, Rauch und Hitze ein. Es war kaum ein Durchkommen möglich, so viele waren es. Dass wir Rumänen waren, kam uns zugute, man reichte uns die Hände, und danach wurde uns Schnaps angeboten, doch weil wir nicht mit den anderen reden konnten, wurden wir bald vergessen. Hin und wieder kam František zu uns und erzählte uns, worum es ging, aber das wussten wir schon längst, auch ohne ein einziges Wort zu verstehen.

Der Junge neben Ioana machte sich an sie heran. Für ihn lagen Empörung und Flirten, der Kampf gegen die Russen und der um die Zuneigung eines Mädchens dicht beieinander. Sie schienen sich irgendwie zu verstehen, denn das Gespräch kam nicht ins Stocken. Ioana lachte laut, warf den Kopf leicht zurück und hielt den Mund halb offen. Ich wusste nicht, ob sie sich wirklich so amüsierte oder ob das ihr erster Versuch war, kokett zu sein.

Robert aber hüstelte mehrmals, ohne dass sie reagierte. Da packte er sie plötzlich am Arm, und als sie sich ihm zuwandte, machte er eine so unmissverständliche Geste, dass sie dem jungen Mann den Rücken kehrte und ihn nicht mehr beachtete. «Wir sind doch nicht zum Flirten hier. Du vergisst, was da draußen passiert. Was sollen diese Leute von uns denken?» Ich lehnte mich an ihn und flüsterte ihm ins Ohr: «Das habe ich mir immer gewünscht, einen guten Vater für sie. Jetzt weiß ich, dass sie einen hat.»

Wir begannen, uns zu langweilen, und bereuten, die sichere Wohnung verlassen zu haben, als die Musik plötzlich einsetzte. Ein Schlagzeuger, dem die langen Haare dauernd ins Gesicht fielen, ein Klavierspieler und ein Saxophonist spielten Jazz. Sie waren nicht besonders gut, aber das war jetzt unsere geringste Sorge. Wir hätten die Musik ignoriert, sie als lästig empfunden, wäre dann nicht doch noch etwas geschehen, an das wir uns auch noch nach Jahrzehnten erinnern sollten.

Jemand kam von der Straße in den Keller und rief etwas, aber niemand nahm ihn wahr. Er hörte erst auf zu rufen, als man auf ihn aufmerksam wurde und das, was er gerufen hatte, flüsternd weitergab. Ganz in der Nähe wurde geschossen, nur einige Straßenzüge weiter. Nach und nach verstummten alle, man brachte schließlich auch den Schlagzeuger zum Schweigen. Es war erstaunlich, wie still fünfzig Leute auf einmal sein konnten. Man öffnete die winzigen Fenster zur Straße und horchte.

Immer wieder waren Gewehrsalven zu hören, dann war es ruhig, dann hörte man wieder Gewehrsalven. Wir hatten Angst, in der Falle zu stecken, zusammengepfercht wie Schweine auf der Fahrt zum Schlachthof. Als eine Flasche klirrend umkippte, schreckten viele auf. Auf den Gesichtern lag ein ängstlicher und auch trotziger Ausdruck. Man suchte in den Blicken anderer nach Halt, aber man fand ihn dort nicht.

Als wir schon dachten, dass nicht mehr viel geschehen würde, als sich einige gerade verabschiedeten und hofften, es noch bis nach Hause zu schaffen, legte der Schlagzeuger los. Er ahmte mit den Trommelschlägen die Gewehrsalven nach, sechs, sieben Schläge, dann machte er eine Pause, dann kamen erneut sechs oder sieben Schläge. Unsicher blickte er in die Runde, aber dann wurde er mutiger, streifte sich die Haare aus dem Gesicht, wartete auf die nächste Salve und begann wieder. Anfangs hielt er sich streng an den Rhythmus der Schüsse, dann variierte er, wurde schneller und lauter.

Manche klatschten zögerlich, doch das Klatschen und das Trommeln wurden von Sekunde zu Sekunde lauter. Die beiden anderen Musiker fielen auch mit ein, bald übertönte die Musik drinnen den Lärm von draußen. Einige schlossen die Augen, wie wenn sie die Wirkung genießen wollten, andere starrten ins Leere. Manche lehnten sich entspannt zurück, andere richteten sich erst recht auf. Jetzt ahmten die Musiker nicht mehr die Schüsse nach, sondern spielten eine Melodie, und das Publikum folgte ihnen. Es klopfte mit den Händen auf den Tisch, es schlug mit den Fäusten gegen die Wand oder mit dem Besteck gegen die Gläser. Kein Wort wurde gesprochen, doch alle wussten, dass hier etwas für ihr Leben Bedeutsames geschah, auch wenn es wirkungslos bleiben würde. Sie würden immer wieder davon erzählen, denen, die auch noch nach vierzig Jahren davon hören wollten. Dass sie dabei gewesen waren, als man mit lautem Klatschen und Trommeln Gewehrschüsse übertönt hatte.

Am nächsten Morgen, am Busbahnhof, bahnten František und sein Vater für uns den Weg, denn alle Busse wurden belagert, ob man nun Fahrscheine hatte oder nicht. Man wollte von dort weg, wo bald jede Regung erstickt werden würde. Wir waren nicht die Einzigen, die sich davonmachen wollten.

František trug Ioanas Gepäck und sein Vater Mişas Tasche über dem Kopf. Mişa war in den letzten Stunden so sehr durchgeschüttelt worden, dass er sich schon längst die Freiheit verdient hatte. Die beiden Männer schoben andere zur Seite und steckten dem Fahrer Geld zu, der uns drei Plätze zuwies. Wir stiegen ein, sie blieben zurück und wurden beiseitegedrängt. Wir winkten ihnen zu und dachten, wir würden sie nie wiedersehen.

An der Grenze stand kein Russe mit einem Engelsgesicht vor uns, der weggeschaut hätte, während wir uns an ihm vorbeischleichen würden. Es war einer von denen, die nicht zögerten. Die ohne Weiteres das Pistolenhalfter geöffnet hätten.

Der Mann sagte: «Kein Visum für Österreich. Zurück!» Robert wollte mit ihm streiten, aber Ioana und ich hielten ihn zurück.

Der Fahrer fuhr uns im leeren Bus zurück nach Prag, einige Stunden später aßen wir wieder die Suppe und die Fleischrouladen von Františeks Mutter. Danach überließen sie uns wie die Nacht zuvor das Schlafzimmer. Während Ioana neben mir im Bett schlief, den Kopf an meine Schulter gelehnt, sah ich über den Bettrand hinunter Robert in die Augen, der auf dem Boden schlief. «Hast du einen Plan?», fragte ich. Erst als der Tag anbrach, hörte ich seine Stimme: «Ich habe einen, aber er ist schwach.»

Pünktlich um neun Uhr morgens standen wir vor der rumänischen Botschaft, ich im verführerischsten Kleid und Robert im besten Anzug, die wir eingepackt hatten. Ioana trug Bluejeans, die sie sich gleich nach der Rolling-Stones-Platte gekauft hatte. Der Konsul empfing uns in einem abgedunkelten Raum. Er war ein winziger, kahler Mann, geschliffen und listig. Robert hatte gesagt: «Du musst die Rolle deines Lebens spielen.» Und ich spielte sie.

«Sie haben sich eine schlechte Zeit für eine Reise nach Prag ausgesucht», sagte der Beamte. «Sie wissen ja, wie es ist. Wir haben vor Kurzem geheiratet, dann haben wir den Antrag gestellt, wir haben uns so auf die Reise gefreut, und dann will man nicht mehr darauf verzichten. Wir hatten gehofft, dass es schon nicht so schlimm werden würde und schnell wieder vorbei wäre. Wir konnten nicht wissen…» Ich seufzte. «Mein Mann ist ein großer Prag-Liebhaber, nicht wahr, mein Lieber?» «Ja, natürlich. Ich kenne Prag wie meine Hosentasche, aber leider nur aus Büchern», ergänzte Robert etwas überrascht. «Was gefällt Ihnen denn hier?», fragte der Mann, aber ich stellte mich taub. «Wir haben uns darauf gefreut, diese großartige Stadt zu sehen, aber wir haben nur Panzer und hysterische Leute gefunden. Wir sind mit den Nerven am Ende.

Vor dem Hotel herrschte die ganze Nacht Lärm.» «In welchem Hotel wohnen Sie?» «Ach, das tut doch nichts zur Sache, Genosse...?» «Genosse Georgescu.» «Genosse Georgescu, alle sind überspannt hier, bald wird etwas Schlimmes passieren. Wir können nicht hier bleiben. Wir riskieren nicht nur, unseren Schlaf zu verlieren, sondern unsere Gesundheit und vielleicht noch mehr.» Ich riss die Augen auf und unterstrich meine Vorahnung mit einem kräftigen Kopfnicken.

«Dieser Meinung bin ich auch, dass Sie hier nicht bleiben können. Am besten ist es, wenn Sie zurück...» «Siehst du, Robert?», unterbrach ich ihn. «Der Herr ist auch meiner Meinung. Wissen Sie, wir haben uns gestern gestritten, mein Mann und ich. Er hat gesagt: ‹Wir bleiben hier, wenn wir schon mal da sind, schauen wir uns das alles jetzt an. Außerdem könnten wir nirgendwo anders hin, auch wenn wir das wollten. Das Visum ist nur für die Tschechoslowakei gültig.› So hat er geredet, aber ich habe behauptet, dass diese Verrückten uns alle in Gefahr bringen werden. Ioana, nicht wahr, du fürchtest dich?» «Ich fürchte mich sogar sehr. Gestern noch hat man eine Pistole auf mich gerichtet.» Sie schlug die Augen auf. «Sehen Sie? Und da dachte ich, auch wenn es mir schwerfällt, auf Prag zu verzichten, dass wir vielleicht anderswohin fahren könnten. Damit unser Urlaub nicht ganz ins Wasser fällt, wenn Sie verstehen. Sie wissen ja, wie schwer man zu einem Pass kommt. Und ich habe auch gedacht, dass wir doch zu unserer Botschaft gehen sollten. Dafür ist doch so eine Botschaft da, um zu helfen. Obwohl mein Mann überzeugt war, dass es nichts nützen würde, war ich sicher, dass sich hier irgendjemand finden ließe, der...»

«Wo wollen Sie denn hin?» Robert und ich blickten uns kurz an, Ioana schaute aus dem Fenster, als ob sie das alles nichts anginge. Robert fasste sich ein Herz und sagte leise: «Nach Wien, wenn es geht. Wir haben Freunde dort.» «Wohin bitte? Ich habe Sie nicht verstanden.» «Nach Wien», sagte

Robert jetzt lauter. «Wissen Sie, das ist nur ein kleiner Ersatz für Prag, aber meine Frau ist Künstlerin, und eine Theatersaison ist lang, da muss man irgendwann ausspannen. Ich weiß nicht, ob Sie schon von Zaira gehört haben. Haben Sie Kinder?» «Zwei.»

«Na, da haben wir es! Es ist unmöglich, dass Ihre Kinder Zaira nicht kennen. Sie ist die bekannteste Puppenspielerin des Landes. Aber sie ist zu bescheiden, um es selber zu sagen.» «Kann schon sein.» «Sie glauben nicht, was zu Hause los wäre, wenn ihr etwas zustoßen würde.» «Kann schon sein», wiederholte der Mann. «Zeigen Sie mir Ihre Pässe.» Er blätterte darin, klappte zwei von ihnen wieder zu und legte den dritten offen auf sein Pult. «Sie können nicht nach Österreich. Über Österreich ist hier nichts vermerkt.» «Aber wenn wir doch hier bei Ihnen sind, vielleicht...»

«Genossin Izvoreanu, Sie könnten der leibhaftige Lenin sein, mit diesem Visum können Sie nur zurück nach Hause. So etwas stellen wir nicht aus. Schauen Sie her: Würde hier, auf dieser Linie, *Austria* stehen, dann wäre das kein Problem. Aber es steht dort nicht.» «Auf welcher Linie, sagten Sie?», fragte Robert. Ein Zittern in seiner Stimme ließ mich zu ihm aufsehen. Seine Augen funkelten listig. «Auf dieser hier.» Der Beamte legte den Finger darauf. «Da steht tatsächlich gar nichts auf der Linie.» Robert zwinkerte mir zu. Er hatte genug gesehen.

Noch vor der Botschaft umarmte er uns beide. «Großartig, Zaira. Großartig.» «Aber wenn ich doch gar nichts erreicht habe?» «Doch, das hast du. Jetzt brauche ich nur noch Tusche und ein Vergrößerungsglas. Gott sei Dank hat der nicht noch weiter gefragt, was ich denn an Prag mag. Ich kenne die Stadt doch gar nicht.»

Františeks Vater beschaffte Robert alles, was er brauchte. Er war von der Idee, die Visa zu fälschen, begeisterter als ich. Für ihn war Großes im Anmarsch. Während der zwei Stunden, die Robert allein in der Küche verbrachte, summte der Mann Lieder aus seiner Jugend und lief ruhelos durch die Wohnung, vor der Küchentür horchte er, dann zuckte er mit den Achseln und sagte: «Man muss dem Künstler seine Zeit lassen.»

Ioana, die neben mir auf dem Sofa saß und mit Mişa spielte, meinte: «Mama, man hört dein Zähneklappern bestimmt schon vom Flur aus.» «Ich habe Angst. Ich will den mal sehen, der keine Angst hätte.» Als Robert die Küchentür aufsperrte, erstarrten wir. Er hielt unsere Pässe in die Luft und pustete über die Seiten, damit die Tusche trocknete. «Wir kommen nach Österreich. Keiner wird es merken.»

Am nächsten Morgen brachten uns die Männer wieder zum Busbahnhof, wieder schoben sie für uns alle anderen zur Seite, bis auf einen Mann, der sich widersetzte. Er packte František am Arm und flüsterte ihm zu: «Fährst du weg? Fährst du nach Österreich?» «Ich nicht, aber sie dort.» Der Mann streckte uns eine Tasche entgegen und redete auf František ein. In der Tasche waren Filmrollen und Fotokassetten. Er war beim Fernsehen, sie hatten die Besetzung Prags von Balkonen, aus Autos, aus Hinterhöfen gefilmt. Wir sollten dafür sorgen, dass das Material in den Westen gelangte.

Wir zögerten. «Ihr könnt nicht ablehnen», meinte Františeks Vater. «Jetzt seid ihr daran beteiligt. Ihr seid Teil des Ganzen. Wir können alle Geschichte schreiben. Ich, indem ich euch helfe, und ihr, indem ihr das mitnehmt.» Ioana griff nach der Tasche und hängte sie sich um, dann stiegen wir ein.

Wir hatten Angst, wieder auf einen schlecht gelaunten Russen zu stoßen, doch wir stießen auf einen Tschechoslowaken. Er bemerkte die Fälschung sofort, aber er rang mit sich. Er wusste nicht, was er tun sollte: uns ausliefern oder nicht. Offenbar waren auch ihm die Rumänen lieb. Er wurde kreideweiß und biss sich auf die Unterlippe. Er sah sich um, ob man sein Zögern bemerkt hatte. Wir waren aus dem Bus gestiegen und hatten in einer langen Reihe gewartet, bis wir drankamen. Wir waren die Letzten. Er kratzte sich am Hinterkopf und trat von einem Fuß auf den anderen. Er nahm mehrmals Anlauf, um etwas zu tun, und tat doch nichts.

Plötzlich aber griff Ioana nach der Tasche an ihrer Schulter und öffnete sie, noch bevor Robert sie aufhalten konnte. Ich hielt mir die Hand vor den Mund und unterdrückte meinen Schrei. Der Zöllner schaute lange hinein, als ob sich dort unten funkelnde Schätze befänden, das Geheimnis des Lebens selbst. Meine Zähne zerbissen die Angst. Robert drückte meine Hand so fest, dass ich schon schreien wollte. Der Zöllner richtete sich auf, sein Gesicht war wie eine Maske, und er murmelte auf Englisch: «Ich drehe mich jetzt um. Sie haben dreißig Sekunden Zeit, um es bis zu den Österreichern zu schaffen.»

Vierter Teil

Ein amerikanisches Leben

1. Kapitel

Der erste Amerikaner, auf den wir stießen, war der Einwanderungsbeamte, ein korrekter, steifer Mann, der uns in Sachen Amerika einiges voraushatte. Für Ioana hatte er voraus, dass er im Land von Judy Garland lebte, die mit dem Löwen, der Vogelscheuche und dem Blechmenschen unterwegs zum Zauberer vom Oz gewesen war, damit sie das bekamen, was sich jeder von ihnen wünschte: ein mutiges Herz, Verstand, eine Seele, die Rückkehr nach Hause. Es war ihr Lieblingsfilm gewesen.

Für Robert hatte er voraus, dass er in dem Land lebte, dessen Söhne für Europa gestorben waren, das von einer Menge Wasser umgeben war und darum auch Arbeit für jemanden wie ihn hatte. Als Erstes würde er sich beim Smithsonian vorstellen. Vielleicht gebe es eine freie Biologenstelle.

Nur ich war am letzten Abend vor unserem Abflug unsicher geworden. «Aber werden wir auch glücklich in Amerika werden? Das Land ist so groß, es verschlingt einen doch. Wir haben aber nur in winzigen Wohnungen gelebt.» «Lass uns nicht zögern, wir haben noch nie gezögert», antwortete Robert auf unserem letzten Spaziergang durch das Durchgangslager bei Wien. «Wir werden so glücklich sein wie die Amerikaner auch. Ich habe noch nie gehört, dass es ein Volk von Unglücklichen wäre.»

Für mich hatte der Offizier voraus, dass er im Land der Tänzer geboren war. Im Land von Musicals mit prächtigen Schwimmbecken, in denen die Tänzerinnen schwammen, in Sternformation. Im Film schwebte die Kamera über ihnen, sodass man von oben wunderbare Tanzfiguren sah. Eigentlich hatte ich Amerika immer aus dieser Vogelperspektive gesehen, als Wechsel ständig neuer Formen, die problemlos ineinander übergingen. Es war das Land, in dem Fred Astaire und Gene Kelly getanzt hatten. Aber nie hatten sie die Hüften der Frauen aus dem Osten angefasst. Obwohl sie amerikanischen Frauenhüften in nichts nachstanden. Aber ich wusste nicht, dass diese Zeiten weit zurücklagen. Dass in Amerika jetzt eine Musik gespielt wurde, die sich für Musicals nicht mehr eignete.

Der Mann sagte uns: «Welcome to the United States!» Er nahm Mişa in Quarantäne, gab uns Geld fürs Taxi und Taschengeld, schrieb uns die Adresse unserer ersten amerikanischen Wohnung auf und entließ uns. Bald standen wir vor dem Dulles Airport, und Robert hob den Arm, um ein Taxi anzuhalten.

Als vor uns eine geräumige Limousine anhielt, erschraken wir. Ob uns der Beamte das Auto geschickt hatte? Ob das eine Art Willkommensgruß auf Amerikanisch war? Ein Vorbote für das Leben, das uns bevorstand? Es war aber nur Eugene, der zweite Amerikaner, den wir kennenlernten, und eigentlich ein Rumäne.

Das Fenster ging runter, wir bückten uns, um in den Wagen zu schauen. Als Robert erklären wollte, dass das nur ein Missverständnis sein könne, hörten wir Eugene Rumänisch mit amerikanischem Akzent reden. «Legt das Gepäck in den Kofferraum und steigt ein. Ich habe euch vorhin reden gehört, als ihr an meinem Auto vorbeigegangen seid.» Er hatte ein breites, gut geschnittenes Gesicht und lebhafte Augen. Er trug Hemd und Krawatte, und seine Jacke lag sorgfältig zusammengefaltet auf dem Beifahrersitz. «Aber wir können Sie nicht bezahlen. Wir haben nur Geld für ein normales Taxi bekommen», erwiderte Ioana. «Macht nichts, mein Tag ist so oder so vermasselt. Besser, als wenn ich leer zurück in die Stadt fahre.»

Eugene blickte auf den Zettel mit unserer Adresse und schüttelte heftig den Kopf. Er sagte, dass das keine erstklassige

Adresse sei, aber Robert fand, dass wir keine erstklassige Adresse bräuchten. Das überzeugte Eugene nicht. Das sei nicht einmal eine zweit- oder drittklassige Adresse, man schicke heutzutage niemanden dorthin und Weiße erst recht nicht.

«Wieso Weiße nicht? Spielt das eine Rolle?», fragte ich.

«Meine Dame, glauben Sie mir, wenn heute in Washington etwas eine Rolle spielt, dann ist es die Hautfarbe. Haben Sie schon von Martin Luther King gehört? Der ist doch gerade erschossen worden, dabei ist er erst vor wenigen Jahren hier aufgetreten, ein großer Aufmarsch war das, unten beim Lincoln-Monument. Was glauben Sie, wie das nach seinem Tod hier ausgesehen hat? Das Zentrum und der Norden der Stadt haben gebrannt, das liegt praktisch hinter dem Weißen Haus. Man hat geglaubt, man wäre auf einer Mülldeponie. Rund um die 14th Street und die U-Street wurden Geschäfte zerstört und Häuser in Brand gesetzt, tagelang hat das gedauert. Ich musste einen weiten Bogen nehmen, um meine Kunden beim Kongress oder irgendwo im Federal District abzusetzen.»

«Wir aber wohnen in einem Viertel, das Shaw heißt. Ist das weit von diesem Ort entfernt?», fragte Ioana. «Liebes Mädchen, Shaw ist das Viertel, von dem ich spreche.»

Er blickte uns im Rückspiegel an, um die Wirkung seiner Worte zu prüfen. Als ob er uns einen K.o.-Schlag versetzen wollte. Links drückte Robert meine Hand und rechts Ioanas.

«Die schicken euch dorthin, weil da jetzt viele Wohnungen leer stehen, die Weißen sind Hals über Kopf weggezogen. Aber macht euch mal keine Sorgen. Die werden schnell merken, dass ihr so arm seid wie sie. Washington ist verdammt, das müsst ihr wissen. Ich kann leider heute als Begrüßungskomitee nicht lustiger sein. Vielleicht habe ich ja auch nur schlechte Laune. Diese Stadt ist aus Sumpf und Dreck entstanden. Das einzig Gute hier war immer schon der Tabak. Vor nicht einmal 150 Jahren hat es hier bestialisch gestunken, es gab kaum 3000 Einwohner, 100 Ziegelhäuser und 260 aus Holz.

Ich muss das alles wissen, ich fahre auch Touristen herum, wenn sie sich meinen Tarif leisten können. Wenn es geregnet hat, hat sich alles in Schlamm verwandelt. Das Abwasser ist einfach in die Straßen geleitet worden, sofern man sie überhaupt Straßen nennen konnte. Diese Stadt hat mehr Armut und Elend gesehen, mehr Krawalle, als Sie sich vorstellen können. 1932 haben sich 17.000 Veteranen hier versammelt, um vom Staat zu verlangen, was ihnen nach dem Ersten Weltkrieg noch zustand. Sie haben auf der *Mall*-Straße kampiert, bis die Armee sie mit Bajonett und Panzern vertrieben hat. Wissen Sie, wer die Truppen gegen die eigenen Leute eingesetzt hat? Eisenhower und McArthur, die Kerle, die später den Zweiten Weltkrieg gewonnen haben. Nichts liebt dieses Land weniger als Verlierer, merken Sie sich das. Wer einen Krieg gewonnen hat, kann nach dem Krieg schon wieder ein Verlierer sein. Geben Sie nie zu, dass Sie verloren haben. Aber ich sehe, dass ich Ihnen Angst mache. Dabei habe ich nur einen schlechten Tag, ich habe gerade am Flughafen einen wichtigen Kunden verpasst, das ist nicht gut fürs Geschäft. Sehen Sie? Jetzt bin ich ein Verlierer, und ich verhalte mich auch wie einer. Ich will Ihnen doch gar nicht Ihre Ankunft in Amerika verderben.»

«So wie Sie reden, könnte man meinen, dass Sie Amerika nicht mögen», sagte Robert. «Ich liebe Amerika! Ich habe für Amerika fast ein Bein geopfert, damals im Koreakrieg. Woher aus Rumänien kommen Sie?» «Aus Timişoara.» «Ach, die Ecke kenne ich nicht. Ich kenne nur Bukarest und Turnu Severin, wo ich aufgewachsen bin.» «Das ist aber eine Überraschung! Als Mädchen habe ich dreißig, vierzig Kilometer von dort entfernt gewohnt. Auf dem Bahnhof in Turnu Severin haben wir immer auf meine Mutter gewartet, wenn sie uns mal besuchte. Ich habe in Strehaia gewohnt. Kennen Sie das? Eigentlich gehörte uns das ganze Land dort in der Gegend», sagte ich aufgeregt. «Da soll einer sagen, dass es keine Zufälle gibt!

Sicher habe ich von Strehaia gehört. Wie, sagten Sie, heißen Sie?», fragte er, während er die Spur wechselte und beschleunigte. «Izvoreanu.» «Das sagt mir wenig. Aber machen Sie sich nichts daraus. Ich war schon früh auf der Militärschule. Meine Mutter aber hätte bestimmt gewusst, wer Sie sind. Wer hätte gedacht, dass ich nach all diesen Jahren noch einmal jemanden aus meiner Gegend kennenlerne? Haben Sie beide sich dort kennengelernt oder in Timişoara?» «In Timişoara. Robert und ich sind erst seit anderthalb Jahren verheiratet.» Ich merkte seine Verwirrung. «Nein, Ioana ist nicht die Tochter meines Mannes. Aber so gut wie.»

Für eine Weile war es still, wir waren mit dem Glück beschäftigt, endlich in Amerika zu sein.

An beiden Straßenseiten lagen schäbige, vernachlässigte Holzhäuser, mit Veranden oder einer amerikanischen Flagge davor oder beidem. Dann folgten Ziegelhäuser, dichter aneinander gebaut, aber nicht besser erhalten. Die Bäume und die kleinen Waldstücke konnten dem Ganzen kaum Schönheit verleihen. «Hat dieser Stil einen Namen?», fragte Ioana. «Also manche sind im Georgia- oder Victoriastil erbaut. Diese hier könnt ihr *townhouses* nennen, Feuerleiter und Ratten im Keller inbegriffen. Oder schlicht *negro houses*.» «Sieht ganz Washington so aus?» Eugene lachte und musste abrupt bremsen. «Verdammt! Fast wäre dieser Tag nicht nur ein schlechter Tag geworden, sondern ein schlimmer. Einen Unfall kann ich mir nicht leisten. Wollen Sie sehen, wie Washington auch sein kann?» Er bog von der Hauptstraße in ein Labyrinth von kleinen, ruhigen, schattigen Alleen. «Eichhörnchen!», rief Ioana. «Die haben hier Eichhörnchen.» Wieder lachte Eugene. «Wir haben sogar auf dem Capitol Hill Eichhörnchen. Sie sind überall, bei den Armen oder den Reichen, nur Nüsse muss es geben.» «Gibt es hier viele Schwarze?», fragte Robert.

«Mehr, als manchen lieb ist. Die Schwarzen sind aus dem tiefen Süden gekommen, von den Baumwollplantagen. Wie kann man es ihnen verübeln, dass es ihnen dort nicht gefallen hat? Das Erste, was hier gebrannt hat, war jedenfalls das Restaurant eines Schwarzen, das Weiße angezündet haben. Dann ist in den Zwanzigerjahren der Ku-Klux-Klan aufmarschiert.»

Wir schwiegen, so sehr waren wir von dem, was wir sahen, beeindruckt. Manche Hausfassaden wirkten streng, nur eine kleine Veranda, auf der Schaukelstühle standen, bewies, dass man sich hier manchmal Zeit nahm. Das Einzige, was fehlte, waren die Menschen, nirgends war eine einzige Seele zu sehen. Gepflegte Rasen, gekrümmte alte Bäume, es herrschte eine Ruhe, eine Abwesenheit jeglicher Störung und Unordnung wie in einer aufgegebenen, aber intakten alten Stadt. Wenn man die Eichhörnchen ausklammerte.

Man sehnte sich nach etwas Chaos. Bauern mit strengem Geruch, die an Straßenecken Gemüse feilboten. Zigeuner, die unter den Eingangssäulen eines Hauses im Georgiastil hockten und auf eine gute Gelegenheit für Geschäfte hofften. Arbeiter mit öligen Händen, die im Gras vor einer Villa im Victoriastil schliefen, so wie sie es auch zu Hause machten. Frauen in billigen Röcken und Sandalen unterwegs durchs Viertel auf der Suche nach dem passenden Inhalt für ihre Einkaufstaschen. Sie würden Sonnenblumenkerne essen, die Schalen auf die Erde unter den uralten Bäumen spucken, unter denen vielleicht schon George Washington entlanggeritten war. Sogar die schlafenden Arbeiter würden es in ihren Träumen tun.

Es würden immer noch so viele Sonnenblumenkerne für die Eichhörnchen übrig bleiben, dass sie träge und kugelrund von den Bäumen runterfallen würden. Dann würden die Bewohner endlich herauskommen.

Wir drückten unsere Gesichter an den Fenstern platt. «Hier leben die mit dem alten Reichtum, das ist bescheiden im Vergleich zu den Neureichen.» «Gibt es viele Reiche hier, und kann man das wirklich so schnell werden?», fragte Robert. «Man wird hier schneller arm als reich, glauben Sie mir. Und wo Sie wohnen, gibt es Neuarme und Altarme wie Sand am Meer. Dort werden die Verlierer abgesetzt. Dead End.»

Kurz bevor wir wieder auf die Hauptstraße einbogen, sahen wir an einer Ecke zwei Schwarze stehen, und ein Dritter lag am Boden, mit dem Gesicht nach unten. Sie wurden von Polizisten kontrolliert. «Man hat es uns gemeldet, dass die hier herumlümmeln», erklärte ein Beamter, als Eugene ihn fragte, was los sei. «Was habe ich euch gesagt? Die drei stammen sicher von dort, wo ich euch absetzen werde», murmelte er und beschleunigte. Ich sah noch die Augen des Mannes am Boden, der die Hände auf dem Rücken hielt. Wir schauten uns nur kurz an, aber es war genug, um zu wissen, dass er wütend war. Wütend und ängstlich zugleich.

Wir fuhren noch eine Zeit lang weiter, bis Eugene anhielt und sagte:

«So, wir sind da. Wenn Sie wollen, zeige ich Ihnen einmal Washington. Hier haben Sie meine Nummer, rufen Sie mich an. Sonntags brauchen Sie nicht zu bezahlen. Heute mache ich Ihnen einen guten Preis.»

«Hier wohnen wir?», fragte ich zögerlich.

«M'am, wo Sie wohnen, ist es noch schlimmer. Weit is's nicht, noch sechs oder sieben Häuserblocks, aber ich fahre nicht mit diesem Auto dorthin. Ich habe gerade die letzte Rate bezahlt. Meinen Chevy setze ich nicht aufs Spiel, das ist mein Arbeitspartner.» Er strich zärtlich über das Armaturenbrett. «Es soll der Anfang einer langen Freundschaft werden. Oder so ähnlich.» Er drehte sich um und zwinkerte uns zu.

«Sie müssen wissen, dass wir nur wenig Geld bekommen haben.»

«Ich kann mir nicht leisten, gratis herumzufahren, verstehen Sie? Ich mag Sie, aber wissen Sie, wie viel so ein Auto verbraucht? Alles ist Business in Amerika, vergessen Sie das nicht.

Nicht die Familie kommt zuerst, sondern das Geschäft. Wie viel hat man Ihnen denn gegeben?»

«Für die Taxifahrt nur dreißig Dollar. Der Rest muss für den ganzen Monat reichen.»

«Ich schlage vor, Sie geben mir zwanzig, und das ist geschenkt. Den Rest brauchen Sie für Essen und die Schlösser.»

«Schlösser?»

«Kaufen Sie sich morgen so viele Schlösser, wie Sie in die Tür einbauen können», rief er uns noch zu, als wir hinter unserem Gepäck am Straßenrand standen. Wir sahen der Limousine lange nach, ausgesetzt im amerikanischen Asphaltdschungel. Für zwanzig Dollar und in aller Eile hatten wir einen Abriss der amerikanischen Geschichte erhalten. Zsuzsa hätte schwer geseufzt. Und wir hatten unsere erste und zweite amerikanische Lektion bekommen: dass es nicht in Frage kam zu verlieren und dass sich alles ums Geschäft drehte. Wenn das nichts war für eine einfache Strecke vom Flughafen in die Stadt?

Wir waren unterwegs in einer Gegend, vor der man eher davonlief. Einer Kriegszone mitten in Washington. Wir steckten freiwillig den Kopf in die Schlinge, aber daran hatten wir uns seit Prag gewöhnt.

· · · · ·

Miss Rose prüfte uns lange durch den Türspalt, bevor sie öffnete. Eine schwarze, dicke Frau mit einem Hintern, der aussah, als hätte man mehrere Melonen zusammengelegt, und mit bandagierten Füßen. Wir verstanden nicht wirklich, was sie in ihrem weichen Südstaatenakzent sagte, außer das *M'am* und *Sir*. Robert glaubte zu begreifen, dass man heutzutage nicht vorsichtig genug sein konnte. Dass Schwarz bei Schwarz einbrach und nicht nur bei Weiß. Unsere Wohnung sei im dritten Stock, sie werde uns begleiten, trotz ihrer schlimmen Beine, das verstand Robert auch.

«Die reden, als wenn sie dauernd Kaugummi im Mund hätten», meinte Ioana. «Oder den Mund voller Klee», ergänzte Robert. Wir stiegen langsam die Treppe hinauf, vor uns der Hintern der Frau, die unter dem Gewicht, das ihre Beine tragen mussten, stöhnte und seufzte. Sie stützte bei jeder Treppe den Arm aufs Knie und schwankte, sodass ich Angst hatte, sie könnte fallen und uns unter sich begraben.

Als sie die Tür öffnete, meinte sie, dass wir uns neue Schlösser kaufen sollten, aber das wussten wir schon. Schließlich sagte sie, dass ihr Sohn seit zwei Jahren im Krieg sei, ein guter Junge, und dass er vorher hier oben gewohnt habe. Wir könnten bleiben, bis er zurückkomme, aber weil das noch in weiter Ferne sei, könnten wir es uns bequem machen.

Sie strich mit dem Finger über die fettigen Fensterscheiben, die Fenstersimse und die Tapete. Sie seien dreckig, sagte sie, aber wir seien ja Frauen, Ioana und ich. Wir würden es schnell hinkriegen. Die letzten Jahre seien weder an den Möbeln spurlos vorübergegangen noch an ihren müden Beinen. Als sie das Licht eingeschaltet hatte, waren Kakerlaken in die Wandritzen geflohen. Nicht anders als zu Hause.

Durch die Schmutzschicht auf den Fenstern sahen wir einige verbrannte Häuser und andere, die besser verbrannt werden sollten. Die Läden waren zugesperrt, die Waren ausgeräumt worden. Über einem Laden leuchtete der Schriftzug *Drugstore*, als ob der Besitzer in der Eile vergessen hätte, den Stecker aus der Dose zu ziehen.

Man könne die Schwarzen nicht dauernd plagen, meinte unsere Vermieterin. Sie seien nette Leute gewesen, sie habe oft bei ihnen eingekauft. Sie zeigte auf den Drugstore. Sie habe noch zu den Jungs gesagt, die Feuer legten, dass sie das nicht tun sollten. Die Weißen würden noch schlechter über sie denken. Aber wer höre schon auf eine alte Frau? Sie schoben sie einfach beiseite.

Vielleicht aber sollte sie sich nicht mehr einmischen. Man

überlebe hier nur, wenn man sich nicht einmische. Mit ihr hätten wir es einfach, wenn wir die Miete pünktlich zahlten und auf die Wohnung achteten. Denn Weiße würden immer schnell wieder von hier wegziehen, ob sie nun aus Polen, Russland oder *'Omania* kämen so wie wir. Wo immer das auch sei, fügte sie hinzu, gab uns die Schlüssel, und ihre Füße trugen ihr Gewicht schleppend und mit vielen Pausen wieder hinunter.

Wir sahen sie danach nur noch zwei weitere Male. Jedes Mal, wenn wir bei ihr anklopften, hörten wir, dass der Fernseher lief. Wenn wir ihren Namen riefen, räusperte sie sich, aber sie öffnete nicht die Tür. Wir schoben die Miete unter der Tür hindurch.

Am Tag nach unserer Ankunft putzten wir, und Robert kaufte Schlösser. Am zweiten Tag ging Robert zum Smithsonian. «Je früher, desto besser», fand er. «Dann haben wir genug Geld, um von hier wegzuziehen.» Ioana und ich blickten durch die nun glänzenden Fenster auf eine ausgestorbene, aufgerissene, dreckige Straße und sahen genau zehn Leute vorbeigehen. In acht Stunden. Das Einzige, was sich hier bewegte, war die Neonreklame.

Vor dem ehemaligen Drugstore hielt ein Pick-up an. Zwei Männer stiegen aus und schüttelten die Köpfe. Der Laden war geplündert worden, die Regale waren umgekippt, die Fenster eingeschlagen. Sie gingen einmal um den Laden herum und stiegen dann durchs Fenster hinein, das jetzt wie ein Loch in der Wand klaffte. Über dem Eingang stand noch der Name des Inhabers: Joseph Smith. Die Männer nahmen mit, was sich noch mitnehmen ließ, Regale, Türen, Schränke, Stühle, Kabel, Fensterrahmen, dann fuhren sie davon. «Ich denke, jetzt haben wir endgültig keinen Drugstore mehr», murmelte ich.

Robert kam zurück, genauso arbeitslos, wie er am Morgen gewesen war. Man hatte keine Arbeit für ihn, noch nicht jedenfalls, aber man würde sich seinen Namen merken. Doch für den alten Botanischen Garten der Stadt brauchte man jemanden, er könne dort anfangen, und man würde später weiterschauen. Der Meinung war auch Robert, also ging er am dritten Tag hin, und als er heimkam, schüttelte auch er den Kopf, so wie Eugene oder die Ladenbesitzer. Er brachte Zeitungen und Bier mit, setzte sich fast schon wie ein Amerikaner hin, Zeitung und Bierdose vor sich. Je mehr er las, desto stärker wurde das Kopfschütteln. Wir waren in einem Schüttleden-Kopf-Land, so schien es mir.

«Ich verstehe die Amerikaner nicht», sagte er, als wir dann in der Nacht im Bett lagen, die Arme unter den Köpfen, die Blicke zur Decke gerichtet, auf der sich alle paar Sekunden das Wort *Drugstore* abzeichnete. «Sie kümmern sich um alles auf der Welt, aber hier lassen sie so etwas zu. Unser Viertel ist eine Müllhalde und gefährlich, der Potomac ist ein verschmutzter, toter Fluss, die Union Station soll ganz verfallen sein, und im Botanischen Garten sind jede Menge Pflanzen vertrocknet.»

Er stand auf, ging ans Fenster, das wir wegen der nahen Feuerleiter nicht öffneten, legte die Hände auf den Fensterrahmen und atmete laut aus.

Robert bekam den Job, er war den ganzen Tag nicht da, Ioana war sowieso und schon seit Langem nicht mehr da, auch wenn sie dauernd um mich herum war, also verbrachte ich die Zeit allein. Manchmal schloss ich mich im Bad ein und weinte leise, um sie nicht zu stören. Um sie nicht auf dieselben Gedanken wie meine zu bringen. Dass es überhaupt nicht mehr klar war, ob man in Amerika glücklich werden konnte.

Einige Sonntage später riefen wir Eugene an, der uns wieder an derselben Stelle abholte, an der wir ausgestiegen waren. «Habt ihr jetzt genug Schlösser?» «Wir haben genug Schlösser.» «Habt ihr Arbeit?» «Ich schon, Zaira nicht. Und Ioana müssen wir noch einschulen.» «Was wollt ihr sehen?» «Was für einen Tarif hast du heute?» «Was ist heute? Sonntag?

Gratis», zwinkerte er uns zu. «Dann wollen wir möglichst viel sehen.»

Er fuhr uns zum Potomac, damit wir auch wirklich sahen, wie verschmutzt er war, und zur Union Station, damit wir den Verfall sahen. Dann hinauf zum Capitol, damit wir den Ausblick genossen, und zum Lincoln-Denkmal, damit wir uns vorstellten, wie es dort beim Auftritt Martin Luther Kings ausgesehen hatte. Zweihunderttausend Leute waren gekommen, ein Meer von Menschen. Ganz oben, unter den Säulen, vor der Halle, wo sich die Lincoln-Statue befand, habe er gestanden und geredet.

Eugene wollte nicht aussteigen – ich habe Eugene in all den Jahren nie stehend gesehen, nur sitzend, in seinem Auto sitzend. Ich könnte mir einen gehenden Eugene gar nicht vorstellen. Er parkte in einer schattigen Allee und schickte uns weg. Ioana ging mit einer Tüte voller Erdnüsse für die Eichhörnchen voraus, die sich die Stadt mit uns teilten, aber idyllischer wohnten als wir. «Hättest du anders entschieden, wenn du das gewusst hättest?», fragte ich Robert.

«Das ist nur der Anfang. Das kann nur der Anfang sein. Jeder muss da durch. Ioana hört, wie du im Bad weinst. Sie kommt dann zu mir, um zu weinen. Sie sagt, du weinst sowieso für zwei, deshalb kommt sie nicht zu dir.» «Ich finde das alles viel zu groß für uns. Wir kommen von einem Ort, wo die Leute aufeinanderhocken. Jetzt sind wir an einem Ort, wo man erschossen wird, wenn man einem zu nahe kommt.» «Wir sind noch jung, wir können es noch zu etwas bringen.» «Wir sitzen in der Falle.» «Wir müssen Shaw verlassen, das macht einen fertig.»

Ioana lief die Stufen des Lincoln-Monuments hinauf, winkte uns zu und rief: «Welcome to America!» Wir folgten ihr. Sie war über die Absperrung gesprungen, stellte sich vor dem Sockel mit der Lincoln-Statue auf die Zehenspitzen und reckte den Arm in die Höhe. «Was tust du da?», fragte ich.

«Ich möchte Lincolns Fuß berühren.» «Aber die Statue ist doch viel zu hoch. Außerdem ist der Mann kein Heiliger, sondern nur ein amerikanischer Präsident gewesen.» «Das ist doch etwas Gutes, amerikanischer Präsident zu sein.» «Auf jeden Fall ist es nichts Schlechtes», sagte ich lächelnd. «Dann möchte ich seinen Fuß berühren.» Robert blickte sich nach allen Seiten um, ging zu ihr und hob sie auf seine Schultern, aber auch das reichte nicht aus.

«Siehst du?», sagte er. «Wir sind zu klein. Du, weil du katalanisches Blut in dir hast, und ich einfach so. Vielleicht müssen wir noch deine Mutter dazunehmen. Sie steigt auf meine Schulter und du auf ihre. So kommen wir vielleicht an Lincoln heran.» «Du bist nicht klein, du bist groß», protestierte sie. Er stellte sie wieder ab, lachte und strich ihr über den Kopf. Ioana fasste ihn an den Schultern und strahlte mich an. Sie war am sichersten Ort der Welt, während sie sich in unserer dunklen Shaw-Wohnung noch weiter von mir abwandte.

Manchmal betrachtete ich sie im Stillen und entdeckte etwas Neues an ihr. Nicht wie bei Robert und mir, wo sich die Falten vermehrten. Ihre Haut war makellos und glatt, fast wie die eines Kindes. Manchmal war sie immer noch das Mädchen, dessen schwindelerregendes Leben in mir angefangen hatte. Aber nun wurde sie zur Frau, sie bekam Kurven, Schärfe und Konturen. Ich erinnerte mich daran, wie Mutter mich in Strehaia gemustert hatte, als Paris fast schon endgültig in weite Ferne gerückt war, als ich geblutet hatte, aber nicht wie die Soldaten im Krieg daran gestorben war. Als meine Haut noch frisch war, ihre aber schon alterte.

Als wir zum Auto zurückkehrten, packte Eugene Hamburger und Coke aus, die er inzwischen bei einem Drive-in gekauft hatte, und gab sie zu uns nach hinten. Wir picknickten in seinem Chevy, in dem sonst nur Senatoren und andere Berühmtheiten saßen, weil Eugene nicht im Gras sitzen wollte. «Du kannst aber gehen, nicht wahr?», fragte Ioana ihn.

Eugene blieb der Bissen im Hals stecken vor Lachen. «Klar kann ich gehen. Wieso sollte ich nicht gehen können?» «Na, wegen des Krieges. Vielleicht willst du nicht, dass man es weiß. Erzähl uns doch, wie das mit dem Bein geschehen ist.»

Er zögerte zunächst, presste sich das Taschentuch so stark auf den Mund, als ob er ihn mit den Essensresten zusammen wegwischen wollte.

«Sagt euch Pork Chop Hill etwas? Natürlich nicht. Es war ein furchtbares Gemetzel, und ich erinnere mich ungern daran. Es war so sinnlos. Der Koreakrieg war fast zu Ende und dieser Hügel kaum einen Nickel wert. Er war zweihundertfünfundfünfzig Meter hoch, und für so einen Termitenbau wäre ich fast gestorben. Die Chinesen hatten uns schwer zugesetzt, vorerst musste man den Hügel aufgeben. Oben war ein ganzes Labyrinth von Bunkern und Gräben, manchmal wurde darin Mann gegen Mann gekämpft. Es herrschte immer dasselbe Prinzip: zuerst die schwere Artillerie, dann der Sturmangriff. Man wollte den Hügel zurückerobern und wartete nur auf eine mondlose Nacht. Ich war Flieger, und als sie sich ankündigte, mussten wir aufsteigen, um Luftaufnahmen zu machen. Wir waren kaum einige Minuten in der Luft, da beschoss uns die chinesische Artillerie. Als wir glaubten, das Schlimmste überstanden zu haben, kam es erst. Dem Piloten wurde durch den Beschuss der Rücken aufgerissen und mir ein Bein. Der Mann ist gleich gestorben, also habe ich das Steuer übernommen und mich und den Fotografen mit dem Flugzeug direkt ins Krankenhaus gebracht. Ich bin auf dem Parkplatz davor gelandet, fast wie mit einem Helikopter. Man hat nur noch gestaunt. Das Flugzeug ist nach vorn gekippt, aber die Propeller sind nicht abgebrochen. Wenn ich in diesem Krieg auf etwas stolz bin, dann auf diese Landung.»

«Und Ihr Bein?», fragte Ioana.

«Der Chirurg hat mich gefragt: ‹You think, you'll keep this leg or not?› Ich habe geantwortet: ‹I'd like to, Sir.› Dann habe ich geschrien, weil er mir eine Nadel ins Bein gesteckt hat, er aber war ganz zufrieden. ‹You consider yourself a lucky man. We'll keep the leg›, waren seine Worte, bevor ich ohnmächtig wurde. Ich bin erst wieder in Honolulu aufgewacht. Dort habe ich erfahren, dass unsere Leute den Hügel eingenommen hatten. Etwas später haben sie ihn wieder verloren.»

«Sind Sie also auch ein Veteran?», wollte Ioana wissen.

«Oh, yes, *M'am*. Wenn Sie aber wissen wollen, ob ich ein Verlierer bin, dann sage ich klar Nein. Man hat mir eine Abfindung und Arbeit im Forth Railey gegeben. Die Abfindung habe ich investiert und später meine erste Limousine gekauft.»

«Und die Arbeit in Forth Railey?»

«Du hältst Eugene nur auf», erwiderte ich.

«Lassen Sie nur, man trifft so selten Leute, die zuhören können. In diesem Auto höre ich mir immer die Geschichten der anderen an, und es geht immer um dasselbe: wie man Geld macht und wie man Frauen rumkriegt. Ich habe dort auf die Frauen der Offiziere aufgepasst. Offiziersfrauen fühlen sich oft vernachlässigt.»

«Wem sagen Sie das?», seufzte ich und dachte an meine junge Mutter.

«Ihre Männer waren zuerst mit der Armee und dann erst mit ihnen verheiratet. Gegen die ständigen Schmerzen im Bein und wegen der kleinen Abfindung, die ich erhalten hatte, tröstete ich mich manchmal mit einer Offiziersfrau. Sie können sich nicht vorstellen, wie dreist sie waren. Eine von ihnen nannte mich dauernd *Dad*, Sie wissen schon, Vater. Ich sagte ihr, sie sollte mich nicht dauernd *Dad* nennen, dann könne ich nicht. Sie war überrascht, denn sie nannte auch ihren Mann *Dad*. Aber, wenn sie es sich recht überlegte, konnte der genauso wenig wie ich. Ich habe ihr empfohlen, das *Dad* für eine Weile wegzulassen. Das hat funktioniert, und seitdem hat sie mich nicht mehr gebraucht. Einmal aber habe ich eine alte, sehr stolze Frau abgewiesen. Bei ihr hätte es mit oder ohne *Dad* nicht funktioniert. Sie gab dem Mann einer meiner anderen Eroberungen einen Tipp. Nun ja, ich wurde ein zweites Mal entlassen und habe eine zweite Abfindung bekommen, aber eine höhere, um den Mund zu halten über die Lust der Offiziersfrauen. Jetzt fahre ich mit meinem Partner wichtige und reiche Leute herum, ins Ministerium oder zu ihren Mätressen, mir soll's recht sein.»

«Aber das erklärt noch nicht, wieso du das Auto nicht verlässt», blieb Ioana hartnäckig. «Was hast du davon, wenn du die ganze Zeit hinterm Steuer bleibst?» «Und was habe ich davon, wenn ich herumgehe? Wo soll ich da hin?» «Du bist immerhin nach Amerika gekommen, weil du dich bewegt hast», bemerkte Robert. Ich sah die beiden streng an, denn sie wollten aus Eugene sein wohl größtes Geheimnis herauspressen. Er, der uns doch kaum kannte und uns gratis herumfuhr. «Wie bist du eigentlich nach Amerika gekommen?», fragte Robert, ohne mich zu beachten. «Zu Fuß», schmunzelte er.

Er sagte uns noch, dass er auf dem Weg nach Amerika so viel gelaufen sei, dass es für mehrere Leben reiche. Als er dann endlich hier war, wollte er sich nur noch hinsetzen. Das tat er dann gründlich. Sein Geschäft konnte man sitzend erledigen. Wo sonst auf der Welt gebe es so etwas? «Überall, wo es gewöhnliche Taxifahrer gibt», erwiderte Robert. Ich glaube, in diesem Augenblick hat Eugene angefangen, Robert abzulehnen. Er hätte alles sagen können, nur nicht, dass Eugene nicht besser war als jeder andere Taxifahrer. Dass er es trotz seines langen Fußmarsches nicht weiter gebracht hatte, als bis zum Fahrer für besondere Angelegenheiten. Er, der mit Senatoren auf Augenhöhe war. Auf Rückspiegel-Augenhöhe. Der darauf Wert legte, sich dabei piekfein anzuziehen.

• • • • •

Eines Tages stand Ioana da, als ich aus dem Bad kam, drückte Mişa an sich und fauchte mich an: «Ich will nicht, dass du immer weinst, du machst alles kaputt. Du bist unglücklich, aber dafür können wir nichts. Mir gefällt es ganz gut hier. Besser so, als mit ein paar verstaubten Puppen vor ein paar dummen Kindern zu spielen.» Ihre Stimme war messerscharf, nicht anders als ihr Blick. Ich ohrfeigte sie, dann streckte ich wieder die Hand aus, um ihre Wange zu streicheln, aber sie zog sich zurück. Ihr Gesicht drückte etwas aus, das ich nicht verstehen wollte.

«Diese Wohnung ist schuld. Wir sitzen hier wie Eingesperrte. Wir müssen unbedingt irgendwohin ziehen, wo wir atmen können.» «Nicht die Wohnung ist schuld, du bist es. Du bist schuld, dass wir hier sind und dass Vater trinkt. Du hast ihn beinahe für einen Minister verlassen, da hat er angefangen zu trinken.» «Er hat schon vorher getrunken», sagte ich. «Und dann hast du ihn ein zweites Mal verlassen, weil er getrunken hat. Wenn du ihm treu geblieben wärst, dann wären wir jetzt eine Familie. Wir wären nicht hier, und du bräuchtest nicht zu weinen.» «Wer hat dir das alles erzählt? Wieso fragst du mich nicht, wie es gewesen ist?» «Weil es nichts bringt. Du würdest sowieso nur lügen. Lügen würdest du! Ich weiß auch, dass du ihm nie erzählt hast, dass es mich gibt!» Sie lief davon. Sie wurde hart und blieb hart für all die Jahre, die noch folgten.

Als Robert nach Hause kam, wartete ich im Dunkeln auf ihn, sodass er erschrak, als er mich sprechen hörte: «Du stiehlst mir das Kind. Du redest mit Ioana über Traian und mich. Du erzählst ihr alles, was wir besprochen haben.» «Ich stehle dir gar nichts, was sich nicht gerne stehlen lässt. Ioana hat nur darauf gewartet, dass jemand mit ihr redet, und das warst nicht du.» «Ich habe es oft versucht, aber sie hat es nicht zugelassen.» «Du warst zu beschäftigt, um die Erinnerung an Traian gar nicht erst aufkommen zu lassen. Dafür kann ich nichts, dafür kannst nur du was. Ioana brauchte jemanden, und das warst nicht du. Das war ich. Dafür könntest du dich eigentlich bedanken.» «Du hast kein Recht dazu, sie ist mein Kind, nicht deines.»

Ein kleiner Riss, aber einer, der von Jahr zu Jahr tiefer wurde, tat sich zwischen Robert und mir auf. In mir herrschte eine Kälte, die durch keine Heizung der Welt vertrieben werden konnte. Oder vielleicht nur die Ahnung von einer großen, alles umfassenden Kälte, die noch kommen würde. Die Straßen waren leer und kalt, die Gesichter der Menschen ebenfalls, und es machte keinen Unterschied, ob wir in Shaw wohnten oder im Federal District. Ob wir rund um den Tide Basin spazierten und auf die Kirschblüte warteten oder am kranken Potomac saßen. Ob Ioana und ich in der kleinen chinesischen Imbissbude darauf warteten, dass Robert seine Treibhäuser schloss, seine traurigen, verblühten Patienten einsperrte und zu uns kam.

Wir lebten mit den Möbeln von Miss Rose. Im Schrank hatte die Kleidung ihres Sohns gehangen, an den Wänden sah man noch die Umrisse von Bilderrahmen. Auf einem Wandkalender waren seine Termine und Rendezvous eingetragen, von vor zwei Jahren. Es hatte eine Sue und eine Marcy gegeben, die eine hatte er im Kino getroffen, mit der anderen war er zum Tanzen an einem Ort genannt Joe's Dance Caravan gegangen. Die Verabredungen mit ihnen lagen nahe beieinander, manchmal nur einen Tag, eine Nacht voneinander getrennt. Es hatte auch mehrere Treffen mit Mike gegeben, sonntags war er fischen und unter der Woche Arbeit suchen gegangen. Der Einberufungstermin war fett eingekreist.

Einige Wochen lang besuchte uns eine Katze, die über die Feuerleiter kam und auf einem Auge blind war. Ein Ohr war zerfetzt. Sie kämpfte in ihrer Katzenwelt, so wie die Menschen es in ihrer eigenen taten. Zuerst sprang sie davon, wenn sie uns sah, als habe sie eigentlich mit dem alten Bewohner gerechnet. Sie schien sich nach zwei Jahren immer noch an ihn zu erinnern. Lange überlegte sie, bevor sie sich von uns füttern ließ. Vielleicht wog sie ab, ob es Verrat wäre. Umso gieriger fraß sie dann. Man sah ihr an, dass ihr die vielen Ratten der Gegend nicht schmeckten. Als sie die erste Ratte vors Fenster legte, wussten wir, dass sie uns adoptiert hatte. Als wir aber Mişa ins Haus brachten, blieb das Fenster für sie geschlossen. Sie wartete jeden Tag davor, empört und trotzig, weil man ihr das Futter verweigerte. Ob wir *'Omenen* oder etwas anderes waren, schwarz oder weiß, ging sie nichts an. Da glich sie Mişa, aus Politik machte sie sich nichts.

Obwohl Miss Rose das meiste weggeräumt hatte, waren überall an den Stellen Dinge liegen geblieben, wo sie sich hätte bücken müssen. So war der Schrank nur oben leer, unten stapelten sich ausgefranste Pullover und löchrige Schuhe. Darunter lagen schlüpfrige Zeitschriften, die ich unbemerkt wegschmiss. Sie waren oft benutzt worden. Es gab auch Bücher auf den untersten Regalbrettern, Enzyklopädien, einen Weltatlas und Bände von Mark Twain, auch sie oft durchgeblättert. Ihr Sohn war oft gereist, in Gedanken und zwischen den Treffen mit Sue und Marcy. Die letzte Reise hatte ihn in den Krieg gebracht.

Unter dem Bett hatte er Briefe verstaut. Briefe von Frauen, die nachts die Feuertreppe hochkamen. Die Katze war nicht die Einzige, die vor seinem Fenster gewartet hatte. Es waren so eindeutige Briefe, dass Robert sie uns gar nicht übersetzen wollte. Sue und Marcy waren nur die letzten Glieder einer langen Kette. Die, an die er sich in Vietnam am meisten erinnern würde. Vielleicht aber waren sie schon längst vergessen.

Eines Abends hörten wir die schweren Schritte unserer Vermieterin, die sich auf den Weg zu uns gemacht hatte. Wir wussten, dass sie von Stufe zu Stufe ermüdete und durchatmen musste. Es musste einen guten Grund für sie geben, uns aufzusuchen. Wir sperrten all unsere Schlösser auf, und sie kam herein. Sie musterte alles ganz genau. «Sie sind tüchtig, das gefällt mir.» Dann ließ sie sich auf einen Stuhl fallen. Als sie merkte, wie verlegen wir waren, fügte sie hinzu: «Setzen Sie sich doch hin.» Wir hatten vergessen, dass wir hier nur Geduldete waren.

«Sie können sich glücklich schätzen, dass Sie eine Tochter haben. Die muss nicht zur Armee, höchstens Kinder machen muss sie. Nicht wahr, Kleines?» Sie fasste Ioana kurz ans Kinn. «Ich habe mir auch eine Tochter gewünscht, aber ein Sohn war genug. Der Arzt hat mir wegen meines Gewichts davon abgeraten. Bringst du mir ein Glas Wasser, Kleines?», bat sie Ioana. Die gehorchte. Miss Rose holte ein Taschentuch hervor und wischte sich damit das Gesicht, den Nacken und die Achseln ab. Sie schlüpfte mit den Füßen aus den Schuhen – verformte Füße mit schräg stehenden Zehen – und legte sie auf einen zweiten Stuhl. Aus einer anderen Tasche holte sie ein Foto hervor, seufzte und streckte es Robert entgegen. «Ich dachte, Sie wollen ihn mal sehen, wenn Sie schon bei ihm wohnen. Sie wissen ja nichts über ihn.»

Wir verschwiegen, wie viel wir eigentlich schon wussten. Robert erklärte ihr, dass wir ein paar Dinge gefunden und in eine Schachtel gelegt hatten. «Hat euch seine Katze belästigt? Ihr habt ja selber eine. Wo kommt ihr noch mal her?» «Romania.» «Und ist es in diesem ‹Omenia› schlimm? So schlimm wie in Vietnam?» Wir blickten uns erstaunt an, bevor Robert antwortete: «Nicht ganz so schlimm.» «Ich dachte, dass es schlimm sein müsste, ich höre immer wieder jemanden im Bad weinen. Ich habe gedacht: *Die kriegen aber schlechte Nachrichten.* Nun ja, es geht mich nichts an, schlechte Nachrichten kann jeder kriegen, auch ich, denn dort, wo mein Junge ist, herrscht Krieg. Er war schon immer etwas Besonderes. Ich habe darauf geachtet, dass es ihm an nichts fehlt. Ich habe ihm die Bibel beigebracht und dass man lieber arm, aber ehrlich leben soll. Dass man keine Frauen begehren darf, die man nicht heiraten will.»

Wir ließen uns nicht anmerken, dass wir es besser wussten. Ioana legte sich aufs Bett, sie zog ebenfalls die Schuhe aus, bettete den Kopf auf ihren Arm und schloss halb die Augen. Robert übersetzte gleichgültig, für ihn war sie ein Eindringling, der ihn davon abhielt, seine Zeitung zu lesen. Nur ich nickte freundlich, und sie fühlte sich ermutigt.

«Er ist rein wie eine Eierschale. Ein Junge von kaum einundzwanzig Jahren, der nur das von der Welt weiß, was in seinen Büchern steht. Er hat mir noch nie widersprochen. Wenn ich ihn gebeten habe zu lernen, dann hat er gelernt. Wenn ich ihn gebeten habe zu schlafen, dann ist er schlafen gegangen. Und nicht nur als Kind, auch später, bis zur Einberufung. Er hat ganze Abende hier oben mit seinem Atlas verbracht. Er hat mir Namen von Städten und Flüssen genannt, von denen ich noch nie gehört habe. Das hier war seine Welt. Was für eine reine Seele.»

Ich flüsterte Robert zu: «Er hatte es auch nicht nötig rauszugehen. Die Frauen kamen ja zu ihm.» Mir fiel Großmutter ein und wie sie auf den Sohn von Miss Rose eingeredet hätte. Wie sie abwechselnd mit Gott und dem Anderen gedroht hätte. «Wollen wir es ihr nicht sagen? So blind kann doch gar kein Mensch sein», murmelte Ioana verschlafen. «Was hat sie denn davon, wenn sie erfährt, was sich über ihrem Kopf abgespielt hat? Vielleicht stirbt er dort drüben, und sie bleibt damit allein. Man muss nicht immer alles wissen, wenn es sich sowieso nicht ändern lässt.»

Ioana streckte sich und richtete sich auf, Robert beobachtete uns aufmerksam. Miss Rose redete im Hintergrund weiter, wie ein Automat, der nicht mehr aufzuhalten ist, wenn er einmal in Gang gesetzt wurde. «Wenn du also die Möglichkeit hättest zu erfahren, ob ich mit jemandem gehe und ob ich so etwas tue, wie es da in den Briefen steht, dann möchtest du es lieber nicht wissen?» «Bring du zuerst mal einen Jungen nach Hause, damit wir ihn kennenlernen.» «Antworte!», rief Ioana. «Mädchen, du wirst bald zwanzig, du bist bildhübsch, aber aus Männern machst du dir offenbar noch nicht viel. Dabei wäre es an der Zeit. Ich meine, wir wollen nicht, dass du eine alte Jungfer... Ich meine, in deinem Alter war ich schon fast schwanger mit dir. Ich weiß, dass dich dein Vater enttäuscht hat.» «Lass Vater aus dem Spiel und antworte!» «Ich weiß es nicht. Ich würde gern alles über dich wissen, aber du lässt es ja nicht zu.» «Hört doch auf!», mischte sich Robert ein. «Wir haben einen Gast hier.»

Miss Rose hatte aufgehört zu reden. «Soll ich wieder gehen? Störe ich Sie?» Sie kam nur mit Mühe wieder auf ihre Beine. «O nein», erwiderte ich. Das genügte ihr, und sie lagerte die Füße wieder hoch. «Das freut mich, dass meine Mieter so freundliche Menschen sind. Manchmal lässt man nur Gesindel ins Haus. Leute, die einem kein Glas Wasser geben, wenn man es braucht. Wenn wir schon mal dabei sind, können Sie mir nicht einen Kaffee kochen? Ganz schwarz, wie meine Haut.»

Das fand sie witzig und lachte. Wir gaben uns Mühe, ihr die gute Laune nicht zu verderben. An jenem Abend erfuhren wir einen Teil von Miss Roses Geschichte. Die Geschichte vieler Schwarzer, sagte Eugene später, als wir ihm davon erzählten.

Ihr Urgroßvater hatte auf einer Plantage in South Carolina gelebt, wie ein Ochse gearbeitet und bei den Ochsen geschlafen. Er war ein Muskelberg, ein Mann, der nicht wusste, wie man etwas aus eigener Kraft entschied. Wie man seine Arbeitskraft teuer verkaufte, wie man etwas ersparte, wie man sich zügelte. Denn er hatte nie entscheiden müssen, immer wurde über ihn entschieden. Immer schon war das Gesetz des Gutsherrn da gewesen, es gab nichts auszuhandeln, nichts durchzusetzen. Es war klar, was man zu tun hatte, und ebenso, was verboten war. Wie etwa zu saufen oder sich zu prügeln.

So kam es, dass Miss Roses Urgroßvater gar nicht begeistert war, als man ihn befreite. Als der Gutsverwalter eines Tages zu ihm kam und ihm sagte, er sei frei, er könne gehen, wohin er wolle, wiederholte der Mann unsicher: «Wohin ich will? Ich will nirgends hin.» «Du musst. Wir haben kein Geld, um dich zu bezahlen. Schau im Norden nach Arbeit. Alle deinesgleichen ziehen dorthin.» Also packte der Mann seine paar Sachen, wusch sich, nahm Abschied von den Schwarzen, die noch zögerten, lief die zwei Kilometer bis zur Hauptstraße und wartete, dass ihn jemand mitnahm. Weil ihn keiner mitnahm, entschied er sich für eine Himmelsrichtung und marschierte los.

An dieser Stelle war sich Miss Rose nicht mehr ganz sicher, mehrere Monate fehlten ihr aus dem Leben ihres Urgroßvaters. Als man ihn fast vergessen hatte, als man ihn in Washington angekommen glaubte, sprang er an der gleichen Stelle von einem Karren, wo er, als er fortging, gestanden hatte. Er lief die zwei Kilometer wieder zurück, legte sein Gepäck in der Scheune ab und sagte: «Ich werde gratis arbeiten, wenn ich nur bleiben kann.» Niemand konnte sagen, wieso ihm die Befreiung nicht gelungen war.

Miss Rose übersprang die Jahre der unbezahlten Arbeit im Leben ihres Urgroßvaters, auch ihre Großmutter hatte da nicht mehr gewusst. Er hatte wahrscheinlich weiter wie ein Ochse gearbeitet, Tabak gepflanzt und geerntet, Tabak zu Ballen verpackt, die Ballen auf einen Karren geladen und in die Stadt gefahren. Er war zufrieden gewesen. Als dann aber der Gutsherr Bankrott machte und man ihn mit Gewalt auf die Straße zerrte, da blieb ihm nichts übrig, als es ein zweites Mal mit der Freiheit zu versuchen.

Er verdingte sich hier und dort, in Charleston, in Richmond und kam nach zwei Jahren in Washington an. Er brachte nicht nur seine Muskelkraft, sondern auch seine Sünden mit: die Schlägereien und das Saufen. Denn sobald er auf sich allein gestellt war, war er verloren gewesen. Er trank und prügelte sich, dann trank er weiter.

Ein neues Gefühl stellte sich ein: Sehnsucht. Ihm fehlten die Scheune, das Tabakfeld, sogar die Stimme des Verwalters. Nichts war so schön, wie es dort gewesen war. Er schlug sich als Tagelöhner durch und nachts durch die Wirtshäuser der Schwarzen. Er prügelte jeden, den er prügeln konnte, und ließ sich verprügeln. Er schlief im Freien oder in verlassenen Häusern. Wenn der Potomac die Gegend überflutete, ließ er sich für Räumungsarbeiten aufstellen. Wenn eine Seuche kam, trug er die Toten weg. Totengräber, das gefiel ihm, da wusste er, was zu tun war. Die Größe des Grabes war vorgegeben, man brauchte nicht lange nachzudenken. Als er dann eines Tages für seinen Arbeitgeber einen Brief abgeben musste, traf er auf Miss Roses Urgroßmutter.

An dieser Stelle ihrer Erzählung blickte Miss Rose auf die Uhr und rief: «Mein Gott, es ist nach Mitternacht. Sie werden sicher glauben, dass ich eine ganz und gar respektlose Person bin. Sie sind sicher schon müde. Ich erzähle Ihnen die Geschichte ein anderes Mal zu Ende.» Sie erhob sich und ging auf die Tür zu. Wir wollten sie verabschieden, aber sie drehte sich noch einmal um. «Ich habe ganz vergessen, wieso ich eigentlich gekommen bin. Ich muss Ihre Miete erhöhen. Die Zeiten sind nicht rosig. Ich muss mich allein durchbringen. Dreißig Dollar mehr pro Monat. Und immer schön am achtundzwanzigsten zahlen und das Geld unter meiner Tür hindurchschieben.»

Ihre Stimme klang hart, ihr Blick ließ keinen Widerspruch zu. Im Vorbeigehen streifte sie den Wandkalender ihres Sohnes, den wir nicht runtergenommen hatten, wegen des Bildes, das die Wolkenkratzer New Yorks zeigte. Sie bemerkte nicht, wie nahe sie an den Sünden ihres Sohnes vorbeiging. Wir blieben mit einer halben Geschichte zurück. Wir fragten uns lange, warum sie sie uns überhaupt erzählt hatte. Sie hatte nie wieder den Wunsch, zu uns hochzukommen, die Beine hochzulagern und fortzufahren.

Robert meinte, sie sei wegen ihrer Einsamkeit gekommen. Ein einziges Mal habe der Fernseher nicht mehr gewirkt. Ich aber dachte, dass sie uns damit weichklopfen wollte, bevor sie zum unangenehmen Teil des Besuchs überging. Die Geschichte des Urgroßvaters war wie Zsuzsas Suppe eine gute Waffe. Ioana nannte sie seitdem eine Halsabschneiderin.

An einem Abend aber kam Robert strahlend auf uns zu. Er hatte eine neue Wohnung gefunden, in Georgetown, einem viel besseren Viertel als Shaw. Wieder riefen wir Eugene an, wieder standen wir in Reih und Glied auf der Straße, mit Mişa im Arm und dem Gepäck zwischen unseren Beinen. Wieder hielt er direkt vor uns an, ließ die Fenster runter, und wir mussten uns mächtig bücken, um ihn zu sehen. «Steigt ein, Leute. Wenn es so weitergeht, mache ich gleich eine Umzugsfirma auf. Wohin geht diesmal die Reise?» «Nach Georgetown», antwortete Ioana. «Ach, das ist eine andere Geschichte», murmelte er.

Als er schon Gas gegeben hatte, bremste er noch einmal brüsk, weil Miss Rose am Fenster unserer Wohnung aufgetaucht war und etwas in der Hand hielt, womit sie uns zuwinkte. Nachdem wir unsere letzte Miete unter ihrer Tür hindurchgeschoben hatten, war sie also doch noch aus ihrer Wohnung gekommen und zu uns hinaufgeeilt. So sehr geeilt, wie ihre Beine und ihr Hintern es zuließen. Dort hatte sie die Schlösser gefunden, die Robert auf dem Tisch vergessen hatte. «Danke, Miss Rose, Sie können sie jetzt fallen lassen», rief ihr Ioana zu, die ausgestiegen war und sich unter das Fenster gestellt hatte. «Ich will sie euch nicht geben, Kleines. Die Wohnung könnte sauberer sein. Ich behalte sie hier für die Unkosten.»

So kam es, dass wir in Georgetown als Erstes neue Schlösser kauften.

2. Kapitel
• • • • • • • • • • • •

In Georgetown schulten wir Ioana in einer Highschool unweit der berühmten Universität ein. Sie war nur einen Sprung entfernt, Robert und ich hofften, dass er für sie nicht zu groß sein würde. Sie musste aber vorher das letzte Highschool-Jahr wiederholen, damit ihr Englisch besser wurde. Ob sie sich freute oder nicht freute, war ihr selten anzusehen. Entspannt wirkte sie nur, wenn sie Mişa streichelte, und das konnte sie stundenlang tun. Sie fiel in Trance, die Augen halb geschlossen, nicht anders als zu Hause. Mişa gefiel das gut, ihm war sowieso jeder Schritt zu viel. Mişas Rekord im Liegen waren zwölf Stunden. Wir hielten ihn fast schon für tot, als er dann doch noch aufwachte. Ioana und er waren ein perfektes Duo.

Wenn Robert von seiner Arbeit zurückkam, erzählte er uns von seinen exotischen Pflanzen. Wenn sie krank waren, nannte er sie *meine Patienten*. Waren sie gesund, hießen sie *meine Lieblinge*. Nachdem wir damals in Rumänien mit ihm eine Reise auf den Flüssen und Seen der Welt gemacht hatten, führte er uns jetzt durch die Savanne, die Wüste, den Regenwald. Er brachte Fotobände mit nach Hause und zeigte uns farbenprächtige Bilder. Er wollte uns beibringen, wie die Systematisierung der Pflanzenwelt erfolgte, aber er gab es bald auf, zumindest was mich anging. Ioana war viel aufmerksamer, sie merkte sich ganz genau die Begriffe.

Sie überraschte ihn gern mit ihrem neuen Wissen und eilte ihm oft voraus. Sie meinte, sie habe gerade etwas gelesen, was er erklären müsse. Oder im Biologieunterricht etwas gehört, was er bestätigen solle. Manchmal brachte er auch Setzlinge mit, und sie versuchten, sie auf unserem Balkon zum Wachsen zu bringen. Manchmal gelang es, meistens nicht.

Ich war mit ihm zufrieden als Vater für Ioana und sagte ihm nachts im Bett: «Du machst dich gut. So was hätte sie von Traian nie bekommen. Höchstens Unterricht im Trinken.»

Er strich mir gedankenverloren über die Wangen. «Dann ist es gut. Du hast erreicht, was du wolltest. Schlaf jetzt.» Er drehte sich um, und sein Atem wurde tief. Ich schüttelte ihn leicht. «Ist es dir nicht wichtig, ob ich zufrieden bin oder nicht, wie du mit meiner Tochter umgehst?» «Ich wusste doch von Anfang an, dass du einen Ersatz für Traian gesucht hast. Das habe ich akzeptiert. Erwarte aber nicht, dass ich mich darüber auch freue.»

Als wir Ioana am ersten Schultag in die Highschool brachten, sah ich ihre künftigen Mitschüler. Einige von ihnen waren Hippies, wie man sie auf den Straßen der Stadt sah. Die Jungen waren kräftig und breit gebaut, sie strotzten vor Gesundheit. Ich flüsterte Robert zu: «Womit füttern die Amerikaner ihre Kinder, dass sie solche Kraftprotze sind?» «Das sind alles Sportler. Das ist hier wichtig, dass man Sportler ist.» «Zuerst Sportler und dann auf in den Krieg», flüsterte ich, und er sah mich verständnislos an. «Sind die Russen besser, die ganz ohne Sport Prag besetzt haben?» Er nahm meine Hand und hielt sie fest.

Die amerikanische Nationalhymne wurde gesungen, wir standen auf wie alle anderen, bewegten aber nur unsere Lippen. Als der Klassenlehrer auf uns zukam und Ioana uns ihm vorstellte, hielt er uns zunächst für Spanier. Er redete lange über Picasso und Guernica und spanische Galeonen. Über Rumänen wusste er aber auch etwas. Dass wir nicht mit den Russen nach Prag einmarschiert waren.

In Georgetown hatten wir die Russen in Sichtweite, eigentlich direkt vor der Nase. Die Botschaft lag fünf Minuten von uns entfernt, und die Angestellten wohnten im Nachbarhaus. Wir hatten nicht mehr die Spuren des Hasses vor dem Fenster, eines Hasses, der uns nicht betreffen konnte und doch bis in die Poren unserer weißen Haut betraf. Die Spuren einer jahrhundertealten Empörung, weil so etwas Banales wie die Hautfarbe über das Gelingen des eigenen Lebens entschied. Etwas, das nicht abzustreifen, abzuschrubben, abzuwetzen war. Nicht wie bei den Tieren, die sich die alte Haut an einem Baum abreiben konnten.

Wir, die aus Ioanas Ommunismus und Roberts und meinem Kommunismus kamen, gerieten nicht zwischen die Fronten, sondern direkt auf die eine Seite, als Partei. So parteiisch wie Haut sein konnte. Aber wir gewöhnten uns daran.

Angesichts der fleischigen, geröteten Gesichter der Russen vor uns, der Frauen, die sich einfältig und kräftig schminkten, und der Männer ohne Hals – als ob der Kopf direkt aus dem Rumpf wuchs – fühlten wir uns fast schon wie zu Hause. Mitten in Amerika fand sich da etwas Bekanntes, auch wenn wir mit den Russen nicht viel teilten und am allerwenigsten die Gesinnung.

Sie hatten Gesichter, die Zufriedenheit darüber ausstrahlten, dass sie es mit dem Kommunismus bis ins Land des Feindes gebracht hatten. Eines Feindes mit vielen Annehmlichkeiten. Gesichter, die beruhigt wirkten, weil Moskau weit weg war, wo sich nichts als derselbe übliche Schwindel ereignete. Gesichter, die ängstlich und angespannt wirkten, weil Moskau nie weit genug entfernt war, sondern nur eine Wandbreit oder ein falsches Wort.

Oft saßen wir im Dunkeln und beobachteten, wie sie von einem Zimmer zum anderen gingen. Wie sie sich auszogen, wie sie russisch kochten und sich russisch stritten. Wenn sie die Fenster offen gelassen hatten, erschraken sie und schlossen sie gleich wieder. Wir schauten dem Fahrer beim Zähneputzen und Trinken zu. Den Alkohol brauchte er auch als Mundspülung, unter seinem Bett sammelten sich mehr Flaschen an, als Traian jemals besessen hatte.

Über ihm wohnte eine Sekretärin, die ganze Abende lang Patiencen legte. Sie hob für Stunden nicht den Blick von den Karten, sondern sah höchstens mal auf die Uhr. Von einem Blick zum nächsten, von einem Kartenspiel zum nächsten rückte die Nacht immer weiter. Wir wussten nicht, worauf sie wartete, denn nie geschah etwas. Wir beobachteten den jungen Botschaftsrat, der – schlau wie ein Fuchs und glitschig wie ein Fisch – bei den Botschaftsrussinnen sehr erfolgreich war. Sie versüßten nicht nur seine Nächte, sondern verkürzten sie auch. Wenn er allein war, lief er unruhig hin und her, kaute an seinen Nägeln. Sobald aber an die Tür geklopft wurde, nahm er Haltung an. Eine Starre, die ihn auch am Tag nicht verließ.

Von ihnen allen fiel wieder die Haltung ab, kaum waren sie in ihren Wohnungen. Als ob sie froh wären, einen weiteren Tag überlebt zu haben.

Wir sahen auch den Vizebotschafter, für den der Fahrer am nächsten Morgen wieder nüchtern sein musste, und seine Frau abends dasselbe Ritual vollziehen. Nachdem sie stumm in der Küche gegessen hatten, zogen sie ihre Pyjamas an, legten sich aufs Bett und schauten ebenso stumm fern. Zwei abgelebte Menschen, die den anderen kaum noch wahrnahmen. Vielleicht wunderten sie sich, dass da noch ein Pyjama herumlag und noch ein dreckiger Teller im Waschbecken stand. Dass sich jemand im Bad die Zähne putzte.

Wir beobachteten sie oft gemeinsam, nach dem Essen und nachdem wir von den vielen Reisen mit Robert durch die Welt der Meere, Seen und Flüsse zurückgekehrt waren. Manchmal blieb sogar Ioana bei uns und zog sich nicht mit Mişa in ihr Zimmer zurück. Selten ging sie mit ihren Schulfreunden aus, Jungs, die auf der Straße im eigenen Auto auf sie warteten. Bei jedem von ihnen hoffte ich, dass ihr, die kein Teenager mehr war, eine Teenagerliebe möglich wäre. Keiner war nach ihrem Geschmack, sie schien an den Ritualen ihrer Generation teilnehmen zu wollen, ohne daran teilzuhaben.

Ich prüfte nach jeder Rückkehr, ob ihre Augen funkelten und ihre Wangen errötet waren – das erste süße Geheimnis ihres Lebens –, aber sie sah immer unbeteiligt aus. Nur Robert traute dem Ganzen nicht und schickte sie ins Bad, um sich abzuschminken.

Ich sah mir *meine Russen* an – wie ich sie nannte, damit nicht nur Robert *seine Lieblinge* und Ioana *ihre Schulfreunde* hatte –, wenn ich stundenlang allein war. Eines Tages blickte mich die Sekretärin von gegenüber an. Das kam so plötzlich und unvorbereitet, so unvermittelt berührten sich unsere Welten, dass wir beide erschraken. Ich machte einen Schritt zurück, sie zog die Vorhänge zu.

Als Eugene mich am Nachmittag abholte, erzählte ich ihm davon. «Wo fahren wir heute hin, Zaira?» «Wir gehen einkaufen. Ich habe eine lange Liste.» «Solange es nicht wieder Fernseher und Kühlschränke sind wie das letzte Mal, werden mein Partner und ich es überleben.» Er strich zärtlich über sein Auto. Denn nach unserem Umzug nach Georgetown hatten wir endlich eingekauft. Eugene hatte gejammert, wir würden sein Auto demolieren, als wir vor dem Supermarket mit all den Waren wieder auftauchten, die zu unseren neuen, amerikanischen Möglichkeiten passten.

«Können uns die Russen etwas antun?», fragte ich aus dem Fond seines Chevys. «Heute hat mich eine von ihnen durchs Fenster angeblickt. Könnten sie uns entführen oder so was?» «Du bist hier mitten in Washington, wer soll dich da schon entführen? Und wen interessiert eine Puppenspielerin, ein Pflanzendoktor und eine Schülerin?»

Als er am Supermarkt anhielt und ich ausgestiegen war, beugte ich mich zu ihm hinunter. «Ich brauche einen kräftigen Mann, der mir beim Tragen hilft.» «Willst du mich locken, Zaira?» «Ein bisschen Bewegung würde dir guttun.» «Ich habe mich genug bewegt. Es reicht für mehrere Leben. Ich habe beschlossen, dass ich keinen Finger mehr rühre. Oder Fuß.» Als ich später wieder bei ihm im Wagen saß – die Einkaufstüten auf den Vordersitzen und der Hinterbank verstreut –, als er bereits den Motor anlassen wollte, fragte ich:

«Das hast du auch schon mal gesagt. Wie meinst du das, dass du dich zu viel bewegt hast?» «Ach, das sind so alte Geschichten, die stinken schon, wenn man sie aufwärmt. Willst du das wirklich hören?» «Ja.»

Eugene schaltete den Motor wieder aus, holte tief Luft und machte ein Gesicht, so als ob ihm nichts übrig bleibe, als dem Eigensinn der Frauen nachzugeben.

Er war Flieger in der Königlichen Armee gewesen – so wie Vater Kavallerieoffizier gewesen war – und hatte für die Deutschen gekämpft. Eines Tages klopften die Kommunisten an die Tür. Seine Mutter wollte ihn nicht hergeben, er war erst seit zwei Tagen aus dem Krieg zurück. Sie klammerte sich an ihn, bis er sie beruhigen konnte und ihr zuflüsterte, sie solle General Mureşan benachrichtigen – den besten Freund seines Vaters –, der sich um sie gekümmert hatte, seitdem dieser gestorben war. Der General half.

Im Gefängnis gaben ihm zwei Soldaten einen Zettel mit der Adresse, wo er am nächsten Tag den General treffen sollte, und steckten ihn in einen Wäschesack. Sie stellten den Sack auf einen Lastwagen und fuhren los. In einer dunklen Seitenstraße sprang Eugene heraus und versteckte sich die ganze Nacht in einem Park. Am Morgen ging er zu der angegebenen Adresse, es war der Klub, wo der General Tennis spielte – auch er hatte sich mit den Verhältnissen arrangiert. Er unterbrach sein Spiel und kam mit einem Paket zu ihm. Wortlos hielt er es ihm entgegen, außerdem einen weiteren Zettel: *Hier hast du Essen, einen Fahrschein und eine Pistole, falls du willst, dass sie dich nicht lebendig fangen. Fahr zur Donau und mach dich von dort auf in den Westen.*

An der Donau wartete er lange, bis er Mut gefasst hatte, denn der Fluss war breit und schnell, nicht wenige waren darin ertrunken. Er ging jeden Tag hin und redete mit ihm, wie um ihn zu zähmen, aber es nützte nichts. Der Fluss, braungelb, in dem der ganze Müll aus Deutschland, Österreich und

Ungarn schwamm, hätte ihn eher verschlungen, als sich mit ihm anzufreunden.

Als er im Dorf auffiel und man ihn fragte, was er dort suche, bündelte er seine Kleider, band alles fest um seinen Körper und sprang in die Donau. Er schluckte Wasser, wurde in die Tiefe gezogen, dann hin und her geschleudert und davongetragen. Aber er war stark, er kam wenige Kilometer flussabwärts wieder heraus, auf serbischer Seite, frierend und erschöpft. Er ging tagelang zu Fuß, bis man ihn in einer Scheune ausgehungert aufgriff. Er kam zu den Kohlegruben nach Tuszla, wo eine Menge deutscher Gefangener im Arbeitslager schufteten. Er musste für sie kochen, obwohl er noch nie in seinem Leben gekocht hatte. Er sagte niemandem, außer den Deutschen, dass er für sie bis nach Russland gekommen war. Die Deutschen wühlten tief unter der Erde nach Kohle, aber wenn sie wieder oben waren, führten sie ihr Lagerleben, wie sie ihren Krieg geführt hatten. Sauber und genau. Sie kamen schwarz an die Oberfläche, wuschen sich, zogen Freizeitkleider an und pflegten ihre Baracken und Vorgärten. Es gab nicht genug Kohle, um sie zu ermüden. Sie hatten auch Personalausweise, mit denen sie aus dem Lager herauskonnten.

Obwohl er so schlecht kochte, dass die Deutschen eher Gründe gehabt hätten, ihn umzubringen, halfen sie ihm. Einer, der einen Fotoapparat besaß, machte ein Foto von ihm, ein anderer beschaffte Papier und ein Dritter Stempel. «Wieso tut ihr das?», fragte er sie. «Das versteht sich von selbst für einen alten Waffenbruder», antworteten sie. So konnte er fliehen und lief weiter wochenlang, bis er in Österreich und später in Deutschland war. Dort stellte er sich den Amerikanern, die sich um ihn kümmerten, weil sie gute Soldaten und Flieger brauchten. Er wurde bei Bremen eingeschifft und landete in Forth Dix, und von dort wurde er nach Forth Bragg gebracht, zur 82nd Airborne Division. Dann kam er nach Korea.

Von der Flucht durch die Donau bis zum ersten Kampfeinsatz für Amerika waren kaum zwei Jahre vergangen. Das war keine schlechte Karriere für einen, der erst vor Kurzem in einem Sack mit dreckiger Wäsche aus dem Gefängnis geflüchtet war.

Ich sah im Rückspiegel, wie Eugenes Augen wässrig wurden, er hatte gerade von der besten Zeit seines Lebens berichtet, als alles in Bewegung war, bedrohlich wie ein Wasserstrudel. Als es noch nicht darum gegangen war, den kleinsten Ort der Welt auszufüllen, den zwischen Steuerrad und Rücklehne. Zugegebenermaßen in einem sehr großen Auto.

«In den schwierigsten Momenten, als die Füße offene Wunden waren, als ich vor Schmerz und Hunger fast umgefallen bin, habe ich mir ausgemalt, dass ich ganz mühelos lebe. Dass alles von selbst geschieht und ich nur zu sitzen brauche. Ich habe mir dafür eine Limousine vorgestellt, wie man sie in den Hollywoodfilmen sieht. Ich habe irgendwo in Serbien halb ohnmächtig in den Kornfeldern gelegen, manchmal ist die Hitze unerträglich gewesen, oder es hat stark geregnet, und ich habe genau das halluziniert. Ist es jetzt klarer?» «Nein.»

· · · · ·

Einmal traf ich die russische Botschaftssekretärin auf der Straße, sie zögerte, denn sie durfte nicht mit mir reden. Aber solche Begegnungen ließen sich unter Nachbarn nicht vermeiden. An jenem Tag, so dachte ich, wollte sie einfach mit jemandem reden, der Stille ihres Zimmers für die Dauer einiger Sätze entkommen. Dem Blick auf die Uhr, als ob sie die Zeit prüfte, die ihr noch zum Leben blieb. Zum Leben in Amerika.

«Sie sind hier neu eingezogen, nicht wahr?», fragte sie mich auf Englisch. «Vor sechs Monaten.» «Sehen Sie? Ich weiß es doch. Ich kenne jeden, der bei Ihnen im Haus wohnt. Sie sind bestimmt Spanierin oder Südamerikanerin.» «Ja, das bin ich», antwortete ich, was nicht einmal eine große Lüge war, denn wegen Mutter und Vater zählte ich mich zu den Rumänen, wegen Großmutter aber zu den Katalanen. «Katalanin», betonte ich ausdrücklich. «Erfreut. Natascha.» «Nein, es ist nicht mein Name. Mein Name ist Zaira. Ich bin Katalanin, nicht Spanierin.» «Wo liegt Katalonien?» «Um ehrlich zu sein, weiß ich es auch nicht so genau.» Wir lachten.

Ich sagte der einsamen Frau nicht, woher wir wirklich kamen. Dass sie Tür an Tür mit Kommunisten und Ommunisten wohnte, mit früheren. Das hätte sie nur beunruhigt, und uns hätte es beunruhigt, weil sie es gewusst hätte.

«Sind Sie arbeitslos?», fragte sie mich. «Ich sehe Sie oft auch am Tag.» «Ja, eine Arbeit wäre nicht schlecht. Work not bad.» «Was können Sie?» «Not much.» «Hausfrau also. Bei uns in Russland arbeiten die meisten Frauen, sie haben dieselben Berufe wie die Männer. In Russia women work like men.» «I know», erwiderte ich. Wir gaben uns die Hand, ich sah zu, wie sie hinter der schweren Tür verschwand, und war überzeugt, jener Frau nie wieder zu begegnen.

Als mich Eugene einige Wochen später wieder vor unserem Haus absetzte und ich die Hausschlüssel suchte, merkte ich, dass ich beobachtet wurde. Am Russeneingang, wo sie ein und aus gingen, die Blicke immer zu Boden geheftet – so schwer war die Angst, dass sie die Blicke zum Sinken brachte –, dort also stand die Sekretärin, mager und klein, fast kleiner als ich. Ich lächelte ihr zu, und sie sah nicht weg. Sie war beunruhigt und verwirrt, alles auf einmal. Als ich die Türklinke heruntderdrückte, hörte ich ihr «Psst».

Ich drehte mich nochmals um und fragte sie mit meinen Blicken, was sie wollte. Sie sah sich nach allen Richtungen um, dann lief sie los – wie ein Beutetier auf der Flucht – und war mit zehn Schritten neben mir. Sie zog mich in eine dunkle Ecke des Hauseinganges. Sie kämpfte mit sich selbst, und der

Kampf kostete sie Kraft. Sie redete undeutlich, rollte immer wieder mit den Augen, doch als ich sie schon für wahnsinnig halten wollte, verstand ich sie plötzlich. «Ich brauche Ihre Hilfe. Als ich Sie am Fenster gesehen habe, habe ich gedacht: *Was für ein menschliches Gesicht*. Menschlich, verstehen Sie? Ich wusste dann, dass ich Sie fragen muss. Ich soll bald ersetzt werden, aber ich will nicht mehr zurück. Sie sind Spanierin oder so, Sie wissen nicht, wie das Leben dort ist. Das wünsche ich keinem. Ich brauche jemanden, der mir hilft hierzubleiben.»

Und ich hatte gedacht, sie wolle für die Dauer einiger Sätze der Stille ihres Zimmers entkommen. Dabei wollte sie der Stille eines ganzen Landes entwischen. «Was kann ich für Sie schon tun? Außerdem sind Sie praktisch frei, Sie können zur nächsten Polizeistation laufen.» «Laufen Sie mit mir? Allein kriege ich weiche Knie. Ich brauche jemanden als Zeugen.» Ich wich einen Schritt zurück. «Wie stellen Sie sich das vor? Meine eigene Situation in diesem Land ist unklar. Wie kommen Sie darauf, dass gerade ich...?»

Von Satz zu Satz war sie immer mehr in sich zusammengesunken, und ich gab ihr den Todesstoß, ohne es zu wollen. «Haben Sie noch Familie in Russland?», fragte ich sie. «Meine Eltern, meinen Mann und Geschwister.» «Und was soll aus ihnen werden? Was werden die mit ihnen machen?», fragte ich.

Ich hätte niemals gedacht, dass ich so was aussprechen könnte, aber ich hatte es soeben getan. Ausgerechnet ich. Das Leben, die Leidenschaft wichen von ihr, sie löschte sich aus. Sie drehte sich automatisch um, automatisch ging sie wieder über die Straße, automatisch öffnete sie das Tor des Russenhauses und verschwand dahinter. Kurze Zeit später würde ihre Zeit in Amerika vorbei sein, jemand anderes würde das Licht in ihrem Zimmer anknipsen.

Ich kämpfte den ganzen Abend damit, ob ich es erzählen sollte oder nicht. Vor den anderen die Schuld auf mich zu nehmen oder sie zu verschweigen. Hatte ich sie nicht gerade dazu gebracht, so weiterzuleben, wie ich es nicht mehr gewollt hatte? Was hatte mich daran gehindert, die Einkaufstaschen abzustellen und mit ihr die eine Meile bis zur nächsten Polizeistation zu gehen? Wie wenig es doch dazu braucht? Wie viel?

Ich verschwieg meine Gedanken, und Robert, der mein Schweigen nicht verstand und mich aufmuntern wollte, schlug vor, wir sollten uns alle drei einen Spionagefilm anschauen.

«Wozu einen Spionagefilm, wenn wir hier genug Spione haben?», meinte ich. «Wir können auch auf die Straße gehen und Spione zählen», fuhr er fort. «Wer kommt mit?» Ioana machte sich bereit. «Ich verstehe nicht, wieso dich nicht endlich auch mal einer deiner Schulfreunde ausführt», sagte ich. «Dass du immer so an uns klebst. Du bist hübsch, gescheit und für sie bestimmt auch exotisch. Macht dir denn keiner den Hof? Oder zeigst du ihnen die Krallen so wie mir?» «Es sind noch halbe Kinder. Sie sind alle jünger als ich. Sie denken nur an Sport, Trinken und Herumhängen. Da ist keiner darunter, der etwas reifer wäre.» «Oder du sagst es uns nicht. Du hast ein Geheimnis. Das muss man sogar manchmal haben. Aber nein, das wüsste ich. Das würde ich schon merken.» Sie warf den Kopf ungehalten zurück, stemmte die Arme in die Hüften und sagte: «Es gibt da keinen. Die amerikanischen Jungs sind langweilig. Außerdem würdest du sowieso nichts merken.»

Ich freute mich, dass Ioana Robert mochte und ihn von Anfang an nicht abgelehnt hatte. Dass sie in ihm etwas fand, das sie sonst nicht bekommen hätte. Wir hatten viel zurückgelassen, das Theater, die Freunde, die Sprache. Sie hatte das gleichmäßige Ticken ihrer kleinen Welt verloren und ich meines. Während ich zwar eine Mutter-von-Zeit-zu-Zeit gehabt hatte – und genug Ersatz dafür –, hatte sie niemanden anstelle von Traian gehabt. Ich gönnte ihr Robert, auch wenn sie mir gegenüber immerfort auswich, sich abkapselte, stiller und ferner wurde. Ioanas Auf-die-Zehen-Starren stand ihr noch bevor. Sie würde es gekonnter machen als ich, und kein Zizi, kein Capitan Spavento würden etwas daran ändern können.

Ich vermisste meine Marionetten. Manchmal ertappte ich mich dabei, wie meine Finger Brot, Papier, Servietten oder Tücher zu kleinen Puppen formten. Die Finger wussten, was mir fehlte, noch bevor ich es wusste. Ich vermisste das Theater mit seinen vielen Räumen voller Puppen und Marionetten, die auf eine neue Aufführung, einen neuen Erfolg warteten, um der Zerstückelung, der Verlegung auf den Friedhof der Marionetten zu entgehen. Ich vermisste den großen Saal, wo ich morgens das Licht anknipste, nur um mich umzuschauen und die Bühne anzusehen, auf der Traian, Pinocchio und ich gestanden hatten.

Ich vermisste die Möglichkeit, Traian auf der Straße treffen zu können. Dass er in meiner Nähe lebte. Ich vermisste den Blick durch den Spalt zwischen den Vorhängen auf die Kinder und die Erwachsenen, sogar auf den Bürgermeister oder den Minister, obwohl das inzwischen so weit zurücklag, als ob es zu einem anderen Leben gehört hätte. Und ich vermisste meine Sprache, um noch einmal auf einer Bühne stehen zu können.

«Ich bin mit Ioana an der Ecke Wisconsin Ave und M-Street gewesen», sagte Robert später, «und wir haben uns die Riggs-Bank angeschaut, du weißt, die mit der goldenen Kuppel, die aussieht, als ob sie eine russische Kirche wäre. Dort möchte ich morgen ein Konto eröffnen, unser erstes Konto in Amerika. Nicht weit davon entfernt ist ein Restaurant, *Chez Odette* heißt es, es sieht von außen ganz in Ordnung aus, und sie suchen jemanden. Da hing ein Zettel am Fenster. Du solltest dich da mal vorstellen.» «Das klingt französisch, ich kann nicht französisch kochen. Das hat mir Zsuzsa nicht beigebracht.» «Dann lernst du es eben. Der Besitzer scheint Jugoslawe zu sein, er hat sicher ein offenes Ohr für Rumänen.»

So begann mein schwindelerregendes amerikanisches Leben.

· · · · ·

Dejan hatte nicht nur ein Ohr, sondern beide Ohren offen. Er grinste breit, als er mir in einem der Säle zuhörte, in dem gerade fürs Mittagessen gedeckt wurde. Ich war die ganze Wisconsin Ave hinuntergelaufen und hatte befürchtet, vor dem Restaurant ganze Horden von Köchinnen anzutreffen. Ich war die Einzige. Er hatte mir aus dem Mantel geholfen, ein hagerer, ausgetrockneter Mann, der vor dem Ersten Weltkrieg geboren worden war und bald nach dem Vietnamkrieg sterben würde.

Er hörte mir geduldig zu, wie ich meine Kochkünste lobte. Wie ich versuchte, ihn davon zu überzeugen, dass Zsuzsas Fähigkeiten auf mich übergegangen waren und mehr als wettmachten, dass ich die französische Küche nicht kannte. Er wartete geduldig, wenn ich nach Worten suchte und abschweifte. Ich kämpfte um eine Stelle bei ihm, und das gefiel ihm. Er grinste ein undefinierbares Grinsen, und ich dachte: *Solange ich bei dir arbeiten kann, kannst du ruhig grinsen.* Er legte seine Hand – eine alte, knorrige Hand, so wie die Lászlós – auf meine, beugte sich leicht vor zu mir und sagte: «Ich suche keinen Koch, ich suche einen Tellerwäscher.»

So wurde ich die Tellerwäscherin eines Jugoslawen in einem französischen Lokal in Washington, D.C., unweit des berühmten Old-Stone House, des ältesten Hauses weit und breit. Beim Tellerwaschen brauchte man mich nicht einzuarbeiten, schon am nächsten Tag wusch ich das Geschirr von zwanzig Mahlzeiten ab. Wir waren zwei Männer und eine Frau, Odette dagegen, Dejans Frau, zeigte sich nie. Neben Dejan gab es da noch einen Professor, einen strengen, genauen Mann, der

372

immer nach einem eingeübten Ritual zu arbeiten begann. Zuerst einen Schnaps trinken, dann die Tische decken, dann noch einen Schnaps, dann das Tagesmenü vorn an der Straße auf einer Tafel eintragen, dann wieder ein Schnaps.

Der Professor hatte erst drei Jahre vor mir bei Dejan angefangen zu arbeiten. Sie waren eng verbunden, obwohl sie sich gerne stritten. Der Professor hätte so viel Schnaps trinken können, wie er wollte – sogar seine Kleider in Schnaps tauchen –, Dejan hätte es ihm verziehen. Er war tatsächlich Professor, an drei Tagen der Woche lehrte er abends an der Universität polnische Literatur. In der Freizeit war er Maler, aber ein so schlechter, dass er nie ein Bild verkaufte. Er malte Tag und Nacht, er hatte einen Traum, nämlich nur Maler zu sein. Wenn ihm während der Arbeit die Augen vor Müdigkeit zufielen, streifte ich meine Tellerwäscherschürze ab, band mir seine Kellnerschürze um und ging servieren.

Ich redete in meinem Halbenglisch auf die Leute ein, und obwohl ich sie genauso wenig verstand wie sie mich, erheiterte ich sie. Sie waren froh, für denselben Preis erheitert und gefüttert zu werden, also ließen sie immer genug Trinkgeld liegen. Ich schlug immer Wurzeln im Rücken der Kunden, um zu sehen, auf welches Gericht sie zeigten. Wenn sie es nicht selbst taten, legte ich den Finger auf die, wo sie hingeschaut hatten und wonach ihr Englisch geklungen hatte. Morgens bat ich Dejan oder den Professor, mir die Namen der Gerichte laut vorzusprechen, damit ich hörte, wie sie klangen, lange bevor ich sie schmecken konnte.

Am Sonntag nahm Robert den Professor mit zum Malen und Fischen, an irgendeinen Ort an der Chesapeake Bay. Robert hatte ihn eingeladen, er war froh, endlich jemanden gefunden zu haben, der ihn beim Malen begleitete. Der Professor kam das erste Mal Punkt sieben zu uns, frühstückte mit uns, ein rumänisches Frühstück. Eines, das einen wieder flachlegte. Inzwischen parkte Eugene seine Limousine, ich sah ihn durchs Fenster, zog mich an und ging hinunter. Ich setzte mich in den Fond, im Autos hing der Geruch von Medikamenten und von Kaffee. Der Geruch des chinesischen Essens, das er am Abend zuvor bei einem Drive-in gekauft hatte. Der Geruch eines bewohnten Raums. Es hätte einen nicht gestört, wenn es ein Haus gewesen wäre, aber es war ein Chevy.

«Kommen die beiden bald runter? Wenn sie noch am Vormittag etwas malen wollen, dann müssen wir jetzt los.» «Die kommen gleich. Hast du jetzt am Sonntag keine Kunden, dass du mit ihnen herumfahren kannst? Wieso tust du das? Du verlangst nie Geld von uns. Das müsste schon längst ein Verlustgeschäft für dich sein.» Eugenes Augen fixierten mich im Rückspiegel, wir saßen still im Kaffeeduft und warteten darauf, dass Robert nach Farben und Leinwand griff und der Professor überprüfte, ob er auch wirklich alles dabeihatte. Eugenes Augen starrten mich immer noch an, auch als er seine Geldbörse aus der Anzugjacke herauskramte, ein Foto hervorholte und den Arm nach hinten streckte. «Meine Mutter. Sie ist vor Jahren gestorben.» «Woran?» «An mir. An meiner Abwesenheit.»

In jenem Augenblick ging die Tür auf, und Robert schob sein ganzes Malzeug hinein. Aber nicht nur Robert und der Professor zwängten sich durch die Tür, sondern auch Ioana. Parfümiert, geschminkt und fein gekleidet. «Was starrst du mich so an?», fuhr sie mich an, ohne mich anzuschauen. «Die Männer haben mir versprochen, dass sie mir das Malen beibringen. Schon immer wollte ich malen können.» «Malen?», fragte ich überrascht. «Umso besser. Malen beruhigt die Nerven. Malen wird dir guttun.»

«Willst du sagen, dass ich irgendwas mit den Nerven habe?», fragte sie. «Ich habe einfach genug von den Russen. Wenigstens am Sonntag will ich sie nicht sehen. Am Abend kriegst du Fisch, den kann man dort bestimmt ganz frisch kaufen. Und Robert ist so ein guter Maler, irgendetwas wird auch an mir hängen bleiben. Was schaust du mich so an? Dir ist nie recht, was ich tue.» «Ich frage mich nur, wieso du dich fürs Malen so stark parfümieren musst.» «Dort laufen etliche junge Männer herum, das hat mir Eugene erzählt. Wer weiß, vielleicht lerne ich einen kennen. Ich kann nicht die ganze Zeit hier eingesperrt leben. Ich bin noch nicht so alt wie du. Ich brauche etwas anderes. Nicht wahr, Eugene, es stimmt doch, dass es da lauter nette, junge Männer gibt? Aber keine Angst, ich habe ja drei starke Beschützer.»

Der Professor nahm einen Schluck aus dem Glas, das Eugene ihm hingehalten hatte, diesmal Kaffee, kein Schnaps, er musterte Ioana von oben bis unten, kniff leicht die Augen zusammen, dann sah er unbeteiligt durchs Fenster. Eugene murmelte, als ich schon am Aussteigen war: «Ja, es gibt dort gut aussehende Jungs. Man weiß nie, wer einem über den Weg läuft.»

Abends brachten sie junge *blue crabs* mit, frische, feine Chesapeake-Krabben mit weicher Schale, für uns und für *Chez Odette*. Nachdem Robert und Ioana mit geröteten Wangen in die Wohnung hineingeplatzt waren und schon auf der Türschwelle ihre Ausbeute hochgehalten hatten – nicht mehr als zwei, drei Aquarelle –, lief ich schnell hinunter, um Eugene und den Professor zu verabschieden. Sie fassten sich kurz und wollten gleich wieder fahren. «Was ist los mit euch? Keinen guten Tag gehabt, Herr Professor? Kein schönes Bild gemalt?», fragte ich.

Robert malte jede Menge Amerikaner, Fischer, Barbesitzer oder reiche Leute, denen die Häuser in der Gegend gehörten. Ioana versuchte es mit den alten Bars, den schäbigen Fischerbooten, den Jachten der Reichen. Und immer wieder die Bucht, das Meer, die Wellen, den Himmel. «Ioana beruhigt das wirklich. Nicht wahr, es beruhigt dich doch?», sagte Robert. «Ja, es beruhigt mich, und ich merke gar nicht, wie die Zeit vergeht.

Die Luft einatmen, das Licht sehen, du müsstest auch mal mitkommen.» «Ich kann nicht. Wer soll sonst im Restaurant Dejan helfen? Der Sonntag ist ein guter Tag für uns.» «Jedenfalls haben wir beschlossen, wieder hinzufahren. Eugene ist dabei, der Professor muss es sich noch überlegen. Der Mann malt wirklich schlecht, aber ich werde der Letzte sein, der es ihm sagt. Du müsstest ihm beim Malen zusehen, Zaira. Er redet mit sich selbst, fasst sich an den Kopf, schmeißt alles um, wenn er unzufrieden ist. Und das ist er die meiste Zeit», fügte Robert hinzu.

Einige Monate später, als Dejan, der Professor und ich zusammen aßen, bevor das Restaurant öffnete, fragte ich ihn: «Wieso bedienen Sie eigentlich in einem Restaurant? In Europa würde kein Professor so etwas tun.» Er wischte sich den Mund ab und sah mich dann lange an, bevor er antwortete. «Ist denn Europa immer noch so rückständig?» Mehr sagte er nicht, goss sich Schnaps ein, und ich blickte verlegen zu Dejan hinüber. «Der Professor meint, dass es in Amerika keine Schande ist zu arbeiten, sondern nicht zu arbeiten. Erst wer nicht arbeitet, hat verloren», klärte er mich auf und erhob sich. Ich war gerade zu meiner dritten amerikanischen Lektion gekommen.

Der Professor beugte sich zu mir und flüsterte: «Zaira, ich kann nicht mehr mit Ihrem Mann zum Malen fahren.» «Übrigens will sich der Professor ein Haus kaufen, mit dem Geld, das er bei mir verdient», rief Dejan aus der Küche. «Nicht wahr, Herr Professor?» «Ein ganz kleines, mein Lieber», antwortete dieser ebenso laut. «Man verdient bei Ihnen nicht gerade viel. Das reicht gerade für eine Bruchbude.» «Ist es, weil Robert besser malt?», fragte ich. «Es hat damit nichts zu tun.» «Aber denken Sie an das Trinkgeld, Herr Professor. Allein schon vom Trinkgeld können Sie sich ein Haus an der Bay kaufen», sagte Dejan, der sich wieder an den Tisch gesetzt hatte.

Sie lachten, und der Professor flüsterte mir ins Ohr: «Seit drei Jahren kennen wir uns, streiten immer über dasselbe, und immer verliere ich. Noch nie hat der Chef mehr bezahlt, als er gesetzlich müsste. Wie wäre es mit einer kleinen Gehaltserhöhung, jugoslawischer Geizhals?», fragte er. Dejan aber wandte sich mir zu und ignorierte die Frage. «Zaira, dein Essen ist perfekt. Wenn deine Zsuzsa hier wäre, würde ich sie gleich zur Partnerin machen. Wir würden draußen dranschreiben: *Französisches und Austroungarisches Essen* oder bloß *key-and-key-Essen*, da könnten die Amerikaner gleich noch grübeln, was das wohl ist.» «Wieso Zsuzsa? Du hast doch mich.»

. . . . .

Anfang der Siebzigerjahre, zwei Jahre nach der Begrüßung durch den Immigrationsoffizier, nach Eugenes ersten Lektionen, wurden wir auf einmal Amerikaner. Im Stadtzentrum gab es eine Demonstration gegen den Vietnamkrieg. Robert sagte: «Wir müssen da hin.» Er nahm mich bei der Hand, und wir liefen den ganzen Weg von Georgetown bis in die Stadt hinein. Von überall her strömten Menschen auf die Eclipse zu, den breiten Rasen vor dem Weißen Haus. So etwas hatte es bei uns zu Hause nur an ommunistischen Feiertagen gegeben, und auch dann nicht freiwillig.

Die Demonstranten verstopften alle Zufahrtswege, alle Alleen, alle Gehsteige, von der Union Station kamen sie her, von den Parkplätzen an der *Mall*-Straße, vom Busbahnhof. Sie überfluteten die Stadt, wie früher der träge, alte Potomac, als er hier noch allein geherrscht hatte. Lange bevor der Mensch ihm das Land streitig gemacht hatte. Als er die ersten Siedler mit Sümpfen, Schlamm und Mücken geplagt hatte.

«Bist du sicher, dass wir hier richtig sind?», fragte ich Robert. «Du erinnerst dich doch an das, was Miss Rose gesagt hat. Man sollte sich nie einmischen.» Robert lief mitten ins

Gewühl hinein, in ein Gewirr von Männern, Frauen und Kindern, es wurde laut gelacht und gerufen, Ballons stiegen auf. Es wurde gesungen und gepfiffen, geküsst, über allem schwebten Marihuanawolken.

Männer in Uniform waren da, manche an Krücken, manche im Rollstuhl und einbeinig, manche beinlos. Männer, deren Hemdsärmel leer war, weil sie eine Hand in Vietnam gelassen hatten. Die Hand und den Glauben an die eigene Unsterblichkeit. Aber auch Männer, denen nichts fehlte und die dennoch abwesend wirkten. Männer, die zum ersten Mal in den Krieg ziehen und den Preis bezahlen würden, den der Staat von ihnen forderte: ein Bein, eine Hand, ein Auge, die Jugend, das eigene Leben. Sie erinnerten mich an die jungen russischen Soldaten, die sich ausgeruht hatten, bevor sie in Prag einmarschiert waren. Deren Gesichter so friedlich wie weite Landschaften gewesen waren.

Als wir genug vom Gedränge hatten, flüchteten wir an den Rand der Demonstration. Wir waren berauscht von allem, als wir Donovan trafen, der in den nächsten Jahrzehnten immer wieder in unserem Leben auftauchen und wieder verschwinden sollte. Jedes Mal ein bißchen älter.

Er hielt sich ebenso abseits wie wir, drehte sich einen Joint, und als er uns reden hörte, rief er uns zu: «Wo kommt ihr her, *folks*? Aus Russland?» «Wir und Russen? Nein, aus Rumänien», antwortete Robert. «Wissen Sie etwas über Rumänien?» «Nein, aber ihr seid nicht etwa Kommunisten?» «Wir, Kommunisten? Höchstens Ommunisten.» «Was ist das denn, Ommunismus?» «Das war der Kommunismus für meine Tochter, als sie klein war», antwortete ich. Er war kaum älter als Anfang zwanzig, kam zu uns und stellte sich vor: «Donovan heiße ich. Habt ihr nicht auch Lust auf ein Bier?»

Obwohl wir keine Lust auf ein Bier hatten, sah man ihm an, wie groß seine Lust auf Begleitung war. Auf jemanden, der ihm zuhörte. Er sah alt aus, obwohl er in einem Alter war, in dem andere ihr erstes Geld verdienten. Er hielt den Mund fest verschlossen, die Mundwinkel leicht nach unten und die Augenbrauen zusammengezogen. So als ob ein großer, unabwendbarer Ekel sich in sein Leben eingeschlichen hätte. «Ich würde euch gerne einladen, aber ich habe keinen Cent mehr.»

Er trank sein erstes Glas leer und sein zweites zur Hälfte, gierig wie ein Tier, das wusste, dass der Regen nur einmal im Jahr kam und die Pfütze bald wieder vertrocknet sein würde. Er wollte einen Durst stillen, der bodenlos war. Er wischte sich den Mund mit dem Ärmel ab, erst dann sah er uns genauer an, mit einem offenen Blick, als ob das Bier die Sicht klärte und nicht trübte. «Und? Seid ihr dafür oder dagegen?» «Für oder gegen was?», fragte Robert. «'Nam, Leute. Vietnam.»

Wir fielen aus allen Wolken. Noch nie hatte uns jemand diese Frage gestellt, noch nie hatten wir sie uns gestellt. Noch nie war es notwendig gewesen, eine Antwort auf solch eine Frage zu geben. Der Krieg fand weit entfernt von uns statt, noch weiter von uns entfernt als für die Amerikaner. Er wurde nicht für uns geführt, er ging uns nichts an, so wie uns die Hautfarbe nichts angegangen war. Robert und ich sahen uns verdutzt an, er sagte: *For* und ich: *Against*. Ich glaube, in diesem Augenblick wurden wir Amerikaner.

«Mein Vater war Farmer und hatte sein eigenes Land in Kansas. Es gibt dort Kornfelder, so weit das Auge reicht. Irgendwann sollte auch ich Farmer werden, aber dann ist etwas dazwischengekommen. Jetzt bin ich seit Jahren unterwegs, man kann es nun mal nicht ändern. Zwei Dinge hat er mir beigebracht: Verlasse dich nie auf jemanden, der nicht zu deiner Familie gehört. Aber ich wäre niemals hier, wenn ich mich auf meine Leute hätte verlassen können. Und zweitens: Strebe nichts an, was du nicht aus eigener Kraft erreichen kannst. Ich muss euch sagen, dass ich heute Nacht aus eigener Kraft weder etwas zu essen kriege noch einen Ort zum Schlafen.»

Wir nahmen ihn mit nach Hause. Dort schaufelte er einen ganzen Berg Essen auf seinen Teller, setzte sich aufs Sofa, aß genauso gierig, wie er getrunken hatte, und schaute den Russen in die Fenster. «Ich muss schon sagen», sagte er zwischen zwei Bissen, «ihr könnt eure Wohnung direkt an den Geheimdienst untervermieten.» Ioana, die gerade nach Hause gekommen war, setzte sich zu uns. «Wir haben dich gefüttert, und wir geben dir ein Bett für die Nacht. Du bist uns noch etwas schuldig», sagte Robert. «Ich habe kein Geld, wenn du das meinst.» «Erzähl uns einfach, was dazwischengekommen ist. Ich meine, wieso du jetzt hier bist.»

Donovans Blick verdunkelte sich, er stand auf, lief unruhig auf und ab, blickte uns abwesend an. Ich zog die Vorhänge zu, damit die Russen uns nicht ins Haus sehen konnten. Ioana zog die Knie an, Donovan rang mit sich selbst, einerseits wollte er reden, andererseits schweigen. Der Wunsch zu reden gewann.

Donovan war auf dem flachen Land aufgewachsen, es gab kaum Bäume, keine Hügel. Manchmal bildete er selbst bis zum Horizont die höchste Erhebung. Man sah jeden Menschen, jedes Auto, jedes Gewitter schon aus großer Entfernung. Die Hitze weichte den Asphalt der einzigen größeren Straße, die durch die Gegend führte, auf. Der Winter war nichts als die Abwesenheit von Hitze. Wenn man Pech hatte, kamen heftige Stürme auf, die die nah gelegene Stadt schon mehrmals verwüstet hatten, so auch am Tag, als er auf die Welt kommen sollte. Der Sturm deckte das Dach seines Elternhauses ab wie eine Sardellendose.

Seine Mutter war schwanger mit Donovan, als das Gewitter kam, und sie schafften es nicht mehr rechtzeitig bis zum Arzt. Der wohnte gar nicht weit entfernt, aber das war in Kansas so eine Sache was war weit entfernt und was nicht. Man sah den Sturm kommen, so wie man jeden Fremden schon von Weitem sah. Nur dass dieser hier kein harmloser, zerlumpter Tagelöhner war, so wie sein Vater sie anheuerte, wenn er zusätzliche Hilfe brauchte. Es war auch kein Finsterling, bei dem man froh war, wenn man noch rechtzeitig überprüfen konnte, ob das Gewehr geladen war. Auch kein junges Paar, das von zu Hause weggelaufen war und ängstlich und verschwiegen einen Stopp machte, um Essen und Benzin zu kaufen. Dieser Fremde hier würde den größten Schaden anrichten, den die Gegend je erlebt hatte.

Als Donovans Mutter die ersten Wehen spürte, war der Himmel noch klar. Sie lud das Gewehr, richtete es gegen den Himmel und schoss es ab. Vielleicht beschloss der Himmel deshalb, sich zu rächen. Weil sie ihm ein Loch in den Bauch geschossen hatte. So würde es sein Vater später erzählen. Aber das war das vereinbarte Zeichen, denn Donovans Vater arbeitete weit draußen auf den Feldern, sah die aufgescheuchten Vögel kreisen und sprang aufs Pferd. Zwanzig Minuten würde er brauchen, wenn er das Tempo durchhielt. Er hatte immer darauf geachtet, dass er sich nie weiter als zwanzig Minuten entfernte. Dann gab es noch eine zwanzigminütige Autofahrt zum Arzt.

Als der Vater auf halbem Weg zu seinem Haus war, hörte er im Süden das erste Grollen. Dort war der Himmel pechschwarz geworden. Es hatte sich viel Pech in den Wolken zusammengezogen, es würde ohne Weiteres auch für sie reichen. Als er das Haus erreicht hatte, stand die Tür sperrangelweit offen, und seine Frau lag am Boden, das Gewehr neben ihr. Der Schmerz hatte sie niedergerungen. So hatte sein Vater es ihm erzählt, aber er war immer schon ein viel besserer Geschichtenerzähler als Farmer gewesen. Das Grollen kam jetzt näher, die Blitze schlugen ein, eine erste heftige Windböe schüttelte die Bäume durch und warf hinter seinem Vater die Tür zu. Sanft setzte der Regen ein, aber bald würde er unerbittlich werden.

Der Vater kniete nieder, mehr als zu schauen und sich zu fürchten, konnte er nicht tun. Die Schreie der Mutter kamen gegen den Lärm der Natur nicht an. Die Wolken lasteten bläulich und bleiern, man meinte, sie berühren zu können, wenn man den Arm ausstreckte. Dem Regen hätte das Haus widerstanden, den Blitzen und dem Donner auch, aber nicht dem Wind. Er schüttelte alles kräftig durch, ließ die Scheune wie ein Kartenhaus einstürzen, verbog die Holzbretter der Veranda und machte sich ans Dach ran. Zwischen Mutters Beinen war jetzt Donovans Kopf aufgetaucht, der Vater packte ihn, so wie er es gehört hatte. Als Donovan zur Hälfte auf der Welt war, war das Dach erst an einer Ecke beschädigt. Als er vollständig da war und die Mutter zum letzten Mal geschrien hatte, war es praktisch nicht mehr da.

Es regnete auf die drei hinunter, über die Möbel und das Bett, in dem Donovan gezeugt worden war. Ihr Haus war mühelos geknackt worden, wie eine Nussschale von einer übermächtigen Hand. Der Sturm legte sich so plötzlich, wie er gekommen war, aber das Pech ließ nicht mehr von ihnen ab.

Nachdem die halbe Stadt zerstört worden war, ging der Hauptabnehmer für ihr Getreide bankrott, bald danach war auch Donovans Vater pleite. Er verkaufte alles, die Farm und das Land, die Pferde, und wurde selbst Tagelöhner. So wie die, die er einst argwöhnisch gemustert hatte, wenn sie mit dem Hut in der Hand vor seinem Haus um Arbeit nachgefragt hatten.

Der Sturm nahm ihnen nicht nur das Dach, sondern auch die Mutter. Später würde es immer heißen: «Der Sturm hat die Mutter genommen.» Wenn überhaupt darüber geredet werden durfte. Der kleine Donovan lebte bei einer Tante, vom Vater wusste er nur, dass er dann und wann Geld schickte. Er tauchte selten auf, und wenn, dann nur für wenige Tage.

Die Tante ließ offen, ob der Sturm oder Donovans Geburt die Mutter umgebracht hatte. Erst viel später, als sich die Lügen nicht mehr aufrechterhalten ließen, als Donovan alt genug war, um die Andeutungen der Nachbarn zu verstehen, packte die Tante aus. Seine Mutter war zwei Monate nach seiner Geburt einem anderen Mann gefolgt, einem der Leute, die um Arbeit nachgefragt hatten, und weil es nach dem Sturm jede Menge Arbeit gab, hatte der Vater ihn genommen. Der Mann hatte das Dach repariert und war dann bei Nacht ohne Lohn, aber mit der Mutter abgehauen. Der Vater war tagelang in der Gegend herumgefahren, um sie zu finden und zu erschießen. Aber sie waren unauffindbar geblieben.

Donovan schwieg eine Weile. Als wir schon glaubten, er habe uns alles gesagt, als seine Augenlider schwer wurden und er sich zur Seite neigte, murmelte er noch: «Sie hat eine neue Familie. Ich weiß, wo sie wohnt, aber sie hat mir verboten, sie zu besuchen. Kann ich jetzt schlafen? Habe ich mir das Sofa verdient?» Er fiel in einen unruhigen Schlaf, voller Zuckungen und Verrenkungen, und stöhnte. Ich deckte ihn zu.

In den folgenden Monaten erfuhren wir auch noch den Rest der Geschichte. Die Mutter hatte sich Zeit gelassen, bis sie den ersten Brief an ihn geschrieben hatte. Achtzehn Jahre. Sie hatte ihn an die alte Adresse geschickt, aber der Briefträger wusste Bescheid. Sie hatte geschrieben, dass sie ganz weit im Norden lebe, mit einer neuen Familie. *Ganz weit im Norden* hatte sie unterstrichen, als wollte sie ihn davon überzeugen, dass es ein unerreichbares Land wäre. Sie hatte trotzdem ihre Adresse auf den Umschlag geschrieben. Er steckte den Brief ein und fuhr zu seinem Vater, irgendwo im Süden von Kansas. Er fand ihn mit einer anderen Frau im Bett, das war nicht weiter schlimm, es klärte die Verhältnisse. Auch auf seinen Vater war kein Verlass.

Er kehrte nach Hause zurück, legte sich aufs Bett und dachte nach. Nachdem er lange genug nachgedacht hatte, wusste er, dass er sie aufsuchen wollte, um ihr zu sagen, wie wenig er von ihr hielt. Und um sie bei der Gelegenheit auch einmal zu sehen. Auf den Fotos, die er von ihr besaß, sah sie immer wie zwanzig aus. Oft hatte er sich ausgemalt, ob er sie heute noch auf der Straße erkennen würde. Er brauchte nur noch einen kleinen Anstoß, einen winzigen Anlass, um loszuziehen.

Der nächste Brief, der bei der Tante auf dem Küchentisch lag, enthielt seine Einberufung. Donovan hatte aber schon lange beschlossen, dass er nicht nach Vietnam wollte. Einige Freunde waren dort krepiert, andere wünschten sich, dass sie krepiert wären. Er wartete bis zum Tag nach dem Einberufungstermin. Da er jetzt desertiert war und die Militärpolizei bald vor Tantes Tür stehen würde, musste er weg. Und wenn er schon irgendwohin flüchten musste, warum dann nicht gleich ganz weit in den Norden?

Donovan war schon seit fünf Jahren unterwegs Richtung Norden. Einmal war er sogar ganz nah dran gewesen – noch höchstens hundert Meilen –, und dann hatte er doch einen anderen Weg eingeschlagen. Der Weg in den Norden hatte ihn nach Westen, nach Süden und jetzt sogar in den Osten geführt.

Donovan hielt immer die Hände zu Fäusten geballt, seine Nägel bohrten sich in seine Haut, er merkte nichts davon. Ich musste dann die Fäuste für ihn öffnen, und Robert gab ihm Whiskey zu trinken. Wenn Robert und ich danach über das Für und das Wider sprachen, hatten wir immer Donovans Gesicht vor Augen. Mit Donovans Gesicht vor Augen wurden wir Amerikaner. Dem Gesicht eines Farmerjungen, der manchmal älter wirkte als wir.

· · · · ·

Donovan blieb lange bei uns, schlief auf unserem Sofa, aß unser Essen, aber das machte uns nichts aus. Um den Professor zu ersetzen, der nächtelang malte, trank und sich dann verspätete oder gar nicht zur Arbeit kam, arbeitete Donovan schwarz als Kellner im *Chez Odette*.

Spätabends saßen wir in der Wohnung und schauten den

Russen zu, wie sie sich anzogen und auszogen. Wie sie stumm miteinander sprachen oder mit sich selbst. Als ob sie sich endlich gehen lassen konnten, wenn sie niemand mehr sah.

Wie in einem Theater zogen wir die Vorhänge auf und schalteten das Licht aus, wenn die Aufführung beginnen sollte. Spät in der Nacht zogen sich die Russen ins Bett zurück. Es war der einzig sichere Ort, weil die Partei zu groß war, um mit ihnen unter eine einzige, kleine Bettdecke zu schlüpfen.

Wir saßen alle drei nebeneinander auf dem Sofa, aßen Popcorn oder Chips. Manchmal gesellte sich Ioana zu uns, wenn ihr die Welt, in der sie sich mehr und mehr verspann, zu bedrückend wurde. Wenn Ioana dabei war, hatte Donovan nur noch Augen für sie. Dann stotterte er plötzlich und wurde weich. Robert und ich registrierten verwundert Donovans Metamorphosen.

Es war die Zeit, als wir noch die Wochen, Monate und Jahre zählten, die vergangen waren, seit wir nach Amerika gekommen waren. Bald würden wir anders zählen, ermessen, wie viel Zeit es noch war, bis zum Wochenende, bis zum Sommer, zur Einbürgerung, zur Rente. Ein sicheres Zeichen dafür, dass wir angekommen waren.

Donovan schlief weiter unruhig auf unserem Sofa. Für ihn war auch ein Bettsofa kein sicherer Ort. Manchmal ging ich nachts zu ihm. Dort sah ich oft Ioana, die seinen Träumen lauschte. Wir wussten beide, womit diese Träume zu tun hatten. Dann wollte ich Ioana, mein Mädchen, streicheln, aber sie duldete es nicht. Sie wich aus, sie presste die Lippen zusammen, ganz wie Donovan. Ich fragte mich, was für einen Grund sie dafür hatte. Niemand hatte ihr vor die Füße gespuckt. Niemand sie verhört.

Ich fragte sie: «Wieso weichst du mir aus?» Ich flüsterte, um Donovans Träume nicht zu verscheuchen – obwohl ich sie besser verscheucht hätte. Statt zu antworten, wandte sie sich ab und ging aus dem Zimmer, ich aber blieb weiter sitzen.

Donovans Füße ragten über den Decken- und den Sofarand hinaus, weil wir unsere Möbel nicht nach amerikanischen, sondern nach katalanischen Maßstäben gekauft hatten. Später legte ich ihm ein Handtuch hin, damit er, wenn er erwachte, seinen Traumschweiß abtrocknen konnte.

Manchmal aber konnte er lange nicht einschlafen, und wir hörten seine schweren Schritte in der ganzen Wohnung. Ich musste an Zsuzsas Schritte denken, obwohl Donovan im Vergleich zu ihr ein Leichtgewicht war. Aber für Schwere gibt es viele Gründe, nicht nur kulinarische.

Wenn die Schritte zur Ruhe kamen, wussten wir, dass es der süßliche Nebel war, in den Donovan sich hüllte. Ich hatte es in meinem Haus verboten und es dann doch zugelassen, denn es war die einzige Möglichkeit, seine Unruhe zu stillen.

Ins *Chez Odette* gingen Donovan und ich gemeinsam, wir schlenderten über aufgesprungenen Asphalt, zogen an grauen, schmucklosen Häusern vorbei ins Zentrum von Georgetown. Wenn wir Zeit hatten, machten wir Umwege, um die Häuser der Reichen zu sehen. In einem Viertel, das verträumt und weitläufig wie ein Park war, in dem man ewig leben konnte. In ewiger Ruhe. Häuser im englischen Tudorstil, mit Kamin und Säulengang. Selten kam jemand heraus oder ging hinein, selten geschah überhaupt etwas, selten gab es Geräusche. Ich dachte, dass Robert, wenn er malen wollte, eher sterben würde, als jemanden vor seine Staffelei zu bekommen. Höchstens die Eichhörnchen.

«Old rich», murmelte Donovan, und ich wusste, dass er damit eine Grenze zog zwischen sich und der Welt, die sich gern in solchen Häusern verbarg. Aber da war kein dunkler Nachhall in seiner Stimme. Er war ganz gegen 'Nam, aber auch ganz für Amerika. Das Amerika der Kornfelder seiner Kindheit und auch das Amerika, das sich hinter diesen Mauern verschanzte. Nur der Krieg war falsch, der amerikanische Traum vom Glück und Reichtum nicht.

Als wir – es war Winter geworden – einmal über einen Schneeteppich liefen, der seit Tagen immer dicker wurde und die Stadt unter sich erdrückte, fragte ich ihn: «Was hast du vor, Donovan?» «Was habe ich womit vor?» Er zitterte vor Kälte und zündete sich eine Zigarette an. Er steckte sie sich in den Mund, der sich nur für Zigaretten öffnete und nie für ein Lachen. «Jetzt wohnst du schon seit Monaten bei uns. Willst du dir nicht mal ein eigenes Zimmer nehmen?»

Er blickte mich verängstigt an. Solch einen Ausdruck in seinen Augen hatte ich noch nie gesehen, er wirkte bestürzt über die Möglichkeit, von heute auf morgen sein Sofarecht zu verlieren. «Ich möchte dich nicht rausschmeißen. Ich möchte nur, dass du anfängst zu leben.» Er atmete aus und drückte die Zigarette im schmutzigen, matschigen Schnee aus, der vor dem Restaurant lag und den er und der Professor als Erstes wegschaufeln mussten.

Während ich – mittlerweile immer weniger Teilzeittellerwäscherin und immer mehr Teilzeitköchin – die Gerichte vorbereitete, hörte ich vorn im Restaurant den Professor fluchen: «Verdammt, Donovan, du machst heute alles verkehrt. Was ist denn los mit dir? Du stellst dich ganz schön dumm an. Das ist sicher dieses Zeug, das du im Hinterhof rauchst.» Kurz danach riss Donovan die Tür zur Küche auf und sagte: «Willst du, dass ich ausziehe, Zaira?» «Ich habe dir gesagt, was ich will.» «Wenn ich jetzt ganz allein wohne, drehe ich durch. Nur noch bis zum Frühling, ja?» «Hat dein Zögern auch was mit Ioana zu tun?»

Er kam in die Küche, stellte das schmutzige Geschirr ab, fasste mich am Arm und zog mich in den Hinterhof. «Wie meinst du das?» «Ich sehe doch deine Blicke. Robert sieht sie auch.» «Robert? Was hat der damit zu tun?» «Robert ist immerhin mein Mann und Ioanas Stiefvater. Ich würde sagen, er hat sehr viel damit zu tun.» Donovan kam näher, bis er mit seiner Nase fast meine Wangen berührte. Er atmete schwer, wie nach einem langen Tag, an dem er einen schweren Stein den Berg hinaufgerollt hatte.

Er kämpfte mit sich, als wollte er etwas sagen, traute sich aber doch nicht, sein Gesicht zuckte, und er biss sich auf die Lippen. Mehrmals nahm er Anlauf. «Du musst etwas wissen.» «Donovan, du zerdrückst mich. Was ist los mit dir? In solch einem Zustand habe ich dich nie gesehen. Nur nachts, wenn du schläfst.» «Zaira...» «Was du mit meiner Tochter hast, geht mich nichts an. Du brauchst keine Angst zu haben, denn mir gefällt es, dass sie dir gefällt. Sie braucht jemanden. Sie ist so einsam.» Er riss die Augen auf, wischte sich den Mund mit dem Handrücken ab und trat einen Schritt zurück. «Ja, vielleicht hast du recht.»

Im Frühling unternahmen wir mit Eugene die erste längere Fahrt, an den Tabakfeldern vorbei, nach Upper Marlboro am Patuxent-Fluss, um die Versteigerung der Tabakernte zu sehen. Weil uns das langweilte, fuhren wir weiter nach Annapolis, wegen des schönen Hafens und der Segelschiffe. Wir aßen Krabbenkuchen und zogen umher, vom City Dock zur St.-Anna-Kirche und zur Marine Academy. Zum Schluss setzte uns Eugene wieder vor unserem Haus ab. Wie immer weigerte er sich, seinen Chevy zu verlassen.

Weil uns dieser Ausflug so gut gelungen war, fuhren wir an den Sonntagen, an denen nicht gemalt wurde und ich keinen Dienst im *Chez Odette* hatte, aus der Stadt hinaus. Unsere Neugierde führte uns immer weiter, nach Chesapeake Beach und dann die Küste hinunter bis nach Drum Point. Zwischen den Klippen suchten wir im Sand nach uralten Schneckenhäusern, Fischzähnen und -knochen. Wir kehrten abends mit der Tasche voller erster Amerikaner zurück: Haizähnen, Muscheln, Schnecken.

Wir fuhren auch nach Fredericksburg und Antietam, um die Schlachtfelder aus dem Bürgerkrieg zu besuchen, und Donovan sagte: «Wir stehen hier überall auf Knochen. Hunderttausenden von Knochen, und mittendrin liegt die Hauptstadt.» Robert erwiderte: «In Europa ist es nicht anders. Polen ist ein einziges Knochenfeld, Frankreich und Russland sind es ebenfalls.» Wir picknickten im Gras und aßen, was ich eingepackt hatte, Huhn à la Zsuzsa. Robert nagte an einem k.-u.-k.-Knochen, legte ihn auf den Tellerrand und fuhr sich mit der Zunge im Mund herum, wie um einen letzten, versteckten Geschmacksrest zu finden. «Dieser Knochen aber, Zaira, hat wieder einmal hervorragend geschmeckt.»

«Der Professor hat sie alle gemalt», murmelte Donovan gedankenverloren. «Was hat er gemalt?», fragte Ioana. «Die Schlachtfelder. Fredericksburg, Chancellorville, Gettysburg, Antietam. Hat er mir selbst erzählt. Kein Wunder, dass er nichts verkauft hat. Wer will schon Schlachtfelder im Haus?»

«Was wisst ihr eigentlich über ihn? Er ist so verschlossen», fragte Robert. «Er ist so schwer zu knacken wie eine dieser alten Muscheln», fügte Ioana hinzu. «Hat mal jemand etwas anderes als *Professor* zu ihm gesagt?», fragte Donovan. «Ich weiß nur, dass er polnische Literatur unterrichtet und dass er Geld für ein Haus spart. Dass er schon 1939 nach Amerika gekommen ist und sein Vater ihn enterbt hat, weil er das falsche Mädchen liebte. Dass das Mädchen, das er für die Richtige gehalten hat, sich tatsächlich als die Falsche entpuppt hat, allerdings aus anderen Gründen. Der Professor kommt aus einer armen Familie, sein Vater war Kommunist, aber das Mädchen war reich», erzählte ich.

«Und wieso war sie dann doch die Falsche?», fragte Ioana.

«Sie liebte ihn einfach nicht. Das passiert alle Tage. Eines Tages hat sie ihm gesagt, dass er zu hässlich für sie sei. Sein Vater hat ihn als Erben wieder einsetzen wollen, aber da hat der Professor nicht mehr gewollt. Er wollte nur noch weit weg. Dafür kam nur Amerika infrage.»

«Das hat er dir alles erzählt?», fragte mich Ioana ungläubig.

«Er redet doch kaum. Ich hatte einmal die Fantasie, dass er Polnisch stumm unterrichtet.»

«Das erzählt er alles, wenn er angetrunken ist. Und das ist er nicht selten.»

«Dann ist mir auch klar, dass er sich das alles beim Saufen ausgedacht hat. Denn dir ist dabei etwas entgangen, Zaira. Wie kann sein Vater ein armer Kommunist gewesen sein und dann doch etwas zu vererben gehabt haben? So viel, dass es sich gelohnt hat, jemanden wieder zu enterben», meinte Robert.

«Was bist du doch scharfsinnig», warf Eugene spöttisch durch die geöffnete Autotür ein. «Ich frage mich nur, wieso du es noch nicht weiter gebracht hast als bis zu dieser unbedeutenden Biologenstelle.» Ich sah ihn streng an, weil er immer wieder gegen Robert giftete. Ich wartete schon lange darauf, dass Robert sich widersetzte, doch das tat er nie. Robert überhörte die Bemerkung ganz einfach und fuhr fort: «Wir wissen also kaum etwas über ihn.» «Ja, wir wissen kaum etwas», erwiderte Eugene und betonte jedes seiner Wörter.

«Weiß überhaupt einer, wie er aufs Malen gekommen ist? Und wieso er Schlachtfelder malt?», fragte Donovan. «Vielleicht weil es in Polen so viele davon gibt», murmelte Robert. Donovan stand auf, fasste Ioana am Arm und zwang sie aufzustehen. Sie widerstand zunächst vergnügt, es gab einen kleinen Kampf zwischen ihnen, dann gab sie nach. Wir gingen alle los.

Immer wieder versuchte Donovan, Ioana zu unterhalten, sie von uns wegzulocken, sie für sich allein zu haben, sie zu berühren. Wenn sie hinter uns zurückblieb, um sich ein Schaufester anzuschauen, entdeckte plötzlich auch er dort etwas Interessantes. Sanft, aber bestimmt suchte seine Hand ihre Hüften, umfasste sie, aber sie löste sich wieder. Dann legte er ihr den Arm um die Schulter, aber wieder machte sie sich los. Wenn sie uns vorauseilte, ging auch Donovan schneller. Für eine Weile verschwanden sie aus unserem Blickfeld.

Als wir hinter einer Mauer auf sie stießen, ahmte Donovan gerade Marlon Brando nach. Er war ein guter Imitator, das hatte er uns in unserem Wohnzimmer oft bewiesen, und wir hatten dabei die Russen vergessen. Von den Stars des Stummfilms bis zu den neueren Schauspielern kannte er sie alle und konnte sie nachmachen. Als wir ihn einmal gefragt hatten, wo er das gelernt hatte, sagte er: «In unserer Stadt gab es nichts zu tun, außer ins Kino zu gehen. Und bei der Tante war das Spannendste der Fernseher. Also habe ich mir das Imitieren selber beigebracht. Aber ich will nicht ein kleiner Imitator bleiben, ich will Schauspieler werden. Dann sollen mich andere imitieren.»

Ioana lachte, so vergnügt hatte ich sie selten erlebt. Wir gingen eine Weile nebeneinander her, sie und ich, auch das geschah selten. «Magst du ihn?», fragte ich. «Es stört mich nicht, wenn er um mich herum ist. Das ist schon viel für mich, nicht wahr?» Wir hatten zusammen einen schönen Nachmittag, nur Robert war misstrauisch. «Wir kennen den Mann doch gar nicht», sagte er später. Ich aber besänftigte ihn. «Wir kennen Ioana gut genug, um zu wissen, dass es ihr nicht schaden kann, wenn sie einmal einen Verehrer hat.» «Vielleicht ist er nicht ganz dicht, wenn er seit Jahren herumstreunt. Wir sollten mal darüber nachdenken, ihn vor die Tür zu setzen.» «Meinst du nicht, dass es dafür schon zu spät ist? Donovan schläft schon seit Monaten auf unserem Sofa.»

Robert schaute den beiden nach, bis wir sie aus den Augen verloren hatten. Als wir sie wieder entdeckten, hinter einer Ecke, einem Baum, in einem Laden, stritten sie, und Donovans Hände suchten ihre Hände. Sie aber entzog sich ihm jedes Mal.

Robert ärgerte sich. Ich aber war zufrieden, endlich hatte sie ihren ganz gewöhnlichen, nervigen jungen Mann. Endlich musste sie sich auch damit befassen, dass sie jung war und auf manche junge Männer anziehend wirkte. Eugene beobachtete alles von seinem Sitz aus und verlor nie ein Wort darüber.

· · · · ·

Als ich einmal nach Hause kam, warteten alle drei aufgeregt auf mich. «Was ist los mit euch?» «Donovan hat etwas für dich», meinte Ioana. «Sag es ihr doch.» «Was hast du getan?», fragte ich ihn. «Nichts habe ich getan, aber *du* wirst bald etwas tun. Du bist doch Puppenspielerin, oder du warst es drüben in Rumänien. Ioana hat mir viel davon erzählt.» «Ioana redet so viel mit dir? Redest du mit ihm so viel?», wandte ich mich ihr zu. «Mit mir redest du kaum noch.»

Donovan beeilte sich hinzuzufügen: «Jedenfalls weiß ich Bescheid. Als ich letzte Woche am Dumbarton House vorbeigegangen bin – du weißt schon, das an der Q-Street –, habe ich an nichts Besonderes gedacht, als mein Blick plötzlich auf eine Wand fällt. Und was sehe ich da?» Er wartete. «Was hast du da gesehen?» «Ein Plakat. Aber nicht irgendein Plakat.» Schon wieder schwieg er. «Und? Weiter?», ermutigte ich ihn. «Und weiter was?», fragte er zurück. «Ich glaube, Donovan, dass der Professor recht hat. Du rauchst viel zu viel von diesem Zeug.» «Ja, genau. Also, es war die Ankündigung eines Puppenspiels. Was sagst du dazu?» Ich zog müde meine Schuhe aus und massierte mir die Zehen. Er wartete.

«Was soll ich schon sagen? Weltbewegend ist's nicht gerade.» «Ich bin reingegangen und habe Platz genommen, so etwas hatte ich noch nie gesehen. Die Aufführung sollte gleich beginnen, es kamen immer noch Kinder mit ihren Eltern in den Saal. Und dann hatte ich eine Idee.» «Du ziehst aus?» «Nein. Ich habe nach der Aufführung mit Frau Pollock geredet, der Direktorin. Ich habe ihr erzählt, was ich über dich wusste, und das ist es, was ich dir sagen wollte.» «Schön,

Donovan, und jetzt muss ich etwas essen.» Ich blicke sie der Reihe nach an, Robert lächelte, Ioana schaukelte leicht auf ihrem Stuhl hin und her, und Donovan suchte seine Taschen nach Zigaretten ab. «Donovan will sagen», griff Ioana ein, als sie die Geduld verlor, «dass du einen Auftritt im Dumbarton House in der Puppenshow hast.» «Ich? Einen Auftritt? Kurz?» «Eine Stunde könnte es schon werden.» «Eine Stunde? Wann?» «In vier Wochen.» «Niemals.»

Vier Wochen später saßen Robert, Ioana und Donovan in der letzten Reihe, während die Kleinsten vorne Platz genommen hatten, gleich neben Frau Pollock und den anderen Frauen des Organisationskomitees. Der Saal war überfüllt mit Kindern, mindestens vierzig waren es, sie rissen sich von ihren Eltern los und liefen herum, ließen sich zu Boden fallen, kreischten oder saßen schüchtern da. Das waren vertraute Geräusche. Ich hätte nichts dagegen gehabt, wenn das gar nicht mehr aufgehört hätte.

Ich stand hinter dem Vorhang und blickte in den Saal, als ob ich in meinem alten Theater wäre. Als ob die Frauen und Großmütter, der Bürgermeister und der Milizchef, die Spitzel, die vielen Menschen mit den offenen und erwartungsvollen Gesichtern bald hereinkämen. Aber es war ein fremder Ort. Ein Ort, an dem ich nur Gast war und nur eine Gastsprache hatte.

Als Miss Pollock in die Hände klatschte und «Children!» rief, suchten auch die Allerletzten ihre Plätze auf, und es wurde nach und nach ruhig. Ich hätte mir gewünscht, dass sie nicht so schnell nachgegeben, dass sie den Lärm ihres Lebens gemacht hätten. Dass Miss Pollock für die nächsten fünfzehn Jahre alle Hände voll zu tun gehabt hätte. In der Sekunde, als die vollkommene Ruhe eintrat, die immer eintritt, bevor sich der Vorhang hebt, eine Sekunde, die unendlich schien, die ich gerne wie ein elastisches Band gedehnt hätte, fielen mir Traians Hände wieder ein. Ich sah, wie er mit Pinocchio spielte und wie er mich durch die Räume des Theaters führte, durch den «Friedhof» und den «Heldenraum» der Marionetten.

In der Hand hielt ich die Puppe des Mädchens, das nicht mehr aus dem Bett aufstehen wollte, am Boden lagen Mutter, die Tante, Großmutter, Zizi, Capitan Spavento, der Dottore, Pantalone und Pagliaccio. Ich konnte nicht verhindern, plötzlich wieder vor mir zu sehen, wie Zizi neben dem Zaun starb, sein magerer Körper zusammengesackt wie eine Puppe, die man achtlos in die Ecke geworfen hatte. Sein offener Mund, als ob er selbst überrascht wäre, dass der Tod so schnell kam, so früh und so plötzlich. Kaum hatte man Zeit, einem Kind beim Wachsen zuzusehen – nicht dem eigenen, aber mit den Jahren immer mehr zum eigenen geworden –, und schon war alles wieder vorbei.

Als ich wieder zu mir kam, stand ich schon eine Weile auf der Bühne, der Vorhang war hochgezogen worden. Ich ließ die Puppe des Mädchens-das-auf-die-Zehen-starren-will in der Luft hängen, während rund um mich ganz Strehaia aufgebaut worden war, Landhaus, Obstgarten, Zsuzsas Küche, Mişas Kutsche, Zizis Pferd. Das Publikum starrte mich an, ich starrte zurück, ich nahm mehrere Anläufe, aber mein Englisch versagte. Ich erinnerte mich an keinen einzigen Satz mehr, obwohl ich sie alle vor dem Spiegel geübt hatte. Wie Bibelsprüche. Ich hatte mein frisches Englisch vergessen, und da war nichts mehr zu machen.

Donovan räusperte sich, Robert ermutigte mich mit seinen Blicken, und Ioana schaute weg, der Mund wie ein dünner Strich. Die Leute wurden unruhig. Ich dachte, was man immer denkt in solchen Momenten, *jetzt musst du improvisieren*, aber ich wusste, dass ich es nicht konnte. Zu Hause hätte ich es gekonnt, in meiner Sprache, dort aber konnte ich es nicht, in ihrer Sprache. Nicht für eine Stunde, nicht für fünf Minuten. Das Murmeln wurde lauter, schon fragten die Kinder ihre

Eltern, ob das auch zum Stück gehörte, als Miss Pollock aufstand und mir zurief: «Miss Zaira, please!» «I can't. I am sorry.»

Der Vorhang senkte sich wieder, und das war mein kurzer und mein einziger Auftritt in Amerika.

Auf dem Weg nach Hause jammerte Ioana dauernd: «Ich habe mich so geschämt. Mein Gott, wie ich mich geschämt habe.» Ich packte sie am Arm und schüttelte sie fest. «Darüber solltest du doch zufrieden sein. Jetzt hast du noch einen Grund mehr, dich zurückzuziehen.» «Du warst mir so peinlich. Auch zu Hause. Ich wollte nie ins Theater kommen, aber ich musste. Ich habe dich angeguckt, wie du Grimassen geschnitten hast, und dabei gedacht: *Wieso habe ich keine normale Mutter? Wieso habe ich keine normale Familie?*» Ich ohrfeigte Ioana, das Klatschen vervielfachte sich wie ein Echo in meinem Ohr. Sie schaute mich voller Verachtung an und lief davon.

«Was war mit dir?», fragte Donovan. «Immerhin weiß ich jetzt, wofür ich in Amerika bin.» «Wofür denn?», wollte Robert wissen. «Um Teller zu waschen und Essen zu kochen, nicht aber fürs Puppentheater.» «Du kannst es noch mal versuchen, in ein oder zwei Jahren, wenn du besser Englisch kannst», fügte Donovan hinzu. Ich wandte mich ihm zu: «Ich sehe, dass du dich um mich kümmerst, aber wann kümmerst du dich um dich selbst? Du hast nicht immer Zeit zum Herumhängen, es gibt auch für dich ein normales Leben. Was willst du tun?» «Irgendwas im Showbizz», sagte er verlegen und beschleunigte seinen Gang. «Und umfasst dieses Irgendetwas auch eine eigene Wohnung?», rief ich ihm hinterher.

Zu Hause hatte sich Ioana wie immer in ihrem Zimmer eingeschlossen, sie hörte die Musik, die alle in ihrem Alter hörten. Eine Musik, von der ich nur wusste, dass dabei sehr viel süßlicher Geruch im Spiel war, eine Art Marihuanamusik. Ich klopfte an ihre Tür, ich flüsterte meine Entschuldigung, ich schrie meine Entschuldigung heraus, ich hämmerte gegen die

Tür. Ich versuchte Ioana mit feinem Essen herauszulocken. Ich sprach durch die Tür zu ihr, aber ich wusste nicht, ob sie mich überhaupt hörte. Wir aßen zu dritt und schweigend zu Abend. Donovan versuchte zu retten, was zu retten war, mit Witzen über Präsident Nixon und mit den neuesten Nachrichten über den Bau der Metrorail, aber es gab nichts zu retten.

Am späten Abend blieben er und ich allein zurück. «Es tut mir leid für vorhin, du kannst bei uns bleiben, solange du willst. Aber etwas will ich noch wissen: Wirst du deine Mutter jemals besuchen?» «Sie hat in ihrem Brief klar und deutlich geschrieben, dass sie das nicht will.» «Das hast du auch schon gewusst, bevor du losgezogen bist. Du warst schon ganz in ihrer Nähe, nur noch hundert Meilen entfernt. Wie konntest du so plötzlich umkehren?» «Ich hatte Angst. Ich hätte nur noch ein paar Stunden weiterfahren müssen, aber je näher ich gekommen bin, desto weniger habe ich gewusst, was ich dort eigentlich suchte. Ich habe einfach die nächste Straße genommen, die nach rechts abzweigte, und habe mich auf einmal in Washington wiedergefunden.» «Und wenn du jetzt auf die Straße gehst, hast du keine Angst, dass dich die Militärpolizei aufgreift?» «Doch, habe ich. Sie könnten mich jederzeit aufspüren.»

Er drehte sich einen Joint, schob ihn lässig in den Mundwinkel und zündete ihn an. Er sog den Rauch tief ein, hielt inne, dann atmete er aus. «Es ist guter Stoff, da kann man nichts sagen. Es ist doch toll, dass Dejan mich trotzdem schwarzarbeiten lässt. Jetzt will ich dich aber mal etwas fragen. Was ist da los zwischen Ioana und dir?» «Es ist wegen Traian, ihres Vaters. Sie ist ohne ihn aufgewachsen. Aber es hat ihr wirklich an nichts gefehlt, ich habe genau darauf geachtet. Das musst du mir glauben. Doch ich denke, dass es nicht genug war.» «Lebt er auch in Amerika?» «Er lebt in Timişoara, und das ist weit, weit entfernt.» «So weit wie Mutter für mich?» «Noch viel weiter entfernt.» «Hast du den Mann geliebt?» «Er ist der einzige Mann, den ich wirklich geliebt habe. Mal abgesehen von Zizi, aber das ist eine alte Geschichte. Eugene würde sagen, dass sie bis zum Himmel stinken würde, wenn ich sie wieder aufwärmte.»

Als Donovan auf dem Sofa lag und sich zudeckte, nahm ich ihm den Joint aus dem Mund, drückte ihn auf einem Teller aus, hielt ihm den Stummel vor das Gesicht und sagte: «Es würde nur einen einzigen Grund dafür geben, dass du hier nicht mehr wohnen könntest. Wenn du Ioana beibringst, wie man dieses dreckige Zeug raucht.»

Ich blieb lange wach neben dem schlafenden Donovan und dachte: *So könnte doch die schwindelerregende Reise enden. Mit einem Mann wie Robert, den ich nicht liebe, aber dem ich gehöre, weil so eine Flucht wie die unsere mehr ist als Liebe. Mit einer Wohnung gegenüber dem Russenhaus, einem widerspenstigen Mädchen und einer Arbeit im Chez Odette. Jetzt könnte das Karussell aufhören, sich zu drehen, da schon so viele ausgestiegen sind. Ich würde das Tempo verlangsamen und diesen Schwindel stoppen, der mich beherrscht, seit Mutter sich damals in ihrem Korsett einschnüren ließ und in die Kutsche einstieg. Seit ich auf meine erste Reise aufgebrochen bin, die mich direkt in die Hände von Tante Sofia geführt hat.*

3. Kapitel

Ioana hatte den kurzen Sprung von der letzten Highschool-Klasse zur Georgetown University geschafft. Sie studierte Architektur und sagte: «Wenn man so wie wir in Plattenbauten gewohnt hat, kann man nur Architekt werden wollen, damit niemand mehr so wohnen muss.» Es schien ihr sogar zu gefallen, sie ließ keinen Kurs, keine Unterrichtsstunde aus. Jetzt waren es junge Studenten, die sie abholten oder nach Hause brachten. Wenn ich sie, hinter dem Vorhang versteckt, beobachtete, wie sie einstieg oder ausstieg, entdeckte ich nie jenen magischen Augenblick, der mir auch aus Filmen bekannt war. Den ich in meinem Leben schon mehrmals erlebt hatte. Wenn sich die Frau zum Mann hinwendet und ihn küsst, vielleicht kurz, aber bestimmt nicht flüchtig. Wenn es dunkel war, konnte dieser Augenblick auch länger dauern.

Doch Ioana gab keinem auch nur die Hand, behandelte sie höchstens wie bessere Fahrer. Eine Zeit lang nahmen sie diese Behandlung hin und machten dann Platz für andere. Unter ihnen waren Rothaarige und Sommersprossige, ebenso wie dunkelhäutige Italiener oder Inder. Einmal hatte sie einen Schwarzen als Begleiter. Manche hatten schon einen leichten Bauchansatz, andere waren sportlich. Mitunter warteten langhaarige Freaks in zerbeulten Autos auf sie, aber auch piekfeine Jungs in nagelneuen Wagen.

Wenn Ioana noch nicht fertig war, rief sie ihnen zu, sie sollten doch raufkommen. Dann saß ich bei ihnen, die einen waren verlegen, die anderen ganz unbefangen. Manche räusperten sich und wippten mit den Fußspitzen. Sie redeten laut, damit Ioana sie im Bad hören konnte. Ich fragte: «Wo kommen Sie her?» Dann hörte ich die seltsamsten Ortsnamen: Athens, New Bern, Birmingham, Petersburg. Manche wussten nicht einmal, dass das europäische Städtenamen waren. Es gab auch hübsche, aufmerksame junge Männer, die gut zu Ioana gepasst hätten.

Einer, ein langer schmächtiger Texaner, versuchte mich – die ihn kaum verstand – so sehr von der Perfektion der Zahlen und der Schönheit der Mathematik zu überzeugen, dass er rot anlief. Ioana, die inzwischen auf der Türschwelle stand, brach in Gelächter aus. «Eine Wirkung aber hat die Mathematik: Kleine Jungen kriegen rote Köpfe», sagte sie spöttisch. Er zog den Kopf ein, stotterte etwas zum Abschied, und ich sah ihn nie wieder.

Aber Ioanas Problem waren nicht die Männer. Ich zerbrach mir den Kopf über ihre verpassten Chancen mehr als sie selbst. Ioanas Problem war ein anderes.

Eines Tages stand wieder ein Mann vor unserer Tür – aber angegraut, mit dünnen, nach hinten gekämmten Haaren, vornehm, in einem gestreiften Anzug. Er hielt die Hände hinterm Rücken verschränkt und stellte sich als Mr. Morgan, Ioanas Arbeitgeber, vor. Einer von denen, in deren Häusern sie sauber machte. Zweimal die Woche fuhr Robert sie irgendwohin zum Putzen und holte sie später wieder ab.

Mr. Morgan ließ sich lange bitten, bis er eintrat. Er wirkte verlegen und lehnte den Kaffee und auch den Stuhl, den ich ihm anbot, ab. Ich merkte, dass er nicht nur verlegen war, weil ihn etwas belastete, sondern auch meinetwegen, als er sagte: «Ich möchte Sie nicht beleidigen.» Das wiederholte er zweimal. Er brauchte mehrere Anläufe, bis er endlich erzählen konnte.

Er wisse, dass es im Leben junger Leute schwierige Momente gebe. Dass sie nicht einfach so zu Dieben würden. Da stecke mehr dahinter als eine Laune oder die Versuchung. Aber er wisse nicht genug darüber, er arbeite ja nur im Pentagon, und das reiche gerade, um mit China oder Russland günstige Funkfrequenzen für Amerika auszuhandeln, aber nicht um die menschliche Natur zu verstehen. Deshalb wolle er keinesfalls andeuten, dass Ioana schlecht erzogen sei.

Er wisse, dass wir vor wenigen Jahren aus Rumänien nach Amerika gekommen waren. Seine Frau und er hätten sich darüber Gedanken gemacht, als sie überlegten, ob sie zur Polizei gehen sollten oder nicht. Aber sie hätten gefunden, dass das Mädchen noch eine Chance verdiene. Ioana sei verschlossen, manchmal nicht ansprechbar. Sie erledige ihre Aufgaben mechanisch, aber zuverlässig. Das habe ihnen am Anfang gefallen, das sei angenehmer als eine Latina, die immer drauflosschwatzte. Ioana sei immer verfügbar, pünktlich und gründlich, mehr bräuchten sie nicht. Wenn sie abwesend seien, hinterließen sie ihr den Hausschlüssel an einem vereinbarten Ort.

An dieser Stelle wollte der Mann doch einen Kaffee, nahm Platz und wartete, bis ich ihm eine Tasse servierte und er einen Schluck nehmen konnte.

Ioana, so Mr. Morgan, stahl praktisch alles, sie war nicht wählerisch: Zeitungen und Bücher, Lebensmittel, Schmuck oder Schuhe. Nicht von Anfang an, aber bald hatten die Morgans gemerkt, dass Dinge fehlten. Zuerst dachten sie, sie hätten sie verlegt, und versuchten sich zu erinnern, wann sie sie zuletzt benutzt hatten. Das war aber oft keinen halben Tag her gewesen. Sie markierten die Schränke und Schubladen, wo Ioana nichts zu suchen hatte. Es gab keinen Zweifel mehr, dass sie es gewesen war. Der Mann wollte nicht zur Polizei gehen, wenn Ioana alles zurückbringen und ihnen das Ganze erklären würde. Schließlich fragte er, ob mir denn nie etwas aufgefallen sei. Ich senkte den Kopf. «Nein», flüsterte ich, dann wiederholte ich es noch einmal lauter.

Ioana stahl nicht nur bei den Morgans, sondern aus allen Häusern, in denen sie sauber machte. Sie gab sich nicht einmal die Mühe, die Sachen zu verstecken. Überall lagen sie herum, Kleider, Schmuck, Tassen, Gläser, Schuhe, Bücher, sogar Fotos. Ich fragte mich, wozu Fotos, aber genauso gut konnte man sich fragen, wozu Schuhe und Kleidungsstücke, die ihr zu groß waren und offenbar viel älteren Frauen gehörten? Wozu Schmuck, den sie weder trug noch verkaufte, sondern hortete? Als ich, nachdem Mr. Morgan sich verabschiedet hatte, in ihrem Zimmer eine Halskette fand, die ihr nicht gehörte, wühlte ich überall herum, in jeder Ecke und in jeder Schublade. Als Robert nach Hause kam, suchte er mit. «Wir holen sie von der Universität ab», sagte Robert. «Ich hole sie ab, sie ist meine Tochter.»

Ich lief vor der Universität auf und ab, den Schmuck in meiner Tasche. Sie ahnte es schon, als sie mich von Weitem sah. «Mr. Morgan war bei uns. Robert und ich haben alles gefunden.» «Jetzt durchsucht ihr auch noch mein Zimmer, als ob ihr bei der Polizei wärt!» «Wieso machst du das?» Ich packte und schüttelte sie. «Ich weiß es nicht, ich muss es einfach tun. Die Leute, bei denen ich putze, haben so viel davon.» «Das ist doch kein Grund! Du bringst jetzt alles zurück, Stück für Stück. Wenn die Polizei dahinterkommt, sind wir erledigt. Keine Staatsbürgerschaft mehr.»

Zu Hause lief sie direkt in ihr Zimmer, knallte die Tür zu, aber Robert und ich ließen nicht locker. «Habt ihr auch wirklich alles durchsucht? Seid ihr jetzt zufrieden?» «Der Mann will, dass du ihm und seiner Frau erklärst, warum du das getan hast.» «Einen Dreck werde ich tun! Ich werfe ihnen das Ganze vor die Füße und fertig.» Robert flüsterte: «Das wirst du nicht tun. Du wirst mit uns hinfahren und dich benehmen. Sonst gehen die zur Polizei, und wir stecken in den größten Schwierigkeiten.» «Tue ich nicht!» Großmutter hätte es nicht nötig gehabt, die Stimme zu heben, Robert schon. Es war das einzige Mal, dass er sie anschrie.

Mr. Morgan öffnete uns und führte uns ins Wohnzimmer. Ioana trug eine Einkaufstasche mit den Besitztümern der Morgans bei sich. Im Auto standen weitere volle Tüten, alle vom Wall Mart. Eine war für ein chinesisches Ehepaar, die nächste für einen alleinerziehenden Mann, der in der Verwaltung eines Ministeriums arbeitete, die dritte für eine alleinstehende russische Frau. Wir nahmen im Wohnzimmer Platz, Ioana holte die Sachen einzeln heraus und stellte sie vor sich. Mrs. Morgan bot uns Getränke an, die wir nicht annahmen.

«Unsere Tochter will sich entschuldigen», sagte Robert. «Es ist alles schwierig und neu für sie in Amerika. Sie hat wie wir alle viel hinter sich gelassen.» Den Satz hatte er sich in den letzten Tagen zurechtgelegt. Ioana nickte, mehr tat sie nicht. «Wollen Sie es uns erklären?», fragte die Frau, aber auch sie hatte keinen Erfolg. Wir gaben uns die Hand, die Morgans empfahlen Ioana, mit dem Stehlen aufzuhören, und versprachen, von einer Anzeige abzusehen. In dieser Gegend aber solle sie nicht mehr arbeiten, sie seien sonst gezwungen, ihre Nachbarn zu warnen.

Weil wir sichergehen wollten, dass sie auch tat, was wir von ihr erwarteten, begleiteten wir sie von nun an auch zu den anderen Arbeitgebern. Als sie wieder zum alleinerziehenden Mann gehen musste, der nur mit seinem Sohn ein riesiges Haus bewohnte, fuhren Robert und ich sie hin. Im Auto sagten wir kein einziges Wort, wir waren schon alles in Gedanken durchgegangen.

Wir kamen uns selbst wie Einbrecher vor, nur dass wir nichts stehlen, sondern Dinge zurückbringen wollten. Ioana solle den Schmuck nicht genau an dem Ort ablegen, an dem sie ihn entwendet hatte, denn dort hatte man bestimmt schon gesucht, hatten wir ihr geraten. Die Kleider hinterm Schrank oder hinter der Waschmaschine platzieren. Die Fotos unterm Bett oder in eine andere Schublade.

Es war eine schattige, ruhige Allee unter alten, blätterreichen Bäumen. Ein Weg führte zur Eingangstür, aber den durfte Ioana nicht nehmen, sondern den Hintereingang, den für das Personal. Der Vater spielte mit seinem Sohn, er warf dem Kleinen, der im Swimmingpool war, einen Ball zu, und das Kind schwamm hinterher. Für beide war es offenbar ein wunderbarer Tag, die Rechnung ging auf, wie an jedem Tag zuvor.

Der Vater lachte und scherzte. Er war ein großer, kräftiger Mann, der einige friedvolle Stunden mit seinem *kid* verbringen wollte. Der bestimmt ans Gelingen seines Lebens glaubte. Sein Sohn versuchte, ihn ins Wasser zu ziehen, und Ioana verschwand im Haus, nachdem sie ihn begrüßt hatte. Er nahm den Jungen in die Arme und warf ihn dann wieder hinein. Wir warteten im Auto, verschwitzt und ängstlich. Wir behielten den Mann und das Kind im Blickfeld und hofften, dass sie sich nicht so schnell langweilen und sich ins Haus zurückziehen würden. Wir hatten Pech.

Kurze Zeit später wollten sie in den Schatten und bald darauf ins Haus gehen. Als sie sich gerade abtrockneten, fasste sich Robert ein Herz und ging auf sie zu. Ich hörte, wie er sich vorstellte, wie er sagte, er sei gekommen, um seine Tochter abzuholen, aber zu früh dran sei. Ich hörte ihm an, dass er keinen Plan hatte und nach der Begrüßung nicht mehr weiterwusste. Ich sah, wie er von einem Bein aufs andere trat und dann auf mich zeigte: «My wife.» Ich winkte ihnen zu.

Der Mann schüttelte ihm die Hand und wollte sie wegziehen, aber Robert klammerte sich daran fest. Er lobte das Haus, den Pool, das Kind, er lobte ganz Amerika, und am Schluss fiel sein Blick wie zufällig auf das Treibhaus, das in einer Ecke des Gartens errichtet worden war. Er ließ die Hand des Mannes weiterhin nicht los, und das irritierte diesen immer mehr.

«Oh, Sie haben ein Treibhaus, das ist schön. Ich bin Biologe. Wollen Sie es mir nicht mal zeigen? Vielleicht habe ich ein paar Tipps.» Er zerrte an der Hand des Amerikaners. «Sie lieben also Pflanzen.» «Ich eigentlich nicht, aber meine Frau liebte sie. Das war ihr Reich, aber sie ist leider verstorben. Jetzt muss ich wirklich ins Haus, mein Sohn kann Sie begleiten.»

Robert verschwand mit dem Jungen im Treibhaus, nachdem er mich ratlos angeblickt hatte. Mindestens einen, der Ioana entdecken konnte, hatte er aber ausgeschaltet. Als Ioana nach einer Stunde herauskam und sich ruhig ins Auto setzte, wusste ich, dass es geklappt hatte. «Nach zwei, drei Minuten war alles wieder am alten Ort.» «Wenn ich das gewusst hätte, hätte ich mir den Rundgang erspart», seufzte Robert.

Die Chinesen dachten, wir wollten erfahren, wie unsere Tochter sich so mache. Sie hatten einen Sohn, den sie nach China geschickt hatten, damit er endlich lernte, hart zu arbeiten. Er musste es schließlich können, wenn er später die Familiengeschäfte übernehmen sollte. Vor Jahrzehnten hatten sie drüben in Kalifornien mit einem kleinen asiatischen Lebensmittelladen angefangen, inzwischen besaßen sie dreizehn Läden, zumeist hier an der Ostküste. Es war nicht üblich, dass sie Fremde ins Haus ließen, aber Ioana war ihnen sympathisch gewesen. Ob wir auch ein Geschäft hätten, dass unsere Tochter später übernehmen sollte, fragten sie. Während sie uns grünen Tee servierten, uns von Maos China erzählten und wir ihnen von Rumänien, brachte Ioana das Gestohlene an seinen alten Platz zurück. Oder legte es irgendwo in der Nähe ab.

Die Russin war am schwierigsten. Sie verstand nicht, wieso wir sie sprechen wollten, da sie Ioanas Dienste nicht mehr brauchte. «Gerade deshalb wollen wir mit Ihnen reden», hatte Robert am Telefon nicht lockergelassen. «Wir wollen wissen, wieso Sie unsere Tochter nicht mehr benötigen.» Sie hatte nicht viel Zeit, sie arbeitete in einem russischen Lokal und wurde erst freundlicher, als sie vom *Chez Odette* hörte. Wir hatten erwartet, dass auch sie den Diebstahl bereits entdeckt hatte, aber in ihrer Wohnung herrschte eine solche Unordnung, dass sie hier unmöglich etwas vermissen und dann nicht hätte finden können. Oder es für gestohlen halten. Wir verstanden gar nicht, was Ioana hier hätte putzen sollen, da kaum eine Fläche frei war.

Die Frau entschuldigte sich: «Es ist unordentlich hier, ich weiß. Ich kaufe ein, stelle die Sachen irgendwo ab und muss gleich wieder zur Arbeit.» Den Wodka, den sie uns anbot, trank sie selbst. Als Ioana mit der Einkaufstasche ins Nebenzimmer ging, flüsterte die Russin uns zu: «Ihre Tochter ist seltsam. Sie redet nicht, sie lacht nicht, sie ist wie ein Geist. Ich habe sie nicht gern um mich herum.»

Ich erwachte eines Nachts mit trockenem Mund, ging in die Küche und sah, dass die Tür zum Wohnzimmer, in dem Donovan schlief, offen stand.

Aus Ioanas Zimmer drangen Stimmen nach draußen, gepresste, geflüsterte, ärgerliche. Sobald die eine Stimme lauter wurde, ermahnte die andere sie, leiser zu sein. Ich presste ein Ohr an die Tür. «Ich kann nicht mit dir schlafen, weil ich dich nicht liebe», sagte Ioana. «Aber was soll das dann bedeuten, wenn du nachts in mein Zimmer kommst und mich anschaust?»

«Ich dachte, du schläfst. Auch meine Mutter schaut dich an, und deshalb ist sie noch lange nicht in dich verliebt.» «Und du?» «Ich komme einfach rein und schaue dich an. Nicht mehr und nicht weniger.» «Das kann doch nicht sein!»

Ich hörte Bettwäsche rascheln und dann, wie die beiden miteinander rangen. Ioana versuchte offenbar, ihn von sich fernzuhalten. Ich wollte gerade dazwischengehen, als sie sich wieder beruhigt hatten. «Rühr mich nie wieder an, du dummer Cowboy. Glaubst du, du kannst mich anfassen, wie du willst? Ich sage dir, wieso ich zu dir ins Zimmer komme. Weil ich Mitleid habe, deshalb! Mitleid mit einem armseligen Kerl wie dir.»

Der Kampf ging von Neuem los, ich stieß die Tür auf und geriet in eine Wolke süßen, dicken Rauch, der schwer im Zimmer hing. Donovan hatte Ioana an den Handgelenken gepackt, doch bevor ich noch etwas sagen konnte, huschte Robert wie ein Raubtier an mir vorbei und warf sich auf ihn. Er drückte ihn gegen die Wand, aber Donovan befreite sich und trat einige Schritte zurück. «Ich will dich nicht schlagen», rief er Robert zu.

Robert packte ihn wieder, Donovan entkam ihm mit Leichtigkeit, das stachelte Roberts Wut noch mehr an. Er versuchte mit einer solchen Verzweiflung, auf den Jungen einzuschlagen, wie ich es noch nie bei ihm erlebt hatte.

Es war wie ein Ballett, das die beiden durch unsere Wohnung tanzten, und am Schluss fanden wir uns alle im Wohnzimmer wieder. Wenn es nicht tiefste Nacht gewesen wäre oder wenn die Lampen angeknipst gewesen wären, hätten die Russen etwas zu sehen gehabt. Im Dunkeln aber, das nur spärlich durch das Straßenlicht erhellt wurde, konnten Ioana und ich nur die Silhouetten der Männer sehen. Der eine sprang geschickt zur Seite, während der andere in die Luft schlug und stolperte.

«Du Schwein», keuchte die stolpernde Silhouette. «Du kommst in unser Haus und fällst über unser Kind her.» Der andere lachte schallend. Ioana ging dazwischen, aber Robert schob sie beiseite. Der Zirkus ging noch eine Weile so weiter, bis sie schließlich ermüdet waren, Robert, den Kopf in die Hände gestützt, sich hinsetzte und Donovan sich einen weiteren Joint anzündete.

Ioana stellte sich vor ihn hin, nahm ihm den Joint aus der Hand und sagte leise, aber bestimmt: «Das Beste ist, wenn du uns verlässt. Auf der Stelle!» Sie sagte das mit derselben Härte und Unerbittlichkeit, die sie oft auch mir gegenüber hatte. Ich musste Ioana gar nicht sehen, um zu wissen, dass ihr Blick wie Stahl war und ihr Gesicht wie Granit. «Aber...», versuchte es Donovan. «Du gehst, gleich jetzt.» Donovan schaute mich verzweifelt an. «Ich denke, Ioana hat recht. Ich habe dich gewarnt. Wenn du ihr das Zeug zum Rauchen gibst, musst du gehen», sagte ich.

Als wir am nächsten Morgen erwachten, war Donovan nicht mehr da, und wir sahen ihn viele Jahre nicht wieder. Wir gewöhnten uns an seine Abwesenheit, so wie wir uns an seine Anwesenheit gewöhnt hatten. Ich kochte noch eine Zeit lang für einen zusätzlichen Esser, dann stellte ich das ab.

• • • • •

Seit Jahren schon stand unter der Aufschrift *Chez Odette* der Zusatz *French and k. and k. Cuisine*. Ich hatte Dejan erklärt, dass man zu Gulasch nicht *cuisine* sagen könne. Dass Zsuzsa beleidigt gewesen wäre, hätte man ihre Kochkunst *cuisine* genannt. Sie hätte gesagt: «Diese *cuisine* ist mir so was von egal.» Obwohl sie ein guter *Coq au vin* bestimmt interessiert hätte.

Aber so war sie nun mal. Alles, was jenseits von Österreichungarn lag, existierte nicht, manchmal auch wir nicht, unser Hof, ganz Strehaia. Sie hatte einen solch verlorenen Blick, wenn sie von den Töpfen aufsah, dass man glauben konnte, er sei auf dem Topfboden haften geblieben, so wie ihre Tränen in der Suppe. Die aber waren die Würze, die aus einem gewöhnlichen Essen ein Festessen machte.

«Das ist der Punkt, Zaira», rief Dejan aus. «Was wir hier zusammenbringen, ist so verrückt, dass man es in Europa nie machen könnte. Hier kann man es erst recht machen. Das ist eben Amerika. Alles vermischt sich mit allem.»

Nachdem Dejan und ich jahrelang das Beste aus der französischen und aus der k.-u.-k.-Küche herausholten – beim Vermischen aber ganz amerikanisch wurden –, starb Odette. Eines Tages kam Dejan zu uns und verkündete, Odette sei tot. Der Professor und ich sahen uns lange an, denn wir hatten Odette längst für tot gehalten. Eigentlich hatten wir uns schon lange nicht mehr gefragt, ob es Odette überhaupt gab oder sie nur in Dejans Einbildung existierte. Mit der Zeit war es uns auch gleichgültig geworden, ob er die kleinen Geschichten rund um sie erfand oder wirklich erlebte. Odette war auf eine unsichtbare Weise immer da, sie saß mit uns am Tisch und in irgendeiner Ecke, wenn Gäste da waren.

Wir fragten Dejan manchmal: «Chef, wie geht es Odette?», und er erzählte von seinen Reisen mit ihr. Für einige Stunden gleich ums Eck nach Alexandria, für zwei, drei Tage nach Chincoteague Island oder für eine Woche nach Vegas.

Nach Alexandria, um die Schiffe zu sehen, wie sie unter der großen Brücke hindurch in Richtung Ozean fuhren. Nach Chincoteague Island, um am letzten Mittwoch im Juni zu schauen, wie bei niedrigem Hochwasser die wilden Ponys von der nördlichen Insel herübergetrieben, die Fohlen und die

Einjährigen ausgesondert und verkauft wurden. Pferde, von denen man glaubte, ihre Vorfahren seien vom Wrack einer spanischen Galeone entkommen. Dejan und Odette wohnten in einem alten Krabbenfischerhaus mit dem Blick auf die Marschlande. Im Main Street Shop am Maddox Boulevard tranken sie köstlichen Kaffee. Und nach Vegas, na ja, jeder wusste, wieso. Samstags kauften sie im Stadtzentrum ein, Kleider zum Beispiel. Odette war anspruchsvoller, aber auch fülliger geworden. Wenn Baseball übertragen wurde, saß sie neben ihm. Sie hatte die gleiche Leidenschaft wie er für das Spiel, und das sei selten, meinte er.

Odette war eines Tages gestorben, so plötzlich, als hätte er beschlossen, sie sterben zu lassen. Die nächsten Monate nach ihrem Tod erzählte er noch beharrlicher über sie: die Flucht vor den Nazis nach Marseille, wo in den Mansarden, den Kellern, den Hotelzimmern Tausende ausharrten, bis ein Schiff sie mitnahm. Das erste Mal begegneten sie sich auf dem amerikanischen Konsulat, wo sie auf ein Visum warteten, und ihre Augen nahmen Maß; dann wieder, als sie sich bei der Schiffsgesellschaft nach freien Plätzen erkundigten, und das dritte Mal, als sie schon auf dem Schiff waren. Sie waren glücklich, weil sie einen Kontinent hinter sich ließen, auf dem die Deutschen gerade die Engländer und Franzosen bei Dünkirchen ins Meer geworfen hatten. Auf dem gemordet wurde.

Als ich die Zeit für gekommen hielt, fragte ich ihn: «Dejan, ich war deine Köchin, solange Odette lebte. Warum machst du mich jetzt nicht zu deiner Partnerin? Ich möchte doch, dass mir die Töpfe gehören, in denen ich koche.» Aber Dejan gab nie eine Antwort. Er ignorierte die Frage und zerhackte weiter den Rosmarin oder den Thymian, schnitt den Lauch oder die Trüffel, legte die Bratkartoffeln in die Pfanne, machte die Spargelsoße.

Um mich zum Schweigen zu bringen, hielt er mir immer den Löffel hin, damit ich probierte, so wie wohl früher Odette probiert hatte. Es war an der Zeit, mir etwas Neues zu suchen, doch das Neue kam zu mir.

Aber nicht sofort, ich musste noch etwas Geduld mit dem gewohnten Ablauf meines Lebens haben. Zuerst sah es so aus, als ob es zu einer ewigen Wiederholung des Immergleichen werden würde. Jeden Tag kochte und servierte ich, jeden Tag aß ich mittags mit Dejan und dem Professor Zsuzsas Gerichte und abends mit Robert und Ioana amerikanisches Essen.

Jedes Mal machte der Professor Anspielungen auf sein kleines Gehalt, und Dejan stellte sich taub.

Eines frühen Abends, als im Restaurant schon einige Gäste saßen, rief mir der Professor zu, draußen warte Eugene und würde sich wie immer weigern, sein Auto zu verlassen. Er wolle mich sprechen. Ich nahm einen Teller, tat etwas aus jedem Topf drauf und ging damit nach draußen. Als ich mich in den Fond der Limousine setzte, erblickte ich Eugenes Fahrgast, der dort saß und mich neugierig prüfte. «Wenn ich gewusst hätte, dass du in Begleitung bist, hätte ich zwei Teller mitgebracht.» Ich hielt Eugene den Teller hin.

«Der Senator will heute abend bei euch essen. Senator Johnson, das ist Zaira. Zaira, das ist Senator Johnson. Ein alter Kunde von mir. Wenn du ihn gut versorgst, hast du ab heute Abend einen treuen Gast. So treu, wie er auch mir gewesen ist.» «Sie sind also Zaira», sagte der Mann mit tiefer, sicherer Stimme. Der Stimme eines Mannes, die sich seiner Wichtigkeit bewusst war. «Eugene lobt Sie und Ihre Kochkunst sehr. Wo haben Sie das gelernt?» «In Rumänien, und zwar von einer Ungarin. Einer Frau wie ein Berg, die aber, wenn sie gekocht hat, so elegant wie eine Balletttänzerin war. Wo kommen Sie her, Senator?» «Aus Montana. Viele Holzfäller, kaum Ballett.» Wir lachten. «Ich glaube, wir werden uns gut verstehen. Wie soll ich Sie nennen? Mister Johnson oder Senator Johnson? Wie nennt man jemanden wie Sie?» «Joe würde auch reichen.» «Also, Joe, folgen Sie mir. Wir betreten jetzt das k.-u.-k.-Reich und die kulinarische Welt von Zsuzsa. Eugene, kommst du ein einziges Mal mit?» «Du versuchst immer noch, mich aus diesem Auto herauszubringen», sagte er. «Ich habe es schon lange aufgegeben, ihn zum Aufstehen zu bewegen», sagte der Senator. «Iss fertig, ich komme später wieder, um den Teller zu holen.»

Joe fühlte sich bei uns wohl. Wir gaben ihm den besten Tisch. Einige Gäste erkannten ihn, denn im Saal wurde geraunt und gemurmelt.

Auch Dejan wollte den Mann begrüßen, dessen Politik er sehr schätzte. Er setzte sich ungebeten an seinen Tisch, obwohl ich ihn mahnte, den Senator nicht zu stören. «Lassen Sie ihn nur, Zaira. Sie können sich nicht vorstellen, wie gerne ich mit normalen Menschen wie Ihnen beiden spreche.» Erst nach einiger Zeit und als er wieder in die Küche musste, gab Dejan den Senator frei. Als die meisten Gäste schon fort waren, bat mich Joe, Platz zu nehmen.

Ich schenkte uns Wein ein, wir stießen an. «Auf eine lange Zusammenarbeit!», sagte er und prostete mir zu. «Wie meinen Sie das?» «Ich werde Wunder vollbringen für Sie, Zaira. Eugene hat sich nicht geirrt. Man isst hervorragend bei Ihnen. Wie gut kennen Sie Eugene eigentlich?» «Gut genug jedenfalls, um zu wissen, wieso er sein Auto nie verlässt.» «Was hat er Ihnen denn erzählt?»

«Eine absurde Geschichte, aber ihm ist alles zuzutrauen. Er hat mir erzählt, dass er von Rumänien nach Amerika so viel zu Fuß gelaufen ist, dass er sich versprochen hat, keinen Finger mehr zu krümmen, wenn er es schaffen sollte. Kein Bein, meine ich.» «Eugene ist ein Märchenerzähler!», rief Joe, und während er lachte, musterte ich ihn genauer. Er hatte nur im Nacken noch ein paar Haare, seine Glatze hatte er bestimmt schon lange, seit seiner Jugend vielleicht. Seine Haut war fleckig, so wie die Haut alternder Menschen. Seine Zähne aber waren makellos weiß, darauf legte er sicher wegen seiner vielen Auftritte wert.

Auch Joe hatte lange versucht, Eugene aus seinem Wagen herauszukriegen.

Am Anfang hatte Eugene ein anderes Auto gefahren, und er war erfolgreich gewesen, jedenfalls erfolgreicher als jetzt. Er hatte schon in den frühen Sechzigern in Washington einen Limousinendienst angeboten. Er besaß eine große und gut situierte Klientel, Joe war in der Anfangszeit nur einer unter den vielen aufstrebenden Leuten auf dem Capitol Hill gewesen. Ein Senator aus der Provinz.

Die Hartnäckigkeit, mit der Eugene sich seiner Neugierde widersetzte, stachelte ihn nur noch mehr an, und es konnte geschehen, dass ihm Eugene entnervt an den gefährlichsten Orten auszusteigen befahl. Wenn sich Joe in einer unsicheren Gegend wiederfand und eine Meile laufen musste, bis er ein anderes Taxi auftreiben konnte, nahm er sich jedes Mal vor, nie wieder mit Eugene zu fahren. Aber er hielt sich nicht daran. Nach vielen Jahren hatte er Eugene endlich so weich geklopft, dass der eines Tages irgendwo anhielt und sagte: «Willst du es wirklich wissen? Dann erzähle ich es dir jetzt. Du gibst ja doch keine Ruhe.»

Nachdem Eugene aus der Armee entlassen worden war, hatte er sich so heftig in ein Mädchen verliebt, dass er fast seine gesamte Abfindung für sie ausgegeben hatte. Er führte sie in die teuersten Lokale aus, kaufte ihr die teuersten Kleider, erfüllte ihr jeden teuren Wunsch. Sie brauchte nur auf eine gewisse Art zu gucken, und schon zückte er die Geldbörse. Er schmiedete Pläne, sie ließ ihn gewähren, aber als er fast ohne Geld dastand, als er auch mal Nein sagen musste, nahm sie sich einen anderen Mann. Es war eine Zeit, in der sich Eugene noch munter auf den eigenen Beinen bewegte. Als sie ihn verließ, dachte Eugene, er würde sterben.

Eine Geschichte wie viele andere bis zu diesem Punkt. Aber was dann folgte, war anders. Das Mädchen zog mit dem neuen Freund weg, zuerst nach New York und dann nach

Chicago. Eugene beschloss, dass er nicht den Kommunisten, der Donau und den Chinesen entkommen war, um jetzt vor so einem jungen Ding zu kapitulieren.

Wenn er sie nicht haben durfte, sollten die beiden keine Ruhe haben. Er folgte ihnen mit seinem Auto überallhin. Tag für Tag wartete er vor ihrer Wohnung in New York, später in Chicago. Er sorgte dafür, dass sie es merkten, dass sie ihn im Auto sitzen sahen. Er rührte sich stundenlang nicht von der Stelle, und aus seiner Wut erwuchs Hass. Er kaufte etwas zu essen und zu trinken ein, aß und trank im Auto. Er sah, wie sie ihn vom Fenster aus beobachteten. Einmal kam der Mann runter und drohte ihm, aber Eugene sagte trocken: «Hör mal zu, du Arschgesicht. Ich habe Dinge durchgemacht, von denen du keine Ahnung hast. Ich bin kräftig, und ich kann sehr gut mit jeder Waffe umgehen. Überleg es dir gut, wenn du mir noch einmal drohen willst.»

Es gab kein zweites Mal, der Mann verlor irgendwann die Nerven und verließ die junge Frau. Sie kam an den Wagen und trat mit voller Wucht dagegen.

«Das hast du davon!», schrie sie ihn an. «Nein, das hast *du* davon», antwortete er leise. «Soll ich jetzt endlich zu dir hochkommen?» «Lieber springe ich aus dem Fenster.» Sie nahm sich einen anderen Mann und zog auch mit diesem weiter. Eugene war nie weit entfernt. Das Geld der Abfindung, das er noch nicht für sie verbraucht hatte, gab er jetzt für Benzin aus. Er folgte ihr durch halb Amerika, sie wechselte die Männer aus, sobald sie ihretwegen verarmten. Er aber blieb reich an Hass. Er fand sie, auch wenn sie sich Mühe gab, ihre Spur zu verwischen. Denn der Hass ist ein guter Spürhund.

Nach zwei Jahren hatte er sie endlich dort, wo er sie haben wollte. Sie war nur noch ein Nervenbündel, ein Wrack, das viel trank und sich Männer der schlimmsten Sorte angelte. Sie verprügelten sie, und oft wurde sie ausgenommen. In einer

Nacht klopfte sie ans Autofenster und weckte ihn: «Wenn du willst, kannst du jetzt raufkommen.» Darauf hatte er gewartet: «Hast du dich schon mal im Spiegel angeschaut, Mädchen? Du bist tief gesunken. Du widerst mich an. Ich glaube, ich fahre besser nach Hause.»

Das war der Augenblick, als sie ihre letzten Kräfte sammelte, ihn bei den Haaren packte und ihm beinahe die Augen ausstach. «Du sollst verdammt sein! Du sollst in deinem Auto verrecken und verwesen! Du sollst dort drinnen krepieren!» Eugene riss sich mit Mühe los, ein Haarbüschel blieb in ihrer Hand. Er kam zurück nach Washington, doch bald fing er an, an einer seltsamen Schwäche zu leiden. Kaum machte er drei Schritte, sank er in sich zusammen und musste sich hinlegen. Und die erste der vielen Krankheiten brach aus, gegen die er nun ein Arsenal von Pillen auf dem Beifahrersitz hütete.

«Klingt das vernünftiger als Erklärung, Zaira? Weniger verrückt?», fragte Joe und lächelte. «Ich glaube, wir werden es nie wissen», antwortete ich.

Joe bewirkte tatsächlich Wunder. Unser Restaurant lief seit seinem Besuch immer besser, immer weitere Kreise zog der gute Ruf unserer Küche. Die ersten Kongressleute und Anwälte tauchten auf, die erste Besucherschlange formierte sich vor dem Eingang, zum ersten Mal waren wir schon Wochen im Voraus ausgebucht. Zsuzsas Essen hatte Karriere gemacht, auch ohne ihre Tränen. Die Leute schmatzten verträumt, ganz gleich, ob sie im Kongress oder in einem der unzähligen schäbigen Bürohäuser ihre Zeit fristeten. Parteiunabhängig.

Sie schmeichelten uns, nannten uns *dear Zaira* oder *my friend Dejan*, um einen Tisch zu bekommen. Sie drückten uns an ihre Brust, klopften uns auf die Schulter, steckten uns Visitenkarten zu. Wir hatten inzwischen eine erstklassige Sammlung Visitenkarten von Leuten mit mehr oder weniger wichtigen Namen. Namen, die überschätzt wurden, und solchen, die sich selber überschätzten. Aber falls wir Waffen, Land,

Häuser, Autos kaufen wollten, hätten wir immer die richtigen Ansprechpartner gehabt. Denn der jeweils richtige Ansprechpartner aß hin und wieder bei uns und wurde von Zaira-Zsuzsa-Odette nach allen Regeln der Kunst verführt.

Aber im Gegensatz zu meinen früheren Männern, die schwer und müde wurden und deren Köpfe wie auf Knopfdruck auf den Tisch knallten, rutschten die Amerikaner – Männer wie Frauen – nicht unter den Tisch.

Unsere Speisesäle wurden nicht zu Schlafsälen, aus denen nur ein lautes, zufriedenes Schnarchen nach außen drang. Die Leute waren redselig und heiter, denn wir hatten das k.-u.-k.-Essen den amerikanischen Mägen angepasst. Nur den Whiskey servierten wir pur.

Wir hatten schon länger neues Personal angestellt, Studenten der Universität, die uns der Professor vermittelt hatte. Zähneknirschend hatte Dejan eingewilligt, so wie er überhaupt jede Neuerung zähneknirschend hinnahm: neue Farben, neues Geschirr, neue Tischtücher, Zeitungsinserate.

Stück für Stück, so langsam wie ein Fluss, der ablagert, was er lange mit sich geschwemmt hat, und neues Land bildet, setzte ich mich durch. Zuerst protestierte Dejan, wollte den Professor auf seine Seite ziehen, später nahm er es hin, weil jeder meiner Schritte ihm noch mehr hungrige Mäuler ins Haus brachte.

Als die zwanzig, dreißig Polnischstudenten draußen warteten, zog Dejan den Vorhang beiseite und sah hinaus. «Jeder Neue, den wir anstellen, bedeutet ein Gehalt mehr. Was tust du mir da an, Zaira? Herr Professor, sagen Sie ihr doch, dass wir das alles abblasen sollen. Das treibt mich doch in den Ruin.» Der Professor zuckte mit den Achseln. «Sie klagen seit Jahren, mein Lieber, dass dieses Restaurant Sie ruinieren wird. Jeder Cent, den Sie mir zugestanden haben, hat Sie natürlich ruiniert. Jetzt haben Sie mal wirklich Gelegenheit dazu.»

Der Professor wusste natürlich, dass er nicht mehr lange

arbeiten konnte. Dass seine Knochen rasch alterten und er schneller als früher ermüdete. Dass seine arthritischen Finger nichts mehr anfassen konnten, ohne dass sich der Schmerz meldete. Ein Schmerz, der ihn manchmal dazu brachte, alles fallen zu lassen, als ob es glühte. Ein Schmerz, gegen den auch der Whiskey nicht mehr half. «Ach, so ist das. Sie machen gemeinsame Sache mit ihr. Sie stecken beide unter einer Decke. Sie hat Sie auch schon eingewickelt. Das merke ich mir.» Dann setzte er sich brummig neben uns, und wir baten den ersten Bewerber hinein.

· · · · ·

Ioana war vor Kurzem ausgezogen. Sie hatte ein Zimmer auf dem Campus gefunden. Trotzdem winkte sie mir eines Tages zusammen mit Robert von draußen durchs Restaurantfenster zu. Ich ging auf die Straße. Sie waren beide aufgeregt, aber es war eine andere Aufregung als damals, als wir unsere Pässe für die Reise nach Prag abholen mussten. Oder als Robert sich im Bad bei Františeks Eltern eingeschlossen hatte, um die Visa zu fälschen.

Diesmal streckte mir Robert einen Umschlag entgegen, und ich dachte: *Hoffentlich sind es keine schlechten Nachrichten von zu Hause.*

Denn Vater und Mutter plagten seit Jahren Krankheiten und Schmerzen. Mutter schrieb uns darüber, verschlüsselt wie immer. Nach unserer Flucht hatte man Vater aus der Armee entlassen und ihnen eine feuchte, dunkle Wohnung in einem stinkigen Innenhof zugewiesen. Noch immer wurden sie regelmäßig zu Befragungen abgeholt. Man stellte ihnen unaufhörlich die gleichen Fragen, wie ein Sprung in der Schallplatte: *Was treiben Ihre Tochter und Ihr Schwiegersohn im Westen? Und vor allem, was haben sie getrieben, als sie noch im Land waren? Für wen haben sie spioniert?*

Vater versuchte umsonst zu erklären, dass ein Meeresbiologe und eine Puppenspielerin kaum Spannendes auszuspionieren hätten. «Was spannend ist oder nicht, entscheiden wir», wurde ihm geantwortet. Man gab ihnen zu verstehen, dass sie sich niemals in Sicherheit fühlen durften, weder sie noch wir. Der lange Arm der Partei würde bis nach Washington reichen.

Während ihr Leben sich von Leben leerte, füllte es sich mit Schmerzen auf.

Aber Mutter schrieb davon so enthusiastisch, so überschwänglich, dass man sie entweder für naiv oder für gerissen halten musste. Dass der Vater entlassen worden war, kam ihr gerade recht, so hatte sie mehr von ihm als früher in ihrer Jugend. Dass sie eine miserable Wohnung hatten, kam ihr gerade recht, denn so konnte sie sie ständig verschönern. Dass sie immer wieder am frühen Morgen abgeholt wurden, brachte sie zeitig aus dem Bett heraus. Sie hatten so mehr vom Tag. Als alte Leute brauchten sie sowieso nicht mehr lange zu schlafen.

Wer ihre Briefe öffnete, bevor wir sie öffneten, der staunte sicher über so viel Optimismus. Wie lange das noch gut gehen würde, wusste ich nicht.

Bis man es durchschauen würde. Sie schrieb so, wie sie als junge Frau über das funkelnde Bukarest, über die Möglichkeiten, die sich ihr dort eröffneten, geschrieben hatte, während ich in Strehaia auf ihre Rückkehr wartete. Ein letztes Mal sendete das Mädchen, das noch im Körper meiner Mutter steckte, Signale. Signale, die alle außer mir narrten. Denn ich wusste, dass ich das Gegenteil verstehen sollte.

Roberts und Ioanas Gesichter passten nicht zu einer Hiobsbotschaft. «Wir haben sie!», rief Ioana aus. «Wir haben die Einbürgerung! In einer Woche ist die Feier im Stadthaus.» «Schön, aber wie kommst du hierher? Hat Robert dich angerufen, um es dir zu sagen?» Ioana war überrascht. «Ja, Robert hat angerufen und es mir gesagt. Da dachte ich, ich komme gleich mit.» Ich wollte ihr die Wange streicheln, aber sie wandte sich ab und verzog den Mund.

Robert kaufte sich einen neuen Anzug, er besaß nur einen aus den Sechzigern, aber nichts für die frühen Achtziger. «Für so etwas bin ich bereit, meine Garderobe zu ändern und mit der Mode zu gehen», hatte er gemurmelt, während er vor dem Spiegel auf und ab gegangen war.

Am Tag, als wir eingebürgert werden sollten, kam Ioana früher zu uns und wartete im Wohnzimmer, bis wir bereit waren. Sie und ich hatten lange nebeneinanderher gelebt; jede für sich. Wir hatten einen trügerischen Frieden geschlossen, nicht aus Überzeugung, sondern aus Notwendigkeit.

Wie zwei Tiere, die sich denselben Bau teilen müssen. Manchmal beobachtete sie mich, als ob ich ihr völlig fremd wäre. Als ob ich eine Frau wäre, der gegenüber man misstrauisch sein müsste. Wenn wir uns anstrengten, konnten wir auch über die Russen reden, über ihr Architekturstudium, über die protzigen Monumente Washingtons, über ihre bevorstehende Reise nach New York, bei der sie wirklich tollkühne Bauten sehen wollte, über meine *Chez-Odette*-Gäste. Als sie in ihr eigenes Zimmer auf dem Campus gezogen war, war trotzdem eine Lücke zurückgeblieben.

Seit Langem hatte sie nun wieder einen Rock angezogen, sonst waren die Jeans ein Zeichen ihrer Ankunft in Amerika gewesen. «Du zeigst viel Bein», meinte ich, als sie an mir vorbeihuschte. «Ich zeige es nicht für die Männer, sondern für Amerika.» Wenn sie wollte, konnte sie lustig sein. «Schnell, schnell, Eugene wartet schon!», rief Robert. Er klemmte sich eine Champagnerflasche unter den Arm, wir schlossen die Wohnung ab, und ich sagte: «Wenn wir wieder aufsperren, sind wir Amerikaner.»

Mişa hätte bestimmt protestiert, dass er nicht mit eingebürgert wurde, nach all dem, was er auf sich genommen hatte. Aber Mişa war schon nach wenigen Jahren gestorben, an

Übergewicht und Langweile. Oder an derselben Melancholie, an der auch ich gelitten hatte.

Unten wartete Eugene in seiner Limousine. Eugene, der uns mit seinen Erzählungen den ersten Tag in Amerika gründlich vermasselt hatte. Er war korrekt gekämmt und rasiert und trug ein frisch gebügeltes Hemd. Wir bückten uns zum Fenster hinunter und grüßten ihn, denn auch diesmal stieg er nicht aus. Nie würden wir ihn stehend sehen, als ob er beschlossen hätte, eins mit seinem Auto zu werden und mit diesem gemeinsam zu altern.

Denn das war die einzige Veränderung: Eugene hatte zugenommen und war gealtert, er saß gebückt am Steuer und sah aus, als ob er dort eingekerkert, einzementiert wäre. Auf dem Beifahrersitz türmten sich die Dinge, die er zum Leben brauchte. Von denen wir nicht wussten, wie sie in sein Auto gekommen waren, da er nie ausstieg. Medikamente, Becher, Tücher, Papier, Essen, Bücher, Pullover, Wasserflaschen.

Sein Chevy zeigte deutliche Spuren des Alterns. Ein bisschen Rost hier, ein Riss im Lederdach oder im Überzug des Sitzes dort, ein Licht, das nicht funktionierte, ein zersprungener Spiegel. «Kommt rein, Leute, der Professor wartet bestimmt schon auf uns.» Denn für die Einbürgerung brauchten wir zwei Paten – am besten ein Ehepaar –, aber in zwei Wochen war kein passendes Ehepaar aufzutreiben gewesen. Die Russen kamen nicht infrage, obwohl wir zu ihnen ein engeres Verhältnis hatten als zu vielen Amerikanern. Sie waren immer da, wir grüßten uns täglich. Irgendwann wurden sie wieder versetzt, aber sie blieben lange genug, damit wir ihre Verrücktheiten kennenlernten.

Robert, der endlich zum Smithsonian wechseln konnte, hatte mehr Bezug zum Plankton im Ozean als zu seinen Kollegen. Wir dachten an Donovan, aber seit seinem Rausschmiss war er verschollen. Der Professor sagte zu, aber er konnte nur sich selbst mitbringen, denn er war nicht verheiratet.

Eugene sagte auch zu, aber nur nachdem er sich versichert hatte, dass er nicht dabei sein musste. Denn das sähe doch verrückt aus, zwei Männer als Paten, das sähe schwul aus. Das sei schlecht fürs Geschäft. Er bleibe im Auto, hatte er am Telefon gesagt. Wir könnten sagen, er sei gelähmt, und wenn man unbedingt sein Einverständnis haben wollte, dann könne man ruhig zu ihm ans Autofenster kommen.

Der Professor war tatsächlich schon da. «Wo habt ihr denn gesteckt? Es geht bald los», sagte er, als wir ausstiegen. Es war eine Masseneinbürgerung, mit weniger gab man sich in Amerika nicht ab. Man wartete auf uns vor dem Festsaal mit Kartons voller Papierfahnen. «Halten Sie sie in der Hand, stecken Sie sie nicht in die Tasche. Man muss sie sehen können. Haben Sie denn nur einen Paten?», fragte die Frau, die sich um uns kümmerte. «Wo ist Ihre Frau?», wandte sie sich an den Professor. «Wir haben einen zweiten Mann, aber der ist unten im Auto. Er ist lahm, sehr lahm», meinte ich. «Ein zweiter Mann? Das geht nicht. Haben Sie keine Frau?», fragte sie ihn wieder.

«Meine Frau ist tot, sehr tot. Aber sie wäre glücklich zu sehen, wie diese drei Menschen Amerikaner werden.» Das gefiel der Dame nicht, das war gegen die Regeln. Sie ließ uns allein und ging sich erkundigen. «Was war das denn? Sie waren doch nie verheiratet», flüsterte ich ihm zu, als wir in den beflaggten Saal gingen. «Das war mein Lügenbonus», meinte er und zwinkerte mir zu. «Mein Vater hat immer gesagt, dass ein Reicher niemals lügen darf. Denn er hat bereits so viel, dass er nicht mehr täuschen darf, um an noch mehr ranzukommen. Aber der Arme, der darf einmal lügen. Einmal kann er probieren, mehr zu bekommen. Das zählt nicht, und wenn überhaupt, dann nur geringfügig. Das Sündenregister des Armen würde nicht bei eins anfangen, sondern bei zwei. In diesem Sinne, Zaira, habe ich Ihnen meinen Lügenbonus geschenkt.»

Man war nicht zufrieden, dass wir keine normalen Paten hatten. Die Dame stemmte mehrmals hilflos die Hände in die Hüften, dann willigte sie ein, zu Eugene hinunterzugehen. Wir klopften an sein Fenster und bückten uns alle hinunter. «Sind Sie einverstanden, dass diese drei Leute Amerikaner werden, *Sir*?» Eugene schluckte schnell herunter, was er gerade essen wollte, fast verschluckte er sich. «Oh, ja, *M'am*. Wenn jemand es verdient, Amerikaner zu werden, dann diese Leute hier.» «Und Sie heißen wie?»

«Eugene Ionescu.» Sie notierte seinen Namen. «Und Sie sind wirklich lahm?» «Oh, ja, *M'am*, so lahm, wie es nur geht.»

Am Ufer des Potomac füllten wir unsere Gläser auf, tranken gierig und lachten über unseren Streich. «Gut, dass sie mich nicht gefragt hat, wie ich ein Auto fahren kann, wenn ich lahm bin», meinte Eugene. Er goss sich Kaffee aus einer Thermosflasche ein und schluckte ein paar Pillen. Man dürfe nicht allzu gesund sein, bemerkte er. Sonst glaube man, dass es ewig so weitergehe. Ein bisschen krank sein, das tue gut, damit man sich nicht ans Leben kralle. «Du bist aber sicher sehr gesund, Robert», sprach er weiter. «Dir fehlt sicher nichts. Sonst könntest du doch gar nicht tauchen. Mit dir stimmt doch alles, nicht wahr?» «Was genau macht ein Meeresbiologe?», fragte der Professor, um uns von Eugenes Spott abzulenken.

Bevor Robert antworten konnte, legte Ioana los: «Robert ist hinter dem Plankton her. Es hängt viel vom Plankton ab, die ganze Zukunft hängt davon ab, müssen Sie wissen. Das ist eine sehr wichtige Arbeit, nicht wahr, Robert? Erzähl doch von der Fluoreszenzmikroskopie und den Foraminiferen.» «Nur langsam, sonst bringst du alles durcheinander!», rief Robert ihr zu. «Gar nichts bringe ich durcheinander. Ich kenne das Ganze gut, so oft, wie du es mir erzählt hast.»

«Ich weiß doch gar nicht, ob die Leute das hören wollen.» Robert war das Ganze peinlich.

«Doch, wir wollen», sagte der Professor. «Womit jagt ein Biologe Plankton?», fragte Eugene. «Lass mich das mal erklären!» Robert nickte, und Ioana – eine Ioana, die ich so nicht kannte – glühte vor Freude. «Plankton ist mikroskopisch klein und lebt im Meer. Manches davon ist extrem winzig, wie das Nanoplankton. Das sind Viren, manche sind bis zu zwei Mikrometer groß. Wie viel ist das, ein Mikrometer, Robert? Der wievieltste Teil eines Meters ist das noch mal?» «Der millionste Teil.» «Man höre und staune!», sagte sie. «Ein Mikrometer schreibt man so.»

Sie nahm ein Blatt Papier und einen Kugelschreiber und schrieb das Symbol dafür auf. «Dann gibt es noch die Flagellaten, die ganz spannend sind. Wieso sind sie spannend, Robert?» «Sie sind spannend, weil sich bei ihnen das Pflanzen- und das Tierreich vermischen. Manche sind Tiere und andere Pflanzen. Wiederum andere können sich nicht entscheiden und sind beides.»

Ioana schien die Welt rundherum zu vergessen.

«Dann gibt es noch die Dinoflagellaten, und das sind Tiere, die einen Panzer tragen. Wie heißen die nächsten, Robert?» «Mensch, ich verstehe gar nichts mehr», protestierte Eugene. «Sie verstehen schon», fauchte ihn Ioana an. «Sie würden noch mehr verstehen, wenn Sie sich ein bisschen anstrengen würden.»

«Ciliaten heißen die», fügte Robert hinzu. «Ciliaten, genau», fuhr Ioana fort, «dann kommen die Amöben und dann die Foraminiferen. Die haben eine Schale, und daraus kann sogar Gestein werden. Die Kalkfelsen einer deutschen Insel bestehen aus so etwas, hast du gesagt. Danach kommen die Algen, die Kieselalgen, das ist das Wichtigste, was es im Meer gibt. Jetzt bin ich aber ganz still, ich sage kein Wort mehr. Erzähl du, wie du das alles fängst und was du damit machst.»

Ioana schwieg atemlos, ihre Brust hob und senkte sich, wie

nach einer großen Anstrengung, sie war ganz außer Atem geraten. Eugene schaute uns im Rückspiegel an, und der Professor war ausgestiegen und hatte sich ein wenig entfernt.

«Nun, wie fängt man also Plankton? Mit Netzen. Wir ziehen die Netze hinter dem Schiff her, die sinken so tief wie die Wasserschicht, aus der wir Material haben wollen. Na ja, und dann ist man eine Woche draußen auf dem Meer gewesen, man kommt nach Hause und hat Arbeit für sechs Monate. Man tötet alles ab, dann färbt man es mit einem Fluoreszenzfarbstoff, das könnte...»

«Acridin-Orange oder DAPI sein», mischte sich Ioana wieder ein. «Es leuchtet so schön blau, ein Sternenhimmel ist es. Ich habe es gesehen, als Robert mich ins Labor mitgenommen hat.»

«Wenn man es drei Wochen lang acht Stunden am Tag zählen muss, sieht man nur noch Sterne, aber keinen Himmel mehr.» Robert lachte.

«Was macht man mit so was, wenn man es gezählt hat?», fragte der Professor.

«Man studiert die Nahrungskette, oder man schaut, wie das Meer auf Verschmutzung reagiert. Solche Dinge eben.» «Was ist denn eine Nahrungskette?», wollte Eugene wissen. «Am Anfang ist die Alge, und die wird von Krebsen gefressen, und die Krebse von kleinen Fischen und diese von großen Fischen, und am Schluss stehen wir», erklärte uns Ioana wieder.

«Verdammt», fluchte Eugene. «Jeder frisst jeden, nicht wahr, Robert? Das ist der Lauf der Dinge im Leben. Nur die Rücksichtslosen bestehen.»

«Was hast du eigentlich gegen Robert?, herrschte ich ihn an. «Was hat er dir getan? Nie hast du ein gutes Wort für ihn. Bist du eifersüchtig, Eugene? Weil Robert eine Familie hat und du keine? Weil du dauernd in diesem Auto sitzt und Robert frei herumläuft?»

Ich biss mir auf die Zunge, ich bereute, was ich gesagt hatte, so wie ich damals im Puppentheater bereut hatte, Traian verletzt zu haben. Eugene setzte mehrmals an, um etwas zu antworten, aber erst nach einigen Minuten murmelte er schließlich: «Vergiss es. Es ist nichts.»

«Auf euch! Auf uns! Auf Amerika!», prosteten wir uns zu. Das war also unser amerikanischer Abend am Potomac, mit der untergehenden Sonne vor uns, glühend wie die Wangen meiner Tochter, die ich für blutleer gehalten hatte.

Das Erste, was wir als Amerikaner taten, war, uns ein kleines Haus auf Raten zu kaufen. Ioana bekam ihr eigenes Zimmer im Untergeschoss, falls sie es einmal brauchen würde. Das Zweite war, mich daran zu gewöhnen, sonntags nicht mehr nach Eugenes Limousine Ausschau zu halten, wie sie in unsere Straße einbog und dann direkt unter unseren Fenstern stehen blieb. Und auch an den anderen Tagen nicht mehr.

Immer wieder waren Robert und Ioana mit Eugene irgendwohin an die Küste zum Malen gefahren. Ioana malte inzwischen fast leidenschaftlicher als Robert. Sie stellte schon am Abend alles bereit, und morgens stand sie vor uns auf, riss die Tür zu unserem Zimmer auf und rief: «Hopp, hopp, die Sonne wartet nicht!» Wenn sie abends wieder zurück waren, machte sie die Pinsel und die Malkästen sauber, versorgte die Bilder und konnte noch Stunden danach über die Abenteuer des Tages reden.

An einem der Sonntage nach unserer Einbürgerung wartete Eugene plötzlich vor *Chez Odette*. Ich brachte ihm Essen aus dem Restaurant und setzte mich in den Fond. Dort, wo schon seit Jahren mein Platz war. Seine Finger spielten unruhig auf dem Armaturenbrett, er pfiff vor sich hin und wollte nicht damit aufhören.

«Ist irgendetwas passiert? Habt ihr einen Unfall gehabt?» Er zuckte mit den Achseln. «Du bist seltsam, Eugene. Was ist los mit dir? Hast du getrunken?» «Ich und trinken.»

Dann pfiff er wieder eine bekannte Melodie.

«Sag was! Das ist doch nicht normal.»
Er sagte nichts.
«Du machst mich wahnsinnig. Bist du jetzt nicht bloß einfach exzentrisch, sondern auch noch verrückt geworden?»
Eugene versuchte etwas zu sagen, aber nichts kam ihm über die Lippen. Jedes Mal, wenn ich ihn zu reden aufforderte, pfiff er einfach. Erst zum Schluss, als ich bereits aussteigen wollte, hörte ich ihn sagen: «Ich werde nicht mehr kommen, Zaira.» «Wie das, du kommst nicht mehr?» «Ich habe wieder mehr Kunden, auch sonntags. Ich kann sie nicht ablehnen, Geschäft ist Geschäft. Mein Angebot galt eigentlich nur gelegentlich, ausnahmsweise. Ich habe euch den kleinen Finger angeboten, und ihr habt die ganze Hand genommen. Ich kann nichts dafür, wenn ihr gedacht habt, dass das jetzt für alle Zeiten so weitergehen würde.» «Bist du deshalb so mit Robert umgesprungen? Weil wir deine Zeit verschwendet haben? Oder weil er jemanden hat und du allein bist?»
Er zuckte mit den Achseln.
«Glaub, was du willst, aber das Geschäft geht vor. Es geht immer ums Geschäft, das habe ich euch schon am ersten Tag gesagt. Das weißt du so gut wie ich. Du bist nicht mehr ganz neu in Amerika.»
«Was sagst du da? Das Geschäft geht immer vor? Bist du noch bei Trost?»
Jetzt schwieg er eine Weile.
«Nein, ich kann unmöglich weiter ans Meer fahren. Ich habe wirklich Aufträge. Du kannst dir gar nicht vorstellen, wie gut es meiner Firma plötzlich geht.»
Ich schnappte nach Luft und suchte nach irgendetwas, um auf ihn einzuschlagen, aber ich hatte nur meine Fäuste. Ich trommelte damit auf seinen Rücken und schrie ihn an: «Hör mal zu! Ich weiß nicht, was du dir gedacht hast, aber ich weiß, dass du von Anfang an zu uns gehört hast. Du hast keine eigene Familie, vielleicht ist es das. Vielleicht hältst du

es deshalb bei uns nicht mehr aus. Du willst jetzt verschwinden? Das hättest du dir früher überlegen müssen. Jetzt ist es zu spät dazu. Du kannst dich nicht mehr davonstehlen.»

Zum ersten Mal sah er mir in die Augen, im Rückspiegel. «Was ist der Grund, Eugene? Erkläre es mir. Sag mir, dass du wieder Lust hast, ganz allein zu sein. Dass du dich lieber hier in deinem Auto begraben lassen möchtest, als mit wirklichen Menschen zu tun zu haben. Dass du unfähig bist, Freundschaften einzugehen. Ich weiß nicht, wie du so geworden bist, wie du bist, aber du kannst nicht mit diesem verdammten Chevy verschmelzen. Der ist bald nur noch ein Haufen Rost. Du kannst nicht nur von der Erinnerung an deine Mutter leben.»

Er lief rot an und haute mit der Faust gegen die Fensterscheibe. «Das lasse ich mir nicht bieten! Steig aus, Zaira! Ich kann dir nicht helfen. Niemand kann es.» «Wie du willst, Eugene. Ich werde Robert von dir grüßen.» «Das ist nicht notwendig.» Ich blickte dem Chevy, seinem treuen Freund, hinterher und dachte, dass ich nun auch Eugene verloren hatte.

Robert und Ioana waren gar nicht überrascht. Eugene habe mehrmals gedroht, sie nicht mehr zu fahren, seine Limousine sei wie er schwerfällig geworden. Sie brauchten zu lange, um überhaupt an die Küste zu kommen, die Sonne stünde bereits weit am Himmel. Und Eugene wollte gar nicht an die schönsten Orte fahren, wo nur Schotterpisten hinführten. Er hätte Angst um seinen Wagen, und deshalb hätten sie sich auch oft gestritten. Sie würden vom jetzt an unser eigenes Auto dazu benutzen.

Nachts, im Bett, fragte ich Robert: «Hast du eine Ahnung, was Eugene gegen dich hat? Du bist doch ein guter Mann.» «Er ist eifersüchtig. Verbittert und eifersüchtig. Weil er niemanden hat, ich aber euch habe.» «Ja, das wird es wohl sein. Das habe ich auch schon vermutet. Gute Nacht, Robert.» «Gute Nacht, Zaira.»

4. Kapitel

Dejan schrumpfte immer mehr. Er nahm ab, wurde dünn, als ob er wollte, dass ihn eine Windböe davontrüge. Nicht er wuchs aus den Kleidern heraus, so wie ein Kind, sondern sie wuchsen über seine Arme, Gelenke und seine Schultern hinaus. Sie nahmen ihn in Besitz, hüllten seine Knochen ein, seine Haut, die mit Flecken übersät war. Er wurde zuerst unter seinen Kleidern begraben, bevor er unter die Erde kam.

Dejan wurde auch seltsam, vergesslich und müde. Er litt nicht weniger an Odette jetzt, da sie tot war, als früher. Dieselben Geschichten, diesmal in der Vergangenheitsform. Er murmelte sie vor sich hin, wenn er kochte, er erzählte sie dem Personal und verfolgte die Kellner von einem Tisch zum anderen, die ihn ignorierten. Der Professor und ich sahen uns ratlos an.

Je mehr Dejan schrumpfte, desto mehr fiel er durch seinen Geruch auf. Er pflegte sich nicht, roch schlecht, sodass ich ihn in die Küche verbannte. Als er sich aber nicht mehr verbannen ließ, immer wieder nach vorne kam, die Gäste mit seinen Geschichten störte, als er immer wieder auf mich zeigte und ihnen zuflüsterte: «Die Frau stiehlt mir das Geschäft», schickte ich ihn nach Hause. Fortan empfing ich die Gäste, führte ich sie an ihre Tische, unterhielt ich mich mit ihnen und nahm ihre Bestellungen auf. Den neuen Koch führte ich in Zsuzsas Geheimrezepte ein.

Abends packten der Professor und ich Essen ein und fuhren zu Dejan. Wir fanden ihn immer verwirrter und aufbrausender vor. Seine Augen und Wangen waren Krater, seine Brust war eingefallen wie ein erloschener Vulkan. Wir machten Ordnung, putzten, manchmal wusch ihn der Professor sogar. Wenn er aber die Tür nicht öffnen wollte und wir oft genug seinen Namen gerufen und gegen die Tür getreten hatten, stellten wir das Essen davor ab. Bis Dejan uns gar nicht mehr öffnete und an seiner Stelle Mr. Brown in unserem Restaurant auftauchte. Er kam Abend für Abend, immer allein und zurückhaltend, aber er behielt uns im Blick. Er rief morgens an, wollte immer denselben Tisch haben, kam immer zur selben Zeit und aß immer dasselbe.

Ein kleiner Mann mit kleinem Bauch, ein bisschen zu weiß – sogar seine Pupillen waren milchig –, ein bisschen zu korrekt gekleidet. Aber von dieser Sorte hatten wir viele. Er unterschied sich nicht von den Politikern und Anwälten, von den Geschäftsleuten, deren Hunger wir regelmäßig stillten. Sobald er fertig gegessen hatte, zündete er sich eine Zigarre an, sog genüsslich den Rauch ein, lehnte sich an die Wand, schloss die Lider, aber ihm entging nichts, was im Raum geschah.

«Haben Sie eine Ahnung, wer der Mann ist?», fragte mich der Professor. «Nein, aber ich werde es gleich erfahren.» Ich nahm meine Schürze ab und ging an seinen Tisch. «Es schmeichelt uns, *Sir*, dass wir Sie so oft zu Gast bei uns haben. Offenbar schmeckt Ihnen unser Essen sehr, und Sie fühlen sich wohl bei uns, sonst würden Sie nicht jeden Abend hier verbringen. Wie haben Sie denn von uns erfahren? Wer hat Ihnen unser Restaurant empfohlen?» Er drückte die Zigarre aus, trank einen Schluck Wein und sagte leise, aber überdeutlich: «Setzen Sie sich hin, Zaira. Ich bin kein Kunde von Ihnen.» «Was sind Sie dann?» «Ich bin Ihr Boss. Ab morgen jedenfalls. Dejan verkauft mir das alles. Nehmen Sie bitte Platz.» Seine Einladung wäre nicht mehr nötig gewesen.

Natürlich habe er von *Chez Odette* gehört, sich aber nie dafür interessiert, sagte Mr. Brown. Seine Spezialität waren die Nachtbars, wo man sich im Dämmerlicht und in den Separées traf, fürs Geschäft und für die Seitensprünge. Als er das erste Mal Dejan am Telefon hatte, der ihm das Lokal anbot, hielt er ihn für einen verwirrten alten Mann. Dejan wollte schnell handeln, bevor andere, lauter Diebe, es übernahmen. Bevor sie ihn vergifteten, um an das Juwel heranzukommen.

Zuerst aber hätten sie sich in sein Vertrauen eingeschlichen, wie früher seine Frau, hatte Dejan gesagt. Heutzutage sei niemandem mehr zu trauen, am wenigsten seiner eigenen Frau. Die sei mit einem Jüngeren, einem Araber, durchgebrannt. Dann habe er eine Tellerwäscherin gesucht und sie auch gefunden. Aber von Anfang an habe sie mehr gewollt, als sie bekam. Es hätte ihn warnen sollen, dass sie schon ans Kochen dachte, noch bevor sie anfing, die Teller zu waschen, aber er habe sie trotzdem angestellt. Zaira – diese Schlange von einer Frau – sei schnell aufgestiegen. Sie habe ihm und dem Professor mit ihrer k.-u.-k.-Küche den Kopf verdreht.

Bestimmt habe sie irgendetwas mit ihrer Hexenküche bezweckt. Das war Gift für einen Mann. Dem Professor habe der Alkohol die eine Hälfte des Verstandes geraubt und Zairas Essen die andere Hälfte.

Zaira sei gut getarnt, man könne sie sogar gern haben. Aber genau das wolle sie: den Verstand der Männer mit ihren Suppen, ihren Soßen und ihrem Braten, mit ihren Torten einschläfern und ihnen dann den Todesstoß versetzen. Er sei ihr nur knapp entgangen, weil er seit Langem aufgehört habe zu essen, was sie ihm auftischte. Er frage sich, wie viele der Senatoren, Gouverneure oder Anwälte, die das Gleiche wie der Professor aßen, noch gesund im Kopf seien. Gemessen an dem Unsinn, den sie im Fernsehen sagten, nicht viele.

Mr. Brown hatte aufgelegt, aber einige Minuten später hatte Dejan wieder angerufen. Er solle sich nie von Frauen bekochen lassen. Der Mann beherrsche die Frau von außen, die Frau aber den Mann von innen. Aus den Eingeweiden. Als Mann schlafe man nicht nur neben seinem Feind, der Feind schlafe auch in seinem Innern. Er habe sich in seinem Leben von zwei Frauen bekochen lassen, und das seien zwei Frauen zu viel. Mr. Brown sollte ihn besuchen, um zu sehen, was aus einem Mann würde, in dem das Gift zweier Frauen stecke.

Wieder hatte Mr. Brown aufgelegt, wieder rief ihn Dejan an. Diesmal nannte er nur den Preis, einen Spottpreis, und in Mr. Brown keimte die Neugierde auf. Er musste nur noch prüfen, ob Dejan fähig war, einen Vertrag zu unterschreiben. Vor Dejans Tür entdeckte er die Mahlzeit, die wir dort abgestellt hatten. Er musste lange mit dem Alten verhandeln, bis er ihm öffnete. Er konnte nur mit einem Taschentuch vor der Nase hineingehen. Es roch nach allen Gedärmen der Welt, nach verschimmeltem Essen, nach aufgetürmtem Abfall, nach Urin. Der Spannteppich war mit Schmutz überzogen, die Tische ebenfalls, die Regale, der Körper des Alten. Dejans Haut war voller Schuppen, aber der Funke Verstand, den er für den Vertragsabschluss brauchte, war noch da. Das hatte Mr. Brown sofort in Dejans Augen gesehen. Ohne diesen Funken hätte er keine weitere Minute in jener Wohnung verloren.

Am nächsten Tag würden Dejan und er den Vertrag unterzeichnen. Er hatte sich in den letzten Wochen davon überzeugt, was für ein Potenzial im *Chez Odette* steckte. Er hatte Großes vor, eine Cocktailbar, wie sie Washington noch nie gesehen hatte, keine für den billigen Geschmack, sondern fein und vornehm. Und ein Restaurant, dafür würde er das Haus nebenan dazukaufen. Die Pläne lägen schon vor, seine Architekten seien schon damit beschäftigt. Man müsse Personal anstellen, Leute, die etwas vom Geschäft verstünden. Man müsse hier einiges umstellen. Man müsse ausmisten.

«Habe ich Sie richtig verstanden, Mr. Soundso? Heute sind Sie noch nicht mein Chef, sondern erst morgen?», unterbrach ich ihn. Ich atmete schwer und nestelte an einem Zipfel meines Jacketts.

«Genau, Zaira.»

«Dann sage ich Ihnen, dass Sie sich jetzt zum Teufel scheren sollen. Sie nützen einen alten, verwirrten Mann aus, platzen hier rein, stellen uns unter Beobachtung, lassen sich von uns füttern, und dann sagen Sie uns, dass Sie hier ausmisten wollen? Dass Sie neue Leute wollen, die etwas vom Geschäft verstehen? Dass Sie uns hier eine soundso Bar hinklotzen wollen? Ich kenne Sie, Mister, ich habe von Ihnen schon gehört.»

Ich stand auf, meine Stimme wurde immer lauter, sodass mich alle anderen anstarrten.

«Sie haben dieses Lokal am Lafayette-Platz, praktisch im Vorgarten des Weißen Hauses. All die Stabschefs und Assistenten der Stabschefs und Abgeordneten sitzen dort die halbe Nacht, nachdem sie am Tag mit Breschnew oder Castro fertig werden mussten. Oder mit dem Finanzhaushalt. Man sagt, unsere Politik werde in Ihren Separées gemacht. Man sagt, dass diese Politik ziemlich feucht ist, weil sich dort alle besaufen. Und man sagt, dass es bei Ihnen die teuersten Nutten der Stadt gibt.»

Er grinste mich an.

«Wir brauchten Jahre, um *Chez Odette* dorthin zu bringen, wo es heute steht. Ich habe Teller gewaschen, gekocht, bedient, geputzt, und wenn ich fertig geputzt hatte, habe ich wieder von vorn angefangen. Jetzt kommen Sie und wollen uns auskehren? Sie haben aber keinen passenden Besen für uns!»

Mittlerweile schrie ich, und immer noch grinste er mich an.

«Seien Sie vernünftig, Zaira. Setzen Sie sich. Ich wollte mit Ihnen reden», versuchte er mich zu besänftigen.

«Nein, Zaira ist nicht vernünftig. Haben Sie nicht gehört, was Dejan gesagt hat? Vielleicht hat er recht. Vielleicht bin ich verwegen und unberechenbar, und wenn Sie nicht sofort das Restaurant verlassen, werde ich Sie verwünschen. Schon seit Jahrzehnten esse ich meine eigene Suppe, Sie können sich vorstellen, wie giftig ich sein kann.»

Der Mann lächelte mich immer noch an, milde, als ob er es mit den Launen eines Kindes zu tun hätte. Oder eben einer Frau.

«Sehen Sie mich nicht so an. Ich meine, was ich sage.»

«Wer sagt, dass ich Sie nicht ernst nehme?»

«Dann stehen Sie auf und gehen Sie. Morgen können Sie kommen und ausmisten, aber heute bestimme immer noch ich. Professor, bringen Sie bitte dem Herrn seinen Mantel.»

Er zog den Mantel an, ich hielt ihm die Tür auf, er zögerte, wollte mir die Hand entgegenstrecken, steckte sie aber schließlich in die Hosentasche. Auf der Straße wollte er seine Geldbörse ziehen.

«Ich muss noch bezahlen.»

«Sie schulden uns nichts. Jedenfalls nichts, was sich mit Geld begleichen ließe. Und wenn Sie morgen als Chef zurückkommen, liegt meine Kündigung bereit. Ich lasse mir von niemandem kündigen. Noch nie hatte es jemand aus unserer Familie nötig, sich von einem wie Ihnen wegschicken zu lassen.»

Spät in der Nacht knipste ich die Lichter aus, sperrte die Tür zu und suchte die Straße nach einem Taxi ab. Ich erschrak, als ich im Dunkeln eine Gestalt sah. Ich drehte mich um und beschleunigte meine Schritte. «Zaira, warten Sie!», rief mir Mr. Brown zu. Er holte mich ein und stellte sich vor mich. «Sie hatten recht. Ich habe mich heute Abend bei Ihnen unmöglich aufgeführt. Wenn mir einer in meinem Büro sagen würde, dass er alles, was ich habe, kaufen wollte, ohne sich um mich zu kümmern, würde ich ihn erschießen. Seit dreißig Jahren baue ich mir mein kleines Reich auf, so wie Sie Ihr Restaurant. Mein Auto steht da, steigen Sie ein, ich fahre Sie nach Hause.»

«Ich denke nicht daran.»

Wir gingen also zu Fuß weiter.

«Darf ich Sie begleiten? Sie kommen aus Rumänien, habe ich erfahren. Rumänien ist kommunistisch. Waren Sie Kommunisten, Sie und Ihr Mann?»

Ich blieb stehen.

«Das geht Sie nichts an. Ich glaube, ich gehe allein weiter. Gute Nacht.»

«Offensichtlich mache ich heute wirklich alles falsch. Es tut mir leid, es war eine dumme Frage. Aber für das, was ich Ihnen vorschlagen möchte, muss ich die Antwort kennen.»

«Sie haben etwas mit mir vor?»

«Bitte, antworten Sie mir.»

Wir setzten uns wieder in Bewegung. Ich schwieg eine Weile, bevor ich sagte:

«Rumänien ist kommunistisch, aber die Rumänen sind Ommunisten, glauben Sie mir.»

«Was ist der Ommunismus?»

«Meine Tochter hat das früher gesagt. Mein Mann und ich haben das Wort übernommen, damit uns der Kommunismus nicht auffrisst. Über den Ommunismus kann man lachen, der Kommunismus aber hat Millionen umgebracht. Und jetzt sind Sie dran. Was wollen Sie mir vorschlagen?»

Er schwieg für einen Moment und räusperte sich mehrmals, bevor er erzählte:

«Meine Eltern waren Iren. Sie kamen aus einem dreckigen Dorf unweit von Dublin. Sie hatten kaum genug, um mehr als nur einmal am Tag zu essen. Ihre Kleider trugen sie so lange, bis sie zerschlissen waren und Mutter sie nicht mehr stopfen konnte. Mein Vater war Tagelöhner. Er zog umher, ein bisschen Landwirtschaft hier, ein bisschen Fabrikarbeit dort. Als sie dann in Ellis Island ankamen, wusste er, dass er hier mehr erreichen konnte. Dafür musste er aber für sich werben. Aber wofür sollte er werben, da er kaum etwas richtig gut konnte? Dann hatte er eine Idee. Er ließ einen Zettel drucken, auf dem er die Leute aufforderte, ihm zu schreiben, wenn sie eine Arbeit suchten oder wenn sie eine Stelle frei hätten. Mutter und er sind zu Fuß durch ganz New York gezogen und haben die Zettel verteilt. Lange ist gar nichts passiert, aber dann sind die ersten Briefe gekommen, zuerst einzeln, später säckeweise. Die ersten erfolgreichen Vermittlungen sind mehr durch Zufall zustande gekommen als durch das Talent meines Vaters.

Er stellte seinen ersten Mitarbeiter ein, nach zwei Jahren kamen zehn weitere dazu, denn Vater führte inzwischen eine richtige Firma. So wurde er vielleicht nicht der erste, aber der reichste Arbeitsvermittler an der Ostküste.»

«Wieso erzählen Sie mir das alles?»

«Wissen Sie, was mein Vater auf seinen Zettel geschrieben hat? *Erfahrener Psychologe, der bei Sigmund Freud studiert hat, bietet seine Dienste an.* Er behauptete, er könne sofort erkennen, wer zu wem passe, ganz nach den Regeln der fortschrittlichen Psychologie. Von Freud hatte mein Vater nie etwas gelesen, nur den Namen auf einem Buchdeckel, den er auf dem Schiff gesehen hatte.»

«Ja, und?»

«Mein Vater hat immer gekämpft, zuerst, als er arm war, und später, als er reich wurde. Er war zweimal arm, das erste Mal, als er hier ankam, und das zweite Mal nach dem Börsencrash. Zweimal wurde er reich. Er sagte mir: ‹Junge, keiner hat gelebt, der nicht kämpfen musste. Der nicht beinahe alles verloren und sich trotzdem nicht umgebracht hat. Der immer weitergemacht hat.›»

«Das erinnert mich an einen Mann, den ich sehr... nun ja, es ist lange her. Jedenfalls hat er auch immer gesagt: ‹Man soll sich nie aufgeben. Es gibt immer etwas, das man noch machen kann.› Trotzdem hat er wie ein Loch getrunken.»

Mr. Brown kam nun auf sein eigentliches Anliegen zu sprechen: «Ich weiß, dass Sie ausgezeichnet mit Ihren Gästen umgehen können. Dass Sie sie jederzeit im Griff haben, sogar wenn Sie von Tisch zu Tisch gehen und sich ihre Witze anhören müssen. Sie wissen genau, wie Sie es haben wollen. Was der Kunde von ihnen denken soll und wie Sie das erreichen. Sie machen sich nicht vor Ihnen krumm, manche von denen bücken sich vor Ihnen. Sie schaffen es, dass man Sie mag und immer wieder zu Ihnen kommt. Das Essen ist nur ein Teil der Anziehungskraft Ihres Lokals. Sie sind der andere Teil. Heute

Abend habe ich gesehen, dass Sie mehr können. Sie können sich durchsetzen. Sie erreichen es, dass man Sie nicht übersieht. Kurzum, Sie können jemanden streicheln, aber auch ohrfeigen, im übertragenen Sinne selbstverständlich. So jemanden brauche ich.»

«Wozu?»

«Als Geschäftsführerin in der Cocktailbar *Chez Odette*. Ich brauche Sie, um das Ganze zusammenzuhalten. Das ist mein Vorschlag. Sie gehen außerdem parallel dazu ein Jahr in die Schule, und ich helfe Ihnen, so gut ich kann. Sie lernen alles, was Sie dazu brauchen. Diese White-House-Leute sind sehr anspruchsvoll, erwarten erstklassigen Service, besondere Aufmerksamkeit und hin und wieder einen Drink auf Kosten des Hauses. Die meisten Kellnerinnen werden hübsche Studentinnen sein, auf die Sie ein Auge werfen müssen, weil unsere Gäste es ebenfalls tun. Einen Teil unseres Erfolgs verdanken wir diesen Mädchen, ihretwegen kommt der eine oder andere Politiker. Manchmal gehen sie mit so einem ins Bett und meinen, sie hätten eine gute Partie gemacht. Aber nach zwei, drei Malen lässt er sie wieder fallen, und sie kommen verweint zur Arbeit und sind zu nichts mehr zu gebrauchen. Man muss streng mit ihnen sein und sie zügeln. Aber haben Sie keine Angst, hier möchte ich keine Huren haben. Ich möchte eine respektable Bar. Deshalb müssten Sie auch die Edelhuren fernhalten, die sich immer hineinschleichen wollen, wenn sie Geld riechen. Man muss sie unterscheiden von den Ehefrauen der Senatoren und Anwälte, was oft schwer ist, weil sie alle ein bisschen gleich aussehen. Und dann sind da noch die Politiker und Anwälte selbst, die sich gern besaufen. Man muss sie diskret besänftigen und nach Hause fahren lassen. Dann müssten Sie Arbeitspläne machen, alles über Alkohol, Cocktails und Lebensmittel wissen.»

Ich stieg die Stufen zur Haustür hoch und wandte mich ihm zu.

«Warum tun Sie das für mich? Ich meine, ich bin nicht mehr so jung wie die Damen, die Sie sonst beschäftigen. Ich bin über fünfzig.»

«Seien Sie nicht albern, Zaira. Wenn Sie jung wären, würde ich Ihnen das nicht anbieten. Sie haben so gut für sich gekämpft, das hat mich an meinen Vater erinnert.»

Als ich die Tür schon hinter mir schließen wollte, rief er mir noch hinterher: «Ich hoffe, dass Sie nichts gegen Abendkleider haben. Denn das wird Ihre Arbeitskleidung sein. Vorausgesetzt, Sie nehmen mein Angebot an.»

Nur der Professor war konsequent. Als Mr. Brown am nächsten Tag auftauchte, lag seine Kündigung auf dem Tisch. So wie Dejan ihm trotz seiner Trinkerei treu geblieben war, so blieb er jetzt Dejan treu, trotz seines Wahnsinns. Er verließ noch am selben Abend *Chez Odette*. Washington schluckte ihn, so wie es auch Eugene geschluckt hatte.

• • • • •

Abend für Abend zog ich mich fein an, schminkte und parfümierte mich und stieg in Roberts Auto. Im Haus nebenan schauten die Nachbarn neugierig zu. Sie hielten mich sicher für eine von denen, die ich von der Cocktailbar fernhalten musste. Bei diesen Arbeitszeiten. Und Robert hielten sie für meinen Zuhälter, der mich um sieben Uhr abends hinfuhr und um drei Uhr morgens wieder abholte. Wenn die Sekretärin noch da gewesen wäre, hätte sie gedacht: *Jetzt hat sie aber Arbeit gefunden.* In der ersten Morgendämmerung legte ich mich für einige Stunden hin. Manchmal fehlte Robert Tage und Wochen, wenn er irgendwo im Ozean tauchte.

Ich führte Mr. Browns Bar so, als ob sie *meine* Bar wäre. Er hatte nichts dagegen. So wie die Servierdamen *meine* Mädchen waren. Wenn einer der Männer ihnen zu nahekam, ermahnte ich ihn, dass sie kein Cocktail seien, auch wenn sie genauso verführerisch aussahen. Wenn er das nicht einsehen konnte, dann hatte er wohl einen Cocktail zu viel getrunken und sollte besser nach Hause gefahren werden.

«Peter, meine Mädchen sind zart, sie verdienen eine zarte Seele, nicht eine Holzfällerseele wie die deine», sagte ich dem einem. Oder: «Luis, du hast wunderbare Hände, aber nimm sie für die Gläser.» Dann lachten alle, ich traf den Ton, den sie mochten. Weil ich aber auch streng war, gehorchten sie mir und zogen die Köpfe ein. Wenn sie betrunken waren, setzte ich mich zu ihnen, legte meine Hand auf ihre Hand und flüsterte ihnen ins Ohr, um sie nicht bloßzustellen: «Morgen hast du eine Sitzung im Capitol, willst du nicht schlafen gehen? Ich lasse deinen Mantel holen, und Jim fährt dich nach Hause. Jim, bring den Mantel des Abgeordneten.»

Als der Mantel da war, schickte ich Jim fort, um das Auto zu holen, während ich dem Abgeordneten den Mantel hinhielt, einem über zwei Meter großen Mann, der früher im College Basketball gespielt hatte. Bei dem ich mich auf die Zehen stellen und die Arme über den Kopf strecken musste, damit er in die Ärmel schlüpfen konnte. Er sah mich mit großen, traurigen Augen an – die einen Männer wurden vom Alkohol traurig, die anderen lustig – und suchte nach Möglichkeiten, eine Frau wie mich doch noch rumzukriegen. Wie ein Junge, der noch länger draußen spielen will.

«Zaira, ich liebe es, wenn du wie eine strenge Lehrerin bist. Du erinnerst mich an meine Lehrerin in Tucson. Die war genau wie du.» Dann setzte er sich wieder hin und machte es sich in seinem Sessel bequem. Er zwinkerte den anderen zu. «Ein Whiskey noch, bitte, schick die hübsche Amanda rüber.» «Ich schicke gar keinen rüber. Du hast morgen eine Sitzung über den Haushalt, und bei so einem miserablen Haushalt brauchst du einen klaren Kopf.» «Wir besprechen nur ein klitzekleines Detail des Haushalts, das ist doch kein Grund, nicht ein bisschen zu feiern.» Ich hielt ihm immer noch den

Mantel hin, schüttelte ihn leicht, spätestens jetzt verstand er, dass es Zeit war.

In der Schule lernte ich alles über Lebensmittel, Hygiene oder Personalführung. Oft saß ich bei Mr. Brown im Büro und konnte ihm Fragen stellen. «Wie spricht man mit Senatoren?» «Manchmal wie eine Mutter, manchmal wie ein Bittsteller. Das Erste beeindruckt sie, das Zweite schmeichelt ihnen. Ich habe schon gehört, dass so ein Brocken wie Ron Ihnen aus der Hand frisst. Dabei kenne ich keinen härteren Lobbyisten als ihn. Während der Ölkrise der letzten Jahre ist er über Leichen gegangen.»

«Wie spricht man mit dem Personal?» «Freundlich, aber bestimmt. Man lässt die Zügel nur dann locker, wenn es es verdient hat, und man ist immer bereit, sie wieder fest anzuziehen.» «Wie redet man mit den leichten Mädchen, die versuchen reinzukommen?» Ich hätte auf Härte getippt, ich hätte erwartet, dass Mr. Brown mit ihnen am strengsten wäre, aber sein Blick und seine Stimme wurden milder. Er lächelte kurz, ganz in sich versunken. «Wie würden Sie mit ihnen am liebsten umgehen?», fragte er zurück.

«Ich weiß nicht. Eine von ihnen heißt Amanda.» «Und wer ist Amanda?», fragte er. «Ein verwirrtes Mädchen. Sie ist kaum fünfundzwanzig und schon seit fünf Jahren auf dem Edelnuttenstrich. Amanda ist der Typ Frau, der alle nachschauen, auch wenn sie überhaupt nicht mit dem Hintern wackelt. Allein schon, dass sie es könnte, lässt die Männer aufblicken. Glauben Sie mir, all die hochgestellten Leute sind in solchen Momenten nichts als Männer mit bestimmten Fantasien. Man kann sie ihnen praktisch am Gesicht ablesen. Amanda ist blond gefärbt, hat große, staunende Augen und eine Babyhaut. Ich habe sie einmal gefragt: ‹Wie kriegst du so eine weiche Haut hin? Badest du wie Kleopatra in Ziegenmilch?› Wissen Sie, was sie mir geantwortet hat? Sie hat gesagt: ‹Nein, ich bade lieber in Whiskey. Aber für wen hält sich diese Kleopatra? Sie soll sich mal hier in meinem Revier zeigen, und ich schleife sie an den Haaren durch ganz Georgetown. Sag das der dummen Ziege. Niemand hier in der Gegend kann sich mit Amanda messen, Milch hin oder her.»»

«So eine wie Amanda will auch nur überleben», sagte er. «So wie mein Vater. Oder wie wir beide. Ich würde sagen, dass sie sie hinauswerfen sollten, wenn sie für ihre Dienste zu laut wird. Sie wird wiederkommen, solche Frauen kommen immer wieder.» «Aber sie wird nie laut. Sie braucht dazu nur ihren Hintern. Wenn einmal nichts läuft, geht sie zwischen den Tischreihen hin und her, und schon weiß jeder, dass Amanda im Dienst ist. Vor allem Joe, sie kennen ihn aus dem Fernsehen, er ist im Senat. Der ist verlegen wie ein kleines Kind, wenn sie in der Nähe ist, und errötet vor ihr. Er hat es noch nie geschafft, sie anzusprechen.»

«Wenn Amanda laut ist mit ihrem Hintern, dann werfen Sie sie raus. Wenn sie unauffällig ist, lassen Sie sie gewähren.» «Ich dachte, dass Sie keine Nutten haben wollten? Sie haben mich nicht etwa reingelegt und wollen jetzt aus meinem Restaurant eine Ihrer Schmuddelbars machen?» Er lachte. «Seien Sie nicht so misstrauisch, Zaira. Mit einer Hure haben wir noch lange kein Bordell. Sie haben gehört, wie sie ihr Revier verteidigt. Da wird sich keine andere hineinwagen.» Ich zuckte mit den Achseln. «Wenn sie also still ist, bleibt sie. Wenn sie laut wird, geht sie», wiederholte ich.

Amanda aber hielt sich nicht an die Vorstellungen von Mr. Brown. An einem kalten Novembertag, als wir in unserem größten Saal einen Empfang für über hundertfünfzig ausgewählte Leute gaben, ging plötzlich die Tür auf, so als ob der Wind sie aufgestoßen hätte. Amanda kam herein, einen teuren Mantel umgehängt, den Kopf stolz erhoben, wie eine Königin, die sich ihren Untertanen zeigt. Sie machte einige Schritte auf die Bar zu, mit der Hand überprüfte sie ihre Frisur. Dann sah sie sich um, wollte ihre Wirkung auskosten, doch sie stockte verwirrt. «Aber da ist ja gar keiner. Ich habe von draußen Stimmen gehört und gedacht: *Heute ist ein guter Tag fürs Geschäft.* Wo sind sie denn alle? Laufen dir jetzt die Kunden weg, Zaira? Lässt du ein Tonband laufen? Wenn du Amanda freie Hand geben würdest, hättest du sofort wieder ein volles Haus.» «Wir haben hinten einen Empfang. Für dich ist das aber eine verbotene Zone. Manche von denen sind mit ihren Frauen da.» «Und was soll Amanda tun, deiner Meinung nach? Soll Amanda hier wie ein braves Lamm herumsitzen und zuschauen, wie der Abend verrinnt? Nein, Amanda mag vieles sein, aber eines ist sie nicht: ein Lämmchen.»

Sie zerdrückte die Zigarette, die sie bisher nervös geraucht hatte, schob eines unserer Mädchen beiseite, prüfte im Spiegel ihr Kleid und ihr Make-up und wollte nach hinten gehen. Ich stellte mich ihr in den Weg. «Wo willst du hin, Mädchen?» «Ich zeige ein bisschen meinen Arsch, zwinkere dem einen oder anderen zu, dann wissen sie schon Bescheid, und ich brauche nur noch zu warten.» «Das tust du nicht. Du setzt dich an die Bar und bist ruhig. Außerdem», sagte ich scharf und packte sie am Unterarm, «mit solchen Einstichen zeigst du dich hier nicht mehr.»

Sie setzte sich unzufrieden auf den Barhocker, ungeduldig schaukelte sie die glatt rasierten, wohlgeformten Beine. «Nur ein bisschen vielleicht?», versuchte sie es noch einmal. Immer wieder reckte sie den Hals und hoffte, einen Blick nach hinten werfen zu können. «Das ist doch langweilig.» «Das ist alles, was wir dir heute anbieten können.»

Joe zeigte sich kurz und rief mich nach hinten. Dort zog er mich ungehalten beiseite. Amanda sei drüben, flüsterte er mir zu, aber das wusste ich schon. Vielmehr solle er darauf achten, dass mein Kleid ganz bleibe, ermahnte ich ihn. Er trinke viel, wenn er so weitermache, müsse man ihn wieder nach Hause fahren. Amanda dürfe nicht so ganz allein sitzen, fand er. Ob ich sie nicht doch rüberschicken könne. Ich erklärte ihm, dass ich zwar nicht verstehe, wieso er so sehr an ihr hänge, ihn aber davon abhalten wollte, sich zum Narren zu machen.

Er wollte wissen, ob er ihr Typ sein könnte. Ich meinte, dass sie bei den Typen flexibel sei, nur der Preis sei fix. Außerdem sei sie ein Junkie und er über dreißig Jahre älter als sie. Aber auch das beeindruckte ihn nicht, er war mir nun böse, weil ich ihm den Spaß verderben wollte. Er wurde immer herrischer – seiner Senatorenrolle entsprechend –, und wir hätten uns gestritten, wenn Amanda nicht plötzlich aufgetaucht wäre.

Ihre Wirkung war durchschlagend, die Gespräche brachen ab, und die Köpfe wandten sich ihr zu wie Sonnenblumen zur Sonne. Sie ließ ihren Blick umherschweifen, souverän, leicht überheblich. Sie warf den Kopf in den Nacken, zwinkerte Joe zu, sagte wie zur Einladung: «Na dann, meine Herren», ignorierte fleißig die Frauen, ging ein einziges Mal durch den Raum und kehrte an die Bar zurück.

Die Gespräche kamen wieder in Gang und auch die Fantasien der Männer. Dessen war sich Amanda sicher und ich ebenfalls. Sie brauchte nur noch zu warten. Dieser besondere Honig zog jeden an.

Ich lief zu Amanda, schnappte mir ihren Mantel, schob ihr die Hand unter den Arm und zwang sie aufzustehen. «Du hast hier ab heute Hausverbot. Ich will dich nicht mehr sehen.» Sie war so verblüfft, sie hatte sich so verschätzt, dass sie sich nicht widersetzte. Auf der Straße gab ich ihr den Mantel, ging wieder hinein, doch vorher hörte ich sie noch sagen: «Das kann doch nicht dein Ernst sein!» Joe wartete unruhig an der Bar. «Wieso schmeißt du sie raus?» «Wir sind kein Bordell, Joe. Wenn ich das dulde, haben wir unseren Ruf bald ruiniert.»

In diesem Moment ging die Tür ein zweites Mal auf, knallte gegen die Wand, und Amanda kam herein. «So kannst du mich nicht behandeln. Auch ich muss leben.» «So lebst du aber nicht lange. Schau dir doch deine Arme an. So stirbst du schneller, als du meinst.» Ich rief zwei Köche zu mir, die sie ein zweites Mal herausführten. Joe hatte die ganze Zeit still dagestanden und kämpfte mit sich selbst. Er kämpfte auch dann noch mit sich, als Amanda gegen die Tür trat, schrie und drohte. Und auch als von draußen nichts mehr zu hören war, kämpfte er noch immer. «Du willst hinter ihr her, nicht wahr?», fragte ich ihn. Er antwortete nicht, aber als ich nach den Gästen schaute, verschwand er. Vielleicht wollte er die Nacht mit ihr verbringen, dachte ich. Dass er aber sogar für sie betteln würde, konnte ich nicht voraussehen.

Zwei Wochen später wartete er auf der Straße vor *Chez Odette*, noch bevor wir öffneten. Ich sah ihn durchs Fenster – aufgewühlt und nachlässig gekleidet und doch auf eine unklare Art verjüngt. Er ging hastig auf und ab, strich sich dann und wann über seine Glatze, rauchte unruhig. Ich goss ihm etwas Whiskey ein, und wir setzten uns. Er drehte das Glas im Kreis. «Bist du wegen Amanda in dieser Verfassung?» Er war verblüfft, dass ich gleich darauf gekommen war, aber das machte es für ihn auch leichter. Er beruhigte sich, nachdem so etwas wie ein Ruck durch ihn gegangen war. «Ich weiß es selber nicht. Ich gehe jeden Tag zu ihr, ich kann gar nicht anders und dann...» «Erspare mir die Details, Joe.» «Die Details sind eben wichtig für mich. Die machen es eben aus.» «Bist du verliebt?» «Ich weiß seit Jahrzehnten nicht mehr, was das heißt, aber mein Zustand kommt dem wohl sehr nahe, nehme ich mal an.»

Joe hatte die letzten Wochen wie ein Gewitter erlebt. Wie einen mächtigen Stromstoß, der Dinge in Gang gesetzt hatte, von denen er gar nicht wusste, dass es sie gab. Oder die er für verschüttet gehalten hatte. Er hatte Amanda vorgeschlagen, sie auszuhalten, aber sie hatte abgelehnt. Sie würde gerne tun, was sie tat. «Wie kannst du das gerne tun?», hatte er sie gefragt, dann war sie wütend geworden und hatte ihn vor die Tür gesetzt. Er solle sich nur nicht einbilden, dass sie ein dummes Ding sei, das er belehren müsse. Er musste lange flehen, damit sie ihn wieder hereinließ. An diesem Morgen aber hatte auch Flehen nicht mehr geholfen. Sie hatte bloß durch die Türe gerufen: »Entweder du tust es, oder du siehst mich nie wieder!« «Was tun?», fragte ich ihn. «Deshalb bin ich ja hier.» Jetzt sprang er auf, ging zur Bar, goss sich ein zweites Glas ein und setzte sich auf einen Barhocker.

«Kann ich dir eine Geschichte erzählen, Zaira?» «Du kannst mir so viele Geschichten erzählen, wie du willst. Aber nachher sagst du mir, was du willst. Seitdem ich hier in Amerika bin, haben mir schon viele Geschichten erzählt, wenn sie was von mir wollten. Donovan wollte eine Absteige haben, und Mister Brown wollte, dass ich für ihn arbeite. Eugene hat einmal gesagt, dass hier immer zuerst das Geschäft kommt. Umsonst wird hier nichts erzählt. Also leg los, Joe.»

Joe stammte aus Montana, aber das war mir nicht neu. Montana war reich an Wäldern, es gab dort so viel Wald, dass der Mensch kaum Platz hatte. Aber auch das überraschte mich nicht. Dass aber Joes Vater einmal der reichste Mann Montanas geworden war und nach wenigen Jahren wieder bettelarm, das war mir neu.

In Joes Familie erzählte man sich, dass der Erste unter ihnen mit Kapitän John Smith nach Amerika gekommen war. Dass sie an Land gegangen waren, eine kleine Festung gegen die Indianer und die wilden Tiere gebaut hatten, aber dass die Festung sie gegen das gelbe Fieber und den furchtbaren Winter nicht geschützt hatte. Sie starben wie die Fliegen, aber der Erste der Familie starb nicht. Auch der Zweite und der Dritte lebten in der gleichen Gegend, weiter oben an der Chesapeake Bay, sie machten Geschäfte mit den Indianern oder brachten sie um. Die Indianer rächten sich an dem Dritten, aber der hatte zwei Söhne. Der Zweite und die Söhne des Dritten vermehrten die Geschäfte und halfen mit, die Gegend zu besiedeln. Später lebten ihre Kinder und Enkel sehr gut von den Geschäften mit England. Sagte man.

Immer mehr Schiffe aus England trafen ein und spuckten ganze Ladungen von Menschen aus, die ihr Glück versuchen wollten. Sie waren gierig und gottlos oder fromm und gierig, das war für sie kein Widerspruch. Sie hassten die Alte Welt für all das, was ihr Leben dort unmöglich gemacht hatte, oder sie suchten das Abenteuer. Sie waren von der Überfahrt krank und geschwächt, sie starben bald oder blieben trotzig am Leben. Sobald sie sich erholten, zogen sie weiter Richtung Westen. Joes Ahnen machten gutes Geld mit Tabak, mit Pferden und Proviant. Es hätte ewig so weitergehen können, sagte man.

Aber einer von ihnen tanzte aus der Reihe, war aufbrausend und spielsüchtig, man konnte ihn kaum zügeln. Als er fast seinen ganzen Vermögensanteil verspielt hatte, kamen die Familienmitglieder zusammen, um zu beraten. Sie wollten ihn enterben und fortschicken. Auch er wollte fort, aber nicht mit leeren Händen. Während die anderen im Haus versammelt waren, ging er ins Geschäft, räumte den Safe aus und nahm das ganze Geld mit. Ein kleines Vermögen. Es war der Erste aus Joes Familie, dessen Name man kannte: George. Ein vornehmer Name für einen Dieb.

Er ritt los, mal schloss er sich einer Wagenkarawane an, mal blieb er für Monate in einer Stadt hängen, um zu spielen. Er verlor, aber er gewann auch. Sein Vermögen blieb ungefähr gleich. Es gelang ihm, all denen zu entwischen, die man losgeschickt hatte, um ihn zu fassen. In Montana kam George erst nach sieben Jahren an. Er wähnte sich in Sicherheit, nahm sich eine Frau – das Mädchen eines Farmers, bei dem er übernachtet hatte –, schwängerte sie und starb. Denn er hatte Glück gehabt mit den Falschspielern, den Sheriffs, den Kopfgeldjägern, aber nicht mit Montanas Bären.

Seiner Frau gegenüber hatte er angedeutet, dass er ein Vermögen besaß und es auf einer Lichtung in den Bergen hinter ihrem Haus begraben hatte. Dass er in der Rinde eines Baums ganz in der Nähe ein Zeichen gemacht hatte, aber er hatte nicht gesagt, was für eines. Nur einige Schritte von seinem Hof entfernt wurde er von einer Bärin mit Jungen angegriffen und getötet. Seine Frau hatte noch seine Schreie gehört. Sie begrub ihn, aber um den Schatz kümmerte sie sich nicht, den sie mit den Jahren immer mehr für eine Einbildung ihres Mannes hielt. Sie erzählte ihrem Sohn erst Jahre später davon, ganz nebenbei. Der Sohn wurde hellhörig. Dieser Sohn war Joes Vater.

«Joe, wieso erzählst du mir das alles? Es geht jetzt um Amanda.» «Lass mich bitte zu Ende reden.» «Kommt das Ende bald? Wir müssen gleich aufmachen.» «Zaira, mir verdankst du es, dass es deinem Lokal so gut geht, also sei nicht ungeduldig.»

Joes Vater suchte viele Jahre lang nach dem Schatz, aber die Lichtungen waren inzwischen alle zugewachsen. Er untersuchte die Rinde Tausender Bäume, aber entdeckte kein Zeichen. Als er bereits dachte, dass alles ein schlechter Witz seines Vaters gewesen sei, hatte er die Idee, die ihn reich machen sollte. «Wieso habe ich nicht früher daran gedacht?», sagte er zu seiner alten Mutter. Er würde ganz einfach andere an seiner Stelle suchen lassen. Er würde den ganzen Berghang einzäunen und die Leute Eintritt zahlen lassen. Also errichtete er an der Nebenstraße, die in den Wald führte, eine Schranke mit einem Schild: *Schatzsuche. Hier anhalten und bezahlen. Tages- und Wochenpreise.*

Fünfzehn Jahre lang saß der Vater auf einem Stuhl bei der Kasse, kassierte und ließ die Leute rein. Joe konnte sich noch gut daran erinnern, denn er brachte ihm jeden Mittag das Essen. Eines Tages entdeckte einer den Schatz. Er kam schreiend aus dem Wald, in der Hand hielt er einen Haufen alter, wertloser Münzen. Joe gratulierte ihm und sich selbst, denn inzwischen war er reich geworden. Er montierte die Schranke und das Schild wieder ab und ging wieder nach Hause.

«Und wie ist er wieder arm geworden?»

Er kam auf den Geschmack, erzählte Joe weiter. Er wurde gierig, eröffnete einen weiteren Park und einen dritten, er bot immer mehr Attraktionen an, aber er übernahm sich. Das konnte in Kalifornien oder Florida funktionieren, aber nicht in Montana. Als das Geld verbraucht war, setzte sich der Vater wieder neben die Schranke auf seinen Stuhl hin. Er hoffte, dass nicht der Allerletzte schon gehört hätte, wie wenig aus seinem Wald noch zu holen war. Aber der Allerletzte hatte es schon gehört. Joes Vater starb auf dem Stuhl neben der Schranke. Joe war da längst schon ein junger Anwalt.

«Das war das, was ich dir erzählen wollte.» «Das ist zwar eine gute Geschichte, Joe, aber was hat das mit Amanda zu tun?» «Ich war nie gierig, Zaira. Ich war immer ganz anders als Vater. Vielleicht bin ich auch deshalb allein geblieben, weil ich nie genug begehrt habe, nie alles getan habe, um etwas zu bekommen.» «Und jetzt in dem Alter willst du bei Amanda anfangen?» «Ich möchte dich bitten, sie wieder reinzulassen. Tu es für mich. Sie könnte zwar in andere Lokale gehen, aber das schließt sie aus. Sie ist ganz auf das *Chez Odette* fixiert. Sie will das letzte Wort haben. Lass sie doch das letzte Wort haben.» «Ich verstehe», murmelte ich. «Das ist ein persönlicher Kampf gegen mich, und sie schickt dich vor. Aber ich kann es auch für dich nicht tun. Das letzte Wort hier habe immer noch ich. Ich hoffe, dass du das verstehen kannst. Jetzt muss ich gehen, die ersten Gäste sind schon da.» «Das Geschäft zuerst, nicht wahr?», spottete er und lief davon.

Ich sah Joe nie wieder. Ich habe später von anderen Kunden erfahren, dass Amanda ein halbes Jahr später an einer Überdosis gestorben und dass Joe beim Begräbnis im Fond von Eugenes Wagen gesessen und wie ein Kind geweint habe.

Nachdem Joe aus dem Restaurant geflüchtet war, dachte ich, dass er meine größte Aufregung an diesem Tag gewesen wäre. Aber ich sollte mich täuschen. Am Abend hatten wir wieder einen Empfang, wichtige Demokraten, wie Mr. Brown bemerkt hatte. Für uns war es mittlerweile Routine. Ich empfing die Politiker am Eingang, viele kannte ich bereits, weil sie schon bei uns zu Gast gewesen waren. Ich begleitete sie in den hinteren Saal, unterhielt mich mit ihren Frauen, stieß mit ihnen an, dann zog ich mich diskret zurück.

Alles verlief ruhig, bis die Tür plötzlich mit einem lauten Knall aufflog. Ich dachte: *Jetzt will Amanda das letzte Wort haben.* Es waren aber nicht eine, sondern gleich drei Amandas, kräftige, große Amerikanerinnen. Gewerkschafterinnen. «Streik!», riefen sie. «Alle, die zur Gewerkschaft gehören, müssen streiken.» Ich versuchte, mich ihnen in den Weg zu stellen, so wie ich es bei Amanda getan hatte, aber es nützte nichts. Sie riefen den Streik bis in die hinterste Ecke des Lokals aus, dann verschwanden sie wieder. Alle Kellner, Köche, das ganze Personal entledigte sich der Schürzen und Jacken, ließ alles liegen, entschuldigte sich im Vorbeigehen und lief hinaus. Nach nur fünf Minuten stand ich mit den Gästen alleine da.

Hundertzwanzig Paar Augen, die mich gespannt anblickten. Für das, was bisher geschehen war, war die Gewerkschaft zuständig. Aber für alles andere würde *Chez Odettes* Ruf auf dem Spiel stehen.

Ich nahm mir einen Stuhl, stellte ihn in die Saalmitte und stieg drauf. «Liebe Senatoren, Abgeordnete, Staatssekretäre und was immer ihr auch seid: Wenn ihr eine Gewerkschaft habt, dann müsst ihr sie jetzt holen.» Sie lachten, und das war gut. «Viele von euch kennen mich. Ihr wisst, woher ich komme und was ich früher einmal war, nämlich Marionettenspielerin. Bei den Marionetten braucht es immer einen, der die Fäden zieht. Ihr seid alle hochgestellt, und deshalb hängt ihr nur an wenigen Fäden, aber einige gibt es auch für euch. Heute habt ihr eine Kostprobe davon bekommen. Das Volk hat gesprochen, normalerweise ist es ja umgekehrt. Aber seid unbesorgt, morgen ist das Personal zurück. Hinten in der Küche steckt das Messer immer noch im Braten. Keine Angst, wir werden euch einen neuen, zarten Braten servieren und noch viel mehr. Wir werden euch verwöhnen und euch Champagner auf Kosten des Hauses anbieten. Aber eben morgen. Heute Abend ist erst mal Schluss. Ihr legt das Geschirr schön in der Küche ab, denn ich schaffe es niemals allein. Seid froh, dass ich von euch nicht verlange abzuwaschen. Einige kenne ich so gut, dass ich es durchaus tun könnte. Und passt auf, dass ihr nichts mitgehen lasst, das Besteck ist aus Silber. Ich habe Politikern nie getraut.»

Aber auch das war nicht die letzte Überraschung dieses Tages. Ein drittes Mal sollte die Tür aufgehen, ein zweites Mal sollte ich glauben, dass es Amandas letztes Wort war, und wieder sollte ich mich täuschen. Als ich endlich allein war, zog ich die Stöckelschuhe aus, trank einen Martini, als die Tür geöffnet wurde und ein Mann hereinkam, der seine Jacke abklopfte und sie dann auszog. Er hatte schütteres Haar, aber alles andere an ihm war gleich geblieben. «Donovan, was tust du hier?», rief ich aus und umarmte ihn. Ich konnte gar nicht mehr aufhören, ihn anzuschauen. «Wo bist du all die Zeit gewesen?» «Ihr habt mich weggeschickt, erinnerst du dich nicht?»

Er setzte sich hin, und ich brachte ihm Essen aus der Küche. Senatorenessen. Er aß genauso gierig wie am ersten Tag. Als ob es das letzte Mahl wäre. Er schmatzte und wischte sich den Mund mit dem Handrücken ab. Erst als er satt war, hob er den Kopf vom Teller, sah sich um und pfiff anerkennend. «Das Restaurant kann sich sehen lassen. Es muss euch gut gehen.» «Wir können nicht klagen.» «Wo ist Dejan?» «Es geht ihm schlecht.» «Und der Professor?» «Er hat schon vor Längerem gekündigt.» «Wer ist jetzt der Chef hier?» «Der Besitzer heißt Mr. Brown. Der Chef aber bin ich.»

Er packte mich an den Hüften und hob mich hoch. «Keine schlechte Karriere von der gescheiterten Aufführung im Dum-

447

berton House bis hierher, nicht wahr?» «Und was ist mit deiner Karriere?», fragte ich, nachdem er mich wieder abgesetzt und ich uns zwei Drinks gemacht hatte. Als ich mich wieder zu ihm umdrehte, hatte er den Joint schon im Mund.

«Wie ich sehe, hast du es nicht aufgegeben.» «Eine schlechte Angewohnheit soll man nicht aufgeben. Dafür hat man ja nur ein Leben lang Zeit. Für alles andere die Ewigkeit.» Ich reichte ihm das Glas, nahm ihm den Joint ab und zog daran. Ich musste heftig husten. «Einmal ist kein Mal, was soll's. So ein Tag wie heute hatte ich schon lange nicht mehr. Was tust du eigentlich in Washington?» «Ich habe eine kleine Rolle in einem Stück gespielt. Außerdem habe ich nach einem Ort gesucht, wo es anständiges Bier gibt und wo ich schlafen kann.» «Bist du wieder pleite, dass du dir kein Hotel leisten kannst?» «Ich bin nicht pleite. Ich habe meine Aufführung in einem kleinen Theater in New York.» «Du bist beim Theater?» «Das kann man schon so sagen. Also, eines Tages gehe ich ins Theater und schaue mir ein Stück an, das dort seit Jahrzehnten läuft. Da stehen sechs Figuren in einer Schlange und reden über das Leben. Seit dreißig Jahren reden sie darüber. Da habe ich mir gesagt: *Das kannst du auch.* Ich habe euch nie wirklich erzählt, dass ich das Varietétheater liebe. Bei uns auf dem Land sind früher Truppen von Schauspielern herumgezogen, Vaudeville nannte man das. Vater hat es noch erlebt. Sie haben auf jeder verdammten Provinzbühne gespielt, die sie haben wollte. Sie haben getanzt, Witze erzählt, Sketche gespielt und gesungen.» Er schwieg.

«Und weiter?», fragte ich. «Ich habe ein Jahr lang geübt, kleine Arbeiten gemacht, um mich über Wasser zu halten, dann bin ich eines Tages zum Theaterdirektor gegangen und habe ihm mein Programm gezeigt. Ich bin jetzt schon im fünften Jahr.» Wieder schwieg er. «Und was führst du auf?» «Ach ja, ich ahme die zweiunddreißig größten amerikanischen Komiker nach, von Buster Keaton bis Jerry Lewis. Aber nicht nur die, da sind auch Leute wie Dean Martin oder Frank Sinatra dabei. Ich habe nur einen Spiegel, einen Stuhl, einen Tisch und dazu ein paar Hüte, Brillen, Handschuhe, Schminke. Der Spiegel hat kein Glas, ich komme durch ihn hindurch auf die Bühne.» Er zögerte. «Und wie sieht es bei euch aus? Hat sich da etwas verändert?»

«Wenn du damit Ioana meinst, nicht viel. Schon kurz nachdem du gegangen bist, ist sie ausgezogen. Jetzt wohnt sie allein. Sie streitet sich oft mit Robert, sie sind nicht mehr wie früher ein Herz und eine Seele.» «Sie streiten?» «Das hat angefangen, als wir entdeckt haben, dass sie stiehlt. Früher hat sie Traian, ihren leiblichen Vater, furchtbar vermisst. In Robert hat sie einen guten Ersatz gefunden. Das muss vielleicht so sein, dass sie jetzt streiten. Aber sie hat ihn von Anfang an angenommen.»

«Was weißt du eigentlich noch über Traian?» «Wenn er noch lebt, dann trinkt er bestimmt immer noch.» «Du verachtest ihn.» «Ich lehne nur den Säufer in ihm ab. Aber ich kenne auch den anderen Mann in ihm. Nach all den Jahren könnte ich immer noch genau zeigen, wie er seine Hände bewegt hat. Ich sehe oft vor mir, wie er auf der Bühne war, bei mir zu Hause oder in Strehaia. Das ist der Ort, wo ich aufgewachsen bin. Oder in Bukarest, als er seinen Preis bekommen hat. Bei keinem anderen Mann bin ich so stolz gewesen wie in jenem Augenblick neben ihm. Aber was rede ich da? Du bist müde. Ich fürchte nur, dass ich dich nicht mit nach Hause nehmen kann. Wegen Robert. Wir haben jetzt ein eigenes Haus, und Amerikaner sind wir auch.»

«Wie geht es eigentlich deinen Eltern?», fragte Donovan. «Sie sind inzwischen sehr alt. Mutter schreibt manchmal verschlüsselt. Sie lobt alles so übermäßig, dass ich das Gegenteil herauslese. Es geht ihnen nicht gut, sie sind krank, und einer, der uns hasst, macht ihnen immer noch das Leben schwer. Es ist unglaublich, wie sehr uns dieser Mann hassen muss.»

«Was habt ihr ihm denn angetan?» «Ihm persönlich gar nichts. Sein Vater aber war unser Bauer und ist bei einem Unfall gestorben.» «Und was tut er genau gegen euch?» «Er sorgt dafür, dass sich meine Eltern nie sicher fühlen können. Kaum sind einige ruhige Tage vergangen, werden sie schon wieder verhört. Sie müssen stundenlang in einem kalten, feuchten Raum sitzen, und sie können nur immer wieder dasselbe antworten.»

«Wie kann der Mann so viel Macht haben?» «Er ist ein Spitzenkommunist, und die Kommunisten haben die Macht. Wir hören in den Nachrichten, dass es dem Land immer schlechter geht. Es ist immer schwieriger, Lebensmittel oder was auch immer aufzutreiben. Dazu kommt die ständige Angst. Und du? Bist du jetzt ganz weit im Norden gewesen?» «Ganz weit im Norden?» Als er endlich verstand, zuckte er mit den Achseln. «Nein.» «Wieso nicht?» «Es war nicht mehr nötig.»

Ich ging in die Küche, um abzuwaschen, und als ich zurückkam, lag Donovan bereits schon auf dem Boden, den Kopf auf den Arm gebettet, und schlief. Er hatte sich mit seinem Mantel zugedeckt, ich legte meinen noch dazu. Es schien wieder alles wie früher, nur dass Donovan inzwischen weniger Haare hatte und sich in seinem Gesicht Falten gebildet hatten. Doch er zuckte nicht mehr im Schlaf, er schwitzte nicht, er schlief ruhig. Wieder dachte ich:

Jetzt ist es gut, so kann es aufhören. Wir können den Rausch für beendet erklären. Es kann so bleiben, wie es ist. Mit einem Freund, der endlich nicht mehr unruhig ist. Mit einer Tochter, mit der ein seltsamer Friede herrscht. Mit einem Mann, der in seinen Algenwelten vertieft schläft und neben den ich mich bald hinlegen werde. Wir könnten alle an den Bühnenrand gehen und uns verbeugen. Wir würden vielleicht vier-, fünfmal nach vorn gerufen werden, wenn wir gut gewesen sind, und wenn nicht, nur zwei- oder dreimal. Wir wären erschöpft, denn wir hätten uns die Seele aus dem Leib gespielt. Das Klatschen würde nicht mehr aufhören wollen oder schon längst verstummt sein, wenn wir uns unters Publikum mischten.

Am nächsten Morgen fuhr Donovan zurück nach New York. Als ich ins Restaurant kam, vorsichtig die Tür öffnete, um ihn nicht zu wecken, war er schon fort. Als ob er nur eine Erscheinung gewesen wäre. Der Hausgeist, der mich besucht hatte.

· · · · ·

«Odette hat angerufen. Dejan ist tot», sagte Robert, als ich einmal nach Hause kam. «Nein, du täuschst dich, Odette ist tot. Dejan lebt.» Aber er täuschte sich nicht. Wir hatten sie für eine Einbildung Dejans gehalten, damit er neben dem Restaurant noch jemanden hatte, mit dem er sein Leben teilen konnte. Aber sie war lebendig und hielt den Arm eines jüngeren Mannes, als ich sie auf dem Friedhof traf. Eine schmale und strahlende Frau, die immer noch etwas Französisches ausstrahlte – oder man bildete es sich ein, weil man es wusste. Dejans Fantasie hatte sie nach seinem eigenen Geschmack geformt. Er hatte sie in eine üppige Form gegossen, während die Frau vor uns dünn war. Ihren Kochzauber hatte sie nicht an sich selbst ausprobiert, sondern an anderen. Oder es hatte sich nichts davon in ihr eingelagert.

Wir starrten sie alle an, nicht nur das Personal des Restaurants, sondern auch viele Stammgäste, die Dejan über Jahre hinweg bedient hatte. Sie wollte mich und den Professor – der sich etwas abseits hielt – nach der Beerdigung zu einem Glas Wein einladen. Da ich sowieso bald arbeiten musste, fuhren wir ins *Chez Odette* und setzten uns in die noch geschlossene Cocktailbar. Sie stellte uns Ahmed vor, einen Marokkaner.

«Sie sind sicher überrascht, mich zu sehen.» «Nicht überraschter, als wenn Sie wirklich tot wären», meinte der Professor. «Wie meinen Sie das: *tot*?» «Wir haben nicht geglaubt, dass es Sie wirklich gibt. Also haben wir auch nicht geglaubt, dass Sie tot sind, als Dejan Sie plötzlich für tot erklärt hat. Sie haben keine Ahnung, wie er über Sie geredet hat.» «Er hat sicher schlecht geredet. Ich habe ihn verlassen, er kann nur schlecht geredet haben.» «Nein, er hat immer wieder neue Geschichten über Sie und ihn erfunden. Wo Sie beide gerade das Wochenende verbracht hatten, dass Sie eine neue Reise nach Vegas geplant hatten und noch viel mehr.» «Genug, bitte, genug!», rief sie aus.

Sie zitterte am ganzen Körper, der junge Mann streichelte ihr über die Wange und nannte sie *Chérie*. Der Professor wollte gerade weitersprechen, aber ich packte ihn am Arm. «Ist gut jetzt, Professor. Dejan hat immer ein bisschen übertrieben. Das ist alles.» «So wie er es mit seiner Eifersucht übertrieben hat», erwiderte Odette scharf. Sie trank einen Schluck, dann erzählte sie.

Odette und Dejan hatten gemeinsam das Restaurant geführt, sie kochte und er bediente. Sie hatten sich tatsächlich in Marseille kennengelernt. Sie hatten nie geheiratet, zuerst weil sie noch zu jung, dann weil sie zu alt waren. Sie sparten ihr ganzes Geld, bis sie eines Tages das Lokal eröffnen konnten. Einige Jahre ging das gut zu zweit, aber irgendwann brauchten sie Verstärkung, und die Verstärkung war Ahmed.

Ahmed – ein schweigsamer, scheuer Junge – liebten sie wie den eigenen Sohn, den sie nie hatten. Als sein Visum ablief, blieb er illegal bei ihnen, bis er eines Tages entdeckt wurde. Die drei Männer, die ihn abholten, drohten, das Restaurant zu schließen, weil sie Schwarzarbeiter beschäftigten. Sie brachten den Jungen ins Gefängnis und danach zum Flughafen, von wo aus er zurück nach Casablanca geflogen wurde.

Tag für Tag dachten sie an ihn, wie sie auch an ihre eigene Flucht vor den menschenfressenden Deutschen dachten. Sie sahen Ahmeds zartes, trauriges Gesicht und seine Augen vor sich, mit denen er gern zu Boden sah. Nach einem halben Jahr meldete sich Ahmed aus Casablanca. Er schrieb, er komme zu Hause nicht mehr zurecht, nachdem er sich an Amerika gewöhnt habe. Obwohl ein Teil von ihm Muslim sei, sei der andere Amerikaner. Odette begann zu grübeln, einen Tag um den anderen, bis sie anfing, Geschirr fallen zu lassen, den Gästen nicht mehr zu antworten oder Rechnungen falsch auszustellen.

Da fragte Dejan sie das erste Mal, ob sie in Ahmed verliebt sei. Das zweite Mal, unsicherer, wütend, fragte er, als sie ihm angekündigt hatte: «Ich heirate ihn.» Diesmal ließ Dejan den vollen Suppentopf fallen. «Wie das, heiraten?» «Wie Menschen nun mal heiraten.» «Du hast nicht einmal mich geheiratet.» «Es war nicht nötig, dich zu heiraten. Dich hatte ich sicher.»

Sie setzte sich durch und schrieb nach Marokko: *Ich heirate dich. Ich komme nach Casablanca.* Einen Monat später standen sie beide in der Lobby des Hotels Hilton in Casablanca, und sie erklärte ihm, dass er sich nicht fürchten müsse. Sie wolle ihn nur heiraten und nicht mit ihm ins Bett gehen. Seine Wangen glühten rot. «Wenn meine Familie es erfährt, bin ich tot. Du bist keine Muslimin und viel älter als ich.» «Niemand wird etwas erfahren.»

Damit die Hochzeit gültig war, mussten sie nach der amerikanischen Botschaft auch vor einen Imam. Es war einfacher, hundert amerikanische Beamte hinters Licht zu führen als einen einzigen Imam. Sie brauchten außerdem zwei Trauzeugen, einen Christen für sie und einen Moslem für ihn. Odette drückte ihm hundert Dollar in die Hand und sagte: «Geh auf eine Baustelle, such dir den armseligsten Bauarbeiter aus, gib ihm das Geld, und sag ihm, dass er dein Cousin wird.» «Und wie kommst du zu einem christlichen Cousin?» «Lass mich das erledigen.»

Odette setzte sich ins Hotelrestaurant und beobachtete das Kommen und Gehen der Kellner, bis einer von ihnen – ein mickriger Italiener namens Luigi, dem ihre Blicke aufgefallen waren – sich immer öfter in ihrer Nähe aufhielt. «Lieber Luigi, ich brauche Sie als Cousin für zwei, drei Stunden.» «Als Cousin?», fragte der Mann, der sich eine andere Art von Vergnügen vorgestellt hatte. Aber er willigte ein und steckte die hundert Dollar ein.

Am nächsten Tag brachte jeder der beiden seinen Cousin mit, denn auch Ahmed war erfolgreich gewesen. Sie trafen sich vor dem Hilton: ein italienischer Kellner, eine französische Köchin, ein muslimischer Bauarbeiter und ein verwirrter junger Mann, der in seinen Gedanken irgendwo zwischen Marokko und Amerika steckte. Sie zogen von Laden zu Laden, bald hatte der Bauarbeiter neue Schuhe, aber alte, löchrige Socken und der Italiener ein schönes weißes Hemd, aber eine altmodische Krawatte. Später fand Ahmed einen Anzug, aber zwei Nummern zu groß. Am Schluss aber hatte jeder, was er brauchte: Schuhe, Socken, Krawatte und Anzug. Sie sahen wie drei feine Herren mit Dame aus, als sie sich einige Tage später vor dem Haus des Imams einfanden, alle vier aus vier verschiedenen Richtungen kommend.

Zuerst fragte der Mann Luigi, ob er mit der Heirat einverstanden sei. Luigi hätte sich fast verraten, denn der Imam fragte auf Französisch und Englisch, aber Luigi konnte beides kaum, was seltsam war für den Cousin einer Amerikanerin. Zur Sicherheit war er in drei Sprachen einverstanden: «Si. Oui. Yes.» Auch der Bauarbeiter war einverstanden, nachdem er kurz gezögert hatte. Er fuhr mit dem Finger zwischen Kragen und Hals entlang, aber nicht dieser schnürte seinen Hals zu, sondern sein Gewissen. Luigi konnte immerhin beichten, da würde Gott nachsichtiger sein. Odette ihrerseits wollte die islamische Küche pflegen und die Kinder im Geist des Islam erziehen. Und Ahmed musste Fragen aus dem Koran beantworten. Vor dem Haus des Imams gaben sie sich wieder die Hand, Luigi und der Bauarbeiter gingen ihrer Wege, Odette und Ahmed fuhren zum Flughafen.

Dejan hatte sich in ihrer Abwesenheit verändert, er war mürrisch, führte Selbstgespräche, und ihr Name kam oft darin vor. Er ertrug Ahmed nicht und sie auch nicht, er wollte Ahmed aus dem Lokal und aus seinem Leben verbannen. Er sagte: «Wenn du mir schon Hörner aufsetzt, dann nicht in meinem Restaurant und nicht in meinem Bett.» «Aber es sind auch mein Bett und mein Restaurant.» Dejan wurde daraufhin aufbrausend, er drohte. Er war so unberechenbar, in der einen Sekunde fluchte er, stieß sie weg, und in der nächsten umarmte er sie und entschuldigte sich.

Odette zog aus, zuerst aus der Wohnung, dann aus dem Restaurant und später aus der Stadt. Bis auf den heutigen Tag hatte sie mit Ahmed nie etwas gehabt. «Nicht wahr, Ahmed?», fragte sie ihn. «Yes.» Das war das Einzige, was wir aus seinem Mund neben *Chérie* zu hören bekamen. «Warum erzählen Sie uns die Geschichte?», fragte ich sie. «Muss es einen Grund geben?» «Jeder, der mir hier in Amerika eine Geschichte erzählt hat, wollte auch etwas von mir. Ich habe meine Lektion gelernt. Das Geschäft geht vor. Was wollen Sie also? Das Restaurant vielleicht?» «Nichts. Sie täuschen sich. Sie sind zu Unrecht misstrauisch. Ich will einfach weiterleben können.» Sie schaute Ahmed so zärtlich an, dass man gern an ihrer Enthaltsamkeit gezweifelt hätte. Aber diese beiden Menschen verband etwas, was so groß und tief wie eine Ehe war und was ein Leben lang dauern würde. Das war die zärtlichen Blicke wert.

5. Kapitel
• • • • • • • • • • • •

Ioana und Robert stritten sich, manchmal offen, manchmal merkte man es nur an der Stimmung, wenn sie auf Besuch kam. Bei diesen Streitereien ging es oft um nichts, aber Ioana widersetzte sich Robert grundsätzlich. «Du bist nicht mein Vater, vergiss das nicht», warf sie ihm sogar an den Kopf. «Das weiß ich sehr gut», erwiderte er. Die Anrufe und Besuche ließen nach, erst recht, nachdem sie nach New York gezogen war, um in einem Architekturbüro zu arbeiten. Manchmal rief sie wochenlang nicht an.

Das ging ein oder zwei Jahre so, einmal schrieb sie sogar, dass sie einen Freund habe, aus demselben Büro, in dem auch sie arbeite. Ihren Zeilen entnahm ich, dass sie ihn nicht liebte, sondern nur brauchte, um auch einmal einen Freund zu haben. Sie wollte eine Erfahrung machen, die sie sich bislang verboten hatte. Robert las unbeteiligt den Brief, dann gab er ihn mir und schien ihn vergessen zu haben. Er pfiff eine Melodie vor sich hin und reparierte vor dem Haus unser Auto.

Die Tage, die Monate vergingen in einer Ruhe, die nach all dem Schwindelerregenden, das sich hinter uns angesammelt hatte, gut war. Ich bereitete mich aufs Altwerden vor und konnte mir gut vorstellen, dass es so aussehen würde wie diese friedlichen Tage. Aber es war eine andere, berüchtigte Ruhe. Die vor dem Sturm.

Irgendwann fiel mir auf, dass Robert sich verändert hatte. Wenn er in die Stadt ging, zog er sich fein an, sein Aussehen war ihm plötzlich wichtig geworden. Er sang freudig ein Lied, wenn er sich bereitmachte; wenn er meinte, dass ich ihn nicht hörte. Er kehrte immer später nach Hause zurück, manchmal tief in der Nacht. Obwohl er duschte, roch er immer noch nach der anderen Frau. Manchmal läutete das Telefon, neben dem er stundenlang warten konnte, und dann murmelte er etwas hinein. Seine Stimme zitterte wie die eines Teenagers. Es waren immer kurze Gespräche: «Wo? Wann? Wie lange?» Wenn er wieder zu Hause war, war er wie verwandelt. Er saß stundenlang im Dunkeln, lustlos und abwesend, sah weder fern, noch aß er irgendetwas.

Ich wartete einige Monate lang. Ich dachte, dass es mich nichts anginge. Dass ich ihn nicht wirklich geliebt hatte und er haben konnte, wen er wollte. Als er sich aber mehr und mehr veränderte, lustlos und abwesend wurde, wie sonst nur Donovan früher mit dem Joint im Mund stundenlang im Dunkeln ausharren konnte, als Roberts Chef anrief und meinte, er würde seine Arbeit vernachlässigen und immer absurdere Gründe finden, um früher zu gehen oder um freizukriegen, da baute ich mich vor ihm auf und rief seinen Namen, bis er auf mich aufmerksam wurde. «Du betrügst mich.» «Wie kommst du darauf?» «Du benimmst dich wie ein Esel, zu Hause und bei der Arbeit. Kenne ich sie?» Er sprang auf, stieß mich beiseite, packte seinen Mantel und verschwand. Nachts legte er sich wieder aufs Sofa im Wohnzimmer.

Wochen vergingen, bis er zugab, dass er mich betrog, und noch mehr Wochen, bis ich ihr Alter erfuhr. Eine junge Praktikantin im Institut, um die zwanzig. Eine, die seine Leidenschaft für Biologie teilte. «Schämst du dich nicht? Du wirst bald sechzig, und sie ist zwanzig.» Aber er schämte sich nicht. Er hatte schon zu lange auf etwas Neues in seinem Leben gewartet, meinte er. Er war nicht bereit, dieses Neue wieder herzugeben. Das Mädchen, die Frau, liebte ihn, das würde ihm doch zustehen, dass man ihn liebte.

«Mach kein Theater, Zaira! Du hast mich sowieso nie geliebt. Du hast bloß Traian, den Säufer, geliebt.» «Vielleicht habe ich dich nicht geliebt, aber ich war dir treu.» Ich fuhr Robert zu einem Hotel und setzte ihn davor ab.

Einige Tage später rief Ioana an, wir führten ein banales Gespräch. Es war unsere Art, uns zu ertragen, unser Waffenstillstand. Wir nahmen unsere Witterung auf, nicht, um uns näherzukommen, sondern um uns voneinander fernzuhalten. Kurz bevor ich auflegen wollte, fragte sie mich, wo Robert sei, und ich log. Er sei unterwegs, im Supermarkt oder noch im Büro. Als sie nach einer Woche wieder anrief, log ich wieder, aber sie glaubte mir nicht mehr. Als sie nach einiger Zeit wieder fragte und ich ihr die Wahrheit erzählte, legte sie stumm auf.

Einen Tag später stand sie vor unserem Haus mit dem Koffer in der Hand. Sie hatte verweinte Augen, immer wieder wischte sie sich die Tränen mit dem Handrücken weg. Als ich sie begrüßen wollte, ging sie an mir vorbei direkt in ihr Zimmer im Untergeschoss. Ihr Gesicht war verzerrt, als ob sie Schmerzen hätte. Als ob jener Ekel, der früher nur in den Mundwinkeln geklebt hatte, sich weiter ausgebreitet hätte.

Ich horchte, ob aus ihrem Zimmer im Keller etwas zu hören war. Es war still unter meinen Füßen. Ich begann zu kochen, um vielleicht mit Zsuzsas Essen Ioanas Geister zu vertreiben, so wie ich es bei meinen Männern getan hatte. Eine Weile geschah gar nichts, und ich dachte: *Hoffentlich macht sie der Schlaf genauso schwer wie mein Essen.* Aber sie sammelte nur Kräfte.

Irgendwann vernahm ich ein Wimmern oder ein kaum unterdrücktes Stöhnen, das von Minute zu Minute lauter wurde. Es wuchs zu einem Schluchzen an, das die Kellertreppen hochklang und das Haus aus den Angeln zu heben schien. Es war sehr stark, es gab keinen Ort mehr, wo ich vor ihm sicher gewesen wäre. Ich stellte den Topf ab, ging ins Wohnzimmer, setzte mich aufs Sofa und hielt mir die Ohren zu. Noch nie war Ioanas Schmerz so laut gewesen. Früher hatte er sie zum Verstummen gebracht.

Plötzlich ebbte das Schluchzen ab, und sie schwieg. Minutenlang geschah gar nichts. Als ich schon dachte, das Schlimmste sei überstanden, hörte ich, wie sie die Tür aufsperrte und in die Garage ging. Ich wartete am Fenster, bis sie herauskam. Sie erschien mit einem Hammer in der Hand. Sie ging nur wenige Zentimeter an mir vorbei, ohne mir den Kopf zuzuwenden, und als sie wieder in ihrer Wohnung war, schlug sie die Tür zu.

Die kleine Ioana, die zierliche Urenkelin einer gekauften Katalanin, eine Frau, die so blass und feingliedrig war, dass man überall ihre Adern durchscheinen sah, schlug Löcher in die Wände. Sie schrie und zertrümmerte ein Stück Wand, den Tisch, das Regal, den Schrank, die Böden. Es war deutlich zu hören. Sie schrie wie ein verwundetes Tier und schlug alles kurz und klein. Ich saß über ihrer Wohnung und hielt mir die Ohren zu. Als sie ermüdete, ruhte sie sich kurz aus, dann begann sie von vorn. Ich dachte: *Wann wird sich der Kummer legen, weil sie ihren zweiten Vater verloren hat?*

Als sie fertig war und neues Material für ihren Schmerz brauchte, kam sie hoch und setzte dort das Hämmern und Schreien fort. Sie zerstörte das Wohnzimmer: die Möbel, den Fernseher, den Staubsauger, das Geschirr, die Türen, die Waschbecken. Sie zerstörte auch Roberts Büro. Sie ruhte sich aus, aß etwas, um bei Kräften zu bleiben, und machte weiter. Sie schlug alles kurz und klein, was sich in Roberts Büro befand.

Am Ende kam sie zu mir in die Küche, in die ich mich geflüchtet hatte – ich wollte inzwischen die Polizei anrufen –, setzte sich mir gegenüber, legte den Hammer zwischen uns und flüsterte atemlos: «Ich bin Roberts Geliebte, seitdem ich siebzehn bin. Erinnerst du dich, als ich ihn das erste Mal zu uns gebracht habe, aber du ihn nicht reingelassen hast? Schon dort auf der Treppe ist es passiert. Dort hat er mich das erste Mal berührt. Während du nächtelang im *Chez Odette* warst, haben wir uns in der Wohnung geliebt. Du hast mir immer im Weg gestanden. Wir mussten immer aufpassen, dass wir es tun, wenn du nicht da bist. Dann habe ich es nicht mehr ausgehalten und wollte es dir sagen. Mir war es egal, ob du es weißt oder nicht. Er aber hatte Angst. Deshalb haben wir uns dauernd gestritten. Offenbar hat er eine gefunden, die ihm weniger Ärger macht. Jetzt sind wir beide betrogen. Ich müsste dich lieben, weil du eine gute Mutter sein wolltest, aber für mich wäre es besser gewesen, wenn du gar nicht mehr wärst.»

Ich blieb eine Weile sitzen, wie erstarrt. Dann legte ich die Hand auf den Hammer, streifte ihn, Ioana zuckte und sah meine Hand und dann mich an. Ich streichelte den Griff wie einen Liebhaber, wie das Gesicht Traians, sanft, zärtlich. Ioana stand bereit, um wegzulaufen. Ich nahm den Hammer in die Hand und klopfte damit leise auf den Tisch, dann immer lauter. Ich bekam Lust zuzuschlagen, einmal mit dem spitzen Ende, ein anderes Mal mit dem flachen. Schließlich entschied ich mich für das spitze. Anfangs hob ich den Hammer nur leicht an, später holte ich weit aus.

Ich schlug so lange in dieselbe Kerbe, bis die Tischplatte zersprang. Ein trockener, steter Schlag. Ioana hatte sich in eine Ecke der Küche geflüchtet und beobachtete mich von dort aus, immer bereit, durch die Hintertür in den Innenhof zu laufen. Ich schlug zu, bis ich den Hammer vor Müdigkeit nicht mehr hochheben konnte.

Dann schaltete ich das Licht aus, ließ Ioana im Dunkeln stehen, ging langsam in mein Zimmer, jeder Schritt war bleischwer. Ich schloss mich ein, zog mich aus, aber ich schlief nicht. Ich wandte den Blick nicht von der Tür ab, die mich von Ioana trennte. Ich war mir sicher, dass sie unten dasselbe tat. Im Starren hatte sie Übung.

Aber sie war nicht die Einzige. Nachdem ich lange genug Löcher in die Tür gestarrt hatte, nachdem ich sie so lange fixiert hatte, dass ich meinte, sie würde sich verformen, glitt mein Blick immer tiefer. Er rutschte die Tür hinab, ich versuchte, ihn wieder zu heben, aber irgendetwas war stärker als ich. Irgendetwas wollte meine ganze Aufmerksamkeit, wollte mich ganz haben. Mein Blick fand nach vielen Jahrzehnten meine Zehen wieder.

Ich lag da, nicht anders als damals in Strehaia, der Oberkörper war auf einem Kissen aufgestützt, die Hände lagen auf dem Bauch, die Beine waren eng aneinandergepresst. «Es ist Zeit, dass du aus diesem Bett aufstehst, Mädchen», hatte Traian damals, als wir auf Besuch bei der Tante waren, gesagt. Das Bett war jetzt größer, weil auch Robert darin geschlafen hatte, aber sonst hatte ich jenen Kontinent vielleicht nie aufgegeben, um den Spavento gekämpft hatte. Obwohl ich inzwischen die Kontinente gewechselt hatte. Vielleicht hatten sie recht, als sie mich warnten, Zizi und Traian.

Wo war ich die ganze Zeit geblieben? Ich war nie ganz dagewesen, aus dem Schlaf an Zizis Begräbnis war ich nie ganz aufgewacht. Erst jetzt, in einem durch meine Tochter zerstörten Haus, fügten sich die Puzzleteile zusammen. Wie konnte ich mir anders erklären, dass ich so vieles übersehen hatte? Das Doppelspiel des Ministers, das Doppelspiel meiner Tochter, das Verhalten von Eugene und dem Professor, die Rivalität zwischen Robert und Donovan. Statt wieder in einen tiefen Schlaf zu fallen, tat ich, was ich am besten konnte: Schreien.

Schade, dass ich es nur damals, als ich im Bahnhofssaal geboren wurde, so viel besser gewusst hatte als später. Ich schrie, bis ich nur noch weinen konnte. Ich weinte, bis ich nur noch wimmerte. Bis ich müde wurde und schließlich in einen unruhigen Schlaf fiel. Aber davor, nur einige Minuten lang, wurde ich weich.

Ich fühlte wieder so viel für Traian, der als Spavento um mich gekämpft hatte. Der auf die berührendste Art um mich angehalten hatte, ohne dass ich ihn erhört hatte. Es zählte wenig, dass er ein Säufer war und ich mich wahrscheinlich richtig entschieden hatte. Er war nach Zizi der Einzige, der sich wirklich um mich bemüht hatte. Vielleicht hätte ich dann Ioana den Vater nicht vorenthalten. So wenig, wie ich meine Mutter gehabt hatte, so wenig hatte sie ihren Vater gehabt. Eigentlich noch weniger. Ich hätte sie nicht Robert in die Arme getrieben.

Als ich erwachte, setzte ich mich auf den Bettrand, stützte meinen Kopf in die Hände und dachte: *Steh auf, Mädchen, zumindest jetzt als alte Frau. Du hast genug um Zizi getrauert. Du warst vielleicht blind, aber du bist nicht lahm.* Die ersten Schritte brachten mich zur Tür, die nächsten Schritte führten mich hinunter. Ioana hatte ihre Sachen gepackt und war verschwunden. Sie war nach New York zurückgekehrt, wie ich später erfahren sollte. Ob sie vorher Roberts neue Wohnung demoliert hatte, weiß ich nicht. Ich habe sie beide nie wiedergesehen. Die folgenden Schritte aber führten mich direkt zum *Liquor Store*.

● ● ● ● ●

Ich hielt mich mit Alkohol über Wasser. Mişa hatte recht gehabt, als er behauptete, dass das Leben nur schwankend zu ertragen sei. Der Schnaps hielt das Leben an, entzog ihm den Rausch, auch wenn es nicht danach aussah. Alles verlangsamte sich, wurde schief und verschwommen. Ich lag jetzt im Dunkeln herum, aß nicht, ging nicht aus, so wie Robert vor nicht allzu langer Zeit. Ich trank, und wenn ich ausgetrunken hatte, trank ich weiter. Die Flaschen kullerten durch mein Haus, das war schlimmer als früher bei Traian. Ich stolperte, stürzte, blieb liegen und schlief dort ein, wo ich hingefallen war. Ich wachte nur auf, um Alkohol zu kaufen, das ganze Haus war mit Alkohol imprägniert.

Dann ging ich aus. Ich schlitterte den Potomac entlang oder in den Constitution Gardens herum. Ich setzte mich in der Union Station in einen Coffee Shop und blieb vor einem Kaffee sitzen, bis man mich wegschickte. Ich ging zum Dupont Circle und hörte den Musikern zu, die dort im kleinen, grünen Kreisel Gitarre spielten. Ich folgte dem Menschenstrom die Connecticut Ave hinauf, vorbei an den vielen Restaurants und Läden, überquerte die Straße und kehrte auf der anderen Seite zurück. Ich betrachtete die Schaufenster, die Menschen unterhielten sich und aßen, es war ihre willkommene Belohnung am Ende eines arbeitsreichen Tages. Als ich wieder beim Dupont Circle war, wechselte ich erneut die Straßenseite.

Chez Odette gab ich auf, ich nahm nicht ab, als man anrief, ich öffnete nicht die Tür, als Mr. Brown davorstand. Ich wohnte immer noch inmitten von Ioanas Trümmern. Es störte mich nicht, es hätte mich eher gestört, alles wegzuräumen und weiterzuleben, als ob es den Betrug nicht gegeben hätte.

Eines Morgens, als ich gerade frischen Alkohol besorgen wollte, wurde hinter mir gehupt, und eine Stimme rief meinen Namen. Ich erkannte Eugene sofort. Sein Auto war noch verrosteter, es hatte noch mehr Risse im Dach. Das Alter nahm von ihnen beiden Besitz. Ich beugte mich vor und grüßte ihn. «Ich habe gerade einen Gast zum Flughafen gebracht und bin zufällig hier vorbeigefahren. Steig ein.»

Der Haufen von Gegenständen auf seinem Beifahrersitz war noch weiter gewachsen. Es lag alles da, was er brauchte, um mit der Welt nicht mehr als unbedingt nötig in Verbindung treten zu müssen. Wenn die Welt etwas von ihm wollte, eine Rundfahrt zum Beispiel, kam sie zu ihm.

«Was ist mit dir los, Mädchen?», fragte er, als ich im Fond Platz genommen hatte, und musterte mich durch den Rückspiegel. «Kennst du ein Auto, das gut genug für mich wäre? Ich habe mich auch genügend bemüht. Ich möchte auch nur noch so sitzen wie du.» Ich fragte ihn nicht, was er all die Jahre getan hatte, es war auch nicht nötig. Er hatte sie sicher in seinem Auto verbracht. Seine Abwesenheit ging nahtlos in seine Anwesenheit über. «Bist du wirklich mal hinter einer Frau hergefahren, die dich verwünscht hat?» «Wer erzählt denn so was?», fragte er. «Joe hat das erzählt.» «Kann sein. Kann aber auch nicht sein.»

Wir fuhren von der Straße ab, und er hielt neben einem Bankschalter. Er holte Geld ab, ohne aufzustehen. Dann fuhr er weiter, und bei einem Drive-in kaufte er Essen, ohne aufzustehen. «Geld und Essen kriege ich, ohne aufzustehen, und wenn das Auto eine Reparatur braucht, kenne ich eine Werkstatt, die sich auf der Stelle darum kümmert, ohne dass ich aussteige.» «Verlässt du nie dein Auto? Schläfst du auch hier drinnen? Hast du kein Haus, in dem du wohnst?»

«Zaira, es kann sein, dass ich extravagant bin, aber ich bin nicht verrückt. Natürlich habe ich ein Haus. Am Abend fahre ich direkt in die Garage, und von dort aus sind es nur zwei Schritte bis zum Bett.» «Ist dir das nicht zu wenig?» Er blickte mich verblüfft an, er hatte sich die Frage nie gestellt. «Hier hast du Kaffee. Trink. Es wird dich ausnüchtern», fuhr er nach einer Weile fort. Und dann wieder: «Hat Robert dich betrogen?» «Wieso weißt du das?» «Du trinkst doch nicht ohne Grund.» «Ja, hat er.» «Mit jemandem, den ich kenne?»

Er musterte mich aufmerksam im Rückspiegel, kein Zögern, kein Zucken in meinem Gesicht entging ihm. «Mit meiner Tochter.» Lange sagte er nichts, pfiff vor sich hin wie an jenem Tag, an dem wir uns zuletzt gesehen hatten, vielleicht war es sogar dasselbe Lied. Zwischendurch biss er in seinen Hamburger.

Erst als er den letzten Bissen hinuntergeschluckt, als er sich den Mund abgewischt und seine Medikamente genommen hatte, drehte er sich zu mir um und meinte: «Das war doch aber klar. Nur du hast es nicht gesehen. Ich hatte schon früh den Verdacht, ich weiß nicht, was, aber etwas stimmte mit ihnen nicht. Der Professor war derselben Meinung. Dann, am Meer, war uns beiden plötzlich alles klar. An all den Sonntagen, an denen wir zur Küste gefahren sind, haben sie sich wie frisch Verliebte verhalten. Zuerst haben sie sich vor uns noch zurückgehalten.» «Was haben sie denn getan?» «Was Paare so tun. Sich anfassen, sich küssen. Der Professor und ich haben es beide gesehen. Später haben sie sich gar nicht mehr um uns gekümmert, kaum war ich bei euch im Viertel um die Ecke gebogen, schon habe ich im Rückspiegel gesehen, wie sie sich berührt haben. Ich bin mir mehr und mehr vorgekommen, wie wenn ich einen meiner Aufträge ausführte. Irgendeinen Politiker mit seiner Nutte herumzufahren. Und ich habe es auch damals in meinem Rückspiegel gesehen, als man euch eingebürgert hat. Keine Frau schwärmt so für einen Mann, der nur ihr Stiefvater ist. Auch der Professor hat es gemerkt. Als ich ihn am Abend nach Hause gefahren habe, hat er noch gefragt: ‹Was meinen Sie dazu? Zu dieser Stiefvater-Stieftochter-Geschichte?› Ich wollte dich warnen, aber ich konnte es nicht.»

Fortan holte mich Eugene regelmäßig an einer Straßenecke ab und nahm mich mit, zum Nulltarif. Er hatte nicht mehr viele Kunden, die Glanzzeit seines Unternehmens lag nun schon lange zurück. Er musste manchmal Wochen warten, bis jemand anrief. Wenn ich einstieg, musste der Alkohol draußen bleiben, also warf ich die Papiertüte, in der ich die Flasche versteckte, in den Mülleimer. Wir fuhren in Washington herum, manchmal auch nach Alexandria, ich saß still hinten, und wir sprachen stundenlang nicht. Er verlor nie die Geduld mit mir.

«Eugene, steigst du mal mit mir aus und machst ein paar Schritte? Einmal in bald dreißig Jahren will ich deine Füße sehen.» «Das ist mir zu lange», lachte er. «Geh du mal allein los, und ich folge dir mit dem Auto.» Dann fuhr er an der Uferstraße vom Lincoln zum Jefferson Memorial und dann weiter zum Ohio Drive im East Potomac Park hinter mir her. Oder entlang der *Mall*-Straße. Er war immer da, wenn ich nach hinten schaute, trank gerade einen Kaffee oder biss in einen Hamburger. Ich glaube, es war seine Art, mich nicht aus den Augen zu lassen.

Als der Winter kam, als ein eisiger, beißender Wind durch die Straßen zog, wollte er, dass ich in Museen ging. «Ich, ins Museum?» «Zu Hause willst du nicht sein, und auf der Straße kannst du nicht sein, also gehst du jetzt ins Museum, dort ist es wärmer. Ich mache inzwischen ein paar Fahrten und hole dich dann wieder ab.» Er hielt vor einem Museum an und wartete, bis ich im Gebäude verschwand. So bildete ich mich, um nicht mehr an die Flasche zu denken.

Zu Hause sammelte ich schließlich alle Trümmer und Flaschen ein, ich brauchte dafür Dutzende von Abfallsäcken. Ich packte sie nach und nach in Eugenes Limousine. Er witzelte, weil sein alter Partner jetzt zum Müllwagen geworden war, nachdem er für mich auch schon Taxi und Umzugsauto gewesen war. Irgendwann kam er nicht mehr, ich wartete vergeblich an unserer Straßenecke. Als ich ihn anrief, nahm niemand ab. Vielleicht hatte er einfach genug. Oder er war tot.

· · · · ·

Seit einiger Zeit arbeitete ich bereits im Tally-Ho im Potomac-Viertel, verkaufte Pizza, Omelette und Schokoladenkuchen. Es war kein gehobenes Lokal, aber das Allerletzte war es auch nicht. Es gab auf beiden Seiten Eingänge, von der Straße aus und vom Parkplatz. Es gab auch ein Drive-in, und ich hoffte, einmal auch Eugene am Fenster zu haben. Aber er tauchte nie auf. Immer blickte ich auf die Straße, um vielleicht seinen Chevy vorbeifahren zu sehen. Ein paarmal schon war ich herausgelaufen und hatte mit den Armen herumgefuchtelt, seinen Namen gerufen, aber ich hatte mich jedes Mal getäuscht. Als ob er die Stadt verlassen hätte. Da ich noch nie seine Adresse gekannt hatte, konnte ich ihn auch nirgends suchen.

Ich vermied die M-Street und alles, was mich an das *Chez Odette* erinnern konnte. Ich nahm andere Wege durch Georgetown und machte einen weiten Bogen ums Restaurant. Eigentlich kannte ich nur den einen Weg: zur Arbeit und zurück nach Hause.

Als ich eines Tages eine Bestellung aufnehmen wollte, erkannte ich den Kunden schon an seinem Rücken. Zu oft hatte ich ihn auf meinem Sofa betrachtet. Ich setzte mich einfach zu ihm hin und strich ihm über die Schultern. «Was suchst du hier, Donovan?» «Ich habe herumgefragt und erfahren, wo du arbeitest.» «Hast du auch erfahren …?» «Ja, ich habe Ioana einmal in New York getroffen. Sie lebt ja dort. Sie ist in meine

Vorstellung gekommen, ich wollte sie danach zum Essen einladen, aber sie hatte keine Zeit.»

«Hast du es gewusst? Ich meine, dass sie und Robert...» «Ich habe es angenommen. Ich habe ja bei euch gewohnt. Wenn du da warst, haben sie sich ganz korrekt verhalten, man konnte ihnen nichts anmerken. Aber wenn du gearbeitet hast, nun ja, dann gab es Anspielungen und Blicke. Ein feines Doppelleben haben die geführt.» «Was suchst du hier?» «Wer mich einmal mit Zsuzsas Essen gefüttert hat, wird mich nicht wieder los.» «Heißt das, dass du Hunger hast? Oder dass du ein Bett brauchst?» «Beides wäre nicht schlecht. Im Bus zu schlafen ist zu hart. Ich habe meinen eigenen Bus, weißt du?» «Wozu das? Arbeitest du nicht mehr im Theater?»

«Das ging nicht mehr gut, ich hatte zuletzt nur noch drei Zuschauer. Aber ich wollte sowieso weg, man braucht doch Abwechslung, sonst rostet man ein. Schon lange hatte ich einen Traum, aber ich wusste nicht, wie ich es anstellen sollte. Bis ich dann eines Tages auf einem Schrottplatz in Brooklyn diese Schönheit von einem Bus gesehen habe. Ich habe ihn fast gratis gekriegt. Schau ihn dir doch an.»

Er zeigte aus dem Fenster, und da stand er, der New Yorker Bus, frisch gestrichen, als ob er gestern erst die Fabrik verlassen hätte. «Wofür soll der Bus gut sein?» «Kennst du Bob Hope?» «Jeder kennt Bob Hope. Er ist der größte amerikanische Entertainer.» «Der Bus ist für ihn. Wann bist du hier fertig?» Ich schaute mir den Bus genauer an und sah den Aufkleber: *Die Bob Hope Show. Eine Führung durch sein Leben. Steigen Sie ein.*

Am Abend ließ ich mein Auto stehen, stieg in seinen Bus, und wir fuhren nach Hause. Er erzählte mir, dass Bob Hope eine Institution sei, dass man ihn liebe. Deshalb werde sich mit seiner Idee bestimmt Geld verdienen lassen. Er werde durchs Land reisen und das Leben Bob Hopes zeigen. Ein Jahr für einen Künstler, zunächst Hope, später Sinatra, Crosby oder immer weiter. Die große amerikanische Geschichte der Unterhaltung.

Er werde zu den Leuten nach Hause fahren. Für einen echten Bob-Hope-Fan sei es ein Traum, wenn er mit seinem Bus einfahre. Bestimmt würden es viele ihren Freunden zum Geburtstag schenken wollen. Die Leute würden am Straßenrand warten, einsteigen und sich durch sein Museum führen lassen. Es gebe bei ihm Bob-Hope-Fotos und Puppen und eine Kopie seines Witzbuches mit über fünftausend Seiten. Hope habe über hundert Witzeerfinder gehabt.

Den ganzen Weg nach Hause pfiff Donovan Hopes Lied *Thanks for the Memory* vor sich hin. Er parkte den Bus und wollte, dass ich nach hinten klettere und mir sein Material ansehe. Es war alles schön geordnet. Hopes Anfänge, als er noch Leslie Townes hieß. Die ersten Chaplin-Imitationen und die Auftritte in verschiedenen Vaudeville-Shows, draußen auf dem Land, in gottverlassenen Nestern.

«Machst du das schon lange?» «Ich fange gerade erst an. Jetzt werde ich durchs Land fahren, so wie die wahren Vaudeville-Künstler. Ich halte in dieser oder jener Kleinstadt an und öffne die Türen meines Museums. Es muss klappen, es wird klappen. Siehst du dieses Buch?»

Es standen Lieder drin, die man in den Zwanziger- und Dreißigerjahren überall gesungen hatte. *Last Nite Was The End Of The Road*, *My Jersey Lily*, *Dusty Dudes*. *A Tin Pan Alley Pioneer*, das war ein großer Hit, sagte er. Der Komponist habe dafür fünfzehn Dollar bekommen, aber man verkaufte zwei Millionen Platten davon. An einer anderen Stelle lagen die Fotos von Hopes «Pepsodent Show», die er jedes Mal in einer anderen Kaserne aufnahm, für die Soldaten an der Front. Die Show wurde nur von der Werbung unterbrochen *There is nothing like pepsodent to protect your teeth*.

«Ist schon gut, Donovan. Jetzt gehen wir ins Haus, und ich mache dir etwas zu essen, in aller Eile.» «So was hätte Zsuzsa nicht gefallen: in Eile. Ist das Sofa noch da?» «Das Sofa und einige leere Betten.» Er schloss den Bus ab, wünschte Bob Hope eine gute Nacht und folgte mir. Er setzte sich an den neuen Küchentisch, wo nichts mehr an den Hammer erinnerte.

Ich sah ihn an, und es war, als ob er niemals weg gewesen wäre. Irgendwie gehörte Donovan zu meinem Leben dazu, obwohl er nur dreimal aufgetaucht war. Ein Donovan-ohne-Halt, wie Eugene-ohne-Beine, Dejan-ohne-Odette, Mutter-ohne-Paris und Vater-ohne-König. Wie ich-ohne-Zizi-ohne-Strehaia-ohne-Traian-ohne-Ioana. Das war ein bisschen viel für ein einziges Leben.

Am Schluss könnte ich viel behaupten, aber nicht, dass ich mich gelangweilt hätte. Dass Gott mit dem, was er für mich vorgesehen hatte, gegeizt hatte. Er hatte mir so viel gegeben, als ob es nicht genügend Leute gäbe, um es auf alle zu verteilen. Viele könnten sich von meinem Leben ein Stück abschneiden, sie könnten sich an meinem Leben satt essen und dann gesättigt keuchen.

«Zaira, würdest du nicht genauso handeln wie ich, wenn du eines Tages genau das vor der Nase hättest, was du dir immer schon gewünscht hast? Einen Bus zum Beispiel.» «Mit einem Bus könnte ich nichts anfangen, aber mit einem Flugzeug.»

Ich knipste das Licht aus und ließ ihn schlafen. Am nächsten Morgen war er schon weg, als ich aufstand, aber er hatte einen Brief auf den Küchentisch gelegt, der für mich abgegeben worden war. Ich drehte ihn unschlüssig um, denn er kam aus Rumänien, wie ich an der Briefmarke und am Stempel deutlich erkennen konnte. Seit Jahren schon, seit dem Tod von Vater und Mutter hatte ich keine Post mehr von dort erhalten. Rumänien, das hätte die andere Seite des Mondes sein können. Doch in letzter Zeit meldeten sich die Erinnerungen zurück.

Traian tauchte auf, verjüngt und genau auf meine Sehnsüchte zugeschnitten. Ich verwandelte ihn in Fantasien, so wie Dejan Odette verwandelt hatte. Nur eines gelang mir nicht, mir vorzustellen: den alten Traian. Um ihn ging es auch in den wenigen Zeilen, die, ohne Anrede oder Unterschrift, auf dem einfachen Briefpapier standen.

Haben Sie sich nie gewünscht zurückzukehren? Noch einmal Ihre Stadt zu sehen? Wollten Sie denn nie wissen, was aus Traian geworden ist? Ob er überhaupt noch lebt? Wenn Sie kommen, verspreche ich Ihnen eine große Überraschung.

Zwei Wochen später bestieg ich das Flugzeug, das mich nach Wien bringen sollte. Von dort aus flog ich weiter nach Timişoara. Das Rollfeld war von Kühen belagert, sie hoben faul die Köpfe und senkten sie wieder, sie waren an alle Arten von Rückkehrern gewöhnt. Am nächsten Tag schon setzte ich mich in dieses Kaffeehaus.

• • • • •

Gestern, als ich mich im Hotel bereitmachte, um wie an allen Tagen zuvor hierherzukommen, rief man mich vom Empfang aus an. Ein Herr sei für mich da, der seinen Namen nicht sagen wolle. «Wie sieht er denn aus?», fragte ich. «Alt.» Ich dachte an Traian, aber es war Dumitru.

Ich erkannte ihn gleich, obwohl er ein alter Mann geworden war, gekrümmt, mit Tränensäcken unter den schwarz umrandeten Augen. Augen, als ob sie auf dem Boden einer Kohlegrube lägen. Alte Hände, wie sie László gehabt hatte und Traian heutzutage haben müsste. Aber ich weigerte mich, Dumitrus Hände mit denen Traians zu vergleichen. Ich weigerte mich auch, sie anzufassen, als er vom Stuhl aufstand und auf mich zukam. «Meinetwegen», murmelte er. «Sie sind sicher überrascht, dass ich noch lebe», sagte er. Er lächelte, er schien sich zu freuen, mich zu sehen. Und zu quälen.

«Ich wäre nicht unglücklich, wenn es anders wäre», erwiderte ich.

«Ich sehe, dass Sie mich nicht vergessen haben», fuhr er fort.

«Ich habe mir Mühe gegeben, aber du hast es nicht zugelassen. Du hast dafür gesorgt, dass ich dich nicht vergesse. Ich habe immer wieder erfahren, was du dir für Vater und Mutter ausgedacht hast.»

«Haben Sie auch gewusst, wer befohlen hat, dem Genossen Zizi so viel zu trinken zu geben, wie er wollte? Um aus ihm einen richtigen Säufer zu machen?», fragte er.

«Ich habe gewusst, dass die Briefe gelesen wurden und dass Mutter nicht offen sprechen konnte, aber ich habe ihre Andeutungen verstanden», fuhr ich fort, ohne auf seine Frage einzugehen. «All die sinnlosen Verhöre, das Wecken am frühen Morgen, die Vorladungen, obwohl es allen klar war, dass es ein Katz-und-Maus-Spiel ist. Aber du hast gewusst, dass die Angst bleibt, auch wenn es ein Spiel ist. Dass du gewinnst, wenn sie in Angst leben. Vaters unehrenhafte Entlassung aus der Armee, die Kürzung der Rente, sodass sie kaum genug hatten, um zu leben. Die Kündigung der Wohnung und die Zuteilung eines feuchten und dreckigen Kellerraums. Mutter hat in den Briefen heiter davon berichtet, als ob es ihr nichts ausmache, aber ich habe es besser gewusst. Sie hat nie deinen Namen genannt, aber du warst immer gemeint.»

Er lehnte sich zurück und grinste, dann fragte er mich, ob ich etwas trinken wolle. Er bestellte sich irgendetwas, wartete, bis man es ihm brachte, und trank langsam.

«Wann sind Ihre Eltern gestorben?»

«Du weißt es ganz genau. Ihren Tod hast du nicht verpasst.»

«Vier, fünf Jahre sind es sicher her, seitdem Ihre Mutter gestorben ist. Lange nach ihm. Das hat mir gut gefallen, dass

471

sie nach ihm gestorben ist. Dass sie die letzte Zeit ihres Lebens allein gewesen ist, ohne ihn und ohne Sie. Deshalb habe ich Sie auch weggehen lassen. Haben Sie sich nie gefragt, wieso Sie Pässe bekommen haben?»

«Ich dachte, dass es wegen László...»

«Das war ich. Damit sie alleine bleibt, deshalb. Für jeden von euch hatte ich einen Plan. Haben Sie das Leben in Amerika genossen? War es so, wie Sie es wollten?»

«Geht so.»

«Oh, dabei habe ich Ihnen eine einmalige Chance gegeben.»

Er trank wieder, schmatzte, holte ein Taschentuch aus der Hose und wischte sich den Mund ab. Erst jetzt merkte ich, wie elegant er gekleidet war, ein Mann aus einer anderen Epoche. Ein Mann, der wie der Bürgermeister oder wie Andrei zu den neuen Zeiten gehört, aber die Vorteile der alten geschätzt hatte.

«Wir sind beide alt, Zaira. Sie müssen bald siebzig sein, und ich bin schon über achtzig. Lange werden wir nicht mehr leben.»

«Bist du deshalb hier, um mir das zu sagen? Um etwas abzuschließen?»

«Ich? *Sie* sind doch deshalb hier. Deshalb sitzen Sie doch täglich im Kaffeehaus und trauen sich nicht, bei Traian zu läuten.»

«Du stellst mir nach? Was weißt du schon über Traian? Traian geht dich nichts an. Er geht nur mich etwas an.»

«Traian geht mich sehr viel an. Ich könnte sagen, dass das der Teil der Geschichte ist, der mir am besten gefällt. Darauf bin ich besonders stolz. Aber trinken Sie doch etwas, Sie werden es sicher noch brauchen.»

«Worauf bist du stolz?»

«Sie und Traian auseinandergebracht zu haben. Aber alles der Reihe nach. Sie erinnern sich bestimmt an Andrei. Was für ein Mann, dieser Andrei! Was für ein Pech für die Frauen, dass er Männer mochte. Was für ein Glück für mich! Ich habe seine Leidenschaft früh erkannt und ihn eines Tages zu mir geholt. Ich habe ihm vor Augen geführt, was es bedeuten würde, wenn man erfahren sollte, welche Art Hintern er vorzieht. Er hat sofort seine Haltung verloren, der Mann hatte nie starke Nerven. Was für ein schwacher Mensch!»

Dumitru verzog den Mund, angewidert.

«Die Idee, dass er Sie verführen und heiraten sollte, stammte von mir. Es war mir egal, aus welchem Grund Sie am Schluss unglücklich sein würden: weil Andrei Sie mit Männern hinterging oder weil die Liebe zu Traian kaputtgegangen war. Sie haben Traian doch geliebt, nicht wahr? Sie lieben ihn vielleicht immer noch?»

«Du... du...», stammelte ich und wollte aufstehen.

«Sie können mich beleidigen, Zaira, das können Sie ruhig tun. Das ist der Teil, den ich von Ihnen bereit bin anzunehmen. Ich bin schließlich kein Chorknabe.»

«Du Scheusal!»

«Ja, ist doch gut. Aber verpassen Sie nicht den zweiten Teil. Der wird Sie noch mehr interessieren. Er hat ja ausschließlich mit Traian zu tun.»

Ich sank wieder auf meinen Sitz zurück.

«Nun, Sie waren damals wieder dabei, Traian zurückzuerobern. Sie sind immer wieder um sein Haus oder um die Buchhandlung herumgeschlichen, wo er arbeitete. Sie sind ihm sogar einmal bis in eine Kneipe gefolgt, wo er vor Ihnen geflüchtet war. Er war kurz davor nachzugeben, müssen Sie wissen. Sie hatten es fast geschafft, aber Sie hatten nicht mit mir gerechnet.»

«Mit dir?»

«Ich habe Traian zu mir nach Bukarest geholt. Es hat gar nicht viel gebraucht, um ihn zu überzeugen, sich von Ihnen fernzuhalten. Wollen Sie wissen, was ich zu ihm gesagt habe? Ich sehe, Sie kämpfen mit sich selbst, also sage ich es Ihnen ganz einfach. Ich habe ihm versprochen, dass ich ihm die Stelle in der Buchhandlung nicht wegnehme. Das hat vorerst genügt. Aber später hätten Sie ihn beinahe wieder rumgekriegt. Sie haben ihn ins Theater eingeladen, Sie haben ihn bezirzt. Sie hatten fast stärkere Waffen als ich. Wenn eine Frau die Schenkel öffnet, hat sie fast immer die stärkeren Waffen. Also habe ich erneut den armen und verwirrten Traian zu mir geholt. Diesmal habe ich ihm nicht nur versprochen, dass ich ihm die Arbeit nicht wegnehme, sondern auch, dass er genug zu trinken bekommt. Dass ihm jede Woche feinster Alkohol ins Haus geliefert wird. Er hat ganz schnell nachgegeben. Ich musste überhaupt keinen starken Druck machen. Nur das Gefängnis erwähnen, ganz nebenbei. Ich hätte irgendeinen Grund gefunden. Was für ein schwacher Mensch!» Er verzog wieder den Mund. «Er hat sich verkauft. Und er hat Sie praktisch nur für Schnaps aufgegeben. Ist das nicht schlimm, Zaira? Was Menschen anderen Menschen doch antun, nicht wahr? Oh, geht es Ihnen nicht gut? Soll Ihnen der Kellner etwas Stärkendes bringen? Machen Sie doch nicht ein Gesicht, als ob Sie den Teufel gesehen hätten.»

Er nahm wieder einen Schluck.

«Noch vor einer Woche habe ich mich gefragt, wo Sie eigentlich bleiben? Der Kommunismus ist zwar besiegt, aber ich habe immer noch meine Beziehungen. So habe ich auch Ihre Adresse in Washington herausgekriegt. Haben Sie meine Zeilen erhalten? Ich denke schon, wenn Sie hier sind. Ich wollte Sie einfach locken, denn mir wurde es hier langweilig. Und mir war klar, dass ich nicht mehr der Jüngste bin und bald sterben muss. Ich wollte nicht, dass die Inszenierung unvollendet bleibt. Als ich erfahren habe, dass Sie hier sind, habe ich den ersten Zug hierher genommen. Ich bin altmodisch, ich mag Züge lieber als Flugzeuge. Seit Tagen beobachte ich Sie schon. Sie haben sich stundenlang nicht von der Stelle gerührt. Das nenne ich Treue. Ich habe Sie gleich erkannt, auch wenn Sie jetzt nicht mehr ganz so schmal sind und wie eine Amerikanerin auf Urlaub aussehen.»

Mir wurde schwindlig. Ich dachte, ich müsste mich übergeben, und bestimmt hätte ich es getan, wenn ich etwas im Magen gehabt hätte. Ich stand auf, wankte, setzte mich wieder hin, stand wieder auf, machte einige Schritte. Nur weg von dort, von ihm. Nur zurück ins Zimmer und dann weitersehen. Die Tür hinter mir schließen, damit ich mich gehen lassen konnte, so wie früher die Russen in Washington. Nur fort. Nur hin.

«Ich sehe, dass Sie bleich geworden sind. Das sind keine schönen Nachrichten, ich weiß es. Aber ich habe gedacht, dass Sie es erfahren sollten. Jetzt, am Schluss. Eines aber möchte ich gerne wissen: Wieso duzen Sie mich dauernd? Wir sind doch nicht befreundet. Ich glaube, das ist eines der wenigen Dinge, die ich mit Sicherheit sagen kann.»

Ich blieb stehen und drehte mich zu ihm um. Meine Beine trugen meinen Körper, aber ich spürte sie nicht. Mein Rumpf trug den Kopf, aber ich spürte ihn nicht. Meine Arme hingen kraftlos herab. Doch in jenem Augenblick fand ich wieder die Fassung.

«Weil du für mich immer noch mein Bauernjunge bist, der du mal warst. Weiter bist du nicht gekommen. Ein dummer, ungebildeter Bauernjunge.»

«Haben Sie Ihre Mutter geliebt, Zaira?» Ich zuckte mit den Schultern. «Sehen Sie? Ich aber habe meinen Vater vergöttert.»

An der Bar schaute ich mir die Flaschen an, aber ich ging doch allein aufs Zimmer.

• • • • •

Seine Klingel ist kaum zwanzig Meter von mir entfernt. Dazwischen sind ein bisschen Asphalt, ein paar Bäume, einige geparkte Autos, keine wirklichen Hindernisse. Keine Kontinente. Was wird er sagen? Ich bin eine kleine Frau geblieben, aber nicht mehr schlank. Von all diesem Reisen, diesem Rausch nimmt man nicht ab. Sonst müsste man Menschen auf Diät setzen, indem man sie in die Welt hinausschickt und ihnen sagt, dass sie in etwa dreißig Jahren zurückkommen sollen. Dann hätten sie bestimmt die Idealfigur. In dreißig Jahren könnte man sich bestimmt sehen lassen.

Von diesem ewigen Schwindel nimmt man eher zu. Er ist es, der uns von innen verstopft, nicht die falsche Ernährung oder die Bewegungslosigkeit. Mein Herz wird gleich platzen und mein Brustkorb explodieren. Ich lehne es ab, etwas zu bestellen und mich mit dem Kellner zu unterhalten, der sich langweilt.

Ich lehne es ab, an Dumitru zu denken oder daran, was ich Traian fragen werde. Und was er mich fragen wird. Ob er von Dumitru weiß, dass er eine Tochter hat, oder ob er es erst jetzt erfahren muss. Ob wir uns überhaupt noch etwas zu sagen haben werden, wenn alles gesagt sein wird.

Ich stehe auf und will die Straße überqueren. Ich lehne es ab, mich umzudrehen, weil der Kellner ruft: «Madame, die Rechnung!» Ich lehne es ab, an die Ziegelsteine zu denken, die es hier regnet. Wenn jetzt überhaupt etwas regnen wird, dann Fragen. Eine ganze Flut von Fragen, ein Fragensturm. Er wird die Keller überfluten und die Kanäle verstopfen, die Ratten aus ihren Löchern vertreiben und die Bäume entwurzeln. Er wird alles forttreiben, was nicht fest verankert ist. Auch die Menschen. So viele Fragen werden niederprasseln, dass ihnen kein Schirm gewachsen sein wird.

Es ist später Nachmittag, die Straße ist voller Menschen, die sich nach der Ruhe ihrer Wohnungen sehnen. Und anderen, die vor dieser Ruhe flüchten. Da sind Kinder an der Hand ihrer Großmütter, Frauen an der Hand ihrer Geliebten, und das müssen nicht unbedingt die Ehemänner sein. Da sind viele Hände, die leblos herabhängen, so wie gestern meine. Ich könnte diese Hände benutzen, damit sie anstelle der meinen läuten, aber ich fürchte, dass es dafür keinen Stellvertreter gibt. Dass ich es allein zu Ende bringen muss.

Ich weiche einer Alten aus, die Sonnenblumenkerne verkauft und mir eine Packung entgegenstreckt. Ich spüre nichts, als ich mit einem kräftigen Mann zusammenstoße und höre kaum, als er mich fragt, ob mir auch nichts passiert sei. Ich gehe vom Gehsteig auf die Fahrbahn, ein Auto bremst scharf, und der Fahrer gibt hinter mir wieder Gas. Eine Frau ruft mir zu, ob ich denn sterben wolle. Aber zum Läuten habe ich auch diese Alternative nicht. Es wäre zu einfach, und bei meinem abenteuerlichen Leben wäre es längst geschehen. Ich trete in ein Loch, schwanke, aber ich falle nicht hin. Unter einem Auto bellt mich ein Hund an. Ich habe höchstens noch vier oder fünf Meter vor mir. *Jetzt nur nicht nachgeben. Nur nicht im Boden versinken*, denke ich.

Mein Arm hebt sich schon, ich versuche, Traians Namen auf der Klingel zu entziffern, als sich mir ein Junge in den Weg stellt. Ich kenne ihn, er ist täglich hier, wir sind sein Bettelrevier. So wie ich ihn hat auch er mich beobachtet, mit seinem Expertenblick für potenzielle Spender. «Geh weg, Junge!», will ich sagen und ihn wegstoßen, aber ich höre ihm zu.

«Gnädige Dame, ich lebe am Stadtrand, Sie haben keine Ahnung, wie es ist, am Stadtrand zu leben. Drei Geschwister habe ich. Eines ist taub, zwei sind lahm. Meine Eltern tun, was sie am besten können: Sie saufen. Wir schlagen uns durch, aber das reicht nicht, um satt zu werden. Gott soll Sie segnen, denn solche Sorgen kennen Sie nicht. Sie sitzen hier jeden Tag und sehen auf die Straße. Sie haben viel Freizeit. Ich kenne alle in diesem Viertel, hier bin ich wie zu Hause. Vielleicht haben Sie etwas für mich, denn ich finde, dass die, die haben, denen geben sollten, die nichts haben. Und das im eigenen Interesse. Damit unser Herr dort oben weniger Sünden aufschreibt. Damit die Liste, die er uns am Schluss vorliest, auch bei den guten Taten etwas vorweist. Wir sind arm, wissen Sie, aber nicht ungläubig. In der Kirche habe ich gehört, dass die, die geben, im Himmel belohnt werden. Also kriegen Sie später bestimmt etwas zurück.»

Ich gebe ihm ein paar Münzen, doch als er weiterredet, flüstere ich ihm zu: «Schon gut, Junge, geh jetzt weg. Du solltest nicht betteln. Es gibt immer etwas, das man machen kann, bevor man bettelt.» Aber das versteht er nicht, er steht immer noch wie angewurzelt da. Ich schiebe ihn beiseite, dann höre ich wieder den Kellner, aber ich reagiere nicht. Es kommt nicht infrage, dass ich mich umdrehe und womöglich zurückgehe. Dann würde ich mich wieder auf den Stuhl fallen lassen, wie früher in mein Strehaia-Bett. «Steh auf, Mädchen, stell einen Fuß vor den anderen», hatte Traian gesagt. Meine Füße hatten mich wieder zu ihm zurückgeführt. Mit einem Umweg über Amerika.

Ich sammle ein letztes Mal meine Kräfte und gehe weiter auf die Tür zu. Ich will langsamer gehen, aber ich gehe schneller. Als ich davorstehe, rücke ich mein Kleid zurecht und die Worte im Mund. Meine Hand schießt vor, der Finger streckt sich und kommt der Klingel immer näher. Ohne dass ich Schritte gehört hätte, steckt jemand den Schlüssel ins Schloss und öffnet die Tür. «Du? Wo warst du so lange?»

Der Autor bedankt sich von Herzen
bei Zaira
und bei seinem Lektor,
Martin Hielscher.